魔道祖師

4

墨香銅臭

目次

―用語―

◆修真界《しゅうしんかい》

―古代中国で、仙人となることを目的とする修行者たちの世界。

◆仙術《せんじゅつ》

―仙人の行う術。また、仙人となる目的で行う術。

◆修士《しゅうし》

―仙術を修行する人。

◆道士《どうし》

―道教の修行者。

◆玄門《げんもん》

―仙門や道教など、正統派の術を研究し修行する世家・門派全体の総称。

◆仙門《せんもん》

―主に仙術を修行する世家、門派の通称。

◆世家《せいか》

―血族を中心として構成される一門。「地名＋姓」で呼称されることが多い。

◆仙府《せんふ》

―各世家の本拠地。

◆宗主《そうしゅ》

―世家の長。

◆公子《こうし》

―世家、名家の子息への敬称。

―人物名―

古代中国では、個人の名前には「姓・名・字」の三つがあり、その他に「号」も呼び名として使われる。

◆姓《せい》

―家族・一族に受け継がれる固有の名前。

◆名《めい》

―本名。家族や目上の人、親しい相手以外が呼ぶのは失礼に当たる。

◆字《あざな》

―成人する際につける通称で、「姓＋字」で呼ぶのが一般的。

◆号《ごう》

―身分や功績、世間からの評判などを表す称号。

―登場人物―

魏無羨《ウェイウーシエン》 ㊔魏嬰《ウェイイン》
号 夷陵老祖《いりょうろうそ》

前世では人々が恐れる
「大悪党」となり討伐されたが、
意に反して現世に蘇る。
自由奔放でいたずら好きな性格で、
少年時代から藍忘機には
ちょっかいばかりかけていた。
彼の死を取り巻く事情には、
何か大きな秘密があるようで――？

藍忘機《ランワンジー》 ㊔藍湛《ランジャン》
号 含光君《がんこうくん》

姑蘇藍氏。
誰もがうらやむ
文武両道の美男子だが、
真面目すぎるほどに
真面目で無口な孤高の存在。
前世の魏無羨とは衝突も多かったが、
再会後はなぜか行動を共にする。
彼には、13年間ずっと胸に抱き続けた
強い想いがあり――。

雲夢江氏《うんぼうジャンし》

仙府：蓮花塢《れんかう》

◆江晩吟《ジャンワンイン》／江澄《ジャンチョン》
［字］江晩吟《ジャンワンイン》／［名］江澄《ジャンチョン》
［号］三毒聖手《さんどくせいしゅ》
—現宗主。魏無羨と兄弟のように育った弟弟子。

◆江厭離《ジャンイエンリー》
—江澄の姉で、金凌の母。

◆江楓眠《ジャンフォンミエン》
—前宗主。江澄・江厭離の父。

◆虞紫鳶《ユーズーユエン》
—江澄・江厭離の母。

姑蘇藍氏《こそランし》

仙府：雲深不知処《うんしんふちしょ》

◆［字］藍曦臣《ランシーチェン》／［名］藍渙《ランホワン》
［号］沢蕪君《たくぶくん》
—現宗主。藍忘機の兄。義兄弟の契りを結んだ聶明玦・金光瑶とともに「三尊」と呼ばれる。

◆藍啓仁《ランチーレン》
—藍忘機・藍曦臣の叔父。

◆藍思追《ランスージュイ》
—藍家の弟子。

◆藍景儀《ランジンイー》
—藍家の弟子。

清河聶氏《せいかニエし》

仙府：不浄世《ふじょうせい》

◆聶懐桑《ニエホワイサン》
—現宗主。魏無羨や藍忘機とは机を並べた仲。

◆聶明玦《ニエミンジュエ》
［号］赤鋒尊《せきほうそん》
—前宗主。聶懐桑の兄。

蘭陵金氏《らんりょうジンし》

仙府：金鱗台《きんりんだい》

◆［字］金光瑶《ジングアンヤオ》
［号］斂芳尊《れんほうそん》
—現宗主。仙門百家を束ねる「仙督《せんとく》」でもある。

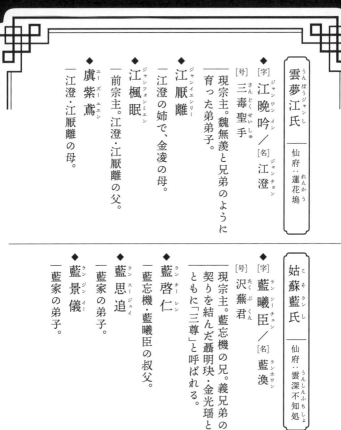

◆金凌《ジンリン》
—金家の弟子。江澄・金光瑶の甥。

◆金光善《ジングアンシャン》
—前宗主。

◆金子軒《ジンズーシュエン》
—金光善の嫡男で、金凌の父。

◆金子勲《ジンズーシュン》
—金子軒の従兄。

岐山温氏《きざんウエンし》
—仙府：不夜天城《ふやてんじょう》

◆[字]温瓊林《ウエンチョンリン》 [名]温寧《ウエンニン》
—魏無羨の第一の手下。「鬼将軍」と呼ばれる最強の存在。

◆温情《ウエンチン》
—温寧の姉で、一流の医師。

◆温晁《ウエンチャオ》
—宗主・温若寒の末息子。

◆王霊嬌《ワンリンジャオ》
—温晁の愛人。

◆温逐流《ウエンジューリウ》
—温晁の護衛を務める近侍。

—他—

◆莫玄羽《モーシュエンユー》
—献舎によって魏無羨を蘇らせた。

◆蔵色散人《ぞうしきさんじん》
—魏無羨の母。

◆抱山散人《ほうざんさんじん》
—蔵色散人の師。

◆薛洋《シュエヤン》
—蘭陵金氏の客卿であったごろつき。

◆暁星塵《シャオシンチェン》
—抱山散人の弟子で、盲目の道士。

◆宋嵐《ソンラン》
—道士。暁星塵の知己。

◆蘇渉《スーショー》
—秣陵《まつりょう》蘇氏の宗主。かつては姑蘇藍氏の門弟だった。

装画
千二百

魔道祖師　4

第十九章　丹心

〈三〉

寅《とら》の刻になる頃、一行は雲夢《うんぼう》に到着した。

蓮花塢《れんかう》の正門前と波止場《はとば》には煌々《こうこう》と明かりが灯《とも》り、水面は澄んだ金色に照らされている。この波止場にこれほど大小様々な多くの船が一度に集まる機会は滅多にない。その光景を見て、門の前に立つ守衛のみならず、まだ川辺で小腹を満たす夜食類の屋台を開けていた年寄りたちまでもが呆然としている。

真っ先に船から降りた江澄《ジャンチョン》が守衛に二言三言《ふたことみこと》何か言いつけると、すぐさま武装した無数の門弟たちが正門から飛び出してきた。一行は何組かに分かれて続々と船を降り、雲夢江《ジャン》氏の客卿《かっけい》たちに案内されて正門から中に入っていく。欧陽宗主《オウヤンそうしゅ》はようやく息子を捕まえ、低い声で叱りつけながら引っ張っていった。魏無羨《ウェイウーシエン》と藍忘機《ランワンジー》の二人も船室を出て、漁船から飛び降りる。

「公子《こうし》、私は外にいます」

温寧《ウェンニン》の言葉に魏無羨《ウェイウーシエン》は頷《うなず》いた。元より温寧《ウェンニン》が蓮花塢の敷地内には足を踏み入れないであろうこと、そして江澄《ジャンチョン》もまた彼が入ることを決して許さないことはわかりきっている。

「温《ウェン》殿、私もご一緒します」

「君が？」

藍思追《ランスージュイ》に声をかけられ、温寧《ウェンニン》が聞き返す。

まったく思いもよらないその申し出は、彼にとって非常に嬉しいものだった。

藍思追《ランスージュイ》は笑って続けた。

「はい。先輩方は中で大事な話し合いをされますから、どのみち私がいたところでなんの役にも立ちません。話の続きを聞かせてください。先ほどはどこまで伺《うかが》いましたっけ？　魏《ウェイ》先輩は本当に二歳の幼子《おさなご》を大根みたいに土の中に埋めたことがあったんですか？」

　声を潜めて話していても、前を歩く二人は並々ならぬ聴力を持っている。魏無羨《ウェイウーシェン》は思わずよろめき、藍忘機《ランワンジー》は一瞬だけ目を細めかけたが、その微《かす》かな笑みはすぐにまた元に戻った。二人の後ろ姿が正門の奥へと消えるのを待ってから、藍思追《ランスージュイ》は小さな声で続きを話す。

「その子供はなんてかわいそうなんでしょう。でも実を言うと、私も小さい頃に含光君《がんこうくん》の手でウサギの群れの中に放り込まれたことがあるんです。あのお二人、実はすごく似ているところがあるんですね……」

　正門から蓮花塢の中に足を踏み入れる前、魏無《ウェイウー》羨《シェン》は深く息を吸って気持ちを落ち着かせようとした。しかし、一歩門を入ってみると、意外なことに想像していたほどの高揚はなかった。

　おそらく、あまりにも多くの場所が一新されていたからだろう。修練場《しゅうれんじょう》は倍も大きく拡張され、新しく建てられた建物が連なる反り返った軒先《のきさき》は、敢《あ》えて不揃いになるよう起伏が設けられている。そのさまは昔よりさらに迫力があり、大世家《だいせいか》の栄光を感じさせた。だが、彼の記憶の中の蓮花塢は見る影もなく、すっかり変わり果ててしまっている。

　魏無羨《ウェイウーシェン》は胸にぽっかり穴が空いたような喪失感を覚えた。かつてのあの古い建物は、この華やかで立派な新築の後ろに隠れているか、もしくは既に取り壊されてしまったのかもしれない。

　何しろ、あまりにも古い建物ばかりだったから。

　各家の門弟たちは修練場でまた方陣になって並び、座禅《ざぜん》を組んで体を休め、引き続き霊力を回復させた。一昼夜もの間動き回り、皆既に疲労困憊《こんぱい》で、とにかく一息つく必要があった。江澄《ジャンチョン》はというと、各宗主と要人名士たちを連れて大広間である試剣堂《しけんどう》に入り、昨日のことを再び討議するつもりのようだ。魏無《ウェイウー》羨《シェン》と藍忘機《ランワンジー》も続いて入ると、それを不穏当《ふおんとう》に思う者もいたが、誰も口に出すことはなかった。

　試剣堂に入ってすぐ、腰を下ろす前に一人の客卿らしき者が前に進み出る。

「宗主」

客卿が江澄《ジャンチョン》の耳元に近づき、声を潜めて手短かに話すと、江澄《ジャンチョン》は眉間《みけん》にしわを寄せた。

「会わん。日を改めろ。今がどういう状況か見てわからないのか？」

「私もそう言ったのですが、あの二人の女たちは……まさに昨日のことで来たと言っているのです」

「相手の素性《すじょう》は？　どこの家の女修《じょしゅう》［女性修士《しゅうし》］だ？」

「どこの家の者でもなく、そもそも女修ではありません。私に断言できることは、二人とも一切霊力を持たないごく普通の女だということです。彼女たちも今日こちらに着いたばかりで、貴重な生薬《しょうやく》を携《たずさ》えてきています。ですが、誰の使いなのかについては口を開かず、ただ宗主に大事な話があるとだけ言っておりまして。その口ぶりにただならぬものを感じ、粗相《そそう》がないようにと客間へ通しました。生薬は蔵には運ばず検査しましたが、呪術などはかけられていません」

もし雲夢江《ジャン》氏の宗主に拝謁《はいえつ》したいと思ったとしても、決して誰もが会えるわけではない。しかも素性を打ち明けない上、一に霊力がなく、二に所属する世家もない、ごく普通の女ではなおのことだ。だが、彼女たちは貴重な生薬を献上したため、応対を担当する客卿もぞんざいには扱えなかった。逆に、たとえ贈り物がなかったとしても、この疑わしさは看過《かんか》できない。

「皆さん、ご自由にお掛けください。私めは少々席を外しますが、すぐに戻りますので」

江澄《ジャンチョン》が声をかけると、その場にいた者たちは続々と返す。

「江《ジャン》宗主、お構いなく」

しかし、江澄《ジャンチョン》はすぐ戻るどころか、ずいぶんと長い時間が過ぎても戻ってこなかった。客人を放っておくというだけでも失礼に当たる上、目下《もっか》はまだ非常事態で、全員が要件を討議するべく待っているところなのだ。けれど、ほぼ半時辰《じしん》が過ぎても一向に江澄《ジャンチョン》が戻る気配はなく、多くの者が不安や不満を抱き始めた頃になってようやく姿を見せた。

試剣堂を出ていく時は普段通りの表情だった彼は、なぜか冷たく厳しい面持《おもも》ちになり早足で戻ってきた。しかも、訪問してきた例の者たちだろう、二人の女を連れている。普通の女といっても、高価な贈り物を携えて訪問してきたとなると只者《ただもの》ではないはずだと、その場にいた全員が予想していた。ところが現れた二人は、どちらももう若くはなく、目元と口元の細部には老いが見える。その上、一人は従順そうな目つきを伏せ気味にして怯《おび》えていて、もう一人はといえば、全身から漂う遊女のような雰囲気はさておき、顔に刃物で五、六回切られた古い刀傷がある。その容貌《ようぼう》は、食欲を一切失わせると言っても過言ではないほどに恐ろしいものだった。皆はすっかり期待を裏切られ、疑問を抱いた。江澄《ジャンチョン》はなぜこのような女たちを試剣堂に連れてきて、しかも彼女たちを大広間の真ん中へと案内したのだろう、と。

暗い表情をした江澄《ジャンチョン》は、戦々恐々とした様子で腰を下ろした二人の女に向かって促《うなが》した。

「ここで話してください」

「江《ジャン》宗主、これはいったい？」

姚《ヤオ》宗主が怪訝《けげん》そうに尋ねる。

「事があまりにも耳を疑うようなものだったので、軽率に対応できず、細かく問い質《ただ》していたために少々時間を取られてしまいました。皆さん、少し静粛に願います。このお二方《ふたかた》の話を聞いてみていただきたい」

江澄《ジャンチョン》は彼女たちを振り返る。

「どちらから話しますか？」

女二人は互いに顔を見合わせると、遊女風の女の方が度胸があるらしく、立ち上がった。

「あたしからお話しします！」

彼女は無造作に一礼してから続けた。

「あたしがこれからお話しすることは、おおよそ十一年も前の話です」

江澄《ジャンチョン》の口ぶりを聞く限り、この女が話そうとしているのは決して取るに足らないことではないだろうと思い、誰もが十一年前を思い返し始めた。

「あたしの名前は思思《スースー》と言います。もともとは体を売る商売をやっていて、一時は売れっ子だったこともありました。十数年前に大商人と出会って嫁《とつ》ぐ話があったんですが、相手の女房がかなり容赦のない人で、大男数人に命じて小刀であたしの顔を切らせたせいで、こんなふうになってしまいました」

彼女はまったく恥じらうことなく、しかも婉曲《えんきょく》に言うこともせず、話を聞いていた女性修士の中には袖を上げて口元を隠す者もおり、男性修士の中にはしきりに眉間にしわを寄せる者もいた。

「顔がこうなってから生活は前と変わってしまって、誰もあたしを一目たりとも見なくなりました。もちろん商売もできず、元いた店からは追い出されました。あたしには他にできる仕事なんてないし、かといってどこに行ってももう商売にはならなくて、それで長年つき合いのあった女友達の仲間に入れてもらったんです。彼女たちの客は要求が高くないから、何か仕事が入ればあたしも連れていってくれました。顔さえ隠せば、あたしもまだなんとかなりましたから」

思思《スースー》がここまで話したところで、既に我慢できなくなった者たちの視線からは、軽蔑が赤裸々《せきらら》に滲《にじ》み出ていた。なぜ江澄《ジャンチョン》が公衆の面前でこの女がこんな汚《けが》らわしい話を聞かせることを許したのか、理解できない者もいるようだ。宗主たちは平静を装って彼女が続きを話し始めるのを待ち、そしてようやく彼女は本題に入った。

「ある日、あたしがいた横丁《よこちょう》の女たちに突然仕事の話が来たんです。二十人ほどが指名されて、あたしたちは馬車に乗せられて目的の場所に向かいました。友達は皆、その相手と報酬を決めると馬車の中で死ぬほど喜んでいて。でも、あたしは何かがおかしいと思ったんです。はっきり言うと、その子たちは皆、年を取って値打ちがなくなっているか、そうでなければあたしのような者ばかりだっていうのに、そんなに多くのお金を、しかも前払いするなんて、世の中にそんな美味《うま》い話ってありますか？　それに、話を持ちかけてきた人は素性を明かさずにやけにこそこそとしていて、あたしたちもすぐに全員馬車に乗せられて連れて行かれたから、他の人には一切この仕事のことは知られていなかったんです。どう考えても下心見え見えでしょう！」

この場にいる者たちも皆同じ見解で、先ほど彼らの中に浮かんだ軽蔑の感情は、既に好奇心に変わりつつあった。

「馬車が目的地に着くと、庭の中で降ろされました。あんなに高くて大きくて、目を奪われるくらい綺麗な建物は見たことがなかったので、全員眩《まぶ》しすぎて目がチカチカして息もできないほどでした。扉のところに少年が一人寄りかかって匕首《あいくち》を手で弄《もてあそ》んでいて、あたしたちを見るなり中に入れと言って、最後に扉を閉めました。中に入ると、広い部屋の中には一人しかいませんでした。大きな寝床があって、錦《にしき》の掛布団の中に男が横たわっていたんですが、見た感じまだ三、四十歳ほどなのに、まるで病気で死にかけている人みたいで、あたしたちが入ってきても、目玉だけを動かしていました」

「あ！」

思思《スースー》の言葉を聞いて、試剣堂の中にいた誰かがはっと気づき、唐突に驚きの声を上げた。

「十一年前!?　これは……これは……！」

「あたしたちは、前もって何をすればいいかを念押しされていたんです。一人ずつがとっておきの技を駆使して、一瞬も手を休めずに寝床に横たわっている人に奉仕するように、と。それを聞いて、あたしはどれほど勇ましい男なんだろうと思っていたので、まさかその客が今にも死にそうな病人だったなんて考えもしませんでした。そんな人が奉仕になんて耐えられるわけがないでしょう？　少し何かしただけでもお陀仏《だぶつ》になりそうなのに、欲のために死に急ぐ人がいるわけないじゃないですか？　それに、たくさんお金を持っているんだから、どう考えても若くて綺麗な女を呼べないはずがないのに、なんでよりによってあたしたちみたいに老けて醜《みにく》いのを敢えて呼ぶんでしょう？　あたしは彼の体の上に乗ったあとも、まだそれを考え続けていました。その時突然、誰か若い男の人の笑い声が聞こえたような気がして、あたしもうびっくりして。その時ようやく寝床の横に下がった簾《すだれ》の向こう側に、もう一人誰かが座っていることに気づいたんです！」

もはや全員の心をがっちりと掴《つか》み、思思《スースー》は続ける。

「その人はずっとそこに座っていたんだとやっと気づいたら、その途端に寝床の上の男がもがき始めて、あたしを撥《は》ねのけて寝床から転がり落ちました。そしたら、簾の向こうの人は一層大笑いしだして、笑いながらこう言ったんです。『父上、あなたのために、あなたが最も愛する女たちを探してきました。ほら、こんなにたくさんいて嬉しいでしょう？』」

たとえそれが思思《スースー》の口から出た言葉であっても、その台詞《せりふ》を聞くなり皆ぞっとして、ある人物の微笑《ほほえ》む顔が脳裏に浮かんだ。

——金光瑶《ジングアンヤオ》！

そして、寝床の上にいる半死のその男は、きっと金光善《ジングアンシャン》に違いない！

金光善《ジングアンシャン》の死は、百家の間ではかねてから公然の秘密となっていた。金光善《ジングアンシャン》は生涯放埒《ほうらつ》が過ぎて、もはや下品と言えるほどだった。至るところで愛人を作り、あちこちに子種を撒《ま》いて、彼の死因もまたそれと関係があったと言われている。蘭陵金《らんりょうジン》氏の宗主ともあろう者が、体が衰弱しているにもかかわらず女遊びに興じることをやめず、結局は腹上死《ふくじょうし》したなど、あまりにも外聞《がいぶん》が悪い話である。金《ジン》夫人は痛ましくも一人息子とその嫁を亡くしてからの数年、鬱々《うつうつ》としてやるせない気持ちのまま過ごしていたが、夫が死を前にしてもまだふしだらな生活を忘れず、最期は命を落とすまで遊んでいたのだと知り、怒りのあまり寝込み、金光善《ジングアンシャン》の死からそう経《た》たないうちにこの世を去ったのだ。

蘭陵金《ジン》氏はありとあらゆる手を使ってこのことをひた隠しにし、噂を鎮《しず》めようとしたが、既に多くの世家には周知の事実だった。表では深く悲しみ悼《いた》む姿勢を見せたものの、皆密かにこう思っていた。いい気味だ、彼に相応《ふさわ》しい死に方だと。ところが今日、なんと彼らはさらに聞くに堪《た》えず、醜悪極まりない真実を知ってしまったのだ。試剣堂内のあちこちから息を呑む音が聞こえてくる。

「あの中年男は叫んだり、もがいたりしようとしていましたが、体のどこにも力が入らなかったみたいで。そしたら、最初にあたしたちを中に案内してくれた少年が、また扉を開けて中に入ってきて、にこにこ笑いながら彼を寝床に引きずり上げました。頭を踏みつけながら、持っていた縄で彼をがんじがらめに縛り上げて、あたしたちに言いました。『続けろ、たとえこいつが死んでもやめるな』って。そんな場面、あたしたち今まで見たこともなかったので、死ぬほど怖くて、でも逆らえなくて、仕方なく続けるしかなかったんです。十二人目か、それとも十一人目かの子の番になった時に、その子が急に悲鳴を上げて、男が死んだって言いだして。あたしも近づいて見たら、本当に息絶えていました。それなのに、簾の後ろにいた人は『聞こえなかったのか？　死んでもやめるな！』って言うんです」

思思《スースー》の話を聞き、欧陽《オウヤン》宗主は我慢できず口を挟む。

「いくらなんでも、金光善《ジングアンシャン》は奴の実の父親なのに、もしその話が本当なら……これはあまりにも……あまりにも……」

「その人が死んだのを見て、もうおしまいだと、あたしたちは絶対に逃げられないんだとわかったんです。事を終えたあと、やはり二十数人の友達は全員殺されました。一人残らず……」

悲しげに言う思思《スースー》に、魏無羨《ウェイウーシエン》が尋ねた。

「だったら、なんであんただけは生き残れたんだ？」

「あたしにもわかりません！　あの時一生懸命泣きついて、お金なんていらない、絶対に外に言いふらさないからって言ったら、驚いたことに彼らは本当にあたしを殺さずに、ある場所に連れていって閉じ込めたんです。これまでの間、あたしは十一年間も閉じ込められて過ごしてきました。それが、最近になって偶然誰かに助けられて、逃げ出すことができたんです」

「誰があんたを助けたんだ？」

思思《スースー》の説明に、魏無羨《ウェイウーシエン》がさらに尋ねる。

「それもわかりません。あたしも今まで、助けてくれたその人と直接は会ったことがないんです。でもあの命の恩人様は、あたしの境遇を聞いてくれたあと、この君子面《づら》をして取り澄ました背徳の輩《やから》に、これ以上人々を欺《あざむ》かせはしないと決めたと言っていました。たとえ今は彼の一人天下だとしても、これから彼がやってきたことをすべて暴《あば》いて、彼に殺された者たちのために無念を晴らし、あの二十数人ものかわいそうなあたしの友達が黄泉《よみ》の国で安らかに眠れるようにする、と」

「それなら、あんたの話に何か証拠はあるのか？」

魏無羨《ウェイウーシエン》に問い質され、思思《スースー》はしばしためらってから首を振る。

「ありません。でも、もし一言でも嘘を言っていたら、あたしは死んで腐ってむしろすら巻かれなくても構いません！」

二人の会話を聞いて、姚《ヤオ》宗主が真っ先に彼女を擁《よう》護《ご》した。

「彼女はこれほど詳細に話せるのだから、この話が嘘のはずがない！」

ふいに、眉間にしわをきつく寄せた藍啓仁《ランチーレン》が、もう一人の女の方を見て声をかける。

「私は、あなたに会ったことがあるように思うのですが」

その女は恐怖におののいた表情で答えた。

「おそらく……お会いしたことがあると思います」

周りの者たちは驚いた――思思《スースー》が道端の娼婦《しょうふ》だとすると、まさかこの女もそうなのか？　だとしたら、藍啓仁《ランチーレン》はなぜ彼女に会ったことがあるんだ？

「楽陵《らくりょう》秦氏《チン》で清談会《せいだんかい》を催《もよお》した際、私は常に夫人のそばにつき従っておりましたので」

女がそう言うと、「楽陵秦《チン》氏？」と一人の女性修士が口を開いた。

「あなたは、楽陵秦《チン》氏の婢女《はしため》なの？」

さらに目ざとい女性修士がいて、女の名前を口にした。

「あなたは……碧草《ビーツァオ》。秦《チン》夫人につき従っていた侍女の碧草《ビーツァオ》！　そうですよね？」

秦《チン》夫人は秦蒼業《チンツァンイエ》の妻であり、つまり金光瑶《ジングアンヤオ》の妻、秦愫《チンスー》の産みの母でもある。その女――碧草《ビーツァオ》は頷いてから答えた。

「ですが今、私はもう秦《チン》家には仕えておりません」

姚《ヤオ》宗主は大いに興奮し、卓を叩いて立ち上がった。

「あなたもまた、我々に何か新たなことを教えてくれるんですね？」

「私がこれから話すのは、もっと前に起きたことで、十二、三年前の出来事です」

碧草《ビーツァオ》は目を赤くしながら話し始めた。

「私は秦《チン》夫人に長年仕え、愫《スー》お嬢様の成長も見届けてきました。夫人はかねてから愫《スー》お嬢様のことを非常に気にかけておられました。けれど、愫《スー》お嬢様が婚礼を間近に控えた頃、夫人はなぜかずっと鬱々としておられ、毎晩悪夢を見て、昼間でも時折急に涙が溢《あふ》れて止まらなくなることがありました。私はお嬢様がお嫁に行かれるから、きっと別れるのがつらいのだと思い、ずっと夫人にこう言って慰めていました。愫《スー》お嬢様がこれから嫁ぐあの斂芳尊《れんほうそん》金光瑶《ジングアンヤオ》は、将来有望です。しかも優しくて思いやりもある上、一途《いちず》で心変わりなんてしない方ですから、お嬢様はきっと幸せに暮らせますよ、と。ところが夫人はそれを聞くなり、一層悲しげな顔になったように見えました」

碧草《ビーツァオ》は続ける。

「婚礼の準備が進んでいたある日の夜、夫人は突然、愫《スー》お嬢様の未来の夫に会いに行くと言いだしました。それも今すぐ、私にこっそりついてきてほしいと言うんです。私はこう答えました。あの方をこちらへお呼びして、お会いすればいいじゃないですか。なぜこんな夜中にこそこそと若い殿方に会いに行かれるのですか？　もし人に知られたら、どれほどの良からぬ噂が立つかわかりませんよ、と。しかし夫人の態度は断固としたもので、私は仕方なく一緒についていきました。でも金光瑶《ジングアンヤオ》のもとに着いたあと、夫人は私に外で待つようにと言いつけたので、いったい中で何を話したのかはわかりませんでした。ただ、数日後、愫《スー》お嬢様の婚礼の日取りが決まると、夫人はその招待状をご覧になった途端に気を失ってしまったんです。そして婚礼のあともずっとふさぎ込んで、心の病《やまい》を抱え、その病状はますますひどくなっていきました。そうして息を引き取る前に、ついに秘密を抱《かか》えきれず、私にすべて話してくれたんです」

そう言って碧草《ビーツァオ》は涙を流した。

「斂芳尊《れんほうそん》金光瑶《ジングアンヤオ》と愫《スー》お嬢様、二人は決して夫婦にはなり得ません。本来、兄妹《きょうだい》の間柄だったんですから……」

「なに!?」

たとえ今、試剣堂に雷が落ちて炸裂《さくれつ》したとしても、今の一言ほど大きな威力はなかっただろう。魏無羨《ウェイウーシェン》の目には、秦愫《チンスー》のあの蒼白な顔が浮かび上がっていた。

「夫人はあまりにもお気の毒です……。あの人でなしの先代金《ジン》宗主、奴は夫人の美貌に執着して、ある時、外で酒に酔って無理やり……。到底、夫人には抵抗なんてできるわけもなく、事が終わったあとも誰にも言えずにいたんです。先代秦《チン》宗主は金光善《ジングアンシャン》に忠誠を尽くしていましたから、夫人は知られることをとても恐れておられました。愫《スー》お嬢様が誰の娘なのか、金光善《ジングアンシャン》は覚えていなくとも、夫人は決して忘れることはありませんでした。金光善《ジングアンシャン》に告白することなど怖くてできず、けれど愫《スー》お嬢様が金《ジン》光瑶《グアンヤオ》に恋心を抱いているのを知っていたため、かなり長い間苦しんで、婚礼の前にこっそりと金光《ジングアン》瑶《ヤオ》に会いに行ったんです。事情を打ち明けて、どうか婚姻《こんいん》を取り消してほしいと、決して取り返しのつかない過《あやま》ちを犯さないでと哀願《あいがん》しました。それなのに……それなのに金光瑶《ジングアンヤオ》は、愫《スー》お嬢様が実の妹だと知りながら、それでも彼女を娶《めと》ったんです！」

さらに恐ろしいのは、金光瑶《ジングアンヤオ》が彼女を娶っただけではなく、子供まで産ませたことだ！

これは実に衝撃的な不祥事《ふしょうじ》だ！

皆の議論の声は一波、また一波と次第に高まっていく。

「先代秦《チン》宗主は金光善《ジングアンシャン》に長く仕えていたというのに、まさか自分の長年の部下の妻にまで手を出すとは。金光善《ジングアンシャン》め！」

「世の中には、結局隠し通せる秘密などないんですよ……」

「金光瑶《ジングアンヤオ》が蘭陵金《ジン》氏で足元を固めるには、どうしても秦蒼業《チンツアンイエ》という手堅い舅《しゅうと》の力添えが必要だったんだ。そうとなれば、その娘を娶らないわけにいかないよな？」

「狂気の沙汰《さた》と言えば、奴の独擅場《どくせんじょう》だな！」

魏無羨《ウェイウーシエン》は声を潜めて藍忘機《ランワンジー》に話しかけた。

「どうりであの時、奴が密室で秦愫《チンスー》に『阿松《アーソン》は死ななければならなかった』って言ってたわけだ」

試剣堂内には、他にも阿松《アーソン》のことを思い出した者がいたらしく、姚《ヤオ》宗主が言った。

「こうなってくると、大胆な推測になりますが、奴の息子もおそらく他人に暗殺されたわけではなく、奴が自ら手を下したのかもしれませんな」

「と、言いますと？」

誰かの問いかけに、また姚《ヤオ》宗主が推論を話し始める。

「兄妹の間にできた子は、生まれつきの病がある可能性が非常に高い。金如松《ジンルーソン》が亡くなった時はまだ二、三歳で、まさに物心がつく年頃です。当時は幼すぎて、周りの者にも違和感があるかどうかはわからなかったでしょう。しかし、成長すればいずれ彼が普通の人とは違うという事実が露見《ろけん》してしまいます。たとえ両親の間に血の繋《つな》がりがあるとは疑われなかったとしても、もしそのような子が生まれたら、周囲は金光瑶《ジングアンヤオ》のことをあれこれと口さがなく言い、陰口を叩かれることは避けられません。奴に流れる汚らわしい娼妓《しょうぎ》の血のせいで、あんな子供が生まれたんだなどと根も葉もない噂を流されるでしょうね……」

誰もが彼の言うことはあり得る話だと感じた。

「姚《ヤオ》宗主、実に鋭い推察です！」

姚《ヤオ》宗主はさらに続ける。

「それに、当時金如松《ジンルーソン》を毒殺した者は、奴の瞭望台《りょうぼうだい》建設に反対していた宗主でした。そのような偶然がありますか？」

彼は冷ややかに笑って言う。

「いずれにせよ、なんとしてでも、金光瑤《ジングアンヤオ》はそのような可能性の高い息子を残すわけにはいかなかったのです。金如松《ジンルーソン》を殺し、自分に歯向かう宗主に濡れ衣《ぎぬ》を着せ、そして息子のために復讐をするという名目で正々堂々と奴に従わない世家を討伐する――冷酷非情ではありますが、これぞ一石二鳥。斂芳尊《れんほうそん》は実に大した腕前ですな！」

ふいに、魏無羨《ウェイウーシエン》は碧草《ビーツァオ》の方を振り向いた。

「金鱗台《きんりんだい》で清談会のあったあの夜、あんたは秦愫《チンスー》に会ったよな？」

碧草《ビーツァオ》は驚いた顔になったが、魏無羨《ウェイウーシエン》は構わず続ける。

「あの夜、芳菲殿《ほうひでん》内で秦愫《チンスー》と金光瑤《ジングアンヤオ》はしばらく言い争っていた。彼女が会ったある人物は、彼女にいろいろなことを教えた上、一通の手紙を渡した。騙《だま》したりしない人だって彼女は言ってたけど、それってあんたのことを言ってるのか？」

「私です」

碧草《ビーツァオ》が頷くと、魏無羨《ウェイウーシエン》は怪訝そうに確認する。

「ここまで長い間この秘密を守り続けてきたっていうのに、なんであんたは今になって急に、彼女に真実を教えるって決めたんだ？　それに、どうして突然こうして公《おおやけ》にしようと思った？」

「それは……愫《スー》お嬢様に、ご自分の夫がどんな人間かをはっきり伝えなければと思ったからです。本当は、このことを公にするつもりはありませんでした。でも、愫《スー》お嬢様が金鱗台でどうしてか自ら命を絶たれ……私は絶対に、人の皮を被ったあの獣《けだもの》の正体を暴き出して、秦《チン》夫人とともに成長を見届けてきたお嬢様のために無念を晴らしたいんです」

その言葉に、魏無羨《ウェイウーシエン》は小さく笑った。

「でもさ、あんたは考えてもみなかったのか。真実を教えたら、秦愫《チンスー》にどれほど衝撃を与えることになるのかを。まさか、本当にわからなかったなんて言わないよな？　あんたが秦愫《チンスー》に教えたことで彼女は死を選んだんだぞ」

「私は……」

碧草《ビーツァオ》が何か言いかけると、姚《ヤオ》宗主が不満げに間に入る。

「貴様のその言い分には同意できかねる。まさか、真実を隠しておくべきだったとでも？」

すぐさま誰かが加勢した。

「他人のせいにしても仕方ない。結局は金《ジン》夫……秦《チン》愫《スー》自身が脆《もろ》すぎたのだ」

しかし、何人かの年上の女性修士たちはそれとは反対の意見を述べた。

「秦愫《チンスー》、なんてかわいそうな」

「今まで私は彼女のことを羨《うらや》ましく思っていました。本当に運は彼女の味方だと。家柄にも嫁ぎ先にも恵まれて金鱗台の唯一無二の女主《おんなあるじ》になって、夫も彼女に一途だとばかり思っていたのに。まさか、こんなことになるなんて……」

また別の女性は、俗離れした調子で意見した。

「そんなふうにやけに美しく見える物事の裏側は、往々《おうおう》にして傷だらけなんです。羨むべきところなんてまったくありません」

（きっと秦愫《チンスー》は、こうやって表向きは同情や哀れみを見せながら、その実、興に乗って嬉々《きき》として話す奴らの無責任な言葉に耐えられないから、死を選んだんだろうな）

そう思いながら魏無羨《ウェイウーシエン》が視線を伏せると、碧草《ビーツァオ》の手首に翡翠《ひすい》と金で作られた腕輪がはめられているのが目に入った。それは極めて純度の高い品で、決して婢女が身につけられるような代物ではない。彼は微かに笑みを浮かべた。

「いい腕輪だね」

だが、碧草《ビーツァオ》は慌《あわ》てて袖を引っ張って腕輪を隠すと、俯《うつむ》いて黙り込んでしまう。

その時、聶懐桑《ニエホワイサン》がぼんやりと疑問を投げかけた。

「でも……今日このお二方をここまで送り届けた人って……いったい何者なんでしょうか？」

「そのようなこと、こだわる必要はないでしょう！たとえ誰であろうと、一つだけ確信できるのは……

相手は義士《ぎし》であり、我々の味方に違いないということです」

姚《ヤオ》宗主の言葉に、たちまち「その通りだ！」と同調する声が次々に上がる。

「確かに思思《スースー》さんを助けた人は只者じゃない。金も暇もある人物だ。でも、義士だって？　それはどうかな？」

魏無羨《ウェイウーシエン》が口を挟むと、藍忘機《ランワンジー》も続ける。

「疑わしい点が多すぎます」

魏無羨《ウェイウーシエン》の言葉だけなら、ほとんどの者は歯牙《しが》にもかけないだろうが、藍忘機《ランワンジー》がそう言うとたちまちその場の全員が静かになり、呼吸の音までもが潜められた。

「どこが疑わしい？」

藍啓仁《ランチーレン》の問いかけに、魏無羨《ウェイウーシエン》が答える。

「疑問だらけですよ。例えば、金光瑶《ジングアンヤオ》はあんなに残忍で手口も悪どいのに、なぜその二十数人の女たちを殺して、思思《スースー》だけを残したのか？　こうして証人はいますが、物証は？」


この場において、魏無羨《ウェイウーシエン》はずっと周囲とは異なる見解を述べており、口を揃えて憤激《ふんげき》している皆とは明らかに相容《あいい》れず、一部の者たちは既に不快感をあらわにしている。

すると、姚《ヤオ》宗主が大声を上げた。

「これこそが、天網恢恢疎《てんもうかいかいそ》にして漏《も》らさずです」

それを聞いて魏無羨《ウェイウーシエン》はわずかに笑み、口を閉ざした。

今は誰も彼の言葉になど耳を貸さないし、誰も彼が示した疑問をよく考えてみることもしないとわかっているからだ。これ以上言葉を重ねれば、周囲はまた彼に狙いを定めるかもしれない。もしこれが十数年前であれば、周りの者などまったく気にかけることなく言いたいことをなんでも言い、否応《いやおう》なしに話を聞かせていただろう。しかし、今の魏無羨《ウェイウーシエン》は、もうそうしてしゃしゃり出ることにはほとんど興味がなくなっていた。

魏無羨《ウェイウーシエン》が黙ると、大広間内にいる皆の非難の声はだんだんと高まっていく。

「まさか、あいつがここまで恩知らずで残虐非道だったとは！」

「恩知らず」と「残虐非道」の二つの言葉は十数年もの間、いつも魏無羨《ウェイウーシエン》と一揃いにされていた。そのせいか、急にその言葉が耳に入ると反射的にまた自分が罵《ののし》られているのかと思い、少ししてからやっとそうではないと呑み込めた。今、金光瑶《ジングアンヤオ》を罵っている者たちは、かつて魏無羨《ウェイウーシエン》に侮蔑《ぶべつ》の言葉を吐いたのと同じ連中で、しかもその言葉までもが同じだ。ただ罵る対象だけが別の者に代わっている状況に、彼はまだ慣れることができずにいた。

続けざまに、他の修士が声を上げる。

「当時、金光瑶《ジングアンヤオ》は赤鋒尊《せきほうそん》と沢蕪君《たくぶくん》に取り入って、そのおかげで着実にのし上がれたのだ。そうでなければ、奴のような娼妓の子が今日《こんにち》の地位に座れるわけがあるか？　まさか赤鋒尊《せきほうそん》にひどい仕打ちをしたのも奴だなんて！　沢蕪君《たくぶくん》は今もまだ奴のところにいる、彼がどうか無事であることだけを願うよ！」

もともと彼らは聶明玦《ニエミンジュエ》の死と、彼が八つ裂きにされたこと、そして乱葬崗《らんそうこう》での屍《しかばね》の群れによる襲撃が金光瑶《ジングアンヤオ》と関係していることなどまったく信じてはいなかったのに、今ではなぜか全員がそれを事実だと確信し始めている。

「義兄《ぎけい》のみならず、実の兄弟たちも奴の手を逃れられなかったんだ。金光善《ジングアンシャン》が死ぬ前のあの数年、奴はあちこちにいる父親の庶子《しょし》たちを立て続けに潰していた。あれは、急に誰か自分の兄弟が現れて、跡《あと》目《め》争いになることを何よりも心配していたからだろう。莫玄羽《モーシュエンユー》はまだましな方だ。おかしくなって追い返されていなかったら、ひょっとすると他の何人かと同じく、あらゆる手で消されていたかもしれない」

「そう考えると、金子軒《ジンズーシュエン》の死にもきっと奴が関与しているに違いない！」

「誰か、暁星塵《シャオシンチェン》のことを覚えている者はいるか？　明月清風《めいげつせいふう》の暁星塵《シャオシンチェン》。あの櫟陽常《れきようチャン》氏の事件の犯人だった薛洋《シュエヤン》も、斂芳尊《れんほうそん》が全力で庇《かば》い立てしたんだ」

「暁星塵道長《シャオシンチェンどうちょう》が山を下りてきたばかりの頃、どこの世家も彼を客卿として招き入れたがっていただろう？　蘭陵金《ジン》氏も彼を一門に誘ったが、丁重に断られたそうだ。金《ジン》家はあの頃まさに調子づいていたから、一介の道士《どうし》に振られて顔を潰されたと思っただろうな。あとになって蘭陵金《ジン》氏が薛洋《シュエヤン》を庇ったのは、きっとその恨みも理由だったんだ。どうしても暁星《シャオシン》塵《チェン》の惨《みじ》めな末路を見たい一心だったんだろうよ」

「ぺっ！　奴ら何様のつもりだ。一門に入るのを断ればひどい目に遭《あ》わせるっていうのか？」

「ああ、残念です。当時私は幸運にも、夜狩《よかり》の際に暁星塵《シャオシンチェン》道長の風采《ふうさい》を目の当たりにしたことがあるんですよ。霜華《シャンホワ》一本でその名を轟《とどろ》かせたお方でした」

「結局金光瑶《ジングアンヤオ》はその後、薛洋《シュエヤン》も粛清《しゅくせい》したわけだろう。なんともお見事な内輪揉《も》めの幕引きだな」

「聞いた話だが、金光瑶《ジングアンヤオ》が岐山温《きざんウェン》氏に潜入していた時、本当はちっとも義心なんてもんはなくて、打算的だったらしいぞ。もし射日《しゃじつ》の征戦《せいせん》で戦況が芳《かんば》しくなければ、そのまま温《ウェン》家の手先として悪事を働き、温若寒《ウェンルオハン》にこびへつらって取り入る——逆に温《ウェン》家が失脚しそうになったら、寝返って自らが英雄になるつもりだったって」

「温若寒《ウェンルオハン》は草葉《くさば》の陰《かげ》で怒り心頭だろうな。当時の奴は、金光瑶《ジングアンヤオ》のことを腹心として育てていたって聞くし。今の金光瑶《ジングアンヤオ》のあの剣術も、八割方が温若寒《ウェンルオハン》に仕込まれたものだろう！」

「それがどうした。当時、赤鋒尊《せきほうそん》が奇襲に失敗したのは、まさに奴が故意に偽《にせ》情報を流したからだと聞いたぞ！」

「それなら、俺もとっておきの秘密を知ってるぜ。奴が瞭望台を建設するための金と物資は、全部他家から搾《しぼ》り取ったものだろう？　協力した各家は皆分け前をもらえたが、聞いた話じゃ、奴はこっそりそこから差し引いて自分の懐《ふところ》に入れたんだと……それもこの桁《けた》」

「嘘だろう……そんなに多く⁉　なんて厚かましい。てっきり金光瑶《ジングアンヤオ》という人間は、本心から人々を憂《うれ》えて事に当たっていたとばかり思っていたのに。あいつは俺たちの誠意を全部犬に食わせていたんだな！」

魏無羨《ウェイウーシエン》は彼らの話を聞き流しながら、滑稽《こっけい》だなと思った。

（たかが噂だっていうのに、なんで鵜呑《うの》みにするんだ？　そもそも秘密だって言うなら、お前らこそどうやってそれを知ったんだよ）

こういった噂は、決して今日初めて口の端《は》に上ったわけではないが、これまで金光瑶《ジングアンヤオ》の勢力下では抑え込まれていて、誰一人として真に受ける者などいなかった。それが今夜、その様々な噂はまるで確実な証拠を伴《ともな》った事実かのように語られ、山と積み上げられた罪の煉瓦《れんが》のように、彼が残虐非道であることを証明するものへと一変した。

「こうして考えてみると、この金某人《ジンぼうじん》は、父を殺し、兄を殺し、妻を殺し、子を殺し、主《あるじ》を殺し、友を殺し……その上、近親者と……なんと恐ろしい！」

「蘭陵金《ジン》氏はもともと横柄で理不尽だが、金光瑶《ジングアンヤオ》はそれに加えて独断専行、今まで周りの意見に耳を傾けたことなどなかった。今のこの贅沢三昧《ぜいたくざんまい》の生活も、権力を笠に着て人を虐《しいた》げる気風も、すべて導いたのは金光瑶《ジングアンヤオ》だ。我々が本当にこの鬱憤《うっぷん》にずっと耐え忍ぶとでも思っているのか⁉」

「奴はここ数年で各家が勢力を広げ、ますます実力を伸ばしているのを見て、きっと危機感を覚え始めたんだ。かつての岐山温《ウェン》氏のように転覆《てんぷく》させられるのを恐れて、毒を食らわば皿までと、いっそのこと我々を一網打尽《いちもうだじん》にするつもりだったんだろう」

それを聞いて、姚《ヤオ》宗主がせせら笑った。

「そういうことなら、こちらは奴が最も恐れていることを現実に変えてやろうじゃありませんか」

彼は卓をバンと叩いて続けた。

「金鱗台に攻め入りましょう！」

満堂の賛同と喝采《かっさい》の声の中で、魏無羨《ウェイウーシエン》は皮肉に思った。

（つい昨日まではその恐ろしい人物を誰もが口々に褒め称《たた》えていたっていうのに、たった一日で、斂芳《れんほう》尊《そん》は誰からも忌《い》み嫌われる存在になったたな）

突然、傍らにいた誰かがこちらを向いて言った。

「魏《ウェイ》さん、金光瑶《ジングアンヤオ》の手にはきっと陰虎符《いんこふ》があるはずだ。あれの対処はあなたにお願いしますよ」

「へ？」

彼はまさか進んで自分に話しかけてくる者がいるとは思わず、しかもとても熱意を込めた様子で、ましてや魏賊《ウェイぞく》やら魏《ウェイ》の犬野郎のような蔑称《べっしょう》ではなく「さん」づけで呼ばれ、少々呆気《あっけ》に取られてしまった。すると、すぐさま別の宗主も追随《ついずい》する。

「その通りです！　この道では誰一人、夷陵老祖《いりょうろうそ》の右に出る者などいませんから！」

「これで金光瑶《ジングアンヤオ》の鼻っ柱《はなばしら》を折ってやれるな。ハハハハッ……」

盛り上がる周囲をよそに、魏無羨《ウェイウーシエン》はしばらく唖然《あぜん》としていた。今日より前に、周囲の者が彼をここまで褒めそやしお世辞を言っていたのは、十数年も前の射日の征戦でのことだ。やっと自分に代わって誰かが百家共通の敵の座につき、苦しかった日々が終わりを告げたというのに、訪れたはずの幸福を、魏《ウェイ》無羨《ウーシエン》はそれほど味わうことはできなかった。ついに世の中の人々に受け入れられたのだという感動もなく、ただ懐疑《かいぎ》の念を抱いていた。

（あの時も、こいつらは今夜みたいに大勢でどこかに集まって密かに会合を開いて、何も憚《はばか》ることなく言いたい放題罵って……そして、乱葬崗を殲滅《せんめつ》することを決めたのか？）

討議が終わった頃、雲夢江《ジャン》氏の宴会場もちょうど準備が整った。しかし、宴《うたげ》が始まってみると、席にはなぜか二人分の空きがある。宗主の一人が不思議そうに尋ねた。

「魏《ウェイ》……夷陵老祖と含光君はどちらへ？」

上座《かみざ》に座した江澄《ジャンチョン》は、そばにいる客卿に確認する。

「彼らは？」

「お二方は奥の間から出て着替えられ、宴には参加しないとおっしゃっていました。外に散歩に出かけるので、あとで戻ると」

客卿がそう言うと、江澄《ジャンチョン》は冷ややかに笑った。

「やはり、相変わらず礼儀知らずだな」

この言葉は藍忘機《ランワンジー》をも罵ったように聞こえたらしく、藍啓仁《ランチーレン》は不快そうな表情を浮かべた。もし藍忘《ランワン》機《ジー》が礼儀知らずと言われるのであれば、世の中に礼儀などというものは存在しないも同然だろう。そう考えてから、藍啓仁《ランチーレン》はまた魏無羨《ウェイウーシエン》のことを思い返し、歯ぎしりしつつ憤慨《ふんがい》した。

江澄《ジャンチョン》の方は、表情を整えてから丁寧な口調でその場の人々に伝える。

「皆さんお先に召し上がってください。あとで私が彼らを呼び戻しに行ってまいります」

蓮花塢を出た波止場の前、藍忘機《ランワンジー》は行き先も聞かず、魏無羨《ウェイウーシエン》の気の赴《おもむ》くままに連れ回されて悠然《ゆうぜん》と歩いている。

波止場にはまだ夜食を売る屋台が数軒店を開けていて、魏無羨《ウェイウーシエン》はそこに近づくと、笑顔で振り向いた。

「あいつらと一緒に食べなくて正解だったな。藍《ラン》湛《ジャン》こっちこっち、これ美味いんだよ。俺がおごってやる！　すみません、二つください」

店主はにこにこしながら喜んで二つの平べったい焼餅《しょうへい》〔麺餅《めんへい》を焼いたもの〕を油紙《あぶらがみ》で包んだ。魏無《ウェイウー》羨《シエン》はそれを受け取る時になって、唐突に自分が無一文だったことを思い出した。どうしておごるなんて言ってしまったんだ、と考えている間に、藍忘機《ランワンジー》は既に彼の代わりに包みを受け取り、片手で勘定《かんじょう》を済ませていた。

「あーあ、悪いな。なんでいつもこうなるんだろう？　お前に何かおごって食べさせようとする度に、毎回しくじっちゃうんだよな」

「構わない」

藍忘機《ランワンジー》から焼餅を受け取ると、魏無羨《ウェイウーシエン》は俯いて一口かじってから続けた。

「昔はさ、この波止場で何か食べたかったら、俺は一切金を払う必要なんてなかったんだ。好きなように取って、好きなように食べて、食べ歩いたり走りながら取っていったりさ。それで、一か月ごとに店主が江《ジャン》おじさんのところに行って請求するってわけ」

藍忘機《ランワンジー》は手に持ったまん丸い焼餅の上に小さな半

月形の欠け目を残すと、淡々と答えた。

「今も払う必要はない」

「ハハハハハハハハハハハハッ！」

魏無羨《ウェイウーシエン》はその言葉に大笑いしてから、焼餅を二、三口で食べ終えた。残った油紙をくしゃくしゃと丸めて、手で放って遊びながら辺りを眺める。

「もう他に屋台はないんだな。昔はどれだけ夜遅くても、ここは屋台で埋め尽くされてて、いろんな食べ物を売ってたんだ。蓮花塢から夜食を食べに来る人が多かったから。船もかなり多かったし、お前らんとこの彩衣鎮《さいいちん》にも負けないくらいだった」

すっかり変わってしまった景色に目をやりながら、彼は続けた。

「今は、かなり減ったな……藍湛《ランジャン》、お前が来るのが遅すぎるんだよ。ここが一番楽しくて賑《にぎ》やかな頃には間に合わなかったな」

「遅くはない」

藍忘機《ランワンジー》の答えに、魏無羨《ウェイウーシエン》はにっこりと笑う。

「昔、雲深不知処《うんしんふちしょ》で勉強してた時、雲夢に遊びに来いって何度も誘ったのにお前はちっとも相手にしてくれなかっただろ。もう少し強引に力尽くでもお前を引きずってくるべきだったな。ところで、なんで食べるのがそんなに遅いんだ？　味が気に入らなかった？」

「食うに語らず」

彼はものを食べる時にしっかりと咀嚼《そしゃく》して食べるので、もしどうしても途中で話す必要があれば、口の中のものをすべて呑み込んでからになる。

「じゃあ、もう話しかけないからゆっくり食べな。もしお前が気に入らないんなら、残りを俺が代わりに食べようかなって思っただけ」

魏無羨《ウェイウーシエン》がそう言うと、藍忘機《ランワンジー》は店主に向かって声をかけた。

「もう一つください」

結局、魏無羨《ウェイウーシエン》がさらに買ってもらった三枚目の焼餅まで食べ終わった時、藍忘機《ランワンジー》はまだゆっくりと一枚目をかじっていた。魏無羨《ウェイウーシエン》はそんな彼を連れて、蓮花塢からますます遠く離れたところまで歩き、道中ずっとあちこちを指さして彼に見せて回った。

魏無羨《ウェイウーシエン》はこれまで自分が成長し、遊び、暴れて騒いできた場所を、すべて余すところなく藍忘機《ランワンジー》に見せたかったのだ。彼に自分がそこでやっていた悪いこと、喧嘩、捕まえた雉《きじ》などのことまで話し、そしてまた、それを聞いた時の藍忘機《ランワンジー》のごくわずかな表情の変化を眺め、彼の一つ一つの反応を楽しんだ。

「藍湛《ランジャン》！　ほら、こっち見て、この木を見ろよ」

藍忘機《ランワンジー》もやっと焼餅を食べ終え、油紙を小さな四角形に綺麗に畳《たた》むと、手の中に握る。それから、魏《ウェイ》無羨《ウーシエン》が指さす方へと目を向けた。それは何の変哲もないごく普通の一本の木だった。幹《みき》は真っすぐに伸びて枝葉は広がり、おそらく樹齢は何十年と経つだろう。魏無羨《ウェイウーシエン》はその木へと近づき、その周りをぐるぐると二周歩くと、幹をとんとんと叩いた。

「俺、この木に登ったことがあるんだ」

「先ほど通ってきた道の、どの木にも君は登ったことがあるだろう」

「この木は違うんだって！　これは、俺が蓮花塢に来てから初めて登った木で、しかも登ったのは真夜中だった。師姉《しし》が提灯《ちょうちん》を持って捜しに来てくれて、俺が落ちるのを心配して木の下で受け止めようとしてくれたんだ。でも、師姉のあんなに細い腕で受け止められるわけがないだろう？　だから結局落ちて、俺は脚が一本折れたんだ」

彼の脚に目をやってから、藍忘機《ランワンジー》は尋ねた。

「なぜ夜中に木に登った？」

魏無羨《ウェイウーシエン》は腰を屈《かが》めて笑いながら答える。

「理由なんてないよ。知ってるだろ、俺は夜中に出かけてぶらぶらするのが好きなんだ。ハハッ」

そう言うなり、彼はぱっと二本の木の枝に掴まり、幹に沿ってするすると登り始めた。手慣れた様子で真っすぐに上へと突き進み、てっぺんに近いところでようやく止まる。

「うん、だいたいこの辺りかな」

彼はこんもりと生《お》い茂った枝葉の中に顔を埋《うず》め、長いことそうしてから顔を上げると、下の方を見下ろして声をかけた。その声は高く、どうやら笑っているようだ。

「あの時は怖いくらいに高く感じたのに、今見ると、実は大して高くもなかったんだな」

その木に抱きついた時、彼の目には一瞬で熱いものが込み上げていた。見下ろす視界は既にぼやけている。

藍忘機《ランワンジー》は木の真下に立ち、顔を上げて彼を見つめた。彼もあの時の江厭離《ジャンイエンリー》と同じ全身白い服で、提灯は持っていないけれど、その代わりに月光が彼の体を薄い膜で覆《おお》うように降り注いでいる。全身が白い光を放っているかの如く輝き、まるで淡い光の輪の中に包み込まれているみたいだ。真剣な表情で仰《あお》向《む》いた藍忘機《ランワンジー》は樹頭を見つめたまま木の幹に向かってさらに数歩近づき、両手を伸ばそうとする。

その瞬間、魏無羨《ウェイウーシエン》の頭の中に異常なほどに強烈な衝動が湧いた。

――あの時みたいに、もう一度落ちてみたい。

心の中で、誰かが囁《ささや》く声がする。

『もしこいつが俺を受け止めてくれたら、俺は……』

「俺は」と聞こえたところで、彼はふっと手を離した。

魏無羨《ウェイウーシエン》がなんの前触れもなく木から落ちてくるのを見て、藍忘機《ランワンジー》はぱっと両目を見開いた。すかさず一歩前に踏み出した彼の腕に、魏無羨《ウェイウーシエン》は真っすぐに受け止められる。あるいは、彼の胸に飛び込んだとも言えよう。

藍忘機《ランワンジー》の体格はすらりとしていて、一見すると文《ぶん》雅《が》な公子に見えるが、その力を決して侮《あなど》ってはならない。腕力が驚異的なだけでなく、足腰は非常に安定している。とはいえ今、木から飛び降りてきたのは一人の成人男性なのだ。藍忘機《ランワンジー》は確かに魏無羨《ウェイウーシエン》を受け止めたものの、わずかによろめいて後ろに一歩だけ下がった。しかし、すぐさましっかりと体勢を立て直す。

そして、腕に抱えた魏無羨《ウェイウーシエン》を地面に下ろそうとしたその時、なぜか魏無羨《ウェイウーシエン》が両手を藍忘機《ランワンジー》の首に回してきつく抱きついてきたことに気づき、彼は身動きが取れなくなった。

藍忘機《ランワンジー》には魏無羨《ウェイウーシエン》の顔が見えず、魏無羨《ウェイウーシエン》にも藍忘機《ランワンジー》の顔は見えない。だが、見えずとも瞼《まぶた》を閉じて息を吸えば、魏無羨《ウェイウーシエン》の胸の中は藍忘機《ランワンジー》の体から微かに香るひんやりとした檀香《だんこう》でいっぱいになる。

魏無羨《ウェイウーシエン》は掠《かす》れた声で囁いた。

「ありがとう」

落ちることなどちっとも怖くはなかった。これまでの長い歳月の中で、数えきれないほど落ちてきたからだ。けれど、何度繰り返しても地面に落ちる痛みは変わらなかった。

もし誰かが受け止めてくれたなら、それ以上のことなどない。

彼が礼を言うのを聞いて、藍忘機《ランワンジー》の体はわずかに強張《こわば》った。魏無羨《ウェイウーシエン》の背中に添えようとしていた手も、少し止まってから引っ込められる。

しばらく沈黙して、藍忘機《ランワンジー》は一言告げた。

「礼には及ばない」

かなり長い間抱き合ったあと、ようやく魏無羨《ウェイウーシエン》は彼から離れた。そして真っすぐに立つと、また一人の好漢に戻り、まるで何事もなかったかのように口を開く。

「さ、帰ろう！」

「もう見て回らないのか？」

「まだ見るよ！　でも、外にはもう見るものがないんだ。これ以上先に進んでも、荒れた野原があるだけだからさ。そんなの、もう俺たちは十分すぎるくらい見ただろ。蓮花塢に戻ろう。最後に一つ見せてやる」

二人は波止場に引き返し、もう一度蓮花塢の正門を入った。修練場を通り抜け、小ぶりだが華やかで立派な建物の前を通りかかった時、魏無羨《ウェイウーシエン》は思わずその場で足を止めた。その建物を何度も見たあと、彼は表情を変える。

「どうした」

藍忘機《ランワンジー》に聞かれ、魏無羨《ウェイウーシエン》は首を横に振った。

「なんでもない。昔、俺が住んでた部屋がここにあったんだけど、今はもうなくなってる。やっぱり取り壊されたんだろうな。この辺りは全部新しく建てられたものだ」

　彼らはいくつも連なった建物の角を曲がり、蓮花塢の奥深くにひっそりと建つ、八本の楝木《むなぎ》からなる八角形の黒い殿堂の前に着いた。まるで、ここにいる誰かを驚かせてしまわないよう気遣《きづか》うみたいに、魏無羨《ウェイウーシエン》はそっと扉を押し開けて殿堂の中に入る。正面には、何列もの位牌《いはい》が整然と並んでいた。

　ここは、雲夢江《ジャン》氏の祠堂《しどう》だ。

　彼は円座の上に跪《ひざまず》いて供物台《くもつだい》から線香を三本取ると、蝋燭《ろうそく》の火で軽く炙《あぶ》って火をつけ、位牌の前にある銅の鼎《かなえ》〔三本脚で支えられ耳が一対ついた器〕の中に立てる。並んだ位牌のうちの二つに向かって三拝《さんぱい》してから、藍忘機《ランワンジー》の方を見て言った。

「昔はさ、俺もここの常連だったんだ」

　藍忘機《ランワンジー》は、答えはわかりきっているという表情で尋ねた。

「罰として跪いていたのか？」

　魏無羨《ウェイウーシエン》は不思議そうな顔になる。

「なんで知ってるんだ？　その通りだよ。虞《ユー》夫人はしょっちゅう俺を罰したからな」

　藍忘機《ランワンジー》は頷いて答えた。

「少し噂で耳にしたことがある」

「雲夢からお前らの姑蘇《こそ》にまで噂が広がるなんて、ちょっと小耳に挟んだ程度じゃないだろう。でも正直、あれから長いこと経ったけど、俺は虞《ユー》夫人以外にあんな気性が荒い女には会ったことがないよ。ちょっとしたことで、すぐに俺を祠堂に跪きに来させてさ。ハハハッ……」

　けれど、それ以外には、虞《ユー》夫人は本当に彼を害するようなことなど一度もしなかった。

　魏無羨《ウェイウーシエン》は急に、ここは祠堂で虞《ユー》夫人の位牌はすぐ目の前にあるのだと思い出し、慌てて「すみません、すみません」と謝ると、先ほどの口さがなさを補《おぎな》うように、また三本の線香に火をつけた。それらを高く頭上に掲げ心の中で謝っていると、隣がふっと暗くなる。顔を横に向けて見ると、藍忘機《ランワンジー》もまた、同じように彼の隣で跪いていた。

霊堂《れいどう》に来たからには、礼儀として敬意を表すのが当然だ。藍忘機《ランワンジー》も線香を三本取り、袖を引いて傍らの赤い蝋燭から火をつける。その動きは淀《よど》みなく正確で、彼の表情は厳《おごそ》かに見えた。頭を傾けて彼を見ながら、魏無羨《ウェイウーシエン》は無意識のうちに口角を微かに上げた。藍忘機《ランワンジー》はそんな彼をちらりと見て注意する。

「灰が落ちる」

魏無羨《ウェイウーシエン》が持ったままの三本の線香は燃え続けていて、既に先の方は灰が積もり、そろそろ落ちてしまいそうだ。それなのに、なぜか魏無羨《ウェイウーシエン》はぐずぐずして鼎に立てようとはせず、真面目な声で言った。

「一緒にやろう」

藍忘機《ランワンジー》からの反対はなく、彼らはそれぞれ線香を三本両手で持ち、並んだ位牌の前に跪いたまま、一緒に江楓眠《ジャンフォンミエン》と虞紫鳶《ユーズーユエン》の名前に向かって頭を下げて拝礼《はいれい》した。

一回、二回、拝礼する彼らの動きはぴったりと重なっている。

魏無羨《ウェイウーシエン》は「これでよし」と言ってから、丁寧に線香を鼎の中に立てた。

最後に、魏無羨《ウェイウーシエン》は自分の隣で完璧に正しい姿勢で跪いている藍忘機《ランワンジー》をちらりと見てから、両手を合わせて心の中で話しかけた。

（江《ジャン》おじさん、虞《ユー》夫人、俺です。眠りを妨《さまた》げに来てしまいました。

でも本当に、どうしてもこの人を連れてきて、二人に会わせたかったんです。さっきの二拝は天地と両親への拝礼として、まず二人に、俺の隣にいる人を認めてもらいたいんです。最後の一拝はとりあえずお預けってことで、いずれ機会を見つけて改めて……）〔中国では結婚の儀式として、天地へ一拝、両親へ一拝、そして新郎新婦が互いへ一拝、合わせて三拝する〕

その時突然、二人の背後からせせら笑いが聞こえてきた。

ちょうど黙祷《もくとう》していた魏無羨《ウェイウーシエン》は、その声を聞いてはっとして目を開ける。振り向くと、江澄《ジャンチョン》が祠堂の外にある開《ひら》けた場所に腕を組んで立っているのが見えた。

　彼は冷ややかに口を開く。

「魏無羨《ウェイウーシエン》、お前は本当に部外者だという自覚がないようだな。来たければ来て、出ていきたければ出ていって、人を連れてきたければ連れてきて。ここが誰の家で、主人が誰なのか覚えているんだろうな？」

　江澄《ジャンチョン》に見つかれば、きっと悪意のある物言いをされるに違いないと予想はついていた。不要な言い争いは避けたい。

「含光君を蓮花塢の他の禁秘《きんぴ》の場所には連れていってない。ただ線香をあげて、江《ジャン》おじさんと虞《ユー》夫人を供養しに来ただけだ。もう済んだから、すぐ立ち去る」

「どうぞ、できるだけ遠くへ立ち去ってくれ。二度と蓮花塢の中で、お前が闊歩《かっぽ》しているところを俺に見せるな。耳にもしたくない」

　江澄《ジャンチョン》が冷たく言い放ち、魏無羨《ウェイウーシエン》の眉頭《まゆがしら》はぴくりと動いた。ふいに、藍忘機《ランワンジー》の右手が剣の柄《つか》にかかっているのが見え、慌てて彼の手の甲を押さえつける。

藍忘機《ランワンジー》は江澄《ジャンチョン》に向かって諫《いさ》めた。

「言葉に気をつけろ」

　江澄《ジャンチョン》は構うことなく逆に忠告する。

「お前らの方こそ振る舞いに気をつけるべきだろう」

　魏無羨《ウェイウーシエン》の眉頭はますます激しく寄せられ、湧き上がる嫌な予感も濃厚になって、藍忘機《ランワンジー》を促した。

「含光君、行こうか」

　魏無羨《ウェイウーシエン》は一旦振り返ると、もう一度江楓眠《ジャンフォンミエン》夫婦の位牌に向かって真面目に数回地面に頭をつけて拝礼してから、藍忘機《ランワンジー》と一緒に立ち上がった。江《ジャン》澄《チョン》は意外なことに、彼に拝礼するなとまでは言わなかったが、皮肉をやめる気もなかった。

「確かにお前はちゃんと彼らに跪くべきだな。訳もなく二人の前でその目を汚して、安眠を穢《けが》しやがって」

　魏無羨《ウェイウーシエン》は彼をちらりと一目見ると、落ち着いた声で答えた。

「線香をあげるくらい、いいだろう」

「線香をあげるだと？　魏無羨《ウェイウーシエン》、お前にはこれっぽっちの自覚すらないのか？　お前はとっくにうちを追い出された身なんだぞ。なのにわざわざろくでもない奴まで連れてきて、揃ってよくもまあ俺の両親に線香をあげられたもんだな？」

魏無羨《ウェイウーシエン》は既に江澄《ジャンチョン》の横を通り過ぎるところで、もう少しでこの場から去るはずだったのに、その一言を聞くと突然立ち止まって低く抑えた声を発した。

「はっきり言えよ。誰がろくでもない奴だって？」

自分一人であれば、江澄《ジャンチョン》が何を言おうともすべて受け流すことができた。しかし、今は藍忘機《ランワンジー》も一緒なのだ。藍忘機《ランワンジー》には、江澄《ジャンチョン》のますますひどくなっていく暴言と、真正面からぶつけられる悪意を、自分とともに耐え忍ばせたくなかった。

江澄《ジャンチョン》は露骨に皮肉を言って寄越《よこ》す。

「お前は本当に物忘れがひどいな。ろくでもない奴が誰かって？　わからないなら思い出させてやるよ。お前が英雄ぶってお前の隣にいるその藍《ラン》公子殿を助けたりしたから、蓮花塢のすべてが、そして俺の両親も何もかもがお前のせいで葬《ほうむ》られたんだ。しかもそれだけでは飽き足らず、一度目があれば、お前はまた二度目を繰り返す。温狗《ウェンく》まで助けようとして、姉さんたちを道連れにした。お前は本当にご立派な奴だよ。その上さらにご立派なことに、寛容《かんよう》にもそのお二方を連れて蓮花塢に来るなんてな。仇《かたき》の温《ウェン》狗《く》をうちの門前でうろつかせて、藍《ラン》公子殿を中に入れて線香まであげさせて、わざと俺を、両親を不快な目に遭わせるつもりか」

江澄《ジャンチョン》はなおも続ける。

「魏無羨《ウェイウーシエン》、お前は自分のことをなんだと思ってるんだ？　誰がお前の顔を立てて、好き勝手に他人をうちの祠堂の中に連れ込むのを許した？」

魏無羨《ウェイウーシエン》にはとっくにわかっていた。江澄《ジャンチョン》はかつてのことを片時も忘れず、ずっと魏無羨《ウェイウーシエン》とけりをつけたいと思い続けていたのだと。

江澄《ジャンチョン》は、蓮花塢が滅ぼされたことの責任は魏無《ウェイウー》羨《シエン》だけにあるのではなく、温寧《ウェンニン》と藍忘機《ランワンジー》もその一端を担《にな》ったと考えていた。この三人のうち誰か一人だけであっても決していい顔をしないのに、三人が一堂に会して彼の目の前をうろつき、さらには蓮花塢にまで来たことで、おそらくとうに烈火の如く腹を立てていたのだろう。これも、魏無羨《ウェイウーシエン》が江澄《ジャンチョン》を避けて祠堂を訪れた理由の一つだった。

江澄《ジャンチョン》になんと責められようとも、魏無羨《ウェイウーシエン》には何も弁明することはできないが、藍忘機《ランワンジー》が暴言を浴びせられるのはどうしても我慢できなかった。

「江澄《ジャンチョン》、今自分が何を言ったか、胸に手を当てて考えてみろ。なんて言葉だ？　聞くに堪えないな。自分の立場を忘れるな。仮にも一門の宗主だっていうのに、江《ジャン》おじさんたちの位牌の前で世家の名士を侮辱するような口を利《き》いて、教養と礼儀をどこに忘れてきた？」

それは、いい加減に藍忘機《ランワンジー》へ最低限の敬意を払えと注意するつもりの言葉だった。しかしその言葉から、江澄《ジャンチョン》は宗主として相応しくないとほのめかされたと過敏《かびん》に感じ取り、即座にごくわずかな黒い気を顔に上らせる。その表情は、虞《ユー》夫人の怒った顔と少し似ていた。彼は声を荒らげて言い放つ。

「俺の両親の位牌の前で、彼らを侮辱していたのはいったいどこの誰だ⁉　どうかお二方にははっきり理解しておいていただきたい。ここが誰の家の敷地なのかをな。外で慎《つつし》みなくベタベタするだけでも十分だろう。俺の家の祠堂で、俺の両親の位牌の前で勝手なことをするな！　仮にもお前の成長を見届けてきた人たちなんだぞ。お前らの行いを知られたと思うと俺の方が恥ずかしい！」

まるで、ふいに防ぎようのない重い拳《こぶし》に打たれたように、魏無羨《ウェイウーシエン》は驚きと憤《いきどお》りが込み上げ、思わず声を張り上げた。

「黙れ！」

しかし、江澄《ジャンチョン》は外を指さすとさらに続けた。

「好き勝手したけりゃ外でやれ。木の下でも船の中でも、抱き合おうがなんだろうが好きにすればいい！　さっさと俺の家から失せろ、目の前から失せろ！」

彼が「木の下」と言ったのを聞いて、魏無羨《ウェイウーシエン》の胸は「ドクン」とすくみ上がった。

（まさか……江澄《ジャンチョン》に、俺が藍湛《ランジャン》の胸に飛び込んだところを見られた……？）

その考えは当たっていた。江澄《ジャンチョン》は自ら魏無羨《ウェイウーシエン》と藍《ラン》忘機《ワンジー》を捜しに出て、波止場の行商人が指さした方へと向かった。漠然《ばくぜん》と魏無羨《ウェイウーシエン》ならきっとここを歩くはずだと心の中で声が聞こえ、しばらく捜すとすぐ彼らに追いついた。ところが、ちょうど魏無羨《ウェイウーシエン》と藍忘《ランワン》機《ジー》が木の下できつく抱き合い、長い時間が経っても離れようとしない場面を見てしまったのだ。

江澄《ジャンチョン》は、その場で全身に鳥肌が立つのを感じた。

かつては悪意をもって藍忘機《ランワンジー》と本来の莫玄羽《モーシュエンユー》の関係を邪推《じゃすい》したこともあったが、あれは単に魏無《ウェイウー》羨《シエン》を居たたまれなくさせるための言葉で、決して本気で疑っていたわけではなかった。魏無羨《ウェイウーシエン》が本当に男と何か理解不能な関係を持つなどとは、考えたこともなかったのだ。なんと言っても、彼らは子供の頃から一緒に育ってきて、魏無羨《ウェイウーシエン》はこれまで一度もそういうことへの興味を示さず、ずっと美しい少女が大好きだったはずだ。藍忘機《ランワンジー》の方はなおのことあり得ない。彼は一切の雑念がなく寡欲《かよく》な人だと知られていて、男女のどちらにも興味がないように思えた。

しかし、あの抱き合い方はどう見ても普通ではない。少なくともただの友達、あるいは兄弟などには決して見えなかった。現世に戻ってきてからの魏無《ウェイウー》羨《シエン》はずっと藍忘機《ランワンジー》にぴったりとくっつき、藍忘機《ランワンジー》の魏無羨《ウェイウーシエン》に対する態度も前世とは明確に異なっていたのを思い出し、すぐさまこの二人は本当にそういう関係なのだと確信を持った。

江澄《ジャンチョン》は見ないふりをして引き返すことはできず、とはいえ二人と一言たりとも話したくなかったため出てもいけない。結局そのまま身を潜め、彼らのあとをつけて歩く羽目になったが、彼らの間で交わされるすべての動きと眼差《まなざ》しが、江澄《ジャンチョン》の目にはどうしても違う色合いに映ってしまう。しばらくの間、心の中に渦巻く不可解さと奇妙さ、そして微かな嫌悪感が交ざり合い、意外なことにそれは憎しみをも上回った。けれど、魏無羨《ウェイウーシエン》が藍忘機《ランワンジー》を祠堂の中に連れ込むと、それまで長い間抑圧《よくあつ》されていた怒りがついに再び呼び覚まされ、彼の理性と礼儀を呑み込んでしまったのだ。

　魏無羨《ウェイウーシエン》は、溢れそうな何かを必死に堪《こら》えながら声を絞り出す。

「江晩吟《ジャンワンイン》……今すぐ謝れ」

　江澄《ジャンチョン》は冷笑し嫌味たらしく毒づいた。

「謝る？　なぜ謝る必要があるんだ？　お前らのいい関係を暴いたからか？」

　魏無羨《ウェイウーシエン》はカッとなって怒鳴る。

「含光君はただの友達だ。お前は俺たちをどんな関係だと思ってるんだ！　警告だ。今すぐに謝れ。俺にお前を殴らせるな！」

　それを聞いて藍忘機《ランワンジー》の表情は固まり、江澄《ジャンチョン》は嘲笑《あざわら》いながら言い返した。

「そうは言っても、俺はそんな『友達』なんて本当に見たことがないんでな。お前が俺に警告する？　なんの権利があって言ってるんだ？　お前ら二人が少しでも恥ってものを知ってるなら、この場所には来るべきじゃな……」

　魏無羨《ウェイウーシエン》は藍忘機《ランワンジー》の表情の変化を見て、彼が江澄《ジャンチョン》の言葉の刃《やいば》に刺され怒りで全身を震わせているのだと思った。けれど、深く考える勇気などなかった。こんな侮辱を受けた藍忘機《ランワンジー》が、内心で何を思っているのか。胸の内に灯った怒りの炎が一気に燃え上がって頭が熱くなり、魏無羨《ウェイウーシエン》は気づけば手から呪符《じゅふ》を一枚飛ばしていた。

「いい加減にしろ！」

　呪符は江澄《ジャンチョン》の右肩に容赦なく命中して瞬時に「バン」と爆発し、その反動で彼は思わずよろめいた。

　魏無羨《ウェイウーシエン》がいきなり手を出してくるとは思いもよらず、自身の霊力もまだ完全に回復していなかったため、江澄《ジャンチョン》は衝撃をまともに受けてしまう。肩先から血が流れ、信じ難《がた》いという表情が一瞬よぎると、紫《ズ》電《デン》が即座に彼の指の間から飛び出してビリビリと無秩序に輝きを放ちながら打ち込まれた。同時に藍忘《ランワン》機《ジー》の避塵《ビチェン》が鞘《さや》から出て、その一撃を受け止める。三人は祠堂の前で混戦し、江澄《ジャンチョン》は目を真っ赤に充血させながら吠《ほ》えるように獰猛《どうもう》な声を上げた。

「いいだろう！　やりたければやれ！　俺がお前ら二人を恐れるとでも思うのか！」

ところが無造作に何度か攻防しているうちに、魏《ウェイ》無羨《ウーシエン》は突然我に返った――ここは雲夢《ジャン》江氏の祠堂で、彼は先ほどまでここで跪いて江楓眠《ジャンフォンミエン》夫婦に加護を祈っていたのに、今はなんとその目の前で、藍《ラン》忘機《ワンジー》と一緒になって彼らの息子を攻撃している！

まるで、冷たい氷の滝に頭から打たれたかのようになり、唐突に目の前で閃光《せんこう》が明滅《めいめつ》し始める。藍忘《ランワン》機《ジー》は魏無羨《ウェイウーシエン》をちらりと見るなり、いきなり振り返ってその肩を掴んだ。江澄《ジャンチョン》も顔色を変え鞭《むち》の勢いを抑えると、目をギラリと光らせて警戒の表情を浮かべる。

「魏嬰《ウェイイン》!?」

藍忘機《ランワンジー》の低い声が耳の中でぐわんぐわんと響き、何度も反響するため、魏無羨《ウェイウーシエン》は自分の耳が壊れたのではないかと少し疑いながら口を開く。

「なんだ……？」

何かが顔の上を這《は》っていく感覚があり、とっさに手を上げて触ると、手のひら全体が真っ赤になった。やけに頭がふらついて目が眩《くら》むのと同時に、その真っ赤な血は彼の口や鼻の中から、たらたらと滴《したた》って地面に落ちる。

（今度こそ、ついにふりじゃなくなっちゃったな）

魏無羨《ウェイウーシエン》は藍忘機《ランワンジー》の腕に掴まってなんとか立つと、着替えたばかりの彼の白い服を、また自分の血で染めてしまったことに気づく。思わず手を伸ばしてそれを擦《こす》りながら、こんな状況にもかかわらず困ってしまった。

（ああ、またこいつの服を汚しちゃったよ）

「大丈夫か!?」

藍忘機《ランワンジー》に尋ねられたが、魏無羨《ウェイウーシエン》は質問とは違う答えを口にした。

「藍湛《ランジャン》……もう行こうか」

今すぐ行こう。

もう二度とここへは戻らない。

「わかった」

即座に答えた藍忘機《ランワンジー》には、これ以上江澄《ジャンチョン》とやり合う意思はなく、何も言わず魏無羨《ウェイウーシエン》を背負うとすぐに歩き始めた。

江澄《ジャンチョン》は驚きと疑念の両方を抱く。魏無羨《ウェイウーシエン》が突如として顔中の穴から血を流したこの惨状に驚き、逃げるための偽装ではないかと疑ったのだ。何しろ、過去に魏無羨《ウェイウーシエン》は頻繁《ひんぱん》にそのような手口でいたずらをしていたからだ。

二人が立ち去ろうとしているのを見て、江澄《ジャンチョン》がたまらずに「止まれ！」と叫ぶと、藍忘機《ランワンジー》が怒号する。

「どけ！」

それと同時に、いきなり激怒の勢いを帯びた避《ビ》塵《チェン》が鋭く飛んでくる。紫電《ズデン》も瞬時に反応して二つの仙器がぶつかり合うと、耳障《みみざわ》りな音が長く響いた。

その音の振動で、しばしの間魏無羨《ウェイウーシエン》は頭が裂けそうに痛み、まるで消えそうに揺らめいていた蝋燭の火がついに消されたかのように、両目を閉じると頭をがっくりと垂らした。

肩先にかかる重みに気づき、藍忘機《ランワンジー》は直ちに混戦の中から抜け出して彼の息を調べる。避塵《ビチェン》が主人から受ける力を一時的に失うなり、紫電《ズデン》はたちまち目前まで猛追《もうつい》してきた。江澄《ジャンチョン》は決して本気で藍忘機《ランワンジー》を傷つけるつもりなどなく、すぐさま鞭を引いたものの、その勢いを止めるにはもう間に合わない。紫電《ズデン》が迫ったその時、一筋の人影が傍らから躍《おど》り出て、双方の間に立ち塞がった。

江澄《ジャンチョン》が目を凝《こ》らして見ると、突然割り込んできた招かれざる客は、なんと温寧《ウェンニン》だった。江澄《ジャンチョン》は血相を変えて怒鳴る。

「誰がお前を蓮花塢の中に入れた!?　よくも入れたな!?」

これが他の者であれば、彼はまだ辛《かろ》うじて耐えることができたが、その手で金子軒《ジンズーシュエン》の心臓を貫き、姉の幸せと命を葬り去ったこの温狗《ウェンく》だけはどうしても我慢できなかった。ただ温寧《ウェンニン》の姿を目にしただけでも、いっそ殺してしまいたいという衝動に駆られてしまう。まさか温寧《ウェンニン》がこの蓮花塢の敷地内に足を踏み入れるなど、死にに来たようなものだ！

　その二人の命と、絡み合った様々な原因によって、温寧《ウェンニン》は慚愧《ざんき》の念を抱き続けている。そのため、江《ジャン》澄《チョン》に対しては常にある種の恐れがあり、これまでずっと彼を避けてきた。しかし、今はなぜか自ら魏無《ウェイウー》羨《シェン》と藍忘機《ランワンジー》の二人を背に立ちはだかっている。江《ジャン》澄《チョン》と正面切って向き合い、その鞭に容赦なく打たれ、胸に凄《すさ》まじい焦げ跡が走っても尻込みはしなかった。

　魏無羨《ウェイウーシエン》の状態を調べていた藍忘機《ランワンジー》は、単にかなりの疲労が溜まっていたことと、激昂《げきこう》したせいで心臓に負担がかかって一時的に意識を失っただけだとわかり、ようやく彼から視線を外した。その先では、温寧《ウェンニン》が手にある物を持っていて、それを江澄《ジャンチョン》の目の前に掲げるところだった。

　江澄《ジャンチョン》の右手にある紫電《ズデン》は眩しいほどに輝いて、その光はほとんど真っ白になり、彼の煮え滾《たぎ》る殺意と同じくらいに高揚している。江澄《ジャンチョン》は激しい怒りのあまり、逆に笑いだした。

「お前、いったい何がしたい？」

　温寧《ウェンニン》が掲げたのは、魏無羨《ウェイウーシエン》の剣、随便《スイビェン》だった。魏《ウェイ》無羨《ウーシエン》は道中ずっと持つのが面倒だと言っては無造作にその辺りに投げ捨て、最後には温寧《ウェンニン》に放《ほう》って寄越し、保管させていたのだ。温寧《ウェンニン》はそれを持ち上げたまま、江澄《ジャンチョン》に願い出た。

「抜いてください」

　彼の口ぶりはきっぱりとしていて、眼差しにはわずかな揺らぎもない。そこには、これまでのあのぼんやりした温寧《ウェンニン》の姿はなかった。

「お前に警告してやる。もう一度焼き払われて灰にされたくなければ、今すぐにその足を蓮花塢の敷地内からどかして、とっとと出ていけ！」

　温寧《ウェンニン》は剣の柄を江澄《ジャンチョン》の胸の中まで刺しそうなほどに突きつけ、昂《たかぶ》った声で怒鳴る。

「早く、抜け！」

　江澄《ジャンチョン》は苛立《いらだ》ち怒りに燃えながら、心臓は訳もなく激しく鼓動していた。自分でも理解できない何かの力に導かれるようにして、温寧《ウェンニン》に言われるまま左手で随便《スイビエン》の柄を握ると、力一杯に抜く。

すると、目を刺すほどの白銀に煌《きら》めく剣身《けんしん》が、古風で飾り気のない鞘の中から現れた！

江澄《ジャンチョン》は思わず俯き、自分の手の中にある冴《さ》え冴《ざ》えと光る長剣を見つめ、しばらくしてからようやく我に返った。

この剣は随便《スイビエン》。魏無羨《ウェイウーシエン》の剣だ。乱葬崗殲滅戦《らんそうこうせんめつせん》のあと、蘭陵金氏《ジン》の者によって収蔵されていたものだ。しかし、これは自らを封剣《ふうけん》していたため、その後この剣を見た者の中にも、誰一人として抜き出せる者はいなかったはずだった。

なのに、なぜ自分は抜き出せたのか？　まさか封剣が解除されたとでも言うのか？

「封剣が解かれたのではありません！　今でも、その剣は封印されたままです。あなたがそれを鞘に戻して、また別の人に抜かせようとしても、誰にもできません」

江澄《ジャンチョン》は頭の中も表情も、すべてが完全に混乱したままだった。

「だったら、なぜ俺は抜けるんだ？」

「その剣が、あなたを魏《ウェイ》公子だと思ったからです」

二人の傍らで、藍忘機《ランワンジー》は意識を失った魏無羨《ウェイウーシエン》を背負って立ち上がる。

江澄《ジャンチョン》はそれに構わず、語気を強めた。

「なぜ俺を魏無羨《ウェイウーシエン》と間違えるんだ？　どうすれば間違えられるって言うんだ？　そもそも、なんで俺なんだ!?」

温寧《ウェンニン》は彼よりもさらに声を荒らげて答える。

「それは今、あなたの体の中で霊力を巡らせているその金丹《きんたん》が、彼のものだからです！」

かなり長い間呆然としてから、江澄《ジャンチョン》はようやく怒号を発した。

「貴様、なんのでたらめだ!?」

「でたらめではありません」

温寧《ウェンニン》は落ち着き払った態度だった。

「黙れ！　俺の……俺の金丹は……」

「抱山散人《ほうざんさんじん》が復元してくれたものですよね」

「お前、なぜそれを知っている？　あいつはそんなことまでお前に話したのか？」

「いいえ。魏《ウェイ》公子は今まで誰にも、一言も話していません。私は自分の目で見たんです」

江澄《ジャンチョン》は血走った目をしてせせら笑った。

「嘘だ！　お前がその場にいただと？　そんなわけがない！　あの時、山に登ったのは俺一人だけだ。お前が俺のあとをつけていたなんて、絶対にあり得ない！」

「あなたのあとをつけたのではなく、私は最初からあの山の上にいました」

江澄《ジャンチョン》の額に青筋が盛り上がる。

「……嘘だ！」

「では、私が嘘をついているかどうか、聞いてみてください！　山に登った時、あなたは黒い布で目を覆っていて、手には一本の長い木の枝を持っていた。もうすぐ山頂に着く頃、一面に立ち並ぶ巨石にぶち当たって、半時辰近くかけて迂回《うかい》して、やっとのことで通り抜けることができました」

江澄《ジャンチョン》の顔の筋肉がぴくりと痙攣《けいれん》するのを見ながら、温寧《ウェンニン》は続けた。

「そして、鐘の音が聞こえると、その音に驚いた辺りの鳥たちが、皆一斉に飛び去っていきました。あなたはずっと、木の枝をきつく手の中に握ったままだった。まるで、剣を握る時みたいに。鐘の音がやんだ時、一本の剣があなたの胸元に当たり、女性の声があなたに止まれと命令しました」

それを聞くなり江澄《ジャンチョン》の体が震えだし、温寧《ウェンニン》は一層声を大きくした。

「あなたはすぐに立ち止まって、ひどく緊張した様子で、でも微かに興奮しているようでした。女の人は声をかなり低く抑え、あなたは何者だと、どうやってここまで辿り着いたのかと問い質しました。そしてあなたはこう答えた……」

もはや耐えきれずに、江澄《ジャンチョン》が吠えるように声を上げた。

「黙れ！」

温寧《ウェンニン》も負けじと声を張り上げる。

「……あなたはこう答えた。自分は蔵色散人《ぞうしきさんじん》の息子、魏嬰《ウェイイン》だと！　世話になっている一門が滅ぼされ、蓮花塢に大事が起きたと言い、そして、自分が化丹《かたん》手《しゅ》温 逐流《ウェンジューリウ》に金丹を消されたことも打ち明けました。その女の人は、繰り返し両親について問い質して、最後の質問に答えた瞬間、あなたは突然芳香《ほうこう》を嗅《か》いで意識を失った……」

江澄《ジャンチョン》は、耳を塞ぎたくてたまらないように見えた。

「なぜ知っているんだ？　お前はいったいどうやってそれを知った!?」

「言いましたよね？　私は、あの場にいたんです。私だけじゃなく、魏《ウェイ》公子もあそこにいました。私の姉、温情《ウェンチン》もです。あの山には私たち三人がいて、あなたを待っていたんです」

温寧《ウェンニン》ははっきりとした口ぶりで続けた。

「江《ジャン》宗主、あなたは本気であの場所が……あの抱山《ほうざん》散人《さんじん》が隠居《いんきょ》する場所だと思っていたんですか？　魏《ウェイ》公子にも、どこに行ってその場所を探せばいいかなんて、見当もつかなかったんです。そもそも彼の母《はは》君《ぎみ》の蔵色散人《ぞうしきさんじん》が、小さな子供に師匠と一門についての情報なんて漏らすはずがない！　あの山は夷陵にある、ただの荒れた山にすぎなかったんです！」

「でたらめだ！　クソったれ、いい加減にしろ！　だったら俺の金丹はなぜ復元できたんだ!?」

江澄《ジャンチョン》はあらん限りの声を張り上げて同じ言葉を繰り返し、獰猛な勢いで、突然にして語彙力《ごいりょく》が乏しくなった自分の動揺を隠そうとでもするかのようだった。

「あなたの金丹は復元などされていない！　とっくに温 逐流《ウェンジューリウ》によって完全に消されていたんです！　あなたが取り戻したと思い込んでいるのは、私の姉、岐山温《ウェン》氏最高の医師である温情《ウェンチン》が、魏《ウェイ》公子の金丹を取り出してあなたへと移したからです！」

温寧《ウェンニン》の言葉に、荒ぶっていた江澄《ジャンチョン》の顔は一瞬で真っ白になった。

「俺に、移した？」

「そうです！　あなたは、魏《ウェイ》公子がなぜあれ以来二度と随便《スイビェン》を使わず、どうしていつも剣を佩《は》かずに出かけるようになったと思っているんですか？　本当に若さゆえの軽薄さが理由だと思いますか？　まさか、陰《いん》に陽《よう》に他人から後ろ指を指され、礼儀をわきまえない、躾《しつけ》がなっていないと誇《そし》られるのを、本当に喜んでいたとでも？　彼が剣を佩かなくなったのは、持っていても意味がないからです！　その上……もし剣を佩いて世家の宴や夜狩に参加しようものなら、どうしたって誰かが、あらゆる理由で手合わせを要求してくる。でも金丹を失い霊力が足りない彼には、仮に剣を抜いたとしても、まったく持ち堪えることなんてできなかった……」

江澄《ジャンチョン》は呆然とその場に立ち尽くした。その目は怒りに燃え、唇は震えている。紫電《ズデン》を使うことさえも忘れ、いきなり抜き身の随便《スイビェン》を地面に叩きつけると、思いきり温寧《ウェンニン》の胸に手のひらで一撃を打ってから吠えるように声を上げる。

「嘘だ！」

温寧《ウェンニン》は一撃を受け、後ろに二歩よろめいた。そして、投げ捨てられた随便《スイビェン》を拾い上げ、鞘の中に戻すと、それを再び江澄《ジャンチョン》の胸にぐっと押し戻した。

「持って！」

江澄《ジャンチョン》は反射的にその剣を受け取ったが動くことはできず、ただ激しく気が動転して、うろたえながら魏無羨《ウェイウーシエン》の方に目を向けた。見なければよかったものを、視線の先にいた魏無羨《ウェイウーシエン》の顔は青白く、口元にはまだ血がついている。その力なくぐったりとした姿を目の当たりにすると、重い金槌《かなづち》で心を打ちつけられたみたいだった。そして、刺すような藍忘機《ランワンジー》の視線は、さらに江澄《ジャンチョン》の全身を凍《い》てつかせ、まるで浮《ふ》氷《ひょう》の隙間に落ちてしまったかのように感じる。

「それを持って、宴会場でも修練場でも、どんな場所でも構いませんから、見かけた全員に、その剣を抜いてもらってください。誰か他に抜ける人がいるかどうか、確かめてみてください！　そうしたら、私が嘘をついていないとわかってもらえるはずです！　江《ジャン》宗主——あなた、あなたみたいに負けず嫌いな人は、一生誰かと自分を比べ続けるんでしょう。でも、あなたはもう、永遠に彼に勝つことはできない！」

江澄《ジャンチョン》は随便《スイビエン》を無造作に掴んで温寧《ウェンニン》を思いきり蹴りつけると、よろめきながら宴会場の方へと走っていった。

走りながら叫び、もはや完全に錯乱状態に陥《おちい》っている。

江澄《ジャンチョン》に蹴られて庭へ飛び出した温寧《ウェンニン》は、庭に立つ一本の木にぶつかった。それからゆっくりと立ち上がり、はっとして他の二人を振り向く。藍忘機《ランワンジー》の美貌は今、この上なく蒼白になり、表情も極めて冷ややかで厳しい。彼は最後に雲夢江《ジャン》氏の祠堂を一目見てから、背負っている魏無羨《ウェイウーシエン》の体をしっかりと支え直し、振り返りもせずに温寧《ウェンニン》がいるのとは反対の方向に歩いていった。

「藍《ラン》、藍《ラン》公子、ど、どこに行くんですか？」

温寧《ウェンニン》が慌てて尋ねると、藍忘機《ランワンジー》は階段の前で少し足を止めて答える。

「先ほど、彼は私に自分を連れていけと」

温寧《ウェンニン》も急いでそのあとをついていき、一緒に蓮花塢の正門から外へ出た。

波止場に向かうと、来た時に乗っていたあの大小様々な船は、人々をここに送り届けて元いた場所へと戻ったようで、番をする者もいない数艘《そう》の古い渡し舟しか残っていなかった。渡し舟は細長く、柳の葉のような形をしている。七、八人は乗ることができる大きさで、その両端は微かに跳ね上がり、二つの櫂《かい》は船尾《せんび》のところに斜めに置かれている。

藍忘機《ランワンジー》は魏無羨《ウェイウーシエン》を背負いながら、一切ためらうことなくその古い渡し舟に乗り込んだ。温寧《ウェンニン》も素早く船尾に乗り、自主的に櫂を握って二回漕《こ》ぐと、舟は穏やかに数丈《じょう》先まで進んでいく。少しすると、舟は川の流れに沿って波止場から離れ、川の中心に近づいていった。

藍忘機《ランワンジー》は魏無羨《ウェイウーシエン》を自身の体に寄りかからせ、まず丹薬《たんやく》を二粒飲ませた。彼がきちんと飲み込むのを見届けてから、懐から手ぬぐいを取り出し、ゆっくりと彼の顔についた血を拭き取ってやる。

その時、温寧《ウェンニン》が緊張した声音で声をかけてきた。

「藍《ラン》、藍《ラン》公子」

「なんだ？」

つい今しがた、江澄《ジャンチョン》の前で見せた強硬《きょうこう》な態度はとっくに跡形もなく消え去っており、温寧《ウェンニン》はえいっとばかりに勇気を出して続けた。

「どうか……どうかしばらくは、金丹を取り出したことを話してしまったって、魏《ウェイ》公子には言わないでください。魏《ウェイ》公子は、すごくきつく私に言い聞かせていたんです。絶対に、何があっても口外しないようにと。そう長く隠せないと思いますけど、でも……」

やや沈黙したあとで、藍忘機《ランワンジー》はそっと告げた。

「心配は無用だ」

温寧《ウェンニン》は、まるでほっと息をついたように見えた。たとえ死人には吐ける息がなかったとしても。そして、彼は真摯《しんし》に礼を告げた。

「藍《ラン》公子、ありがとうございます」

藍忘機《ランワンジー》が首を横に振る。

「それから、あの時金鱗台で、あなたが私と姉のために言ってくれたこと、感謝しています。ずっと忘れません。だけどそのあと、私が暴走してしまって、それで……本当に申し訳ありませんでした」

藍忘機《ランワンジー》は答えなかったが、温寧《ウェンニン》は続けた。

「その上、今まで長年の間、阿苑《アーユエン》の面倒を見てくださって、ありがとうございます」

それを聞いて、藍忘機《ランワンジー》は微かに視線を上げた。

「てっきり、私の家の者は、一人残らず全員が死んでしまったんだとばかり思っていました。本当に、考えもしませんでした……阿苑《アーユエン》が、生きていたなんて。彼は、二十代の頃の私の従兄《いとこ》と本当によく似ています」

「木の洞《うろ》にかなり長い間隠れていたようだ。病にかかって高熱を出していた」

温寧《ウェンニン》は頷いて答える。

「きっと何か病にかかったんだろうと思っていました。子供の頃のことを、彼は何も覚えていませんでしたから。たくさん彼と話をしましたが、ずっとあなたの話ばかりでしたよ」

温寧《ウェンニン》は、少々がっかりした様子で思い返しながら話した。

「あの子は、昔も魏《ウェイ》公子のことばかり話して……とにかく、私の話なんて一度も出なかったんです」

「彼に教えなかったのか」

「身の上のことですか？　教えていません」

温寧《ウェンニン》は体を反転し、二人に背を向けてせっせと舟を漕ぎ続ける。

「彼は今、元気に過ごしています。それなのに、過去のことを知りすぎて、つらい身の上まで思い出してしまったら……今ほど生き生きとは過ごせなくなってしまうでしょう」

「いずれ知ることになる」

藍忘機《ランワンジー》の言葉に、温寧《ウェンニン》は小さく驚きながらも頷いた。

「はい……いずれは、知ることになります」

温寧《ウェンニン》はふと天を仰《あお》いでから続けた。

「まさに、魏《ウェイ》公子と江《ジャン》宗主みたいに。金丹を移したこと、いずれは江《ジャン》宗主も知ることでした。江《ジャン》宗主には、一生隠し通せはしませんから」


夜の静寂の中で、川もひっそりと流れていく。

ふいに藍忘機《ランワンジー》が問いかけた。

「苦痛なのか」

「何がですか？」

温寧《ウェンニン》が聞き返すと、藍忘機《ランワンジー》はもう一度繰り返した。

「金丹を取り出すのは、苦痛が伴うのか」

「私が苦痛じゃなかったと言っても、藍《ラン》公子は信じないでしょう」

「温情《ウェンチン》なら方法があるかと」

「山に登る前、どうにかして痛みを軽減しようと、姉は確かに麻酔になる薬をたくさん作っていました。でも、あとになって気づいたんです。どの薬もまったく役には立たないって。なぜなら、金丹を取り出して体内からそれを分離させる時に、その人が麻酔状態にあると、金丹も影響を受けるのか否《いな》か、もし影響を受けて消えるとしたらどれくらいで消えてしまうのか、何も確証はなかったんです」

「……つまり？」

温寧《ウェンニン》の櫂を動かす手が一瞬止まった。

「つまり……金丹を取り出される人は、絶対に意識がはっきりしていなければならない、ということです」

覚醒した状態で、霊脈《れいみゃく》と繋がっている金丹が自らの体の中から引き剥《は》がされるところを直視し、湧き上がる霊力が次第に収まり、静まり、平凡になっていくのを感じ続けるのだ。そこがただの淀んだ水溜まりになって、二度と波が立たなくなるまで――。

かなり長いこと黙り込んでから、藍忘機《ランワンジー》はようやく口を開いた。その声は微かに掠れていて、最初の言葉は、少し震えているように聞こえた。

「ずっと起きたままなのか？」

「夜《よ》を徹して次の日の夜まで、ずっと起きていました」

「その時、成功の見込みは何割だった？」

「五割程度です」

「五割」

声は出さずに深く息を吸い、藍忘機《ランワンジー》は首を横に振ると、もう一度呟《つぶや》くように言った。

「……五割か」

彼は魏無羨《ウェイウーシェン》を抱えている方の手をぎゅっときつく握りしめた。その手の甲にある関節は、力を込めすぎて既に白くなっている。

「なんと言っても、それまで本当に金丹を移す術を実行した人なんて、誰もいなかったんです。姉は確かに昔、その術に関する著述《ちょじゅつ》をしたことがありましたけど、それはただ、少し仮説を立てただけのことでした。そもそも、姉に実験させてくれる人もいませんでしたから、仮説はあくまで仮説のまま、先輩たちは皆、現実離れしていると言っていたほどで。それと同時に、あの術はまったく実用性がなかったんです。自分の金丹を取り出して他人にあげる人なんて、いるわけがないと皆が思っていましたから。なぜなら、そんなことをすれば自分は一生頂《いただき》には登れず、廃人になったも同然です。だから、魏《ウェイ》公子が私たちのところに戻ってきた時、姉はもともと引き受けるつもりなんてなかったんです。文章と実践は別物、半分未満の見込みしかないって警告していました」

温寧《ウェンニン》は思い出すように当時のことを話す。

「でも、魏《ウェイ》公子はずっと姉にまとわりついて諦《あきら》めませんでした。五割でもいい、半々なら十分だと言って。もし失敗して金丹を失ったとしても、自分は進む道には困らないけど、でも江《ジャン》宗主という人間は駄目なんだと。江《ジャン》宗主はあまりにも負けず嫌いで、こういった得失《とくしつ》を重視する人だから、それまで修練して得てきたものは、もはや彼の命そのものなんだって言うんです。もし江《ジャン》宗主が、上を目指すことも諦めることもできない中途半端な一般人にしかなれないと知ったら、彼の人生は終わったようなものだと」

藍忘機《ランワンジー》は視線を伏せると、玻璃《はり》のように薄い色の瞳で魏無羨《ウェイウーシエン》の顔をじっと見つめ、片手を伸ばす。だが、気づかれないほど微かに、彼の頬を指先でそっと撫でただけだった。

温寧《ウェンニン》は振り向いて彼らの様子を一目見ると、我慢できなくなって尋ねた。

「藍《ラン》公子、あなたはそれほど驚いていないように見えます。もしかして、あなた……あなたも、このことを知っていたんですか？」

「……」

藍忘機《ランワンジー》は言い淀み、言葉に迷っているようだった。

「私はただ、彼は霊力を損《そこ》ない、それで何か異常があるのだと思っていた」

しかし、真実がまさかこのようなものだったとは知りもしなかった。

「もし、このことがなければ……」

温寧《ウェンニン》がぽつりと言う。

――もし、どうしても他の道を選べない理由などなければ。

ちょうどその時、藍忘機《ランワンジー》の肩先で傾いていた頭が、微かに動いた。まつ毛がぴくりと震え、魏無羨《ウェイウーシエン》はゆっくりと目を覚ました。

第二十章　寤寐

温寧《ウェンニン》が慌てて口を噤《つぐ》んですぐのことだった。櫂を漕ぎ、舟が進んでいく水音の中で、割れんばかりの頭痛を覚えて魏無羨《ウェイウーシェン》は目を開けた。

　全身を藍忘機《ランワンジー》の体に預けた状態で、今いる場所が既に蓮花塢ではないことに気づき、彼はしばらくの間状況を呑み込めずにいた。だが、ふと藍忘機《ランワンジー》の左手の袖に点々と血の跡が残っているのが目に入った。まるで雪の上に梅の花が散っているかのようなその跡を見て、怒りで気を失う前に何が起きたのかを少しずつ思い出す。彼は一時ひどく苦しげな表情を浮かべ、それからぱっと起き上がった。藍忘機《ランワンジー》が支えようと近づいたが、魏無羨《ウェイウーシェン》の耳鳴りは未《いま》だ消えず、胸にも血生臭い息がつかえていて辛抱《しんぼう》できない状態だ。

魏無羨《ウェイウーシェン》は、自分がまた綺麗好きな性分である藍忘《ランワン》機《ジー》の体に血を吐いてしまわないよう、何度も手を横に振った。彼に背を向けるように体の向きを変え、舟べりに手をついて少しの間吐き気を堪える。その様子からつらさを感じ取り、藍忘機《ランワンジー》は何も聞かずに黙々と片手でその背中をさすって、霊力を少しずつ穏やかに彼の体内に送り込んだ。

　喉の奥から込み上げる鉄臭い味をなんとかやり過ごすと、魏無羨《ウェイウーシェン》はようやく振り向いて、藍忘機《ランワンジー》にもう大丈夫だと示して手を離してもらう。しばしの間静かに座ってから、彼は探りを入れるように尋ねた。

「含光君、俺たちはどうやって出てきたんだ？」

　その問いかけに、温寧《ウェンニン》はたちまち緊張で顔を強張らせ、舟を漕ぐ手を止めた。だが、藍忘機《ランワンジー》は約束を守り、温寧《ウェンニン》が打ち明けた秘密は一言たりとも話さず、かと言って嘘をついたり言い繕《つくろ》ったりすることもなく、ただ簡潔に「一度やり合った」とだけ答えた。

　それを聞くと、魏無羨《ウェイウーシェン》は自分の胸元を手でさすった。どうやら胸の奥につかえた鬱積《うっせき》を、そうして消そうとしているらしい。結局ほどなくして、口に出さなければすっきりしないというように、ため息をついて話しだす。

「わかってたよ。江澄《ジャンチョン》があっさり俺たちを行かせるわけないって。あの野郎……本当にあり得ない！」

藍忘機《ランワンジー》の眉が凍りついたように固まり、沈んだ声で告げる。

「もう彼の話はするな」

　その口ぶりが友好的なものではなかったため、魏《ウェイ》無羨《ウーシエン》はやや呆気に取られてから、すぐさま答えた。

「わかった、あいつの話はしない」

　それから一旦じっくりと考え、魏無羨《ウェイウーシエン》はまた口を開いた。

「あのさ。含光君、あいつの言葉なんて気にしなくていいから」

「どの言葉だ？」

藍忘機《ランワンジー》に聞き返され、魏無羨《ウェイウーシエン》は自分の瞼がぴくりと跳ねるのを感じる。

「どの言葉もだよ。あいつは子供の頃からあんな感じで、怒ると分別《ふんべつ》なしに本当に聞くに堪えないようなことをなんでも口にするし、振る舞いも教養も一切顧みなくなるんだ。相手を不愉快にさせるためなら、どんな訳のわからない言葉でも口に出して罵れる奴なんだよ。こんなに年月が経ったっていうのに、ちっとも成長してない。だから、お前は絶対に気にするな」

　話しながら密かに藍忘機《ランワンジー》の表情を窺《うかが》うと、魏無《ウェイウー》羨《シエン》の心は徐々に沈んでいった。

　もともと、江澄《ジャンチョン》にぶつけられた言葉など藍忘機《ランワンジー》は気に留めないだろうと思い、そしてそうであってほしいと願っていた。しかし、意外なことに藍忘機《ランワンジー》の顔色はあまり冴えず、「うん」の一言すら言わない。

　どうやら江澄《ジャンチョン》の先ほどの暴言は、予想以上に藍忘《ランワン》機《ジー》を不快にさせたようだ。あるいは、彼が単純に江《ジャン》澄《チョン》の人柄が好きではないか、または……「慎みがない」「恥を知らない」「ろくでもない奴」などと非難されたことが、殊《こと》の外《ほか》許せなかったのかもしれない。なんと言っても、姑蘇藍《ラン》氏は「雅正《がせい》」を家訓とする名門世家で、含光君本人もこれまでそのような言葉とは無縁だったのだから。

魏無羨《ウェイウーシエン》は、最近ともに過ごすうち、藍忘機《ランワンジー》がおそらく魏無羨《ウェイウーシエン》にかなり重きを置いていて、自分に対する態度が他の者に見せるものとは違っていることに気づいた。だが、その「重きを置く」というのがどれくらい重いのか、「違っている」というのが本当に彼が思っているような違いなのかどうかを考えるのが怖かった。

魏無羨《ウェイウーシエン》はこれまで自信があるのは決して悪いことではないと思っていて、それゆえにいつだって得意顔で調子に乗ってきた。世の人々の間では夷陵老祖は遊びで数多《あまた》の女性と曖昧《あいまい》な関係を持っていたと噂されてきたが、実際のところ、彼は未だかつてこんなふうに冷静さを失ってうろたえる気持ちを経験したことがなかった。昔から藍忘機《ランワンジー》という人は非常にわかりやすいと思っていたが、今では何を考えているのかさっぱり掴めない。ただ魏無羨《ウェイウーシエン》が一人であれこれと妄想し、これが自分の一方的な思いで、自信過剰なだけなのではないかとひどく不安になっている。

藍忘機《ランワンジー》が黙り込んだので、魏無羨《ウェイウーシエン》は自分の最も得意とする、洒落《しゃれ》を交えて笑わせることでこの場を切り抜けようと考えた。しかし、無理に冗談を言って気まずくなるのも嫌で、少しの間言葉に詰まったあと唐突に話題を変える。

「これ、俺たちはどこに向かってるんだ?」

かなりぎこちないごまかし方だったが、藍忘機《ランワンジー》は意外にもすんなりと答えてくれた。

「君はどこへ行きたい?」

魏無羨《ウェイウーシエン》は後頭部をさすりながら考える。

「沢蕪君《たくぶくん》もまだ安否がわからないし、あの連中がいったいどうするつもりかもわからないし。うーん、俺たちの方が先に蘭陵に行くっていうのはどう……」

話の途中で突然、彼はあることを思い出した。

「いや、蘭陵じゃなくて、雲萍城《うんぺいじょう》に行こう」

「雲萍城?」

「そう。雲夢の雲萍城。言ったことあったよな？　この前金鱗台に行った時、芳菲殿の密室の中で俺が書いた手稿《しゅこう》を見つけたって。その手稿と一緒に、家《か》屋重書《おくじゅうしょ》と沽券状《こけんじょう》も置いてあって、それが雲萍城にある場所のものだったんだ。蘭陵金氏《ジン》は財力も勢力もあるんだし、もし何か人に言えない事情でもなければ、金光瑶《ジングアンヤオ》はわざわざあんな書類を密かに保管したりしないはずだ。もしかしたら、あそこに行けば何かが見つかるかもしれない」

藍忘機《ランワンジー》は頷く。すると、温寧《ウェンニン》が声をかけてきた。

「公子、その雲萍城はこの方角で合っていますか？」

「えっ!?」

魏無羨《ウェイウーシエン》は思わず声を上げた。

彼と藍忘機《ランワンジー》は二人とも船尾に背を向けて座っていて、そちらにいた温寧《ウェンニン》の姿は視界に入っていなかったのだ。ふいに背後から人の声が聞こえ、彼は驚きで鳥肌を立ててその場に転がると、ぞっとしながら振り向いた。

「お、お前、なんでここにいるんだ!?」

温寧《ウェンニン》は顔を上げて、ぼんやりと答える。

「私ですか？　ずっとここにいましたよ」

「だったらなんで黙ってたんだよ？」

「公子と含光君がお話し中だったので……」

「それでも、少しくらいは物音を立てるだろう？」

魏無羨《ウェイウーシエン》に言われ、手に持った櫂を持ち上げて見せながら温寧《ウェンニン》は弁明した。

「公子、私はずっと舟を漕いでいたので、その音がしていたと思いますよ。聞こえなかったんですか？」

「……」

魏無羨《ウェイウーシエン》はひらひらと手を横に振って見せた。

「気づかなかった。もういいぞ、漕がなくて。この辺りは夜になると川の流れが速いから、漕がなくても進むんだ」

雲夢育ちの彼は、子供の頃からここら一帯の川で遊び倒してきたため、当然川の流れも熟知している。温寧《ウェンニン》はそれを聞いて「はい」と答えて櫂を置くと、かしこまった様子で船尾に腰を下ろした。彼と藍《ラン》湛《ウェイ》二人との距離はまだ六尺《しゃく》ほど離れている。蓮花塢に到着したのが寅の刻で、それからいろいろとあったせいで、既に夜が明けて辺りは微かに明るくなっていた。空は白み、川の両岸の風景も次第にその輪郭を現している。

辺りを見回して舟の周囲の景色を一通りしげしげと眺めると、魏無羨《ウェイウーシエン》は唐突に呟いた。

「腹が減ったな」

その言葉に藍忘機《ランワンジー》が視線を上げる。魏無羨《ウェイウーシエン》は少し前に蓮花塢の正門の外にある屋台で焼餅を三つも食べたばかりで、もちろん少しも腹は減っていなかったが、あの時藍忘機《ランワンジー》は一つしか食べていない。しかも、それはこの二日ほどの間で彼が唯一食べたものだ。魏無羨《ウェイウーシエン》はそのことが気にかかっていた。この先の道のりを眺めても、人家など影も形もなく絶望的で、おそらくこの水路をかなり進まない限り、町を見つけて休息し、食事をすることはできないだろう。

藍忘機《ランワンジー》は低い声で尋ねた。

「岸に寄せるか?」

「この辺りにはほとんど人がいないんだ。でも、俺はいいところを知ってるぞ」

魏無羨《ウェイウーシエン》がそう言うと、温寧《ウェンニン》は慌てて櫂を持ち、彼が指さす方に向かって漕いだ。そう経たないうちに渡し舟は一本の支流に入り、またしばらく進むと蓮《はす》の湖の中に入っていった。

湖の中に群生した蓮の葉は高く低く入り乱れ、天に向かって真っすぐに伸び、まるで水面に蓋《ふた》をしているかのようだ。細長い渡し舟は密集する蓮をかき分け湖の奥深くまで進む。上空から見れば、舟が通った場所は一本の線状に濃緑《のうりょく》の葉が揺れ動いているように見えることだろう。水面を覆う濃緑の傘の中を通り抜け、大きな蓮の葉を一枚手でどけると、一つ、また一つと実がよく詰まった立派な蓮の花托《かたく》が下に隠れているのが見えた。その瞬間、思いがけず小さな宝を見つけたみたいに胸が躍る。だが、魏無《ウェイウー》羨《シエン》がにこにこしながら手を伸ばして、その花托を摘み取ろうとした時、藍忘機《ランワンジー》に呼ばれて手を止めた。

「魏嬰《ウェイイン》」

「ん？」

「この蓮池、主人はいるのか」

藍忘機《ランワンジー》の質問に、魏無羨《ウェイウーシエン》は心にやましいところはないといった表情を満面に浮かべた。

「もちろんいないよ」

もちろんいる。魏無羨《ウェイウーシエン》は十一歳の頃から、しょっちゅう雲夢のあちこちの池で蓮や菱《ひし》の実をくすねていた。とはいえ、もう足を洗って長年やっていなかったが、目下は少々の食料を調達して引き続き先を急ぐ必要があるため、再び手を染めるのもやむを得ないのだ。

しかし、藍忘機《ランワンジー》は淡々と言った。

「聞いた話では、この一帯の蓮池にはすべて主がいるようだが」

「……」

魏無羨《ウェイウーシエン》は一瞬黙り込む。

「ハハハハハハッ、そうなのか、それは実に残念だ。お前は物知りだなぁ。この辺りで育った俺でさえ聞いたことがなかったっていうのにさ。じゃ、行くか」

見破られたからには、これ以上藍忘機《ランワンジー》にこんなふざけたことを自分と一緒にやらせるわけにはいかない。堂々たる含光君が人の家の蓮の実を盗んで食べるなど、まったく話にならない。ばつが悪くて魏無《ウェイウー》羨《シエン》が櫂を掴もうとすると、藍忘機《ランワンジー》はなぜか手を上げて、なんと自ら蓮の花托を一つ摘み取った。

そして、その花托を魏無羨《ウェイウーシエン》に手渡す。

「今回だけだ」

魏無羨《ウェイウーシエン》はわずかな間に凄まじいまでの勢いで一気に摘み取り、満足することを知らなかった。舟は花托でいっぱいになり、積み込みすぎてほとんど足の踏み場すらなく、三人とも青々とした花托の山に埋もれるように座っている。緑の皮を裂くと、若葉色の蓮の実がふんわりとした繊維《せんい》の衣《ころも》の中に隠れていて、一つ一つ摘まみ出してさらに薄皮をむくと、雪のように白く新鮮な実が現れる。食べるとほんのりと甘みがあってとても口当たりが良かった。芯《しん》も瑞々《みずみず》しい薄い緑色で、少しも苦みがない。温寧《ウェンニン》は船首に座って花托をむき続け、藍忘機《ランワンジー》は自ら二つむいて食べると、それ以上は手をつけなかった。温寧《ウェンニン》は むいた蓮の実を彼らに差し出したが、藍忘機《ランワンジー》は首を横に振って魏無羨《ウェイウーシエン》にやるように示した。魏無羨《ウェイウーシエン》が一人で一舟分を食べ終えると、水の流れに沿ってまた舟は一、二時辰ほど進み、ようやく雲萍城の波止場へと辿り着いた。

波止場の浅瀬には小さな漁船が隙間なく集まっていて、川に隣接した石の階段には洗濯物を叩いている女がおり、小麦色の肌をした少年たちは、上半身裸で川辺から水に飛び込んだり泳ぎ回ったりしている。彼らの目に、一艘の渡し舟がゆっくりと近づいてくるのが見えた。

船尾にいる一人は俯いていて、舟の真ん中に座る若い男二人は、どちらも人並み外れた抜群の容貌をしている。一番前で姿勢正しく座っている白い服の男は、雪のように白い軽装で浮世離れした風采だ。その傍らでにこにこと笑っている青年もまた、まれに見る端麗な顔立ちをした美しい男だった。普段はこんな人物を見かける機会など滅多になく、思わず皆目を丸くしたまま彼らに視線を奪われた。川で泳いでいた少年数名も魚のように集まってきて、七、八個の頭が渡し舟の近くに浮かんでいる。

「ちょっと聞きたいんだけど、ここは雲萍城かな?」

魏無羨《ウェイウーシエン》が尋ねると、川辺で服を洗っていた少女が顔を赤らめながら答える。

「はい、雲萍城です」

「よし、到着だ。じゃあ岸に上がろう」

魏無羨《ウェイウーシエン》がそう言って二人を促した。

岸に着くと、藍忘機《ランワンジー》が真っ先に立ち上がって舟を降りた。振り向いて魏無羨《ウェイウーシエン》に手を差し出し、その手を引く。彼らは二人とも波止場に上がったが、温寧《ウェンニン》はなぜかまだ舟に残ったまま足を踏み出せずにいた。泳いでいたあの少年たちは、青白い肌をして、しかも首と頬には奇妙な模様があり、俯いて黙り込んでいる温寧《ウェンニン》の風変わりな姿を見て、恐れるどころかむしろ興味を抱いたようだ。十数本の手で舟べりに掴まるとしきりに舟を揺らし、温寧《ウェンニン》はぐらぐらと揺れる舟の上で立っているのがやっとだった。魏無羨《ウェイウーシエン》は振り返ってその様子に気づくと、声を上げる。

「おい！　何してるんだ。そいつをいじめるな」

「公子、これじゃ降りられません」

温寧《ウェンニン》が助けを求めると、今度は二人の少年が手で水面を叩き、水しぶきを撥ね上げて彼にかけた。温《ウェン》寧《ニン》は困り果てて苦笑いしている。もしこの少年たちが、自分たちが取り囲んでいたずらをしているその「人」が素手で造作もなく彼らを血の塊《かたまり》に引き裂き、骨までも粉々に握り潰せると知っていたら、こんなふうにからかって楽しむことなど怖くてできなかっただろう。魏無羨《ウェイウーシエン》が持っていた残りわずかな蓮の花托をいくつか放って、「受け取れ！」と言うと、少年たちは一気に散り散りになり花托を奪い合う。温《ウェン》寧《ニン》は散々だという様子でやっと岸に跳び上がり、びしょびしょになった服の裾《すそ》をはたいた。

雲夢全体で見ても、雲萍城は小さくはなく、むしろ非常に栄えた町だった。三人が町の中へ入ると、通りは人々が往来し、様々な店が目が眩むほどにずらりと並んでいる。人の多い場所を好まない温寧《ウェンニン》は、しばらくするとすぐ、また黙って姿を消した。魏無《ウェイウー》羨《シエン》は記憶の中の住所を頼りに、道中で人に尋ねながら進み、ついに目的地を見つけた。しかし、そこにあったものを確認すると、二人とも微かに驚いた表情になる。

目の前にある、この並外れて立派で多くの人が参拝に訪れている建物を眺め、魏無羨《ウェイウーシエン》が呟く。

「これは……観音廟《かんのんびょう》だよな？」

「うん」

金光瑶《ジングアンヤオ》はどう考えても廟を建立《こんりゅう》するような信心深い人間だとは思えず、二人は目を見交わすと、途切れることのない参拝者たちの間を通り抜けて高い敷居《しきい》を跨《また》ぎ、廟の中に足を踏み入れた。ここは三進《さんしん》式《しき》〔中国古代平屋建築の様式の一つ。平面図が目の字型になっている〕の廟で、至るところから焼香《しょうこう》の煙が立ち上り、木魚《もくぎょ》を叩く音が響いている。内部を一通り歩くのに、それほど時間はかからなかった。最後に入った部屋は観音像が安置された主殿《しゅでん》で、二人が入り口のところでしばしの間立ち止まっていると、すぐに僧侶《そうりょ》が両手を合わせて会釈《えしゃく》してきたので、二人も返礼する。魏無羨《ウェイウーシエン》は二言三言挨拶をしてから、何気ない素振りでその僧侶に話しかけた。

「普通の廟は大抵山の中に建てられるものなのに、こうして町中にあるなんてなかなか珍しいですね」

僧侶は微笑んで受け答えする。

「一日中忙しく働いている町の人々こそ、このような観音廟に祈願《きがん》し、安らぎを求める必要があるのではないでしょうか？」

魏無羨《ウェイウーシエン》も笑顔で会話を続けた。

「やかましい人の気配が、観音菩薩《ぼさつ》を驚かせてお邪魔してしまわないですか？」

「菩薩は生きとし生けるものを救い彼岸《ひがん》に導く存在ですから。そのようなことを気にされると思いますか？」

「ここは観音だけを拝《おが》むんですか？」

「その通りです」

答えてくれた僧侶と別れたあと、二人は観音廟の中をもう何周か歩いて状況を把握《はあく》した。廟を出ると、魏無羨《ウェイウーシエン》は藍忘機《ランワンジー》を引っ張って横丁に入り、木の枝を一本拾う。それで地面にいくつかの方陣を描いてから、ぽいと放った。

「金光瑶《ジングアンヤオ》は本当に気前のいい奴だな」

藍忘機《ランワンジー》は彼が放った枝を拾い、しゃがんで方陣の上に数筆書き添えると、その輪郭と形状がますますはっきりした。それは、先ほどのあの観音廟の平面図だ。魏無羨《ウェイウーシエン》は、藍忘機《ランワンジー》の手から再び枝を取って言った。

「この観音廟の中には大きな陣があって、何かが鎮圧されてる」

そして、ある場所を枝で指し示す。

「この陣はちょっと複雑だし、かなり守りが固いな。でも、陣の中核さえ破れば、鎮圧されてるモノもすぐに出てくるはずだ」

藍忘機《ランワンジー》は立ち上がって口を開いた。

「夜間、人がいない時に陣を破る。まず落ち着いて休養できる場所を見つけてから、また計画を立てよう」

観音廟の中で鎮圧されている邪祟《じゃすい》がどれほど強力なモノかわからないため、当然、人が多い昼間に軽率に行動することはできない。

「この中のモノの対処にどれくらいかかるかわからないけど、蘭陵に行くのに間に合うかな？　遅くなっちゃうか？」

「君の体の状態はまだはっきりしないのだから、無理は禁物だ」

乱葬崗でのあの戦いで、魏無羨《ウェイウーシエン》はあまりにも多くの気力と体力を消耗し、精神も体も長時間に渡って張り詰めた状態が続いていた。さらには数時辰前にもまた、江澄《ジャンチョン》に顔中から血を流すほどに激昂させられ、かなりの時間をかけて徐々に回復してきたところなのだ。今は特に問題を感じていなかったとしても、万が一彼自身でも気づかないうちに無理をして蘭陵に向かったとしたら、肝心な時に不測の事態が起こらないとも限らない。それどころか、かえって最悪の状況を招くことになる可能性もある。それに、この二日間で気力と体力を消耗したのは彼一人だけではなく、藍忘機《ランワンジー》も片時も休んでいないのだ。自分のことはさておき、今は藍忘機《ランワンジー》を休ませるべきだと考え、魏無羨《ウェイウーシエン》は彼の言葉に従った。

「わかった。じゃあ先に一休みできる場所を探そうか」

魏無羨《ウェイウーシエン》自身はどこでだって休むことができる。金があれば豪華な部屋で寝るし、金がなければ木の根元で寝るだけだ。しかし、今は藍忘機《ランワンジー》と一緒なのだ。彼が木の下で寝ている姿も、あるいはむさ苦しい狭い部屋で窮屈《きゅうくつ》そうにしている姿もまったく想像できない。そのため二人はかなり長いこと歩いて、最終的に雲萍城の観音廟とは反対側にある、体裁の良い立派な宿を選んだ。女将は飛び出してきて大歓迎し、彼らを中まで引きずり込むかのようにして招き入れた。

宿は整然と綺麗に片づけられていて、一階は客でほぼ埋まっており、切り盛りしている者がやり手だということが見て取れる。宿の中で仕事をしているのはほとんどが女性で、下は掃除をしている十代の若い子から、上は肩幅も腰回りも太くて逞《たくま》しい年配の水仕女《みずしめ》までいる。そこへ、入り口から若い男二人が入ってくるものだから、全員が目をぱっと輝かせた。ちょうど客に水を注いでいた少女の一人は、藍《ラン》忘機《ワンジー》に釘《くぎ》づけになり、水差しの注ぎ口がずれていることにすら気づかなかった。女将《おかみ》は気をつけて仕事をするようにと彼女たちを叱ると、二人に部屋を見せるため自ら二階へと案内し、歩きながら尋ねる。

「公子様方、お部屋はいくつご用意いたしましょうか？」

急にそう聞かれて、魏無羨《ウェイウーシエン》の心臓はきゅっと縮み上がったが、表向きは顔色一つ変えずに藍忘機《ランワンジー》をちらりと見た。

もしこれが二か月前ならば、それは無用な質問だった。現世に戻ってきたばかりのあの頃、魏無羨《ウェイウーシエン》はできるだけ早く逃げ出したい一心で、ありったけの技を駆使して藍忘機《ランワンジー》に嫌がらせをしていた。藍忘機《ランワンジー》もそれを見抜いていて、途中から一部屋だけ頼むようになった。どうせ何部屋頼んだところで結局、魏《ウェイ》無羨《ウーシエン》は毎度彼の寝床に忍び込み、まとわりついて寝るからだ。

それだけでなく、その時はまだ誰にも正体を気づかれていないのをいいことに、どんな恥ずかしいことでも平気でできたのだ。

雲深不知処を出た最初の夜、魏無羨《ウェイウーシエン》は待ちきれずに先手を取って藍忘機《ランワンジー》の寝床に潜《もぐ》り込んだ。藍忘機《ランワンジー》が扉を開けて部屋の中に入ると、ちょうど魏無羨《ウェイウーシエン》が寝床の上で寝転がっていて、彼は無表情のまましばらく立ち尽くしたあと、そのまま頼んであった隣のもう一部屋に入っていった。だが、魏無羨《ウェイウーシエン》がやすやすと彼を見逃すわけもない。追いかけて一緒に寝たいと喚《わめ》き、勝手に寝床に上がると、あろうことか枕を一つ窓から放り投げ、無理やり藍忘機《ランワンジー》と一つの枕で寝ようとした。しかも、なぜ服を着たまま寝るのかと問い質し、強引に彼の帯を解いて服を脱がせようとまでしたのだ。さらには夜中に突然氷のように冷たい足を伸ばして藍忘機《ランワンジー》の布団の中に入れ、彼の手を掴んで強引に自分の胸元に押しつけて、「俺の鼓動を聞いて、含光君！」と情のこもった澄んだ眼差しで彼の目を見つめ……結局は藍忘機《ランワンジー》に軽く手のひらで一回叩かれ、全身が硬直して動けないようにされて、ようやく大人しくなる始末だった。

過去のことは振り返るに堪えず、魏無羨《ウェイウーシェン》は生まれて初めて自分の恥知らずぶりに愕然《がくぜん》とした。

ちらりと三度目の視線を送っても、藍忘機《ランワンジー》は依然として目を伏せたまま黙り込んでいて、表情もはっきりとは見えない。彼がなかなか答えないので、魏《ウェイ》無羨《ウーシェン》はぐるぐると余計なことを考え始めた。

（藍湛《ランジャン》は近頃ずっと一部屋しか頼まなかったのに、なんで今日は何も言わないんだ？　もし今日二部屋頼んだら、こいつは確実に江澄《ジャンチョン》の言葉を気にしてるってことになる。でも、もしまた一部屋だったとしたって、気にしてないって証拠にはならないよな。もしかしたら、ただ自分が気にしてないところを見せて、俺にも気にさせないようにするためとか……）

あれこれ考えあぐねていると、女将はきっぱりとした口調で自らの問いに答えを出した。

「一部屋ですね？　ええ、一部屋で十分ですよ！　うちの部屋は二人で泊まっても快適です。寝床も窮屈じゃないですからね」

しばらく待っても、藍忘機《ランワンジー》が口に出して反対することはなかったため、魏無羨《ウェイウーシェン》の心と足はようやくふわふわとして落ち着かない状態から、一時的に地に着くことができた。

女将が扉を押し開け、案内された部屋の中へ入ると、言葉通り十分に広かった。

「そうでした。お二方、お食事はいかがなさいますか？　うちの水仕女の腕前は抜群なんですよ。出来上がったら上までお持ちしましょうか？」

「いただきたいな。でも今じゃなくて、遅めの方がいい。戌《いぬ》の刻に頼むよ」

魏無羨《ウェイウーシェン》がそう注文すると、女将は二つ返事で扉から出ていった。それからすぐ、扉を閉めようとした魏無羨《ウェイウーシェン》は唐突に思い立ち、彼女のあとを追いかける。

「女将さん！」

「公子、何かございましたか？」

魏無羨《ウェイウーシェン》は何かを決心したように、小声で頼んだ。

「夕餉《ゆうげ》を持ってくる時、お酒も少し用意してくれるかな……強ければ強いほどいい」

「もちろんですとも！」

女将が笑顔で応じてくれると、魏無羨《ウェイウーシェン》は何食わぬ顔で部屋に戻り、扉を閉めて卓のそばに座った。すると藍忘機《ランワンジー》が手を伸ばしてきて、そっと手首を押さえるように脈を測られる。ただ体の状態を調べているだけだとわかってはいても、その二本の白く細長い指が手首から上へと伝い、ゆっくりと揉んで押さえられると、魏無羨《ウェイウーシェン》は卓の下に置いたもう片方の手の指をぴくりと縮こませた。

半時辰ほども時間をかけて調べたあと、藍忘機《ランワンジー》は沈黙を破った。

「特に異常はない」

魏無羨《ウェイウーシェン》は伸びをすると、笑って礼を言う。

「ありがとう」

すると藍忘機《ランワンジー》の表情が強張り、眉宇《びう》も穏やかでないことに気づく。

「含光君、沢蕪君《たくぶくん》を心配してるのか？　俺が思うに、金光瑶《ジングアンヤオ》は沢蕪君《たくぶくん》に対して少しは敬意を持ってるはずだ。それに、沢蕪君《たくぶくん》の修為《しゅうい》は奴より高いし、もともと警戒してたんだから、何かしら奴の手口に引っかかるとは限らない。俺たちはできるだけ早く観音廟の陣を破って、明日には先を急ぐことにしよう」

すると、藍忘機《ランワンジー》がぽつりとこぼした。

「この件は妙だ」

「何が？」

「兄上は金光瑶《ジングアンヤオ》と長年親しくつき合ってきたが、金光瑶《ジングアンヤオ》は決して衝動的に人の命を奪うような者ではなく、これまで一度も軽率に手を出したことはなかった」

「うん、俺の奴に対する印象も同じだった。金光《ジングアン》瑶《ヤオ》が非情な人間じゃないとは言わないけど、それでも恨みを買わずに済むなら、できるだけそうするだろう」

「今回の乱葬崗の件も、大仰《おおぎょう》で短慮《たんりょ》だ。これまでの手口とは異なる」

魏無羨《ウェイウーシエン》は少し考えてから確かめるように言葉にする。

「乱葬崗でのあの一戦、成功すればそれでいいけど、バレたら玄門《げんもん》百家と敵対するほかに道はない。危険性はかなり高いよな」

「より多くの隠された事情を調べる必要があるかもしれない」

それを聞いて、魏無羨《ウェイウーシエン》は心の中でため息をついた。

(実はさ、そんな隠された事情なんかより……俺が今もっと気になってるのは、断袖《だんしゅう》って献舎《けんしゃ》を通じてうつるのかどうかってことなんだよ!)

そう考えていると連日の疲れがどっと押し寄せてきて、魏無羨《ウェイウーシエン》はこめかみを揉んだ。

「君は休みなさい」

「そうだな」

藍忘機《ランワンジー》に促され、魏無羨《ウェイウーシエン》は素直に寝床に座り足を振って靴を脱ぐと、後ろにどさりと倒れ込んだ。

「含光君、お前も……」と言いかけたものの、すぐにある気まずい問題に気づいてしまった。

部屋の中に寝床は一つしかない。つまり、もし藍《ラン》忘機《ワンジー》も休みたければ、彼と同じ寝床で寝るしかないのだ。確かにこれまでの間ずっと、彼らは数えきれないくらい同じ寝床で寝てきた。しかし、江澄《ジャンチョン》が蓮花塢の祠堂で思いきり彼らを罵倒《ばとう》してからというもの、多くのことが一変して、何もかもが微妙になり始めている。今、一緒に寝ようと誘うことはおろか、先ほど何部屋頼むかと聞かれた時ですら、魏無羨《ウェイウーシエン》は長いこと迷っていたのだ。

「必要ない」

ふいに藍忘機《ランワンジー》が言い、魏無羨《ウェイウーシエン》はわずかに身を起こした。

「そんなのダメだ。お前だってここ数日……」

その言葉が口から出た瞬間、彼はまた後悔した。

もし一緒に寝ようと自分が言ったあとで、煩《わずら》わしく思った藍忘機《ランワンジー》がやはり二部屋を頼んだ方がいいと考えたら、さらに気まずくなるのではないか？

「私はいい。君が休みなさい」

そう言われて、魏無羨《ウェイウーシエン》は顎《あご》を指先でそっと撫でてから答えた。

「……うん。じゃあ少しだけ横になるよ。申《さる》の刻になったら起こして」

藍忘機《ランワンジー》が卓のそばに端座し、既に目を閉じて気を休めているのを見つめながら、魏無羨《ウェイウーシエン》はもう一度ゆっくりと横になった。

彼は自分の腕を枕代わりにして、天井をしばらくの間じっと眺め、ごろりと寝返りを打って藍忘機《ランワンジー》に背を向ける。それからかなり長い時間が過ぎてもやはり落ち着かず、眠れずに目を開けたままでいると、心の奥底からじわじわと焦《あせ》りが湧いてくるのを止められなくなった。

痴れ者《しれもの》のふりをして好き勝手やっていた頃、度々言っていた「どうしても藍忘機《ランワンジー》の隣でなければ眠れない」云々《うんぬん》という話は、当然すべて戯言《たわごと》だった。しかし、いつからかその戯言はどうやら事実になってしまったようなのだ。

（どうしたらいいんだ……まさか俺、これから藍《ラン》湛《ジャン》と一緒の寝床でないと眠れないのか？）

何度も寝返りを打ち、眠らなければと長時間努力して魏無羨《ウェイウーシエン》はどうにか目を閉じた。

うとうととしてどれくらい経ったかわからないが、目を覚ますと窓の外はとっくに日が落ちて暗くなっていた。おそらくもう酉《とり》の刻は過ぎているだろう。

むくりと起き上がった時、背後から何か音が聞こえて振り向くと、藍忘機《ランワンジー》がちょうど本を閉じたところだった。

「藍湛《ランジャン》、なんで起こしてくれなかったんだよ？　申の刻に起こしてって言っただろ？」

「英気を養い、体力を回復するんだ。焦る必要はない」

魏無羨《ウェイウーシエン》はだいぶ長いこと眠り続けていたようで、彼が目覚めるまでの間、藍忘機《ランワンジー》はおそらく一階から本を持ってきて読むことくらいしかできなかっただろう。魏無羨《ウェイウーシエン》は少々気が引けて、寝床から飛び降りると謝った。

「ごめんな、うっかり寝すぎちゃって。お前も横になりなよ」

「構わない」

藍忘機《ランワンジー》が答えたちょうどその時、誰かが扉を叩いた。

「公子様、夕餉をお持ちしましたよ」

扉の外から話しかけてくる女将の声で、魏無羨《ウェイウーシエン》は今が戌の刻なのだとやっと気づいた。藍忘機《ランワンジー》が扉を開けると、女将が運んできた盆の上には、やはり酒《さか》壺《つぼ》と二つの杯《さかずき》ものっている。部屋に入るなり、女将は驚いたように言う。

「あら、もしかして今までずっと寝ていらっしゃったんですか？」

魏無羨《ウェイウーシエン》はますます気がとがめ、誤魔化すように何度か空笑《からわら》いした。女将は盆を卓に置いて会話を続ける。

「お二人はどこからいらしたんですか？　よその地域から遊びにいらしたなら、さぞお疲れでしょう。しっかり休んで、英気を養ってから遊んでくださいね」

「姑蘇から来たんだ」

魏無羨《ウェイウーシエン》が口から出任《でまか》せを言うと、女将は頷いた。

「そうなんですか！　どうりで、お二人のような見目の麗《うるわ》しい方々は、きっと江南《こうなん》のような素晴らしい名勝地《めいしょうち》の水郷《すいごう》生まれだろうと思っていましたよ」

藍忘機《ランワンジー》は何も聞こえなかったという顔をしていて、魏無羨《ウェイウーシエン》はハハッと笑う。

「こいつとは比べないでね。こいつは綺麗すぎるからさ」

「この方は綺麗で、あなたは粋《いき》といった風情《ふぜい》ですね。同じではないですけど、どちらも目を奪われます！　あ、そうそう」

女将は思い出したように続ける。

「遊びにいらしたなら、我が雲萍城のあの観音廟へはぜひ行ってみてください」

魏無羨《ウェイウーシエン》もちょうど彼女に観音廟について聞こうとしていたため、自ら話題にしてくれたのは都合が良かった。

「観音廟なら、昼間に見に行ったよ。町中に建てられた観音廟って、なかなか珍しいね」

「ですよね。私も初めて見た時は驚きました」

「女将さんはいつから雲萍城に住んでるんだ?」

「もう八年になります」

「その頃にはもうあの観音廟はあったのか? なんで町中に観音廟を建てたのか、誰かに聞いたことはない?」

「それは私も知らないんですよ。いずれにせよ、あの観音廟はいつもお参りの人がひっきりなしで、雲萍城では何か起きると、皆あそこに行って観音菩薩様に無事を祈ってきました。私も時間がある時は皆と同じように焼香しに行きますよ」

魏無羨《ウェイウーシエン》はふと何気なく尋ねる。

「何か起きた時に、この地を管轄《かんかつ》してる仙術《せんじゅつ》を修練する世家には直接助けを求めに行かないのか?」

彼は尋ねたあとでやっと気づいた。この地を管轄する世家とは、まさしく雲夢江《ジャン》氏ではないか。

ところが、女将は口をへの字に曲げてしまう。

「あの人たちのところに? そんなの、怖くて行けるわけないですよ」

「へ? なんで怖いんだ?」

魏無羨《ウェイウーシエン》が面食らって聞くと、女将は事情を話してくれた。

「お二人は雲萍城の人ではないからご存じないと思いますけど、この雲夢一帯の地域は、すべて江《ジャン》家が管轄しています。でも、あそこの宗主はかなり気性が荒くて、皆から死ぬほど怖がられているんです。配下の人が以前からきっぱり言ってたんですよ。一つの世家がこんなに広い地域を管理しようとしたって、鬼やら妖怪なんかが祟《たた》るような小さな事件は毎日百件近くも起きるから、その度すぐ人を向かわせて処理していたら、到底手が回らないでしょう? 死人が出るほどじゃなければ、凶悪な悪鬼《あっき》じゃありませんから、些細《ささい》なことはいちいち持ってきて騒ぐなって」

　彼女はかっかしながら不満を口にする。

「なんてむちゃくちゃな話なんでしょう。だって、人が死んでからあの人たちのところに行ったって、もう手遅れってことじゃないですか！」

　悪鬼悪霊などの重大事件でない限り出向かない。実は、これは比較的規模の大きな世家のほとんどが黙認している規定の一つだ。それとは逆のいわゆる「逢乱必出《ほうらんひっしゅつ》」は、確かに長年にわたり人々から称讃されてきた模範的行動だが、本当にそれをやり遂げているのは彼の隣にいる藍忘機《ランワンジー》ただ一人しかいない。

「それに、あの蓮花塢というところは恐ろしすぎて、二度と誰も助けを求めになんか行きませんよ！」

　魏無羨《ウェイウーシエン》ははっとして、藍忘機《ランワンジー》の物静かな横顔に向けていた視線を慌てて女将に戻す。

「蓮花塢が怖いだって？　なんで怖いんだ？　行ったことがあるのか？」

「あんなところ、行くわけがありません。でも、私の知り合いは家に幽霊の祟りが出たから、助けを求めに行ったそうなんです。でも折悪く、あの江《ジャン》宗主が光る鞭を振り回しながら修練場で誰かを打っていて、しかも血肉が飛び散って悲鳴が響くほどだったんですって！　家僕《かぼく》の一人が親切にこっそりと教えてくれたそうです。宗主がまた目的とは違う人を捕まえてしまって、ここ数日非常に機嫌が悪いから絶対怒らせないようにって。彼は怖くて手土産《てみやげ》だけ置くとすぐ逃げて、二度と蓮花塢を訪ねませんでした」

　魏無羨《ウェイウーシエン》はずっと以前にそれを聞いたことがあった。長年の間、江澄《ジャンチョン》は奪舎《だっしゃ》して復活した鬼道《きどう》修士を至るところで捕まえては、彼らを一人残らず蓮花塢に連行して、残酷な刑罰を用いて拷問《ごうもん》にかけてきた。おそらくこの女将の知人は、ちょうど彼が鬱憤を晴らしていたところに遭遇してしまったのだろう。その時、江澄《ジャンチョン》がどんな凶悪極まりない顔つきをしていたかは想像に難《かた》くなかった。ただの一般人なら慌てて逃げだすのも頷ける。

「それに、他にも怖がって逃げた人がいるって聞いたんです」

「その人は何があったんだ？」

　まさか、今度も江澄《ジャンチョン》が人を鞭で打っているところにちょうど出くわしたわけはないだろう。もしそうだとしたら、江澄《ジャンチョン》はいったいどれほど精を出して人を捕まえ、どれほど頻繁に鞭で打っていたというのか？

「違います違います。これも、ちょっと運が悪い話で。彼の姓は温《ウェン》で、よりによってあの江《ジャン》宗主の不倶戴天《ふぐたいてん》の仇と同じ姓だったんです。江《ジャン》宗主は天下にいる姓が温《ウェン》の人を全員ひっくるめて恨んでいて、相手がそうだと知れば見るだけでも歯ぎしりするほど憤慨して、皮を剥いて筋を抜き取りたくてたまらないっていうのに、助けを求められていい顔なんてするわけがありませんよね……」

　女将の話に魏無羨《ウェイウーシエン》は思わず俯き、眉間を摘まむと黙り込んだ。幸い彼が何か言うまでもなく、一気にくどくどと言いたいことを話して、女将もすっかり満足したらしい。

「あら、こんなに長く話し込んじゃって、これじゃお二方は食事もできませんね。もうお邪魔しませんから、私は下りますね。何かご用がありましたら、またいつでもお声がけください」

　魏無羨《ウェイウーシエン》は礼を言って彼女を部屋の外まで見送り、扉を閉めてから振り返る。

「どうやら俺たちが知りたいことは、八年よりもっと前までさかのぼって調べる必要があるようだな。明日また何人か、長くここで暮らしてる地元の人に聞いてみよう」

　藍忘機《ランワンジー》が小さく頷いた。

「でも、誰に聞いても大した情報は出ないだろうな。八年は長すぎる。多くのことを忘れるには十分な時間だ」

　そう言ってから杯に酒を注《つ》ごうとして一瞬ためらい、すぐさま自分を戒《いまし》める。

（こいつが飲まなかったら、それでいい……もし飲んでも、俺はただいくつか質問するだけで、絶対に余計なことはしない。こいつが本当はどう思ってる

のかを聞くだけだ。どうせ酔いがさめたら何も覚えてないんだから……今後の計画に支障をきたすことは絶対にないよな)

そう自分と約束して、なんとか落ち着いて杯に酒を満杯に注ぎ、何食わぬ顔で藍忘機《ランワンジー》の目の前にそれを押し出した。飲まないかもしれないと心の準備をしていたが、何を考えているのか、藍忘機《ランワンジー》は杯をよく見ることもなく手に取ると、すぐに仰向いて一気に飲み干した。

魏無羨《ウェイウーシエン》は自分の杯を口元に持っていきながら、無意識にその動きをじっと見つめた。ところが、ほんの少し啜《すす》っただけで、すぐにむせてひとしきり激しく咳《せ》き込んでしまう。

(あの女将さん、本当に律儀《りちぎ》な人だな。強ければ強いほどいいとは言ったけど、本当にこんなに強いのを持ってくるなんて)

けれど、過去にはこれより十倍強い酒であっても顔色一つ変えずに流し込んだことがある。先ほどむせてしまったのは、ただ迂闊《うかつ》だっただけだ。服にこぼれた酒を拭いてから彼が顔を上げると、藍忘機《ランワンジー》は既に期待した通り第一段階に入っていた。

今回は、ござに姿勢正しく座ったまま寝てしまっている。両目をきつく閉ざして微かに俯いていること以外、普段通りの姿勢だ。目の前でひらひらと手を振ってみたが、まったく反応がなかったため、魏《ウェイ》無羨《ウーシエン》はそれでようやく心が落ち着いてきた。手を伸ばし、藍忘機《ランワンジー》の顎をくいっと軽く持ち上げてそっと囁く。

「ここ数日は本当に息が詰まりそうだったよ。含光君、やっと俺の手に落ちたな」

眠っている藍忘機《ランワンジー》は従順にすんなりと顔を上げた。目を開けている時の彼の顔は、瞳の色が極めて薄く、目つきも冷ややかなせいでかなり冷淡な印象で、厳かで侵《おか》すことのできない雰囲気を纏《まと》っている。しかしこうして目を閉じると、その輪郭はずいぶんと柔らかく見える。若く玲瓏《れいろう》な玉の彫像《ちょうぞう》の如く静かで落ち着いたその顔立ちには、人を引き寄せる無上の力があるようだ。魏無羨《ウェイウーシエン》は見れば見るほど夢中になり、彼の顎を支えながら顔をますます近くまで寄せていったが、もうじき触れてしまいそうなほどに近づくと、あのひんやりした檀香で唐突に我に返った。心の中で「まずい」と言うと、慌てて手を引っ込める。支えを失った藍忘機《ランワンジー》の頭は、再びかくんと俯いた。

魏無羨《ウェイウーシエン》の心臓はドクンドクンと激しく鼓動を刻み、冷静になるために床で数回ごろごろと転がってから、ぱっと飛び起きる。声には出さずに、落ち着けと数回自分に言い聞かせ、藍忘機《ランワンジー》の正面にすり足で戻った。しばらくの間きちんと座り、彼が起きるのを待とうとしたが、邪《よこしま》な気持ちを捨てきれず、また彼の頬をつんとつつきにいく。そうして二回つついた時、ふいに藍忘機《ランワンジー》が笑ったところをこれまで一度も見たことがないことに気づき、二本の指で彼の口角をきゅっと上向きに引っ張って、微笑む顔を見てみようとした。すると突然、指に微かな痛みが走った。いつの間にか藍忘機《ランワンジー》は目を開けていて、冷たい目で彼を真っすぐに見つめている。

そして魏無羨《ウェイウーシエン》の片手の人さし指は、無言のままの彼の口に咥《くわ》えられていた。

「……」

「放して」

すると、藍忘機《ランワンジー》は顔を上げて背筋を伸ばす。冷淡な眼差しを保ったままわずかに体を前に傾けると、彼の指を第一関節から第二関節まで口に含み、さらに歯に力を込めた。

「痛い！」

彼の悲鳴を聞いて、ようやく藍忘機《ランワンジー》はそっと口を開いた。魏無羨《ウェイウーシエン》はその隙に指を引っ込め、慌てて傍らへと逃げだす。この一噛みは魏無羨《ウェイウーシエン》を心底ぞっとさせた。人を噛むものといえば、彼はすぐに犬を思い浮かべてしまう。そして犬を連想した瞬間、たちまち身の毛がよだつのだ。ところが、距離を取る前に藍忘機《ランワンジー》は素早く避塵《ビチェン》を抜いて、ござの上に力任せに突き刺すと、魏無羨《ウェイウーシエン》の服の裾を床に縫い留めてしまった。

彼らが今身に纏っている服はすべて蓮花塢で着替えたものだ。特殊な生地で作られていて、容易に破れることはない。魏無羨《ウェイウーシエン》はその裾に繋ぎ止められたせいで遠くに逃げられず、適当なことを言って藍忘《ランワン》機《ジー》の気を逸《そ》らそうとする。

「藍湛《ランジャン》、お前なんてことをしたんだ。ござと床に穴を開けちゃって、これは弁償しないと……」

その言葉の途中で、逃げようとする彼の後ろ襟《えり》がぐっと掴まれた。引き戻されていると気づいた時には背中がどんと藍忘機《ランワンジー》の胸にぶつかり、耳元で低く沈んだ声が響く。

「弁償する！」

そう言って彼は床から避塵《ビチェン》を引き抜いたが、なんと再びそこを刺そうとするのを見て、魏無羨《ウェイウーシエン》は慌てて飛びついて彼を止めた。

「やめろ！　お前どうしたんだよ。酒を飲んだくらいで、なんでこんな悪さをするんだ？」

とがめる口ぶりでそう言われ、藍忘機《ランワンジー》は魏無羨《ウェイウーシエン》を見てから自分の手を見て、次に床に開いた穴に目をやって、急に我に返ったようにぽいと剣を放り投げた。避塵《ビチェン》は「ドン」とくぐもった音を立てて、床に落とされ転がっていく。魏無羨《ウェイウーシエン》は右手でさっと剣の鞘を握ると、足のつま先に力を入れて床の剣を高く上に蹴り上げた。宙に浮いて落ちてきた避塵《ビチェン》は、真っすぐに鞘の中に収まる。

「こんな危ない物を、適当に放っちゃダメだろう」

再び叱られ、藍忘機《ランワンジー》はさらに姿勢を正して座ると頭を下げた。自分が間違ったことをしたと理解して、素直に教えを受けるつもりのようだ。これまではずっと藍忘機《ランワンジー》が大真面目に魏無羨《ウェイウーシエン》を説教するばかりだったが、こうして酒を飲んだあとだけは、立場を逆転できる機会が訪れる。組んだ腕の中に避塵《ビチェン》を差し込んだまま、首を傾《かし》げて彼を見ているうち、魏無《ウェイウー》羨《シエン》は笑いを堪えるあまりぶるぶると体が震えだした。

彼は本当に、酔っている藍忘機《ランワンジー》のことが大好きなのだ！

藍忘機《ランワンジー》が酔うと、ここ数日の進退窮《しんたいきわ》まり八方塞がりになっていた気持ちが、一瞬で綺麗に消えていったように感じた。まるで、これまで溜め込んできた好き勝手したい衝動が、そのための場とすべてをぶちまけられる相手を見つけたかのように。端座する藍忘機《ランワンジー》の周りをぐるぐると二周歩くと、魏無羨《ウェイウーシエン》はくるりと身を翻《ひるがえ》して彼のそばに腰を下ろし、破れた裾を摘まんで見せながら言って聞かせる。

「自分がやったことを見てみろよ。俺の服を破いたんだぞ。あとでちゃんと繕ってくれよな、わかったか？」

藍忘機《ランワンジー》はこくりと頷いた。

「お前、これ繕えるのか？」

今度はふるふると首を横に振る。

「そうだろうと思ったよ。それなら学ぼうな。どのみちお前は俺の服を繕わなきゃダメなんだから。わかったか？」

藍忘機《ランワンジー》がまた頷くところを見て、魏無羨《ウェイウーシエン》はすっかり満足して座布団を一枚手に持つと、誰にも気づかれないうちにそれを避塵《ビチエン》が開けた穴の上に被せた。

「俺が隠してやったから、これでお前が悪さをしたことには誰も気づかないはずだ」

すると、藍忘機《ランワンジー》はあの精巧《せいこう》で綺麗な小振りの財嚢《ざいのう》を懐から取り出すと、魏無羨《ウェイウーシエン》の目の前に差し出し、揺らしながら言った。

「弁償する」

「お前が金持ちだってことは知ってるから、ちゃんとしまっとけ……何やってるんだ？」

なぜか藍忘機《ランワンジー》が財嚢を魏無羨《ウェイウーシエン》の懐の中にそっと押し込んだのだ。魏無羨《ウェイウーシエン》は胸元にあるそのずっしりと重い膨らみに触れる。

「まさか、俺にくれるのか？」

財嚢を押し込んだあと、藍忘機《ランワンジー》は魏無羨《ウェイウーシエン》の襟を整えてやってから、彼の胸元をぽんぽんと叩く。どうやら彼がそれをなくすのを心配しているようだ。

「きちんとしまいなさい」

「本当に俺にくれるのか？　こんな大金を」

「うん」

「ありがとう、金持ちになったよ！」と貧乏人の魏《ウェイ》無羨《ウーシエン》は深く感謝した。

ところが、それを聞いた藍忘機《ランワンジー》の眉間にしわが寄り始めた。ぱっと魏無羨《ウェイウーシエン》の懐の中に手を入れると、財嚢をまた奪い返す。

「駄目だ！」

魏無羨《ウェイウーシエン》はつい先ほど手に入れた金を一瞬でまた失い、愕然として尋ねた。

「何がダメなんだ？」

藍忘機《ランワンジー》はとても失望した様子で、何かを必死で抑え込んでいるかのようだ。ただ黙々と首を横に振り、意気消沈して財嚢を回収するそのさまは、どこか悲しそうに見える。

「お前、さっきは俺にくれるって言っただろ。なのになんで取り返すんだよ。お前って、自分の言ったことを守らない奴なのか？」

その言葉に藍忘機《ランワンジー》が背を向けると、魏無羨《ウェイウーシエン》は彼の肩を掴んで体ごと自分の方を向かせ、宥《なだ》めようとする。

「俺を見ろ、逃げるな。こっちこっち、俺を見てってば」

すると、藍忘機《ランワンジー》はようやく魏無羨《ウェイウーシエン》に目を向けた。真っすぐに互いの顔を見つめ合いながら、藍忘機《ランワンジー》の長いまつ毛までもがはっきりと数えられそうなほど近づいていく。冷たく澄んだ檀香と、ふわりと香るほのかな酒の香り。二つの匂いが、気づかないくらいの微かな呼吸の間に漂っていた。

かなり長い間見つめ合ったままでいると、魏無《ウェイウー》羨《シエン》の鼓動はどんどん激しくなり、もはや耐えきれずに自ら負けを認めて先に視線を逸らした。

「いいだろう！　お前の勝ちだ。じゃあ、次は違う遊びをしよう。また前と一緒で、俺が質問してお前が答えて、嘘をつかない……」

ところが、魏無羨《ウェイウーシエン》が「遊び」までしか言っていないところで、藍忘機《ランワンジー》は唐突に口を開いた。

「わかった！」

彼はまだ話している魏無羨《ウェイウーシエン》の手をぎゅっと掴み、一陣の風の如く素早く部屋の扉を出て階段を駆け下りる。魏無羨《ウェイウーシエン》は呆然としたまま彼に広間まで引っ張られていくと、一階では女将と雇人《やといにん》たちが一つの卓を囲んで食事をしている最中だったが、藍忘機《ランワンジー》は彼女たちに目もくれず、一心不乱に魏無羨《ウェイウーシエン》を引っ張って扉の外へと突き進んだ。それに気づいた女将が立ち上がって声をかけてくる。

「どうされました？　もしかして、食事がお口に合いませんでしたか？」

魏無羨《ウェイウーシェン》は強引に連れ出される慌ただしさの中で必死に答えた。

「美味しかったよ！　特にあの酒は、本当に強……」

それもまだ言い終わっていないのに、藍忘機《ランワンジー》は彼を引きずったまま宿から飛び出してしまう。

大通りに出ても一向に止まるつもりがないらしく、飛ぶように走り続ける。

「いったいどこに行きたいんだ？」

魏無羨《ウェイウーシェン》が尋ねても一言も答えないまま、ある一軒家の庭の前を通りかかったところで、藍忘機《ランワンジー》は突然足を止めた。魏無羨《ウェイウーシェン》が怪訝に思って聞こうとすると、彼はなぜか指を一本立て、唇に押し当てた。

「しーっ」

それから魏無羨《ウェイウーシェン》の腰にさっと手を回して地面を足で軽く蹴り、彼を連れてふわりとその一軒家の塀に登ると、瓦《かわら》の上にへばりつくようにして囁いた。

「見ろ」

あまりにも不可解な彼の行動に魏無羨《ウェイウーシェン》も少し興味が湧いてきて、彼の真剣な視線の先へと目を向ける。その庭の中には、鶏《にわとり》小屋が一つあるのが見えた。

「……俺に見てほしかったのは、あれか？」

魏無羨《ウェイウーシェン》が問いかけると、藍忘機《ランワンジー》はまた小声で促す。

「行くぞ」

「何しに？」

答える前にいきなり飛び上がり、藍忘機《ランワンジー》は一人で庭の真ん中に降り立った。

もしこの家の主人がまだ起きていて、容姿風格ともに天上人《てんじょうびと》のような白衣《びゃくえ》の男が、突然月光を纏って飄然《ひょうぜん》と訪れるところを目の当たりにしたなら、きっと九天謫仙《きゅうてんたくせん》〔道教における、罪により人間界に追放された神〕が浮世に舞い降りたのかと疑うに違いない。しかし、今の藍忘機《ランワンジー》がやっていることはどう考えても謫仙の風格など一切なく、悠長に庭で屈み込み、手探りで何かをしているようだった。魏無羨《ウェイウーシェン》は見れば見るほど不可解に思い、あとを追って塀から飛び降りると、彼の抹額《まっこう》を少し引っ張って尋ねた。

「こら、お前はいったい何がしたいんだ？」

藍忘機《ランワンジー》は片手で抹額を押さえつつ、もう一方の手をなぜか鶏小屋の中に入れた。小屋の中でちょうど気持ち良く眠っていた数羽の雌鶏《めんどり》たちは、突然のことに驚いて目を覚ますと、激しく羽を羽ばたかせ一目散に逃げようとする。その瞬間、藍忘機《ランワンジー》の目つきが鋭くなると、稲妻のように素早く手を突き出し、中でも最も肥えた一羽を素手で捕まえた。

それを見て、魏無羨《ウェイウーシェン》は呆気に取られてしまった。

その黄色い雌鶏は、藍忘機《ランワンジー》の手に掴まれたままコッコッとずっと鳴いている。藍忘機《ランワンジー》はそれを魏無《ウェイウー》羨《シェン》の懐の中に入れるようにと、丁重な仕草で差し出してきた。

「何？」

「鶏だ」

「それはわかってるよ。俺に鶏を渡してどうするんだ？」

すると、藍忘機《ランワンジー》は強張った顔で答えた。

「君にあげる」

「俺に……ああ、わかったよ」

この様子では、もし受け取らなければ彼はまた怒りだすに違いない。やむを得ず、魏無羨《ウェイウーシェン》は差し出された鶏を受け取ってから噛んで含めるように諭《さと》す。

「藍湛《ランジャン》、お前は自分が何をしてるかわかってるのか？　この鶏には主人がいるんだ。お前のやってることは盗みなんだぞ」

堂々たる仙門《せんもん》名士である含光君だというのに、もしこれが噂になって、世の中の人々に彼が酔っぱらって出かけた上、人の家で飼っている鶏を盗んだなどと知られたら……想像するのも恐ろしい。

しかし、今の藍忘機《ランワンジー》は聞きたい言葉しか聞かず、聞きたくないことはすべて聞こえないふりをしている。引き続き一心不乱に鶏の捕獲《ほかく》を続け、鶏小屋の中では「ケッケッ」「コッコッ」という鳴き声とともに鶏たちが飛び回り、卵が割れ、耳を塞ぎたくなるような始末だ。

「俺がお前にやらせたんじゃないからな」

二人はぶるぶる震える雌鶏を一羽ずつ抱えて塀を飛び越えた。通りに戻ってしばらく歩いても、魏無《ウェイウー》羨《シエン》にはまだ、藍忘機《ランワンジー》がなぜ突然鶏を盗んだのかが腑《ふ》に落ちずにいた。まさか食べたかったのか、と考えたところで、ふいに藍忘機《ランワンジー》の漆黒《しっこく》の髪に鶏の羽根が一本ついていることに気づく。

「ぷっ」と吹き出し、魏無羨《ウェイウーシエン》は見るに見かねて手を伸ばしてそれを取ってやろうとした。ところがちょうどその時、藍忘機《ランワンジー》は再び飛び上がり、一本の木の枝に乗ってしまった。

その木はまたもや人の家の庭に生えているもので、成長しすぎて枝葉が塀の外まで伸びていた。藍忘機《ランワンジー》が枝の上に座ったため、魏無羨《ウェイウーシエン》はそちらを見上げて尋ねる。

「今度はいったいどうしたんだ?」

「しーっ」

俯いた藍忘機《ランワンジー》のその声を聞いて、おそらく彼がこれからやろうとしているのは、鶏泥棒《どろぼう》と似たようなことだろうと予感した。すると、藍忘機《ランワンジー》は手を伸ばして梢《こずえ》から何かをもぎ取り、下に向かって投げてきた。魏無羨《ウェイウーシエン》は片手で雌鶏を抱えたまま、もう片方の手でとっさにそれを受け取って手の中を見てみる。

彼が放って寄越したのは、まだ熟しておらず、半分青くてまん丸い大きな棗《なつめ》の実だった。

やはり鶏を盗み終えたら、次は棗を盗みに来たのだ!

こういった人目を憚ることは、魏無羨《ウェイウーシエン》にとっては馴染みのないものではなく、年少の頃は、むしろかなり好んでやっていた。しかも大勢の者を従え、血気盛んに皆でやっていたのだ。とはいえ、その仲間を藍忘機《ランワンジー》に替えるなど寒心《かんしん》に堪えない。いや、仲間どころか藍忘機《ランワンジー》のこれは明らかに首謀者だ。

そこまで考えたところで、ぱっと閃《ひらめ》いた。

少し前、蓮花塢で藍忘機《ランワンジー》を連れて雲夢の懐かしい場所を見せ、彼に自分の子供の頃の面白い思い出話をたくさん聞かせた。その中には、まさにこのような類《たぐい》の数多くの「輝かしい事績《じせき》」もあった。もしかすると、藍忘機《ランワンジー》はその話を覚えていて、内心では一通りやってみたくて仕方なかったのだろうか？

（かなりあり得る！）

姑蘇藍《ラン》氏の教えは極めて厳しく、藍忘機《ランワンジー》は子供の頃から家の中に閉じ込められて読み書きをさせられていた。一言一行すべては目上の人たちが決めた基準に従い、こんなみっともなく無作法な行動をとったことは一度たりともなかったはずだ。仮にどんなにやりたくとも、意識がはっきりしている時はできないために、酔いに乗じているのだろうか？

棗の木の上にいる藍忘機《ランワンジー》は風の如く手を動かし、ほんのわずかな間に、その木になった実をごっそりと盗み、綺麗さっぱりもぎ取ってしまった。それらをすべて乾坤袖《けんこんそで》の中にしまい込むと、やっと木から飛び降り、魏無羨《ウェイウーシエン》のところに戻ってきて袖を広げ、「戦利品」を見せた。まん丸い棗の実を眺めながら、魏無羨《ウェイウーシエン》は本当に彼になんと言えばいいかわからず、しばらく考えたあとで褒めちぎった。

「……大きいし、たくさんあるな。すごい！　うん、良くやった！」

藍忘機《ランワンジー》はその大げさな賛美を平然と受け入れると、魏無羨《ウェイウーシエン》の袖を広げ、盗んできた棗をすべてその中に流し入れる。

「君にあげる。全部」

魏無羨《ウェイウーシエン》は彼に合わせて礼を言った。

「ありがとう」

しかし、藍忘機《ランワンジー》はそれを聞くとなぜか唐突に手を引っ込めた。袖をぱっと振ったせいで大量の棗がこぼれ出して、コロコロと辺り一面に転がってしまう。魏無羨《ウェイウーシエン》は慌てて身を屈めて拾い集めたものの、すべては拾いきれなかった。

「もうあげない」

藍忘機《ランワンジー》はそう言って魏無羨《ウェイウーシエン》が左の脇に挟んでいた雌鶏も奪い返し、自分の両腕に一羽ずつ抱えた。魏《ウェイ》無羨《ウーシエン》は抹額の端を引っ張り、彼を引き戻す。

「さっきまではいい感じだったのに、なんでまた怒るんだ？」

「引っ張るな」

ちらりとこちらを見た彼の口ぶりは、あまり機嫌が良いとは言えず、その上少し警告とも取れる言い方だったので、魏無羨《ウェイウーシエン》は思わず手を離した。藍忘機《ランワンジー》は俯くと、驚いて固まっている雌鶏を二羽とも左手に移し、どうにか空いた右手で抹額と髪を整える。

（今まで、俺がどんなふうにこいつの抹額で遊んでもちっとも止めなかったのに、もしかして今日は本当に怒ったのかな？）

それならなんとかして挽回しなくてはと考え、雌鶏を指さして会話の糸口を探る。

「棗はいいけどさ、そいつは俺に頂戴《ちょうだい》。くれるって言っただろう？」

藍忘機《ランワンジー》は視線を上げ、じっくりと観察するように彼を見つめた。魏無羨《ウェイウーシエン》は真摯に続ける。

「お願い。本当にそれがすごく欲しいんだ。俺にくれよ」

その言葉を聞くと、藍忘機《ランワンジー》は視線を伏せた。そのままいくらか時間が過ぎ、ようやく雌鶏を返してくれる。魏無羨《ウェイウーシエン》はそれを受け取ると、袖の中から棗を一粒取り出し、服の胸元で拭いてから「カリッ」と半分かじった。そして「藍湛《ランジャン》がそんなに遊びたいなら、つき合ってやるか」と考えて、彼に問いかける。

「それで、次は何する？」

二人はまた別の塀の方へと歩いていく。藍忘機《ランワンジー》は左右に目を向け、辺りに人がいないことを確認すると、避塵《ビチェン》を腰の辺りから抜き出した。そうして、さっさっと数本の眩しいほど青い煌《きらめ》きが走ると、塀に大きな文字が一行残されていた。魏無羨《ウェイウーシエン》が近づいて見てみると、大きな文字で書かれていたのは――**藍《ラン》忘機《ワンジー》ここに参上。**

「……」

絶句する魏無羨《ウェイウーシエン》の傍らで、藍忘機《ランワンジー》は避塵《ビチェン》を鞘に戻すと、自分の傑作をまじまじと鑑賞している。酔ってはいても、彼の筆跡はこの上なく端正で謹厳《きんげん》な正《せい》楷書体《かいしょたい》のままだ。彼は大変満足した様子で頷き、しばらくじっくりと眺めてから、再び手を上げた。今度は字ではなく、絵を描き始める。数本の剣芒《けんぼう》が走ると、口づけをしている小さな二人の人間の絵が塀の上に現れた。生真面目な筆の運びに似合わない汚れたその内容に、成り行きを見ていた魏無羨《ウェイウーシエン》は思わず手のひらで自分の額を叩いた。

あちこちで物を盗み、悪さをし、好き勝手に字を書いたり絵を描いたり……これで確信した——藍忘《ランワン》機《ジー》は、本当に魏無羨《ウェイウーシエン》が聞かせた思い出話の中の出来事を繰り返しているのだ。絶対に間違いない。なぜなら、落書きの内容までもがほぼ同じなのだから！

彼はもはや、ぎこちない苦笑いを浮かべるしかなかった。

（でもな、こういうあれこれは全部、俺は十二、三歳の頃でやめたぞ！）

藍忘機《ランワンジー》は描けば描くほど興が乗ってきたらしく、一面の塀を埋め尽くしてもまだ足りないようで、さらにもう一面の塀にまで描き続けようとした。その絵の内容を見ると、ますます奇怪千万なものになっていて、魏無羨《ウェイウーシエン》はこんなことに使われる避塵《ビチェン》を哀《あわ》れに思った。

（あとで、絶対塀に書いた名前を塗り潰しておかないとな……誰がやったのかを知られちゃまずい。いやいやいや、やっぱり塀全体を塗り潰そう）

かなり大変な思いをして、魏無羨《ウェイウーシエン》はなんとか藍忘《ランワン》機《ジー》を引っ張って宿に戻った。「道で拾った」と話して雌鶏を二羽とも女将に渡すと、二階に上がり、部屋の扉を閉めて振り返った。外にいた時は薄暗かったせいで細かいところまで見えなかったが、部屋に入ってこうして明かりの近くで見てみると、藍忘機《ランワンジー》の服に、顔に、髪に、鶏の羽根や葉の欠片《かけら》、塀についていた石灰が付着していて、その風采はすっかり損なわれている。それらをはたいてやりながら、笑って窘《たしな》める。

「こんなに汚して！」

「顔を洗う」

ふいに藍忘機《ランワンジー》が言いだした。

彼が初めて酔った夜、魏無羨《ウェイウーシエン》が顔を洗ってやったのを藍忘機《ランワンジー》は非常に気に入っていた様子だったが、やはり今回も自ら進んで要求してきた。魏無羨《ウェイウーシエン》も初めからそのつもりだったが、全身がこんなに汚れていては、顔だけを洗ったところで意味がないだろうと感じて問いかけた。

「だったらいっそ、風呂に入れてやろうか？」

それを聞いて、藍忘機《ランワンジー》は微かに目を見開いた。魏《ウェイ》無羨《ウーシエン》は彼の表情をよく見ながら再び尋ねる。

「そうする？」

「うん」

藍忘機《ランワンジー》はすぐさまこくりと頷いた。

（藍湛《ランジャン》はやっぱり綺麗好きなんだな。まあ、俺はただお湯を張ってやって、あとのことは自分でやらせればいいか）

宿の雇人は皆女性だったため、魏無羨《ウェイウーシエン》は当然のことながら彼女たちに面倒な力仕事を頼むことはしなかった。藍忘機《ランワンジー》に部屋の中で大人しく座っているように言いつけてから、一階に下りて湯を沸かし、一《ひと》桶《おけ》ずつ二階へ運ぶ。風呂桶《ふろおけ》を満杯にして湯加減を確かめてから、藍忘機《ランワンジー》に服を脱ぐように言おうと振り向いたちょうどその時だ。藍忘機《ランワンジー》は既にそれがわかっていたらしく、自ら服をすべて脱いだところだった。

確かに二人は年少の頃、雲深不知処の冷泉《れいせん》の中で裸で向かい合ったことがあった。とはいえ、あの頃は二人とも一切雑念のない少年だ。当時の魏無羨《ウェイウーシエン》は、藍忘機《ランワンジー》が沐浴《もくよく》しているところに遭遇しても、まったく他意など抱かなかった。それに加えて、冷泉で彼を見た二度とも、藍忘機《ランワンジー》の体の大半は水の中に沈んでいた。だから、今いきなりこうして惜しげもなく裸身《らしん》をさらした含光君と向き合ってみると……魏無《ウェイウー》羨《シエン》は極めて大きな衝撃を受けたと言わざるを得なかった。しばしの間、彼は本心に従って見たいだけ存分に眺めた方がいいのか、それとも藍忘機《ランワンジー》に何か隠す物を渡して君子のふりをするべきなのかわからなくなった。

肌が粟立《あわだ》つのを感じて、魏無羨《ウェイウーシエン》は思わず何度か続けて後ずさる。しかし、藍忘機《ランワンジー》は逆に間を空けずに足を進めて、距離を詰めてきた。魏無羨《ウェイウーシエン》の体は既に壁際まで下がってしまい、もうどこにも逃げ場はない。仕方なく腹を括《くく》り、藍忘機《ランワンジー》が無表情のまま次第に近づいてくるのを見ているしかなかった。くっきりと浮き出た喉仏《のどぼとけ》、透き通るように白い肌、滑《なめ》らかで優美な筋肉の輪郭が、彼の目の前に迫って揺れた。その揺れを直視できずに視線をわずかに逸らすと、無意識に生唾《なまつば》を飲み込み、口の中に渇きを覚える。

歯を食いしばった魏無羨《ウェイウーシエン》が何か言おうとした次の瞬間、藍忘機《ランワンジー》はすっと手を伸ばすと、突然魏無羨《ウェイウーシエン》の服の帯を思いきり引きちぎった。

その表情は大真面目なままだが、それに反して動きはとても乱暴だった。まさか彼がいきなりこのような行動をとるとは思いもよらず、魏無羨《ウェイウーシエン》はびっくりして慌ててまくし立てる。

「待て待て！　俺は洗わない！　洗わないぞ！　お前がやるんだよ！」

藍忘機《ランワンジー》は眉間にしわを寄せる。

「お前が先に洗えって。俺は、えっと、大きい風呂桶が好きなんだ。その風呂桶じゃ、二人で入るにはちょっと無理があるだろう？」

魏無羨《ウェイウーシエン》がそう言って誤魔化すと、藍忘機《ランワンジー》は冷然と風呂桶に目を向け、確かに十分な大きさではないと確認してから、渋々と一緒に入るのを諦めたようだ。おもむろに風呂桶の中に入ると、ゆっくりと沈み込み、湯の中に身を浸《ひた》らせた。

それを見て、魏無羨《ウェイウーシエン》はほっと息をつく。

「じゃあ、一人でゆっくり浸《つ》かれよ。俺は一旦外に出てるから」

そう言い終えるとすぐに部屋から出て、風に当たって冷静になろうと考える。だが扉を閉める前に、背後で「パシャ」という音が聞こえてきて、振り向いた先の光景に思わず声を上げた。

「お前、なんで出てきたんだ⁉」

藍忘機《ランワンジー》は冷え冷えとした表情で端的に告げた。

「もう洗わない」

「なんでだよ？　洗わないと汚いだろ？」

藍忘機《ランワンジー》はまたしても機嫌を損ねたらしく、理由も言わずに屏風《びょうぶ》の方へと歩いていくと、先ほど脱いだ服を着ようとした。魏無羨《ウェイウーシエン》は慌てて引き返し、おおよそ予想がついていた不機嫌の理由を確認するように尋ねた。

「俺に洗ってもらいたいってことか？」

藍忘機《ランワンジー》は視線を伏せたまま、肯定も否定もしない。

彼のその様子を見て、魏無羨《ウェイウーシエン》はなんとなく心がほわりと柔らかくなったような気がした。

（せいぜいこいつを何回か拭いてやるだけだ、他には何もしない）

そう自分に言い聞かせ、藍忘機《ランワンジー》の手を取って風呂桶の方に引っ張っていく。

「わかったよ。洗ってやるから、こっちに来い」

藍忘機《ランワンジー》は彼に手を引かれて戻ると、再び風呂桶の湯に身を沈めた。魏無羨《ウェイウーシエン》も袖をめくり、木桶《きおけ》のそばに控える。

藍忘機《ランワンジー》の肌は抜けるように白く、艶《つや》のある漆黒の長い髪は、柔らかく水面を漂って広がっている。湯気がゆらゆらと立ち上る中でぼうっとしていると、その光景は、まるで氷か雪の如く清らかで美しい仙人が池の中に佇《たたず》んでいるようだ。魏無羨《ウェイウーシエン》はその様子を眺めながら残念に思った。何か花弁などを用意して、水面に浮かべるべきだったと考えたのだ。そうしたらきっと、より美しい眺めになるだろう。

木の柄杓《ひしゃく》を持って風呂桶の中から湯を掬《すく》うと、藍《ラン》忘機《ワンジー》の頭上から細く湯をそっと注ぐ。藍忘機《ランワンジー》は瞬き一つせずにじっとこちらを見つめ続けていて、魏無《ウェイウー》羨《シエン》は彼の目の中に湯が入ってつらいのではないかと気になり、声をかける。

「目を閉じろよ」

藍忘機《ランワンジー》はそれを無視して魏無羨《ウェイウーシエン》を見つめ続けた。まるで一度でも瞬きをしたら、彼がすぐに逃げてしまうのではないかとひどく心配しているかのようだ。手を伸ばして目を閉じさせようとすると、彼は顔の下半分を湯の中に沈めて、「ボコボコ」と一連《ひとつら》の泡を噴き出した。魏無羨《ウェイウーシエン》はハハッと笑いながら彼の頬をそっと一回つねる。

「お兄ちゃん、何歳なのかな？」

傍らに置いていた皂莢《さいかち》〔石鹸代わりに使われるマメ科の植物〕を入れる箱と手ぬぐいを手に取り、藍忘《ランワン》機《ジー》の顔から下にかけて拭いてやっていた魏無羨《ウェイウーシエン》は、ふいに動きを止めた。

先ほど藍忘機《ランワンジー》が自分で抹額と髪紐《かみひも》を取ったため、解けた長い髪は彼の体にかかっていた。しかし今、魏無羨《ウェイウーシエン》が彼の濡れた黒髪を肩に寄せ、胸の辺りを拭こうとした時、背中に残る三十数本もの戒鞭《かいべん》の痕《あと》と胸元のあの烙印《らくいん》が眼前にあらわになった。

魏無羨《ウェイウーシエン》は手ぬぐいを持って、背中側に回る。

戒鞭の痕は、藍忘機《ランワンジー》の背中から胸、肩先、腕にまで広がり、白く艶やかな肌の上に広く這っている。浅く深く残る恐ろしいと言ってもいいほどの傷痕は、この完璧なまでの男の肉体を損なわせていた。

何も言わずにしばらくそれを目に焼きつけてから、魏無羨《ウェイウーシエン》は手に持った手ぬぐいをまた湯に浸し、戒鞭の痕をそっと拭いた。彼の手つきは羽根で撫でるように柔らかく、藍忘機《ランワンジー》に少しでも痛みを感じさせまいとしているかのようだ。しかし、これらはもう過去の古傷で、最も痛んだだろう時期はとっくに過ぎてしまっている。それに、たとえすべてが新しい傷痕だったとしても、藍忘機《ランワンジー》の性格からすれば、どれほど痛くてもきっと耐えて声一つ上げず、弱みなど一切表に出さないに違いない。

魏無羨《ウェイウーシエン》は今すぐ彼に尋ねたかった。この傷痕はいったいどういうことなのかと。姑蘇藍《ラン》氏の中で、戒鞭を使って藍忘機《ランワンジー》を懲罰《ちょうばつ》できる立場にあるのは藍曦臣《ランシーチェン》と藍啓仁《ランチーレン》の二人だけだ。いったいどんなことをしたら、彼の最も親しい兄、あるいは一人で彼を育て上げ、ずっと彼を自慢に思っている叔父《おじ》がここまで容赦もなく手を下せたというのか？

そして、前世の記憶にはない、彼の胸元に押された岐山温《ウェン》氏の烙印も。

問いかける言葉は喉まで出たが、最後まで我慢して口にはしなかった。藍忘機《ランワンジー》が自分から言おうとしない限りは、聞かないと決めた。それに、たとえ酔いからさめた藍忘機《ランワンジー》に一切の記憶がなかったとしても、そんな彼が魏無羨《ウェイウーシエン》の前で酒を飲むということは、つまり信頼していると言っているようなものだ。にもかかわらず、火事場《かじば》泥棒を働いて他人に知られたくない私的な秘密を暴くなど、あまりにも下品な行為ではないだろうか？

結局、酒に酔わせて、一晩の大半を費やしあれこれと藍忘機《ランワンジー》の相手をしても、魏無羨《ウェイウーシエン》はなぜか何も聞くことができなかった。別に目的を忘れていたわけではない。藍忘機《ランワンジー》に酒を飲ませたのは、ただ一言聞きたかったからだ——「含光君、お前はいったい俺のことをどう思ってるんだ？」と。しかし、いつも喉まで出かかるのに、なぜか毎回心の中であらゆる理由をつけてその問いを誤魔化してしまう。「焦る必要はない。今すぐでなくとも、まずはこいつにつき合って存分に遊んでから聞こう」「こんな適当じゃダメだ。ちょっと真面目に座ってから聞こう」

……だが、言い訳を並べ立てて今まで先延ばしにしてきた本当の原因は、きっと怖気《おじけ》づいているからだ。

彼は、自分が期待していたのとは違う答えを聞くのが怖かったのだ。

すると、両腕を風呂桶の縁に預けていた藍忘機《ランワンジー》が急に振り向き、魏無羨《ウェイウーシエン》はそれでようやく我に返る。

背中を洗っているうちに天外にまで思いを馳せ始め、うっかり同じ場所ばかりずっと擦り続けたせいで、真っ白な藍忘機《ランワンジー》の背中の一部は赤くなっていた。それはまるで誰かに叩かれた痕のようになっており、慌てて手を止めて謝る。

「ごめん、俺ぼうっとしちゃって。痛かったか？」

背中がひりつくほど魏無羨《ウェイウーシエン》に擦られても、藍忘機《ランワンジー》は何も言わず、ただ首を横に振るだけだった。彼が風呂桶の中で静かに座っているのを見て、魏無羨《ウェイウーシエン》は内心でかわいそうにと呟くと、指を曲げて、また彼の顎の下をくすぐってやろうとした。しかし、途中まで手を伸ばしたところで、藍忘機《ランワンジー》にいきなり腕を掴まれる。

今夜の魏無羨《ウェイウーシエン》は、既に藍忘機《ランワンジー》に対して、このようなささやかで軽薄ないたずらを数えきれないほどしていたため、無茶な要求でも大人しく受け入れてくれる藍忘機《ランワンジー》の反応に慣れてしまっていた。そのせいで、急に腕を掴まれ止められると、とっさに反応ができなかった。すると藍忘機《ランワンジー》は、沈んだ声で言う。

「もう触れるな」

その顔の輪郭は美しく気品があり、まつ毛には透明な雫《しずく》がわずかについている。表情は冷たく見えるが、眼差しは逆に焼けるように熱かった。

おそらくは今夜の酒が強すぎたせいで、あとになってだんだんと酔いが回ってきたのだろう。魏無《ウェイウー》羨《シエン》は頭が熱くなり始めるのを感じた。

「触れるな？　なんでだよ？　今までずっと触らせてくれてたじゃないか？」

藍忘機《ランワンジー》はきつく口を噤んだまま一言も話さず、かといって魏無羨《ウェイウーシエン》の腕も放さない。どうやら譲るつもりはないようだ。

魏無羨《ウェイウーシエン》は片方の口角を上げると、笑いながら囁いた。

「俺がもしどうしても触りたいと思ったら、今の状態のお前にどうにかできるとでも思うのか？」

強く見据《みす》えてくる藍忘機《ランワンジー》の目の中に火花が走る。

この顔、この表情、この視線、この状況、そしてこの男が、魏無羨《ウェイウーシエン》の全身から一切の理性を奪い尽くし、火をくべたように燃え上がらせてしまった。

彼は突然すべてを投げ出すかの如く正常さを失い、掴まれていない方の手を湯の中に突っ込んで探ると、藍忘機《ランワンジー》のある部位をぎゅっと掬い上げ、深く息をついた。

「含光君、お前はこんなふうに俺に触られるの、好きじゃないって言うのか？」

魏無羨《ウェイウーシエン》の行動に怒っているせいなのか、まるで毒蛇に噛まれでもしたかのように、藍忘機《ランワンジー》は掴んだ彼の腕を力任せに引っ張った。一瞬恐ろしいほどの大きな力が襲ってくる感覚がして、言うことを聞かなくなった体は、藍忘機《ランワンジー》の方へ強く引き寄せられる。

風呂桶の中に引きずり込まれて、水飛沫《みずしぶき》が飛び散る。ひとたび箍《たが》が外れると、もう止められなかった。

どちらが先に始めたかはわからない。魏無羨《ウェイウーシエン》の意識が少しはっきりしてきた時、彼は既に藍忘機《ランワンジー》の脚の上に座った姿勢で抱き合いながら、絡みつくような口づけを繰り返していた。二人はぴったりとくっついて、お互いしとどに濡れるのも構わず、魏無《ウェイウー》羨《シエン》の頭の中は、ただ燃え盛り高まる感情だけに支配されている。一度は覚醒しかけた意識もほんのわずかしか保てず、心の奥底で一つの声が囁いていた。藍忘機《ランワンジー》が酔って是非を判断する能力がないのに乗じて、このようなことを決してするべきではないと。

しかしその声は、すぐさま呼吸する隙もないほどの忙《せわ》しない口づけの中に埋もれて消えていった。

魏無羨《ウェイウーシエン》は両腕を藍忘機《ランワンジー》の首に巻きつけ、離れ難いと言うように何度も口づけをして、ただ快感だけを追いかける。それまで「いくつか質問するだけ」、「拭いてやるだけ」、「他には何もしない」と繰り返し誓ったことなど、とっくに遥か彼方に捨ててしまっていた。

突然、魏無羨《ウェイウーシエン》は「ああっ」と声を上げ、唇を離すと怒鳴った。

「藍湛《ランジャン》！　なんでまた犬みたいに噛むんだ!?」

その空気を読まないわずかな不満に、藍忘機《ランワンジー》は顎に噛みつくことで答えた。魏無羨《ウェイウーシエン》はこれが最も恐ろしく、眉間に微かにしわを寄せると、仕返しとばかりに片手を下に伸ばし、彼が先ほど一回弄《いじ》った部位を再び握り込んで揉んでやる。

藍忘機《ランワンジー》の表情が一変すると、魏無羨《ウェイウーシエン》は笑いながら数回息をついてから、藍忘機《ランワンジー》の口角を啄《ついば》むようにして口づけた。

「どうだ。痛いか、怒ったか？」

魏無羨《ウェイウーシエン》は既に濡れそぼっている上半身の服を自ら脱ぐ。

「藍湛《ランジャン》、知ってるか。俺はお前の怒ってる姿が好きなんだ……」

彼の口ぶりは何も恐れるものはないという興奮に満ちている。藍忘機《ランワンジー》の肌は全身に火がつきそうなほどに熱を持ち、片手でぐっと魏無羨《ウェイウーシエン》の腰を抱くと、もう一方の手で木の桶の縁を叩いた。風呂桶はあっという間にバラバラになり、一瞬で部屋の床一面が溢れ出した湯で水浸《みずびた》しになって、もはや目も当てられないほどの惨状だ。

しかし二人には、そんな些末《さまつ》なことを気にする余裕などなかった。藍忘機《ランワンジー》はほとんど魏無羨《ウェイウーシエン》を抱え上げるようにして、彼を寝床に放った。魏無羨《ウェイウーシェン》が少し上半身を起こすと、すぐさままた寝床に押し倒される。その動きは極めて荒々しく、人々に褒め称えられ、雅正で折り目正しいあの含光君とはまったく似ても似つかない。魏無羨《ウェイウーシェン》は寝床に背中を打ってしまい、痛みで声を上げると、藍忘機《ランワンジー》はやっとわずかに動きを止めた。だが、魏無羨《ウェイウーシェン》はそんな彼の耳元でまた煽《あお》るように囁く。

「見かけじゃわかんないよな。お前って奴が、寝床ではこんなに激しいなんて……」

唇を寄せた藍忘機《ランワンジー》の耳たぶは玉のように透き通って白く、魏無羨《ウェイウーシェン》は我慢できずにそこに小さく噛みついた。甘く噛んだあと、口に含んで軽く吸うと、藍《ラン》忘機《ワンジー》は彼の両肩を押さえていた十本の指にぎゅっと力を込める。その力は異様なほどに強く、魏無羨《ウェイウーシェン》は肩を握り潰されそうになって小さく息を呑む。顔を横に向けると、自分の肩先には五本の真っ赤な指の痕が残されていた。そして藍忘機《ランワンジー》の手は、既に魏無《ウェイウー》羨《シェン》の腰辺りへと伸びている。

魏無羨《ウェイウーシェン》はペチッとその手を叩いてどかすと、笑いながらわざと彼をからかった。

「せっかちだな?」

そう言いながら、自分に覆い被さる男の両脚の間に膝を入れ、ぐっとその中心を押し上げる。藍忘機《ランワンジー》の目は充血して微かに赤くなっていた。

「別に脱がないとは言ってないだろ。自分で脱ぐよ」

そう言うと、一切の躊躇《ちゅうちょ》もなく下半身の服を素早く引き裂く。すべてを脱ぎ捨てて裸になり、藍忘機《ランワンジー》の逞しい背中に腕を回して彼を自分の方へ引き寄せた。

二人とも一糸《いっし》纏わぬ姿で、肌と肌をぴったりと擦り合わせ、首を傾けながらこの上なく深い口づけを交わす。魏無羨《ウェイウーシェン》は左手で藍忘機《ランワンジー》のうなじを押さえ、わずかな隙間も許さないと言うように、彼の唇を噛んだり啄んだり擦ったりして、その吐息と唾液まで飲み込んだ。右手は藍忘機《ランワンジー》の背中の優美で力強い筋肉の輪郭に沿って下へと滑らせ、微かに起伏する戒鞭の痕に触れると、そっと優しく撫でた。

藍忘機《ランワンジー》の動きはさらに露骨《ろこつ》で、あのくっきりと関節が浮き出た長く白い指は、魏無羨《ウェイウーシエン》の全身を何往復もして、最後は貪欲《どんよく》に腰と尻の辺りに留まった。その両手の下で、肌を繰り返し弾いては弄られる。しかし魏無羨《ウェイウーシエン》を奏《かな》でている者には、普段七弦古琴《しちげんこきん》を奏でる時の幽玄《ゆうげん》で優雅なもの寂しさなど一切残ってはいない。彼が発しているのも凛として気高い琴の音などではなく、なんら憚ることのない明け透けな喘《あえ》ぎ声だ。

最初はまだ楽しむ余裕もあったものの、しばらく経つと、太もものつけ根辺りの柔肌《やわはだ》を藍忘機《ランワンジー》に力を込めて揉んだり握られたりする感覚があった。そこは敏感なところな上に、藍忘機《ランワンジー》の力は手加減がなく、あっという間に痛痒《いたがゆ》くじんわりと痺《しび》れてきて、小さく咳き込んだ。既に赤く腫れている唇を彼から離して何度か息を吸い、その君子らしさなど欠片もない手をどけたが、まだからかう気力は残っていた。

「あの含光君が、まさか服を脱いだらこんなに荒々しいなんて、実に雅正とはほど遠い……ああっ！」

藍忘機《ランワンジー》が彼の胸にある突起の片方を容赦なくぎゅっとつねると、魏無羨《ウェイウーシエン》は体を捩《よじ》らせて何度もその手を避ける。すると藍忘機《ランワンジー》が発した声に危険を感じ、魏無羨《ウェイウーシエン》は慌てて宥めすかした。

「わかったよ。そう怒るなって、触らせるから」

そう言いながら、藍忘機《ランワンジー》のその手を掴んで自分の下半身へ導き、笑いながら続ける。

「ほら、好きなように触っていい」

頭がふわふわとする感覚の中、こういったことに関しては、ある意味学ぶまでもなく自ら悟ったと言うべきはしたなさが自分にはあるなと思った。

しかし、所詮想像は想像でしかなく、実践とは違う。前世と今生《こんじょう》を生きてきたが、自分自身を除いて、誰にもこのような私的なところに触れられたことはなかった。藍忘機《ランワンジー》の焼けるように熱い手のひらが本当にそこを包み込んできた時、魏無羨《ウェイウーシエン》の体には無意識のうちに軽い戦慄《せんりつ》が走り、ひくりと身をすくめる。

ところが、五本の指が絡みついて手の中に包み込まれ、擦られたり揉まれたりする規則正しい律動の感覚は、あまりにも良すぎた。魏無羨《ウェイウーシエン》は縮めていた体を思わず伸ばすと、両腕を自分から藍忘機《ランワンジー》の背中に回し、彼の手の中に下半身をより深く滑り込ませた。藍忘機《ランワンジー》の動きはますます速くなり、魏無羨《ウェイウーシエン》の息遣いもまた小刻みに加速していく。あまりの快感に目を細め、両手の指は何か縋《すが》りつくものを探したが、結局は藍忘機《ランワンジー》の逞しい裸の背中を引っかき続けることしかできなかった。ふいに、自分だけが気持ち良くなってはならないと思い出し、右手で藍忘機《ランワンジー》の体の下の方を探る。

　あの部位に触れた瞬間、魏無羨《ウェイウーシエン》はすぐ、この熱くて太い棒状のものがぐぐっと一回り膨張《ぼうちょう》したことに気づいた。鉄のように硬くなったそれは魏無羨《ウェイウーシエン》の手のひらを撥ね返し、ただ触っているだけでも彼の顔を紅潮させた。未だかつて、自分が他の男のこのようなところを触るなど、考えたことすらなかった。まったく想像もしていなかった事態だが、今触っているのが藍忘機《ランワンジー》のものだと思うと、また劣情《れつじょう》が押し寄せて力加減を制御できなくなってしまう。ぱっと掴んで闇雲に扱《しご》きながら、むき出しの脚でそれを擦り、繰り返し刺激を与える。藍忘機《ランワンジー》の息遣いはたちまち荒く重くなり始め、魏無羨《ウェイウーシエン》が握っているものも青筋が脈打ち、一層焼けるように熱くなってきた。二人の耳元には、もはや堪えられないというような互いの性急な息遣いと、そして魏無羨《ウェイウーシエン》の抑えきれない喘ぎ声だけが満ちていた。

　どれくらい経ったか、魏無羨《ウェイウーシエン》は全身の血液と快感がすべて、下半身の一か所にどっと押し寄せてくる感覚を覚えた。頭まで痺れが駆け上がり、喉からはほとんど嗚咽《おえつ》に近い、細くて途切れ途切れの声を上げる。

「藍《ラン》……藍湛《ランジャン》、なあ……ちょっと待って、俺……」

言いかけた時、その危険な快感はあっという間に下半身で弾けた。

　魏無羨《ウェイウーシエン》の呼吸の音が一瞬止まり、脳裏がしばし真っ白になる。しばらく経ってから、藍忘機《ランワンジー》の引き締まった腹部に淡い痕跡が残されているのがぼんやりと見え、魏無羨《ウェイウーシエン》はやっと自分が達したことに気づいた。

そして藍忘機《ランワンジー》も、ほぼ同時に熱を放っていた。彼の白濁《はくだく》はすべて魏無羨《ウェイウーシエン》の両脚の間に吐き出され、魏《ウェイ》無羨《ウーシエン》が身じろぐと、口にするのは憚られるその液体もゆっくりと下へ流れていき、敏感なところへと滴る。その感覚は非常に鮮明で、確認するまでもなく、あられもない姿になっているだろうとわかった。脚の間の粘《ねば》り気のある感触には微かに不快感を覚えたが、それを上回ったのは、比べようもないほどの極めて大きな満足感だった。

藍忘機《ランワンジー》の温かい体が覆い被さってきて、魏無羨《ウェイウーシエン》の胸元にその顔を埋める。魏無羨《ウェイウーシエン》は全身から力が抜けて、指先から頭のてっぺんまでぐったりとして、気《け》怠《だる》くて手の指を曲げるのすら億劫《おっくう》だった。そのままかなり長い時間が過ぎた頃、うねるような情熱の潮《うしお》がようやく徐々に引いていき、互いの息遣いも次第に穏やかになっていく。

体はずっしりと藍忘機《ランワンジー》に押さえつけられたままだったが、心の中はこの上なく静謐《せいひつ》で満ち足りている。魏無羨《ウェイウーシエン》は俯き、胸元にある藍忘機《ランワンジー》のつむじにゆっくりと口づけた。二人を包み込んでいる空気の中には、あの淡い檀香以外に沐浴したばかりの爽《さわ》やかな皂莢《さいかち》の匂いもほんのりと交ざっていて、曖昧な麝香《じゃこう》の匂いは逆に目立たなくなっている。

魏無羨《ウェイウーシエン》がもともと藍忘機《ランワンジー》に聞きたかったことは、今この瞬間はもう聞く必要などなくなり、ただ自分から話せばいいだけだと思った。

魏無羨《ウェイウーシエン》は小さな声で彼を呼んだ。

「藍湛《ランジャン》……聞いてるか？」

しばらくして藍忘機《ランワンジー》は「うん」と答えた。

「俺、お前に話したいことがあるんだ」

少し間を置いてから、魏無羨《ウェイウーシエン》は小さすぎて聞き取れないほどの声で囁いた。

「ありがとう、藍湛《ランジャン》。俺……」

もし現世に戻ってきたあと、今生の藍忘機《ランワンジー》と出会えなかったら、今の自分はどうなっていたかわからない。

しかし、どうあっても、きっと今より望ましいことなどないだろう。

　ところがその言葉を聞くと、藍忘機《ランワンジー》は瞬く間に全身を強張らせた。

　魏無羨《ウェイウーシエン》は一切そのことに気づいておらず、彼に一回口づけしてからまた続きを話そうとしたが、藍忘《ランワン》機《ジー》はなぜか彼を突き放し、身を起こすと座り込んだ。

　いきなりのことで防ぎようもないまま、寝床の反対側へと突き飛ばされ、魏無羨《ウェイウーシエン》はくぐもった声とともに背中を打った。その場に呆然と座ったまま目を見開く。俯いた藍忘機《ランワンジー》の胸は軽く起伏していて、その息遣いは少し荒かった。

　二人は互いに黙り込み、向かい合ったまま長いこと座っていた。沈黙を破るように動きだしたのは藍《ラン》忘機《ワンジー》の方だった。

　彼はかなり青白い顔色をしているが、視線はしっかりと定まっている。傍らの床から白い服を一枚拾うと、まず魏無羨《ウェイウーシエン》の体を覆い、それからようやく自分の着るものを探した。

　魏無羨《ウェイウーシエン》はどうやっても、今起きたすべての出来事が信じられなかった。

　ひどく優しくて柔らかい、麗しい幸せな夢の中で、もう一つ別の悪夢を見たかのようだ。それはまるで正面から冷たい水を浴びせられたみたいに、彼の熱を頭のてっぺんから足のつま先まで完全に冷ました。そして頬に強く平手打ちをされて、耳鳴りと激しい動悸《どうき》で頭がくらくらして目が回るほど叩かれたようになって、いつまでもなんの反応も返すことができなかった。やっとのことで無理に口を開くと、その声は掠れていた。

「……藍湛《ランジャン》、お前、酔いがさめたのか？」

　藍忘機《ランワンジー》は既に身なりを整え、距離を取って寝床の縁に座り、右手で自分の額をそっと拭った。そして振り返ると、魏無羨《ウェイウーシエン》に背中を向けて部屋の床一面の乱雑ぶりを眺め、しばらくしてから小さな声で答えた。

「……うん」

　藍忘機《ランワンジー》の酔いがいつさめたのかはわからないが、

たった一つだけ確信できることがある。

今、藍忘機《ランワンジー》の反応がこうである以上、彼は先ほど起きたことを決して続けたいとは思っていないということだ。

一気に目が覚めた魏無羨《ウェイウーシエン》は、自分がつい今しがたしたことが、どれだけ下劣だったかようやく気づいた。

彼ははっきりと自覚したのだ。藍忘機《ランワンジー》を酔わせる前に自分に言い聞かせていた、「ただ質問をするだけで他には何もしない」などといった約束は、完全に自己欺瞞《ぎまん》にすぎなかったと。

普段誰よりも端正で自律している人間ほど、酔うと正反対になって、思うがまま癇癪《かんしゃく》を起こしたり、やたらと人を殴ったり、好き放題悪さをしたりするものだ。それはつまり、藍忘機《ランワンジー》が酔ったあとの行動は、彼本人には制御できないということだ。そして、自分はそれを明らかに知っていたのに、彼が言いなりになってしまう時につけ込み、わざと誘導して刺激を与え、やりたい放題に振る舞ったのだ。

いくら雑念がなく寡欲だとしても、藍忘機《ランワンジー》も結局のところ健康な一人の男で、魏無羨《ウェイウーシエン》にあのように荒っぽく挑発されれば、火がつかないわけがなかった。その上、前日に藍忘機《ランワンジー》は、江澄《ジャンチョン》からこの類のことで侮辱の言葉を叩きつけられていた。心の中では兄の安否を憂慮《ゆうりょ》しているこのような時に、まさかこんなことに現《うつつ》を抜かしてしまったなど……。

藍忘機《ランワンジー》は先ほど「うん」と答えたあと、それ以上一言も話さず、魏無羨《ウェイウーシエン》の方も一人であれこれと考えることが山積みだった。

魏無羨《ウェイウーシエン》の辞書には前世でも今生でも「恥じる」という言葉は存在しなかったが、今になってこの上なく身に染みて理解した。唇はまだひりひりと熱く赤く腫れ上がっていて、下腹部と脚の間にある滑《ぬめ》るような感触は、穴があれば入りたいほどの羞恥《しゅうち》を感じさせ、頭をぶつけて死んでしまいたくてたまらなくなる。

この状況は、一つの最悪な推測を赤裸々に裏づけていた。藍忘機《ランワンジー》は確かに彼に好意的だが、しかし……おそらくそれは、魏無羨《ウェイウーシエン》が期待していたような好意ではなかったのだ。

藍忘機《ランワンジー》を気まずくさせたり、困らせたりはしたくはなかったため、魏無羨《ウェイウーシエン》は急いで服を着始め、着ながらぺちんと自分の額の片側を叩くと、普段となんら変わらない口調で話しだした。

「お前の酔いもさめたみたいだな。あーあ、俺もほとんどさめちゃったよ」

藍忘機《ランワンジー》は振り向いて魏無羨《ウェイウーシエン》をちらりと見た。彼の目の奥に潜む感情を推し測るのが怖くて、微かに震える腕で服を掴むと、すぐさま隠すように自分の体に被せた。すると、しばらくの間沈黙していた藍忘機《ランワンジー》が、こちらに向かって手を伸ばしてくる。どうやら、彼の体についた白濁を拭こうとしてくれているようだ。

魏無羨《ウェイウーシエン》は慌ててそれを遮《さえぎ》った。

「やめろ!」

伸ばしかけた藍忘機《ランワンジー》の手は途中で固まり、すっと引っ込められた。

魏無羨《ウェイウーシエン》はほっと息をつくと、ぼそぼそと続ける。

「お前はそんなことしなくていいよ。自分でやるから、お前は俺に触らなくていいんだ」

藍忘機《ランワンジー》はこのようなことのあとでも、おおかた自分が相手の身なりを乱したと思い込んでいるのだろう。しかし魏無羨《ウェイウーシエン》は、さすがに今藍忘機《ランワンジー》に体を清めてもらうほど図々しくはない。無造作に中衣《ちゅうい》を掴むと、あちこちを拭いて投げ捨てた。

「あのさ、藍湛《ランジャン》、今夜は二人とも飲みすぎたみたいだ。悪かったな」

藍忘機《ランワンジー》は何も言わなかった。

魏無羨《ウェイウーシエン》は片方の靴を履くと、そのまま話を続ける。

「でも、別に恥ずかしがる必要はないからな。ほら、男ならたまにこうなるくらい普通のことだからさ。だから、お前は……絶対に気にしないでくれよ」

藍忘機《ランワンジー》は静かに彼を見つめながら口を開いた。

「普通?」

彼の声は極めて穏やかに聞こえる。

魏無羨《ウェイウーシエン》は返事をするのが怖かった。藍忘機《ランワンジー》はまた一言尋ねる。

「気にするなと？」

魏無羨《ウェイウーシエン》は、想いを知られたあとで気まずくなり、二人が今後友達としてつき合うことすら難しくなるくらいなら、むしろ軽薄で下劣だと思われることを選んだつもりだった。だが、今はまた考えなしに馬鹿げたことを言ってしまったと後悔し始め、小声で告げた。

「……ごめん」

すると、藍忘機《ランワンジー》はいきなり立ち上がった。魏無《ウェイウー》羨《シエン》はとっさのことでうろたえたが、ちょうどその時、「ドンドンドン」という足音が二階まで駆け上がってきた。すぐにコンコンと部屋の扉が叩かれて女将の声が聞こえてくる。

「公子様、公子様！　もうお休みになりましたか？」

藍忘機《ランワンジー》はすっと視線を外した。魏無羨《ウェイウーシエン》は慌てても う片方の靴も履くと、急いで答える。

「まだだよ！　いや、もう寝てた寝てた。ちょっと待って、起きて服を羽織《はお》るから」

魏無羨《ウェイウーシエン》が身なりを適切に整えるまで待ってから、藍忘機《ランワンジー》は扉を開けに行く。

「どうした？」

魏無羨《ウェイウーシエン》が聞くと、女将は廊下に立ち、作り笑いを浮かべながら用件を伝えた。

「こんな夜遅くに、お休みのところをお邪魔して本当に申し訳ありません。どうか悪《あ》しからず。でも、よんどころない事情がありまして。実は先ほど、お二人の部屋の下にお泊まりのお客様が、部屋に水が滴り落ちてくるとおっしゃって、もしかするとこの部屋から漏れたかもしれないものですから、見に来たんです……」

彼女は部屋の中を覗き込むと、仰天《ぎょうてん》して声を上げた。

「ここ、これは、いったいどうしたんですか！」

魏無羨《ウェイウーシエン》は指先でそっと顎を撫でながら答えた。

「俺の方こそ申し訳ないことをした。女将さん、すまない。今夜はお酒を飲みすぎて酔っぱらっちゃって、体を洗おうと思ったんだけど、楽しくなって木の桶を二回叩いたら、そのまま壊してしまったんだ。本当にすまなかった。ちゃんと弁償するから」

そう言い終わった途端、魏無羨《ウェイウーシェン》はすぐさま思い出した。彼に弁償できるわけがないことを。旅の道中、すべての費用は藍忘機《ランワンジー》一人が引き受けている。結局のところ、金を払うのは藍忘機《ランワンジー》なのだ。

女将は口先では「大丈夫です。なんとかなりますから」と言いながらも、この上なく心を痛めているような表情で、部屋の中に入って辺りを見回した。

「水はなんで下に漏れたんでしょうね……この部屋、足の踏み場すらなくなってるじゃないですか……」

彼女は腰を屈めて座布団をいくつか拾うと、また驚いて大きな声を上げた。

「なんでここに穴があるんですか！」

それはまさに、藍忘機《ランワンジー》が避塵《ビチェン》で突き刺したあの穴だった。魏無羨《ウェイウーシェン》は手を少し乱れた髪の中に差し込み、ただひたすら「すまない」としか言葉が出てこなかった。


「ああ、それも俺のせいで、さっき剣を放り投げて遊んでたら、つい……」

まだ話の途中だったが、藍忘機《ランワンジー》は床から財嚢を拾い上げると、銀貨を一つ卓の上に置いた。そのおかげで女将の表情はだいぶ和《やわ》らいだものの、手で胸元を押さえたまま、やはり耐えきれずに少々小言を口にした。

「公子様、決して責めているわけではありませんが、剣みたいに危ない物はむやみに放り投げて遊ぶべきではないでしょう？　ござと床に穴を開けたことは別に構いませんが、人を傷つけてしまったらどうするんですか」

「その通り、女将さんの言う通りだ」

魏無羨《ウェイウーシェン》が頷くと、女将は藍忘機《ランワンジー》の出した金を受け取ってから続けた。

「ならこうしましょう。夜も更《ふ》けたことですし、別の部屋をご用意しますから、お二人はとりあえずそちらでお休みください。修理は明日の朝にしますから」

「わかった、ありがとう。それじゃあよろしく……待って！　だったら、二部屋でお願い」

魏無羨《ウェイウーシエン》が慌てて引き留めると、女将は不思議そうに尋ねた。

「なんで今度は二部屋なんですか？」

魏無羨《ウェイウーシエン》は怖くて藍忘機《ランワンジー》の方を見られず、小声でひそひそと答えた。

「……俺、飲みすぎると酔っぱらって暴れちゃうから。ほら、女将さんも見ただろう。物を投げたり、剣で遊んだりして、人を傷つけちゃうのが怖いからさ」

「それは確かにそうですね！」

そう言って女将は了承すると、彼らに二つ部屋を用意して案内し、裾を上げながら階段を下りていった。魏無羨《ウェイウーシエン》は礼を言い、自分の部屋の扉を開けてから、ふと振り向く。藍忘機《ランワンジー》は廊下に立ったまま、片手に避塵《ビチェン》を持ち、もう一方の手で軽く抹額を摘まんで俯いて黙り込んでいた。魏無羨《ウェイウーシエン》はすぐにでも部屋の中に逃げ込みたい気持ちでいっぱいだったが、彼の様子を一目見ると、なぜか動けなくなってしまった。あれこれじっくりと考えてから、慎重に、真摯な気持ちで謝る。

「藍湛《ランジャン》、今夜のこと、ごめんな」

しばらくの間沈黙し、藍忘機《ランワンジー》は低い声で答えた。

「私にその言葉を言う必要などない」

再び抹額をきちんとつけ直したあと、彼はまたあの端正で自制心の強い含光君に戻り、わずかに頷いて続けた。

「しっかり休みなさい。観音廟と蘭陵に行く件については、また明日話そう」

その言葉を聞いて、魏無羨《ウェイウーシエン》の心はほんの少し明るくなった。少なくとも、明日はまだ藍忘機《ランワンジー》と話せるのだ。彼は笑って返事をする。

「うん、お前もな。しっかり休んで、また明日話そう」

部屋の中に入り、後ろ手で扉を閉める。魏無羨《ウェイウーシエン》は扉の框《かまち》に寄りかかり、藍忘機《ランワンジー》が隣の部屋の扉をそっと閉める音が外から聞こえてくるなり、すぐさま手を上げ自分の頬に平手打ちをした。

彼はどさりと寝床に腰を下ろし、まだかなり熱い顔を手のひらに埋める。長いことそうしていても熱は少しも引かなかった。顔の熱もそうだが、体の中で燻《くすぶ》る熱もだ。卓から水差しを取り、中の水を頭と顔全体にかけてみても一切効き目がない。彼は今、全身上から下まですべて、藍忘機《ランワンジー》の匂いでいっぱいだった。

ここで休むとしたら、藍忘機《ランワンジー》が壁一枚を隔《へだ》ててすぐのところにいるのだと気づき、魏無羨《ウェイウーシエン》はつい今しがたまで彼らが何をしていたかを思い出して、おそらく今夜はもう一刻の平穏も望めないだろうと思った。この場所ではどうやっても休めそうにない。

窓を押し開けて窓枠に登ると、軽やかに一躍《いちやく》して外へと出ていき、一匹の黒猫のように物音一つさせずに宿の外の通りに降り立った。

夜はすっかり更けて通りに人の姿はなく、一人で思いきり走るのには都合が良い。

先ほど藍忘機《ランワンジー》が酔った時に落書きをしたあの塀の辺りを通りかかると、魏無羨《ウェイウーシエン》はようやく足を止めて立ち止まった。

塀にはごちゃごちゃとウサギや雉、小さな人の顔ばかりが描かれている。その塀を見れば見るほど、藍忘機《ランワンジー》がこれらを描いていた時の一心不乱な姿、描き終わったあとに自分を引っ張って見てほしがった時の様子を思い出し、思わず口角を少し上げた。

そして、ふいに今までの比ではないほどの後悔が心の中に込み上げてきた。

もし彼の酔態《すいたい》に乗じて、自分勝手なことなどしなければ。

そうすれば、少なくとも今はまだ、ただ正直な気持ちで他のことなど気にせず図々しくも藍忘機《ランワンジー》の寝床に入り込み、彼の隣にくっついて心穏やかに眠るふりをしていたか、あるいは平然と眠りに落ちていただろう。決してこんなふうに深夜に安眠できず、宿を飛び出して大通りを行き当たりばったりに駆け回って発散することなどなかったはずだ。

魏無羨《ウェイウーシエン》は手を伸ばすと、塀に描かれた口を尖《とが》らせてロづけしている小さな二人の顔を撫で、そのまま上の方へと手を滑らせて「藍忘機《ランワンジー》ここに参上」の文字に辿り着いた。この文字は消さなければならないが、その前に「藍忘機《ランワンジー》」という名前を指先でなぞった。

一回、二回、三回。

なぞればなぞるほど、名残《なごり》惜しくなる。

その時、彼の耳に「カッカッ」という音が聞こえてきた。だが、時は夜中だ。にわかに警戒し、塀の角を曲がって覗いて見る。すると、なんとそこには黒ずくめの人影が一つ塀にへばりついていて、手に持った小さなやすりで一心不乱に落書きの痕跡を削って消していた。

「……」

魏無羨《ウェイウーシエン》が黙り込んでいると、温寧《ウェンニン》が振り向く。彼は顔中に石灰の粉をつけたまま問いかけてきた。

「あれ、公子。どうしてここに？」

「お前こそ、ここでいったい何をやってるんだ？」

「あっ……藍《ラン》公子がこんなにたくさん描いたのを、明日ここの人が起きて見たら、その人に迷惑がかかると思ったので、それでとりあえず少しだけでも消しておこうと……」

少し間を置いたあと、温寧《ウェンニン》は不思議そうに尋ねた。

「藍《ラン》公子は？」

魏無羨《ウェイウーシエン》は思わず俯きながら答えた。

「あいつはもう休んだ。俺は外に出て適当にぶらぶらしてたところ」

温寧《ウェンニン》は彼の様子がどこかおかしいと気づき、動きを止めた。

「公子、何かあったんですか？」

魏無羨《ウェイウーシエン》に数歩近づくと、温寧《ウェンニン》は突然ぎょっとした顔になり、続けざまに後ずさった。魏無羨《ウェイウーシエン》はぽかんとして温寧《ウェンニン》を問い質す。

「今度はなんだよ？」

温寧《ウェンニン》はどうやら何かに驚いたようで、慌てて手を横に振る。

「いえいえ、なんでもないです！」

魏無羨《ウェイウーシエン》は一目見ただけで、すぐに彼が困っているのだとわかった。無意識にさっと自分の姿を確認すると、手首に数本の真っ赤な指の痕があった。それは、藍忘機《ランワンジー》が彼を掴んで寝床に押さえつけた時についたものだ。唇を少し触ると、まだ微かに赤く腫れている感触がある。あの時、彼らは意識がはっきりしないまま抱き合って寝床の上で転げ回り、一塊になって触れ合いたくてたまらなかった。さらに藍忘《ランワン》機《ジー》は彼の体にあちこち噛みついたため、おそらく首回りもかなり見事な状態になっていることだろう。もし温寧《ウェンニン》の顔に血色があったら、おそらく今は血でも流れそうなほどに真っ赤になっていたはずだ。魏《ウェイ》無羨《ウーシエン》も、何を言えばいいかわからなかった。

「お前……あーあ！」

彼は塀の角に寄りかかるように座り込むと、思わず嘆いた。

「酒が飲みたいな」

ぽつりと言った言葉に、温寧《ウェンニン》がすぐさま答える。

「私が買ってきますよ」

「ちょちょ、戻れって！　お前、走ってどこ行くんだ？」

魏無羨《ウェイウーシエン》が慌てて引き留めると、温寧《ウェンニン》は引き返してくる。

「酒を探しに……」

「お前さ……俺はただ考えなしに言ってるだけだよ。まさか本当に探しに行くなんて、お前は別に俺の召使いじゃないんだぞ」

「ちゃんとわかっています」

「それに、そもそも金はあるのか？」

「ないです……」

「ほら！　そうだろうと思った！」

温寧《ウェンニン》は羨むように言った。

「でも、藍《ラン》公子はいつもお金をいっぱい……いっぱい持っていて……いいですね」

「はぁ……」

魏無羨《ウェイウーシエン》は後頭部を塀にゴツゴツと数回ぶつけ、続けざまに何度も「はぁ」とため息をついた。

「もういいや。俺は今後二度と酒を飲まない」

温寧《ウェンニン》は驚いて尋ねた。

「どうしてですか？」

「酒を飲むと失敗するから。だから酒はやめる」

それを聞いた温寧《ウェンニン》の口角が、ぴくぴくと痙攣した。

「おい、お前それどういう意味だ。信じてないのか？」

問い質されて、温寧《ウェンニン》は口ごもりながら答えた。

「いえ、違います……ただ、昔は姉さんがどんな方法を考えても、公子に酒をやめさせられなかったじゃないですか……」

「ハハッ、ハハッ」

魏無羨《ウェイウーシエン》は当時のことを思い出した。

「温情《ウェンチン》が考えた方法って、ただしょっちゅう針で俺の体に穴を開けるだけだっただろう？」

満足するまで笑ってから、魏無羨《ウェイウーシエン》は急な問いを投げかけた。

「温寧《ウェンニン》、お前、今抱えてるごたごたしたことが全部終わったあと、どうしたいか考えたことはあるか？」

温寧《ウェンニン》はぽかんとして聞き返す。

「どうしたいか、ですか？」

今のこの世の中に、温寧《ウェンニン》の親しい者はもうほとんど残っていない。知っている者すら数人しかいないのだ。彼は昔から自分で物事を決めるのが苦手で、決断力などほとんど持ち合わせてはおらず、温情《ウェンチン》の後ろについていない時は魏無羨《ウェイウーシエン》の後ろについていた。そうしなければ、どこに行けばいいのか、どこに行けるのかもわからなかったのだろう。それでも、魏《ウェイ》無羨《ウーシエン》はずっと、彼がどうにかして自分の道を見つけてほしいと望んでいた。だが、今それを口に出せば、まるで彼を追い払っているみたいに聞こえてしまう。

それによく考えてみれば、温寧《ウェンニン》がどこに行けばいいかわからないのと同様に、今後自分がどうしたいのか、魏無羨《ウェイウーシエン》もわからないのだ。今は藍忘機《ランワンジー》と一緒にいるが、そのあとのことなどちっとも考えていなかった。当たり前のように、ずっとこのままの日々が続いて、これからも変わらないのだと思い込んでいた。しかし今夜を経たことで、もしかしたら藍忘《ランワン》機《ジー》とは二度とそのような関係には戻れないかもしれない。彼から離れ、一人で自由気ままに旅することも、できなくはないだろう。

しかし心の中では、一つの声がはっきりと彼に告げていた――「できない」と。

あの時、金鱗台で口から出任せに言った言葉は、いつしか真実になってしまった。今の魏無羨《ウェイウーシエン》は、藍《ラン》忘機《ワンジー》から離れたらもう駄目になる。

深くため息をついて、生きる意味をなくしたように力なく呟く。

「酒が飲みたいな」

考えれば考えるほど気分は沈んで鬱屈《うっくつ》とし、どこにもぶつけようのない苛立ちは、結局胸いっぱいの怒りと化して、魏無羨《ウェイウーシエン》はぱっと立ち上がった。

「クソったれ。温寧《ウェンニン》、行くぞ！」

「どこに行くんですか？」

「殴り込みに行くんだよ！」

第二十一章　恨生

〈一〉

魏無羨《ウェイウーシェン》は温寧《ウェンニン》を連れて、町中に建つあの観音廟へと真っすぐに向かった。日中、藍忘機《ランワンジー》と二人でここを探し当てたが、本来なら再び夜に来てさらにじっくりと調べた上で、廟の中に張られた陣を破り、いったいどんなモノが鎮圧されているのか、それが金光瑶《ジングアンヤオ》と対峙《たいじ》する時に何か助けになるかを確認したいと思っていた。ところが彼は戌の刻まで寝過ごし、しかも目が覚めたあとは、あんなことをしでかしてしまったせいで計画が台無しになったのだ。今の魏無羨《ウェイウーシェン》はどこもかしこもすっきりしない気分で、殴り込みをかけるにはうってつけの状態だった。

夜が更け町はひっそりと寝静まり、どの家も明かりが消えて観音廟も正門を固く閉ざしている。高い塀の外から眺めてみると、庭の中は一面真っ暗なようだ。しかし、二歩で塀に登った魏無羨《ウェイウーシェン》は、塀瓦《へいがわら》に到達するより前に突然動きを止め、心の中で「おかしい」と呟いた。

温寧《ウェンニン》も足を止めて小声で言う。

「結界が張られています」

魏無羨《ウェイウーシェン》が手で合図を送り、二人は音もなくそっと塀を下りる。そして正門から離れ、観音廟の裏手の一角へと回り込んだ。今度は極めて慎重に塀を登ると、獣頭《じゅうとう》の飾りの後ろに隠れ、そこから顔を出して密かに庭の中を覗き見た。

一目見るなり、二人は愕然とした。

明かりが煌々と灯された観音廟の中には、ずらりと人が立っていた。半分が僧侶で、もう半分は金星《きんせい》雪浪袍《せつろうほう》を身に纏った修士だ。それぞれの別なく交ざって一緒に立ち、全員が矢を背負って弓を持っているか剣を抜いていて、どうやら何かを警備しているらしい。彼らは戦う準備を万全に整えて待ち構えながら、時折小声で会話をしている。観音廟の四方すべてには人を欺く特殊な結界が張られているため、塀の外からは真っ暗に見えて物音一つせず、灯火《ともしび》の明かりも、人の話し声すらも一切外に漏れることはないのだ。

しかし、魏無羨《ウェイウーシエン》を驚愕《きょうがく》させたのはこの結界でも、あの修士と偽僧侶たちでもなく、庭の真ん中に立っている白ずくめの人物だった。

――藍曦臣《ランシーチェン》。

藍曦臣《ランシーチェン》は拘束されることなく、剣と、簫《しょう》の裂氷《リエビン》も腰に佩いたまま穏やかに人の群れの中に立っている。そして僧侶も修士も彼に対して非常に恭《うやうや》しく接し、唯々諾々《いいだくだく》と従っているようだ。

魏無羨《ウェイウーシエン》はしばらくその様子を観察すると、声を潜めて温寧《ウェンニン》に命じた。

「急いで宿に戻って、含光君を連れてこい！」

温寧《ウェンニン》は頷いて即座に暗闇の中に消えた。魏無羨《ウェイウーシエン》がいるその場所からは金光瑶《ジングアンヤオ》の姿は見えず、彼がここに来ているかどうか、陰虎符が彼の手の中にあるかどうかもわからない。少し考えてから指を噛み切ると、血が滴る指先を腰の辺りにつけた鎖霊嚢《されいのう》の口元へと近づける。数匹の悪霊を使い、音もなく邪悪なモノたちを呼び寄せようと考えたのだ。ところがちょうどその時、観音廟に続く長い通りの奥から犬の吠える声が聞こえてきた。

それを聞いた瞬間、魏無羨《ウェイウーシエン》は魂が遥か遠くの空まで飛んでいってしまうほどの恐怖を感じた。

肝胆《かんたん》が破裂しそうなくらい大きな恐怖をなんとか堪え、ぶるぶると震えながら塀の上の獣頭の飾りにひっしと抱きつく。吠える声がますますこちらへと近づいてくるのを聞くと恐怖でいっぱいになり、思わず念ずる。

（助けて藍湛《ランジャン》、藍湛《ランジャン》！）

そして、まるでその名前から微かな勇気をもらったように、震えつつも無理やり自分を落ち着かせた。

魏無羨《ウェイウーシエン》は、この犬が主のいない野良犬で、さっさとこの場から失せますようにと切に願ったが、なんということか、すぐに天は彼を見放したのだとわかった。吠える声とともに、犬を叱咤《しった》する明朗な少年の声が響いたからだ。

「仙子《シェンズー》、黙れ！　こんな真夜中に通り中の人を起こすつもりか⁉」

金凌《ジンリン》！

その声を聞いた途端、藍曦臣《ランシーチェン》の表情が険しいものになった。ここにいる蘭陵金《ジン》氏の修士たちのほとんどが、この声を聞けば若き後継者である金凌《ジンリン》のものだとわかるはずだ。それなのに彼らは互いに目配せをしてから、弓に矢をつがえ、あろうことか弦《つる》を引き絞った。金凌《ジンリン》の声はどんどん近づき、あっという間に正門の外まで来てしまう。

「しーっ！　しーっ！　それ以上吠えたらお前を煮込んでやるぞ！　……いったい俺をどこに連れてきたんだ？」

魏無羨《ウェイウーシェン》の心臓は様々な恐怖の中でひどく縮み上がった。

（金凌《ジンリン》、このクソガキめ、さっさと行け！）

しかし、金凌《ジンリン》はよりによって観音廟の前で足を止めた。仙子《シェンズー》はひっきりなしに吠え続け、その場でぐるぐる回り土を掘ったり壁を引っかいたりしている。金凌《ジンリン》は怪訝そうな声音で問いかけた。

「ここなのか？」

しばし静かになったあと、彼はなんと勢い良く門を叩いた。

「誰かいるか？」

庭の中にいる修士たちは全員が息を凝らして集中し、弦を引き絞ったまま正門の方向に狙いを定めている。矢を放さずに命令を待っている彼らに、藍曦《ランシー》臣《チェン》が低い声で告げた。

「彼を傷つけないでください！」

しかし、その声は観音廟の結界の外には届かず、修士たちは警戒を緩《ゆる》めることも、弓矢を下ろすこともしなかった。金凌《ジンリン》も何かがおかしいと気づいたようだ。たとえ夜間の警備をする者や夜回りをする者がいなくとも、先ほどのように大きな音を立てて門を叩けば、中で寝ていた誰かが驚いて起きてくるだろう。いくらなんでも一切物音がしないはずはない。

その不審な様子に、門の外の金凌《ジンリン》は無言になった。

けれど、魏無羨《ウェイウーシエン》がほっと息をつく間もなく、突然塀の外からまた激しく吠える声が響き、金凌《ジンリン》が怒鳴った。

「おい、今度はなんでそんなに急いで引き返すんだ!?」

魏無羨《ウェイウーシエン》は大喜びして霊犬《れいけん》を褒め称えた。

(仙子《シェンズー》、いい子だ!)

「仙子《シェンズー》! 戻れ! クソ!」

金凌《ジンリン》の悪態を聞きながら、魏無羨《ウェイウーシエン》は思った。

(まったく、そいつと一緒にさっさとどこかへ行ってくれ! 頼むから!)

ところが少しすると、普通では気づかないほど微かに、奇妙な音が聞こえてくる。初めのうちは魏無《ウェイウー》羨《シエン》もそれがなんの音かをはっきり判断できずにいたが、どうやら石灰がぽろぽろと落ちる音だと気づき、愕然としてどっと全身に冷や汗をかいた。

(しまった。あのガキ、塀を登ってやがる!)

既に金凌《ジンリン》は塀の上まで登っており、中を覗いた瞬間、庭中の弓矢が自分に狙いを定めているのが見え、すっと瞳孔《どうこう》を収縮させる。矢をつがえている僧侶のうちの一人が、おそらく今まで金凌《ジンリン》に会ったことがなく顔を知らないか、あるいは侵入者を例外なく口封じすることに専心していたためか、ぱっと手を放すと、矢は鋭い音を立てながら金凌《ジンリン》に向かって飛んでいった!

その空気を裂く音を聞くだけで、魏無羨《ウェイウーシエン》は矢を射た者が名手だとわかった。もしその一矢が命中したら、金凌《ジンリン》はきっと胸を射貫《いぬ》かれ骨まで砕かれるに違いない。今すぐに軌道を阻《はば》めるような物は彼の手元には一つしかなかった。切羽詰まった魏無羨《ウェイウーシエン》はさっと塀の上に飛び上がり、振りかぶってそれを投げつけて叫んだ。

「金凌《ジンリン》、逃げろ!」

彼が投げたのは、復活してからずっと持ち歩いていた竹笛だった。それに当たると、凄まじい勢いで飛んできた矢は逸れ、竹笛はバラバラに割れる。既に逃げたのか、金凌《ジンリン》の姿は塀の上から消えていた。

しかし、これで魏無羨《ウェイウーシエン》の居場所も知られてしまった。すぐに百を超える矢が沛雨《はいう》の如く飛んできて、魏無《ウェイウー》羨《シエン》が身を隠した獣頭は、次々と矢が突き刺さりハリネズミのようになってしまった。

魏無羨《ウェイウーシエン》は心の中で「危ないところだった！」と叫ぶ。庭にいる者たちの中に、弓が下手な者など一人もいないようだ。おそらく修為も低くないだろう。

金凌《ジンリン》が無事に逃げ果《おお》せたかどうかが気がかりだった。

彼が塀から外へと飛び降り、指で輪を作って指笛を吹こうとしたその時、突然背後から誰かの声が聞こえた。

「魏《ウェイ》公子にご忠告します。それはやめておいた方がいいと思いますよ。笛が割れるくらいなら大したことではありませんが、指や舌までなくなってしまったら悲しいでしょう」

魏無羨《ウェイウーシエン》はすぐさま振り向いて手を引っ込め、微笑みながら話すその声の主に賛同した。

「それはもっともだな」

「どうぞこちらへ」

その人物に促され、魏無羨《ウェイウーシエン》は頷く。

「金《ジン》宗主、お気遣いなく」

「何をおっしゃいますか」

金光瑶《ジングアンヤオ》は笑顔で答えた。

それから彼らは、まるで何事もなかったかのように塀に沿って正門の方へと歩いていく。そして目にしたものに、魏無羨《ウェイウーシエン》は言葉を失った。

観音廟の正門は既に開いていて、やはり逃げられなかったらしく数人の僧侶たちに剣を向けられた金《ジン》凌《リン》がそこにいた。彼は魏無羨《ウェイウーシエン》たちを見ると、しばしためらってから、まず「瑶叔父上《ヤオおじうえ》」と呼びかけた。

「こんばんは、阿凌《アーリン》」

それから金凌《ジンリン》は、密かに魏無羨《ウェイウーシエン》の方をちらりと見た。彼のそばにあの犬がいなかったおかげで、魏無《ウェイウー》羨《シエン》の体から抜けかけていた三魂七魄《さんこんしちはく》はようやく落ち着き、手が焼けるといった様子で口を開いた。

「このガキが……こんな夜遅くに、犬だけ連れていったい何しに来た？」

魏無羨《ウェイウーシエン》は知らなかった。魏無羨《ウェイウーシエン》と藍忘機《ランワンジー》、そして温寧《ウェンニン》が舟に乗って蓮花塢から離れたあと、金凌《ジンリン》はこっそり彼を捜しに行った。だが、もうその姿はどこにもなく、なぜか気が触れたように至るところで人を捕まえてはボロい剣を抜かせている叔父に向かって、しばし癇癪を起こした。魏無羨《ウェイウーシェン》が逃げたのは叔父のせいだと鼻先を指さして大声で非難すると、手のひらから一撃を打たれて地面に倒されてしまったのだ。

金凌《ジンリン》はやるなら徹底的にやってやると、仙子《シェンズー》を連れて魏無羨《ウェイウーシェン》を追うことに決めた。仙子《シェンズー》は見事に主人の期待に応《こた》え、魏無羨《ウェイウーシェン》の匂いを辿って観音廟の近くまで導いた。しかし金凌《ジンリン》が門を叩いた時、急に門の中に潜む漲《みなぎ》るような殺気に気づき、突然方向を変え主人の服に噛みついて、激しく吠えて警告したのだ。

だが、この観音廟は少々怪しく、金凌《ジンリン》はたとえ魏無《ウェイウー》羨《シェン》がここにいなくとも中の状況を確認する必要があると考え、結局敵の手に落ちてしまった。

しかし、当然金凌《ジンリン》が本当のことを言うはずもなく、ふんと鼻を鳴らしただけだった。

金光瑶《ジングアンヤオ》は数人の部下を引き連れて廟の中に足を踏み入れ、正門が閉じられる間際、部下の方を振り向いて尋ねた。

「霊犬は？」

僧侶の一人が答える。

「あの霊犬は凶猛《きょうもう》この上なく、誰彼構わず噛みつきまして……力が及ばず逃げられてしまいました」

「追いかけて殺しなさい。あの霊犬は非常に賢い、人を呼んできたら面倒だ」

「はい！」

その僧侶が剣を手に外へ出ていき、正門が閉まる。

金凌《ジンリン》は驚愕のあまり思わず問いかけた。

「本当に殺すつもりですか？　仙子《シェンズー》を俺にくれたのは瑶《ヤオ》叔父上なのに！」

金光瑶《ジングアンヤオ》は答えず、逆に彼に問い返す。

「阿凌《アーリン》、なぜこんなところに来たんだ？」

金凌《ジンリン》は魏無羨《ウェイウーシェン》をちらりと見て口ごもる。すると突然、藍曦臣《ランシーチェン》が口を開いた。

「金《ジン》宗主、金凌《ジンリン》はまだ子供だ」

金光瑤《ジングアンヤオ》は彼の方に目をやる。

「わかっています」

「そして君の甥《おい》でもある」

藍曦臣《ランシーチェン》の言葉に、金光瑤《ジングアンヤオ》はぷっと吹き出した。

「兄様、どういう意味です？ もちろん、金凌《ジンリン》がまだ子供で私の甥であることくらいわかっていますよ。まさか、私が何かすると思っているんですか？ まさか、殺して口封じするとでも？」

藍曦臣《ランシーチェン》は沈黙して答えなかった。金光瑤《ジングアンヤオ》は首を横に振り、今度は金凌《ジンリン》に向かって言った。

「阿凌《アーリン》、聞こえただろう。もしむやみに走り回ったり叫んだりしたら、もしかすると私は君に何か怖いことをするかもしれない。よく考えて行動しなさい」

金凌《ジンリン》はこの叔父とはずっと仲が良かった。これまでとても可愛がってくれたし、今もいつもと変わらない穏やかな笑みを浮かべているように見える。しかし今の金凌《ジンリン》には、これまでと同じ目で彼を見ることはもはや難しかった。何も言わずに魏無羨《ウェイウーシエン》と藍曦《ランシー》臣《チェン》のそばに行くと、それきり大人しくなった。

金光瑤《ジングアンヤオ》は身を翻して部下に命じる。

「まだ掘り当てられないのか？ 中の者をもっと急がせるんだ！」

僧侶の一人が「はい！」と声を上げ、剣を手に観音廟の中に駆け戻っていく。

それを見て、魏無羨《ウェイウーシエン》はようやく気がついた。一番奥にある主殿の中から、土や石を掘り起こすような奇妙な音が幾重《いくえ》にも重なって響いてくる。どうやらかなりの人数で何かを掘っているようだ。

（こいつら、いったい何を掘ってるんだ？ 地下道？ 陰虎符？ それともここに鎮圧されてるモノか？）

すると、金光瑤《ジングアンヤオ》が再び口を開いた。

「そういえば、まだ聞いていませんでしたね。魏《ウェイ》さんはどうやってここを知ったんですか？ まさか、含光君と一緒に自然を愛《め》でるために各地を遊覧していたら、偶然辿り着いたなんて言いませんよね」

「斂芳尊《れんほうそん》、芳菲殿の密室の中に、でっかい家屋重書を隠していただろう。俺の手稿と一緒に置いてあったやつだよ」

「ああ、それは私が油断しました。別々に保管すべきでしたね」

「どのみち、俺たちはもうお前の手中に落ちて逃げられないんだからさ。斂芳尊《れんほうそん》、この観音廟の中で鎮圧されてるのがいったいどういうモノなのか明かして、俺の好奇心を満たしてくれないか？」

金光瑶《ジングアンヤオ》はにこにこと微笑んでいる。

「その代価はそう安くありませんよ。魏《ウェイ》公子、本当に試してみたいですか？」

「そうか。それなら、とりあえずはやめておくよ」

魏無羨《ウェイウーシエン》が答えたその時、藍曦臣《ランシーチェン》がそばへと歩み寄ってきた。魏無羨《ウェイウーシエン》は、今になってようやく彼の状態にまで意識が及んだ。藍曦臣《ランシーチェン》が腰の辺りに佩いている剣は鞘から一寸出ているが、そこに霊力の光は流れていない。

「沢蕪君《たくぶくん》、それはどうしたんですか？」

「慚愧に堪えない。奸計《かんけい》に陥ってしまい、今の私は一時的にすべての霊力を失っている。朔月《シュオユエ》と裂氷《リエビン》は両方持っているが、何の力にもなれない」

藍曦臣《ランシーチェン》の説明に、魏無羨《ウェイウーシエン》は納得して言った。

「あなたが恥じる必要なんてないですよ。なんと言っても、人を騙すことは斂芳尊《れんほうそん》の本領ですから」

共情《きょうじょう》の中で目にした、孟瑶《モンヤオ》が自害したと見せかけ聶明玦《ニエミンジュエ》を騙し討ちした場面を思い出す。そして、乱葬崗で聞いた「斂芳尊《れんほうそん》が重傷を負った」という偽情報を考えれば、藍曦臣《ランシーチェン》の身に何が起きて霊力を失ったのかは想像に難くない。

金光瑶《ジングアンヤオ》は数名の僧侶たちに指示を出した。

「布陣しなさい。じきに含光君がここへ来る。できるだけ足止めするんだ」

「なんで含光君が必ず来るって言いきれるんだ？」

魏無羨《ウェイウーシエン》はそう言いながら、頭の中では金光瑶《ジングアンヤオ》の油断を誘うような嘘をつくべきかと素早く考えを巡らせていた。ところが、金光瑶《ジングアンヤオ》はそれを見抜いていたようで、にっこりと微笑む。

「もちろん来るに決まっていますよ。魏《ウェイ》公子がこの観音廟に目をつけたからには、含光君もこの場所がおかしいと承知のはずです。まさか、あなたのそばに彼はいないと言えば、私が信じるとでも思っているんですか？」

「賢明だな」

そう言うと、ふいに藍曦臣《ランシーチェン》が尋ねてきた。

「魏《ウェイ》公子、忘機《ワンジー》が近くにいるなら、なぜ一緒ではないんだ？」

「俺たち、手分けして行動してるんです」

その言葉に、なぜか藍曦臣《ランシーチェン》は驚いた様子を見せた。

「私が聞いた話では、乱葬崗から下りた時、君は傷を負ったばかりだったはずだ。それから幾日も経っていないというのに、どうして君と分かれて行動しているんだ？」

「それは誰から聞いた話ですか？」

尋ね返すと、藍曦臣《ランシーチェン》ではなく金光瑶《ジングアンヤオ》が答える。

「私が伝えました」

魏無羨《ウェイウーシエン》は彼をちらりと見てから、藍曦臣《ランシーチェン》に顔を向けた。

「そうでしたか。実は今夜は寝つけなくて宿の外を散歩していたら、たまたまここを見つけたんです。含光君は別の部屋に泊まってますから、俺が出かけていることは知りません」

金光瑶《ジングアンヤオ》はなぜか不思議そうに聞いてきた。

「あなたたちは別々の部屋に泊まっているんですか？」

「俺たちは絶対同じ部屋に泊まるって言ってる奴がいるのか？」

金光瑶《ジングアンヤオ》は笑うだけで答えない。

「あ、わかったぞ」

おそらく、藍曦臣《ランシーチェン》が言ったのだろう。

「二人の間では本当になんでも筒抜けなんだな」

軽口を言う魏無羨《ウェイウーシエン》とは反対に、一切冗談を言うつもりはないといった様子で藍曦臣《ランシーチェン》がなおも問う。

「魏《ウェイ》公子、忘機《ワンジー》と何かあったのか？」

彼の顔からはいつもの優しい微笑みが消えていて、真剣な表情になると藍忘機《ランワンジー》とますます似て見える。

しかし魏無羨《ウェイウーシエン》は、彼がなぜこれほどまで過剰に反応するのか理解できなかった。元から感じていた後ろめたさを誤魔化すように答える。

「藍《ラン》宗主、俺たちに何かあるわけないじゃないですか？　今はまず、こちらの相手をしましょう」

さっと視線で金光瑶《ジングアンヤオ》を示すと、その意図に気づいて藍曦臣《ランシーチェン》はやっと我に返った。

「つい気が急《せ》いてしまった。申し訳ない」

すると、金光瑶《ジングアンヤオ》の方は逆に笑って話しだす。

「どうやら、本当に何か問題が起きたようですね。しかも、小さくはない問題だ」

魏無羨《ウェイウーシエン》は冷ややかな笑みを浮かべた。

「斂芳尊《れんほうそん》、今や百家がお前を討伐しようとしてるっていうのに、ずいぶんのんきなもんだな？　他人の心配をする余裕まである上に、なかなか饒舌《じょうぜつ》じゃないか？」

「滅相《めっそう》もない、私はただ感慨深いだけですよ。含光君はこれほど長年辛抱《しんぼう》強く待ってきたというのに、まさか、今日になってもまだ成就《じょうじゅ》していないなんて。兄である藍《ラン》宗主はもちろんのこと、部外者であっても、さすがに平然と見てはいられなくなりますね」

意味深長な金光瑶《ジングアンヤオ》の言葉に、魏無羨《ウェイウーシエン》はぱっと彼を見た。

「辛抱強く待ってきた？　成就っていったいなんのことだ？」

それを聞いて、金光瑶《ジングアンヤオ》と藍曦臣《ランシーチェン》が驚いた顔になる。二人とも真剣に彼の表情を観察し、白《しら》を切っているのかどうかを確かめているようだ。魏無羨《ウェイウーシエン》の心臓はにわかに激しい鼓動を刻み始め、この夜の半《なか》ばまでずっと死んだも同然だった胸の中の何かが、だんだんと蘇ってくる感覚があった。彼は無理に気を静めると、もう一度尋ねた。

「どういう意味だ？」

「魏《ウェイ》公子、本当にわからないのですか？　それともわからないふりをしているだけですか？　どちらであったとしても、今の話をもし含光君が聞いたら、彼は少々傷つくことでしょうね」

「本当にわからないんだ。はぐらかさないではっきり言え！」

すると、藍曦臣《ランシーチェン》が愕然とした様子で問いかけてきた。

「魏《ウェイ》公子、君は忘機《ワンジー》とこんなにも長く一緒にいるんだ。彼の気持ちを何も知らないなんて言わないだろう？」

魏無羨《ウェイウーシエン》は彼の腕をぐっと掴むと、ほとんど跪いてすべてを話してくれるよう頼み込むような勢いで言った。

「藍《ラン》宗主、藍《ラン》宗主、あ、あなたが言った藍湛《ランジャン》の気持ちって、あいつのどんな気持ちですか!?　それは、もしかして……」

藍曦臣《ランシーチェン》はぱっと手を引っ込め、信じられないといった様子で口を開いた。

「本当に何も知らないのか。だが、忘機《ワンジー》の体にあるあの戒鞭の痕を忘れたのか？　胸のところにある烙印を見てはいないのか？」

「戒鞭の痕!?」

魏無羨《ウェイウーシエン》は驚愕して、もう一度藍曦臣《ランシーチェン》に掴みかかって必死に尋ねた。

「藍《ラン》宗主、俺は本当に知らないんです。どうか教えてください。あいつの体にある傷痕は、どういうことなんですか？　まさか、俺と関係があるんですか!?」

にわかに藍曦臣《ランシーチェン》の顔に怒りの表情が浮かぶ。

「君と関係がないならば、まさかなんの理由も原因もなく、自ら傷をつけたとでも言うのか！」

沢蕪君《たくぶくん》はかねてから感情を抑えることには極めて長《た》けていたが、今、事が弟の問題となると本気の怒りをあらわにした。ところが、すぐに注意深く魏無《ウェイウー》羨《シエン》の表情を見ると、微かに怒りを収め、また探るように質問してきた。

「君は……もしかして、記憶が抜け落ちているのか？」

「記憶？」

そう言われ、魏無羨《ウェイウーシエン》はすぐさま何か自分が忘れていることはないかを懸命に考えた。

「わかりません。いったい、いつの記憶が抜け落ちて……あっ！」

確かに、記憶があやふやな時間があった。

――血の不夜天《ふやてん》！

あの夜、彼は温情《ウェンチン》と温寧《ウェンニン》の姉弟が既に灰にされたと思っていた。そして各大世家の義に燃える討伐攻勢に加え、江厭離《ジャンイエンリー》が自分の目の前で命を落とすところを見てしまったことで、とうとう完全に狂乱状態に陥り、陰虎符の欠片を一つに合わせて殺戮《さつりく》の限りを尽くさせたのだ。陰虎符の操る死者たちに殺された者は、また新たな凶屍《きょうし》となり、そうして絶え間なく殺戮傀儡《かいらい》が生み出され続け、血にまみれた地獄が作り上げられた。

その後、魏無羨《ウェイウーシエン》は辛うじて倒れず持ち堪え、ぼうっとしている間に自分自身でその一面処刑場と化した廃城から離れたような気がしていた。まるで魂が抜けたようになぜか長い間意識がはっきりしなかったものの、ようやく我に返った時には、夷陵の乱葬崗の麓《ふもと》で呆然と座り込んでいたのだった。

「思い出したか？」

藍曦臣《ランシーチェン》に尋ねられ、魏無羨《ウェイウーシエン》は呟くように答える。

「不夜天の時ですか？　俺、俺は、ずっとぼんやりしながら自分で歩いて帰ったと思っていて、だけどあれは、まさか……」

藍曦臣《ランシーチェン》は憤りのあまり、ほとんど笑っているように見えた。

「魏《ウェイ》公子！　不夜天のあの夜、君はどれほどの人数と相対《あいたい》していた？　三千もの群衆だ！　いくら君が類まれな奇才だったとしても、あのような状況下で本当に無事逃げきれたと思うのか？　そんなことはあり得ない！」

「藍湛《ランジャン》……藍湛《ランジャン》は、いったい何をしたんですか？」

「何をしたか、もし君が覚えていないのなら、おそらく忘機《ワンジー》が自ら君に教えることは永遠にないだろうし、君も聞こうとはしないだろう……わかった。ならば、私が話す」

そう言うと、藍曦臣《ランシーチェン》は真剣な目で話し始めた。

「魏《ウェイ》公子、あの夜、君は半欠けの陰虎符をそれぞれ取り出して一つに合わせ、心ゆくまで命を奪い続けた。けれど、強い弓で射た矢も最後には勢いが弱まるように、君は衰弱しきっていた。忘機《ワンジー》も君が正気を失った時に傷つけられ、君よりましとはとても言えない状態で必死に持ち堪え、避塵《ビチェン》を頼って辛うじて立っていられるほどだった。それにもかかわらず、君がよろよろとどこかに行こうとするのを見て、すぐさまそのあとを追った。

あの時、はっきりと意識がある者はもうほとんどいなかった。私もほぼ動けない状態で、霊力が枯渇《こかつ》するまで消耗した忘機《ワンジー》が足を引きずって君を追いかけ、すぐ避塵《ビチェン》に乗せて一緒に御剣《ぎょけん》して離れていくのをただ見ていることしかできなかった。

二時辰後、私はようやく霊力が回復して、急いで姑蘇藍《ラン》氏に戻って応援を呼んだ。私の懸念は、もし他家の者が先に君たちに追いついたら、忘機《ワンジー》が君の仲間だと思われてしまうことだった。生涯に汚点が残り評判が大いに下がるくらいならまだいい。最悪の場合、申し開きの機会もなくその場で斬り捨てられることになる。そのため叔父とともに、普段から彼を認め高く評価していた先輩方三十三名を集め、秘密裏に御剣して二日間捜し回った挙句、やっと夷陵で君たちの足取りを掴んだ。忘機《ワンジー》は君を山の洞窟の中に隠していたんだ。私たちが到着した時、君は呆然として岩の上に座り、忘機《ワンジー》はそんな君の手を握って霊力を送り込みながら、ずっと小声で何か話しかけていた。

そして、最初から最後までずっと、君は同じ言葉を繰り返していた。――『失せろ!』と」

魏無羨《ウェイウーシエン》の喉はカラカラに渇いて掠れ、目は赤くなり、一つも言葉は出てこなかった。

「叔父は忘機《ワンジー》の目の前に立つとひどく叱りつけて、説明させようとした。忘機《ワンジー》は私たちに見つかることをとっくに予想していたようだったが、なぜかこう答えた。何も説明することはありません。ご覧になった通りです、と。子供の頃からずっと、忘機《ワンジー》は叔父と私に盾突《たてつ》いたことなど一度もなかった。しかし君のために、叔父だけでなく姑蘇藍《ラン》氏の同門同族の修士たちと決裂して戦い、三十三名の先輩方全員に重傷を負わせてしまった……」

魏無羨《ウェイウーシェン》は、両手を自分の髪の中に差し込み頭を抱えながら声を漏らした。

「……俺、俺は知らない……本当に……」

知らないと繰り返す以外に、もう他の言葉は何も言えなくなっていた。藍曦臣《ランシーチェン》はしばらくの間隠忍《いんにん》するように口を閉ざしたあとで、さらに続けた。

「あの三十三本の戒鞭の痕は、一人一本、一度に全員分打ち罰し終えたものだ！　戒鞭に打たれた時、それがどれほどの痛みか、どれほど床に臥《ふ》すことになるかは君もよく知っているはずだ！　忘機《ワンジー》は私たちを振り切って君を乱葬崗へと送り届けたあと、暗然と帰ってきて罰を受け、規訓石《きくんせき》の前でどれほど跪いたか！　彼に会いに行った時、私は、魏《ウェイ》公子は既に取り返しのつかない大きな過ちを犯したのに、お前はなぜ自ら過ちを重ねるのかと聞いた。しかし忘《ワン》機《ジー》は……君のしたことの是非を断言することはできないけれど、それがどちらであったとしても、君とともにすべての結果を背負うと答えたんだ。あの数年は、謹慎して自省《じせい》していたことになっているが、実際はあまりに深手を負ったせいで動けなかっただけだ。それなのに、君が命を落としたことを知った時、忘機《ワンジー》はまた強引にその体を引きずって、どうしても乱葬崗に行って一目見たいと……。

君を助けて洞窟の中に隠していたあの時、どんなふうに君に話しかけていたか、どんな目で君を見ていたか、たとえ目が見えなくても耳が聞こえなくても、その気持ちがわからないはずがない。だからこそ、余計に叔父も怒りを抑えきれなくなったんだ。忘機《ワンジー》は、子供の頃は弟子たちの模範で、成長してからは仙門の名士であり、常に雅正で端正、心が清く、汚れなど欠片もなかったというのに、彼が今生で犯したたった一つの過ちは、まさに君だ！　それなのに、君は……君は、知らないと言うのか。魏《ウェイ》公子、君は献舎され戻ってきてから、忘機《ワンジー》に対して散々告白を繰り返し、あらゆる方法でつきまとってはいなかったか？　そして毎晩……毎晩、忘機《ワンジー》と……なのに、君は知らないと？　もし本当に知らなかったのなら、なぜあんな行動をとったというんだ？」

魏無羨《ウェイウーシエン》は心から、過去に戻ってあんなことをした自分を殺してやりたかった。何も知らず、あんな行動をとった自分を！

そして突然、ひどく怖くなった。もし藍忘機《ランワンジー》が、血の不夜天のあとの数日の記憶が抜け落ちていると知らず、ずっと魏無羨《ウェイウーシエン》は彼の気持ちをわかっていると思っていたのなら、現世に戻ってきたあとの自分は、いったいなんてことをしてしまったのだろう？

最初に軽薄な態度であらゆる恥ずかしいことをしたのは、藍忘機《ランワンジー》に一刻も早く自分に対する嫌悪感を抱かせるためだった。雲深不知処から放り出させ二度と顔を合わさずに互いの道を行くために。そんな本音が、藍忘機《ランワンジー》に見抜けなかったはずはない。しかし、それでもなお、藍忘機《ランワンジー》はずっと……頑《かたく》なにそばで彼を守り、江澄《ジャンチョン》が近づいて彼を傷つけるような機会も与えなかった。問いかければ必ず答えをくれて、頼みも聞き入れてあれこれと気ままにさせてくれた。彼のすべてを受け入れてくれたのだ。魏無羨《ウェイウーシエン》があの手この手で仕掛ける下劣とも言えるいたずらに対しても、自制し礼儀を保ち続け、一度たりとも一線を越えるようなことはしなかった。

先ほど宿で彼が突然自分を突き放したのも、もしかしたら……いつもの気まぐれでやったことだと思ったからなのだろうか？

魏無羨《ウェイウーシエン》はもうこれ以上考えてはいられなくなった。観音廟の外に向かって駆けだすと、数名の修士たちがすぐさま彼の目の前に立ち塞がる。それを見て、金光瑶《ジングアンヤオ》が口を開いた。

「魏《ウェイ》公子、あなたの動揺は理解できますが……」

魏無羨《ウェイウーシエン》は今すぐに宿に駆け戻って藍忘機《ランワンジー》のもとへと急ぎ、たとえ支離滅裂《しりめつれつ》になったとしても、自分の気持ちを伝えたかった。その一心で手のひらから一撃を放ち、取り押さえようとする僧侶二名を打ち飛ばすと吠えるように声を上げた。

「お前に理解できるはずないだろう！」

一撃のあと、今度は七、八人が一気に飛びかかってきて、一瞬で目の前が真っ暗になる。傍らにいる金光瑶《ジングアンヤオ》は、言いかけた言葉を最後まで続けた。

「……私はただ、そんなに急いで走らなくても、あなたの含光君はもう来ていますよ、と教えたかっただけです」

その時、氷のように透き通った薄い青色に輝く一筋の剣芒が空から降ってきた。その剣は鋭い音を響かせながら、魏無羨《ウェイウーシエン》をぐるりと取り囲んでいた者たちをすべて退《しりぞ》かせると、主人の手の中に戻った。藍《ラン》忘機《ワンジー》は物音一つ立てずに観音廟の前に降り立ち、魏《ウェイ》無羨《ウーシエン》を見る。その表情はこれまでと一切変わらなかったが、魏無羨《ウェイウーシエン》の方は緊張が込み上げていた。たった今伝えたいと思っていた言葉が、突然しぼんで小さな一つの塊になり腹の辺りをひくひくと痙攣させ、ただぼそぼそと彼を呼ぶことしかできなかった。

「……藍湛《ランジャン》」

金凌《ジンリン》は、藍曦臣《ランシーチェン》の話を聞いて完全に呆気に取られていたが、藍忘機《ランワンジー》が現れたのを見ると思わず歓喜の表情を浮かべた。しかし、二人が見つめ合う様子に、またなんとも言えない表情に変わっていく。金光《ジングアン》瑶《ヤオ》がため息をついて言った。

「ほら、さっき言いましたよね。魏《ウェイ》公子がここにいるなら含光君もきっと来ます、と」

避塵《ビチェン》を持った手首を返し、藍忘機《ランワンジー》が動こうとした時、なぜか金光瑶《ジングアンヤオ》が笑った。

「含光君、後ろに五歩下がっていただきましょうか」

ふいに、魏無羨《ウェイウーシエン》は首の辺りにごくわずかな鋭い痛みを感じた。藍曦臣《ランシーチェン》は低い声で彼に注意を促す。

「気をつけて、動いてはいけない！」

藍忘機《ランワンジー》の視線が魏無羨《ウェイウーシエン》の首に留まると、その顔から微かに血の気が引いた。

気づかないほど細く、薄い金色をした一本の琴の弦が魏無羨《ウェイウーシエン》の首を絞めている。

それはあまりにも細い上に特殊な塗料を塗られており、肉眼ではほとんど捉《とら》えられない。さらに魏無《ウェイウー》羨《シエン》は、先ほど心が激しく乱れていたせいで、他のことに注意を払う余裕がまったくなくなり、みすみす急所を狙うことを許してしまったのだ。

「藍湛《ランジャン》、ダメだ！　下がるな！」

魏無羨《ウェイウーシエン》が止めたが、藍忘機《ランワンジー》は一切ためらわずに五歩下がった。

「素晴らしいですね。それでは次は、避塵《ビチェン》を鞘の中に戻してください」

すぐさま「チャン」と音が響き、藍忘機《ランワンジー》は再び金《ジン》光瑶《グアンヤオ》の言うことに従う。魏無羨《ウェイウーシエン》は金光瑶《ジングアンヤオ》に向かって怒鳴った。

「お前、調子に乗るなよ！」

「おや、これでもう調子に乗ったことになるんですか？　私はこれから含光君に、自らの手で自分の霊《れい》脈《みゃく》を封じていただこうと思っているのですが、それは何になるんでしょうね？」

「お前……」

魏無羨《ウェイウーシエン》が言いかけたところで、首から皮と肉を切られる激痛が伝わってきた。血が首に沿って流れ落ちると、藍忘機《ランワンジー》の顔色は蒼白になる。

「彼が私の言うことに逆らえると思いますか？　魏《ウェイ》公子、考えてみてください。彼の命は私の手の中にあるんですよ」

すると、藍忘機《ランワンジー》ははっきりとした口調で告げる。

「彼に手を出すな」

「でしたら、含光君ならどうすべきかおわかりですよね」

束の間のあと、藍忘機《ランワンジー》は答えた。

「わかった」

それを聞いて藍曦臣《ランシーチェン》はため息をついた。藍忘機《ランワンジー》は手を上げ、経穴《けいけつ》を強く二回突くと自分の霊脈を封じた。

「これは実に……」

金光瑶《ジングアンヤオ》がにっこり微笑み小声で言いかけると、藍忘機《ランワンジー》はきつく彼らを見据えて言った。

「彼を放せ」

すると、声を上げたのは魏無羨《ウェイウーシエン》だった。

「藍湛《ランジャン》！　俺、俺は、お前に言いたいことがある」

「それはまたあとにしましょう」

口を挟んだ金光瑶《ジングアンヤオ》に、魏無羨《ウェイウーシエン》は反論した。

「ダメだ、急を要する」

「ならば、このまま話したらいかがですか」

金光瑶《ジングアンヤオ》は口任せに言っただけのつもりだったが、魏無羨《ウェイウーシエン》の方は、はっと納得したように言った。

「ああ、確かにそうだな」

そして、あらん限りの声を振り絞った。

「藍湛《ランジャン》！　藍忘機《ランワンジー》！　含光君！　俺、俺はさっき、本気でお前とヤりたかったんだ！」

「……」

「……」

「……」

その場にいた全員が言葉を失った。金光瑶《ジングアンヤオ》までもが手を緩めてしまい、魏無羨《ウェイウーシエン》の首にかかっていた琴の弦が離れた。ちくりと刺すようなわずかな痛みが消えたのを感じ、魏無羨《ウェイウーシエン》は待ちきれずにすぐさま藍忘機《ランワンジー》に駆け寄って、彼に思いきり抱きついた。

先ほどの仰天し耳を疑うような告白のせいで、まるで雷に打たれたかのような衝撃を受けた藍忘機《ランワンジー》は、未だに反応できずにいた。どんな時も変化のない彼の顔には、珍しいことに、わずかに呆然とした困惑の感情が表れている。魏無羨《ウェイウーシエン》からこんなふうに両腕を腰に回され、必死に抱きつかれることは初めてではなかったが、今回ばかりは一本の嵩高《かさだか》な丸太になったかのように硬直し、両手の置き場すらわからない状態だった。

「藍湛《ランジャン》、俺が今言ったこと、全部ちゃんと聞こえたか⁉」

藍忘機《ランワンジー》の唇がぴくりと動き、しばらくしてから口を開いた。

「君が……」

彼の言葉はいつも簡潔明瞭で歯切れ良く、一度たりとも途切れ途切れに話したことなどなかったのに、今はひどくためらって口ごもっている。少しして、また言葉を続けた。

「君が今言ったのは……」

どうやらもう一度同じ言葉を繰り返して、自分の聞き間違いではないと確認したいらしい。しかし、ああいった類の言葉は、藍忘機《ランワンジー》にとってかなり口にしにくいものだろう。魏無羨《ウェイウーシエン》はすぐさま一切ためらうことなく、もう一度彼に伝えようとした。

「俺が言ったのは、俺は本気でお前と……」

「ゴホン！」

藍曦臣《ランシーチェン》がいつの間にか二人の傍らに立っていて、右手で握った拳を自らの口元に当て咳払いした。しばし考え込むようにしてから、彼はため息をつく。

「……魏《ウェイ》公子、君のその告白には、より適した時と場所があると思うのだが」

魏無羨《ウェイウーシエン》は誠意の欠片もない様子で彼に詫《わ》びた。

「本当に申し訳ないんですが、藍《ラン》宗主、俺はもう本当に一刻たりとも待っていられないんです」

金光瑤《ジングアンヤオ》の方も同様に、これ以上求めるものを待ちきれなくなったか、身を翻して部下に問い質した。

「まだ掘り当てられないのか？」

「宗主、ご自身が当時、かなり深くに埋めていらっしゃったようでして……」

僧侶の一人がそう答えると、金光瑤《ジングアンヤオ》の顔は青褪《あおざ》めたり白くなったりと、ひどく血の気を失っている。それにもかかわらず、彼は部下を怒鳴りつけることなく、ただ「もっと急がせなさい！」とだけ命じた。

話の途中で、空の果てに一筋の青白い稲妻が走ると、一瞬ののちに雷鳴が轟く。空を仰いだ金光瑤《ジングアンヤオ》の表情は微かに曇った。間もなく、空から霧のような糸雨《しう》が斜めにちらつき始めた。魏無羨《ウェイウーシエン》は藍忘機《ランワンジー》を掴んで離さず、まだ胸の中に溢れかえっている千言《せんげん》万語《ばんご》を一気に口に出しかけたものの、冷たい雨が顔を濡らし、わずかながら冷静な気持ちになった。

金光瑤《ジングアンヤオ》は藍曦臣《ランシーチェン》に声をかけて促した。

「沢蕪君《たくぶくん》、雨が降ってきましたから、中に入りましょう」

たとえ藍曦臣《ランシーチェン》が彼によって制されていても、依然として彼は礼儀正しいままで、無体《むたい》な扱いなど一切せずにこれまでと変わらず接している。そうして殊の外丁重な態度をとられると、たとえ憤りを覚えていても強く出るのは難しい。いわゆる、出した手も笑顔の人は叩かない、というやつだ。ましてや藍曦《ランシー》臣《チェン》は、元から気立てのいい人なのだから尚更だ。

金光瑤《ジングアンヤオ》が率先して敷居を跨ぎ主殿の中に入ると、

その他の者たちも続いて入っていく。魏無羨《ウェイウーシエン》と藍忘機《ランワンジー》は、昼間のうちに既にここを訪れていた。この主殿は広々としていて非常に荘厳で、赤い壁も金漆《きんしつ》もすべてが塗り立てのような状態のまま保たれていて、手入れが行き届いていることが見て取れる。修士と僧侶たちは主殿の奥で地面を掘り返していて、どれくらいの深さまで掘ったかはわからないが、今もまだ、かつて金光瑶《ジングアンヤオ》が埋めたという何かを掘り当てられずにいるらしい。ふと顔を上げた魏無羨《ウェイウーシエン》は、小さな驚きを感じた。

仏座の上に祀《まつ》られている観音像は絵に描いたように美しい顔で、一般的な観世音菩薩《かんぜおんぼさつ》像と比べると、慈愛に満ちた優しさよりも、気品のある美しさが優《まさ》っている。彼がわずかに驚いたのは、この観音像はどこか見覚えのある顔をしていて、誰かに似ているように思えたからだ。そしてまさしくそれは、傍らにいる金光瑶《ジングアンヤオ》の顔ではないのか？

一目見ただけなら何も思わないだろうが、こうしてそばに金光瑶《ジングアンヤオ》がいると、見れば見るほど本人の像かと思うほどに似通っている。

（まさか金光瑶《ジングアンヤオ》って、こんなに自惚《うぬぼ》れた奴だったのか？　百家を監督し統率する仙門の頂に立ってもまだ足りずに、自分とそっくりな仏像まで祀らせて人々に跪拝《きはい》させるなんて。それとも……これはもしや、何か俺の知らない邪術の修練の類なんだろうか？）

観音像を眺めて考えていると、ふいに耳元で藍忘機《ランワンジー》の声が響いた。

「座って」

魏無羨《ウェイウーシエン》の思考はたちまち引き戻された。藍忘機《ランワンジー》は廟の中から四枚の円座を見つけてきて、そのうちの二枚を藍曦臣《ランシーチェン》と金凌《ジンリン》に渡し、あとは自分と魏無羨《ウェイウーシエン》に残した。なぜか、藍曦臣《ランシーチェン》と金凌《ジンリン》は二人ともこちらからかなり離れたところに円座を敷いて座り、しかも期せずして揃って遠くを眺め始める。

金光瑶《ジングアンヤオ》たちは主殿の奥へと回り、地面を掘っている者たちの状況を確認しに行った。魏無羨《ウェイウーシエン》は藍忘機《ランワンジー》を引っ張り並んで円座に腰を下ろしたが、藍忘機《ランワンジー》はまだ少し心が乱れているせいか、ややふらつきながらどうにかしっかりと座った。魏無羨《ウェイウーシェン》はいくらか平静を取り戻して、藍忘機《ランワンジー》の顔をじっと見つめる。

彼は視線を伏せていて、どういう気持ちなのかは見て取れない。だが、魏無羨《ウェイウーシェン》にはわかっている。先ほどの言葉だけでは、藍忘機《ランワンジー》はおそらくまだ信じることができないのだ。それも当然のことで、これまで魏無羨《ウェイウーシェン》が犯してきた悪行の数々は、一切事情を知らなかったこととはいえ、彼にとっては長い間笑いながら凌遅《りょうち》され続けるようなものだっただろう。信じられない方が人として普通だ。魏無羨《ウェイウーシェン》の胸は悶々《もんもん》としてあまりの痛みに小さく震え、これ以上深く考えるのが怖くなった。ただわかっているのは、彼には劇薬を飲ませるようにはっきり伝える必要がある、ということだけだ。

「藍湛《ランジャン》、なあ、俺を見て」

その声はまだ少し硬かった。

「うん」

藍忘機《ランワンジー》が答えると、魏無羨《ウェイウーシェン》は一つ深く息を吸ってから、囁くようにして話しだした。

「……俺は、本当に物覚えが悪い。昔のことは、いろいろと思い出せないことも多いんだ。不夜天のことも、あの数日の間にいったい何が起きたのか何も覚えてない」

それを聞くと、藍忘機《ランワンジー》は微かに目を見開いた。

魏無羨《ウェイウーシェン》はぱっと両手を伸ばすと、しっかりと彼の両肩を掴んで続けた。

「でも！　でも今この瞬間からは、お前が俺に話した言葉も、してくれたことも、俺は全部覚えて一つも忘れないから！」

「……」

藍忘機《ランワンジー》は何も言わない。

「お前はすごくいい奴だ。俺はお前のことが好きなんだ」

「……」

「別の言葉で言うなら、お前を好いている、お前を愛している、お前が欲しい、お前から離れられない、全部お前の好きなようにしていい」

「……」

「俺は、一生お前と一緒に夜狩がしたい」

「……」

魏無羨《ウェイウーシェン》は三本の指を立て、それぞれが天と地と心を指すことを意味する誓いの仕草で言った。

「それから毎日、お前とヤりたい。誓うよ、絶対に気まぐれでこんなこと言ったりしない。昔みたいにお前をからかいたいんでも、お前への感謝の気持ちからでもない。とにかく他の余計なしがらみなんてどうでもいい。本当にヤりたいくらいお前のことが好きなんだ。お前以外誰も欲しくない、お前じゃなきゃダメなんだ。お前が俺にしたいことなら、なんでもしていい。思う存分好きにしてよ、全部嬉しいから。俺の望みはただ、お前が俺と……」

言葉の途中で、突然強い風が唸《うな》り声を上げながら吹き込んできて、観音廟の中に並んだ何列もの蝋燭の火を消し去った。

いつの間にか細雨は嵐に変わり、観音廟の外で風に揺れてぶつかり合っていた提灯も、とうに濡れそぼって火が消えている。辺りはあっという間に漆黒の闇に呑み込まれた。

その刹那、魏無羨《ウェイウーシェン》は声を出せなくなった。暗闇の中で藍忘機《ランワンジー》が素早く彼を抱きしめ、その唇を塞いでしまったからだ。

藍忘機《ランワンジー》の呼吸は荒く乱れている。彼は掠れた声で魏無羨《ウェイウーシェン》の耳元にそっと囁いた。

「……君を好いている……」

魏無羨《ウェイウーシェン》も彼を強く抱きしめ返す。

「うん！」

「……君を愛している、君が欲しい……」

魏無羨《ウェイウーシェン》はまた大きな声で答えた。

「うん！」

「君から離れられない……君以外誰も欲しくない……君でないと駄目だ！」

魏無羨《ウェイウーシェン》が告げた言葉を必死に繰り返す藍忘機《ランワンジー》は、声も体も震えている。魏無羨《ウェイウーシェン》には、彼が泣きだしてしまいそうに思えた。

一言口にする度に、魏無羨《ウェイウーシェン》の腰の辺りを抱きすくめる彼の腕の力は一層強くなっていく。かなりの痛みを覚えたけれど、それでも魏無羨《ウェイウーシエン》は自分もまた一層きつく、両腕で彼の背中を抱き寄せた。もはやほとんど呼吸ができないほどだったが、構わずにもっともっと力を込めて彼を抱き返したくてたまらなかった。

暗闇に包まれ、何もはっきりとは見えない。

しかし互いの胸はぴったりと重なり、二つの心臓には逃げ場などない。魏無羨《ウェイウーシエン》にははっきりと感じられた。藍忘機《ランワンジー》の激しく脈打つ鼓動、今にも心臓を破いて溢れ出そうとする焼けるようなその熱、そして、首の辺りに音もなく落ちてそっと消えた、幻のような一滴の涙。

その時、急ぐような足音が徐々に近づいてきて、先ほど主殿の奥へ確認に行った金光瑶《ジングアンヤオ》が、数名の修士たちを連れて引き返してきた。二人の僧侶が強風に耐えながら、左右から力を振り絞ってようやく廟の扉を閉め、重そうな閂《かんぬき》を差す。金光瑶《ジングアンヤオ》が取り出した一枚の呪符に軽く息を吹きかけると、途端にそれは燃え上がり、一列の赤い蝋燭に火をつけていく。その微かな黄色い炎は、夜雨《やう》に包まれひっそりとした廟の中を照らす唯一の明かりとなった。

ふいに、扉の外からコンコンと二回、はっきりとした音が響いてきた。

誰かが扉を叩いている。廟の中にいる全員が緊張感を漂わせ、扉に目を向ける。先ほど扉を閉めた僧侶二人はひどく警戒した様子で、息を殺して抜いた剣先を扉の方へと突きつけた。金光瑶《ジングアンヤオ》は顔色一つ変えずに問いかける。

「どなたですか？」

「宗主、私です！」

扉の外から聞こえたのは、蘇渉《スーショー》の声だった。

金光瑶《ジングアンヤオ》が手で合図すると、両脇に立った二人の僧侶が扉の閂を抜き、蘇渉《スーショー》は吹き荒《すさ》ぶ風とともに主殿の中へ入ってきた。

赤い蝋燭に灯された火が激しい風に吹かれ明滅しながらゆらめき、僧侶たちはすぐさま再び扉を押して閉じる。嵐のせいで蘇渉《スーショー》は全身しとどに濡れていて、厳しい表情をした顔は、凍《こご》えて唇が紫色になっている。彼は右手に剣を持ち、左手で誰かを掴み上げていた。中に入ってくるなり、その意識のない人物を地面に放り投げようとしたが、傍らで円座に座り、まだ抱き合ったままの魏無羨《ウェイウーシエン》と藍忘機《ランワンジー》が目に入ったらしい。

蘇渉《スーショー》はつい先日、この二人のせいで窮地に追い込まれたばかりだったため、顔色を一変させてすぐさま剣を抜き、金光瑶《ジングアンヤオ》の方を窺った。しかし、彼が何食わぬ顔をしているのを見て、二人が既に抵抗できない状態にされているようだと気づき、落ち着きを取り戻した。

彼が連れてきた人物を見て、金光瑶《ジングアンヤオ》が尋ねた。

「これはどういうことだ？」

「道中で彼と出くわしまして、何かの役に立つだろうと思い捕まえてきました」

金光瑶《ジングアンヤオ》はそちらに近づいて俯き、蘇渉《スーショー》が掴んでいる人物をちらりと見やる。

「彼を傷つけたのか？」

「傷つけてなどいません。驚いた彼が勝手に気絶したのです」

そう言いながら、蘇渉《スーショー》はその人物を地面に放った。

「憫善《ミンシャン》、そんなに乱暴に扱わないでくれ。彼は驚かされるのにも投げられるのにも耐えられないんだから」

金光瑶《ジングアンヤオ》に言われると、蘇渉《スーショー》は慌てて「はい」と答え、無造作に投げた体をすぐにもう一度掴み上げ、今度は慎重な動きでそっと藍曦臣《ランシーチェン》のそばに下ろした。

藍曦臣《ランシーチェン》はその人物をじっと見つめ、濡れそぼって乱れた髪を分けて顔を確認する。やはり、気絶しているのは聶懐桑《ニエホワイサン》だった。おそらく蓮花塢で十分に休養したあと、清河《せいか》に引き返す途中で蘇渉《スーショー》に阻まれ捕らえられてしまったのだろう。

藍曦臣《ランシーチェン》は顔を上げて尋ねた。

「なぜ懐桑《ホワイサン》まで捕らえる？」

「手中にある宗主がもう一人増えれば、他の者たちを一層怯えさせることができますからね。でもどうぞご安心ください。曦臣《シーチェン》兄様は私がこれまで懐桑《ホワイサン》にどう接してきたかをご存じでしょう。時機が来たら、一切傷つけずにあなたたちを解放すると約束します」

藍曦臣《ランシーチェン》は淡々とした声で聞く。

「私は君を信じるべきなのか？」

「ご自由にどうぞ。信じようと信じまいと、兄様にはどうすることもできませんから」

その時ふいに蘇渉《スーショー》が、魏無羨《ウェイウーシエン》と藍忘機《ランワンジー》の方に冷たい視線を向けてきた。

彼は「ふん」と笑って言う。

「含光君、夷陵老祖、こんなに早く再会できるとは思いもよらなかった。しかも形勢は完全に逆転したな。どうだ、今どんな気分だ？」

藍忘機《ランワンジー》は無言だった。彼は昔から、こういった無意味な挑発を一切相手にしない。

（どこが逆転なんだよ。乱葬崗でお前らは負けた上に尻尾を巻いて逃げだして、今だってその最中じゃないか？）

しかし、蘇渉《スーショー》は長年溜め込んでいたものを吐き出すように、誰からも刺激されずとも、積もり積もった恨みと憎しみをあらわにして勝手に一人で話し続けた。彼は藍忘機《ランワンジー》を一通りしげしげと眺め回すと、皮肉を込めて言い放つ。

「こんな状況だというのに、あなたはまだそのように冷静沈着を気取って、いったいいつまで偉そうにしているつもりだ？」

藍忘機《ランワンジー》は依然として押し黙ったまま何も答えない。すると、藍曦臣《ランシーチェン》が口を開いた。

「蘇《スー》宗主、あなたが我々姑蘇藍《ラン》氏の門弟として修練していた間、あなたを不当に扱ったことなど一度もなかったはずです。何もそこまで忘機《ワンジー》を目の敵にすることはないでしょう」

「幼い頃から天賦《てんぶ》の才に恵まれた藍《ラン》公子を目の敵にするなど、畏《おそ》れ多い。私はただ、彼のあのいかにも自分は大したものだと自惚れた態度が気に入らないだけです」

魏無羨《ウェイウーシエン》にとって、理由なき憎しみを目の当たりにするのはこれが初めてのことではないが、それでも蘇渉《スーシェー》の言い分は理解できず、思わず尋ねた。

「含光君が自分のことを大したものだって言ったことがあるのか？　俺の記憶違いでなければ、姑蘇藍《ラン》氏の家訓には『驕矜《きょうきょう》を禁ずる』っていうのがあるよな？」

「おい、なんでお前が姑蘇藍《ラン》氏の家訓の内容を知ってるんだ？」

金凌《ジンリン》が脇から怪訝そうに口を挟む。

魏無羨《ウェイウーシエン》は顎をそっと指で撫でながら答えた。

「何度も書き写したから覚えちゃったんだよ」

「そんなことしてなんの意味があるんだ。お前は別に……」

金凌《ジンリン》は「お前は別に藍《ラン》家の人間じゃないのに」と言おうとしたが、そうとも言えないと思い、そのまま言葉を切って不機嫌な表情になった。魏無羨《ウェイウーシエン》は笑って続ける。

「もしかすると、含光君が子供の頃から冷たい仏《ぶっ》頂面《ちょうづら》だったから、蘇《スー》宗主はそう思ったのか？　もしそうなら、誤解された含光君がかわいそうすぎる。こいつは誰に対してもこの顔なんだから。蘇《スー》宗主、お前は修練したのが雲夢江《ジャン》氏でなかったことを喜ぶべきだな」

「なぜだ？」

蘇渉《スーシェー》は冷たい声で尋ねた。

「江《ジャン》氏に来てたら、お前はとっくの昔に俺に死ぬほど激怒させられてたよ。なにせ昔の俺は、自分が世間を驚かす奇才だと心の底から思ってたからな。しかも思うだけじゃなくて、毎日至るところで言いふらしてたし」

魏無羨《ウェイウーシエン》が平然として言うと、蘇渉《スーシェー》の額に青筋が立つ。「黙れ！」と怒鳴り、手のひらで一撃を打ちかけたが、それより前に藍忘機《ランワンジー》が魏無羨《ウェイウーシエン》を胸に抱き寄せ、その腕で彼をしっかりと守った。蘇渉《スーシェー》が動きを止めためらっていると、魏無羨《ウェイウーシエン》はすぐさま藍忘機《ランワンジー》の腕の中からひょこっと頭を覗かせて続けた。

「やめておいた方がいいぞ、蘇《スー》宗主。斂芳尊《れんほうそん》は沢蕪《たくぶ》君《くん》をこれまでと変わりなく尊重している。お前が含光君を傷つけたら斂芳尊《れんほうそん》は喜ぶか怒るか、どっちだろうな？」

蘇渉《スーショー》もそれを考慮してためらい手を引こうとしていたが、魏無羨《ウェイウーシエン》に指摘されたことで強い憤りを覚え、どうしても腹の虫が治まらずにまたいくつか皮肉を飛ばす。

「まさかあの伝説の、生者も死者もその噂を聞くだけで皆肝《きも》を潰す夷陵老祖が死を恐れるとはな！」

魏無羨《ウェイウーシエン》は一切恥じることなく言った。

「どういたしまして。でも、俺は死ぬのが怖いんじゃなくて、まだ死にたくないだけだ」

「滑稽極まりない屁理屈だな。それのどこが違う？」

せせら笑う蘇渉《スーショー》に、魏無羨《ウェイウーシエン》は藍忘機《ランワンジー》の腕の中でじっとしたまま答えた。

「もちろん違うさ。例えば俺が今、藍湛《ランジャン》の体から離れたくないのと離れるのが怖いのは、同じことじゃないだろう？」

そう言ったあとで少し考えてから、彼はまた続ける。


「悪い、撤回する。確かに、ほとんど同じことのような気がしてきた」

蘇渉《スーショー》の顔色は怒りのあまり、真っ赤を通り越して青黒くなった。魏無羨《ウェイウーシエン》はそもそも彼を怒らせるつもりで言ったのだが、その時突然、頭上から微かな笑い声が聞こえてきた。

その声は、聞き間違いではないかと疑うほどにとても微かなものだった。

しかし、ぱっと顔を上げると、藍忘機《ランワンジー》の口元にはまるで晴天の日差しが雪を照らして反射したような淡い笑みが、まだ消えずにはっきりと浮かんでいた。その笑みに、蘇渉《スーショー》だけでなく、藍曦臣《ランシーチェン》と金凌《ジンリン》までもが呆気に取られている。

誰もが知っている通り、含光君はいつでも厳粛な面持ちで、軽々しく話したり笑ったりはせず、生きる楽しみなど一切ないかのような表情をしていることが常だ。彼が笑う時の顔はもちろん、微かに口角を上げるところすら、ほとんど誰も見たことがない。まさかこんな場面で彼の笑顔を目にすることになるなど、誰が予想しただろうか。

魏無羨《ウェイウーシエン》は、一瞬にして目を大きくまん丸に見開いた。

しばらくして、喉仏を上下にごくりと動かし、固唾《かたず》を呑んで口を開く。

「藍湛《ランジャン》、お前……」

ちょうどその時、主殿の外からまた扉を叩く音が響いてきた。

蘇渉《スーショー》はぱっと剣を抜き、警戒して問う。

「誰だ!?」

答える声はなく、いきなり扉がバラバラに破壊された。

嵐の中、誰かが扉を破って踏み込んできたのだ。

霊力の光を帯びた紫電《ズデン》の鞭が、正面から蘇渉《スーショー》の胸に命中して後ろに撥ね飛ばした。蘇渉《スーショー》は赤い木の円柱に強く打ちつけられ、血を吐き出す。主殿の内側で扉の左右に控えていた二人の僧侶たちもその余波に当てられ、地面にうつ伏せに倒れたまま意識を失っているようだ。紫の人影が一つ、敷居を跨いで落ち着いた足取りで入ってきた。

外は風雨が吹き荒れているが、その人物の体はそれほど濡れておらず、服の裾の紫色がわずかに濃くなっているだけだ。左手で差した油紙の傘には雨粒が当たって水飛沫が飛び散り、右手に輝く紫電《ズデン》の冷たい光は、まだビリビリと激しく流れ続けている。彼の顔には、この雷雨の夜よりもさらに暗く沈んだ表情が浮かんでいた。

金凌《ジンリン》はがばりと身を起こして叫ぶ。

「叔父上！」

江澄《ジャンチョン》はさっと横に視線を流して辺りを見渡し、その目で甥を捉えるなり冷ややかに言い放った。

「喚くな！　お前、今になって俺を呼ぶくらいなら、そもそもなんで逃げたんだ！」

そう言ってから彼は視線を移し、故意にか無意にか魏無羨《ウェイウーシエン》と藍忘機《ランワンジー》の方を見た。しかし、彼らが互いに視線を交わすより前に、蘇渉《スーショー》は既に彼の剣、難平《ナンピン》で体を支えてどうにか立ち上がり、江澄《ジャンチョン》に刺しかかる。気づいた江澄《ジャンチョン》が手を出そうとした時、犬の吠える声が数回響くと、仙子《シェンズー》が飛魚《とびうお》のように外から駆けてきて、真っすぐ蘇渉《スーショー》に向かって飛びかかった。魏《ウェイ》無羨《ウーシエン》はその声を聞いた途端、たちまちぞっとして藍《ラン》忘機《ワンジー》の胸の中で縮こまり、魂が抜け出て霧散《むさん》しそうなほど怯えきって彼を呼んだ。

「藍湛《ランジャン》！」

藍忘機《ランワンジー》はとっくにするべきことをわかっていて、彼を抱き寄せた。

「うん、ここにいる！」

「俺をしっかり抱きしめてて！」

「しっかり抱きしめた！」

「もっと強く！」

「強く抱きしめた！」

その絵面《えづら》を見なくとも、二人の声を聞くだけで江《ジャン》澄《チョン》の顔の筋肉と口元はどちらもぴくぴくと痙攣した。初めはそちらへ視線を向けたいようにも見えたが、迷いなく前方を見据える。その時ちょうど主殿の奥から数名の僧侶と修士たちが剣を手に飛び出してきたのを見て、江澄《ジャンチョン》は嘲笑して右手を振った。次の瞬間、躍り出た紫電《ズデン》が観音廟の中に一筋のまばゆい紫色の虹を作り出し、その虹に触れた者を残らず打ち飛ばした。彼の左手には、開かれたままの傘が何事もなかったかのように握られている。主殿の中で倒れたりよろめいて転がった者たちの体が、感電したように痙攣するのを見届けてから、江澄《ジャンチョン》はようやく傘を畳んだ。蘇渉《スーショー》はというと、怒った霊犬につきまとわれしきりに吠えられていて、その傍らでは金凌《ジンリン》が叫んでいる。

「仙子《シェンズー》！　気をつけろ！　そこだ、そいつを噛め！　手を噛んでやれ！」

その時、藍曦臣《ランシーチェン》が声を上げた。

「江《ジャン》宗主、琴の音に気をつけてください！」

彼が言い終わる前に、主殿の奥から一つ、二つと朗々とした琴の音色が響いてきた。しかし、江澄《ジャンチョン》は数日前に乱葬崗で既にこの邪曲のせいで一度痛い目に遭っていたため、相当の注意を払っていた。その弦の音が発せられた瞬間、すぐさまつま先で修士が落とした長剣を蹴り上げ、左手の傘を捨てると同時に剣の柄を握る。そして、右手で腰の辺りから三毒《サンドゥ》を抜くと、両手にそれぞれ一本ずつ剣を持ち、思いきりぶつけて擦り合わせた。

二本の剣が互いに摩擦し合い、極めてけたたましく耳に突き刺さるような雑音を発して、金光瑶《ジングアンヤオ》の琴の音をかき消す。

これは十分に有効な対抗手段だった。ただし唯一の欠点は――その音があまりにも耳障りなことだ！

その恐ろしい騒音は、まるで鼓膜が一瞬で突き破られそうなほどで、特に藍曦臣《ランシーチェン》と藍忘機《ランワンジー》のような姑蘇藍《ラン》氏の者にとっては一層耐え難く、二人は揃って微かに眉間にしわを寄せた。しかし藍忘機《ランワンジー》は今、自らの務めを全《まっと》うして魏無羨《ウェイウーシエン》を抱きしめているため、耳を塞ぐことができない。それに気づき、魏無羨《ウェイウーシエン》は犬の声に震えながらも、手を伸ばして彼の耳を塞いでやった。

硬い表情の江澄《ジャンチョン》は、両手に持った剣で情趣《じょうしゅ》など欠片もないその魔の音を立てながら主殿の奥へと迫っていく。ところが彼が攻め込むまでもなく、金光《ジングアン》瑶《ヤオ》は耳を塞ぎながらこちらへ近づいてきた。

「江《ジャン》宗主、あなたのその技の殺傷力には脱帽です」

江澄《ジャンチョン》が紫電《ズデン》を打つと、金光瑶《ジングアンヤオ》は身をかわして避けながら続ける。

「江《ジャン》宗主！　あなたはどうやってここまで来られたんですか？」

江澄《ジャンチョン》は彼と無駄な会話を交わすつもりなどなく、繰り返し打ち込む。金光瑶《ジングアンヤオ》の霊力は江澄《ジャンチョン》より高くはないため、正面から攻撃を受け止めることはできない。襲いかかる紫電《ズデン》をただひたすら機敏《きびん》にかわしながら、部下に江澄《ジャンチョン》を包囲させ攻撃させることしかできなかったが、彼自身は慌てることなく冷静に話し続けた。

「阿凌《アーリン》があちこち勝手に動き回るから、ここまで追ってきたんですか？　きっと仙子《シエンズー》が道案内したんでしょうね。はぁ、あれは私が贈った霊犬だというのに、少しも私の顔を立ててはくれない」

魏無羨《ウェイウーシエン》は藍忘機《ランワンジー》の腕の中で強く抱きしめられているうち、だんだんと犬の声を聞いてもそれほど恐怖は感じなくなって、頭を働かせて考える余裕が出てきた。戦いながらも目は何かを企《たくら》むように素早く動き、口元には微笑みを絶やさない金光瑶《ジングアンヤオ》の様子を見て、ある人物を思い出して呟いた。

「本当に、薛洋《シュエヤン》と同じ戦い方だな」

しかし、藍忘機《ランワンジー》はなぜか何も言わない。魏無羨《ウェイウーシエン》は彼の返事がないことを不思議に思い、顔を上げてやっと気づいた。まだ藍忘機《ランワンジー》の耳を塞いだままだったのだ。彼には先ほどの言葉がまったく聞こえていなかったのだから、返事がなくて当然だ。慌てて手を離した次の瞬間、金光瑶《ジングアンヤオ》は話の矛先を突然変え、笑いながら言った。

「江《ジャン》宗主、どうされました？　先ほどから目がずっと泳いでいますよ。あちらを見るのが怖いようですが、何か気になるものでも？」

「お前は仮にも仙督《せんとく》だろう！　戦うなら集中しろ、どこからそんな無駄話ばかり出てくるんだ！」

「まだ目が泳いでいるじゃないですか。あちらには何もありませんよ。ああ、あなたの師兄《しけい》がいらっしゃいますね。あなたは、本当に阿凌《アーリン》を捜しにここまで来たんですか？」

「そうでなければなんだ!?　俺が他に誰を捜すと言うんだ!?」

江澄《ジャンチョン》がカッとなって怒鳴ると、藍曦臣《ランシーチェン》が声を上げた。

「彼の言葉に答えてはいけません！」

金光瑶《ジングアンヤオ》は言葉巧みに人を欺く。彼との会話に引き込まれれば、江澄《ジャンチョン》は注意を逸らされ、知らず知らずのうちに感情を支配されてしまうだろう。

「わかりました。魏《ウェイ》公子、聞きましたか？　あなたの師弟《してい》はあなたを捜しに来たわけでもなければ、一目すらも見たくないそうです」

金光瑶《ジングアンヤオ》に話を振られ、魏無羨《ウェイウーシエン》は笑った。

「おかしなことを言うなよ。江《ジャン》宗主の俺に対するその態度は、別に今に始まったことじゃないし、そもそも、ここでそれを俺に気づかせてどうするんだ？」

それを聞くと、江澄《ジャンチョン》の口元は微かに歪《ゆが》み、紫電《ズデン》を握っている手の甲には青筋が浮き出た。金光瑶《ジングアンヤオ》はまた江澄《ジャンチョン》の方に向き直り、しきりにため息をつく。

「江《ジャン》宗主、まったく、あなたの師兄になると本当に大変ですね」

金光瑶《ジングアンヤオ》がやけに自分を引き合いに出すので、魏《ウェイ》無羨《ウーシエン》は次第に警戒し始めた。江澄《ジャンチョン》の方は食ってかかって皮肉を言う。

「金《ジン》宗主、お前の義兄になるともっと大変じゃないか！」

金光瑶《ジングアンヤオ》は、江澄《ジャンチョン》が彼の話をまともに聞いているかどうかなど一切構わずに続けた。

「江《ジャン》宗主、聞くところによると、昨日あなたは蓮花塢で訳もなく大暴れして、夷陵老祖が昔使っていた剣を持って走り回り、会う人会う人にその剣を抜けと迫ったそうですね」

江澄《ジャンチョン》は一瞬でひどく恐ろしい形相《ぎょうそう》に変わった。

魏無羨《ウェイウーシエン》は急に藍忘機《ランワンジー》の胸から起き上がって座り直す。心臓がどきりと跳ね上がり、頭の中で自問自答する声が響いた。

（――俺の剣？　随便《スイビエン》のことを言ってるのか？　随《スイ》便《ビエン》なら、温寧《ウェンニン》のところにほったらかしたままだよな？　いや、確かに昨日からあいつが持ってるところを見てない……なんであれが江澄《ジャンチョン》の手に渡ったんだ!?　江澄《ジャンチョン》はなんで他の奴らに剣を抜かせたりした!?　まさかあいつ、自分で抜いてしまったのか……？）

にわかに気を張り詰めていると、手を伸ばした藍《ラン》忘機《ワンジー》に背中をそっと二回撫でられ、そのおかげで魏《ウェイ》無羨《ウーシエン》は少し落ち着きを取り戻した。江澄《ジャンチョン》が黙り込むのを見て、金光瑶《ジングアンヤオ》の目が怪しく光る。

「誰もあの剣を抜くことはできなかったのに、あなた自身にはなぜかできたとも聞きました。ですが、妙ですよね。十三年前に私が収蔵した時に、あの剣はすぐに封剣して、夷陵老祖本人を除いて他の者には絶対に抜けないはずなのに……」

江澄《ジャンチョン》は紫電《ズデン》と三毒《サンドゥ》を同時に呼び出して怒鳴った。

「黙れ！」

金光瑶《ジングアンヤオ》は怯《ひる》むことなく、にこにこと満足げに笑いながら話し続ける。

「それで、私はまた思い出したんです。かつて魏《ウェイ》公子という人は本当に軽薄で勝手気ままに振る舞って、どこへ行くにも剣を佩いていませんでした。しかも、毎回違う言い訳をしていましたよね。私はそれをずっとおかしいと思っていたんですが、あなたはどう思われますか？」

「いったい何が言いたい!?」

江澄《ジャンチョン》が吠えるように言うと、金光瑶《ジングアンヤオ》もまた声を大きくした。

「江《ジャン》宗主、あなたは本当に素晴らしい人です。最年少の宗主としてたった一人で雲夢江《ジャン》氏を立て直すなんて、大変感服させられました。ですが、私の記憶では、かつてのあなたは何をやっても魏《ウェイ》公子には勝てなかったのに、射日の征戦のあと、いったいどうやって逆転できたのかを教えていただけないでしょうか？　何か、金丹《きんたん》［ここでは道教の練丹術で作られる不老不死の薬を指す］や妙薬でも飲んだのではありませんか！」

「金丹」の二文字を、彼はやけにはっきりと鋭く口に出した。江澄《ジャンチョン》の五官は顔立ちが変わりそうなほどに歪められ、紫電《ズデン》も危険な白い光を放っている。心が激しくかき乱され、その動揺はわずかな隙を生んだ。

　待ち構えていた金光瑶《ジングアンヤオ》はまさにその瞬間を狙い、密かに隠し続けていた琴の弦を飛ばす。江澄《ジャンチョン》もすぐさま我に返って迎撃《げいげき》すると、紫電《ズデン》の鞭と琴の弦が絡まり合った。金光瑶《ジングアンヤオ》は手のひらに痺れを感じて即座に手を引っ込めたが、小さく笑うとすぐに左手でもう一本の弦を飛ばし、その弦は魏無羨《ウェイウーシエン》に向かって襲いかかった！

　江澄《ジャンチョン》の瞳孔がすっと点にまで収縮し、即座に紫電《ズデン》の方向を変えてその弦を阻もうとしたその時、金凌《ジンリン》が思わず叫んだ。

「叔父上、危ない！」

　次の瞬間、金光瑶《ジングアンヤオ》は好機を見逃さず腰の辺りに巻きつけていた剣を抜き出し、江澄《ジャンチョン》の胸を突き刺した！

青褪めた顔で傷口を押さえる江澄《ジャンチョン》の指の間からは真っ赤な血が溢れ出し、あっという間に彼の服の胸の辺り一面を紫黒《しこく》に染めた。紫電《ズデン》は琴の弦を止めたあと、一瞬で銀色の指輪と化し、彼の指に戻った。

主人が出血多量となったり重傷を負ったりした場合、霊器は皆、自ら霊力の消耗が最も少ない形態に戻るのだ。その機に乗じて、金光瑶《ジングアンヤオ》は素早く江澄《ジャンチョン》に近づき、経穴を二回突いて彼の霊脈を封じる。そして袖の中から手ぬぐいを取り出して、彼の軟剣《なんけん》を綺麗に拭ってから、また腰に巻きつけた。

すぐに駆けつけて江澄《ジャンチョン》を支えようとする金凌《ジンリン》に、藍曦臣《ランシーチェン》はため息を漏らしながら言った。

「むやみに動かしてはいけない。支えながらゆっくりと座らせて」

たとえ胸を剣で刺されようとも、江澄《ジャンチョン》はすぐに命を落としたりはしない。ただ、しばらくの間は動くべきではなく、霊力を自由に使うことができない。人に支えられることを好まない彼は、金凌《ジンリン》に向かって吐き捨てるように言った。

「さっさと失せろ」

金凌《ジンリン》は、彼がまだ勝手をした自分に怒っているのだとわかって、後ろめたい気持ちがあるせいで何も言い返せなかった。霊犬の激しく吠える声は遠くから聞こえていたが、ふいに悲鳴のような鳴き声が一回響いてくる。金凌《ジンリン》はぶるりと身震いし、金光瑶《ジングアンヤオ》が少し前に言った言葉を思い出して叫んだ。

「仙子《シェンズー》、早く逃げろ！　こいつらはお前を殺そうとしてるんだ！」

少しして、嵐の中を駆け戻ってきた蘇渉《スーショー》は怒りを抑えきれない様子だった。

「殺せなかったのか？」

金光瑶《ジングアンヤオ》に尋ねられ、蘇渉《スーショー》は憎々しげな表情で答える。

「私の力不足です。あの犬は気骨《きこつ》がまるでなく、後ろ盾があればこの上なく勇猛なくせに、形勢不利と見るとすぐさま逃げて、逃げ足ばかり速いのです！」

金光瑶《ジングアンヤオ》は頭《かぶり》を振った。

「おそらく、あれはまた人を引き連れて戻ってくるだろう。その前にこちらも速《すみ》やかに目的を果たさなくては」

「あの役立たずどもめ！　私が行って急がせてきます」

金凌《ジンリン》は安堵《あんど》の息をついていた。しかし地面に座った江澄《ジャンチョン》の顔が青褪めているのを見て、少しの間ためらってから藍忘機《ランワンジー》に声をかけた。

「含光君、まだ他にも円座はありますか？」

もともと彼らが座っていた四枚の円座は、すべて藍忘機《ランワンジー》が探してきたものだったが、この観音廟の中には全部で四枚しか見当たらなかった。しばし沈黙したあと、藍忘機《ランワンジー》は腰を上げて自分が座っていたものを金凌《ジンリン》の方へ押し出した。金凌《ジンリン》は慌てて恐縮したように礼を述べる。

「ありがとうございます！　でも大丈夫です、俺が自分のを……」

「構わない」

藍忘機《ランワンジー》はそう言うと、魏無羨《ウェイウーシエン》のすぐそばに腰を下ろした。二人は大真面目な顔で一つの円座に座っているが、意外にもそれほど窮屈ではなかった。彼がいる場所を譲ってくれたのを見て金凌《ジンリン》は頭をかいてから、江澄《ジャンチョン》を引きずってその上に座らせようとした。江《ジャン》澄《チョン》は自ら胸の経穴を突き、流れ出す血の勢いを止めてから腰を下ろす。ふと視線を上げ、魏無羨《ウェイウーシエン》と藍忘《ランワン》機《ジー》の二人を一瞬見やると、またすぐに目を伏せた。その表情はひどく沈んだ様子で、何を考えているかはわからなかった。

ちょうどその時、主殿の奥から狂喜する声が響いてきた。

「宗主！　掘り当てました！　角の方が見えています！」

金光瑶《ジングアンヤオ》はほっとしたように表情を緩め、足早にそちらへ戻り指示を出す。

「急いで続けなさい！　くれぐれも慎重に。もう時間がない」

空の果てに七、八筋の青白く歪んだ稲妻が走り、束の間のあと、続けざまに雷鳴が轟いた。魏無羨《ウェイウーシエン》と藍忘機《ランワンジー》は寄り添って座っており、その傍らに座る江《ジャン》澄《チョン》の方へと、金凌《ジンリン》も自分の円座を引きずっていった。

ざあざあと激しい雨音の中、しばらくの間ぎこちない沈黙が流れ、誰も口を開こうとはしなかった。

しかし、なぜかはわからないが、金凌《ジンリン》は彼らになんとか話をしてほしいようで、あちらとこちらの間で視線を行き来させてから、突然話し始めた。

「叔父上、叔父上がさっきあの弦を止めてくれて良かったよ。じゃなかったら、まずいことになるところだった」

「お前は黙ってろ!」

江澄《ジャンチョン》は不機嫌な表情で答えた。

もし彼が心を乱さず金光瑶《ジングアンヤオ》をしっかり牽制《けんせい》できていれば、隙を見せて不意打ちを許すことも、敵の手に落ちることもなかった。それに実際、魏無羨《ウェイウーシエン》と藍忘機《ランワンジー》は自分たちであの弦をかわせたはずだ。たとえ藍忘機《ランワンジー》が今は霊力を使えず、魏無羨《ウェイウーシエン》の体は霊力が低いとしても、身のこなしは健在なのだから、避けることくらいできただろう。金凌《ジンリン》は叔父のために不器用な気遣いをしたが、その意図はあからさますぎて、むしろこの場の空気をより気まずくさせてしまった。

怒鳴られたあと、金凌《ジンリン》はばつが悪そうに黙り込む。

江澄《ジャンチョン》も口を引き結んだままそれきり話さず、魏無《ウェイウー》羨《シエン》も何も言わなかった。

もしこれまでの二人だったなら、魏無羨《ウェイウーシエン》は多少なりとも江澄《ジャンチョン》を嘲笑っていたに違いない。少しばかり言葉で煽られたくらいでもう我慢できなくなって、隙を突かれるなんて、と。しかし今、金光瑶《ジングアンヤオ》が語った話を思い返せば、これ以上に明白な答えはない。

——江澄《ジャンチョン》は、既に真実を知ってしまったのだ。

その時、藍忘機《ランワンジー》がまた魏無羨《ウェイウーシエン》の背中を二回撫でた。魏無羨《ウェイウーシエン》は視線を上げ、特段驚いた表情でもない彼の、むしろ穏やかと言えるその眼差しを見て、はっとして思わず声を潜めて尋ねる。

「……知ってたのか?」

藍忘機《ランワンジー》はゆっくりと頷いた。

その反応に、魏無羨《ウェイウーシエン》は微かに息を吐く。

「……温寧《ウェンニン》か」

随便《スイビェン》はもともと温寧《ウェンニン》が持ち歩いていたはずなのに、今はなぜか江澄《ジャンチョン》の手に渡っている。そして蓮花塢を離れる道中、温寧《ウェンニン》はそのことについて口を噤み、触れようとはしなかった。

「あいつはいつ話したんだ？」

「君が意識を失っていた時に」

「俺たちはそんなことがあってから蓮花塢を離れたのか!?」

もし温寧《ウェンニン》がここにいたら、魏無羨《ウェイウーシエン》はきっと彼を睨《にら》みつけていたはずだ。

「彼はとても申し訳なく思っている」

藍忘機《ランワンジー》が宥めるように言ったが、魏無羨《ウェイウーシエン》は微かな怒りを込めて吐き捨てた。

「……黙ってろって何度もあいつに言い聞かせたのに！」

すると、ふいに江澄《ジャンチョン》が口を開いた。

「何をだ？」

魏無羨《ウェイウーシエン》は驚いて、藍忘機《ランワンジー》と一緒にそちらに目を向ける。すると、江澄《ジャンチョン》は片手で傷口を押さえながら冷ややかに続けた。

「魏無羨《ウェイウーシエン》、お前はなんて無私で偉大な奴なんだ。善《よ》い行いをやり尽くして、しかも誰にも知られないように一人で屈辱を忍び重責を担うなんて、本当に感動したよ。俺は跪いて、泣きながらお前に感謝すべきか？」

　彼の言葉には一切遠慮がなく、選ぶ言葉にも口調にも溢れんばかりの皮肉が込められており、藍忘機《ランワンジー》の表情が一気に凍りついた。金凌《ジンリン》は彼の顔つきを見ると、慌てて庇うように江澄《ジャンチョン》の前に出る。藍忘機《ランワンジー》が、手のひらから打つ一撃で江澄《ジャンチョン》を殺すのではないかとひどく心配し、焦って声を上げた。

「叔父上！」

魏無羨《ウェイウーシエン》の表情もわずかに厳しいものになっていた。江澄《ジャンチョン》が真実を知ったことで、彼との間にあったわだかまりが解けることなど期待してはいなかったが、まさか彼が相も変わらずこんな聞くに堪えない言葉をぶつけてくるとは考えもせず、しばらく沈黙したあと、くぐもった声で言った。

「俺は感謝しろなんて言ってない」

江澄《ジャンチョン》は「ハッ」と冷笑してから答える。

「それはそうだ。善いことをしても見返りは求めない、なにせお前は成熟した人間だからな。俺とは当然違う。どうりで俺の父が生前いつも、お前こそが本当に江《ジャン》家の家訓を理解していて、江《ジャン》家の風格があると言ってたわけだな」

魏無羨《ウェイウーシエン》はそれ以上の言葉を聞いていられず遮った。

「もういい」

しかし、唐突に江澄《ジャンチョン》は声を荒らげた。

「何がいいんだ？　お前がいいって言ったらそれでしまいか？　お前が一番理解している！　お前はなんでも俺より上だ！　資質も、修為も、才知も、性格も、お前らの言う通り俺は程度が低い――だったら俺はなんなんだ⁉」

彼はぱっと手を伸ばし魏無羨《ウェイウーシエン》の胸倉《むなぐら》を掴もうとしたが、藍忘機《ランワンジー》が片手で魏無羨《ウェイウーシエン》の肩先を抱え込んで自分の後ろに隠すように庇い、もう一方の手で強く江《ジャン》澄《チョン》の手を払いのけた。藍忘機《ランワンジー》の目の中には、微かに揺れる怒りの炎が透けている。その一撃に霊力は含まれてはいなかったものの、込められた力は非常に強く、反動で江澄《ジャンチョン》の胸の傷口はまた開き、真っ赤な血がどっと溢れ出した。金凌《ジンリン》は驚いて叫ぶ。

「叔父上、傷が！　含光君、どうか手加減を！」

だが、藍忘機《ランワンジー》は冷ややかに言い放った。

「江晩吟《ジャンワンイン》、人を傷つける言葉は慎め！」

藍曦臣《ランシーチェン》は着ていた袍《ほう》を脱ぎ、寒さに震えている聶《ニエ》懐桑《ホワイサン》の体にかけてやってから口を開いた。

「江《ジャン》宗主、激昂してはなりません。それ以上興奮すると傷に障《さわ》ります」

慌てふためいて途方に暮れながら支えていた金凌《ジンリン》を、江澄《ジャンチョン》はばっと押しのけた。既にかなりの血を流していたが、頭には絶え間なく血が上り続け、彼は顔色を白くしたり赤くしたりしながら声を上げる。

「なぜだ？　魏無羨《ウェイウーシエン》、クソったれめ、なぜなんだ？」

魏無羨《ウェイウーシエン》は藍忘機《ランワンジー》の後ろからぎこちなく尋ねた。

「なぜって、何がだ?」

「俺たち江家《ジャン》が、お前にいったいどれほどのものを与えてやったと思う? 俺があの人の息子なのに、俺が雲夢江《ジャン》氏の後継者なのに、ずっと何もかもお前にかっさらわれてきた。養い育ててやった恩義も忘れ、命さえもだ! 父さんも母さんも、姉さんも、そして金子軒《ジンズーシュエン》の命も! お前のせいで、残されたのは両親のいない金凌《ジンリン》だけだ!」

江澄《ジャンチョン》が怒鳴ると、金凌《ジンリン》はびくりと身を震わせ、肩を落として表情も悄然《しょうぜん》としてきた。魏無羨《ウェイウーシエン》は唇をわずかに開いたが、結局何も言葉は出てこなかった。藍忘機《ランワンジー》は振り返って、そんな彼の手を握る。江澄《ジャンチョン》はまだ腹の虫が治まらない様子で、さらに大声で言い募った。

「魏無羨《ウェイウーシエン》、先に誓いに背《そむ》いて江家《ジャン》を裏切ったのはいったい誰だ? 自分で言ってみろ。将来俺が宗主になったらお前は俺の部下になって、一生俺を支える。姑蘇藍《ラン》氏に双璧《そうへき》がいるなら、雲夢江《ジャン》氏には俺たち双傑《そうけつ》がいる。永遠に俺を裏切らない、江家《ジャン》を裏切らない、そう言ったのは誰だ!? 俺はお前に聞いてるんだ!! クソったれ、何もかも全部、お前に食われたっていうのか!?」

彼は話せば話すほど感情を昂らせていく。

「その結果どうなった? お前はよそ者を庇って出ていった。ハハッ! しかもよりによって温《ウェン》家の奴らだぞ。そいつらの米をどれだけ食ったんだ!? 離反すると決めたら、お前は一切ためらわなかったよな! お前は俺たちの家をなんだと思ってるんだ!? 善いことは全部お前の手柄で、悪いことをやればいつもいつも言ったよな、仕方なかった! 切羽詰まっていた! 口に出せない苦衷《くちゅう》があると! 苦衷だと!? 俺には何も言わないで、人を馬鹿にしやがって!」

江澄《ジャンチョン》はなおもまくし立てる。

「お前は俺たち江家《ジャン》にどれほどの借りがある? 俺はお前を恨んじゃいけないのか? お前を恨むことさえ許されないのか!? どうして今になって俺が逆に、お前に申し訳ないなんて思わなきゃいけないんだ!?　どうして俺が、自分のことを長年ただの道化だったクソ野郎だなんて思わなきゃいけないんだ!?　俺はなんなんだ？　俺はただ燦然《さんぜん》と輝くお前に、当然のように目も開けられず照らされるだけなのか!?　俺はお前を恨んじゃいけないのかよ!?」

耐えきれなくなった藍忘機《ランワンジー》が唐突に立ち上がると、金凌《ジンリン》は恐れおののきながらも再び庇うように江澄《ジャンチョン》の前に出た。

「含光君！　叔父は怪我をしているんです……」

すると江澄《ジャンチョン》は強く手のひらで金凌《ジンリン》を叩き、地面に倒れ伏した彼を怒鳴りつけた。

「やめろ！　俺が藍《ラン》の野郎なんぞ恐れるとでも!?」

しかし、その一撃を受けたあと、金凌《ジンリン》はぽかんとした表情になった。

彼だけでなく、魏無羨《ウェイウーシエン》、藍忘機《ランワンジー》、そして藍曦臣《ランシーチェン》も、その場にいた全員が固まった。

江澄《ジャンチョン》が、泣いていた。

彼は涙を流しながら、歯噛みして言った。

「……どうして……なんで俺に教えてくれなかったんだ!?」

江澄《ジャンチョン》は拳をきつく握りしめ、誰かを殴りたいように、自分を殴りたいようにためらったあと、結局それを地面にぶつけた。

彼には、あくまで魏無羨《ウェイウーシエン》を憎み続けることもできたはずだった。しかし、今この瞬間も彼の体内で霊力を巡らせている金丹のせいで、どうしても昂然《こうぜん》とそうすることができない。

魏無羨《ウェイウーシエン》は、どう答えたらいいのかわからなかった。

初めから、こんな江澄《ジャンチョン》の姿を見たくなかったからこそ、彼には真実を告げないと決めたのだ。

江楓眠《ジャンフォンミエン》と虞《ユー》夫人に約束したことを、魏無羨《ウェイウーシエン》はすべてしっかりと心に刻んでいる——江澄《ジャンチョン》の面倒を見て、支えてやること。彼のように、極端と言えるほど人より優位に立とうと意地を張り人に勝つことを喜ぶ者が、もし真実を知ってしまったら、一生思い悩み、その耐え難い苦しみに自分を見失ってしまうに違いない。永遠に乗り越えることのできない壁が心にそびえ、今日《こんにち》の成果は他人の犠牲の上に手に入れたものなのだと、ずっと負い目を感じ続けるだろう。彼が得たものは、彼自身の修為と成果ではなかったのだと。勝ったと同時に負けていて、人と競い合い、そして勝つ資格など、とっくに失っていたのだと。

その後魏無羨《ウェイウーシエン》は、自分が原因で金子軒《ジンズーシュエン》と江厭《ジャンイエン》離《リー》が巻き添えになって命を落としたことで、さらに真実を人に知られては面目が立たなくなった。もしその時に江澄《ジャンチョン》にこのことを告げていたら、まるで責任を逃れるために慌てて自分の功績を示し、江澄《ジャンチョン》に対して「俺を恨むな。ほら、俺も雲夢江《ジャン》氏のために犠牲を払ったんだから」と言うも同然だった。

江澄《ジャンチョン》は声を出さずに泣いているが、顔中が涙でぐしゃぐしゃになっている。

人前でこんなにもみっともなく泣くなど、かつての彼には絶対に考えられないことだった。しかし、これからいつかなる時も、この金丹が体内にある限り、そして霊力を巡らせている限り、彼は永遠にこの気持ちを忘れることはできない。

江澄《ジャンチョン》はむせび泣きながら呟いた。

「……お前は言ったはずだ。将来俺が宗主になったら、お前は俺の部下になって、一生俺を支え、永遠に雲夢江《ジャン》氏を裏切らないと……お前自身が言ったことだ」

「……」

しばしの沈黙のあと、魏無羨《ウェイウーシエン》は口を開いた。

「悪い。俺が約束を破った」

江澄《ジャンチョン》はゆるゆると首を横に振ると、自分の手のひらに顔を深く埋めた。そうして、しばらくしてから急に「ふっ」と笑った。

彼はくぐもった声で皮肉る。

「こんな時になっても、まだお前に謝らせるなんて、俺はどれだけ高貴な人間なんだよ」

江《ジャン》宗主が話す言葉にはいつも幾許《いくばく》かの皮肉が込められているが、今それをぶつけた相手は他人ではなく、自分自身だった。

そして突然、彼は言った。

「悪かった」

魏無羨《ウェイウーシェン》は驚き、少しの間言葉を失ってから答えた。

「……お前はそんなこと言わなくていい」

今となっては、誰が誰に対して申し訳ないのかなど、もう清算できようもないのだから。

「俺が江《ジャン》家に返したことにしておいてくれ」

魏無羨《ウェイウーシェン》がそう続けると、江澄《ジャンチョン》はふと顔を上げた。ひどく充血して真っ赤になった目で魏無羨《ウェイウーシェン》を見ると、掠れた声で言う。

「……父と、母と、姉の分をか？」

魏無羨《ウェイウーシェン》はこめかみをそっと押さえた。

「もうやめよう。過去のことだ。もう、このことを話すのは終わりにしよう」

これは決して、好んで振り返りたい過去ではなかった。覚醒した意識の中で金丹を取り出されるあの感覚を、二度と呼び起こされたくはないし、それが自分にとってどんな犠牲だったか、どれほどの代価を払わねばならなかったかを、また繰り返し強調するように反芻《はんすう》させられるのはごめんだった。

もし前世で真実を暴かれていたとしたら、彼はおおかた「ハハハハッ」と笑って、「大したことじゃない。ほら、俺は金丹がなくても、これまでと変わらずに元気にやってるだろ。殴りたい奴は殴るし、殺したい奴は殺すし」と言って、逆に江澄《ジャンチョン》を慰めただろう。しかし今の彼にはもう、そんなふうに軽々しく屈託《くったく》のないふりをする気力はなかった。

本当のところ、彼はそこまで物事にこだわらない人間ではない。

こんなことを容易《たやす》く気にせずにいることなどできるものか？

あり得ない。
十七、八歳当時の魏無羨《ウェイウーシェン》は、江澄《ジャンチョン》に負けず劣《おと》らず自負心を持っていた。かつては霊力も高く、資質も人より優れていたからだ。毎日魚を釣ったり鳥を捕まえたりするにも、一晩中塀に登って人の家に悪さをするにも、いつも先頭に立って遥か先を行き、一生懸命に勉強する同門の他の弟子たちを圧倒していたものだ。
しかし、あの出来事以来、毎晩夜が更けてすっかり人が寝静まっても、幾度も寝返りを打つばかりで眠れなくなり、自分が今生では正道《せいどう》を進んで頂に辿り着くことは決して叶わず、かつて他人が目を瞠《みは》り舌を巻くほど見事だった剣の腕前も、永遠に失われたことをずっと考えていた。けれど、もし江楓眠《ジャンフォンミエン》があの時蓮花塢に連れ帰ってくれなかったら、おそらく一生仙術の道とは無縁で、世の中にはこんな奇妙で素晴らしく美しい道があることすらもまったく知らずにいたはずだった。きっと路頭に迷い、犬を見たらすぐ逃げるただのごろつきの頭《かしら》になっていたか、あるいは田舎で牛を放牧《ほうぼく》して野菜を盗み、笛を吹き、その日暮らしをしていただけで、修練どころか、結丹《けったん》の機会など絶対に得られずにいただろう。そう考えれば、心はかなり楽になった。

——恩義への報い、あるいは贖罪《しょくざい》だと思えばいい。あの金丹は、最初から手に入れてはいなかったものだと思えばいい。

何度も自分に言い聞かせる度に、まるで本当に見た目通りの屈託のない自由な人間になれるような気がして、それが本当でも偽《いつわ》りでも、心の中では自分の高潔さを称賛していられた。

だが、それはもう前世のことだ。

「ほら、お前もさ……いつまでも気に留めるな。お前の性格上、ずっと覚えてるだろうっていうのはわかるけど、でも、なんて言うか……」

口ごもった魏無羨《ウェイウーシエン》は、藍忘機《ランワンジー》の手をぎゅっと握りしめると、江澄《ジャンチョン》に向かって話し続けた。

「今の俺は本当に……全部、過ぎ去ったことだと思ってるんだ。もうこんなに時間が経ったんだ、これ以上こだわる必要はない」

江澄《ジャンチョン》は憎々しげな様子で顔を擦り涙の跡を拭ってから、深く息を吸い目を閉じた。

その時、藍曦臣《ランシーチェン》の袍を被った聶懐桑《ニエホワイサン》がゆっくりと目を覚ました。彼は「いたたた」と小さく声を上げて、どうにか身を起こすとぼんやりしたまま口を開く。

「ここどこです？」

ところが起き上がるや否や、向かい側で魏無羨《ウェイウーシエン》と藍忘機《ランワンジー》がぴったりと寄り添って一枚の円座に座り、夷陵老祖がもう少しで含光君の脚の上に座りそうなところが目に入り、その場で悲鳴を上げ、再び気絶しそうになった。それと同時に、主殿の奥からプシュプシュと奇妙な音が聞こえてきた。どうやら何かが噴き出す音のようで、少し経つと、地下を掘っていた修士たちの悲鳴が一斉に響き渡る。

主殿内にいる者たちが表情を一変させ、束の間のあと、微かに鼻をつく臭いが漂ってきた。藍曦臣《ランシーチェン》は袖で顔を覆ったが、その眉と目にはわずかに憂慮が滲んでいる。次の瞬間、二つの人影がよろめきながら飛び出してきた。

〈二〉

現れたその人影は、金光瑶《ジングアンヤオ》を支えた蘇渉《スーショー》だった。二人とも青褪めた顔をして、主殿の奥からはまだ悲鳴が上がり続けている。

「宗主、大丈夫ですか!?」

蘇渉《スーショー》が声をかけると、金光瑶《ジングアンヤオ》は額から微かに冷や汗を滲ませながら答える。

「大丈夫だ。さっきは君のおかげで本当に助かった」

彼の左手は力なく垂れ下がったまま持ち上げられず、腕全体が震えていて、どうやら必死に痛みを堪えているようだ。金光瑶《ジングアンヤオ》は右手を懐に入れて薬瓶《くすりびん》を一つ取り出し、それを開けようとしたものの、片手では不自由で難儀している。それを見た蘇渉《スーショー》はすぐにその瓶を受け取り、丸薬《がんやく》を出して彼の手のひらに置いた。金光瑶《ジングアンヤオ》は俯いて薬を口に含み、眉間にしわを寄せながら飲み込むと、あっという間に表情が和らいだ。

藍曦臣《ランシーチェン》はしばしのためらいのあとで尋ねた。

「いったい何があったんだ？」

金光瑶《ジングアンヤオ》は少し驚いた表情を浮かべ、そのため顔にはわずかに血色が戻り、どうにか笑って見せる。

「少々うっかりしていました」

今度は粉薬を取り出して、彼は自らの手に振りかけた。左手の甲から手首にかけてが一面赤くなっていて、よく見ると、その部分の皮膚はまるで腐った肉を茹《ゆ》でたかのように爛《ただ》れている。金光瑶《ジングアンヤオ》は真っ白な袖を引き裂くと、指を微かに震わせながら言った。

「憫善《ミンシャン》、これを私の手首にしっかりと巻きつけてくれるか」

「毒ですか？」

「ああ。毒はまだ手から上ってきている。でも構わない。しばらく息を整えれば、すぐに取り除ける」

蘇渉《スーショー》が傷口を手当てしたあと、金光瑶《ジングアンヤオ》はすぐにまた主殿の奥へと戻って何かを確認しようとしたが、蘇渉《スーショー》が慌てて止める。

「宗主、私に行かせてください！」

漂っていた鼻をつく臭いは次第に薄れて消えていった。魏無羨《ウェイウーシエン》と藍忘機《ランワンジー》も立ち上がり、二人のあとを追って奥へと向かう。すると、ぽっかりと空いた深い穴のそばに堆《うずたか》く積み上げられた土の山が見え、その傍らには非常に精巧な造りをした豪華な棺《ひつぎ》が一基、斜めに置かれていた。さらにその上には漆黒の箱が一つのっている。どちらも既に蓋を開けられ、中からはうっすらとした白煙がゆるゆると溢れ出していた。あの悪臭はまさしくこの白煙のもので、つまりこれは致命的な毒物に違いない。

棺のそばには、先ほどまで懸命に掘っていた修士たち全員の死体が乱雑に横たわっている。彼らは一様に腐って爛れた死体と化し、身に纏っている金星雪浪袍と袈裟《けさ》までもが黒焦げの切れ端しか残らないほど腐食していて、この白煙の毒性がどれだけ強いものなのか見て取れた。

蘇渉《スーショー》は急いで前に進み出て、滞留《たいりゅう》した毒煙を剣気《けんき》で払って消し去り、剣先で漆黒の箱を弾いた。すると、その鉄の箱は地面にひっくり返されたものの、中には何も入っていなかった。

金光瑶《ジングアンヤオ》はもうこれ以上我慢できずに、よろめきながら棺の縁に飛びついた。しかし中を覗き込むなり、先ほどやっと少し戻ってきた彼の顔の血色は、さっと一瞬のうちに引いてしまった。彼のその表情を見るだけでわかった。棺の中も空なのだろう。

そこへ他の者たちもやって来て、藍曦臣《ランシーチェン》はあまりの惨状に驚愕した。

「君はいったいここに何を埋めたんだ？　なぜこんなことに？」

聶懐桑《ニエホワイサン》はその状況を一目見ただけで驚いて地面に跪き、しきりに空嘔《からえずき》している。金光瑶《ジングアンヤオ》は唇を震わせて何も答えなかった。

その時、一筋の稲妻が走って、金光瑶《ジングアンヤオ》の顔を青白く照らし出した。彼のその表情は実に恐ろしく、聶懐桑《ニエホワイサン》はそれを見て身震いすると、大声も空嘔も抑えるように口を塞ぎながら、藍曦臣《ランシーチェン》の後ろに隠れて縮こまった。寒さからか、それとも恐怖からなのかはわからないが、彼はぶるぶると身を震わせている。藍曦臣《ランシーチェン》は振り向いて彼を二言三言慰め、金光《ジングアン》瑶《ヤオ》の方はというと、もうこれまで通りに優しく親しみやすい仮面を被る余裕すらなくなっているようだ。

「沢蕪君《たくぶくん》、あなたは誤解していると思いますよ。ここにあったのは、金《ジン》宗主が埋めたものじゃなかったんです。いや、もともとは本人が埋めたものだったとしても、おそらくとっくの昔に誰かの手ですり替えられていたんでしょう」

魏無羨《ウェイウーシエン》がそう言うと、蘇渉《スーショー》は剣を彼に向けて振り上げ、冷たく言い放った。

「魏無羨《ウェイウーシエン》！　貴様の企みか!?」

「俺だって謙遜《けんそん》しないわけじゃないけど、もし俺の仕業だったら、お前の宗主の怪我は腕一本じゃ済まなかったと思うぞ。金《ジン》宗主、金鱗台で秦愫《チンスー》がお前に見せたあの手紙、まだ覚えてるか？」

金光瑶《ジングアンヤオ》はおもむろに視線を彼の方に移した。

「お前がやったことを秦愫《チンスー》に教えたのは、昔、秦《チン》夫人の侍女だった碧草《ビーツァオ》だ。だけど、碧草《ビーツァオ》がなぜ突然その事実を公にすると決めたのか、それを後押しした者がいないとでも思ってるのか？　それと、お前が閉じ込めていたあの思思《スースー》さんも、いったい誰が救い出して、誰が碧草《ビーツァオ》と一緒に雲夢江《ジャン》氏まで行かせ、お前の秘密を暴かせたんだろうな？　金《ジン》宗主、相手はお前の過去の秘密を洗いざらい調べ上げられるだけの力を持ってるんだ。先手を取って密かにここを訪れ、お前が掘り起こしたかったものを毒煙や暗器《あんき》にすり替えて、やって来たお前に贈る——これくらいのことが不可能なわけないだろう？」

その時、僧侶の一人が声を上げた。

「宗主、こちらの土に掘り返された痕跡があります。誰かがここを掘って中に入り込んだようです！」

やはり、先回りした者がいたのだ。金光瑶《ジングアンヤオ》は身を翻すと、拳で空の棺を打った。周りの者には彼の表情がはっきりとは見えなかったが、ただ肩先が微かに震えているのがわかる。

魏無羨《ウェイウーシエン》は笑いながらさらに続けた。

「金《ジン》宗主、考えたことはあるか。今夜のお前は蟷螂《かまきり》で、後ろにはまだ鶸《ひわ》が一羽いたんだ。ずっとお前を狙ってる誰かは、今この瞬間も、もしかしたら物陰からお前の一挙一動を覗き見てるかもしれないな。いや、もしかすると、それは人じゃないかもしれない……」

遠くでゴロゴロと雷鳴が轟き、雨は勢いを増してきた。魏無羨《ウェイウーシエン》が最後に言った言葉を聞いて、金光《ジングアン》瑶《ヤオ》の顔には一瞬、ほとんど恐怖と言えるほどの表情がよぎった。

蘇渉《スーショー》が冷笑とともに口を挟む。

「魏無羨《ウェイウーシエン》、虚勢を張って脅かそうとするのはやめ……」

すると、金光瑶《ジングアンヤオ》はすっと右手を上げて蘇渉《スーショー》の言葉を遮った。顔に表れたわずかな恐怖は瞬く間に消え、あらゆる感情は素早く制御されていた。

「無意味な口論はやめなさい。君も傷の手当てを。私が浴びた毒を取り除いたら、すぐに残りの者たちを集めて出発する」

「宗主、では奪われたものは?」

蘇渉《スーショー》が尋ねると、金光瑤《ジングアンヤオ》の唇から微かに血の気が引いて白くなった。

「奪われたからには、もう決して見つからないだろう。ここに長居すべきではない」

「はい!」

蘇渉《スーショー》は先ほど仙子《シエンズー》と戦った時、あちこちをその爪で引っかかれ、服は袖も胸元も破れている。特に胸元は、爪痕《つめあと》が深く肉に食い込んで骨まで覗き、白い服は血に染まっていた。もし手当てをしないまま事態が長引けば、これから起こりうる不測の事態に対処できない可能性がある。金光瑤《ジングアンヤオ》は懐から薄い薬《やく》包《ほう》を出して一つ彼に渡すと、蘇渉《スーショー》はそれを両手で受け取って「はい」と言った。それきり魏無羨《ウェイウーシエン》と話すのをやめ、背を向けると服をはだけさせて傷口を手当てし始める。

金光瑤《ジングアンヤオ》は毒煙によって焼け爛れた左手がまだ思うように動かせず、ただ地面に座って息を整え、毒を取り除くことに専念するしかなかった。残りの修士たちはというと、剣を持って他の者を監視しながら観音廟の中を見回っている。聶懐桑《ニエホワイサン》は彼らが手にしたぎらりと光る刀や剣を見て、目を丸くしてきょとんとした顔になる。周りに護衛がいないせいか、恐ろしさから一切物音は立てず藍曦臣《ランシーチェン》の後ろに隠れて隅の方に縮こまり、何度もくしゃみをしている。

魏無羨《ウェイウーシエン》は殿内の様子を観察しながら、ふと思った。

(蘇渉《スーショー》って、他人に対して回りくどい言い方をするし、藍湛《ランジャン》にはやたら激しい恨みを抱いてるみたいだけど、金光瑤《ジングアンヤオ》のことだけはかなり尊敬してるらしいな)

そう考えつつ、無意識のうちに藍忘機《ランワンジー》の方へ視線を向ける。だがその時、一筋の冷たく厳しい感情が彼の目の中をよぎるのが見えた。

藍忘機《ランワンジー》は蘇渉《スーショー》に向かって冷ややかに命じた。

「こちらに体を向けろ」

蘇渉《スーショー》はちょうど俯き、胸元に走る数本の爪痕に薬を塗っているところで、体の脇を彼らに向けていた。そんな時に突然、藍忘機《ランワンジー》の逆らうことを許さない一言が耳に入り、思わず反射的にこちらを振り返った。

その瞬間、江澄《ジャンチョン》も金凌《ジンリン》も目を見開いた。魏無羨《ウェイウーシエン》の顔からも一瞬で笑みが消え失せ、信じられないといった様子で口を開く。

「……お前だったのか!」

蘇渉《スーショー》はようやくまずい状況になったと気づき、慌てて服で胸元を隠した。しかし、こちら側にいた数人は、既にはっきりと目にしていた。彼の胸元、心臓に近い場所の皮膚にびっしりと、大小様々な十数個の不気味な黒い穴があった。

――千瘡百孔《せんそうひゃっこう》の呪いの痕跡!

それはどう見ても、本人が呪いをかけられて残った悪詛痕《あくそこん》ではなかった。もしそうであれば、穴の広がり具合からして、今頃蘇渉《スーショー》の内臓、ひいては金丹までもがとっくに黒い穴だらけになって、今のように霊力を使うことなど不可能なはずだ。しかし、彼は霊力を大量に消耗するはずの伝送符《でんそうふ》を繰り返し使っていた。ならば、彼に呪いの痕跡がある理由は、たった一つしかない――彼が他人に呪いをかけ、相手からその呪いを撥ね返されたからだ!

当時の魏無羨《ウェイウーシエン》は、決して呪いをかけた者を見つけ出そうとしなかったわけではなく、自分の無実を証明しようとしていた。しかし、結局は果てしない人の海の中で、捜す術《すべ》などなかったのだ。加えてそのあとに起きた出来事は、もはやそれだけでは解決できない事態にまで膨らんでいたため、諦めざるを得なかった。ところが今夜、血眼《ちまなこ》になって捜しても見つからなかったその人物が、思いがけずこんな場所で見つかるとは!

金凌《ジンリン》にはその意味がわからず、聶懐桑《ニエホワイサン》にもおそらくわかっていないだろう。しかしすべてを悟った藍曦臣《ランシーチェン》は、金光瑶《ジングアンヤオ》に目を向け厳しい声で問い質した。

「金《ジン》宗主、これも窮奇道《きゅうきどう》の奇襲の一環だったのか?」

「なぜそう思うんです?」

金光瑶《ジングアンヤオ》が問い返すと、江澄《ジャンチョン》が冷たい声で言い放った。

「そんなこと聞くまでもないだろう？　そもそも金《ジン》子勲《ズーシュン》が呪いをかけられなかったら、そのあとのすべても起きることはなかった！　たった一度の奇襲で金子軒《ジンズーシュエン》と金子勲《ジンズーシュン》という二人の同世代の公子が始末されて、お前が蘭陵金《ジン》氏を継いで仙督の座につくために邪魔になる者は一掃されたんだぞ。蘇渉《スーショー》はお前の腹心の部下だ。そいつが呪いをかけたとなれば、誰の指示でやったかなど聞くまでもないだろう!?」

金光瑤《ジングアンヤオ》は肯定も否定もせず、どうやら息を整えることに専念しているようだ。魏無羨《ウェイウーシエン》は怒りのあまり、逆に笑いながら蘇渉《スーショー》を睨みつけて言った。

「俺がお前から恨みを買ったことなんてあったか？　俺とお前にはなんの恨みもないし、そもそもお前のことなんて知らなかった！」

「魏《ウェイ》公子、あなたが一番よくわかっているはずではありませんか？　なんの恨みもなければ、波風立てずにずっと仲良くできるとでも？　あり得ません。世の人々は、もともと誰しもがなんの恨みも抱いてはいない。でも、必ず誰かが刃を手にして、最初の一刺しからすべてが始まるものなんですよ」

金光瑤《ジングアンヤオ》の言葉を聞いて、江澄《ジャンチョン》は憎々しげな声で吐き捨てた。

「陰湿な悪党め！」

ところが、蘇渉《スーショー》がなぜかせせら笑った。

「自惚れるな。誰が貴様を陥れるために金子勲《ジンズーシュン》に呪いをかけたと言った？　当時はまだ、私は宗主の配下に属してはいなかった。私が呪いをかけたのは、ただそうしたかったからだ！」

「じゃあお前は金子勲《ジンズーシュン》に恨みがあったのか？」

「ああいう人を見下《みくだ》した傲慢《ごうまん》な輩は、目に入ればすべて殺す！」

魏無羨《ウェイウーシエン》は考えるまでもなく、彼が最も激しく憎んでいる「人を見下した傲慢な輩」というのは藍忘機《ランワンジー》に違いないとわかってしまったため、我慢できずにまた尋ねた。

「お前は含光君との間にいったいどんな揉め事があった？　こいつのどこが人を見下していて傲慢なんだ？」

「どこが違う？　もし藍《ラン》家のような恵まれた家柄に生まれていなければ、藍忘機《ランワンジー》にはそんなふうに人を見下す資格なんてなかっただろう？　なぜいつも私が彼を真似《まね》ているなどと謗られなければならない!?　世の中の誰もが彼のことを高潔だと褒め称えるが、高潔すぎて、万人に唾棄《だき》される極悪人の夷陵老祖とつるみ、卑《いや》しくて不名誉なことをやるような人間が仙門名士の含光君だと？　実に滑稽な話だ！」

魏無羨《ウェイウーシエン》が何か言おうとしたその時、ふいに、陰鬱《いんうつ》で恨みと憤りに満ちたその表情に、なぜか見覚えがあるような気がした。おそらく、自分はどこかで彼を見たことがある。

次の瞬間、魏無羨《ウェイウーシエン》は思い出した。

「お前か！」

彩衣鎮、碧霊湖《へきれいこ》、水行淵《すいこうえん》、水の中に落とした剣——屠戮玄武《とりくげんぶ》、洞窟で綿綿《ミエンミエン》を押し出したあの門弟——蘇渉《スーショー》！

魏無羨《ウェイウーシエン》は突然大声で笑いだした。

「やっとわかったよ」

「何がわかった？」

藍忘機《ランワンジー》に尋ねられて、魏無羨《ウェイウーシエン》は首を横に振った。

金子勲《ジンズーシュン》の人柄は魏無羨《ウェイウーシエン》もよく知っている。彼は配下の一族の者など眼中になく、いつも家僕と同列に扱って、宴席《えんせき》をともにすることすらも分不相応だと思っていた。そして蘇渉《スーショー》は、蘭陵金《ジン》氏の配下の一族の一員として頻繁に金鱗台を訪れており、宴に参加することは避けられない。金子勲《ジンズーシュン》と出くわすことも少なくなかっただろう。一方は狭量《きょうりょう》で些細なことでも根に持つ者、そしてもう一方は思い上がり他者を軽視する横暴で傲慢な者——このような二人の間で、もし何か不愉快なことが起これば、蘇渉《スーショー》が金子勲《ジンズーシュン》に恨みを抱いたとしても少しも不思議はない。

もし本当にそうだとしたら、金子勲《ジンズーシュン》が千瘡百孔の呪いをかけられたことの顛末《てんまつ》は、魏無羨《ウェイウーシエン》とは一切関係なかったことになる。しかし、最後にその罪を背負わされたのは、なぜか彼だった。

窮奇道の奇襲の最初のきっかけは、まさしく金子《ジンズー》勲《シュン》が千瘡百孔の呪いをかけられたことだ。もしその始まりさえなければ、蘭陵金氏《ジンし》が魏無羨《ウェイウーシエン》を奇襲するための口実はなく、温寧《ウェンニン》が暴走して殺戮を犯すこともなく、魏無羨《ウェイウーシエン》もまた、金子軒《ジンズーシュエン》を殺したという重い罪を背負うこともなかった。そのあとに続くさらに多くの出来事も起こりはしなかったはずだ。

しかし、彼は今になってやっと知った。下手人《げしゅにん》が呪いをかけた目的は、そもそも彼を陥れるためではなかったかもしれず、事の起因は彼とは無関係だったのだと！

――これは、あまりにも受け入れ難い話だ。

笑いながら、魏無羨《ウェイウーシエン》の目は赤くなっている。皮肉を言うように、または自嘲しているかのように言った。

「まさか、お前みたいな奴のせいで……そんなくだらない理由のせいで！」

金光瑶《ジングアンヤオ》はどうやら彼の思考を読み取ったらしく、声をかけてきた。

「魏《ウェイ》公子、そんなふうに考えてはなりませんよ」

「へぇ？　俺が何を考えてるか、お前にわかるのか？」

「もちろん、そんなの簡単です。あなたはきっと、あまりにも理不尽なことだと考えているんでしょう。ですが実のところ、これは別に理不尽ではないんですよ。たとえ蘇渉《スーショー》が金子勲《ジンズーシュン》に呪いをかけなかったとしても、魏《ウェイ》公子、あなたは遅かれ早かれ別の理由で討伐されたでしょう」

彼は微笑んで続けた。

「なぜならあなたは、そういう人だからです。良く言えば義侠心《ぎきょうしん》に厚く、自由気ままで何者にも縛られない。けれど別の言い方をすれば、至るところで恨みを買うということです。あなたを恨む人たちが一生平穏であればいいですが、何か思わぬ事故が起きたり、誰かに陥れられるようなことがあれば、真っ先に疑う相手はあなたで、一番報復したい相手も、もちろんあなたになります。これればかりは、あなた自身がどうこうできる問題ではありません」

「どうしよう？　お前の言ってることがすごく理にかなってる気がしてきたな」

魏無羨《ウェイウーシエン》はそう言いながら思わず笑ってしまった。

「それに、たとえ当時、窮奇道であなたが制御を失わなかったとしても、一生同じことが起こらないと保証できますか？　あなたのような人は短命だと決まっているんです。ほら、こう考えてみると、かなり気が楽になりませんか？」

金光瑶《ジングアンヤオ》の言い分に、江澄《ジャンチョン》が憤りをあらわにする。

「お前こそ短命だろう！」

彼は自らの負った致命傷を顧みず、三毒《サンドゥ》を掴んで勢い良く立ち上がろうとしたが、再び真っ赤な血が傷口からどっと溢れ出して、金凌《ジンリン》が慌てて彼を押し戻した。江澄《ジャンチョン》は動けないまま、内心で金光瑶《ジングアンヤオ》に激しい恨みを覚えて彼を罵った。

「この娼妓の子め。のし上がるためならどんな恥知らずなことも厭《いと》わないくせに、お前が蘇渉《スーショー》に指図してやらせたことじゃないだと!?　騙されるものか！」

「娼妓の子」という言葉を聞くと、金光瑶《ジングアンヤオ》の笑顔は一瞬固まった。

彼は江澄《ジャンチョン》に目を向け、しばらく考えてから淡々と語る。

「江《ジャン》宗主、落ち着いてください。私にはあなたの気持ちがよくわかります。あなたが今、これほどまでに怒っているのは、きっと金丹の真相を知って、これまでの長年の行いを顧みて、ご自身の傲慢な心を少々後ろめたいと感じたからでしょう。だから焦って魏《ウェイ》公子に前世の出来事の下手人を見つけてやり、彼がすべての責任から逃れられるように悪党を非難して討伐し、それで魏《ウェイ》公子のために恨みと鬱憤を晴らしたことにして、ついでに自分の心の澱《おり》を少しでも減らそうとしているんですよね」

彼はなおも言葉を続ける。

「もし、千瘡百孔の呪いから窮奇道の奇襲まで、私が一人ですべてを企てたと思うことであなたの悩みが軽くなるのであれば、どうぞご自由に。しかし、あなたが理解しておかなければならないのは、魏《ウェイ》公子が前世であのような末路を辿ったのには、あなたにも責任があるということです。それも、かなり大きな責任が。なぜあんなに大勢の者が必死になって夷陵老祖を討伐したがったのでしょう？　なぜ関係のない者までもが皆賛同の声を上げたのでしょう？　なぜ彼が、一方的に誰からも忌み嫌われていたんでしょうか？　本当にただ、人々の正義感だけがそうさせたと思いますか？　もちろんそうではありません。原因の一部は、あなたにあったんですよ」

江澄《ジャンチョン》は冷笑した。藍曦臣《ランシーチェン》は、金光瑶《ジングアンヤオ》がまた言葉を弄《ろう》して動揺を誘おうとしていることに気づき、低い声で一喝した。

「金《ジン》宗主！」

しかし、金光瑶《ジングアンヤオ》はいささかも動じず、微笑みを浮かべたまま堂々と続ける。

「……射日の征戦のあと、蘭陵金《ジン》氏、清河聶《ニエ》氏、姑蘇藍《ラン》氏の三家が相争い、主な戦果が分配されたため、他の家の者にはほんの少しの分け前しか与えられませんでした。それなのに、蓮花塢を一人で立て直したばかりのあなたの後ろには、底知れぬ力を持つ危険な夷陵老祖 魏無羨《ウェイウーシエン》がついていた。他の世家たちが、そんな条件に恵まれている若き宗主を見て喜ぶとでも思いますか？　幸いにも、あなたと師兄との関係はあまり良好ではないと見て、皆がその隙を狙い、どうにかしてあなたたちを決裂させようと、二人が仲違《なかたが》いするよう煽り立てました。あなたたち雲夢江《ジャン》氏が勢力を増すのを阻止すれば、つまり自らの勢力を伸ばすことに繋がるのですから。江《ジャン》宗主、あなたがもし師兄に対する態度を少しでも改めて、二人の結束は固いと見せつけていたら、周りの者たちは尻込みしてそのかそうと試みることすらなかったでしょう。あるいは事件のあと、あなたがもう少し寛容であったなら、きっとあのような結果にはならなかったはずです。ああ、そう言えば、乱葬崗殲滅戦の主力にはあなたもいたんでしたね……」

すると、魏無羨《ウェイウーシエン》が口を挟む。

「どうやら娼妓の子という言葉は、本当に金《ジン》宗主の逆鱗《げきりん》のようだな？　だから赤鋒尊《せきほうそん》を殺したのか」

聶明玦《ニエミンジュエ》の話になると、藍曦臣《ランシーチェン》が顔色を変えた。金《ジン》光瑶《グアンヤオ》の笑顔も一瞬強張ったが、さっとすぐに立ち上がる。

息を整え終えた金光瑶《ジングアンヤオ》は、試しに左手の指を動かし、五本の指がようやく自在に動くようになったことを確認すると、すぐさま告げた。

「人を集めてくれ、出発する」

「はい！」

蘇渉《スーショー》が答え、二人の僧侶がそれぞれ左右に回って藍曦臣《ランシーチェン》を両側から挟む。ちょうど扉を開けようとしたところで、金光瑶《ジングアンヤオ》が突然声を上げた。

「ああ、うっかりしていました」

彼は藍曦臣《ランシーチェン》の方に向き直る。

「そろそろ、沢蕪君《たくぶくん》の霊脈の封印が解けてしまう頃ですね」

藍曦臣《ランシーチェン》は彼より遥かに修為が高いため、金光瑶《ジングアンヤオ》が霊脈を封じ込めるためには、必ず一時辰ごとに封じ直す必要がある。さもなければ、藍曦臣《ランシーチェン》は自力で封印を解いてしまうだろう。彼は藍曦臣《ランシーチェン》の方へと歩み寄る。

「失礼します」

金光瑶《ジングアンヤオ》が手を伸ばそうとしたその時、突然目の前に何か白い物が勢い良く落ちてきて、地面に強く打ちつけられた。彼が警戒して飛びのいてから目を凝らして見てみると、それはなんと淡く光る白い肉体だった！

裸の女が一人、地面に這いつくばっている。顔を俯かせ、体と四肢《しし》を捩りながら、金光瑶《ジングアンヤオ》の方へ這っていきたいようだ。蘇渉《スーショー》が剣で刺すと、金切り声とともにその女の体がいきなり燃え上がった。彼女は立ち上がりよろめきながらもなお、金光瑶《ジングアンヤオ》に手を伸ばす。体も顔も激しい炎の中で黒焦げに焼かれているが、なぜかその両目にこの上ない憎しみが滲んでいるのがわかる。蘇渉《スーショー》がまた剣で彼女を斬ると、今度は跡形もなく消えてしまった。

思わず後ろに数歩下がった金光瑶《ジングアンヤオ》は、何かに足を取られて振り向く。そこにあったのは、なんと絡み合う二人の人間の体で、そのうちの一人が手を伸ばして彼の足首を掴んでいる。その時、背後から舌笛が一回聞こえてきて、蘇渉《スーショー》は憎々しげな怒鳴り声を上げた。

「魏無羨《ウェイウーシエン》！」

いつの間にか、主殿に祀られたあの観音像の上に、誰かが真っ赤な血でいくつもの激しく乱れた呪文を書いていた。

この観音廟に張られた陣の核は、まさしく観音像の中にある。そしてそれは今、警戒の緩んだ隙に乗じて魏無羨《ウェイウーシエン》の手で破られ、鎮圧されていたモノが絶え間なく外に湧き出してきているのだ！

金凌《ジンリン》も驚愕して叫んだ。

「どういうことだ？」

江澄《ジャンチョン》は金凌《ジンリン》の体をしきりに激しく叩いている。なぜなら、彼の服の裾がなんと勝手に燃え始めたからだ。しかし、金凌《ジンリン》はまだましな方で、数名の僧侶たちは火達磨《ひだるま》になり、悲鳴を上げながら地面をのたうち回っていた。

蘇渉《スーショー》と金光瑶《ジングアンヤオ》は、魏無羨《ウェイウーシエン》が観音像に書いた血の呪文を拭い取らなければならないと内心ではわかっているが、辺り一面に転がり悶《もだ》え苦しむ修士たちと、ひっきりなしに現れる裸体の邪祟に足止めされていた。大勢の裸の男女は魏無羨《ウェイウーシエン》の命令に従い、決して江澄《ジャンチョン》や金凌《ジンリン》たちを攻撃しないが、それでも金凌《ジンリン》はとっさに歳華《スイホワ》を体の前で構えて呟いた。

「これはいったいなんなんだ。今まで見たこともないぞ。こんな……」

こんな一糸纏わぬ恥知らずな邪祟は！

金光瑶《ジングアンヤオ》の目の中に怒りの炎が燃え上がり、一撃を打ち出した手のひらから火の光が炸裂して、道を空けさせる。ようやく足早に観音像の前まで近づいたが、魏無羨《ウェイウーシエン》が描いた呪文を拭おうとしたその時、腰の後ろにひやりとするものを感じた。

聞こえてきたのは、藍曦臣《ランシーチェン》の低い声だった。

「動かないで」

金光瑶《ジングアンヤオ》が反撃するより先に、藍曦臣《ランシーチェン》は予想外なことに、彼の背中に手のひらで一撃を打った。

「沢蕪君《たくぶくん》……霊力が回復したんですね」

藍曦臣《ランシーチェン》がそれに答える前に、他方では蘇渉《スーショー》の剣、難平《ナンピン》が魏無羨《ウェイウーシエン》を刺そうとしていた。ところが、すんでのところで一本の長剣とぶつかった。二つの剣の剣芒は似ているが、現れた剣の上を流れる霊力の光はより透き通って澄みきっている。

――避塵《ビチェン》！

二本の剣が打ち合うと、難平《ナンピン》はなんと真っ二つに折れてしまった！

一瞬で蘇渉《スーショー》の親指と人さし指の間が裂け血が溢れ出し、腕までもがその威力を受けて関節がゴキッと音を立てる。剣の柄が地面に落ち、左手で右腕を押さえる彼の顔は血の気が引いて真っ青になっていた。

藍忘機《ランワンジー》は片手で避塵《ビチェン》を持ち、もう一方の手を魏無《ウェイウー》羨《シェン》の腰に回すと、背後に庇ってしっかりと守る。魏《ウェイ》無羨《ウーシェン》は実のところ彼に守ってもらう必要はなかったものの、それを嬉々として受け入れ、かつ協力的に彼の体に寄りかかった。

一連の出来事は電光石火の間に起き、数回瞬きしたあと、蘭陵金《ジン》氏の修士たちはようやく事態を呑み込むことができた。しかし、蘇渉《スーショー》は血を流し続ける右手を持ち上げ、胸の傷も開いたままで、さらに金《ジン》光瑤《グアンヤオ》の首には避塵《ビチェン》の刃が突きつけられている。拠《よ》りどころの主が抑えられたとなると、部下たちも軽はずみな行動はとれない。

藍曦臣《ランシーチェン》が何か言おうとした時、観音廟の中にいる人々はなぜか一斉に表情を変えた。彼も周囲の様子に気づき、魏無羨《ウェイウーシェン》に告げる。

「魏《ウェイ》公子……先にこのモノたちを戻してもらえないか」

この邪祟たちは単に裸なだけでなく風紀紊乱《ふうきぶんらん》で、しかも極めて人を気まずくさせるような喘ぎ声を発しており、それだけで何をしているのか明白だった。誰もが未だかつてここまで甚《はなは》だしく淫猥《いんわい》な凶霊など見たこともなく、藍曦臣《ランシーチェン》は顔を横に向けて視線を背ける。江澄《ジャンチョン》の顔は青褪め、金凌《ジンリン》はというと顔を赤くしたり白くしたりしている。魏無羨《ウェイウーシェン》は隣にいる藍忘《ランワン》機《ジー》に目を向け、年少の頃に春宮図《しゅんきゅうず》を見ただけでも当惑のあまり怒りだしたような男に、このようなものを見せるなど論外だったと考えて弁明した。

「俺の本来の目的はさ、そいつが観音廟の中で鎮圧してた邪祟を放って、少しでも時間稼ぎできたらと思っただけで、まさかこんなモノが出てくるなんて思わなかったんだ……」

　すると、藍忘機《ランワンジー》は怨霊《おんりょう》たちを一瞥《いちべつ》して、すぐに藍《ラン》曦臣《シーチェン》と同じく視線を別の方へと向けた。そして一言だけ口にする。

「大火《たいか》か」

　魏無羨《ウェイウーシエン》はすぐさまこくりと頷き、真面目に話しだした。

「そう。ここにいる怨霊は、すべて焼け死んだんだ。どうやら昔この場所で大きな火事があって、たくさんの人間が死んだらしい。そのあと、金《ジン》宗主は世間を欺くために、それから焼死して凶暴化した凶霊を鎮圧するために、ここに自ら観音廟を建てたんだろう」

「金《ジン》宗主、その火事は君と関係があるのか？」

　藍曦臣《ランシーチェン》が問うと、脇から江澄《ジャンチョン》が冷たい声で吐き捨てるように言った。

「あの怨霊たちはそいつに対して心底激しい恨みを抱いているようですから、関係ないわけがありますか？」

「金《ジン》宗主……事の経緯《いきさつ》を説明してくれないか？」

　金光瑶《ジングアンヤオ》は藍曦臣《ランシーチェン》の言葉に答えず、握りしめたその手の指の関節は微かに白くなった。

「金《ジン》宗主は言いたくないみたいだな」

　そう言って魏無羨《ウェイウーシエン》が手を上げると、裸の女の死体が一つ、すぐさま彼の手の下に現れる。魏無羨《ウェイウーシエン》は彼女の真っ黒な頭に手を置いて続けた。

「でも、お前が黙ってれば、俺に知る方法がないとでも？」

　触れた死体と共情した途端、目を開ける前に、魏《ウェイ》無羨《ウーシエン》は自分がむせ返るような紅《べに》と白粉《おしろい》の香りの中にいることに気づいた。なまめかしい声が、自分の口の中から発される。

「……彼女？　そりゃもちろん嫁ぎたいだろうけど、でも相手の男に出会った時には二十歳《はたち》を超えてたのよ。その時点でもう若くないし、数年もすればきっと人気も落ちるでしょう。だから彼女は叱られてもなりふり構わずに息子を産んで、どうにかここから逃れたかったんでしょうね。でも、そんなの相手の男がもらってくれなきゃ意味ないわよ」

　瞼を開けると、目の前に見えたのは、華麗と言えるほどの広々とした大広間だった。その中央には大きな円卓が十数脚あって、どの円卓にも客が数人、そしてとても整った目鼻立ちの女たちが数人座っている。中には美しい肩をはだけさせている者、豊かで艶やかな鬢《びん》を乱している者、客の膝の上に座っている者、隣の客に酒を飲ませている者もいて、誰も彼もが甘ったるく、酔っぱらった表情をしていた。

　ここがどういう場所かは一目でわかる。

（この観音廟の中で焼け死んだのが、まさか娼妓たちだったとは。どうりで怨霊がすべて全裸だったわけだ。おそらく、全員が娼妓と飄客《ひょうかく》だろうな）

　傍らの客が笑いながら話しだす。

「でも、どうしたって自分の子なのに、その男は息子がいらなかったっていうのか？」

「相手の男は仙術を修行する世家の大物だって彼女は言ってたけど、だったら家には他にもきっと息子がたくさんいるだろうし、どんなものでも数が増えれば大事にしなくなるものだから、外の息子のことなんて気に留めるはずないでしょう？　いくら待っても彼女を迎えに来てくれなかったから、当然一人で育てるしかなくて、もう十四年よ」

　その女の話に、数名の客が驚いたように言った。

「大物？　本当にそんなことがあるのか？」

「もう、あたしがあんたらにそんな嘘をついてどうするの？　彼女の息子は今、うちで雑用をしてるのよ。ほら、あれ」

　その女は上半身を捻《ひね》って後ろを振り返り、盆を手に持った少年に向かって手招きした。

「小孟《シャオモン》！　こっちおいで！」

　その少年は、呼ばれるままこちらに歩いてきた。

「安心《アンジン》姉さん、どうしました？」

　その刹那に、魏無羨《ウェイウーシエン》はすべてを理解した。

　大勢の客に無遠慮な目つきでしげしげと眺められ、孟瑶《モンヤオ》はまた尋ねた。

「何かご用ですか？」

安心《アンジン》は笑って問いかける。

「小孟《シャオモン》、あんた最近もまだ自分でああいうのを学んでるの？」

孟瑶《モンヤオ》はぽかんとして聞き返す。

「なんのことです？」

「あんたの母さんがあんたに学ばせてたああいうのよ。なんか、書画とか、礼儀とか、剣術とか……あんた、どこまで学んだの？」

話の途中で客たちはもうクスクスと笑い始め、その話をあまりにも滑稽だと思っているのがわかる。

安心《アンジン》は振り向いて彼らを窘めた。

「あんたたち、笑うんじゃないの。本当のことなんだから。この子の母さんは息子を高貴な家柄の公子として育ててるのよ。読み書きを教えて、剣術書やら秘伝書なんかを山ほど買って、しかも学び舎《や》にまで行かせて」

客の一人が驚いて声を上げた。

「学び舎に行かせただと？　俺の聞き間違いじゃないよな？」

「いいえ！　小孟《シャオモン》、こちらの公子たちに教えてあげて。あんたは学び舎に行ったことがあるわよね？」

安心《アンジン》が言うと、彼女に客が尋ねた。

「今もまだ行っているのか？」

「行ってないわよ。何日もしないうちに戻ってきて、何を言っても二度と行かなくなったんだから。小孟《シャオモン》、あんたは勉強が好きじゃないの？　それとも学び舎が好きじゃなかったの？」

安心《アンジン》の質問に孟瑶《モンヤオ》は答えない。安心《アンジン》はふふっと笑うと、真っ赤な爪紅《つまべに》が塗られた人さし指で孟瑶《モンヤオ》の額をつついた。

「ガキね、まさかへそを曲げちゃった？」

かなり力を込めてつつかれたせいで、孟瑶《モンヤオ》の額の中央には淡い赤色の痣《あざ》が現れる。それはまるで丹砂《たんしゃ》の赤い残影のようだ。彼は額をさすりながら答えた。

「いいえ……」

安心《アンジン》はひらひらと手を振った。

「わかったわかった。もう大丈夫だから、行っていいわよ」

孟瑶《モンヤオ》が身を翻して数歩進んだところで、彼女は卓の上から何かを摘まみ上げ、宥めるように声をかけた。

「ほら、果物を一つあげるから」

彼が振り返ると、その緑滴る果物は彼の胸にぶつかり、地面に落ちてころころと転がっていく。

「なんでそんなに鈍くさいのかしら。果物一つ受け取れないの？　早く拾って、無駄にするんじゃないよ」

安心《アンジン》にとがめられ、孟瑶《モンヤオ》は口角を微かに上げた。

彼はおそらくもう十四歳になっているはずなのに、かなり痩せ細っているせいか、十二、三歳くらいにしか見えない。その年齢にそぐわない笑みが彼の顔に浮かぶと、とりわけ人の気分を悪くさせてしまう。

彼はゆっくりと腰を屈めて落ちた果物を拾うと、襟元で拭いてから笑みを深くした。

「安心《アンジン》姉さん、ありがとうございます」

「遠慮しないで。戻ってちゃんと仕事しなさいね」

「何かご用があったら、また呼んでください」

そう言って孟瑶《モンヤオ》が遠くまで離れると、客の一人が口を開いた。

「もし俺の息子がこんなところにいたら、俺なら何がなんでもそいつを家に迎えるぞ」

もう一人が続けて言う。

「そもそも、あいつの父親は本当に世家の大物なのか？　だったら、娼妓の一人くらい身請《みう》けして息子を育てるための金を渡すなんて容易いはずだろう？　ちょっと手を上げるのと同じくらい造作もないことだろうに」

「女の話を全部真に受けちゃダメでしょう？　話半分に聞いておかないと。大物って言ったって、彼女が自分でそう言っただけだし。もしかしたら少しばかりお金持ちの富商《ふしょう》とかで、彼女が何倍も大げさに……」

安心《アンジン》が話していたその時、突然甲高い叫び声が響いてきた。続けて二階から杯や皿などの食器が割れる音がして、玉で装飾された琴が転げながら飛び出し、大広間の中央に落ちてきた。大きな音を立ててバラバラに砕けたそれは、近くの卓で遊興していた人々を驚かせ、途端に口汚い罵り声が飛び交う。安《アン》心《ジン》も危うく転倒しかけて甲高い声を上げる。

「何事なの！」

すると、孟瑶《モンヤオ》が叫んだ。

「母さん！」

安心《アンジン》が顔を上げると、大男が女の髪を掴み部屋の中から引きずり出すところが見えた。安心《アンジン》は隣の客を掴んで引っ張りながら、興奮とも緊張ともつかない口調で言った。

「ああ、彼女またやってる！」

孟瑶《モンヤオ》が二階に駆け上がった時、その女はちょうど頭を押さえながら懸命に服を肩の上まで引き上げようとしていた。孟瑶《モンヤオ》が走ってくるのを見て、彼女は慌てて制止する。

「上に来てはいけないと言ったのに！　さっさと下りなさい！　早く！」

孟瑶《モンヤオ》は彼らに近づき、飄客の手を掴んで放させようとしたが、下腹部を蹴られ、ごろごろと一階まで転がり落ちていった。見ていた人々から驚きの声が上がる。

魏無羨《ウェイウーシエン》にとって、彼が人に蹴られて階段から転がり落ちる姿を見たのは、これが三度目だった。

女は「ああ」と大声で叫ぶと、すぐさままた客の大男に髪を力一杯引っ張られる。大男はそのまま彼女を一階まで引きずっていった。そして服を剥ぎ取り大通りに投げ捨てると、丸裸になった彼女に向かって唾《つば》を吐きかけ罵った。

「不細工な奴ほど調子に乗る。年増《としま》の娼婦のくせに、生娘《きむすめ》ぶりやがって！」

女はびくびくしながら大通りの中央に伏せて、起き上がることができなかった。少しでも動けば、全身をくまなくさらすことになるからだ。通行人たちはその様子に驚き、不思議そうにしたり興奮したり、入れ替わり立ち替わり彼女を指さしながら好奇の目を向けている。妓楼《ぎろう》の正門の中でも、女たちがいっぱいに集まりクスクスと小声で笑っていて、安心《アンジン》と同じように人の災難を喜びながら、隣の客にこの散々な体《てい》たらくの老いた女がなぜこうなったのかを話している。

唯一、一人の娼妓が艶《なま》めかしく体をくねらせながら正門から出てきて、その場で身に纏っていた薄い紗《しゃ》の羽織を脱いだ。すると、真っ赤な下着に半ばまで包まれた真っ白で豊満な胸と柳腰《やなぎごし》が目を引き、周りの者は思わず彼女に目を向ける。その娼妓は唾を吐くと、大声で周りの人々に向かって怒鳴った。

「見るな見るな、クソどもが見てんじゃないよ！　あんたらごときがあたしを見られるとでも？　一目でも見たら金を取るからね。払え！　ほら払いな！」

罵りながら、本当に手を伸ばして四方八方で見物している野次馬に向かって金を要求し始める。人だかりが少し散ると、彼女は脱いだ羽織をあの女に投げて、それで体を包んでやり、よろめく女を支えながら大広間に入っていく。歩きながら、彼女はぶつぶつと小言を漏らした。

「考えを改めなってずっと前から言ってたのに。客にもったいぶって見せるのはやめな。痛い目に遭ったんだから、少しは学びなよ！」

（この威勢のいい女の人の顔、なんか見覚えがある気がするんだけど、どこで見たんだろう？）

助けられた女が、小声で呟いている。

「阿瑶《アーヤオ》、阿瑶《アーヤオ》……」

孟瑶《モンヤオ》は先ほど食らった蹴りのせいで、しばらく経ってもまだ動けず、地面にうつ伏せたまま起き上がりたくてもできずにいた。その娼妓は両手に一人ずつ、母子二人を掴んで引っ張っていく。安心《アンジン》の隣にいる客の一人が口を開いた。

「あの美人は誰だ？」

安心《アンジン》は向日葵《ひまわり》の種の殻《から》を二つ吐き出してから答えた。

「有名な鉄火肌《てっかはだ》で、すごく怖いのよ」

一人が失望したように嘆く。

「あれがかつての花柳《かりゅう》の才女孟詩《モンシィ》か？　なんであんなふうになってしまったんだ？」

安心《アンジン》はまた笑顔になって話しだす。

「見ての通りよ。彼女はどうしても子供を産みたがったけど、女は子供を産んだらもう女として見られないじゃない？『才女』なんて昔のちっぽけな人気に縋って、どうにか仕事を繋げてこなかったら、きっともう顔を立ててくれる人なんてほとんどいないでしょう。あたしからすれば、絶対に彼女が本なんか読んだりしたのが悪かったのよ」

客の一人は深く同意して言った。

「その通りだ。ちょっと書物にかぶれた奴って、大抵あぁいう訳のわからない高尚な感じを出してくるけど、ちっぽけな夢を諦めるのが悔しいんだろうな」

安心《アンジン》も同じく彼女を見下すように続ける。

「もし本を読めば稼げるっていうなら、あたしだって何も言わないよ。でも所詮、客の気を引くための演出じゃない。言っちゃ悪いけど、結局は同じ商売女なのに、ちょっと読み書きできたからって高貴なつもりかね？　お高く留まっちゃってさ。外の人に見下されてるだけじゃなくて、ここの子たちが彼女のことをどう思ってるか、見てわかるでしょう？こんなところに来るような客は、十何歳の瑞々しい小娘が気取った態度をとるんなら目新しいと思ってくれるだろうけど、値打ちのない年増の女がそんな態度を見せたら、なんだこいつってならない？　もうとっくに落ちぶれてるって皆わかってるのに、本人だけがまだそのことを受け止められてないのよ……」

その時、誰かが背後から安心《アンジン》の肩をとんとんと叩いた。振り向くと、そこには先ほどのあの娼妓が立っている。だが、それが目に入った次の瞬間、相手は手を上げて安心《アンジン》に平手打ちを食らわせた。

「バシッ」という音が響き、安心《アンジン》はしばし呆然としてから血相を変えて怒った。

「何よ、この卑しい女が！」

「そっちこそ卑しい女だろう！　朝から晩までぺちゃくちゃ喋って、あんたのその舌は他にやることがないの⁉」

罵られた安心《アンジン》は金切り声を上げる。

「あたしが何を喋ったって、あんたには関係ないでしょう！」

二人の娼妓は一階の大広間で掴み合いになって、爪や歯を使って相手の髪を引きちぎり呪詛《じゅそ》を吐く。それは「あんたの顔をズタズタにしてやる」、「金を払ったってもらってくれる人なんかいない」など、あまりにも下品な聞くに堪えない言葉で、娼妓たちが大勢で仲裁に来る。

「思思《スースー》！　もうやめましょう！」

（思思《スースー》？）

魏無羨《ウェイウーシエン》はようやく思い出した。なぜあの娼妓の顔に見覚えがあったのかを。その顔に七、八本の切り傷を加えたら、まさしくあの蓮花塢に告発しにきた女、思思《スースー》ではないか!?

すると突然、焼けるような熱い波が正面から襲ってくるのを感じ、気づいた時には大広間全体が真っ赤な火の海と化していて、魏無羨《ウェイウーシエン》は大急ぎで自分を共情の中から引きずり出した！


目を開けるとすぐ、藍忘機《ランワンジー》の声がした。

「どうだ？」

「魏《ウェイ》公子、何かわかったのか？」

藍曦臣《ランシーチェン》も問いかけてくる。魏無羨《ウェイウーシエン》は息を一つ吸い、いくらか心を落ち着かせてから答えた。

「俺の推測だけど、この観音廟は金《ジン》宗主が育った場所だ」

金光瑶《ジングアンヤオ》は顔色一つ変えない。

「そいつが育った場所？　だが確か……」

江澄《ジャンチョン》は「確か遊郭《ゆうかく》で育ったんじゃなかったか」と言おうとしていたが、それを口にする前に、唐突にはっきりと理解した。

「そうか、ここにはかつて遊郭があって、そいつが火を放って燃やしたあと、観音廟を建てたのか！」

「火は本当に君が放ったのか？」

藍曦臣《ランシーチェン》が問うと、金光瑶《ジングアンヤオ》はすんなりと答える。

「はい」

江澄《ジャンチョン》が嘲笑して言った。

「意外とあっさり認めたな」

「今となっては、一つや二つ罪が増えたところでもう大差ないでしょう？」

しばし沈黙したあとで、藍曦臣《ランシーチェン》が口を開いた。

「それは、君の痕跡を消し去るためだったのか？」

斂芳尊《れんほうそん》が年少の頃遊郭で育ったことは周知の事実だが、長い年月が経っても、それがいったいどこの遊郭なのかほとんどの者が知らないというのは、考えてみれば不思議な話だった。しかし多くの人々は、口に出さずとも内心では確信していた。きっと斂芳《れんほう》尊《そん》が裏で手を回して隠蔽《いんぺい》したに違いないと。しかし、彼がまさか自ら火を放ち、生まれ育った場所を跡形もなく燃やしたとは誰も思いもしなかっただろう。

「それだけが理由ではありません」

藍曦臣《ランシーチェン》はため息をつき、それ以上何かを言うことはなかった。

「なぜかとは聞かないんですか？」

金光瑶《ジングアンヤオ》の問いに藍曦臣《ランシーチェン》はただ首を横に振るだけだ。そして、少ししてから聞かれたのとは違うことを話し始めた。

「私は、これまで君が何をしてきたかを知らないわけではなかったが、ただ、やむを得ない事情があるからだと信じてきた」

藍曦臣《ランシーチェン》はさらに続ける。

「しかし、君は一線を越えてしまった。私にはもう……君を信じるべきかどうかわからない」

彼の口ぶりには深い疲労と失望が含まれていた。

外は激しい雷雨で、扉の隙間から風が吹き込みヒューヒューという凄まじい唸り声のような音が響く中、金光瑶《ジングアンヤオ》は突然地面に跪いた。

それを見て、その場にいた全員が呆気に取られ、ちょうど彼の腰の辺りから剣を取り上げていた魏無《ウェイウー》羨《シエン》も驚く。そして金光瑶《ジングアンヤオ》は、弱々しい声で思いもよらないことを口にした。

「曦臣《シーチェン》兄様、私が間違っていました」

「……」

その厚顔無恥《こうがんむち》な言葉を聞いて、魏無羨《ウェイウーシエン》の方が恥ずかしくなってきて、思わず口を挟んだ。

「あー、えっと、もう何も言うな。ちゃんと戦おうぜ。俺たちただ戦うだけにしよう、な？」

金光瑶《ジングアンヤオ》は、顔つきを変えろと言われれば変え、跪けと言われれば跪くかのように、もはや一切の尊厳も覇気も見られなかった。藍曦臣《ランシーチェン》の顔にも言葉にできない複雑な表情が浮かぶ。

「兄様、あなたとは長いつき合いがあります。何より私がこれまであなたにどう接してきたか、よくご存じのはずです。私はもう仙督の座になどなんの執着もなく、陰虎符も既に完全に壊れました。今夜を限りに、私は東瀛《とうえい》に渡り今生二度と戻らない覚悟です。これらに免じて、どうか命だけは助けていただけませんか」

　東瀛に渡る、それはつまり異国へ逃げるということだ。そのように聞くと非常にみっともなく思えるが、金光瑶《ジングアンヤオ》は常日頃から柔軟で変わり身が早く、叩いても折れないことで有名だ。穏便に解決できる道があるなら、決して強行突破はしない。蘭陵金《ジン》氏の武力をもってすれば、世家をいくつか制圧するくらいは可能だろうが、百家が一丸となって彼を討伐しようとしたら、かつての岐山温《ウェン》氏と同じ道を辿ることも、もはや時間の問題だ。その時まで事態を引き延ばすよりは、いっそのこと今すぐ撤退し、当座の不利な状況を回避して力を温存した方が、もしかするといずれ挽回の機会が訪れ、返り咲くことができるかもしれない。

「金《ジン》宗主、陰虎符は完全に壊れたと言ったが、だったらそれを出して俺に見せてくれないか？」

　魏無羨《ウェイウーシェン》が要求すると、金光瑶《ジングアンヤオ》は答えた。

「魏《ウェイ》公子、復元したものは結局のところ本物ではありませんから、使える回数には限りがあるのです。あれはもう完全に力を失っています。それに、あれの凶悪な気がどれほど強いかは、あなた自身が一番よく知っているはずでしょう。力を失った上に血塗られた災いしかもたらさない廃品を、私がまだ持ち歩いているとでも？」

「そんなの俺が知るわけないだろ。もしかしたら、お前がもう一人の薛洋《シュエヤン》を見つけるかもしれないしな？」

「曦臣《シーチェン》兄様、私が言ったことはすべて事実です」

金光瑶《ジングアンヤオ》の言葉は懇切《こんせつ》で真摯に響く。しかも、藍《ラン》曦臣《シーチェン》に対しては捕虜にしたあとも確かにずっと礼儀正しく接していたため、藍曦臣《ランシーチェン》には今すぐにがらりと彼への態度を変えることは難しく、ただ嘆くことしかできなかった。

「金《ジン》宗主、君が独断専行して乱葬崗であのような大騒ぎを画策したと知った時に、私は言ったはずだ。二度と『兄様』と呼ぶ必要はないと」

「此度《こたび》の乱葬崗の件は魔が差してしまい、この上ない間違いを犯してしまいました。ですが、私にはもう退路がないんです」

「退路がないとはどういうことだ？」

金光瑶《ジングアンヤオ》の言葉を聞いて、藍曦臣《ランシーチェン》が問い質そうとする。

藍忘機《ランワンジー》は微かに眉間にしわを寄せると、冷たい声で言った。

「兄上、その者とあまり話さないでください」

魏無羨《ウェイウーシエン》も同じく注意を促す。

「藍《ラン》宗主、あなたも注意するよう江《ジャン》宗主に言っていましたよね？　そいつとあまり話をするのは危険です」

藍曦臣《ランシーチェン》も金光瑶《ジングアンヤオ》の口巧者《くちごうしゃ》ぶりをよく知っているはずだ。しかし彼は、内情があるかもしれないと聞くと、信じたいあまり聞かざるを得なくなる。金《ジン》光瑶《グアンヤオ》もそれをわかっていて、つけ込もうとしているのだ。

金光瑶《ジングアンヤオ》は小さな声で話し始めた。

「私は一通の手紙を受け取ったのです」

「どんな手紙だ？」

藍曦臣《ランシーチェン》が問いかけると、彼は答えた。

「脅迫状です。手紙にはこう書いてありました……七日後、すべてを世間に公表する。私に残された道は、自ら命を絶って謝罪するか、あるいは……死を待つかのどちらかだと」

皆がわかりきっていた。金光瑶《ジングアンヤオ》が、ただ座《ざ》して死を待つわけがない。地位も名誉も失い、多くの世家に嘲笑され転覆《てんぷく》させられるのを待つより、いっそ先手を打った方が有利だ。たとえ相手が本当に彼の過去の汚点を吹聴《ふいちょう》したとしても、乱葬崗で包囲討伐を行ったあとであれば、多くの世家の消耗は計り知れず、その時にはもう、彼に構う気力などほとんど残っていないはずだ。

しかし残念ながら年回りが悪く、その目論《もくろ》みは魏《ウェイ》無羨《ウーシェン》と藍忘機《ランワンジー》の二人によって台無しにされてしまった。

「たとえそうだとしても、毒を食らわば皿までとばかりに、直接手を下してはならなかった！　君のそのやり方は……」

藍曦臣《ランシーチェン》は、少しでも彼を正当化できるような理由を見つけてやろうとしていたが、もうそれもできない！

「それなら、私は他にどうしたらよかったのですか？　事が公にされれば、噂が流布《るふ》して物議を醸《かも》すでしょう。玄門百家の百年も続く笑い種《ぐさ》に身を落とした私は、跪いて世間の人々に謝罪し、顔を彼らの足の下に差し出して踏んでほしいと願い出て、許しを請《こ》えばいいのですか？　兄様！　もう第三の道なんてないんです。彼らが死ぬか私が死ぬか、そのどちらかしかありません」

藍曦臣《ランシーチェン》は微かに怒気《どき》を帯びた顔になり、彼から一歩離れて言った。

「それもすべて、君が……君が手紙に書かれていた、あのようなことをしたからだろう！　もし君がそうしなければ、人に弱みを握られることもなかったはずではないのか？」

「兄様、私の話を聞いてください。私は自分がやったことは否認しません……」

「否認などできるわけがないだろう？　証人も証拠も揃っているというのに！」

「ですから、私は否認しないと言ったのです！　しかし父を殺し、妻を殺し、子を殺し、兄を殺したことが、もしやむを得ずやったことでないとしたら、なぜ私がそうしたと思うのですか？　まさか、あなたの中の私は本当に、そこまで理性を失った人間なのですか⁉」

藍曦臣《ランシーチェン》はいくらか落ち着いた表情になって答えた。

「わかった。では君にいくつか質問をするから、一つずつ説明してくれ」

「兄上！」

声を上げた藍忘機《ランワンジー》は避塵《ビチェン》を抜き出している。それを見て、藍曦臣《ランシーチェン》は彼がすぐさま一撃で金光瑶《ジングアンヤオ》を始末するつもりだと気づき、慌てて宥めた。

「心配しなくていい。彼は今怪我をしている上に、武器も取り上げられ既に不利な立場にある。ここにはこんなにたくさんの人がいるのだから、小細工を弄することはできまい」

ちょうど向こうでは、魏無羨《ウェイウーシエン》が蘇渉《スーショー》を一蹴りして、こそこそと行動を起こそうとしていた彼を阻止したところだった。

「お前はあちらの対応を。ここは私に任せて」

藍忘機《ランワンジー》は蘇渉《スーショー》が逆上して吠える声を聞いて、そちらへ歩いていく。魏無羨《ウェイウーシエン》にはよくわかっていた。藍《ラン》曦臣《シーチェン》は目の前の義弟《ぎてい》に対して、まだいくらか顔を立ててやりたいという気持ちがあり、一縷《いちる》の望みを抱き続けていて、どうしても彼に事情を打ち明ける機会を与えたかったのだ。ちょうど魏無羨《ウェイウーシエン》も、金光《ジングアン》瑶《ヤオ》がどう説明するのか気になることがいくつかあり、耳をそばだててじっくり聞くことにした。

「一つ目の質問だ。君の父である先代金《ジン》宗主は、本当に君があのような方法で……」

藍曦臣《ランシーチェン》が言いかけたところを遮って、金光瑶《ジングアンヤオ》は慎重に答えた。

「その質問には、最後に答えたいです」

藍曦臣《ランシーチェン》は頭《かぶり》を振って、また尋ねた。

「では二つ目の質問、君の……奥方は……」

どうやら口にしにくいようで、彼はすぐさま言い直した。

「君の妹、秦愫《チンスー》だが、君は本当に彼女と自分がどういう関係かを知っていながら、彼女を娶ったのか？」

金光瑶《ジングアンヤオ》はぼんやりと彼を見ると、突然涙をこぼした。

そして悲痛な様子で答える。

「……はい」

深く息を吸い、藍曦臣《ランシーチェン》は顔を曇らせた。金光瑶《ジングアンヤオ》は小さな声で続ける。

「でも、あれは本当に選択の余地がないことだったんです」

その言葉を聞くと、藍曦臣《ランシーチェン》は驚いて彼を責めた。

「なぜだ⁉　あれは君自身の婚約だろう！　君が娶らなければ済んだことではないのか？　たとえそれで秦愫《チンスー》の心を傷つけたとしても、心から君を愛し、君を尊敬し、一度も君を軽蔑しなかった女性の人生を壊すよりはずっと良かったはずだ！」

「私が心から彼女を愛していなかったとでも言うのですか⁉　仕方がなかったんです。どうしようもなかったんです！　ええ！　あれは確かに私自身の婚約です。でも本当に、私が一言娶らないと言えば、それで済む話ですか⁉　曦臣《シーチェン》兄様、あなたは単純すぎるにもほどがあります。私がどれだけ苦労して、どれだけの心血《しんけつ》を注いで秦蒼業《チンツアンイエ》に娘との婚約を認めさせたか。婚期も近づいてきたところで、やっと秦蒼業《チンツアンイエ》と金光善《ジングアンシャン》の二人ともが納得して賛成してくれたというのに、そんな時に突然婚約を取り消すと言うべきだったと？　いったいどんな理由を使って？　どうやってその二人に釈明するというのですか⁉」

金光瑶《ジングアンヤオ》はさらに続ける。

「兄様、まだ私がすべて円満であると思っていた時、秦《チン》夫人が密かにやって来て私に真相を教えました。当時の私がどんな気持ちだったか、あなたにわかりますか！　たとえ雷が脳天に落ちようとも、これ以上に恐ろしいことなどなかったでしょう！　彼女がなぜ金光善《ジングアンシャン》のところではなく、私のところへ来たかわかりますか？　なぜなら彼女は、金光善《ジングアンシャン》に手込めにされたからです！　私のあのご立派な父親は、自分に長年つき従ってきた部下の妻をも見逃さず、いつの間にか自分に娘が一人増えたことすら知らずにいたのです！　こんなに年月が経っても秦《チン》夫人はまだ怯えていて、自分の夫にも打ち明けられなかったというのに、もし私が突然婚約を破棄した挙句、彼らに本当の事情を知られて、万が一にも金光善《ジングアンシャン》と秦蒼業《チンツアンイエ》が決裂し仲違いしてしまったら、最後に最も悲惨な結末を迎えるのはいったい誰ですか⁉」

たとえ、金光善《ジングアンシャン》のその方面での卑劣な行いを耳にするのはこれが初めてではなかったとしても、この場にいる皆が悪寒《おかん》を覚えた。不快感とうそ寒さ、どちらがより強いかわからないほどだ。

「だったら……だったら君は、たとえやむを得ず秦《チン》愫《スー》を娶るしかなかったとしても、彼女を冷遇することもできたはずだ。それなのに、なぜ彼女と……どうして阿松《アーソン》を産ませて、そして自ら息子を手にかけたりしたんだ！」

藍曦臣《ランシーチェン》が問うと、金光瑤《ジングアンヤオ》は両手で頭を抱える。

彼は声を掠れさせながら答えた。

「……婚礼のあと、私は阿愫《アースー》に触れたことなど一度もありません。阿松《アーソン》は……婚礼の前にできた子です。当時の私は、婚約に時間を要したことで、何か波乱が起きるのではないかと心配して……」

それで、早めに秦愫《チンスー》と初夜を過ごしたのだ。

もしそうしていなければ、偶然が重なって間違いが起こり、実の妹と契《ちぎ》るようなこともなかったはずだ。今となっては、あの欠片も父親らしさのない父を恨むべきか、それとも疑心暗鬼になっていた自分自身を恨むべきかわからない！

一つため息をついてから、藍曦臣《ランシーチェン》はまた質問を続けた。

「三つ目の質問だ。言い逃れせずはっきり答えなさい。金子軒《ジンズーシュエン》の死、あれは君が故意に企てたことなのか⁉」

自分の父親の名前が聞こえ、江澄《ジャンチョン》を支えていた金《ジン》凌《リン》が目を見開いた。

藍忘機《ランワンジー》はわずかに声を大きくして兄に問いかけた。

「兄上、まだその者を信じるのですか？」

「もちろん、金子軒《ジンズーシュエン》が偶然に窮奇道の奇襲を見破ったとは信じていないが、しかし……まず彼に話をさせよう」

藍曦臣《ランシーチェン》は複雑な表情で答える。

金光瑤《ジングアンヤオ》は、死んでも認めないと言ったところできっと信じてはもらえないと思い、歯を食いしばる。

「……金子軒《ジンズーシュエン》には、確かに偶然見破られたわけではありません」

金凌《ジンリン》がぐっと拳を握りしめる。

金光瑶《ジングアンヤオ》はさらに続けた。

「しかし、決して故意にその後のすべての出来事を企ててはいません。あなたたちも、私をそこまで遠《えん》謀深慮《ぼうしんりょ》で一切誤算をしないなどとは思わないでください。まったく制御のしようがないことばかりです。彼が必ず金子勲《ジンズーシュン》と一緒に魏無羨《ウェイウーシエン》に殺されるだろうなんて、どうすれば私にわかると言うのですか？　魏《ウェイ》無羨《ウーシエン》が必ず暴走して、鬼将軍《おにしょうぐん》が必ず殺戮を始めるなんて、どうすれば的確に推測できたと言うんです？」

魏無羨《ウェイウーシエン》は荒々しい声で追及した。

「さっきは偶然じゃないって言ったよな？　矛盾してるじゃないか！」

「私が敢えて彼に窮奇道の奇襲について教えたことは否定しません。でも、私はただ彼とあなたが平素から不仲だったので、あなたが彼の従兄に因縁をつけられているところに彼がちょうど出くわせば、多少なりとも痛い目に遭うはずだと思っただけです。魏《ウェイ》公子、あなたがあの場にいた者たちを皆殺しにするなんて、どうやって私に予見できたと思うのですか？」

魏無羨《ウェイウーシエン》は怒りを通り越して笑いだした。

「お前って奴は、本当に……」

その時突然、金凌《ジンリン》が大声で叫んだ。

「なんでだ!?」

彼は江澄《ジャンチョン》のそばから立ち上がり、目を赤くして金《ジン》光瑶《グアンヤオ》に掴みかかって怒鳴った。

「なんでそんなことしたんだ!?」

脇でずっと黙っていた聶懐桑《ニエホワイサン》が慌てて手を伸ばし、金光瑶《ジングアンヤオ》に殴りかかりそうな金凌《ジンリン》を引っ張る。

金光瑶《ジングアンヤオ》は冷静に問い返した。

「なぜって？」

彼は金凌《ジンリン》の方へ向き直り、続けて問いかける。

「阿凌《アーリン》、ならば君が私に教えてくれないか？　なぜ、私は誰にでもいつも笑顔で接していても必ずしもいい顔をされるとは限らないのに、君の父親は、尊大ぶって人を人とも思わない態度をとっても、誰もが彼のそばへ争ってでも群がっていくんだ？　教えてくれるか。なぜ同じ人の子供なのに、君の父親は最愛の妻のそばで、なんの気兼ねもなく自分の子供をあやすことができて、私は妻と二人きりで長くいることすら恐ろしくてできない上に、自分の息子を見るだけでもぞっとして、さらに実の父親に当たり前のように命令されて、あんなこと——いつ狂乱状態になって凶屍悪鬼を操り大虐殺をさせるかわからない、極めて危険な人物を奇襲させられるんだ！」

金光瑶《ジングアンヤオ》はなおも言い募る。

「生まれた日まで同じなのに、なぜ金光善《ジングアンシャン》は一人の息子には大々的に宴を開いて誕生日を祝ってやって、同じ日に、もう一人の息子のことは手下の者に金鱗台の上から蹴り落とさせ、階段の一番高いところから一番下の段まで転がり落ちるのを見ているだけなんだ！」

彼はようやく心の奥深くに隠していた憎しみを吐露《とろ》した。しかしその矛先が向いているのは、金子軒《ジンズーシュエン》でも、魏無羨《ウェイウーシエン》でもなく、自分の父親だった。

「言い訳を探すな！　誰かが憎ければそいつを殺せばいいのに、なんで金子軒《ジンズーシュエン》に手を出した!?」

魏無羨《ウェイウーシエン》が叫ぶ。金光瑶《ジングアンヤオ》は落ち着いた様子で、藍《ラン》曦臣《シーチェン》に向かって答えた。

「見ての通り、すべて私が殺しました」

「しかもあのようなやり方で」

藍曦臣《ランシーチェン》が言うと、目に涙を溜めた彼は背筋を伸ばして地面に跪き、微笑んで答える。

「はい。至るところで発情する老いぼれの種馬《たねうま》には、ああいう死にざまがお似合いです。違いますか？」

「阿瑶《アーヤオ》！」

藍曦臣《ランシーチェン》が一喝した。

だが彼は、とっさに叱ったあとで思い出した。金《ジン》光瑶《グアンヤオ》とは、とっくに自分から一方的に縁を切ったのだから、そんなふうに彼を呼ぶべきではなかった。

しかし、金光瑶《ジングアンヤオ》の方はその事実にまるで気づかないまま、顔色も変えず冷静に口を開いた。

「曦臣《シーチェン》兄様、私は今、こんなにも聞くに堪えない言葉を使って奴を罵りましたが、父親に対して期待を抱いたこともありました。かつては奴の命令なら、温《ウェン》宗主を裏切るのも、薛洋《シュエヤン》を守るのも、異分子を一掃するのも、どれほど愚《おろ》かでどれほど人から憎まれる行動であったとしても、すべて実行しました。でも、私を完全に失望させたのがなんだったかわかりますか？　今から、あなたの一つ目の質問にお答えします。私が失望したのは、奴の心の中では永遠に金子軒《ジンズーシュエン》の髪の毛一本にすら敵《かな》わないことでもなく、あるいは金子勲《ジンズーシュン》の体にあった黒い穴にすら敵わないことでも、奴が莫玄羽《モーシュエンユー》を家に迎え入れたことでも、奴がそのあと八方手を尽くして私の実権を奪おうとしたことでもなく……それは奴がある時、いつものように出かけて酒色《しゅしょく》に溺れ、そばにいた商売女に心の内を明かした時でした。

なぜあそこまで湯水のように金を使う大宗主が、ほんのわずか、手を上げるのと同じくらい造作もない援助すらせず、私の母を身請けしてくれなかったと思いますか？　答えは非常に簡単で、ただ面倒だったからです。母はあんなにも長い間待ち続け、私の前では、奴にも自分では思い通りにできない苦衷があるなんて話を作り出して、奴が置かれた厳しい環境を慮《おもんぱか》ってやっていたというのに、その本当の理由が、面倒の二文字だけだったとは。

奴は商売女にこう言いました。『ちょっとばかり本を読んだことのある女は、大抵自分は他の女より上だと思い込んで要求は多いし、あれこれ空想するし、一番面倒だからな。もし彼女を身請けしてやって蘭陵まで捜しに来られたりしたら、どんなにしつこくつきまとわれるかわかったもんじゃない。このまま大人しく元の場所にいてくれれば、彼女ならおそらくまだ数年は人気を保てるだろうから、一生衣食住には困らないはずだ……息子？　はぁ、もうやめよう』」

金光瑶《ジングアンヤオ》は物覚えが極めて良く、こんなふうに一字一句復唱されると、周りの者たちは金光善《ジングアンシャン》がその一連の話をしている時の酔っぱらった様子までもがまざまざと想像できてしまった。彼は笑って続けた。

「曦臣《シーチェン》兄様、聞きました？　私という息子は、ただ、『はぁ、もうやめよう』で済ます程度の価値しかなかったんですよ。ハハハハッ……」

藍曦臣《ランシーチェン》の目元には痛ましげな色が滲んでいた。

「たとえ君の父親が……それでも君は……」

結局は適切な批判の言葉を見つけられずに言い淀み、嘆くように問いかける。

「今そのことを話すのに、いったいなんの意味があるんだ？」

金光瑶《ジングアンヤオ》は笑いながら、両の手のひらを上に向けて肩をすくめた。

「それはどうしようもありません。あらゆる悪事に手を染めてきましたが、それでもまだ人に哀れんでほしいんです。私はそういう人間なんですよ」

その言葉を言い終える間際に、彼は突然素早く手首を返した。すると、一本の赤い琴の弦が金凌《ジンリン》の首に巻きつく。

金光瑶《ジングアンヤオ》は目頭にまだ涙を浮かべながら、暗い声で鋭く言った。

「動くな！」

この防ぎようがない不測の事態に、江澄《ジャンチョン》が思わず吠えた。

「魏無羨《ウェイウーシエン》！　お前、さっき奴の武器を取り上げたんじゃなかったのか！」

差し迫った状況下で、彼はなんと直接魏無羨《ウェイウーシエン》に向かって叫んだ。その口調は年少の頃とまったく同じで、魏無羨《ウェイウーシエン》もまた彼に叫び返す。

「確かに琴の弦は全部取り上げたぞ！」

まさか、金光瑶《ジングアンヤオ》の修為が高すぎたとしても、無から有を生み出せるわけはないだろう！

藍忘機《ランワンジー》は一目でからくりを見抜いた。

「体内に隠していたんだ」

その場にいる者たちが彼の指さす方に視線を向けると、金光瑶《ジングアンヤオ》の白い服の脇腹辺りに、ほんのりとした赤い滲みが徐々に広がっていくのが見えた。琴の弦が赤かったのは、それが血まみれだったからだ。どうりで魏無羨《ウェイウーシエン》が探った時には見つけられなかったはずだ。金光瑶《ジングアンヤオ》はそれを隠し持っていたのではなく、自らの体の中に隠していたのだ。

一通り話し続けながら、藍曦臣《ランシーチェン》の心を引きつけて揺さぶり、周りの者の注意も逸らしたところで金凌《ジンリン》を刺激して詰め寄ってくるのを待つ。機が熟し、ようやく皆の警戒が緩んだのに乗じて、素早く指で自らの腹部を裂き、弦を体内から抜き出したのだ。

この最後の一手を残しておくために、金光瑶《ジングアンヤオ》が自分の体をそのように扱うなど誰が予想できただろう。琴の弦は確かに極めて細いが、金属の異物だ。ひとまとめにして生身の体の中に埋め込んだまま行動するなど、決して心地よい感覚ではなかったはずだ。

その時、ふいに江澄《ジャンチョン》が叫び声を上げた。

「阿凌《アーリン》！」

魏無羨《ウェイウーシエン》も思わずつられて動きかけたが、すぐさま誰かが彼を掴んだ。振り向くと、それは藍忘機《ランワンジー》だった。彼を見て、魏無羨《ウェイウーシエン》はどうにか気を静めて取り乱さないよう努めた。金光瑶《ジングアンヤオ》は金凌《ジンリン》を制しながら立ち上がる。

「江《ジャン》宗主、そんなに激昂する必要はありませんよ。阿凌《アーリン》はなんと言っても私が成長を見守ってきた子でもありますから。私の要求は先ほど言ったように、お互い各々《おのおの》の道に進み、二度と関わらないことです。しばらくすれば、自ずと無傷の阿凌《アーリン》に会えます」

「阿凌《アーリン》、むやみに動くな！　金光瑶《ジングアンヤオ》、人質が必要なら俺でいいだろう！」

金光瑶《ジングアンヤオ》は率直に答えた。

「それは違いますよ。江《ジャン》宗主、あなたは怪我をしていて動けませんから、あなたでは足手まといです」

魏無羨《ウェイウーシエン》は手のひらに汗をかきながら言った。

「金《ジン》宗主、何か忘れてないか？　お前の忠実な部下がまだ一人、ここにいるぞ」

金光瑶《ジングアンヤオ》が、藍忘機《ランワンジー》の避塵《ビチェン》を突きつけられている蘇渉《スーショー》に目を向けると、蘇渉《スーショー》はすぐさま掠れた声を絞り出した。

「宗主、私のことは構わないでください！」

「ありがとう」

金光瑶《ジングアンヤオ》がすぐさまそれに答えると、藍曦臣《ランシーチェン》はゆっくりと口を開いた。

「金《ジン》宗主、君はまた嘘をついた」

「これきり、二度としません」

「前回もそう言った。私にはもう、いったい君のどの言葉が真実なのか判断できない」

金光瑶《ジングアンヤオ》が答えようとした時、ドンと未だかつてない雷鳴が炸裂した。遥か遠く離れていても、まるで耳元で響いたような轟音《ごうおん》に思わず身震いし、彼は言いかけた言葉を呑み込んでしまった。すると、続けざまに扉の外から「ドン！　ドン！　ドン！」と三回、大きな音が不気味に轟く。

その音は「扉を叩く」と言うより、むしろ「扉にぶつかる」と言った方が正しい。人が腕を使って叩いているのではなく、誰かの頭を持ちながら、一回一回と凶暴に扉にぶつけているかのようだ。その音は一回ごとにだんだん大きくなり、扉の閂のひび割れも広がっていって、金光瑶《ジングアンヤオ》の表情は刻一刻とますます歪んでいく。

そして四回目が響いた時、閂はとうとう折れてしまった。細かい雨粒が叩きつけるような豪雨と漆黒の人影が、回転しながら扉を破って飛び込んできた。

金光瑶《ジングアンヤオ》の体がびくりと震え、どうやら避けようとしたようだが、すぐさまその衝動を抑え込んだ。飛んできた人影が向かっていったのは彼ではなく、魏無羨《ウェイウーシエン》と藍忘機《ランワンジー》だったからだ。二人は冷静に一瞬だけ離れたが、またすぐさま自然と肩を並べて一緒に立つ。振り向いた魏無羨《ウェイウーシエン》が、驚いたように声を上げた。

「温寧《ウェンニン》？」

温寧《ウェンニン》は主殿の中の観音像に頭を下にした状態で激突し、しばし低い位置で像に引っかかったあと、バタンと地面に落ちてきた。

「……公子」

彼を見ると、江澄《ジャンチョン》と金凌《ジンリン》の表情は同時に少し歪んだ。そして別の方向を見た聶懐桑《ニエホワイサン》が、にわかに大声で叫んだ。

「兄上！」

飛び込んできた温寧《ウェンニン》の他に、主殿の入り口にはまだもう一人の、さらに背が高く立派な体格の人影が立っていた。その輪郭は硬く顔は暗い灰色をしていて、両目には生気がなかった。

まさしく赤鋒尊《せきほうそん》、聶明玦《ニエミンジュエ》だ！

彼はまるで鉄塔の如く、嵐の中で扉の前に立ち塞がり、すべての者の行く手を阻んでいる。頭は真っすぐに首と繋がり、その首の辺りには黒い糸で細かく縫い合わせた縫い目が見える。誰かが一本の長い糸で、彼の頭と首なしの体を縫いつけたのだ！

「……兄上」

藍曦臣《ランシーチェン》がぽつりと言う。金光瑶《ジングアンヤオ》も呟くように呼びかけた。

「……兄上……」

この廟の中で、三人の者が皆、聶明玦《ニエミンジュエ》の死体に向かって兄上と呼んだが、その三人の口ぶりははっきりと異なっていた。金光瑶《ジングアンヤオ》は身を滅ぼすような恐怖が満面に表れ、全身が震え始めている。生前も死後も、彼が最も恐れている人物は、疑いもなくこの気性が荒々しく決して容赦することのない義兄に違いない。

体の震えにつられて手も震えだし、きつく引っ張っていたあの血まみれの琴の弦までもが震え始めた。まさにその刹那を見逃さず、藍忘機《ランワンジー》は突然避塵《ビチェン》を一振りし何かを削《そ》ぎ取った。

瞬く間に、彼は素早く金凌《ジンリン》の目の前へと近づくと、削いだものを手で受け取った。金光瑶《ジングアンヤオ》はやけに腕が軽くなったように感じ、一瞬呆然としていたが、俯いてそこに目を向けた瞬間、ようやく自分の右手がなくなっていることに気づいた。

彼の右手は、手首から先をバッサリと避塵《ビチェン》によって斬り落とされてしまっていた。藍忘機《ランワンジー》が受け取ったものとは、彼が凶器の琴の弦を握っていた右手だったのだ。

たちまち真っ赤な鮮血が激しく噴き出し、金光《ジングアン》瑶《ヤオ》は痛みで顔面蒼白になった。もはや悲鳴を上げることもできず、ただよろめきながら後ろに数歩下がり、立っていられなくなって地面に倒れる。悲鳴を上げたのは蘇渉《スーショー》だった。藍曦臣《ランシーチェン》は一瞬彼を支えようとしかけたが、結局は踏み止《とど》まり、二度と手を出そうとはしなかった。

　藍忘機《ランワンジー》がその斬り落とされた手の指を広げると、琴の弦はふっと緩み、金凌《ジンリン》はようやく命の危機を脱した。江澄《ジャンチョン》は飛びついて彼が怪我をしていないか確認しようとしたが、魏無羨《ウェイウーシエン》の方が先に急いで近寄り、金凌《ジンリン》の両肩を掴んで丹念に調べ始める。金凌《ジンリン》の首の皮膚に擦り傷一つないことをしっかり確認してから、ようやくほっと息をついた。

　藍忘機《ランワンジー》は剣で攻撃する時、いつもであれば三割程度は手加減をするが、先ほどの状況は一刻を争っていた。あの琴の弦は極めて鋭く、弦殺術《げんさつじゅつ》を使える者の手の中にあれば、果物や野菜を切るように肉と骨を簡単に斬ることができる。しかも、あろうことか金光瑶《ジングアンヤオ》の手は震えていて、もしあと一刻でもあのまま震え続けていたら、あるいはさらに恐ろしいことに、彼が人に巻きつけた弦を引っ張っていることを忘れ、それを手にしたまま逃げだそうとしていたら……もし藍忘機《ランワンジー》が即座に決断を下し、素早くかつ正確に弦を握っていた彼の右手を斬り落とさなければ、おそらく金凌《ジンリン》は今頃既に体と首が離れ離れになって、真っ赤な血が数丈も高く噴き上がっていただろう！

　金凌《ジンリン》は金光瑶《ジングアンヤオ》の斬られた手首から噴き出た血をすべて体に受けてしまい、体と顔の半分近くにべったりと血が付着し、まだ呆然としたまま状況を呑み込めずにいた。魏無羨《ウェイウーシエン》は血まみれの彼をぎゅうぎゅうと思いきり抱きしめながら怒鳴った。

「今度からは、危険人物から距離を取れ。このクソガキが、あんなに近いところに立っていやがって、いったいどういうつもりだ！」

　もし江厭離《ジャンイエンリー》と金子軒《ジンズーシュエン》のたった一人の息子までもが彼の目の前でいなくなったりしたら、魏無羨《ウェイウーシエン》は本当にどうしたらいいかわからなくなっただろう。

　金凌《ジンリン》は誰かにそんなふうに抱きしめられることに

まったく慣れていないため、青褪めていた顔にはぽっと赤みが差し、全力で魏無羨《ウェイウーシエン》の胸を拒《こば》んだ。魏無《ウェイウー》羨《シエン》は彼を掴んでさらに力を込めて思いきり数回抱きしめ、肩をパンパンと強く叩いてから、ぱっと江《ジャン》澄《チョン》の方に押し出した。

「ほら行け！　二度と勝手に走り回るなよ。叔父さんのところに行け！」

江澄《ジャンチョン》はまだ少しぼうっとしたままの金凌《ジンリン》をしっかり掴むと、並んで立っている魏無羨《ウェイウーシエン》と藍忘機《ランワンジー》に目を向ける。しばしためらってから、藍忘機《ランワンジー》に向かって小さな声で言った。

「感謝する」

たとえ小さな声であっても、決して有耶無耶《うやむや》な言葉ではなかった。

金凌《ジンリン》もまた同じようにきちんと礼を言った。

「含光君、命を救ってくださり、本当にありがとうございます」

藍忘機《ランワンジー》は小さく頷いただけで何も言わなかった。

彼が握っている避塵《ビチエン》は斜めに地面を指し、透き通って澄み渡る刃に血の雫は留《とど》まらず、すぐに綺麗に滑り落ちていく。そして今度は入り口に立っている聶《ニエ》明玦《ミンジュエ》に剣先が向けられた。温寧《ウェンニン》はゆっくりと這い上がり、折れた手を自ら骨接《ほねつ》ぎして言った。

「気をつけてください……彼の怨念《おんねん》は、並大抵のものではありません」

金光瑶《ジングアンヤオ》は歯を食い縛り、斬り落とされた右腕の経穴を数か所突いた。出血多量で頭がぼうっとして目眩もしていたが、聶明玦《ニエミンジュエ》が急に彼に向かって一歩踏み出し、そのぼんやりとした両目が自分をじっと見つめているとわかり、驚きのあまり心臓が飛び出しそうになる。傍らにいる蘇渉《スーショー》はまた咳き込んで血を吐くと、声を振り絞って部下たちに怒鳴った。

「愚か者が！　何をぼうっとしているんだ！　奴を止めろ！　入り口のあれを止めろ！」

長い間ずっと放心状態だった蘭陵金《ジン》氏の修士たちは、その指示でようやく剣を持って聶明玦《ニエミンジュエ》を取り囲もうとしたが、最初の二人はすぐさま手のひらの一撃で打ち飛ばされた。

金光瑶《ジングアンヤオ》は左手で腕の切断面に粉薬を振ったが、すぐさま大量の血で流されてしまい、熱い涙を滲ませながら自分の袖を引き裂いて、包帯代わりに巻いて止血しようとした。しかし、彼の左手は棺と漆黒の箱から溢れ出た毒煙で焼け爛れていて力を込められず、震えながら長いこと引き裂こうとしてもなかなかできずに、無駄に痛みが増すだけだった。蘇《スー》渉《ショー》は這《は》う這《は》うの体《てい》で彼に飛びつくと、自分の白い服を引き裂いて彼の傷口に巻いてやった。

ちょうどその時、藍曦臣《ランシーチェン》が聶懐桑《ニエホワイサン》を守りながら安全な場所まで下がってくる。蘇渉《スーショー》は余った塗り薬や粉薬がないかと自分の体のあちこちを手探りしたが、もうどこにもなく、藍曦臣《ランシーチェン》に向かって頼み込んだ。

「藍《ラン》宗主！　藍《ラン》宗主、薬はありませんか？　手を貸してください。宗主はあなたに対してずっと礼儀正しく接してきました。少しで構いませんから、手を貸してください！」

藍曦臣《ランシーチェン》は朦朧《もうろう》としている金光瑶《ジングアンヤオ》の悲惨な姿を見て、その目に微かに心苦しさを浮かべた。

ちょうどその時、入り口の方から悲鳴が上がった。そちらに目を向けると、聶明玦《ニエミンジュエ》が強力な拳を打ち出し、三人の修士を一気に猩々《しょうじょう》緋色《ひいろ》のひき肉にまで潰すところだった！

魏無羨《ウェイウーシエン》と藍忘機《ランワンジー》は、江澄《ジャンチョン》と金凌《ジンリン》を庇うように立っている。

「温寧《ウェンニン》！　お前はどうやって彼と会ったんだ!?」

魏無羨《ウェイウーシエン》に尋ねられ、温寧《ウェンニン》は手のあとに折れた脚も骨接ぎしつつ答えた。

「公子、すみません……藍《ラン》公子を捜すように言われたのに、宿では見つからなくて、仕方なく大通りに出て捜したんですが、それでも出会えなくて。そしたら、赤鋒尊《せきほうそん》が道端で歩いているのが見えたんです。しかも、大勢の物乞《ものご》いが危険だとわからずにつきまとって騒いでいて、赤鋒尊《せきほうそん》は一切自我がないから、危うく素手で彼らを引き裂くところでした。それで仕方なく、道中ずっと彼と戦いながらここまで来たんです……」

なぜ宿で藍忘機《ランワンジー》を見つけられなかったか、魏無羨《ウェイウーシェン》は聞くまでもなくわかっていた。彼が藍忘機《ランワンジー》の隣の部屋で眠れなかったというのに、まさか藍忘機《ランワンジー》の方はすんなりと眠れたとでもいうのか？　彼もきっと魏無羨《ウェイウーシェン》と同じく夜の道に出て、適当に歩いたり走ったりしていたところに、尻尾を巻いて援軍を呼びに行った仙子《シェンズー》に出くわしたに違いない。この突然の雷雨も、温寧《ウェンニン》と聶明玦《ニエミンジュエ》が戦い始めたあとに起こったものなのだろう。

「屍」というモノは、元から陰気を呼び邪のモノを招く。ましてや、ここにはただならぬ力を持つ凶屍が二体もいるのだ！

　蘭陵金氏《ジン》の修士たちは、たとえ聶明玦《ニエミンジュエ》に敵わなくとも、勇気を奮い起こして絶え間なく攻撃を続けた。しかし、彼らの剣が聶明玦《ニエミンジュエ》の体に斬りかかっても、まるで精錬された鋼《はがね》にぶつかった時のように、なんと一本の傷すらも刻むことができなかった。聶懐桑《ニエホワイサン》は藍曦臣《ランシーチェン》の背後から半分だけ体を出し、恐怖と期待が入り交じった声で言った。

「ああ兄上、私、私は……」

　聶明玦《ニエミンジュエ》の瞳のない両目がカッと見開かれ、声のする方を睨みつけるやいきなり聶懐桑《ニエホワイサン》に掴みかかっていく。藍曦臣《ランシーチェン》が微かに俯くと、裂氷《リエビン》の幽咽《ゆうえつ》な音が響き、聶明玦《ニエミンジュエ》の体は一瞬固まった。

　裂氷《リエビン》から口を離して、藍曦臣《ランシーチェン》が声を上げる。

「兄上、彼は懐桑《ホワイサン》です！」

「兄上は私ですらわからないんですか……」

　絶望したように呟く聶懐桑《ニエホワイサン》に、魏無羨《ウェイウーシェン》が言った。

「お前のことがわからないどころか、彼は今、自分が誰かすらわかってないんだ！」

　聶明玦《ニエミンジュエ》はもはやこの上ないほど強い怨念に支配された一体の屍で、短気で狂猛、攻撃には見境がない。温寧《ウェンニン》はしばし体を整えたあと、再び前に出て接近戦で彼と対峙した。しかし、温寧《ウェンニン》の怨念は彼より深くも強くもない上、体格も彼より劣る。加えて魏無羨《ウェイウーシェン》の笛は既に割れてしまい、彼を補助することもできないため、わずかに劣勢だ。

　地面に横たわっている金光瑶《ジングアンヤオ》の、斬られた手首から噴き出す血はやっとのことで止まり、蘇渉《スーショー》はすぐに起き上がって彼を背負うと騒ぎに乗じて逃げようとした。だが、警戒していた聶明玦《ニエミンジュエ》はその動きで彼らに気づくと、温寧《ウェンニン》を撥ね飛ばし大股で金光瑶《ジングアンヤオ》に向かって歩いていく。

金凌《ジンリン》が思わず声を上げた。

「瑶《ヤオ》叔父上！　早く逃げて！」

江澄《ジャンチョン》はまさか金凌《ジンリン》が声に出して敵に危険を教えてやるとは思わず、手のひらで思いきり彼の後頭部を叩いて怒鳴った。

「黙れ！」

金凌《ジンリン》は叩かれてようやく我に返ったものの、なんと言ってもあの人は、彼の成長を見守ってきてくれた叔父なのだ。これまでの十数年、金光瑶《ジングアンヤオ》が彼に対して良くしてくれなかったとはとても言えず、その彼が凶屍の手によって無残に殺されるかもしれないところを見て焦り、思わず声を上げてしまった。けれど、聶明玦《ニエミンジュエ》は彼のその声を聞くと、少々困惑したように金凌《ジンリン》の方を振り向いた。その瞬間、魏無羨《ウェイウーシェン》の心臓が縮み上がり、彼は小さな声で呟いた。

「しまった！」

聶明玦《ニエミンジュエ》は既に凶屍となっているため、当然、彼の仇である金光瑶《ジングアンヤオ》に対しての怨念が最も大きいはずだ。しかし、凶屍は人を区別する時に目を使わない！

金光瑶《ジングアンヤオ》と金凌《ジンリン》は非常に近い血縁関係にあり、人ならざる死物《しぶつ》からすれば、この二人の生きた人間は呼吸も血気も似通ったところがある。もし意識が混《こん》濁《だく》した状態の人ならざるモノであれば、さらに二人を見分けることは難しい。今この時、金光瑶《ジングアンヤオ》は手を一本失って激しく血を流し、ひどく弱って死にかけているが、逆に金凌《ジンリン》はぴんぴんしているため、聶《ニエ》明玦《ミンジュエ》の一切思考をしていない死人《しびと》の頭では、自ずと彼に対する興味が勝《まさ》るに決まっている。

藍忘機《ランワンジー》は避塵《ビチェン》を鞘から飛ばし、聶明玦《ニエミンジュエ》の胸元に直撃させたが、案の定、剣先は彼の鋼のような胸に浅く刺さるだけで止まり、それ以上進めなかった。聶《ニエ》明玦《ミンジュエ》は俯いて、その冴え冴えとした長剣をじっと見ると一声咆哮《ほうこう》し、手を伸ばして掴もうとする。それを見て藍忘機《ランワンジー》はすぐさま避塵《ビチェン》を呼び戻した。避塵《ビチェン》は「チャン」という音とともに鞘の中に飛び込み、聶《ニエ》明玦《ミンジュエ》を空振りさせる。そして藍忘機《ランワンジー》は即座に左手の手首を返すと、忘機琴《ワンジーきん》を取り出し、そのまま手のひらで支えて一刻の隙も与えずに清らかな音を数回奏でた。藍曦臣《ランシーチェン》も再び裂氷《リエビン》を口元に添える。魏無羨《ウェイウーシエン》は、一気に五十枚以上の呪符を取り出すと、すべてを聶《ニエ》明玦《ミンジュエ》に向かって投げつけた。しかしそれらの呪符は、聶明玦《ニエミンジュエ》の体に近づく前に彼の怨念によって燃やされ、空中で灰塵《かいじん》と化してしまった！

　聶明玦《ニエミンジュエ》は激昂して吠えながら金凌《ジンリン》に掴みかかり、既に壁際の隅まで下がっていた江澄《ジャンチョン》と金凌《ジンリン》はそれ以上逃げる場所を失っていた。江澄《ジャンチョン》は仕方なく金凌《ジンリン》を自分の後ろに押し込み、まだ霊力を使えないにもかかわらず三毒《サンドゥ》を抜き出して無理にでも迎撃しようとした。琴と簫は揃って奏でられ始めているが、もう間に合わない！

　聶明玦《ニエミンジュエ》の強力な拳が、一つの体を貫いた。

　しかしその体は、江澄《ジャンチョン》のものでも金凌《ジンリン》のものでもなかった。

　温寧《ウェンニン》が飛び込んできて彼ら二人の前に立ち塞がると、両手で聶明玦《ニエミンジュエ》の鋼のような腕を掴んで、ゆっくりとそれを自分の胸の中から抜き出す。彼の体には、非常に大きくて透明な空洞が残った。血は流れず、ただわずかに黒い内臓の砕けた欠片だけがぽろりと落ちてくる。

「温寧《ウェンニン》！」

　魏無羨《ウェイウーシエン》が思わず声を上げた。

　江澄《ジャンチョン》は、いっそのことその場で理性をなくしたくてたまらないというような表情で叫んだ。

「お前！　お前!?」

　その拳の一撃はあまりにも強く、温寧《ウェンニン》の胸を打ち抜いただけではなく、喉笛の一部をも反動で砕き、彼は一言も話せないまま倒れてしまった。

　温寧《ウェンニン》はちょうど江澄《ジャンチョン》と金凌《ジンリン》の体に倒れかかり、衝撃でしばらくの間は動けないだろうが、開いたままの目で瞬き一つせずに二人を静かに見つめていた。

金凌《ジンリン》はもともと、当時自分の父親の心臓を貫いた下手人であり凶器であるこの温寧《ウェンニン》を激しく憎み、子供の頃から数えきれないほど誓いを立ててきた。いつかもし機会があったら、必ず魏嬰《ウェイイン》と温寧《ウェンニン》をずたずたに斬り刻んで一寸一寸と凌遅すると。だがその後、彼は魏無羨《ウェイウーシエン》を恨みたくなくなってしまったため、その代わり全力で温寧《ウェンニン》を二倍憎むようになった。しかし、今この瞬間、その彼が目の前で父と同じく拳で心臓を貫かれるのを見たあとでは、温寧《ウェンニン》を乱暴に突き飛ばし、自分たちに寄りかからせずにいることとなどできなかった。

彼が死人で、胸に穴を一つ打ち抜かれるどころか、たとえ腰から真っ二つに切断されてもおそらく大したことがないのはよくわかっている。それなのに、なぜかどうしても抑えきれない涙が絶え間なく溢れ出してくるのだ。

この拳の一撃を放ったあと、聶明玦《ニエミンジュエ》は動きを止めた。

藍忘機《ランワンジー》と藍曦臣《ランシーチェン》の斉奏《せいそう》は、琴の音は清泉の如く流れ、簫の音は秋風の如くもの寂しい。発しているのはどちらも聶明玦《ニエミンジュエ》が憎悪する音で、彼にとってその耳障りさは倍に高まり全身にある種の停滞感を与え、まるで形のない縄で彼を縛っているかのようだった。その縄でますますきつく締めつけると、彼の怒りも一層荒ぶり、最後は突然爆発して強引に破障音《はしょうおん》の束縛を突き破って琴の奏者を攻撃しに行く。藍忘機《ランワンジー》は落ち着いて身を翻すと、巧みにすれ違うように彼の攻撃をかわし、琴の音は一瞬すらも滞《とどこお》ることはなかった。聶明玦《ニエミンジュエ》がその拳の一撃でまた壁を打ち抜き、振り返ろうとしたその時、やけに軽快なヒューヒュ一という口笛が聞こえてきた。

彼は拳を壁の中から抜いて、その音が響いた方に顔を向ける。

魏無羨《ウェイウーシエン》はまた口笛を二回吹くと、笑いながら話しかけた。

「どうも、赤鋒尊《せきほうそん》。俺のこと覚えてるか?」

聶明玦《ニエミンジュエ》の真っ白でひどく凶悪な眼球は、静かに彼に向けられた。

「忘れてても大丈夫。この口笛さえ覚えてれば十分だ」

第二十二章　晦蔵

藍曦臣《ランシーチェン》は裂氷《リエビン》をわずかに口元から離すと声を上げた。

「魏《ウェイ》公子！」

彼は魏無羨《ウェイウーシエン》に注意を促すつもりでいた。魏無羨《ウェイウーシエン》の今の体はもともと莫玄羽《モーシュエンユー》のもので、莫玄羽《モーシュエンユー》と金《ジン》光瑶《グアンヤオ》には血縁関係がある。しかもそれは金光瑶《ジングアンヤオ》と金凌《ジンリン》よりも濃い繋がりなのだ。もし聶明玦《ニエミンジュエ》がそのせいで勘違いをし、金光瑶《ジングアンヤオ》に向けるべき怨念を魏無《ウェイウー》羨《シエン》にぶちまけたりしたら、さらに対処が難しくなってしまう。しかし、藍曦臣《ランシーチェン》が言葉を続ける前に、藍《ラン》忘機《ワンジー》が視線を寄越し、淡然と落ち着いた様子で首を横に振った。

藍曦臣《ランシーチェン》はすぐさま理解した。彼は言外に示しているのだ——「心配は無用です」と。

藍忘機《ランワンジー》は、魏無羨《ウェイウーシエン》なら大丈夫だと信じている。

魏無羨《ウェイウーシエン》は滑らかに口笛を吹きながら、気ままな足取りで歩く。口笛の音色は伸びやかで心地良いが、稲妻が走り雷鳴轟く嵐に閉ざされ、一面に死体が横たわる観音廟の中では、その音が清らかに響けば響くほど、一層奇怪に聞こえる。

主殿の隅で江澄《ジャンチョン》と金凌《ジンリン》の体に寄りかかるように倒れ込んでいた温寧《ウェンニン》の耳にも届くと、計り知れない強烈な衝動が湧いて、立ち上がるように彼を駆り立てた。どうにかその衝動を堪えられたのか、それともまだ動けるほど力が回復していないからか、二回ほどもがいたあと彼の体は再びぐらりと倒れてしまう。江澄《ジャンチョン》と金凌《ジンリン》は無意識のうちに、同時に彼を受け止めようと手を伸ばした。だが、受け止めたと同時に、二人は今すぐ彼を突き放したいと言うようなよく似た複雑な表情を浮かべた。

魏無羨《ウェイウーシエン》はにこにこしながらふざけた調子の旋律を吹いて、手を後ろで組み落ち着いた歩調で後ずさっていく。聶明玦《ニエミンジュエ》はその場に立ち尽くしたまま、魏無《ウェイウー》羨《シエン》が一歩下がっても反応することはなかった。さらに三歩下がっても、依然としてまったく関心を示さない。そして七歩まで下がった時、どうやら衝動を抑えきれなくなったようで、魏無羨《ウェイウーシエン》の方に向かって一歩を踏み出した。

魏無羨《ウェイウーシエン》が彼を煽って進ませようとしているのは、まさしく主殿の奥にある、あの非常に華麗な空の棺がある方向だ。

ひとまずその中に入らせることさえできれば、魏《ウェイ》無羨《ウーシエン》には彼を封じるための秘策があった。

あの白い毒煙はほとんど消えて、既に脅威にはならないほど希薄になっている。青黒い顔色をした聶《ニエ》明玦《ミンジュエ》は空の棺の前まで引き寄せられ、本能的にそれを強く拒絶した。魏無羨《ウェイウーシエン》はぐるりと棺の周りを一周歩く。全員が息を殺して一心にそちらを見つめる中、藍忘機《ランワンジー》は誰よりも強い視線で彼の様子を注視していた。魏無羨《ウェイウーシエン》は悠々と口笛を吹きながら、ゆったりとした動きで視線をそちらに送る。互いの視線がぶつかると、彼は誘うような表情で藍忘機《ランワンジー》に向かって左目を一回瞬かせた。

まるで飴細工《あめざいく》の小さな針で刺されたかのように、藍忘機《ランワンジー》の指が弾く琴の音色に気づかれないほどささやかなさざ波が立ち、瞬く間に静まる。魏無羨《ウェイウーシエン》はやや得意げにくるりと身を翻すと、聶明玦《ニエミンジュエ》の目の前で、ぽんと棺の縁を叩いた。

ついに、聶明玦《ニエミンジュエ》はのろのろとその中へ体を傾け始める。

しかし、その上半身が棺の縁を越えて中に入ろうとしたその時、突然、藍曦臣《ランシーチェン》の後方から悲鳴が上がった。

聶明玦《ニエミンジュエ》はすぐに動きを止め、他の者たちと同じようにぱっと振り向く。蘇渉《スーショー》が半ば意識を失いかけている金光瑶《ジングアンヤオ》を背負い、一方の手で彼の脚を支え、もう一方の手に長剣を携えており、その剣身には血がついているのが見える。そして地面に倒れた聶《ニエ》懐桑《ホワイサン》が、自らの脚を抱えて痛みにのたうち回っていた。

その状況を見るや否や、朔月《シュオユエ》から一筋の剣気が放たれ、剣を持った蘇渉《スーショー》の手を強く打つ。うろたえた蘇渉《スーショー》は驚きの表情を浮かべ、衝撃で長剣を取り落とした。聶懐桑《ニエホワイサン》を傷つけたその剣から、空気中に血の臭いがわずかに漂ってくるのに気づくと、魏無《ウェイウー》羨《シエン》は心の中で思いきり罵った。

(冗談じゃねぇ。肝心な時に俺の計画を台無しにしやがって!)

聶懐桑《ニエホワイサン》と聶明玦《ニエミンジュエ》は同じ父親を持つ異母兄弟であるため、聶懐桑《ニエホワイサン》の血の臭いを嗅いでも、聶明玦《ニエミンジュエ》の殺意が呼び起こされることはないが、好奇心は非常にかき立てられるはずだ。ひとたび興味を抱いてそちらに引き寄せられれば、必然的に聶懐桑《ニエホワイサン》の近くにいる金光瑶《ジングアンヤオ》の存在に気づいてしまうだろう。そして金光瑶《ジングアンヤオ》を殺せば、彼の凶暴性はさらに膨らみ、より一層牽制するのが難しくなる!

やはり、聶明玦《ニエミンジュエ》の喉からはグーグーと音が鳴り、身を翻して空の棺から離れると、すぐさま蘇渉《スーショー》の背中にぐったりと伏せている者が誰なのかに気づいてしまった。もう魏無羨《ウェイウーシエン》の口笛でも彼を引きつけられず、聶明玦《ニエミンジュエ》は一陣の暴風の如く駆けていき、手のひらを金光瑶《ジングアンヤオ》の脳天めがけて振り下ろした!

その瞬間、蘇渉《スーショー》はさっと体を横に傾け、先ほど地面に打ち落とされた長剣を足先で弾くと、手にしたその剣にすべての霊力を巡らせ、聶明玦《ニエミンジュエ》の心臓をめがけて貫こうとした。生死の境にいるせいか、その一撃は極めて素早い上にわずかの容赦もなく、霊力が限界まで注がれた剣身は眩《まばゆ》く光り輝いている。それはこれまでの優雅に見えなくもなかったどの剣筋よりも鮮やかなものだったため、魏無羨《ウェイウーシエン》ですら思わず「見事だ」と称賛したくなった。

聶明玦《ニエミンジュエ》もその爆発的な一撃に追い込まれ、後ろに大きく一歩下がる。だが、霊力の光が弱まると、聶《ニエ》明玦《ミンジュエ》はすぐにまた前に出てしつこく金光瑶《ジングアンヤオ》に掴みかかろうとした。蘇渉《スーショー》は左手で金光瑶《ジングアンヤオ》を藍曦臣《ランシーチェン》の方へ放り投げ、右手で今度は聶明玦《ニエミンジュエ》の喉元めがけて斬りつける。

たとえ聶明玦《ニエミンジュエ》の体が上から下まで鋼のように硬く一切傷つけることはできなくとも、彼の首と体を繋ぎ合わせている、あの首の糸までそうとは限らない！

もしこの一撃が成功していたなら、制圧までは無理でも多少は時間を稼げるはずだった。ところが、その剣は蘇渉《スーショー》が先ほどいきなり大量の霊力を注ぎ込んだせいで耐えられる限界を超えてしまい、振りかざす途中で「パキッ」という音とともに数か所が折れてしまう。そして聶明玦《ニエミンジュエ》の手のひらの一撃は、なんと彼の胸の真ん中に命中した。

蘇渉《スーショー》の見事な戦いぶりは、一瞬にして幕を閉じた。彼は血を吐き出すこともできず、体裁の良い、あるいは恨みのこもった最期の言葉を言うことさえもできずに、目の中の光は瞬く間に消え失せた。

藍曦臣《ランシーチェン》の体に力なく倒れ込んだ金光瑶《ジングアンヤオ》も、その場面を目の当たりにした。斬り落とされた手首の傷口と腹部からは血がますます激しく溢れ、耐えがたいほどの痛みのせいか、それとも別の理由からか、彼の目に微かな涙が浮かんだ。しかし、彼に一息つかせる機会も、傷口を舐めるような機会も与えず、聶明玦《ニエミンジュエ》は蘇渉《スーショー》の体から手を抜き出すと、再び身を翻して金光瑶《ジングアンヤオ》の方をじっと見つめ、虎視《こし》眈々《たんたん》と隙を窺っている。

その強剛《きょうごう》な顔には、冷淡で容赦もなく、相手を見定めるような表情が浮かんでいた。それは生前の彼とまったく同じで、まさしく金光瑶《ジングアンヤオ》が何よりも恐れている姿だった。金光瑶《ジングアンヤオ》は恐怖のあまり涙も引っ込み、声を震わせながら助けを求めた。

「曦臣《シーチェン》兄様……」

藍曦臣《ランシーチェン》は剣先の方向を変え、魏無羨《ウェイウーシエン》と藍忘機《ランワンジー》も急いで旋律を奏でる。しかし先ほどの口笛の音色は既に破られてしまい、もう一度同じように効力を発揮させるのは、先ほどより遥かに困難だった。その時、突然傍らで誰かが叫ぶのが聞こえた。

「魏無羨《ウェイウーシエン》！」

「なんだ？」

とっさに応じてから、自分を呼んだのが江澄《ジャンチョン》だとようやく気づき、魏無羨《ウェイウーシエン》はやや不思議に思う。江《ジャン》澄《チョン》は言葉では返さず、代わりに袖の中からある物を取り出すと、彼に向かって投げた。魏無羨《ウェイウーシエン》は反射的に手を伸ばして受け取り、俯いてそれを見る。艶やかに光る漆黒の笛と真っ赤な房《ふさ》。

――鬼笛陳情《きてきチェンチン》！

これよりしっくりくるものはない、というほど馴染んだその笛に触れた途端、魏無羨《ウェイウーシエン》は驚く暇も深く考える暇もなく、即座に自然とそれを口元に添え、

「藍湛《ランジャン》！」と呼んだ。

藍忘機《ランワンジー》が微かに頷き、二人はそれ以上の言葉を必要とせず、揃って琴と笛の音を奏で始めた。琴の音は清泉の如く、笛の音は飛鳥《ひちょう》の如く、一人は抑圧し、もう一人は誘導する。重なり合う二つの音色に聶明玦《ニエミンジュエ》の体はぐらつき、ついに金光瑶《ジングアンヤオ》に向かっていた足を半ば無理やりに別の方向へ向けた。

琴と笛の合奏によって操られ、聶明玦《ニエミンジュエ》はぎこちない足取りで再びあの空の棺に向かって一歩ずつ歩いていく。魏無羨《ウェイウーシエン》と藍忘機《ランワンジー》もまた一歩一歩と彼のあとを追って棺へと近づき、彼の体が棺の中へ入ると、二人は図らずも同時に地面に落とされていた棺の蓋の両端を蹴り上げた。ずっしりと重いそれは宙を舞い、棺の上に被さるように落ちて蓋をする。魏無羨《ウェイウーシエン》は瞬時に棺の頭の方にぱっと跳び上がり、左手で陳情《チェンチン》を腰の辺りに差した。そして素早く右手の指を噛み切ると、行雲流水《こううんりゅうすい》の如く蓋の上に呪文を書き始める。それは生き生きと躍動するような筆勢《ひっせい》で、鮮血が滴り落ちる一連の呪文を一筆で書ききった！

書き終えると、棺の中から聞こえていた野獣が大声で吠えるような声がついにやんだ。藍忘機《ランワンジー》は七本の弦をそっと指で押さえ、琴の余韻を止める。魏無羨《ウェイウーシエン》は軽く息を吐くと、しばらくの間、慎重に棺の蓋の下の気配を探り、力を感じなくなったことを確認してからようやく立ち上がった。

「本当に気性が荒すぎる。なぁ？」

琴を収めた藍忘機《ランワンジー》は顔を上げ、棺の上に立ってかなり目線が高くなっている魏無羨《ウェイウーシエン》を薄い色の双眸《そうぼう》で見つめた。魏無羨《ウェイウーシエン》もそちらを見下ろすと、我慢できずに身を屈め右手を伸ばして、透き通るように白い彼の顔をくすぐる。うっかりなのか、それともわざ

となのか、藍忘機《ランワンジー》の顔に数本の赤い血の跡がついてしまった。だが、藍忘機《ランワンジー》はそれを厭うこともなく魏《ウェイ》無羨《ウーシエン》に告げる。

「下りておいで」

魏無羨《ウェイウーシエン》が笑いながらぴょんと飛び下りると、腕を広げて彼が受け止めてくれた。

棺の方が少し静かになると、向こう側では聶懐《ニエホワイ》桑《サン》が「ああ、ああ」と痛がって声を上げているのが聞こえる。

「曦臣《シーチェン》兄様！　早く来て、私の代わりに見てください。私の脚はまだ体と繋がっていますよね!?」

藍曦臣《ランシーチェン》はそちらに歩いていくと、彼を押さえて一通り調べた。

「懐桑《ホワイサン》、大丈夫だ。そんなに怖がらなくていい。脚はちゃんと繋がっている。ただ一か所刺されただけだ」

「刺されたんですよ！　怖いに決まってるじゃないですか！　もしかして貫かれてるんですか？　曦《シー》臣《チェン》兄様、助けてください！」

怯えながら喚く聶懐桑《ニエホワイサン》に、藍曦臣《ランシーチェン》はぎこちない笑みを浮かべた。

「そんなに深刻ではないよ」

聶懐桑《ニエホワイサン》はそれでも脚を抱えて地面をのたうち回っている。彼は痛いのが何より苦手だと知っている藍曦臣《ランシーチェン》は、すぐに懐から薬瓶を取り出し、聶懐桑《ニエホワイサン》の手の中に置く。

「痛み止めだ」

聶懐桑《ニエホワイサン》は慌てて薬を出し、それを飲み込みながらぼやく。

「私はどうしてこんなに運が悪いんでしょうか。帰る途中、訳もわからないままあの蘇憫善《スーミンシャン》に捕まってここに連れてこられて、あいつ、勝手に逃げればいいのにわざわざ私を刺すなんて！　相手は私なんですから、押しのけるだけで十分だって知らなかったんですかね。武器を使う必要なんてなかったのに……」

藍曦臣《ランシーチェン》は立ち上がって金光瑶《ジングアンヤオ》の方を振り向いた。

崩れ落ちて地面に座り込んだ金光瑶《ジングアンヤオ》の顔色は紙の

ように蒼白で、髪は微かに乱れて額にはびっしょりと冷や汗をかいており、惨憺《さんたん》たる有様《ありさま》だ。手を斬り落とされた傷がひどく痛むのか、耐えきれずに小さく二回呻《うめ》き声を上げる。そして、視線を上げて藍曦《ランシー》臣《チェン》を見た。たとえ金光瑶《ジングアンヤオ》が何も言わなくとも、斬り落とされた手首を覆う姿とこの上なく惨めな眼差しは、何もかもが憐憫《れんびん》の情を抱かせる。

藍曦臣《ランシーチェン》は彼をしばらく見つめてため息をつくと、やはり持ち歩いている薬を取り出した。

それを見て、魏無羨《ウェイウーシエン》が呼びかける。

「藍《ラン》宗主」

「魏《ウェイ》公子、彼は今……このような姿なのだから、もう二度と何か企むことなどできないはずだ。これ以上手当てせずにいれば、おそらくこの場で命を落とすだろう。私はまだ彼に問い質していないことがたくさんある」

「藍《ラン》宗主、わかっています。俺は別にそいつを助けるなと言いたいわけではなくて、ただ心配だっただけです。禁言《きんげん》をかけて、そいつにはもう喋らせない方がいい」

魏無羨《ウェイウーシエン》がそう忠告すると、藍曦臣《ランシーチェン》は小さく頷き、金光瑶《ジングアンヤオ》に向かって告げた。

「金《ジン》宗主、聞こえただろう。これ以上無意味な行動は控えてほしい。さもないと万が一に備え、君が少しでも動けば私は一切容赦はせず……」

彼は深く息を吸ってから続ける。

「君の命を取る」

金光瑶《ジングアンヤオ》は頷くと、弱々しい声で小さく礼を言った。

「沢蕪君《たくぶくん》、ありがとうございます……」

身を屈めた藍曦臣《ランシーチェン》が、慎重に彼の手首の切断面を手当てしてやる間、金光瑶《ジングアンヤオ》は終始震えていた。かつて人々から持てはやされていた義弟がこんな末路を迎えたことに何を言えばいいかわからず、藍曦《ランシー》臣《チェン》はただ心の中で嘆くことしかできなかった。

魏無羨《ウェイウーシエン》と藍忘機《ランワンジー》は一緒に主殿の隅の方へと歩いていく。温寧《ウェンニン》は半ば崩れたような気まずい姿勢で江《ジャン》澄《チョン》と金凌《ジンリン》の体の上に倒れ込んだままだ。魏無羨《ウェイウーシエン》は彼を地面に横たわらせてから、その胸にぽっかりと開いた黒い穴を一通り調べると、弱りきって言った。

「お前これ……何を使って塞げばいいんだよ？」

「公子、かなり深刻ですか……？」

「そんなことはないけどさ。お前には別にここにあった臓器は必要ないし。見た目が不格好なだけだ」

「私には見栄えなんて不要ですから……」

江澄《ジャンチョン》はただ沈黙し、金凌《ジンリン》はというと、話したいが我慢して口を噤んでいるようだ。

向こう側にいる藍曦臣《ランシーチェン》は金光瑶《ジングアンヤオ》に手当てをしつつも、もともとはこの機会に彼を懲戒《ちょうかい》しようと考えていた。だが、彼が痛みのあまり気絶しそうなところを見て、結局平然としてはいられず、振り向いて声をかけた。

「懐桑《ホワイサン》、先ほどの薬瓶をくれるか」

聶懐桑《ニエホワイサン》は二粒飲んで痛みが治まると、さっさとその薬瓶をしまい込んでいたため、慌てて「あ、はい」と答え、俯いて懐に手を入れあちこち探る。そして見つけたその瓶を藍曦臣《ランシーチェン》に渡そうとしたその時、突然彼の瞳孔がすっと収縮し、尋常でないほど驚きおののいた様子で声を上げた。

「曦臣《シーチェン》兄様、後ろに気をつけて！」

藍曦臣《ランシーチェン》は金光瑶《ジングアンヤオ》に対して警戒を解かないまま、ずっと神経を張り詰めていた。そのため、血相を変えた聶懐桑《ニエホワイサン》の表情と驚愕した叫びにひやりとして、深く考える余裕もなく、即座に剣を抜き背後を突き刺した。

金光瑶《ジングアンヤオ》は彼に真っすぐ胸を貫かれ、顔中に愕然とした表情を浮かべている。

その場にいた者たちも、この予期せぬ突然の出来事に驚くしかなかった。魏無羨《ウェイウーシェン》はいきなり立ち上がって叫ぶ。

「どういうことだ!?」

「わわ、私は……さっき瑶《ヤオ》兄様が……違う、金《ジン》宗主が手を後ろに伸ばすのを見て、もしかしたらと思って……」

金光瑶《ジングアンヤオ》は視線を下げ、自分の胸を貫いた剣を見ながら唇を震わせた。何か言おうとしているようだが、既に禁言をかけられているため、弁明しようにも言葉にはできなかった。だが、この状況に不可解さを感じた魏無羨《ウェイウーシエン》が問い詰める前に、金光瑤《ジングアンヤオ》は大きく咳き込んで血を吐き出すと、掠れた声を絞り出した。

「藍曦臣《ランシーチェン》！」

彼はなんと、力尽くで禁言術を破ったのだ。

金光瑤《ジングアンヤオ》は今、満身創痍《まんしんそうい》で左手は毒煙に爛れ、右手は斬り落とされ、腹部は肉が欠け、全身血まみれだった。先ほどまで座っているだけでもやっとだったのに、回光返照《えこうへんしょう》か、なんと自力で立ち上がり恨みを込めた声でもう一度叫ぶ。

「藍曦臣《ランシーチェン》！」

藍曦臣《ランシーチェン》は深く絶望した様子で、この上ないほどつらそうに見えた。

「金《ジン》宗主、私は言ったはずだ。もしまた少しでも動けば、一切容赦はしないと」

金光瑤《ジングアンヤオ》は憎々しげに「ぺっ」と血混じりの唾を吐き出す。

「ああ、そう言ったな！　だが俺が動いたか!?」

彼は人前ではいつも温和で優雅、垢抜《あかぬ》けた風采を装ってきたが、今この時、驚いたことに凶悪粗暴な市井《しせい》の輩の如き一面が顔を出した。彼のその明らかに異常な姿を見て、藍曦臣《ランシーチェン》も何かがおかしいと気づき、すぐさま振り向いて聶懐桑《ニエホワイサン》に目を向ける。金《ジン》光瑤《グアンヤオ》はハハッと笑って嫌味たらしく罵った。

「もういい！　そいつを見てどうするんだ？　見るな！　見たってお前に何がわかる？　俺でさえ長年ずっと見抜けなかったっていうのに。懐桑《ホワイサン》、実にあっぱれだよ」

聶懐桑《ニエホワイサン》は瞠目《どうもく》して固まっている。どうやら藪《やぶ》から棒《ぼう》な指摘に震え上がり、言葉を失っているようだ。

金光瑤《ジングアンヤオ》はこの上なく恨めしそうに呟いた。

「この俺が、まさかこんなふうに、お前にしてやられるとは……」

彼は必死に持ち堪えながら、聶懐桑《ニエホワイサン》のところまで歩いていこうとしたが、藍曦臣《ランシーチェン》の剣はまだ彼の胸を貫いたままだ。一歩踏み出しただけで、すぐさま苦痛の表情が滲んだ。藍曦臣《ランシーチェン》は、この上彼に致命的な一撃を与えることも、むやみに剣を引き抜くこともできず、思わず彼を押し止《とど》める。

「動くな！」

金光瑶《ジングアンヤオ》には、もう歩ける気力など残ってはいなかった。彼は胸に刺さった剣の刃を片手で握りしめ、ふらつく体を安定させると、血を吐いてから言った。

「とんでもない『一問三不知《いちもんさんふち》』だな！　どうりで……こんなに長い間隠し通してきたなんて、ご苦労なこった！」

聶懐桑《ニエホワイサン》は震えながら答える。

「曦臣《シーチェン》兄様、私を信じて、さっきは、本当に彼が……」

彼の言葉を遮り、金光瑶《ジングアンヤオ》は獰猛な顔つきになって怒鳴った。

「お前！」

再び彼が聶懐桑《ニエホワイサン》に飛びかかろうとすると、剣もまたわずかに彼の胸元に沈み、藍曦臣《ランシーチェン》が一喝する。

「動くな！」

これまで金光瑶《ジングアンヤオ》のせいで数えきれないほど憂《う》き目《め》を見て、同じくらい彼に騙され続けてきたことを知った今、藍曦臣《ランシーチェン》が警戒心を抱くのは避けられない。彼は、聶懐桑《ニエホワイサン》に企みを暴かれた金光瑶《ジングアンヤオ》が切羽詰まって言いがかりをつけ、もう一度自分の注意を逸らそうとしているのではないかと思っているのだ。金《ジン》光瑶《グアンヤオ》は、彼の眼差しが物語るその疑念を読み取り、怒りを通り越して笑いだした。

「藍曦臣《ランシーチェン》！　俺はこの一生の間に、無数の嘘をつき、無数の人間を殺してきた。お前の言った通り、父を殺し、兄を殺し、妻を殺し、子を殺し、師を殺し、友を殺し、世の中で悪事と呼ばれることはすべてやってきた！」

彼は息を一つ吸って、掠れる声で続けた。

「でも、ただの一度もお前に害を加えようとしたことはない！」

藍曦臣《ランシーチェン》はその言葉に愕然とした。

金光瑶《ジングアンヤオ》はまた何度か喘いでから、胸を貫いている藍曦臣《ランシーチェン》の剣を掴むと、歯を食いしばる。

「動くな！」

「……あの時、雲深不知処が焼かれて逃げ回っていたお前を、窮地から救ったのは誰だ？　その後、姑蘇藍《ラン》氏が雲深不知処を建て直した時、全力を挙げて支援したのは誰だ？　これまでの長い年月で、俺が姑蘇藍《ラン》氏を押さえつけたことなんて一度もなかったよな。いつもあらゆる面で後押ししてきたよな！　今回、一時的にお前の霊力を封じたこと以外、俺がいつお前とお前の一族に害をなした？　いつお前に恩義を返せと言った!?」

　彼の問いに、藍曦臣《ランシーチェン》はもう一度彼に禁言をかけるよう、自分に言い聞かせることができなくなってしまった。

「蘇憫善《スーミンシャン》は、俺があいつの名前を覚えてたってだけのことで、ここまで俺に報いてくれたんだ。なのに沢蕪君《たくぶくん》、藍《ラン》宗主、お前は聶明玦《ニエミンジュエ》と同じように、結局俺を受け入れてはくれなかったし、最後に生き残る道すら与えてくれなかった！」

　その言葉を言い終えると、金光瑶《ジングアンヤオ》は瞬時に後ろに下がり、朔月《シュオユエ》の剣先を胸元から引き抜いた。

「奴を逃がすな！」

　江澄《ジャンチョン》が声を上げ、藍曦臣《ランシーチェン》はたった二歩で造作もなく再び彼を捕らえた。金光瑶《ジングアンヤオ》の今の状態では、いくら速く走ろうとしてもたかが知れている。目隠しをした金凌《ジンリン》でも容易に捕まえられるだろう。数か所も傷を負い、さらには致命的な剣の一撃をも受けた金光瑶《ジングアンヤオ》は、既に警戒など無用だった。その時、魏《ウェイ》無羨《ウーシエン》は突然彼の意図に気づき、大声で叫んだ。

「逃げようとしたんじゃない！　沢蕪君《たくぶくん》、早く奴から離れてください！」

　だが、もう遅かった。金光瑶《ジングアンヤオ》の手首の切断面から、あの棺の上に血が滴り落ちる。真っ赤な血は魏《ウェイ》無羨《ウーシエン》が描いた呪文の上を滑り、それを破壊すると、隙間に沿って棺の中まで流れ込んだ。

　その瞬間、封印されていた聶明玦《ニエミンジュエ》が、いきなり棺を破って出てきた！

　棺の蓋はバラバラに割れ、一本の青白い大きな手が金光瑶《ジングアンヤオ》の首を絞め上げて、もう一方の手は藍曦《ランシー》臣《チェン》の喉へと伸ばされる。

金光瑶《ジングアンヤオ》は逃げようとしたのではなく、最後の力を振り絞って藍曦臣《ランシーチェン》を聶明玦《ニエミンジュエ》のところへ引き寄せ、彼を道連れにするつもりなのだ！

藍忘機《ランワンジー》は電光石火の如く聶明玦《ニエミンジュエ》に向かって避塵《ビチェン》を飛ばしたが、彼は仙器の類を恐れはしなかった。仮に避塵《ビチェン》が刺さったとしても、今にも藍曦臣《ランシーチェン》の喉に届かんばかりの手を阻止することはできないだろう。

ところが、聶明玦《ニエミンジュエ》の手があとほんのわずかで藍曦《ランシー》臣《チェン》の首を掴むという時、金光瑶《ジングアンヤオ》は無事な左手で思いきり藍曦臣《ランシーチェン》の胸元を押し、なぜか彼をその場から突き飛ばした。

金光瑶《ジングアンヤオ》は聶明玦《ニエミンジュエ》が伸ばした腕に首を絞められ、棺の中に引きずり込まれかけながら、高々と持ち上げられる。その様子はまるで、ただの人形を無造作に持ち上げているかのようで、実に恐ろしい絵面《えづら》だった。金光瑶《ジングアンヤオ》は片手で聶明玦《ニエミンジュエ》の鋼のような手を外そうとしながら、苦しみに絶え間なくもがいている。髪を振り乱して暴れ、目に剣呑《けんのん》な光を宿して、あらん限りの声量で彼を罵倒した。

「聶明玦《ニエミンジュエ》、クソったれが！　この俺がお前なんかを本気で恐れるとでも思ったか⁉　俺は……」

金光瑶《ジングアンヤオ》が必死にあがき、咳き込んで真っ赤な血を吐き出すと、この場にいる全員の耳に、ただならぬほど残忍な「カハッ」という音がはっきりと聞こえた。

息を引き取る瞬間の微かな呻きが金光瑶《ジングアンヤオ》の喉から発せられたのだ。金凌《ジンリン》の肩先がびくりと震え、これ以上聞くのも見るのも恐ろしくなって、彼はきつく目を閉じて耳を塞ぐ。

藍曦臣《ランシーチェン》は突き飛ばされてよろめきながら、後ろに何歩も下がり、その刹那に何が起きたのかを呑み込めずにいた。

そんな中、藍忘機《ランワンジー》が主殿の中に立つあの眉目秀麗な観音像を叩くと、像は全身を震わせながら棺の方に向かって飛んでいった。聶明玦《ニエミンジュエ》はがっくりと頭《こうべ》を垂れた手の中の死体をまじまじと眺めていたが、ずっしりと重い観音像が襲ってきて、ぶつかった聶明《ニエミン》玦《ジュエ》を手の中の金光瑶《ジングアンヤオ》ごと再び棺の中に戻すように倒してのしかかる。

魏無羨《ウェイウーシエン》はぱっと跳び上がって、観音像の胸元を踏んで立った。棺の蓋は割れてしまったため、この観音像を蓋として使って、突然跳ね起きた聶明玦《ニエミンジュエ》を封印するしかない。聶明玦《ニエミンジュエ》は手のひらで一撃、また一撃と下から像を叩き、なんとかして出ようとしている。魏無羨《ウェイウーシエン》もその反動でぐらぐらと揺れて倒れかけ、危うく振り落とされそうになった。数回揺れに耐えたものの、このままではどうやっても呪符を書けそうもないと感じ、急いで藍忘機《ランワンジー》を呼ぶ。

「藍湛《ランジャン》、早く早く、こっちに上がってきて俺と一緒に立ってくれ。一人増えれば重さも増えるだろ。こいつがこれ以上暴れたら、この観音像もきっとバラバラになっちゃって……」

言葉の途中で突然、魏無羨《ウェイウーシエン》は自分の体と視界がどちらも傾いていることに気づく。藍忘機《ランワンジー》が棺の片端を掴んで持ち上げていた。

つまり、彼は左手一本で、そのずっしりと重い無《む》垢材《くざい》の棺、棺の中の二体の死人、棺の上の一体の観音像、観音像の上の魏無羨《ウェイウーシエン》を、地面から持ち上げているのだ。

魏無羨《ウェイウーシエン》は唖然として言葉を失った。

とっくの昔に藍忘機《ランワンジー》の腕力が凄まじいことは知っていたが、これは……あまりにもすごすぎる！

藍忘機《ランワンジー》は依然として顔色一つ変えず、右手を振って銀色の琴の弦を一本飛ばした。弦は飛び杼の如く「シュッシュッ」と棺と観音像の周りを回って数十周巻きつき、その二つをきつく括りつける。そして二本目、三本目……聶明玦《ニエミンジュエ》と金光瑶《ジングアンヤオ》がしっかりと封じられたことを確認してから、彼はようやくさっと左手を放した。

棺の片端が大きな音を立てて地面に落ち、その反動で魏無羨《ウェイウーシエン》の身がぐらりと傾くと、藍忘機《ランワンジー》は近寄って彼をその腕でしっかり受け止め、すぐさまそっと地面に下ろした。今しがた千斤《せんきん》をも軽々と持ち上げたこの両腕は、魏無羨《ウェイウーシエン》を抱きかかえる時、この上ないほど優しくなる。

藍曦臣《ランシーチェン》は、七本の琴の弦に縛られ封じられた棺を呆然と見つめ、まだぼんやりとしていた。聶懐桑《ニエホワイサン》は手を伸ばし、ひらひらと彼の目の前で振ってみて、怯えた様子で尋ねる。

「……し……曦臣《シーチェン》兄様、大丈夫ですか？」

「懐桑《ホワイサン》、先ほど、彼は本当に背後から私に不意打ちをかけようとしていたのか？」

「はい、多分……」

彼がつっかえながら答えるのを聞いて、藍曦臣《ランシーチェン》はさらに追及する。

「もう一度よく思い出してみてくれ」

「そんなふうに聞かれると、自信がなくなりますが……でも本当に、多分そうだったと思います……」

「多分ではなく！　見たのか、それとも見ていないのか!?」

厳しく問われ、聶懐桑《ニエホワイサン》は困った様子で訴えた。

「……知らないです。私は本当に知らないんですよ！」

聶懐桑《ニエホワイサン》は一旦強く迫られると、もうその言葉を繰り返すばかりになる。藍曦臣《ランシーチェン》は顔を伏せて額をその手の中に埋めた。頭が割れそうに痛み、これ以上はもう何も話したくないようだった。

突然、魏無羨《ウェイウーシエン》が口を開いた。

「懐桑《ホワイサン》殿」

「え？」

「さっき、蘇渉《スーショー》はどうやってお前を刺したんだ？」

「彼が瑶《ヤオ》兄様……金《ジン》宗主を背負って逃げようとした時、私が彼の行く手を遮ったから、それで……」

「そうか？　俺の記憶だと、あの時お前が立っていた場所は、別に奴らの邪魔になるような位置じゃなかったと思うけどな」

「そんな、まさかわざと刺されるようにぶつかったりするはずないでしょう？」

聶懐桑《ニエホワイサン》の言葉を、魏無羨《ウェイウーシエン》は笑って否定する。

「そうは言ってないよ」

「じゃあ魏《ウェイ》さんは何が言いたいんですか？」

「俺はただ突然、いくつかの出来事が繋がったなと思っただけだ」

「どういうことですか？」

「金光瑶《ジングアンヤオ》は、誰かが奴に一通の手紙を送ってきて、七日後に奴がやったことをすべて世間に公表すると脅迫されたと言った。とりあえず奴は嘘をついてなくて、本当のことを話していたと仮定する。もしそうなら、手紙の主はまったくもって余計なことをしたよな」

そこまで言うと、魏無羨《ウェイウーシエン》は逆に聶懐桑《ニエホワイサン》に問いかけた。

「もしお前が、誰かの罪を白日《はくじつ》の下《もと》にさらしたいと思ってる奴だったとしたら、なぜ直接暴き出さず、しかもわざわざ本人に『お前の罪の証拠を掴んだ』なんて知らせたんだと思う？」

「ええと、瑶《ヤオ》兄様……金《ジン》宗主は、その人は自分に自ら命を絶って謝罪してほしいんだって言ってましたよね？」

「目を覚ませよ。逆立ちして考えたって金光瑶《ジングアンヤオ》が死んで詫びたりするはずがないってわかるのに、そんな脅しをしてなんの意味があるんだ？　明らかに無意味だろう。だけど、金光瑶《ジングアンヤオ》の昔の秘密を掘り起こせるような奴が、本当にそんな無駄なことをすると思うか？　一見余計に思えることにもきっと目的があるはずだ。そいつは金光瑶《ジングアンヤオ》を煽ることで何かを引き起こし、何かを芽生えさせたかったんだ」

魏無羨《ウェイウーシエン》の説明に、藍曦臣《ランシーチェン》は驚いて呆然とした顔で尋ねる。

「煽って芽生えさせる？　いったい何をだ？」

すると、藍忘機《ランワンジー》が沈んだ声で言った。

「金光瑶《ジングアンヤオ》の殺意です」

もし普段の沢蕪君《たくぶくん》であれば、当然そのことに思い至らないはずなどないだろう。しかし彼には今、おそらく冷静に思考できるだけの心の余裕がなかった。

「その通り。まさにその手紙が、金光瑶《ジングアンヤオ》の中に殺意を芽生えさせ、未だかつてないほど極限まで膨らむよう仕向けたんだ。七日後には死を待つのみって言ったじゃないか？　だから金光瑶《ジングアンヤオ》は、それなら先手を打った方が有利だと考えて、七日以内にとりあえず百家の主力を乱葬崗で一気に片づけ、先に死ぬのは相手か自分か見てやろうとしたんだろう」

「つまり君は、それが手紙を送った者が果たしたかった目的だと言うのか？　ただ彼が百家に手を出すよう仕向けるためだけにそんなことを？」

半信半疑で聞く藍曦臣《ランシーチェン》に、魏無羨《ウェイウーシェン》は頷いた。

「俺はそう考えています」

藍曦臣《ランシーチェン》は首を横に振る。

「……ならば、その手紙を送った者は、結局何がしたかったんだ？　金光瑶《ジングアンヤオ》を告発することか？　それとも百家を大虐殺することか？」

「すごく簡単なことですよ。今回の包囲討伐が失敗したあと、何が起きたかを考えてみてください。皆が蓮花塢に集まり、最も憤激した頃を見計らって、思思《スースー》と碧草《ビーツァオ》が訪れた――俺には、この二人の証人がやって来たことが偶然だとは思えません。そしてあらゆることが積み重なって、急激に皆の怒りが爆発しました」

少し間を置いてから、魏無羨《ウェイウーシェン》は続けた。

「手紙の主が望んでいたのは、金光瑶《ジングアンヤオ》が地位と名誉を失うことだけではなく、群衆と敵対することだったんです。しかも、一度で致命的なまでに叩きのめして――絶対に、挽回の余地を一切与えないこと」

「話を聞く限り、その人、かなり以前から布石《ふせき》を打っていたんですね」

何気ない様子で言う聶懐桑《ニエホワイサン》に目を向けて、ふいに魏無羨《ウェイウーシェン》が尋ねた。

「そういえば、赤鋒尊《せきほうそん》の体って、聶《ニエ》宗主が保管してたんじゃなかったか？」

「ええ、もともとは私が保管していました。でも今夜、清河に置いてあった兄上の体がいつの間にか消えているって知らせを、ちょうどついさっき受けたところだったんです。じゃなかったら、慌てて清河に帰る必要もなかったのに。その上、途中で蘇渉《スーショー》に捕まっちゃって……」

「聶《ニエ》宗主、お前はしょっちゅう姑蘇藍《ラン》氏と蘭陵金《ジン》氏を訪ねてるって聞いたけど、そうなのか？」

「そうですよ」

「だったら聞くけど、本当に莫玄羽《モーシュエンユー》を知らなかったのか？」

「え？」

「献舎が成功したあと、初めて顔を合わせた時、お前はまったく俺のことを知らないようだった。含光君に俺が誰なのかとも聞いてたはずだ。莫玄羽《モーシュエンユー》は当時、仮にも金光瑶《ジングアンヤオ》につきまとってた上、金光瑶《ジングアンヤオ》が収蔵していた手稿まで読めるほどの間柄だった。そしてお前もしょっちゅう金《ジン》宗主のところに泣き言を言いに行っていた。たとえ莫玄羽《モーシュエンユー》と馴染みと言えるような関係じゃなかったとしても、本当に、彼に一度も会ったことがなかったのか？」

魏無羨《ウェイウーシエン》が追及すると、聶懐桑《ニエホワイサン》は困ったように頭をかいた。

「魏《ウェイ》さん、金鱗台はあんなに広いんですから、あそこにいる全員と会うことなんてあり得ませんよ。たとえ会ったことがあっても全員の顔は覚えられませんし。それに……」

彼はややばつが悪そうにして続ける。

「莫玄羽《モーシュエンユー》がどういう身分かは君も知ってるでしょう。少しあれで……蘭陵金《ジン》氏は極力外に漏れないように隠してましたから、会ったことがなくても不思議じゃないですよ。曦臣《シーチェン》兄様だって会ったことがあるとは限りません」

「ああ、確かに。沢蕪君《たくぶくん》も莫玄羽《モーシュエンユー》のことを知らなかったな」

「でしょう！　それに、ちょっとわからないんですけど、もし私が莫玄羽《モーシュエンユー》に会ったことがあったとしても、どうして知らないふりをするんです？　そんな必要ありますか？」

聶懐桑《ニエホワイサン》の問いかけに、魏無羨《ウェイウーシエン》は笑って答える。

「いいや。ただちょっと変だなって思って、ついでに聞いてみただけだ」

しかし魏無羨《ウェイウーシエン》は、内心では「当然、それは目の前にいる『莫玄羽《モーシュエンユー》』が、本物の莫玄羽《モーシュエンユー》かどうかを探るためだろう」と思っていた。

周りの者は口を揃えて莫玄羽《モーシュエンユー》のことを、気が小さく臆病な人間だと言うのに、いったいどこから自決して献舎までするような勇気が出たんだ？

赤鋒尊《せきほうそん》のあの左腕は、なぜあの場に放たれた？
まさか金光瑶《ジングアンヤオ》が不注意で放《はな》ってしまったというのか？

しかも、あの腕はなぜか莫玄羽《モーシュエンユー》が献舎の術を使った莫家荘《モーけそう》に都合良く現れ、復活したばかりの魏無《ウェイウー》羨《シエン》とばったり出くわした。なぜ現れたのがあの場所だったんだ？

赤鋒尊《せきほうそん》の死体は清河聶《ニエ》氏によって埋葬《まいそう》されていたにもかかわらず、かねてから兄を尊敬してきたはずの聶懐桑《ニエホワイサン》は、死体がすり替えられたことに長年の間、本当に一切気づかなかったのか？

魏無羨《ウェイウーシエン》は過去の出来事よりも、現実に起きた今の状況の方を信じることに心が傾いていた。

もしかすると聶明玦《ニエミンジュエ》が逝去《せいきょ》する前まで、聶懐桑《ニエホワイサン》は本当に一問三不知だったのかもしれない。しかし、聶明玦《ニエミンジュエ》がこの世を去ったあと、彼はすべてを知ったのだ。聶明玦《ニエミンジュエ》の死体がすり替えられたことも、彼がそれまで信頼していたあの瑶《ヤオ》兄様の本性も。

彼は自分の兄の死体を捜そうと試みたが、数年を費やし多くの苦労を重ねても、左腕一本だけしか見つけられなかったのだろう。

そこで身動きが取れなくなり、彼は次の一歩をどこへ踏み出すかの導きを得られなかった。しかも、この左腕は尋常でなく凶猛で制圧が難しく、そばに置いておけば絶え間なく殺戮の災《わざわ》いを引き起こす。その時、彼は一人の人間を思い出した。このようなモノへの対処や、こういった問題を解決することが最も得意な誰か。

――夷陵老祖。

だが、夷陵老祖は既に八つ裂きにされ葬られた。いったいどうすればいいのか？

そして彼はまたもう一人の人間を思い出した――金鱗台から追い出された莫玄羽《モーシュエンユー》。

もしかすると、聶懐桑《ニエホワイサン》は莫玄羽《モーシュエンユー》から情報を聞き出すために近づき、その時、苦悶《くもん》していた莫玄《モーシュエン》羽《ユー》の口から、金光瑶《ジングアンヤオ》が持っている不完全な禁術の本を読んだことや、その本にはある古い邪術が書き記されていたという話を知ったのかもしれない。そうしてすぐに、一族の者に虐げられていた莫玄羽《モーシュエンユー》を、献舎の禁術を使って報復するようにそそのかしたのだ。

なんという悪鬼を召喚するか？

もちろん、夷陵老祖しかいない。

莫《モー》家での暮らしに耐えきれなくなった莫玄羽《モーシュエンユー》は、ついに血の陣を使い、聶懐桑《ニエホワイサン》もその機に乗じて例のモノを放《はな》った。もはや自分の手には負えなくなってきた厄介なモノ――赤鋒尊《せきほうそん》の左腕を。

そこから計画は無事始まり、彼はもう自ら身骨《しんこつ》を砕いて聶明玦《ニエミンジュエ》の残りの体を探す必要がなくなった。危険で面倒なことはすべて魏無羨《ウェイウーシエン》と藍忘機《ランワンジー》に任せ、彼はただ細心の注意を払って彼らの動向を監視するだけでいいのだ。

金凌《ジンリン》、藍思追《ランスージュイ》、藍景儀《ランジンイー》らの少年たちが夜狩の道すがら遭遇した猫殺しの怪事件の時は、明らかに誰かが故意に異象《いしょう》を作り上げていた。それに加えて、あの道標の近くの村で彼らに道案内をした、実際には存在しない「猟師」。その目的は紛《まぎ》れもなく、世事《せじ》に疎《うと》い世家公子たちを義城《ぎじょう》に誘い込むことだった。

今になって思えば、もしあの時、魏無羨《ウェイウーシエン》と藍忘機《ランワンジー》がほんの少しでも油断して、彼らを無傷で守りきることができず世家公子たちが義城で何か予期せぬ事故にでも遭っていたら、その責任までも金光瑶《ジングアンヤオ》に背負わせるつもりだったのだろう。

とにかく、金光瑶《ジングアンヤオ》を断罪するための手札は多ければ多いほど良かった。この用心深い悪党を誘導してできるだけ多くの過ちを犯させ、その証拠をすべて掴み、最期は考え得る限りの惨めな死を迎えさせたかったのだ。

藍忘機《ランワンジー》は避塵《ビチエン》の剣先で、棺のそばに落ちているあの黒い箱をひっくり返す。その上に刻まれた呪文をさっと読むと、魏無羨《ウェイウーシエン》に伝えた。

「首だ」

その箱はもともと、おそらく聶明玦《ニエミンジュエ》の首を入れるためのものだったのだろう。金光瑶《ジングアンヤオ》は彼の首を金鱗台から移したあと、おおかたそれを箱ごとこの観音廟に埋めていたに違いない。

魏無羨《ウェイウーシエン》は藍忘機《ランワンジー》に頷いて見せてから、聶懐桑《ニエホワイサン》に言った。

「聶《ニエ》宗主、もともとこの棺の中に何が入ってたか知ってるか？」

「そんなの私が知るはずないじゃないですか？　でも、瑶《ヤオ》兄様……あ、いや、金《ジン》宗主の様子を見たら、きっと彼にとってとても大切な何かだったんでしょうね」

「棺は当然死人を入れるためのものだ。これは俺の推測だけど、もともとここに埋められてたのはおそらく金光瑶《ジングアンヤオ》の母親、孟詩《モンシィ》の死体だろうな。奴が今晩ここに来たのは、まさに母親の死体を持ち出して、一緒に東瀛に渡るつもりだったからだろう」

藍曦臣《ランシーチェン》は驚いて呆然と黙り込み、聶懐桑《ニエホワイサン》は「あっ」と声を上げ、悟ったかのように同意した。

「確かにそうですね。それなら納得がいくように思います」

「あの手紙の主なら、金光瑶《ジングアンヤオ》の母親の死体を掘り当てて持ち去ったあと、どう処分すると思う？」

「魏《ウェイ》さん、どうして君は私にばかり聞くんですか。いくら聞かれたって、知らないと言ったら知りませんよ？」

しかし、彼は少し間を置いてから、「でも……」と切りだした。

聶懐桑《ニエホワイサン》は、落ち着き払った様子で暴雨に濡れた髪を整えて続きを口にする。

「私が思うに、その人はそれほどまで金光瑶《ジングアンヤオ》を恨んでいる以上、彼が命と同じくらい大事に思っているものに対しては、おそらく一切容赦せず、ひどく残忍になるんでしょうね」

「例えば八つ裂きにして、あちこちに死体をバラバラに捨てる……赤鋒尊《せきほうそん》にやったみたいにか？」

魏無羨《ウェイウーシエン》がそう言うと、聶懐桑《ニエホワイサン》は仰天して後ろに数歩下がる。

「そそそ……それは、あまりにもあくどすぎますよ……」

魏無羨《ウェイウーシエン》は彼をしばらくの間見つめていたが、結局最後は視線を逸らした。

推測はただの推測にすぎず、誰にも証明はできないのだ。

呆然として見える聶懐桑《ニエホワイサン》が今満面に浮かべている、どうしようもなかったという表情は、もしかすると偽りの仮面かもしれない。例えば、自分が他人を駒《こま》として扱い、その命をないがしろにしてきたことを認めたくないから。あるいは、彼の計画はこれで終わりではなく、本性を隠したままさらに多くのことを成し遂げ、より高い目標を達成したいから——または、事態はそこまで複雑ではなく、手紙を送り、猫を殺し、聶明玦《ニエミンジュエ》の首と体を繋げた者が他にいて、聶懐桑《ニエホワイサン》は正真正銘の役立たずだから。

そして、金光瑶《ジングアンヤオ》が最期に語ったのは、不意打ちしようとした企みを聶懐桑《ニエホワイサン》に暴かれたことで、とっさについた嘘にすぎず、その意図は藍曦臣《ランシーチェン》の心を乱し、その機に乗じて彼を道連れにするつもりだった、という可能性もある。なんと言っても、金光《ジングアン》瑶《ヤオ》は様々な悪行を働いてきた大嘘つきだ。いつ、どんな嘘をついても不思議ではない。

なぜ金光瑶《ジングアンヤオ》が最期の一瞬に考えを変え、藍曦臣《ランシーチェン》を押しのけたかについては、彼が何を思ってそうしたかなど、誰にわかるというのだろう？

藍曦臣《ランシーチェン》の額を覆っている手の甲には力が込められ、静脈が浮き出ている。彼はくぐもった声で問いかけた。

「……彼はいったいどういうつもりだったのだろう？　かつての私は、彼のことをよく理解しているつもりでいたが、あとになってそうではなかったと気づいた。今夜に至る少し前に、改めて理解したと思えたのに、今はまたまったくわからなくなってしまった」

誰も彼に答えてやることはできず、藍曦臣《ランシーチェン》は茫然《ぼうぜん》として呟いた。

「彼は、いったい何がしたかったのだろうか？」

金光瑶《ジングアンヤオ》と最も親しかった彼にわからなければ、他の者がその答えを持っているはずがなかった。

しばらく沈黙が続いたあと、魏無羡《ウェイウーシエン》が口を開いた。

「俺たちもこのまま突っ立ってないで、人を呼びに行こう。何人かはここに残って、これを見守らなきゃな。この棺と琴の弦数本だけじゃ、赤鋒尊《せきほうそん》を長く封じてはおけないから」

まるで彼のその判断を裏づけるかのように、あの棺の中からまたしきりに大きな音が響いてきて、理由なき激しい怒りを感じさせる荒々しいその音に、聶懐桑《ニエホワイサン》はぶるっと身震いした。魏無羨《ウェイウーシエン》は彼にちらりと目をやる。

「ほら、見ただろう？　すぐにでももっと頑丈な棺に移し替えて、深い穴を掘ってもう一度埋める必要がある。少なくとも百年は開けない方がいいだろうな。開けた途端、絶対に亡霊みたいにいつまでもつきまとわれて後々も心配が絶えないはず……」

彼が言い終わる前に、突如遠くから犬が激しく吠える声が高らかに響いてきた。

それを聞いて魏無羨《ウェイウーシエン》はたちまち顔色を変えた。金《ジン》凌《リン》は辛うじて元気を取り戻し、声を上げる。

「仙子《シエンズー》！」

急雷は既に過ぎ去り、土砂降りもしとしとと降る小雨に変わっている。長く深いこの夜は終わりを告げ、いつの間にか空が白み始めていた。

ずぶ濡れの霊犬はぱっと駆け出すと、一筋の黒い風のように主殿の中へ入ってきて、金凌《ジンリン》に飛びついた。そのまん丸い双眸はうるうるしていて、持ち上げた前脚で金凌《ジンリン》の脚に縋りつき、ウーウーと低く鳴いた。

犬の白く鋭い牙の間から伸びた赤くて長い舌が、ぺろぺろと金凌《ジンリン》の手をひっきりなしに舐めているのを見て、魏無羨《ウェイウーシエン》は顔面蒼白で目も虚ろになり、半開きの口から魂が一筋の煙と化して空に飛んでいきそうな気持ちになる。藍忘機《ランワンジー》は黙って彼を後ろに庇い、その目に仙子《シエンズー》が映らないように遮ってやった。

その直後、数百人もの群衆が観音廟の周りをぐるりと取り囲んだ。誰もが抜き身の剣を手に持ち、警戒する表情を浮かべて、まるでこれから全力で殺し合いをするつもりでいるかのようだ。ところが、真っ先に廟の中に駆け込んできた数人が目の前に広がる光景を確認すると、皆呆気に取られてしまった。

横たわっている者は皆死んでいて、生きている者もしっかり立つことすらできずにいる――要するに、一面が死体や怪我人ばかりで惨憺たる状態だ。

剣を持ってその先頭を突き進んできた二名は、左側は雲夢江《ジャン》氏の主管《しゅかん》で、右側は驚いたことに藍啓仁《ランチーレン》だった。藍啓仁《ランチーレン》は驚きとともに怪訝そうな表情を浮かべていたが、この現状を問う前に最初に目に入ったのは、魏無羨《ウェイウーシエン》とほとんど一つになりそうなほどに寄り添っている藍忘機《ランワンジー》の姿だった。そのせいで、一瞬で聞きたかったことをすべて忘れた藍啓仁《ランチーレン》は、怒りの形相で長い眉を逆立てて荒い息を何度か吐き、髭《ひげ》も震えながら逆立つように揺れた。江《ジャン》氏の主管は急いで前に出ると、江澄《ジャンチョン》に声をかけながら彼を支える。

「宗主、大丈夫ですか……」

一方、藍啓仁《ランチーレン》は剣を上げて魏無羨《ウェイウーシエン》を怒鳴りつけようとした。

「魏《ウェイ》……」

しかし、彼が怒鳴り終えるのを待たずに、その後ろからいくつかの白い人影が飛び出してきて続々と叫ぶ。

「含光君！」

「魏《ウェイ》先輩！」

「老祖先輩！」

藍啓仁《ランチーレン》は最後の一人の少年にぶつかられ危うく倒れ込みそうになり、烈火の如く怒りだす。

「お前たち、走るな！　大声で騒いではならん！」

藍忘機《ランワンジー》が彼に向かって「叔父上」と一回呼んだこと以外、誰一人として彼の言葉に耳を貸す者はいなかった。藍思追《ランスージュイ》は左手で藍忘機《ランワンジー》の袖を掴み、右手で魏無羨《ウェイウーシエン》の腕を掴むと、嬉しそうに見上げた。

「良かった！　含光君、魏《ウェイ》先輩、お二人ともご無事で。仙子《シエンズー》があんなに焦っているのを見て、私たちはてっきりお二人が何かとても厄介な状況に遭遇したのかと思っていました」

「思追《スージュイ》、落ち着けよ。含光君に解決できない状況なんてあるわけないじゃないか。だから心配しすぎだって言っただろう」

藍景儀《ランジンイー》がそう言うと、藍思追《ランスージュイ》が反論する。

「でも景儀《ジンイー》、道中ずっとあれこれ心配していたのは君の方だったじゃないか」

「やめろよ！　でたらめ言うなよな」

藍思追《ランスージュイ》の視界の端に、ようやく地面から立ち上がった温寧《ウェンニン》が見えると、すぐさま彼はそちらに行って温寧《ウェンニン》も引っ張ってきて、少年たちの輪の中に入れた。そして、口々にやかましくここまで来た経緯《いきさつ》を話し始める。

実は、蘇渉《スーショー》に噛みついて傷を負わせたあと、仙子《シェンズー》は走り続け、この町の近くで駐留していた雲夢江《ジャン》氏の配下の一族を見つけると、彼らの前で絶え間なく吠え立てたそうだ。その世家の若宗主が、犬の特殊な首輪と、そこにつけられた黄金の目印と家紋などを見て、これは名家の霊犬で、その主人もきっと身分が高いに違いないと気づいたのだ。また、犬の歯と爪、体の毛に血痕《けっこん》がついていたことから、命のやり取りをしている戦いの場からやって来たことは明白だった。おそらくその犬の主が危険な目に遭っているのだろうと考え、粗相のないようにすぐさま御剣して蓮花塢に駆けつけ、この地域の本物の長《おさ》である雲夢江《ジャン》氏に知らせたのだ。主管は、それが宗主の甥である金凌《ジンリン》の霊犬仙子《シェンズー》だとわかると、直ちに救援を向かわせた。

その時、姑蘇藍《ラン》氏の一行もちょうど蓮花塢から離れようとしていたが、藍啓仁《ランチーレン》はなぜか仙子《シェンズー》に行く手を阻まれた。犬は跳び上がり、藍思追《ランスージュイ》の服の裾から白い布を細長く噛みちぎると、器用にも両の前脚でそれを頭の上にのせた。どうやらその白い布を一つの輪にして頭にのせたいようで、加えて地面に横たわって死んだふりをしたのだ。藍啓仁《ランチーレン》にはまったく意味がわからなかったが、藍思追《ランスージュイ》は逆にはっと悟った。

「先生、この子のその姿、我々の家の抹額を真似ているのではないでしょうか？　この子は我々に、含光君、あるいは藍《ラン》家の者が危ない目に遭っていることを伝えたいのでは？」

それで、雲夢江《ジャン》氏、姑蘇藍《ラン》氏と、その他まだ立ち去っていなかったいくつかの世家は人手を集め、ともに救援に来てくれたというわけだった。

藍景儀《ランジンイー》は、すごいすごいと犬を褒め称えた。

「ずっと仙子《シェンズー》、仙子《シェンズー》って呼んでたけど、まさかそいつ、本当に霊犬だったとはな！」

しかし、いくら霊力に敏感で賢くても魏無羨《ウェイウーシエン》にとっては結局ただの犬で、この世で最も恐ろしい存在だ。たとえ藍忘機《ランワンジー》がずっと前に立ち塞がってくれていても、全身がぞっとして震えている。

藍《ラン》家の少年たちが入ってきてからずっと、金凌《ジンリン》はこっそりとそちらの方に何度もちらちらと目を向けていた。彼らが魏無羨《ウェイウーシエン》と藍忘機《ランワンジー》を取り囲んでがやがやと騒ぐのを見ていると、魏無羨《ウェイウーシエン》の顔からだんだんと血の気が引いていくのがわかり、仙子《シェンズー》の尻を軽く叩いて小声で命令する。

「仙子《シェンズー》、お前は先に出てろ」

仙子《シェンズー》は頭をふるふると振って体を揺すり、また彼を舐める。

「さっさと出ていけ、俺の言うことが聞けないのか？」

叱られた仙子《シェンズー》は悲しそうに彼を一目見てから、悄然と尻尾を振りつつ走って廟を出ていく。魏無羨《ウェイウーシエン》はそれでようやくほっと息をついた。

金凌《ジンリン》は彼らのところに行きたいと思いつつも、恥ずかしくてためらったままだ。

ふいに藍思追《ランスージュイ》が魏無羨《ウェイウーシエン》の腰の辺りに目を留め、ぎょっとした顔になる。

「……魏《ウェイ》先輩？」

「うん？　なんだ？」

魏無羨《ウェイウーシエン》が問い返すと、藍思追《ランスージュイ》は呆然とした様子で続けた。

「あなたの……あなたのその笛、私に見せていただけませんか？」

魏無羨《ウェイウーシエン》は腰から笛を抜いて差し出す。

「これがどうかしたか？」

藍思追《ランスージュイ》は両手で笛を受け取ると、微かに眉根を寄せた。それを見つめる表情にはやや困惑が滲んでいる。藍忘機《ランワンジー》はその様子を見つめていて、魏無羨《ウェイウーシエン》はそんな藍忘機《ランワンジー》の方を向いて尋ねた。

「お前んとこの思追《スージュイ》はどうしたんだ？　俺の笛が気に入ったのかな？」

　すると、藍景儀《ランジンイー》が驚いたように言う。

「あれ？　あの音程がずれてたボロ笛はやっと捨てたんですか？　その新しい笛、なかなかいいじゃないですか！」

　藍景儀《ランジンイー》は、まさかその「なかなかいい」と評した新しい笛が、まさに自分がいつかお目にかかりたいと思っていた法器――伝説の鬼笛「陳情《チェンチン》」だとは知らずに、ただ密かに心の中で喜んでいた。

（本当に良かった！　これで少なくとも今後こいつが含光君と合奏する時、みっともない音を出して含光君に恥をかかせることはなくなるだろう。あれはひどすぎる！　前のは本当にボロ笛で耳障りだったからな！）

「思追《スージュイ》」と藍忘機《ランワンジー》が声をかける。

　すると、藍思追《ランスージュイ》はようやく我に返り、両手で持った陳情《チェンチン》を魏無羨《ウェイウーシエン》に返した。

「魏《ウェイ》先輩」

　魏無羨《ウェイウーシエン》は藍思追《ランスージュイ》から笛を受け取ると、江澄《ジャンチョン》がこれを持ってきてくれたことを思い出し、彼の方に向き直って無造作に礼を言った。

「ありがとう」

　彼は陳情《チェンチン》を持ち上げて江澄《ジャンチョン》に見せ、それを少し振ってから続ける。

「これはさ、俺が……もらっておくな？」

　江澄《ジャンチョン》は彼をちらりと見て答えた。

「もともとお前のだ」

　少しためらったあと、江澄《ジャンチョン》の唇はまだ何か言いたげに微かに動いたが、魏無羨《ウェイウーシエン》の目は既に藍忘機《ランワンジー》の方を向いていた。それを見て、江澄《ジャンチョン》は言葉を呑み込み押し黙った。

　この場にいる大勢の中には、現場を清掃する者、棺の封印を補強する者、どうすれば適切にそれを移動させられるかを考えている者、そして憤慨している者もいた。その一人、藍啓仁《ランチーレン》が怒りをあらわにして問い詰める。

「曦臣《シーチェン》、いったいどうしたというんだ？」

こめかみを押さえている藍曦臣《ランシーチェン》の眉間には、言葉では言い表せないほどの沈鬱さが陰を落とし、彼は疲弊《ひへい》した様子で答えた。

「……叔父上、お願いですから聞かないでください。本当に、今は何も話したくないのです」

藍啓仁《ランチーレン》はこれまで自分一人で育て上げてきた藍曦《ランシー》臣《チェン》が、このように苛立って落ち着きがなく、礼儀を欠いた姿を目にするのは初めてだった。彼を見たあと、魏無羨《ウェイウーシェン》と一緒に少年たちに取り囲まれている藍《ラン》忘機《ワンジー》に目を向けた。藍啓仁《ランチーレン》は見れば見るほど腸《はらわた》が煮えくり返る思いになる。完全無欠だったお気に入りの弟子たちが、二人とも彼の言うことを聞かなくなり、手のかからない者は一人もいなくなったと嘆息《たんそく》するばかりだった。

聶明玦《ニエミンジュエ》と金光瑶《ジングアンヤオ》を封じたあの棺は、非常に重いのに加え、細心の注意を払って扱う必要がある。そのため、それを運ぶ役を自ら買って出たのは数名の宗主たちだった。一人の宗主は観音像の容貌を見て初めは驚いていたが、すぐさま何か珍しいものでも発見したかのように指さした。

「皆さん、ちょっとこの顔を見てみてください！　金光瑶《ジングアンヤオ》に似ていませんか？」

周りの者もそれを見ると、皆これはこれはと珍しがった。

「確かに奴の顔だ！　金光瑶《ジングアンヤオ》はこんなものを造って何がしたかったんだ？」

「自分を神だと自称して祭り上げたんでしょう。尊大で身のほどを知らない奴です」

姚《ヤオ》宗主が言うと、別の宗主が嘲笑した。

「それはあまりにも身のほどを知らなすぎるな。ハハハッ」

魏無羨《ウェイウーシェン》は心の中で「そうとは限らない」と呟いた。

金光瑶《ジングアンヤオ》の母親は、人々から最も卑しい娼妓だと見なされていた。彼は母親の姿を写し取って観音像を彫らせ、万人に跪拝させて供養《くよう》をさせたのだ。

しかし、今さらそのことを話しても意味などない。魏無羨《ウェイウーシェン》には誰よりもはっきりわかっていた。真実になど誰も関心を持たないし、誰も信じない。金《ジン》光瑤《グアンヤオ》に関わることは、すべてが最大限の悪意を込めて憶測《おくそく》され、人々の口に上り流布するに違いないのだから。

　あと少し経てば、その棺はより大きく、より頑丈な棺槨《かんかく》の中に封じ込められ、桃の木で作られた七十二本の釘を打ちつけられる。そして警戒を促す石碑《せきひ》を立てた上で、どこかの山奥の地下深くに埋められて鎮圧されるのだ。

　中に封印されているモノは、何重もの禁制とおびただしい罵声を浴びながら、永遠に生まれ変わることはできない。

　聶懐桑《ニエホワイサン》は扉のそばに寄りかかり、数名の宗主たちがその棺を持ち上げて観音廟の敷居を跨いで出ていくところを見送ると、俯いて襟と裾についていた土汚れをはたいた。ふと何かを見つけたようで、彼が少し動きを止めたため、魏無羨《ウェイウーシエン》も同じくそちらに目を向ける。地面に落ちていたのは、金光瑤《ジングアンヤオ》の帽子だった。

聶懐桑《ニエホワイサン》は腰を屈めてそれを拾い上げると、のろのろと扉の外へと歩いて出ていった。

　外で主人を待ち続けている仙子《シエンズー》は、焦《じ》れて「ワウワウ」と二回鳴いた。その声を聞いて、金凌《ジンリン》は急に仙子《シエンズー》がまだ彼の膝にも達しないほどの何もできない子犬だった頃、まさに金光瑤《ジングアンヤオ》が抱きかかえて連れてきてくれた時のことを思い出した。

　あの時の金凌《ジンリン》はまだ十歳足らずで、金鱗台の他の子供と喧嘩して勝ったものの、胸がすっとせずに部屋の中で激しく物を投げつけながら大声で泣き叫んでいた。投げつけられる物に当たるのを恐れて、侍女も家僕も誰も近づけなかったが、金光瑤《ジングアンヤオ》だけはにこにこしながらひょいと顔を覗かせた。「阿凌《アーリン》、どうしたんだ？」と尋ねられ、金凌《ジンリン》はすぐさま五、六個の花瓶を彼の足元に投げつけて割った。金光《ジングアン》瑤《ヤオ》は「ああ、なんて恐ろしい、怖い怖い」と言うと、さも怖がっているかのような素振りで首を横に振りながら立ち去っていった。

　次の日も、金凌《ジンリン》は意地になって部屋から出ず、食事もしなかった。そうしていたら、金光瑶《ジングアンヤオ》が部屋の扉の前を行ったり来たりするものだから、金凌《ジンリン》は扉に背中を預けて大声で「俺をイライラさせないで！」と叫んだ。すると突然、扉の外から子犬の「ワウワウ」という鳴き声が聞こえてきたのだ。

金凌《ジンリン》が扉を開けると、金光瑶《ジングアンヤオ》は扉の前で中腰になり、胸にはまん丸い目をキラキラさせた黒い毛の子犬を抱きかかえ、顔を上げて彼に笑いかけた。

「こんな小さなものを見つけてきたんだけど、どんな名前をつけたらいいかわからないんだ。阿凌《アーリン》、君がこの子に名前をつけてくれないか？」

あの時の笑顔は優しく、真心がこもっていて、金《ジン》凌《リン》には金光瑶《ジングアンヤオ》が作り笑いをしていたとは到底思えなかった。

一瞬のうちに、また涙がどっと溢れてこぼれ落ちる。

金凌《ジンリン》はかねてから泣くことは軟弱さと無能さの現れだと思い、涙を流す者を軽蔑していた。しかし今、止めどなく涙を流すこと以外に、心の中の苦痛と憤《ふん》怒《ぬ》を発散できる方法はなかった。

いったいどうしてなのか、金凌《ジンリン》は誰一人責められず、誰一人恨むこともできなくなってしまった。魏《ウェイ》無羨《ウーシエン》、金光瑶《ジングアンヤオ》、温寧《ウェンニン》、誰もが彼の両親の死に多かれ少なかれ責任を負うべきで、強く憎悪するべき理由があるというのに、逆に様々な理由から、ただ憎むことも難しくなった。けれど、彼らを憎めなければ、他に誰を憎めばいいのだ？　まさか幼い頃に両親を失って当たり前だというのか？　仇を討つことも、恨みを晴らすこともできないだけではなく、ただ純粋に徹底的に、なんら憚ることなく憎むことすらできないというのか？

どこかすっきりとしない。どこか悔しい。いっそのこと、誰も彼も死んで、すべてが終わってしまえばいいのに。

姚《ヤオ》宗主は金凌《ジンリン》が棺を見つめたまま、声を殺して泣いているのを見て尋ねた。

「金《ジン》若公子、なぜ泣いているんです？　まさか金《ジン》光瑶《グアンヤオ》のためですか？」

金凌《ジンリン》が答えなかったため、姚《ヤオ》宗主は年長者が自分の家の若者に小言を言う時のような口調で続けた。

「何を泣くことがあるんですか？　さあ、涙を拭いて。君の叔父のような者は、誰かに涙を流してもらう価値などありません。若公子、責めているわけではありませんが、そんな軟弱なことではいけませんよ。感傷的になるのはやめて、何が正しいか、何が間違っているかを知るべきです。君の直すべきところは……」

これがもし、かつての蘭陵金《ジン》氏の宗主が百家を統率する仙督だった頃なら、百の肝玉《きもだま》を与えたとしても、他家の宗主が年長者を気取って金《ジン》家の公子を説教するなど誰一人として怖くてできなかったはずだ。しかし金光瑶《ジングアンヤオ》が死んだ今、蘭陵金《ジン》氏は大黒柱《だいこくばしら》を失い名声も地に落ちた。おそらく再起は不可能だろうと見て、気を大きくした者が早々《はやばや》と現れたのだ。

金凌《ジンリン》の心の中は元から混乱し、言葉にできない複雑な気持ちを抱えていたところへ、姚《ヤオ》宗主があれこれと口出ししてくるのを聞き、激怒して大声で叫んだ。

「俺は泣きたいから泣いてるだけだ、それがなんだ！　お前は誰だ？　何様のつもりだ？　俺が泣こうがお前に関係あるか!?」

姚《ヤオ》宗主は説教できないどころか反抗されるとは思わず、たちまち不機嫌な顔になると、周りの者が小声で宥めた。

「やめましょう。子供相手に言い争うのは」

彼は当惑のあまりカッと熱くなっていた憤りをどうにか収め、冷たく「ふん」と鼻を鳴らして吐き捨てた。

「もちろんです。ハッ、どうして是非もわからず白黒つけられない未熟な半人前の若造相手に、言い争う必要があるんです?」

一方、藍啓仁《ランチーレン》は棺が荷車で運ばれるのを見守ってから、振り向いて愕然とした。

「忘機《ワンジー》は？」

藍啓仁《ランチーレン》はつい先ほどまで、藍忘機《ランワンジー》を捕まえて雲深不知処に連れ帰ったあと、彼と膝をつき合わせて懇々《こんこん》と百二十日も話し続けるつもりでいたのだ。どうしても駄目な時はまた、しばらくの間彼を閉じ込めて謹慎させようとまで思い巡らしていたのに、ほんの一瞬目を離した隙に姿が見えなくなってしまった。彼は主殿の中を数周歩いて、声を大きくして尋ねた。

「忘機《ワンジー》はどこだ！」

「先ほど、私たちが林檎《りんご》ちゃんを連れてきて廟の外に繋いであることをお話ししたら、すぐに含光君は……その……一緒に林檎ちゃんを見に行きました」

「その後は？」

その後どうなったかなど言うまでもない。観音廟の外のどこに、魏無羨《ウェイウーシエン》、藍忘機《ランワンジー》、温寧《ウェンニン》の姿などあるものか？

藍啓仁《ランチーレン》は、まだ上の空でのろのろと自分の後ろをついてくる藍曦臣《ランシーチェン》を振り返り、憎々しげにため息をつくと袖を払ってその場を立ち去った。辺りを見渡した藍景儀《ランジンイー》は、驚いた顔で言う。

「あれ、思追《スージュイ》は？　なんで思追《スージュイ》までいつの間にかいなくなってるんだ？」

金凌《ジンリン》は魏無羨《ウェイウーシエン》と藍忘機《ランワンジー》が姿を消したと聞いて、急いで走って出ていくと、観音廟の敷居に躓《つまず》いて危うく転びそうになった。しかしいくら走っても、もう二人には追いつけなかった。仙子《シェンズー》は彼の周りを嬉しそうに走り回り、はあはあと舌を出している。観音廟の中にある、真っすぐ天を衝くように生えた一本の木の下に立っていた江澄《ジャンチョン》は、金凌《ジンリン》を見て冷たく言った。

「顔を拭け」

金凌《ジンリン》はごしごしと思いきり目を擦って顔を拭いてから、彼のそばへと走っていく。

「あの人は？」

「行った」

江澄《ジャンチョン》の答えに、金凌《ジンリン》は思わず声を上げる。

「叔父上はそのまま行かせたのか？」

「だったらなんだ？　一緒に夕餉でも食べるのか？　『ありがとう』『ごめんなさい』とでも言うのか？」

金凌《ジンリン》は焦って、皮肉を言う江澄《ジャンチョン》を指さしながら責め立てた。

「あいつがさっさと行きたかったのも当然だ。全部叔父上のせいだ！　叔父上はなんでそんなに嫌な奴なんだよ！」

それを聞いて、江澄《ジャンチョン》は目を怒《いか》らせて手を振り上げる。

「それが年長者に対する口の利き方か？　殴られたいのか！」

金凌《ジンリン》は首をすくめ、仙子《シエンズー》も尻尾を股に挟む。だが、江澄《ジャンチョン》の手のひらはなぜか彼の後頭部に落ちることはなく、力なく下ろされた。

彼は苛立った様子のまま静かに言った。

「もう黙れ、金凌《ジンリン》。何も言うな。帰るぞ。それぞれが帰るべき場所へ」

金凌《ジンリン》は呆気に取られ、少しためらって大人しく口を噤んだ。

項垂《うなだ》れながら、江澄《ジャンチョン》と肩を並べて数歩歩いたところで、気になって彼はまた顔を上げて尋ねる。

「叔父上、さっき何か話そうとしてなかった？」

「なんの話だ？　何もないぞ」

「さっきだよ！　俺見たんだ。叔父上が魏無羨《ウェイウーシエン》に何か話そうとしてたけど、結局やめたところ」

しばらくの間沈黙したあと、江澄《ジャンチョン》は首を横に振って答える。

「別に話すことなんてない」

――何を言いたかったか？

あの時、俺は両親の遺体を取り戻したくて、我《が》を張って蓮花塢に戻ったせいで温《ウェン》家に捕まったわけじゃなかった。

俺たちが逃亡していた道中、通りかかったあの小さな町でお前が食料を買いに行っていた時、温《ウェン》家の修士たちが追いついてきた。

俺は先に気づいて、もともと座っていた場所から離れて路地に隠れたから捕まらなかった。でも、奴らは町中を見回っていて、あと少しでちょうど食料を買っているお前に出くわすところだった。

だから俺は飛び出して、奴らを引きつけてお前から引き離したんだ――。

しかし、かつて自身の金丹を取り出して江澄《ジャンチョン》にくれた魏無羨《ウェイウーシエン》が、江澄《ジャンチョン》には真実を伝えられなかったように、今の江澄《ジャンチョン》も、どうしてもそのことを話せなかった。

第二十三章　忘羨

明け方、空が白み始めたばかりの長い通りは、まだ静まりかえっている。その通りを歩く魏無羨《ウェイウーシエン》と藍《ラン》忘機《ワンジー》の耳には、ただロバの蹄《ひづめ》が地面を蹴るパカパカという軽い足音しか聞こえない。

林檎ちゃんの背中に乗った魏無羨《ウェイウーシエン》はその尻を軽く叩いた。ロバの体にかけられている荷物入れの鞍《くら》には林檎が目一杯詰め込まれ、はち切れそうなほど膨れ上がっている。おそらく、藍《ラン》家の少年たちがロバのために用意した餌《えさ》だろう。

魏無羨《ウェイウーシエン》はその中から一つ林檎を取り出して自分の口元に運ぶと、隣を歩く藍忘機《ランワンジー》の秀麗な横顔を見つめながら一口かじった。林檎はとても瑞々しくてシャリッとしている。林檎ちゃんは自分の林檎が図々しく盗み食いされているのに気づくと、怒って鼻の穴を広げて息を吹き出し、しきりに脚で地面を蹴った。魏無羨《ウェイウーシエン》は相手をしている暇はないとばかりに、また手のひらでその尻を数回叩いて宥めると、食べきれなかった林檎をロバの口の中に押し込んでやった。

「なぁ藍湛《ランジャン》、知ってた？　あの思思《スースー》って、金光瑶《ジングアンヤオ》の母親の友達だったらしいよ」

「知らなかった」

藍忘機《ランワンジー》の答えに、魏無羨《ウェイウーシエン》は苦笑いして続けた。

「別に、本当にお前が知ってると思って聞いたわけじゃないって。観音廟の中で女の怨霊と共情した時に見たんだ。彼女は昔、金光瑶《ジングアンヤオ》親子の面倒をよく見てやってたみたいだった」

しばしの沈黙のあとで、藍忘機《ランワンジー》は言った。

「だから、金光瑶《ジングアンヤオ》はあの女性の命を取らなかった」

「多分な。あの時は、顛末を話したら沢蕪君《たくぶくん》がまた奴に情けをかけるんじゃないかって心配になって言わなかったんだ。今はまだ、彼には伏せておいた方がいい」

「いつか尋ねられたら、私から話す」

「そうだな」

来た道をちらりと振り返り、魏無羨《ウェイウーシエン》は珍しくしきりにため息をついた。

「俺はもうごたごたに関わるのはごめんだからさ、そうしてくれ」

藍忘機《ランワンジー》は小さく頷き、林檎ちゃんの手綱《たづな》を少し短く握り直すと、それを引きながらまた歩き始めた。

皆、自分のことは自分自身にしか解決できない。実の兄弟である藍曦臣《ランシーチェン》のことであっても、今の藍忘《ランワン》機《ジー》には助けとなることができないのだ。慰めなど無力で虚《むな》しいだけだ。

少し間を置いて、藍忘機《ランワンジー》が呼んだ。

「魏嬰《ウェイイン》」

「なに？」

「ずっと君に黙っていたことがある」

魏無羨《ウェイウーシエン》は、まるで心臓が一回鼓動を忘れたように感じた。

「なんのことだ？」

藍忘機《ランワンジー》は立ち止まり、彼を真っすぐに見つめる。口を開こうとしたその時、二人の背後から急いで走ってくる足音が聞こえてきた。

「まずい、もう誰か追いついてきたのか？」

しかし、追ってきたのは厄介とは言えない者たちだった。藍思追《ランスージュイ》は息せき切って彼らのもとまで走ってくる。

「含……含光君、魏《ウェイ》先輩！」

魏無羨《ウェイウーシエン》はロバの頭に肘《ひじ》をついて、からかうように言った。

「思追《スージュイ》ちゃんよ、俺はお前ん家の含光君と駆け落ちしようとしてるところだっていうのに、なんでついてきちゃうんだ？　藍《ラン》先生に怒られるのが怖くないのかな？」

藍思追《ランスージュイ》は顔を赤らめて答える。

「魏《ウェイ》先輩、やめてください。私は、私はすごく大事なお話があって、それでお二人を追いかけてきたんです！」

「大事な話？」

「少し思い出したことがありまして、でも確信がないので、それで……それで、含光君と魏《ウェイ》先輩に聞きに来ました」

藍忘機《ランワンジー》が彼を見て、それから一緒に追ってきた温《ウェン》寧《ニン》に目を向けると、温寧《ウェンニン》は小さく頷く。

「どんなことだ？」

魏無羨《ウェイウーシエン》に尋ねられ、藍思追《ランスージュイ》は背筋を伸ばして息を深く吸った。

「料理がとても得意だと自称していて、でも作ったものは辛すぎて目に染みるし、食べるとお腹も痛くなりました」

「はぁ？」

「私を大根畑に埋めて、そうやって日光を浴びさせて少し水をやれば、すぐ早く背が伸びるし、しかも畑から子供も何人か生えてきて、私の遊び相手になってくれると言いました」

「……」

黙り込む魏無羨《ウェイウーシエン》に、藍思追《ランスージュイ》はさらに続ける。

「含光君にご飯をおごると言ったのに、最後は勘定しないで走り去って、お金を払ったのは結局含光君でした」

魏無羨《ウェイウーシエン》は目を大きく見開き、危うくロバの背中から落ちそうになる。

「お前……お前は……」

藍思追《ランスージュイ》は、魏無羨《ウェイウーシエン》と藍忘機《ランワンジー》の二人を真っすぐに見つめる。

「あの時の私はまだ幼すぎて、覚えていないことばかりかもしれませんが、でも、これだけは確信できます……かつて私の姓は温《ウェン》でした」

魏無羨《ウェイウーシエン》は震える声で言った。

「温《ウェン》だと？　お前の姓は藍《ラン》だろう？　藍思追《ランスージュイ》、藍《ラン》願《ユエン》……」

彼は独り言のように呟く。

「藍願《ランユエン》……温苑《ウェンユエン》？」

藍思追《ランスージュイ》は強く頷き、同じくその声は震えている。

「魏《ウェイ》先輩、私……私は、阿苑《アーユエン》です……」

魏無羨《ウェイウーシエン》はまだこの状況が呑み込めておらず、訳がわからないといった様子で問いかけた。

「阿苑《アーユエン》……阿苑《アーユエン》は死んだんじゃないのか？　あいつはあの時、一人で乱葬崗に残されて……」

その瞬間、観音廟で藍曦臣《ランシーチェン》が語ったことが、もう一度耳元でこだました。

『あの数年は、謹慎して自省していたことになっているが、実際はあまりに深手を負ったせいで動けなかっただけだ。それなのに、君が命を落としたことを知った時、忘機《ワンジー》はまた強引にその体を引きずって、どうしても乱葬崗に行って一目見たいと……』

彼はぱっと藍忘機《ランワンジー》の方を向いて聞いた。

「藍湛《ランジャン》、お前なのか!?」

「うん」

藍忘機《ランワンジー》は彼を見つめながら続けた。

「これが、私がずっと君に言わずにいたことだ」

かなり長い間、魏無羨《ウェイウーシエン》は言葉を失ったままでいた。

とうとう我慢できなくなった藍思追《ランスージュイ》が大声で叫んで跳び上がり、一方の手でロバの背に乗っている彼を、もう一方の手で藍忘機《ランワンジー》を抱き寄せて三人を一塊にするようにきつく抱きしめた。魏無羨《ウェイウーシエン》と藍忘機《ランワンジー》は抱きしめられて互いにぶつかり、一緒に呆然としてしまった。

藍思追《ランスージュイ》は二人の肩先に顔を埋めて呟いた。

「含光君、魏《ウェイ》先輩、私……私……」

彼の声がくぐもっているのを聞いて、顔をつき合わせている魏無羨《ウェイウーシエン》と藍忘機《ランワンジー》は目を見交わす。すると互いの目の中にとても柔らかな何かが見えた気がした。

魏無羨《ウェイウーシエン》は心を落ち着けてから藍思追《ランスージュイ》の背中をぽんと軽く叩く。

「やれやれ、泣くなよ」

「泣いていません……ただ……急にすごく悲しくなって、でも、すごく嬉しくて……どう言えばいいかわかりません……」

しばし沈黙したあと、藍忘機《ランワンジー》も彼の背中をそっと叩いた。

「ならば、もう言うな」

「そうだぞ」

藍思追《ランスージュイ》は何も言わず、彼ら二人をさらにきつく抱きしめた。

ほんの少ししてから魏無羨《ウェイウーシエン》が言う。

「ちょっとちょっと、このガキの腕力はなんでこんなに強いんだ？　さすが含光君の教え子だな……」

藍忘機《ランワンジー》は彼をちらりと見て答えた。

「君の教え子でもある」

「そうか、どうりでこんなに立派に育ったわけだな」

魏無羨《ウェイウーシエン》がそう言うと、なぜか藍思追《ランスージュイ》は反論した。

「魏《ウェイ》先輩が私に何か教えてくれたことなんてありませんでした」

「誰がそんなこと言ったんだ？　お前が小さすぎて、教えてやったことを全部忘れただけだろ」

「忘れていません。思い出しました、確かに教えてもらったことがあります」

「ほらな？」

藍思追《ランスージュイ》は真面目な顔で続ける。

「春宮図を普通の書物に偽装する方法を教わりました」

「……」

魏無羨《ウェイウーシエン》が言葉に詰まると、藍忘機《ランワンジー》はまた彼をちらりと見た。

「それから、私をこう教え導きました。綺麗な女の子が通りかかった時は……」

さらに藍思追《ランスージュイ》が話そうとするのを遮って、魏無《ウェイウー》羨《シエン》が声を上げた。

「でたらめだ！　このガキ、なんでそういうことばっかり覚えてるんだ。夢でも見たんじゃないのか？　俺が子供にそんなことを教えるわけないだろ」

藍思追《ランスージュイ》は顔を上げて答えた。

「寧《ニン》叔父上が証人です。あなたが私にそういったことを教えてくれた時、一緒にいたはずです」

「何が証人だ。事実無根だぞ」

魏無羨《ウェイウーシエン》がそう言うと、温寧《ウェンニン》が困り果てたように言った。

「私……私は何も覚えていません……」

「含光君、私が話したことはすべて事実です」

藍思追《ランスージュイ》の言葉に藍忘機《ランワンジー》は頷いて答える。

「わかっている」

「藍湛《ランジャン》、お前な！」

魏無羨《ウェイウーシエン》はロバの背中で喚き散らしながら暴れだしそうになる。

だが、気を取り直してまた問いかけた。

「でも思追《スージュイ》、どうして急に思い出したんだ？」

「私にもよくわかりません。ただ陳情《チェンチン》を見たら、すごく懐かしく感じたんです」

予想していた通り、きっかけは陳情《チェンチン》だった。

「そうか、そりゃ当然懐かしいだろうよ。お前は昔、陳情《チェンチン》をかじるのが大好きだったからな。しょっちゅう涎《よだれ》まみれにするから、そのせいで俺は吹けなくなってたなぁ」

藍思追《ランスージュイ》はぱっと顔を赤くした。

「そ……そうなんですか……」

魏無羨《ウェイウーシエン》はにこにこしながら答える。

「そうだよ。じゃなかったら一目見ただけですぐ思い出せないだろう？　お前の子供の頃の話、もっと聞かせてやろうか？」

彼は両手で二匹の蝶の形を作って見せる。

「含光君、覚えてるか。俺がお前に飯をおごるって言ったあの時、こいつが蝶のおもちゃを二つ持って、あの店で『僕、君がすごく好きだ』『僕もすごく好きだ』とか一人でぶつぶつ言いだしてさ……」

藍思追《ランスージュイ》の顔はますます赤くなり、魏無羨《ウェイウーシエン》はさらに続けた。

「あ、そうだ。あの時お前は大勢の前で、含光君のことを父ちゃんって呼んでたぞ。かわいそうな含光君。眉目秀麗で才能まで併《あわ》せ持った気高く素晴らしい青年が、訳もわからないまま人の父ちゃんにされちゃって……」

「ああああああああああああっ！」

藍思追《ランスージュイ》は真っ赤な顔をして大声で叫ぶと、藍忘機《ランワンジー》に謝罪した。

「含光君、申し訳ありません！」

藍忘機《ランワンジー》はさも愉快そうに笑う魏無羨《ウェイウーシエン》を見ながら首を横に振ったが、その表情は優しさに満ちている。

次に、魏無羨《ウェイウーシエン》は温寧《ウェンニン》に向かって尋ねた。

「そうだ。温寧《ウェンニン》、お前はとっくにこのことを知ってたのか？」

温寧《ウェンニン》が小さく頷くと、魏無羨《ウェイウーシエン》は愕然として問い質す。

「だったらなんで教えてくれなかったんだよ？」

温寧《ウェンニン》は藍忘機《ランワンジー》を一瞬見てから、言葉を選ぶようにして答えた。

「藍《ラン》公子が、あなたに教えるとは言っていなかったので、それで……」

魏無羨《ウェイウーシエン》は彼の腑抜《ふぬ》け具合に腹を立てた。

「なんでそんなにこいつの言うことを聞くんだ。お前は鬼将軍だぞ。鬼将軍がなんで含光君を怖がるんだ？　それじゃ俺の顔を潰すことになるだろうが？」

藍思追《ランスージュイ》はまだ「含光君、申し訳ありません！」と叫んでいた。

四人は雲萍城のはずれにある林の中で別れることになった。

「公子、私たちはこちらの方向に行きます」

そう切り出した温寧《ウェンニン》に、魏無羨《ウェイウーシエン》が尋ねた。

「どこへ行くんだ？」

「以前、全部終わったあとに何かしたいことがあるかと私に聞きましたよね。だから、阿苑《アーユエン》と話し合って、まず一緒に岐山へ行って、私たちの一族の者の遺灰を埋葬しようと思っています。そしてあそこで、何か姉さんの遺品がないか探してみて、姉さんのために衣冠塚《いかんちょう》〔生前の持ち物や衣服などを埋葬した墓〕を立てたいんです」

「衣冠塚か。俺も乱葬崗でお前と彼女のために一つ立てたんだけど、焼かれちゃったんだよな。それなら、俺たちも一旦岐山に行こうか」

魏無羨《ウェイウーシエン》が振り向いて藍忘機《ランワンジー》にそう持ちかけると、温寧《ウェンニン》はなぜか「大丈夫です」と答えた。

魏無羨《ウェイウーシエン》はぽかんとして尋ねた。

「一緒に行っちゃダメなのか？」

「魏《ウェイ》先輩、あなたは含光君と行ってください」

藍思追《ランスージュイ》の言葉に魏無羨《ウェイウーシエン》が何か答えようとした時、

温寧《ウェンニン》が言った。

「本当に大丈夫です。魏《ウェイ》公子、あなたはもう十分良くしてくれました」

しばし黙り込んだあとで、魏無羨《ウェイウーシエン》は口を開いた。

「じゃあ、それを全部終わらせたあとはどうするんだ？」

「阿苑《アーユエン》を雲深不知処に送り届けて、それから何をするかは、ゆっくり考えればいいと思っています。これからの道は、自分の足で歩かせてください」

温寧《ウェンニン》の答えに、魏無羨《ウェイウーシエン》はゆっくりと頷いた。

「……それもいいな」

これまでの長い年月の中で初めて、魏無羨《ウェイウーシエン》の後ろをついて歩くのではなく、自らの意思で決めたのだ。

温寧《ウェンニン》はおそらくやりたいことを見つけたのだろう、と魏無羨《ウェイウーシエン》は思った。

それは、今までずっと望んでいたことでもあった。

人には皆、それぞれ進むべき道があるのだ。

しかし、本当にその日が訪れ、温寧《ウェンニン》と藍思追《ランスージュイ》の後ろ姿が遠ざかっていくのを見えなくなるまで眺めていると、どこか感傷的な気持ちになる。

今、そばにいてくれるのは藍忘機《ランワンジー》ただ一人だけだ。

けれど幸運なことに、そばにいてほしいと思う人も、藍忘機《ランワンジー》だけだった。

「藍湛《ランジャン》」

「うん」

「お前はあいつを立派に育て上げてくれたよ」

「今後、また会える機会は多くある」

「わかってる」

「思追《スージュイ》を雲深不知処に送り届けてきたあとは、温寧《ウェンニン》も近くに住めばいい。彼ともいつでも会える」

魏無羨《ウェイウーシエン》はそう言う藍忘機《ランワンジー》を見つめながら尋ねた。

「藍湛《ランジャン》、お前さ、俺がお前にありがとうって言うのをすごく怖がってるだろう？」

藍忘機《ランワンジー》が何か答える前に、彼はさらに続ける。

「急に思い出したんだけど、前世で俺たちが行き別れる時って、そうなる前に俺は毎回お前にありがとうって言ってたよな。別れて、次またお前に会った時には、俺はいつももっとひどいことになってたっけ」

雲夢の楼台《ろうだい》から花を投げた時の出会い、そして、夷陵乱葬崗での別れ。

毎回、彼はその言葉で自分と藍忘機《ランワンジー》との間にはっきりとした境界線を引き、さらに遠くへと距離を置いたのだ。

しばらく沈黙したあと、藍忘機《ランワンジー》が口を開いた。

「君と私の間に、『ありがとう』と『ごめんなさい』は不要だ」

魏無羨《ウェイウーシエン》は笑顔になって言った。

「そっか。それじゃあ、もっと他のことをいろいろ話そう。例えば……」

彼は次第に声を潜め、藍忘機《ランワンジー》にもっと自分の方へ近づくようにと手招きする。どうやら耳打ちして、何かを伝えたがっているらしい。藍忘機《ランワンジー》は素直に近づいた。ところが、魏無羨《ウェイウーシエン》は右手を伸ばして彼の顎をくいっと持ち上げると、身を乗り出して彼の唇に自分の唇を押し当てた。

かなり長い時間が過ぎてから、魏無羨《ウェイウーシエン》はやっとわずかに離れ、互いのまつ毛をそっと擦り合わせながら小声で尋ねた。

「どう?」

「……」

「含光君、ちょっとは反応をくれよ」

「……」

「お前冷たいなぁ。こういう時はさ、俺を思いきり地面に押し倒すべきじゃないのか……」

言い終える前に、藍忘機《ランワンジー》は突然彼のうなじに素早く手を回して、荒々しく魏無羨《ウェイウーシエン》の頭を引き寄せると、先ほどと同じところにもう一度口づけた。

林檎ちゃんは驚いて、林檎を咀嚼していた口までもが固まり、木で作ったロバのようにぽかんとしている。

ほんの少しのあと、林檎ちゃんが魏無羨《ウェイウーシエン》を振り落とそうとじたばたし始めたため、藍忘機《ランワンジー》は左手を彼の背中に回し、右手で膝の裏を掬い上げてさっと抱きかかえると、ロバの上から降ろした。

魏無羨《ウェイウーシエン》は願い通り地面に押し倒され、ひとしきり容赦なく藍忘機《ランワンジー》に唇を奪われながら、唐突に口を開いた。

「待て、待って！」

「なんだ？」

藍忘機《ランワンジー》が動きを止めると、魏無羨《ウェイウーシエン》は目を細めながら答える。

「なんか、急にこの感じに覚えがある気がして……」

林、灌木《かんぼく》、野草、強引な動き、そしてまとわりつく唇と舌。まるでこの感覚を知っていたかのようだ。

しばしの間考えてみたが、考えれば考えるほど、漠然とだが身に覚えがあるとしか思えない。ある出来事についてどうしても聞いておかなければと、探りを入れるように藍忘機《ランワンジー》に尋ねた。

「百鳳山巻狩《ひゃくほうさんまきがり》で、俺が目隠ししてたあの時さ、藍湛《ランジャン》、お前……？」

魏無羨《ウェイウーシエン》はまだ最後まで聞いてはおらず、藍忘機《ランワンジー》も答えなかったが、彼は手の指をぴくりと微かに曲げた。彼の表情がおかしいことに気づくと、魏無羨《ウェイウーシエン》は急いで肘をついて上半身を起こし、彼の胸元に耳を押し当てる。案の定、しきりに勢い良く脈打つドクンドクンという激しい鼓動が聞こえてきた。

「……」

一瞬言葉を失ってから、魏無羨《ウェイウーシエン》ははっとした。

「えっ、本当にお前だったのか⁉」

藍忘機《ランワンジー》の喉仏が微かに動く。

「私……」

魏無羨《ウェイウーシエン》は信じられないといった様子で言葉を続けた。

「藍湛《ランジャン》、ちっともそんなふうには見えなかったよ？まさかお前にあんなことができたなんてな？」

「……」

「なぁ知ってたか。俺はずっと、どこかの恥ずかしがり屋の仙子《せんし》が俺に片思いして、でも言えないからあんなことをしたんだとばかり思ってたんだ」

「……」

「じゃあお前は、あの時からもう俺に良からぬことを考えてたってわけか？」

「……」

黙り込んでいた藍忘機《ランワンジー》が、ようやくくぐもった声で言う。

「私は、あの時、間違っていたと自覚している。大きな過ちを犯したと」

魏無羨《ウェイウーシェン》はあのあと藍忘機《ランワンジー》を見つけた時に、彼が山林の中で一人、木を殴っていたことを思い出した。

「だからお前はあんなに怒ってたのか？」

魏無羨《ウェイウーシェン》は、てっきり彼が他人に対して腹を立てていたのだと思い込んでいたが、まさか自分自身に腹を立てていたとは知らなかった。自分の一時の衝動に怒り、自らを抑えられなかったことに怒り、隙につけ入って君子にあらざる行いをした上、家訓に背いた自分に怒っていたのだろう。

藍忘機《ランワンジー》が深く項垂れているのを見て、また自省し始めたようだと気づくと、魏無羨《ウェイウーシェン》は彼の顎をそっとくすぐった。

「わかったから、そんなに思い詰めるなって。お前があんなに早々と俺に口づけしてたってわかって、俺は死ぬほど嬉しいんだから。何せあれは俺の初めての口づけだからな。おめでとう、含光君」

藍忘機《ランワンジー》は急に彼の方に視線を向ける。

「初めての口づけ？」

「そうだよ、じゃなかったらなんだと思ってたんだ？」

魏無羨《ウェイウーシェン》が問い返すと、藍忘機《ランワンジー》はじっと彼を見つめてくる。その瞳の奥には、なぜか異様な暗流がゆらゆらとたゆたっていた。

「ならば……」

「ならば、なに？　言い淀むなんてお前らしくないぞ、藍湛《ランジャン》」

「ならば、君は、あの時、なぜ……なぜ……」

「なんだよ？」

藍忘機《ランワンジー》が小さく唇を動かす。

「……なぜ、抵抗しなかったんだ」

魏無羨《ウェイウーシェン》はぽかんとしてしまった。

藍忘機《ランワンジー》はまた悶々とした様子で話しだす。

「君は……相手が誰なのかわからなかったのに、なぜ拒まなかったんだ。それに、だったらなぜ、あのあと私にあんなことを言ったんだ……」

(あんなこと?)

魏無羨《ウェイウーシエン》はようやく思い出した。

あの時、自分は藍忘機《ランワンジー》と「偶然出くわした」あと、しばらく適当に雑談してから、得意満面ででたらめな嘘をついたのだ。自分は百戦錬磨《ひゃくせんれんま》だなどと言ったり、怖くて誰も藍忘機《ランワンジー》に口づけなんてできないし、藍忘機《ランワンジー》が自分から誰かに口づけすることもないだろうと言ったり、しかも藍忘機《ランワンジー》は初めての口づけを一生涯大切に守り続けるんだろうなとも言ったり……。

唐突に、魏無羨《ウェイウーシエン》は腹を抱え大きな声で激しく笑いだし、地面をバンバンと叩いた。

「ハハハハハハハハハッ……」

「……」

彼は大笑いしながら藍忘機《ランワンジー》を抱き寄せ、ちゅっと口づけをしてから言った。

「つまり、結局お前があの時一番怒ってたのは、俺が本当に他の誰かと口づけしたことがあると思ったからってことだろう? 藍湛《ランジャン》、お前バカなのか! 俺が言ったクソみたいなでたらめを信じてたなんて! あれを信じちゃうのは、お前みたいな真面目ちゃんくらいだよ、ハハハハハハッ……」

彼があまりにも度を超えて大声で笑ったせいで、藍忘機《ランワンジー》はとうとう耐えられなくなり、彼の肩を掴んで再び思いきり押し倒した。

林檎ちゃんをその場に残して、二人は絡み合いながらごろごろと茂みの奥へ転がっていく。

にわか雨が降りやんだあとの草むらはまだ雨露《あめつゆ》を帯びていて、藍忘機《ランワンジー》の白い服を濡らす。しかしその服は、魏無羨《ウェイウーシエン》の手であっという間に剥がされてしまった。

「動くなよ」

囁いた魏無羨《ウェイウーシエン》の首筋、唇、すべてが青々とした爽やかな草の匂いに包まれている。一方、藍忘機《ランワンジー》の体はひんやりした檀香を纏っていた。魏無羨《ウェイウーシエン》は藍忘機《ランワンジー》の両脚の間に跪き、その額から下に向かって口づけを落としていく。

眉間、鼻先、頬、唇、顎。

喉仏、鎖骨《さこつ》、心臓の上。

起伏に沿って、この上なく恭しく、まるで仕えるように。

引き締まった下腹部にまで口づけをして、さらに下へと辿っていこうとした時、魏無羨《ウェイウーシエン》の肩先から滑り落ちた幾筋かの髪と小刻みな熱い吐息が、その辺りの危険な部位を撫でてくすぐったため、藍忘機《ランワンジー》はそれ以上我慢できなくなったのか、手を伸ばして彼の肩に手をかけ体を離した。魏無羨《ウェイウーシエン》は逆にその手首を掴む。

「動くなって言っただろ。俺がやる」

彼は髪紐を引っ張って解くと、少し乱れていた長い髪を結い直してから、もう一度そこに顔を伏せた。藍忘機《ランワンジー》は彼がしようとしていることに気づき、微かに狼狽《ろうばい》した表情を滲ませると小さな声で言った。

「しなくていい」

魏無羨《ウェイウーシエン》は「する」と答え、すぐに藍忘機《ランワンジー》をそっと口の中に含んだ。

歯が当たらないように気をつけながら注意深くその一物《いちもつ》を銜《くわ》えて、できるだけ深くまで呑み込んでいく。先端が喉奥に当たると、微かに苦しさを感じ始める。藍忘機《ランワンジー》はすぐさま彼がつらそうだと気づき、無理をさせていることを気遣って押し返そうとした。

「もういい」

魏無羨《ウェイウーシエン》は彼の手をどかせると、ゆっくりと頭を前後させ始める。

「君……」

藍忘機《ランワンジー》はすぐに何も言えなくなってしまった。

幼い頃から読んできた低俗な絵本を合わせると、魏無羨《ウェイウーシエン》は姑蘇藍《ラン》氏の蔵書閣《ぞうしょかく》にある蔵書室一室分を占めるほどの数の春宮図を読み尽くしてきた。その上非常に聡明なため、目で見て学んだことに従い、唇と舌を使って口の中の焼けるように熱く硬く張り詰めた一物を丹念に愛撫する。最も敏感な部位を温かく濡れた口腔《こうこう》内に呑み込まれ、他人にここまで精を入れて扱われ、藍忘機《ランワンジー》はただ我を忘れて乱暴な振る舞いをしないよう自分を抑えるだけでも、既にある種の拷問を受けているようだった。魏無羨《ウェイウーシエン》は彼の息遣いがますます荒くなり、自分の肩先を掴む手の指にもぎゅっと力が込められるのを感じ、頭を動かす速度を速める。首と頬がどちらも疲れてきたその時、ついに一筋の熱い液体が喉に注ぎ込まれた。

それは焼けるように熱く粘り気があり、喉いっぱいに濃厚な麝香《じゃこう》が広がる。突然喉奥にそれが叩きつけられたため魏無羨《ウェイウーシエン》はひどくむせてしまい、すぐに口に含んでいた長いものから顔を離すと、ひとしきり咳き込んだ。藍忘機《ランワンジー》は彼の背中を優しく叩きながら、やや当惑した様子で言う。

「……吐き出しなさい、早く」

魏無羨《ウェイウーシエン》は自分の手で口を覆うと、ふるふると首を横に振った。しばらくしてから手を離し、藍忘機《ランワンジー》に向かって舌を出して口の中を見せる。

「もう飲んじゃった」

彼の舌先は真っ赤で、唇も花のように鮮やかな赤色だ。わずかな白濁で濡れたその唇は、にっこりと笑みを浮かべている。藍忘機《ランワンジー》は呆然として彼を眺め、言葉を失った。禁欲の塊のような仙門名士である藍《ラン》忘機《ワンジー》がいつも纏っている冷淡で端正な空気は、今この瞬間にすべて打ち砕かれてしまい、目元と眉尻にはどちらも淡い薄桃色が差して、幾分色めいて見える。まるで、つい先ほど誰かにあれこれとひどくいじめられたばかりのようだ。彼のその姿を見ると、魏無羨《ウェイウーシエン》は心から愛しくてたまらなくなり、上半身裸になって彼の肩を抱き寄せてその口元に口づけ、瞼にも唇を押しつけた。

「よしよし、そんなに驚いちゃって。次はお前に俺のを食べさせるから、その時はこんなふうにちゃんとするんだぞ、わかったか？」

魏無羨《ウェイウーシエン》の唇の端には藍忘機《ランワンジー》の白濁がついていたため、口づけをすると、それが藍忘機《ランワンジー》の口元にもついてしまう。唇に白濁の名残をつけて少し呆然とした彼の顔に、いじめたいという衝動を一層かき立てられ、魏無羨《ウェイウーシエン》はまた彼に口づけてそっと囁いた。

「藍湛《ランジャン》、俺はお前が死ぬほど好きだ」

藍忘機《ランワンジー》はゆっくりと彼に目を向ける。

錯覚かもしれないが、魏無羨《ウェイウーシエン》は彼の目がうっすらと血走ったような気がした。

彼のその眼差しの中に、無理に耐え忍びながらも、すぐにでも溢れ出しそうな激情が含まれていることには気づかず、まだ満足していないのだろうと思い込んだ魏無羨《ウェイウーシエン》は、右手で彼の下半身のあの焼けるように熱いものを覆うと、緩やかに扱きながら囁き続けた。

「俺たちさ、これからもずっと、こういうことしような？」

突然、藍忘機《ランワンジー》は身を翻して襲いかかると、彼を草地に押さえつけた。

天地がひっくり返り、二人の体勢はあっという間に逆転する。藍忘機《ランワンジー》がまた自分の体のあちこちを噛み始めたのを感じ、魏無羨《ウェイウーシエン》は笑いながらその頭を押した。

「そんなに焦るなって。言っただろ、次はお前が……ああっ」

その時、ふいに彼は下半身に痛みを感じて声を上げ、微かに眉間にしわを寄せた。

「藍湛《ランジャン》、何か中に入れた？」

その問いはただふざけて聞いてみただけで、それが一本の細長い指だということはわかっていた。無意識に両脚を閉じると、下半身から伝わってくる異物感はさらに強烈になる。なぜなら、藍忘機《ランワンジー》が二本目の指までをもそこに入れてきたからだ。

魏無羨《ウェイウーシエン》もかつては血気盛んな少年で、数えきれないほどの春宮図を読んできたが、意外にも龍陽《りゅうよう》「男色のこと」のものはほとんど読んだことがなかった。昔は一度もそういう方面に興味を抱かなかったため、その領域のものを漁《あさ》る気もなかったのだ。そのため、彼は当然のことのように男同士の情事とは、口づけをしたり抱きしめたり、せいぜい口と手を使う程度のものだと思って、深く追究することはなかった。

だが今、藍忘機《ランワンジー》に地面に押さえつけられ、少しずつ指を挿し込まれて中を広げられたことで、ようやくぼんやりと、どうやらそれだけではなかったらしいと気づいた。わずかな痛みと少々の驚きに加え、微かに可笑《おか》しさも湧いてくる。しかし、三本目の指が加えられると、彼はさすがに笑えなくなった。

魏無羨《ウェイウーシエン》の下半身は既に苦しいほど張り詰めている。だが、藍忘機《ランワンジー》の三本の指と、彼が先ほど喉まで呑み込んだものとでは、まだかなりの差がある。魏無羨《ウェイウーシエン》は我慢できずに口を開いた。

「藍湛《ランジャン》、藍湛《ランジャン》、あのさ、ちょっと冷静になろう。本当にそんなことできるのか？　お前の勘違いじゃないって確信できる？　本当にそこを使うので合ってるかな？　俺はちょっと違うんじゃないかと思……」

しかし、藍忘機《ランワンジー》はどうやら既に魏無羨《ウェイウーシエン》の話に耳を傾けるだけの余裕もないらしく、乱暴に彼の唇を塞ぐと、体を沈ませて自分を彼の中に埋め込んでいく。

先端の膨らみを呑み込まされただけで、魏無羨《ウェイウーシエン》は目を大きく見開き、両脚をぎゅっと曲げた。

二人の体はぴったりとくっついていて、どちらの胸の鼓動も早鐘《はやがね》のように忙しなく、息遣いも乱れている。藍忘機《ランワンジー》は掠れた声で囁いた。

「……すまない……もう我慢できない」

彼が両目を血走らせるほどつらそうにしているのを見て、魏無羨《ウェイウーシエン》は歯を食いしばった。

「それなら我慢するな……じゃあ……俺は今、どうすればいい？」

「……力を抜いて」

藁《わら》にも縋る思いで、魏無羨《ウェイウーシエン》は彼に問いかけた。

そう促され、魏無羨《ウェイウーシエン》は独り言のように呟きながら従う。

「わかった、力を抜く、俺は力を抜く……」

強張っていた体が少し緩むと、藍忘機《ランワンジー》はすぐにまた中に埋め込もうと腰を動かした。魏無羨《ウェイウーシエン》は思わず尻と腹部の筋肉に力を込め、喉の奥から途切れ途切れに耐えがたい呻き声を漏らす。

「……すごく痛いのか？」

藍忘機《ランワンジー》に尋ねられ、魏無羨《ウェイウーシエン》は彼に縋りつきながら堪えきれずに身を震わせ、目に涙を浮かべている。

「痛いよ……初めてなんだから、痛いに決まってる」

そう言うと、体の中の一物がさらに硬くなったように感じた。

柔らかくて脆い内臓に、自分のものではない硬い昂りを強引に挿入され、そこを突いて弄られるのがいったいどんな感覚かは、想像するだけでわかる。しかし、自分のその単純な一言で、端正で自制心の強い含光君が自らの体の反応を制御できなくなっていることを思うと、魏無羨《ウェイウーシエン》はまた「ぷっ」と吹き出してしまった。

同じ男だから、藍忘機《ランワンジー》が今動けずにいるのがどれほど苦しいかはわかる。しかし、それでも彼は魏無《ウェイウー》羨《シエン》に配慮し、強引に割り入ることはしない。心の中に柔らかい気持ちが溢れてきて、自分から彼の首に手を回して抱き寄せると、その耳元にそっと囁いた。

「藍湛《ランジャン》、いい子の藍湛《ランジャン》、藍《ラン》兄ちゃん、どうすればいいか教えてやるよ。早く俺に口づけして。お前が口づけしてくれれば、もう痛くなくなるから……」

それを聞くと、藍忘機《ランワンジー》の透き通るように白い耳たぶは鮮やかに赤く染まった。

彼は苦しそうに答える。

「……やめ、やめなさい、そんなふうに呼ぶのは」

驚いたことに彼が一回言葉につかえたのを聞いて、魏無羨《ウェイウーシエン》は笑いながら言った。

「これは好きじゃないのか。じゃあ違う呼び方で呼ぶよ。忘機《ワンジー》くん、湛《ジャン》ちゃん、含光、お前はどれが好き……んんっ！」

藍忘機《ランワンジー》は彼の唇に噛みつきながら、下半身を一気に奥まで突き入れた。魏無羨《ウェイウーシエン》の叫び声はすべて喉の奥に封じ込められる。きつく彼の肩にしがみついて眉間にぎゅっとしわを寄せ、目尻には涙が滲んでいた。それでも、強張った両脚を彼の腰に巻きつけたまま逃れようとはしない。藍忘機《ランワンジー》はようやくわずかに冷静さを取り戻し、何度か息を吸ってから口を開いた。

「すまない」

魏無羨《ウェイウーシエン》は首を横に振って、辛うじて笑みを浮かべる。

「お前が言ったんだろ。お前と俺の間には、永遠にその言葉は必要ない」

藍忘機《ランワンジー》は労《いた》わるようにそっと、やや不器用な仕草で彼に口づけした。魏無羨《ウェイウーシエン》は目を細め、口を開いて彼が深く唇を重ねられるようにする。舌先を曲げてしばらく絡ませたあと、藍忘機《ランワンジー》の鎖骨の下にあるあの烙印がちらりと目に入った。

魏無羨《ウェイウーシエン》は傷痕を覆うように手を当てて、真剣な顔になって尋ねた。

「藍湛《ランジャン》、教えて……これも、俺と関係があるのか？」

しばし沈黙してから、藍忘機《ランワンジー》は答える。

「なんでもない。当時、私が飲みすぎただけだ」

血の不夜天で、魏無羨《ウェイウーシエン》を乱葬崗に送り届けたあと、彼を待っていたのは三年間の謹慎だった。謹慎している間に、善悪すべての報いを受けて夷陵老祖がついに落命し、魂までもが消えたという知らせを耳にしたのだ。

彼はまだ傷の癒えていない体を引きずって夷陵へと急ぎ、山中の至るところを何日も捜し回った。しかし大火に半分ほど焼かれた木の洞《うろ》の中から、高熱を出し、昏睡《こんすい》状態の温苑《ウェンユエン》を救い出した以外には何も見つけられなかった——骨の一欠片《ひとかけら》、崩れた肉の一片、微かな魂の欠片ですらも。

姑蘇藍《ラン》氏に戻る途中、藍忘機《ランワンジー》は彩衣鎮で「天子笑《てんししょう》」を一かめ買った。

その酒はとても芳醇《ほうじゅん》で、人がむせるほど刺激の強い味ではないのに、なぜか飲み込んだあとは喉全体に焼けるような痛みを覚え、目の周りと心臓までもが焼けつくようだった。

彼はその味が好きではなかった。けれど、なぜあの人が好きだったかは理解できた気がした。

あの晩、藍忘機《ランワンジー》は生まれて初めて酒を口にし、そして初めて酒に酔った。酔ったあとに自分がいったい何をしたかは何も覚えていなかったが、かなり長い間、藍《ラン》家の者たちは公子も門弟も全員が信じられないという気持ちを含んだ目で彼を見た。誰かの話によれば、彼は雲深不知処にある古い一室の扉を叩き壊して開けたらしい。室内を隅々までひっくり返して何かを探していたようだったが、それがなんなのかわからずに藍曦臣《ランシーチェン》が問い質すと、彼はぼんやりとした眼差しで藍曦臣《ランシーチェン》に向かって「笛が欲しい」と言ったそうだ。

藍曦臣《ランシーチェン》は一番上等な白い玉の笛を探してきて彼に渡したが、彼は怒ってそれを投げ捨てると、自分が欲しいのはそれではないと言った。いくら探しても望みのものが見つからずにいた時だ。突然、岐山温《ウェン》氏から接収し秘蔵されていた鉄の焼印《やきいん》が目に入った。

そうして酔いがさめたあと、彼の胸元には、かつて屠戮玄武の洞窟の底で魏無羨《ウェイウーシエン》の胸元に残ったあの烙印と同じ傷痕が一つ増えていた。

藍啓仁《ランチーレン》はひどく嘆き、また憤りも覚えたようだったが、結局彼を叱責《しっせき》することはなかった。

叱責も懲罰も、もう十分すぎるほどだったからだ。

藍啓仁《ランチーレン》はため息をつきながら、藍忘機《ランワンジー》が温苑《ウェンユエン》を留まらせると決めたことにも、それ以上反対しなかった。藍忘機《ランワンジー》は彼に向かって一礼し、自ら処罰を受け入れ、黙々と雲深不知処で一昼夜跪いたのだった。

魏無羨《ウェイウーシエン》が飲んだ酒を飲み、彼が受けたのと同じ傷を受ける。

今となってはもう、その傷口にかさぶたができてから十三年も経つ。

藍忘機《ランワンジー》が再び抜き挿しを始め、魏無羨《ウェイウーシエン》は目をきつく閉じて歯を食いしばり、必死に喘ぎながら藍忘機《ランワンジー》の動きに自分の呼吸を重ねた。侵入してきた異物に少し慣れてきた頃、無意識のうちに腰を少し捩らせると、突然力が抜けるような感覚に襲われ、しばしの間、下半身全体をぐったりとさせる。その感覚は、脊椎《せきつい》に沿って全身に広がった。

魏無羨《ウェイウーシエン》はふと、どうしたらこの体位で快感を得られるかに気づいた。

四肢、体内、吐息——全身から力が抜けて、春水《しゅんすい》と化する。両手を藍忘機《ランワンジー》の汗に濡れた長い髪の中に差し込み、抹額に触れながら小さく笑うと、柔らかい声で尋ねた。

「……気持ちいい？　俺の中」

藍忘機《ランワンジー》は情事においては愚直《ぐちょく》で、どのように睦《むつ》み合えばいいかわからず口数も少ないが、その代わり魏無羨《ウェイウーシエン》の下唇に噛みつき、さらに激しく責めることでその質問に体で答えた。魏無羨《ウェイウーシエン》は彼に力強く突き上げられ、背中を汗でびっしょりと濡らしながら呟いた。

「藍湛《ランジャン》、藍湛藍湛藍湛《ランジャンランジャンランジャン》……お前が死ぬほど好きだ。俺はお前のものだ。お前一人だけの……待って、ちょっと優しく！」

幸せが頂点に達すると悲しいことが始まりそうで、彼はまた泣きついた。

「もうちょっと優しくしてよ。そこは柔らかいんだから、そんなに手加減なく激しくされたら、強すぎて壊れちゃうだろ。俺、ちょっと痛くなってきちゃったよ……そう……それでいい……」

魏無羨《ウェイウーシエン》は藍忘機《ランワンジー》の肩に腕を回し、両脚も自ら彼の腰に絡みつけた。藍忘機《ランワンジー》に揺さぶられて肌を野草で擦られ、受け入れているところはじわじわと彼の形に変えられていき、短い喘ぎ声が小さく漏れる。ゆっくりと息遣いを整えると、また唇に限りない想いを乗せて誘い始める。

「藍湛《ランジャン》、お前は本当に最高だ。こんなに綺麗な美人ちゃんで、琴は上手で、字も達者で、霊力も修為も高くて、その上寝床ではこんなにすごいなんて、お前はなんでこんなに魅力的なんだ。俺がお前を愛さないわけがないだろう……」

「……」

魏無羨《ウェイウーシエン》はどうやら生まれつき、こういう時にも照れるということを知らないらしく、露骨な言葉を言えば言うほど一層興奮が高まってくるようだ。

「俺を犯していいのはお前一人だけだから、好きなだけ深く入れて……」

そう言うと、従順に自ら両脚を広げて、さらに続けた。

「もっと入ってきて。俺の体は中も外も全部お前のものだ。もっと奥まで入れて、その方が好き、中に出してもいいから……うあっ！」

ちょうど天にも昇る心地になっていたら、突然、体の上にのしかかっている男が未だかつてないほど恐ろしく深いところまで突いてきたのを感じ、魏無《ウェイウー》羨《シエン》はたちまち両目を見開く。彼はまさか藍忘機《ランワンジー》が本当にさらに深くまで突き入れるとは思わず、悲鳴を上げ萎縮《いしゅく》した。

「う……ううっ、助けて、違う、こんなつもりじゃなかった、こんなのあんまりだ」

彼は身を縮めて強い衝撃から逃れようとしたが、藍忘機《ランワンジー》が許すはずもなく、真っすぐに手を伸ばしてきつく彼を押さえつけると思うがままに貪《むさぼ》り続け、恨みがましい声で言った。

「君の……自業自得だ！」

魏無羨《ウェイウーシエン》は大人しく脚を広げて受け入れながらむせび泣いた。

「兄ちゃん、藍《ラン》兄ちゃん、俺、死にそうだよ。お前に殺されちゃう。俺が悪かった、悪かったから、そんなにいじめないで。初めてなんだ、優しくしてよ……」

藍忘機《ランワンジー》の髪の先から汗が滴り落ちる。いつでも泰然自若《たいぜんじじゃく》として顔色を一切変えない冷淡な男が、今はなんと困り果てた表情を浮かべ、ほとんど理性を失いかけている。

「君は許しを請うているのか、それとも……わざと……腰！　捩るな！」

魏無羨《ウェイウーシエン》は喉を反らし、思いきり声を上げた。

「誰かぁ、助けてぇ、含光君が……ああ！　含光君、もうしないから……」

藍忘機《ランワンジー》は自分が先ほど突いた数回で魏無羨《ウェイウーシエン》がこぼした涙に口づけをしながら、歯を食いしばって途切れ途切れに言った。

「……魏嬰《ウェイイン》、私は……真面目に話している。もうそのようなことはするな。私は、私は本当に、制御できなくなる。怖いんだ……すまない」

彼はこんなふうに顔中を紅潮させている時でさえも、謝ることを忘れずにいる。藍忘機《ランワンジー》が微かに眉間にしわを寄せ、わずかな後ろめたさを帯びた顔で話すのを聞くと、魏無羨《ウェイウーシエン》の心はまた柔らかく解けて訳がわからなくなり、小さな声で囁いた。

「すまないって言うなよ。もし本当に壊れたって、お前に壊されるなら本望だから……うあっ……」

二人は全身頭のてっぺんから足の爪先までしとどに濡れている。魏無羨《ウェイウーシエン》は昔から喉元過ぎれば熱さを忘れてしまうため、つい先ほど痛い目に遭ったばかりだというのに、少し経つとまた息せき切りながらも軽口を叩き始めた。

「藍湛《ランジャン》……急に思い出したけど、お前、おしまいだぞ。俺らの三拝は最後の一拝がまだだから、まだ成婚してないだろ。それなのにこんなことをするなんて、これをなんて言うかわかるか？　お前の叔父貴に知られたら……ハッ……きっとお前を浸猪籠《しんちょろう》（豚を閉じ込める竹籠《たけかご》に不貞の者を入れて水責めにする刑罰）にするな」

藍忘機《ランワンジー》はほとんど憎々しげに答えた。

「……とっくに三拝した！」

思いきり突き上げられるごとに、魏無羨《ウェイウーシエン》は苦しさと得《え》も言われぬ愉悦《ゆえつ》の中で顎を上げ、完全に無防備な喉があらわになると、藍忘機《ランワンジー》はがぶりとそこに噛みつく。

あまりにも強烈な快感に襲われ、魏無羨《ウェイウーシエン》は放出した。頭の中が真っ白になり、しばし意識を飛ばしてぼんやりしたあと、彼の心の中に最初に浮かんだのはこれだった。

（……信じられない。クソったれ、俺はなんで十五歳の時に藍湛《ランジャン》とこういうことをしなかったんだろう。人生無駄にしたな）

同時に、藍忘機《ランワンジー》も彼をきつく抱きしめながら、彼の体内の奥深くに吐き出した。

魏無羨《ウェイウーシエン》もまだ力の入りきらない腕を上げ、彼をぎゅっと抱きしめ返す。二人はそのまま静かに抱き合ったままでいた。気力が少し回復してくると、魏無《ウェイウー》羨《シエン》はすっかり満ち足りた様子で、彼が藍忘機《ランワンジー》の体につけた白濁を手で塗り広げながら口を開いた。

「藍《ラン》公子、お前はいつから俺のことが好きだったんだ？」

彼はあまりにもよろしくない頃合いに、よろしくない場所にそれを塗っていたため、藍忘機《ランワンジー》の表情はまたぎこちなく強張り始めた。

「もしとっくに俺を好きになってたなら、なんでもっと早く俺を襲わなかったんだよ？　お前らの雲深不知処の裏山はまさに格好の場所じゃないか。俺がそっと抜け出して肉を狩りに行った時、一人になったところを縛って引きずって、今みたいに草地に押さえつけて好き放題犯しまくれば良かったのに……んっ……もっと優しく……」

藍忘機《ランワンジー》はまだ魏無羨《ウェイウーシエン》の中に埋めたものを抜いておらず、繋がったまま再び動き始めた。

下半身の繋がっているところから熱い液体が溢れ出てくるのを感じ、魏無羨《ウェイウーシエン》はまた続けざまに藍忘機《ランワンジー》の耳元で滔々《とうとう》と卑猥《ひわい》で下品な言葉を並べる。

「お前はこんなに力が強いんだから、俺はきっと抵抗なんてできないし、もし叫んだとしても禁言をかければいいし、そもそも喉を潰すほど叫んだところで誰も助けになんか来ないだろ。そうだ、蔵書閣も悪くないな。書物を寝床代わりに敷いてその上で転がることもできるし、春宮図と照らし合わせた体位でしたりとかさ、どんな体位でもいいよ？　昼は俺がお前をいじめて、夜はお前が俺をいじめて、扉を閉めて死ぬほど……兄ちゃん！　兄ちゃん！　藍《ラン》兄ちゃん！　許して！　お願い、もう許してよ。わかったわかった、もう言わないから、お前はすごい、すごすぎる。俺はもう無理だよ、本当に無理だから、そんなにされたら……」

藍忘機《ランワンジー》はこんな時にまで彼が挑発してくることにまったく耐えられず、十数回も魏無羨《ウェイウーシエン》の五臓六腑《ごぞうろっぷ》までぐちゃぐちゃにかき回すように突いた。彼は態度を変えて許しを請うたが、藍忘機《ランワンジー》は逆により一層熱を込めて彼の中を擦り立てる。魏無羨《ウェイウーシエン》はそろそろ半時辰も押さえつけられっぱなしで、しかもずっと同じ姿勢のまま打ちつけられすぎて、腰と尻が痺れてきた。痺れすぎると今度は痛痒くなり、まるで何千何万匹の蟻《あり》が骨髄《こつずい》の中を噛んでいるみたいだ。先ほど放った快感は次第に消えていき、その代わりに張る感覚と痛みが広がっていく。とうとう自らの行いの結果を受けさせられる羽目に陥り、魏無羨《ウェイウーシエン》は機嫌を取ろうと彼に口づけをしながら、自尊心の欠片もなく懇願《こんがん》した。

「藍《ラン》兄ちゃん、どうか命だけは取らないでくれよ。俺たちこれからまだ先が長いんだからさ。その、また今度続きをしようよ。なんなら俺を吊るして犯すとかどう？　今日はまだ初物の俺を許して。含光君が威武《いぶ》を示し、夷陵老祖は一敗地《いっぱいち》にまみれる。早く中に出して、それで、また今度再戦しよう？」

藍忘機《ランワンジー》の額には微かに青筋が浮き、一字一句、この上なく苦しそうに言葉にする。

「……本当にやめてほしいなら……君は……口を閉じてもう話すな……」

「でも俺には口がついてるんだから、そりゃ話すだろ。藍湛《ランジャン》、さっき俺が言った、お前と毎日ヤりたいっていうあれなんだけど、やっぱり聞かなかったことにしてくれないかな？」

「駄目だ」

藍忘機《ランワンジー》の答えを聞き、魏無羨《ウェイウーシエン》はひどく悲しい気持ちになって言った。

「そんなのひどいよ。これまでお前が俺を拒んだことなんてほとんどなかったのに」

藍忘機《ランワンジー》は微かに笑ってまた答えた。

「駄目だ」

彼のそんな笑顔を見て、魏無羨《ウェイウーシエン》の目は瞬く間に輝きを取り戻し、いい気分になって自分が今どこにいるかすらも忘れてしまう。

しかし次の瞬間、魏無羨《ウェイウーシエン》は晴れた日差しが雪に反射したような清らかな笑顔とは相容れない、藍忘機《ランワンジー》の猛々《たけだけ》しい動きに追い詰められ、目尻から絶え間なく涙を溢れさせた。

彼は両手で草を掴みながら、あらん限りの声を出す。

「だったら四日、四日に一回にするのはどうだ。四日がダメなら三日でもいい！」

最後に、藍忘機《ランワンジー》ははっきりとした張りのある声で、力強く結論を出した。

「毎日と言ったら毎日だ」

――三か月後、広陵《こうりょう》。

ある山の上で、大勢の村人たちがたいまつや農具を武器代わりに身を守りながら、山中にある森をゆっくりと取り囲もうとしていた。

山の上には無縁塚《むえんづか》があり、ここ数か月の間、この辺りはあまり平穏とは言えなかった。麓に住む村人は、村に侵入した無縁塚の彷徨《さまよ》う死霊に騒ぎを起こされ続けてきたため、ついに我慢の限界が訪れて、この地を通りかかった数名の修士たちを招き、一緒に山に登って祟《たた》りの根源を取り除こうとしているところだった。

夕闇が迫り、澄んだ虫の音《ね》が聞こえてくる。そんな中、人間の背の半分ほどもある雑草の茂みが時折ガサガサと音を立て、まるで未知の何かがその中に潜み、いつでも襲いかかれるように待ち構えているようだ。しかし、戦々恐々と雑草をかき分け、そこをたいまつで照らしてみる度、毎度いらぬことに驚かされただけだとわかる。

招かれた数名の修士は手に長剣を持ち、村人たちを率いて極めて慎重に注意深く草地を突っ切って森の中へと入る。

そこは、まさに例の無縁塚がある場所だった。石や木で作られた墓碑《ぼひ》や墓標《ぼひょう》は破損し、傾いたり倒れたりしていて陰気を含む風が不気味に吹いている。修士たちは互いに目配せを交わし、呪符を取り出すと邪祟を片づけるための準備を始める。彼らの落ち着いた表情を見て厄介な状況ではなさそうだと考え、村人たちはほっと息をついた。

しかし、彼らがその息を完全につき終える前に、突然「パン」と大きな音が聞こえ、肉が爛れた血だらけの死体が一体、目の前の土盛りの上に落ちてきた。

その土盛りの最も近くにいた村人は悲鳴を上げたいまつを捨てると、倒《こ》けつ転《まろ》びつしながら逃げていった。続けざまに、二体目、三体目、四体目のたらたらと血を流す死体が落ちてくる。まるで天から屍の雨でも降っているかのように、パンパンと音を立てながら絶え間なく死体が落ちてきて、たちまち喚き立てる悲鳴が森のあちこちから上がり始めた。修士たちも、こんな凄まじい場面を見たのは初めてだったが、驚愕しつつも意外なことに彼らはまだ胆気《たんき》を失っておらず、先頭に立つ者が大声で叫んだ。

「逃げ回るな！　うろたえる必要はない！　たかが弱い邪祟ごとき……」

最後まで叫び終える前に、まるで誰かに首を絞められたようにその声が突然やんだ。

彼の目に、一本の木が見えた。

その木の枝の上には一人の人間が座っている。黒い服の裾と、黒の靴を履いた一本の長い足がゆらゆらと揺れているその様子は、やけにのんびりしていてとても心地よさそうだ。

その人物は腰の辺りに黒く艶やかな笛を差しており、笛の端からは血のように鮮やかな赤い房が垂れ下がっていて、脛《すね》の動きとともに悠々とたゆたっている。

修士たちは、彼を見るなりたちまち顔色を変えた。

当初から慌てふためいていた村人たちは、先頭に立つ修士の先ほどの声を聞き、ちょうど心を落ち着かせる薬でも飲んだみたいに冷静になりかけていた。ところが思いもかけず、修士たちは一斉に真っ青になり、そのまま身を翻して駆けだす。彼らが一陣の風の如く瞬く間に森から飛び出し山を駆け下りていってしまうと、村人たちは見捨てられたことに気づいた。皆、この山の上にはきっと何か尋常でない大物の邪祟がいて、あの修士たちですら為《な》す術《すべ》がなかったに違いないと思い、魂まで抜け出るほどの恐怖に駆られて、たちまち鳥獣《ちょうじゅう》のように逃げて散り散りになる。しかし、一人逃げ遅れた者が最後尾で転んでしまい、口いっぱいに泥を食べる羽目に陥ってしまった。取り残され死は免《まぬか》れないと思った瞬間、一人の白ずくめの若い男が前方に立っているのが目に入り、村人は思わず目を輝かせた。

その男は腰に長剣を佩き、まるで全身が朧《おぼろ》な白い光に覆われているかのように薄暗い森の中で近寄りがたく厳かな空気を纏い、俗世の人間とは思えない。村人はすぐさま彼に助けを求めた。

「公子！　そちらの公子！　助けてください、死霊がいるんですよ、はは、早く、その妖……」

すべて言い終わらないうちに、また一体の死体が彼の目の前に落ちてきた。顔中の穴という穴から血を流すその死体と、彼はちょうど顔を向き合わせてしまう。

驚きすぎて今にも気絶しそうになったその時、白い服の男は村人に向かって一言告げた。

「行きなさい」

ただ一言だけだったが、村人は漠然とした安心感を覚えた。まるで丹書鉄契《たんしょてっけい》［天子から与えられる減免の誓文］でも手に入れたかのように、突然気力が湧き上がり、這って立ち上がると一目散に逃げていった。

その白ずくめの男は、森の中で地面いっぱいに這い回る血屍《けつし》を眺め、どう判断すればいいかわからないといった様子だ。彼が顔を上げると、木の上に座っていた黒ずくめの先客がふわりと飛び降りてきた。その人影は瞬く間に彼の目の前まで近寄ると、すぐさま彼を木に押さえつけ声を潜めて言った。

「あれ、これは気高く汚れのない含光君、藍忘機《ランワンジー》じゃないか。俺の縄張りに何しに来た？」

辺り一面に蠢《うごめ》く血屍たちは、呆然と、あるいは凶暴な様子で這いながら一心不乱に行ったり来たりしている。その黒い人影が片手を木の幹に当てると、藍忘機《ランワンジー》は彼の体と木の幹の間に閉じ込められたが、無表情のままだ。

「お前が自ら進んで自分を差し出しに来たからには、俺も……ちょちょちょっ！」

藍忘機《ランワンジー》は片手だけで、相手の両手の手首を動けないように素早く掴んだ。

形勢が逆転し、制圧された黒ずくめの人物は驚き訝《いぶか》る様子で声を上げた。

「嘘だろう？　含光君、お前すごすぎるよ。信じられない、びっくりだ、これは並外れてる。片手だけで俺を制圧するなんて、もう一切抵抗なんてできないよ！　ああ、恐ろしい男だ！」

「……」

藍忘機《ランワンジー》の手は思わず彼の手をさらにきつく掴んだ。相手の怪訝そうな表情が、今度は愕然とした表情に変わる。

「ああ、すごく痛い。俺を見逃してくれよ、含光君、もう二度としないから。これ以上こんなふうに俺を掴むな。お前、絶対に俺を縛り上げたりもしちゃダメだぞ。ましてや地面に押さえつけたりなんか……」

「……もう遊びはおしまいだ」

彼の言葉と動きがますます大げさになるのを見て、藍忘機《ランワンジー》は眉を少しぴくぴくさせてから、ようやく一言告げてそれを遮った。

魏無羨《ウェイウーシエン》はちょうど興が乗ってきていたので、驚いて言い返した。

「なんでだよ。俺はまだ最後まで許しを請うてないのに」

「……」

一瞬言葉に詰まったあとで、藍忘機《ランワンジー》は答えた。

「君は毎日私に許しを請うている。もう遊ぶな」


魏無羨《ウェイウーシエン》は彼に貼りつくように近づき、小さな声で囁いた。

「これはお前の要望じゃないか……毎日って言ったら毎日なんだろう」

彼は息がかかるほど近くまで顔を寄せ、今にも藍《ラン》忘機《ワンジー》に口づけしそうなのに、なかなか唇を触れさせない。二人の唇の間は一定の距離を保ち、まるであるようでないような一枚の紙に隔てられているみたいだ。または、一匹の恋多きいたずらな蝶が端正で威厳のある花びらの上で、息も絶え絶えの状態でひらひらと飛んでいるみたいに、止まりそうで止まらず、唇は触れそうで触れない。そんなふうにしばし挑発され、藍忘機《ランワンジー》の薄い色の瞳の中に少し光が瞬いて微かに揺れた。どうやらついに自制できなくなったようで、抑えきれない花びらは自ら進んで蝶の羽に触れようとした。しかし魏無羨《ウェイウーシエン》はさっと顔を上げると、その唇を避ける。

彼は眉を跳ね上げて言った。

「お兄ちゃんって呼んで」

「……」

「お兄ちゃんって呼んでよ。そしたら口づけさせてやる」

「……」

藍忘機《ランワンジー》の唇がぴくりと動いた。

彼はこの一生のうちで、未だかつてそんなふうに、言葉自体が柔らかくねっとりした雰囲気を帯びた呼称で他人を呼んだことがなかった。実の兄である藍《ラン》曦臣《シーチェン》に対しても、これまでずっときちんとした言葉遣いで「兄上」と呼んできたのだ。魏無羨《ウェイウーシエン》は彼を誘うように続けた。

「一回聞かせてみてよ。俺はお前のことをあんなにたくさん呼んできたじゃないか。呼んでくれたら口づけだけじゃなくて、もっと他のこともしていいよ」

たとえ藍忘機《ランワンジー》がすぐにそう呼びかけようとしていたとしても、その一言を聞いただけで魏無羨《ウェイウーシエン》に打ち負かされてしまい、結局は口に出すことができなかっただろう。しばらく堪えたあと、彼はやっと一言だけ絞り出した。

「……恥知らず！」

「お前、そんなふうに俺を掴んでて疲れないのか？片手だけじゃかなり不便だろ」

気を落ち着かせてから、藍忘機《ランワンジー》は礼儀正しく尋ねる。

「ならばお聞きしますが、私はどうすべきですか？」

「じゃあ俺が教えてやるよ。お前のその抹額を外して俺の手を縛りつければ、やりやすいんじゃないかな？」

藍忘機《ランワンジー》はにこにこと笑う彼をひとしきり静かに見つめてから、ゆっくりと抹額を外すと、それを伸ばして魏無羨《ウェイウーシエン》に見せる。

そして、防ぎようのないほど突然に、素早く彼の両手に結び目を作ると、魏無羨《ウェイウーシエン》のその大人しくない両手を力強く彼の頭上に持ち上げて押さえつけ、首筋に顔を埋めた。しかしちょうどその時、茂みの中から突然悲鳴が聞こえてきた。

二人は瞬く間に離れ、藍忘機《ランワンジー》は避塵《ビチエン》の柄に手を置いたが、軽率に剣を抜くことはしなかった。先ほどの悲鳴は極めてはっきりとした瑞々しい響きで、明らかに子供のものだったため、もし誤って傷つけてしまったら大変だ。大人の背の半分ほどの高さの茂みがガサガサと揺れ動き、それは次第に遠のいていく。どうやら逃げたようだ。魏無羨《ウェイウーシエン》と藍忘機《ランワンジー》が数歩追いかけたところで、山の斜面の下の方から、とても嬉しそうな女の声が聞こえてきた。

「綿綿《ミエンミエン》、無事だったのね！　なんでこんなところを勝手に走り回ったりしたの？　母さんをびっくりさせないでちょうだい！」

魏無羨《ウェイウーシエン》はぽかんとした。

「綿綿《ミエンミエン》？」

その名前にはやけに聞き覚えがあった。きっとどこかで耳にしたことがあるはずだと彼が考えていると、もう一人、男のとがめる声も聞こえた。

「夜狩の時は勝手に走り回るなと言ったのに、一人で突っ走って、もし死霊に食べられちゃったら、父さんと母さんはどうしたらいいんだ！　……綿《ミエン》綿《ミエン》？　どうしたんだ？　なんだその顔は？」

最後の一言は、どうやら叱られている女の子に尋ねているようだ。

「青羊《チンヤン》、早く見てくれ、綿綿《ミエンミエン》の様子がちょっとおかしくないか？　どうしたんだその顔、山の上で何か見ちゃいけないものでも見たのか？」

……確かに見た……見てはいけないものを。

藍忘機《ランワンジー》が魏無羨《ウェイウーシエン》をちらりと見ると、魏無羨《ウェイウーシエン》は自分は何も悪くないという顔で彼を見つめ返し、声を出さずに口を動かした。

『罰当たり』

彼には明らかに、子供に悪影響を与えたことに対して一切の反省や後ろめたい気持ちなどなく、藍忘《ランワン》機《ジー》は呆れて首を横に振った。二人は一緒に墓地から出て、斜面を回ってそちらへ下りていくと、下にいた三人の家族は驚いて警戒しながらとっさに彼らに目を向けた。夫婦の男女二人はどちらも地面にしゃがみ込み、その真ん中に双鬟《そうかん》に髪を結った十歳くら

い の女の子が立っている。妻の方はかなり清麗な顔立ちのまだ若い夫人で、腰の辺りに剣を佩いており、魏無羨《ウェイウーシエン》を一目見るなりそれを抜くと、剣先で彼を指しながら大声で叫んだ。

「何者だ！」

「何者かはともかく、人であって、他のモノじゃないのは確かだな」

魏無羨《ウェイウーシエン》の答えに、彼女がまた何か言おうとした時、思いがけないことに魏無羨《ウェイウーシエン》の後ろにいる藍忘機《ランワンジー》の姿が見え、彼女は呆気に取られてしまった。

「含光君？」

藍忘機《ランワンジー》は抹額をつけていなかったため、少しの間、彼女は確信が持てなかった。もし彼が忘れ難い容貌をしていなければ、おそらくもうしばらくはためらったままだっただろう。彼女は視線を魏無羨《ウェイウーシエン》の方に戻し、ひとしきりぼうっとしてから呟いた。

「じゃあ、じゃああなたは、あなたは……」

夷陵老祖が再び現世に戻ったという知らせは、既に広く伝わっている。だから今、藍忘機《ランワンジー》と一緒にいる人物は魏無羨《ウェイウーシエン》に違いなく、正体を気づかれても何も不思議はないのだ。魏無羨《ウェイウーシエン》は彼女が微かに興奮しているのを見て、その顔立ちにもどこか見覚えがある気がした。

（まさかこの夫人、俺のことを知ってるのか？　何か俺に恨みでもあるとか？　それとも、怒らせるようなことをしたのかな？　そんなはずないな、俺は青羊《チンヤン》って名前の女の子は知らないし……あっ、綿《ミエン》綿《ミエン》！）

「君は綿綿《ミエンミエン》か？」

魏無羨《ウェイウーシエン》ははっとして思い出した。

すると夫の方が、ぐっと彼を睨んだ。

「お前、なんで俺の娘の名を呼ぶんだ？」

あの先ほど勝手に走り回り、偶然彼らを見つけてしまった女の子は綿綿《ミエンミエン》の娘で、名前も同じく綿綿《ミエンミエン》だったのだ。魏無羨《ウェイウーシエン》はそれを非常に面白がった。

（大きい綿綿《ミエンミエン》と小さい綿綿《ミエンミエン》か）

藍忘機《ランワンジー》は夫人に会釈しながら呼びかける。

「羅殿《ルオ》」

夫人は微かに乱れて頬にかかった髪を耳の後ろにかけると挨拶を返し、まず「含光君」と言い、次に魏無羨《ウェイウーシェン》に目を向けて「魏《ウェイ》公子」と言った。

魏無羨《ウェイウーシェン》は彼女に笑いかける。

「羅《ルオ》殿。ああ、今度こそ君がなんて名前なのかわかったぞ」

羅青羊《ルオチンヤン》はわずかに顔を赤らめながら笑い、どうやら昔の出来事を思い出したようで、かなり恥ずかしそうにしている。それから、夫を引っ張ってきて紹介した。

「これは私の夫です」

夫は彼らが悪党ではないとわかると、やっと表情を和らげる。時候の挨拶を二言三言交わしたあと、魏無羨《ウェイウーシェン》は何気なく尋ねた。

「こちらの夫君《ふくん》はどこかの世家の人？ それか門派かな？」

夫は非常に爽やかにさらっと答える。

「どこの者でもないですよ」

羅青羊《ルオチンヤン》は夫を見つめながら、笑みを浮かべて説明した。

「夫は玄門の者ではなくて、以前は商人でした。でも今はこうして、私の夜狩につき合ってくれているんです……」

もとは一般人だった男が安定していた生活を自ら諦め、放浪を恐れず危険も恐れず、妻と一緒に貧しく流浪《るろう》し各地を奔走《ほんそう》するなど、並大抵のことではない。魏無羨《ウェイウーシェン》は思わず粛然として、彼に尊敬の念を抱いた。

「じゃあ、君たちもここに夜狩に来たのか？」

魏無羨《ウェイウーシェン》が聞くと、羅青羊《ルオチンヤン》は頷いて答える。

「その通りです。この山の上の無縁塚で邪祟が祟りを起こし、この地の民の暮らしを脅《おびや》かしているせいで、筆舌《ひつぜつ》に尽くし難いほど苦しんでいるという話を聞きまして、それで、何か力になれることがないか見に来たんです。あなたたちお二人で、もうすっかり処理されたんですか？」

もし魏無羨《ウェイウーシェン》と藍忘機《ランワンジー》が既に処理していたなら、つまり他の者が対処する必要はないということだ。しかし、魏無羨《ウェイウーシエン》の答えは違うものだった。

「君たち、あの村人どもに騙されたんだよ」

羅青羊《ルオチンヤン》は驚いて尋ねる。

「それは、どういうことでしょうか？」

「あいつらは、対外的には邪祟が訳もなく祟りを起こしてるって言ってたが、実はあいつら自身がまず最初に墓荒らしをして、腐乱した死者の残った骨を適当に捨てやがったから、それで無縁塚の主《ぬし》から反撃を受けたんだ」

魏無羨《ウェイウーシエン》が説明すると、羅青羊《ルオチンヤン》の夫は怪訝そうに口を開く。

「そうなんですか？　でも、たとえ反撃されたんだとしても、何人もの命を奪う必要はないでしょう」

魏無羨《ウェイウーシエン》は藍忘機《ランワンジー》と互いに目を見合わせてから答えた。

「そもそも、それすら嘘だったんだ。誰も人は殺されてなかった。俺たちで調べたけど、ただ墓荒らしをした村人の何人かが幽霊に脅かされてしばらくの間寝込んだり、他の一人は逃げる時に慌てすぎて、自分で転んで足を折っただけだった。それ以外の死傷者はない。何人もの命が奪われたなんて、全部あいつらがわざと大げさなことを言ってるだけで、人々を驚かせるための嘘だったんだよ」

「まさかそんなことだったとは！　なんて卑劣なんだ！」

夫が呆れたように言うと、羅青羊《ルオチンヤン》もため息をつきながら口を開く。

「はぁ、そういう人たちは本当に……」

彼女はどうやら何か昔のことでも思い出したのか、首を横に振ってから続けた。

「どこもこんなのばかりだわ」

「でも、さっき俺があいつらをちょっと驚かせてやったから、今後は誰も登ってきて墓荒らしなんてしないだろうし、邪祟も当然あいつらを煩わすこともない。もう解決したよ」

「でも、彼らがもしまた他の修士を招いて、強引に鎮圧させたりしたら……」

「大丈夫、俺が顔を出したから」

魏無羨《ウェイウーシェン》が笑って答えるのを聞いて、羅青羊《ルオチンヤン》は理解した。夷陵老祖が顔を出したということは、彼に会ったあの数名の修士たちは、必ず至るところで吹聴するに違いない。話を聞いた者たちは、彼が既にこの一帯を自分の縄張りに決めたと思うだろう。いったいどこに、彼をわざわざ怒らせるような真似をする度胸のある無謀な修士がいるだろうか？

羅青羊《ルオチンヤン》は笑って頷いた。

「なるほど。先ほどは綿綿《ミエンミエン》があんなにびっくりしているのを見て、何か邪祟にでも出会ったのかと思ってしまって。もし失礼なことをしてしまっていたら、どうかお気になさらないでくださいね」

（いやいや、俺たちの方こそが失礼だったたかもしれない）

魏無羨《ウェイウーシェン》は内心でそう思いつつ、大真面目な表情で言った。

「とんでもない。綿綿《ミエンミエン》ちゃんを驚かせてしまったみたいで。こちらこそ、どうか二人とも気にしないでください」

羅青羊《ルオチンヤン》の夫は娘を抱き上げ、綿綿《ミエンミエン》は父親の腕に座った。その小さな顔は、頬を膨らませて魏無羨《ウェイウーシェン》を睨み、何を見たか口に出しては言えないといった様子で、腹を立てているのと恥ずかしさが混ざった表情を浮かべている。彼女は薄緋色の小さな裙《くん》［スカートのこと］を身に纏い、頬は雪のように白く可愛らしくて、瞳はまるで紫黒色の水晶でできた葡萄《ぶどう》のようだ。魏無羨《ウェイウーシェン》は彼女の頬を摘まんでみたい衝動に駆られた。しかし、父親がそばで虎視眈々と目を光らせているため、ただ垂れ下がった小さなおさげをちょっと摘まんで、手を後ろで組むとにこにこしながら話しかけた。

「綿綿《ミエンミエン》は本当に羅《ルオ》殿の小さい頃とそっくりだな」

藍忘機《ランワンジー》は彼をちらりと見たが、何も言わなかった。羅青羊《ルオチンヤン》は可笑しくなってにっこりと微笑みながら尋ねる。

「魏《ウェイ》公子、そんなこと言って、後ろめたくないんですか？　本当に私が子供の頃、どんな顔だったのか覚えてます？」

そんなふうに微笑むさまは、微かに当時の、あの緋色《ひいろ》の紗の夏羽織《なつばおり》を着ていた女の子の姿と重なった。

魏無羨《ウェイウーシエン》は一切後ろめたさなど感じずに答える。

「もちろん覚えてるさ！　今とあんまり変わらないな。そうだ、この子は何歳だ？　圧祟銭《あっすいせん》〔子供を祟りから守り、無事な成長を祈る意味を持つお年玉〕をちょっとあげようか」

「そんな、お気持ちだけで」

羅青羊《ルオチンヤン》と夫は慌てて断ったが、魏無羨《ウェイウーシエン》は笑って続ける。

「いいよいいよ。どうせ俺が出すんじゃないし。ハハッ」

夫婦二人がややぽかんとして、その言葉の意味を理解する前に、藍忘機《ランワンジー》は既に自ら魏無羨《ウェイウーシエン》の手の中に何かを置いていた。魏無羨《ウェイウーシエン》は彼の手から何粒かのずっしりと重い圧祟銭を受け取ると、どうしても綿《ミエン》綿《ミエン》に贈ろうと譲らないため、羅青羊《ルオチンヤン》はこれ以上断れないとわかって娘に話しかけた。

「綿綿《ミエンミエン》、早く含光君と魏《ウェイ》公子にお礼を言いなさい」

「含光君ありがとうございます」

綿綿《ミエンミエン》が礼を言うと、魏無羨《ウェイウーシエン》が不思議そうに尋ねた。

「綿綿《ミエンミエン》、俺が君にあげたのに、なんで俺にはお礼を言ってくれないんだ？」

綿綿《ミエンミエン》は怒って彼をじっと睨みつける。魏無羨《ウェイウーシエン》がいくらからかっても一向に彼とは話そうとせず、ただ俯いて首にかけた一本の赤い紐を引っ張った。そうして服の中から手の込んだ作りの小さな香り袋を引っ張り出すと、とても大事そうに圧祟銭をその中に入れる。間もなく山を下ると、魏無羨《ウェイウーシエン》はかなり名残惜しそうに別れを告げてから、藍忘機《ランワンジー》とともに彼らとは別の道に進んだ。

二人の姿が見えなくなったあと、羅青羊《ルオチンヤン》は娘を叱った。

「綿綿《ミエンミエン》、失礼でしょう。あの人は昔、母さんの命を救ってくれた恩人なのよ」

「そうなのか⁉　綿綿《ミエンミエン》聞いたか、お前本当に失礼だぞ！」

彼女の夫は殊の外驚いていたが、綿綿《ミエンミエン》の方はぶつぶつと呟くようにして言った。

「私……あの人好きじゃないもん」

「この子ったら、もし本当に彼のことが嫌いなら、とっくに圧祟銭を捨ててたでしょうが」

羅青羊《ルオチンヤン》がそう言って窘めると、綿綿《ミエンミエン》は赤みを帯びた小さな顔を父親の胸元に埋め、鼻にかかった声で答える。

「だってあの人、悪いことをしたの！」

羅青羊《ルオチンヤン》が複雑な笑みを浮かべ、ちょうど何か言おうとした時、彼女の夫が不思議そうに尋ねてきた。

「青羊《チンヤン》、お前は昔、あの含光君について俺に話したことがあったよな。確か彼は世家出身の大物だって言ってたけど、なんでこんな小さな町に現れて小さな獲物なんか狩ってるんだ？」

羅青羊《ルオチンヤン》は根気よく夫に説明する。

「含光君は他の名家の名士とは違って、ずっと逢乱必出を貫いているの。邪祟が祟りを起こして人に災いをもたらしたと聞けば、夜狩の獲物の等級の高低を問わず、功績の大小を問わず、彼は必ず向かって助けるのよ」

夫は頷いて感嘆する。

「確かに、それは本物の名士だな」

彼は緊張した面持ちになり、また怪訝な様子で聞いてきた。

「じゃ、じゃあ、あの魏公子《ウェイ》は？　彼がお前の命の恩人だって言ったけど、でも俺はお前が彼について話すの聞いたことがなかったぞ？　だいたい、お前はいつ命の危険にさらされたことがあったんだ⁉」

綿綿《ミエンミエン》を夫から受け取って抱きかかえた羅青羊《ルオチンヤン》の目の中には、不思議な輝きが瞬いている。彼女は微笑んで話し始めた。

「魏公子《ウェイ》はね……」

別の道を進みながら、魏無羨《ウェイウーシエン》は藍忘機《ランワンジー》に話しかけた。

「まさか、あの時の小さな女の子が、今は小さな女の子の母親になってるなんてな！」

「うん」

藍忘機《ランワンジー》が頷くと、魏無羨《ウェイウーシエン》は不思議そうに続ける。

「でもさ、不公平じゃないか。綿綿《ミエンミエン》があの時に見たのは、明らかにお前が俺に悪いことをしてるところだったたっていうのに、なんであの子は俺を嫌な目で見るんだよ？」

藍忘機《ランワンジー》が答えるより前に、魏無羨《ウェイウーシエン》はくるりと身を翻し、彼と顔を合わせながら後ろ向きに歩いて話す。

「あ、わかったぞ。実はあの子、俺のことが好きなんだな。昔の誰かさんみたいに」

藍忘機《ランワンジー》は袖についた存在しない埃《ほこり》をさっと払うと、淡々と告げる。

「抹額を返してください、魏遠道《ウェイえんどう》」

その覚えのない名前を聞いて、魏無羨《ウェイウーシエン》は一瞬ぽかんとした顔になる。しばらくしてからようやくはっとして気づき、やかましく笑い声を立てて言った。

「ほら、藍《ラン》公子、やっぱりやきもちだろう？」

藍忘機《ランワンジー》が視線を伏せると、魏無羨《ウェイウーシエン》は彼の前に立ち塞がる。そして片手で彼の腰を抱き寄せ、もう一方の手で彼の顎をくいっと上げて真剣に話し続けた。

「正直に言えよ。お前のそのやきもちはいったい何年続いたんだ。なんでそんなに完璧に隠せるんだ。俺はちっとも気づかなかったよ」

藍忘機《ランワンジー》は慣れた様子で彼にされるがまま顔を上げたが、突然一本の大人しくない手が胸元を探り、懐の中に差し込まれるのを感じた。俯いて見ると、既に抜き出された魏無羨《ウェイウーシエン》の手にはある物が一つ収まっていて、わざと驚いて不思議そうな顔をして尋ねてくる。

「これはなんだ？」

それは、藍忘機《ランワンジー》の財嚢だ。

魏無羨《ウェイウーシエン》は右手でその手の込んだ作りの小さな財嚢をぶんぶん振り回しながら、左手でそれを指さす。

「含光君よ、黙って勝手に持ち去ることは盗みって言うんだぞ。あの頃、お前はなんて言われてたっけ、名門の後継者？　世家公子の模範？　なんとも素晴らしい模範だな。まさか裏ではこんなに激しく嫉妬《しっと》して、女の子が俺に贈った香り袋を盗んで自分の財嚢として使ってたなんてね。どうりで俺が目覚めたあと、どこをどう探しても見つからなかったわけだ。もし綿綿《ミエンミエン》ちゃんの胸元にかけてあったあの小さな香り袋がこれとまったく同じじゃなかったら、俺は本当に思い出せなかっただろうな。お前って奴は、大したもんだよ。言ってみろ、どうやって昏睡状態だった俺の体からこれを探ってくすねたんだ？　どれくらい俺のこと触った？」

藍忘機《ランワンジー》の表情に微かなさざ波が立ち、彼は手を伸ばしてそれを取り返そうとする。しかし魏無羨《ウェイウーシェン》は財嚢をぽんと放り投げて彼の手をかわし、二歩後ずさってから続けた。

「口じゃ勝てないからって奪うのかよ？　何を恥ずかしがってるんだ？　この程度のことがそんなに恥ずかしいのか。ああ、俺はやっと自分がなんでこんなに恥知らずなのかわかったぞ。俺たち二人は本当に生まれた時から結ばれる運命だったんだな。きっと俺の恥は全部お前に預けちゃって、お前が俺の代わりにしまっておいたからに違いない」

藍忘機《ランワンジー》の耳たぶには淡い薄紅色が差しているものの、その顔はまだきつく強張っている。彼は非常に素早く手を出すが、魏無羨《ウェイウーシェン》の足はもっと速く、見えるのに捕まえられないという状態だ。

「前は自分から財嚢をくれようとしたこともあったのに、なんで今はダメなんだ？　お前、自分を見てみろよ。物を盗むだけじゃなくて密通《みっつう》までしちゃってさ。しかも自分で言ったことを取り消すし、骨の髄まで悪い奴になっちゃって」

藍忘機《ランワンジー》は飛びついてようやく彼を捕まえ、胸にしっかりときつく抱きしめながら弁明した。

「私たちは三拝して、既に……夫婦だから、密通ではない」

「夫婦なら、いつものお前みたいに力尽くではしないだろう。いつも俺に許しを請わせて、頼んだところでお前は全然止まってくれないし。あーあ、お前がこんなふうになっちゃって、姑蘇藍《ラン》氏のご先祖様たちはきっと死ぬほど怒ってるぞ……」

からかい続ける魏無羨《ウェイウーシェン》にいい加減耐えきれなくなり、藍忘機《ランワンジー》は容赦なく彼の口を自らの唇で塞いだ。

羅青羊《ルオチンヤン》夫婦と出会った次の日、二人は広陵にある小さな町を訪れていた。

魏無羨《ウェイウーシエン》が手を眉間に当てて道の先を眺めると、前方に酒屋の流れ旗がはためいているのを見つけた。

「あの辺りで休もうか」

藍忘機《ランワンジー》は小さく頷き、二人は肩を並べて歩きだす。

雲夢観音廟のあの一夜が過ぎたあと、魏無羨《ウェイウーシエン》と藍《ラン》忘機《ワンジー》は連れ立って旅をしている。林檎ちゃんを連れてあちこちで遊猟《ゆうりょう》し、相変わらず「逢乱必出」、どこかの地で邪祟が祟りを起こし、民の暮らしを脅かしていると聞けばすぐさまそこへ向かう。聞き込みをして調査し、進んで解決してやって、ついでに各地を遊覧して自然を愛でたり、その地の風土と人情を楽しんだりした。そんなふうに三か月もの間を過ごし、耳を塞いで仙門の話を聞かずにいる日々は、なんとも自由気ままだった。

酒屋に入り、人目につかない隅の方の卓に座った。彼らを出迎えて挨拶をした雇人は、二人の容貌と風格を見て、さらに藍忘機《ランワンジー》が腰の辺りに佩いている剣と、魏無羨《ウェイウーシエン》が腰の辺りに差した笛が目に入り、自然とここしばらく騒がしく盛んに取り沙汰されている例の二人と結びつけてしまった。しかし、かなりじっくり眺めても、白ずくめの客の方は姑蘇藍《ラン》氏の抹額をつけておらず、結局確信は持てなかった。

魏無羨《ウェイウーシエン》は酒を頼み、藍忘機《ランワンジー》の方は料理をいくつか頼んだ。魏無羨《ウェイウーシエン》は彼が低い声で料理の名前を言うのを聞きながら、片手で頬杖をついている。卓の下に下ろしたもう片方の手の指には一本の真っ白い抹額を巻きつけていて、顔には笑みが満ちていた。注文を聞いて雇人が下がったあと、彼はようやく口を開く。

「こんなにいっぱい辛い料理ばっかり、お前食べられるのか？」

藍忘機《ランワンジー》は卓の上にある湯呑を持ち上げて一口飲んでから、淡々と答えた。

「きちんと座りなさい」

「湯呑にお茶入ってないよ」

「……」

魏無羨《ウェイウーシエン》が突っ込むと、藍忘機《ランワンジー》は湯呑に茶を満杯に注ぎ、再び口元に近づけた。

少しの間を置いて、彼はまた繰り返す。

「……きちんと座りなさい」

「これでもちゃんと座ってるつもりだよ？　昔みたいに足を卓の上に置いたりしてないし」

しばし耐え忍んだあと、藍忘機《ランワンジー》は言った。

「それでも、他のところに置くな」

魏無羨《ウェイウーシエン》はさっぱり見当がつかないという様子で尋ねる。

「俺はどこに置いてるんだ？」

「……」

「藍《ラン》公子は本当に要望が多いな。だったら俺にどう座るかを教えてよ」

魏無羨《ウェイウーシエン》がそう言うと、藍忘機《ランワンジー》は湯呑を置いて彼をちらりと見る。袖を一振りして立ち上がり、彼にきちんとした座り方を教えようとした時、大広間にある大きな卓の方から突然どっと激しい笑い声が響き渡った。

卓に座っているうちの一人が、他人の災難を喜ぶように語っている。

「金光瑤《ジングアンヤオ》のあんなやり方じゃ、遅かれ早かれ失敗するってとっくに知ってたよ！　俺はこの日を長いことずっと待ってたんだ。やっと本性が暴かれたな、ふん！　これこそ因果応報、すべては自分に返ってくるんだ！」

急にこういった話を耳にすると、魏無羨《ウェイウーシエン》は非常に懐かしく感じた。この男の罵倒する口調と内容はどちらも非常に聞き覚えがあるもので、ただ罵倒する相手が変わっているだけだ。思わず耳をそばだてて話を聞いていると、一人の修士が箸を手に持ち、天下の一大事を評論するような調子で話し始めた。

「やはり、古往今来《こおうこんらい》誰もが言ってきた言葉は間違ってないってことだ！　上にいる連中ってのは、表が美しく輝いているほど、その裏はひどく汚れてるものなんだ！」

「その通りだよ。どいつもこいつもクズばっかりだ。何々尊やら何々君なんて、どいつも皮を被って人前に出てきて、いい加減にやり過ごしてんだろう」

一人が酒を飲み、大口を開けて肉を放り込みながら唾を飛ばして言った。

「そう言えば、思思《スースー》は当時かなり人気のあった遊郭の有名人だったのに、あんなに老けちゃってさ。見てもちっともわからなかったぞ。本当にクソったれだ、食欲がなくなるぜ。金光善《ジングアンシャン》の死も実に惨めなもんだったな、ハハハハハッ……」

「金光瑶《ジングアンヤオ》もよくもまああんな手口を思いついて、自分の親父をくたばらせたな。絶妙だよ。大したもんだ！」

「でも本当に不思議だけどさ、金光瑶《ジングアンヤオ》はなんであの年増の娼妓を殺さなかったんだろう？　証人なんて、口を塞ぐためには殺すべきなのに、奴はバカなのか？」

「バカかどうかなんて、お前にわかるわけないだろう。奴は金光善《ジングアンシャン》のガキなんだから、もしかしたら同じように好色な男だったかもしれないし、もしかしたら奴の好みが特殊で、思思《スースー》ともああいう……へヘッ、人には言えない関係だったかもしれないぞ？」

「へへッ、俺もそう思ってるけどさ、でもまだ噂されてるだろう。金光瑶《ジングアンヤオ》が自分の実の妹と通じたせいで、人には言えない病を患《わずら》ったって。奴はきっとやりたくてもやれる気力がなかったんだろうな、ハハハッ……」

こういった根も葉もない噂と捏造《ねつぞう》された嘘の数々は、これ以上ないほどよく知っている。魏無羨《ウェイウーシエン》はかつて無数の人々が、彼が乱葬崗の魔窟《まくつ》に千人の処女を拉致して昼夜を問わず淫行に耽《ふけ》り、それが邪道を修練するためだと噂していたのを思い出し、なんとなく滑稽に思いながら考えた。

（まあいいさ。金光瑶《ジングアンヤオ》の噂より、俺の噂の方がまだ少しはましだったからな）

それからの言葉はますます聞くに堪えないもので、さすがに藍忘機《ランワンジー》の眉間にもしわが寄り始めた。幸い、あの卓にも正常な者がいて、同じく聞いていられなくなったのか小声で窘めた。

「声を少し抑えましょう……聞いていて心地のいい話でもありませんし」

しかし、大笑いしていた数人は、まったく気にかけない様子で声を上げた。

「何を怖がってんだ。ここに俺らを知ってる奴なんていないんだし」

「そうだ！　それにたとえ聞かれたからってなんだって言うんだ？　天地を管理できるほどの権力を持ってたって、人の言葉と屁までは管理できやしないだろう？」

「お前は今の蘭陵金氏《ジン》がまだ以前の蘭陵金氏《ジン》と同じだとでも思ってるのか？　奴らに他人の口をどうこうできるとでも？　できるもんなら昔みたいに横暴にやったらどうだ？　聞きたくないなら黙っとけ！」

「もういいだろう、そんなことばかり話してどうするんだ。さあ、料理を食べよう。金光瑶《ジングアンヤオ》が生前いくら波瀾《はらん》を巻き起こしていたとしても、今はただ棺の中に閉じ込められて、もう聶明玦《ニエミンジュエ》と喧嘩することしかできなくなったんだからな」

「たまらないだろうな。敵同士がそばにいるとお互いさらに刺激し合って怒りが増すもんだから、奴は死体の骨までも全部、聶明玦《ニエミンジュエ》にバラバラにされることだろうよ」

「そうなんだよ！　俺、封棺大典《ふうかんたいてん》に行ったけど、あの棺槨の周りは怨念がすごすぎて、周囲一里は草一本生えてなかったんだ！　俺はすごく疑ってるんだけど、あの棺は本当に奴らを百年もの間封印できるのか？」

「封印できるかどうかなんて、お前に心配される筋合いはないだろう。全部、関わった数家が頭を抱えることなんだから。いずれにせよ、蘭陵金氏《ジン》はもう終わりだな。また世の中がひっくり返るぞ」

「しかし、封棺大典での沢蕪君《たくぶくん》の顔色は相当ひどかったな」

「そりゃひどくもなるだろう。棺の中に入っているのは彼の二人の義兄弟で、しかも家の年少者は毎日一体の凶屍について走り回ってて、夜狩まで凶屍に助けられてるなんて！　どうりで沢蕪君《たくぶくん》が朝から晩まで閉関《へいかん》するわけだ。藍忘機《ランワンジー》がもしこれ以上戻らなきゃ、きっと藍啓仁《ランチーレン》はそろそろ町中で喚き散らすことだろうよ……」

「……」

聞こえてきた話に、藍忘機《ランワンジー》は何も言わず、魏無《ウェイウー》羨《シエン》は思わずぷっと笑った。

あちらでは引き続き議論を繰り広げている。

「そう言えば、今回の封棺大典にはかなり目を見張るものがあったたな。聶懐桑《ニエホワイサン》って意外と仕切り上手なんじゃないか？　もともと彼が自分からやるって申し出た時、俺はてっきり何かやらかすんじゃないかって思ってたよ。なんと言っても一問三不知だからな」

「俺もだよ！　まさかあいつの取り仕切りぶりが、意外にも藍啓仁《ランチーレン》に優《まさ》るとも劣らないなんて、誰も思わなかっただろう」

彼らが続々と驚いているのを聞いて、魏無羨《ウェイウーシエン》は思った。

（それくらいがなんだ？　今後の数十年間で、もしかすると清河聶《ニエ》氏の宗主は次第に頭角を現し始めて、これからも世間の人々にさらなる驚きをもたらすかもしれないぞ）

料理が卓に運ばれてきて、酒も届けられた。魏無《ウェイウー》羨《シエン》は酒を杯いっぱいに注ぐと、ゆっくりとそれを呷《あお》る。

その時、ふいに一人の少年の声が聞こえてきた。

「じゃあ陰虎符は、結局あの棺の中にあるの？」

酒屋の中は急にしんと静まりかえり、しばらくして一人が口を開く。

「そんなの誰も知らないよ。でも、もしかするとあるかもしれないな。そもそも金光瑶《ジングアンヤオ》が陰虎符を持ち歩いてなかったとしたら、いったいあれをどこに保管できるんだ？」

「でもはっきりとは言えないだろう。陰虎符だって今じゃただの鉄くずだって言うじゃないか？　もう使いものにならないよ」

その少年は一人きりで一つの卓に座り、胸に剣を抱きかかえながら尋ねる。

「あの棺、本当に十分頑丈なのかな？　万が一、中に陰虎符があるかどうかを確めようとする奴がいたら、どうなる？」

たちまち誰かが大声を出した。

「そんな度胸がある奴がいるもんか！」

「清河聶《ニエ》氏、姑蘇藍《ラン》氏、雲夢江《ジャン》氏がそれぞれ人を派遣して、あの墓地の一帯を取り囲んで守らせてるんだぞ。誰がそんな大胆不敵なことをするんだよ」

周りの者たちも続々と調子を合わせる。その少年は二度と発言せず、卓の上の湯呑を手に取って飲み、一見その考えを捨てたように見えた。

しかし、彼の目つきは変わっていなかった。

そんな目つきを、魏無羨《ウェイウーシエン》はこれまでに数えきれないほど見てきた。そして彼は知っている。決してこれが最後にはならないということを。

酒屋を出ると、いつも通り魏無羨《ウェイウーシエン》が林檎ちゃんに座り、藍忘機《ランワンジー》が手綱を引いてその前を歩いていく。

ゆらゆらとロバの背で揺られながら、魏無羨《ウェイウーシエン》は腰の辺りから笛を取り出して口元に近づけた。清らかに響く笛の音が飛鳥の如く空へ舞い上がると、藍忘《ランワン》機《ジー》は足を止め、黙って耳を澄ませる。

まさしくそれは、屠戮玄武の洞窟の底に閉じ込められた時、彼が魏無羨《ウェイウーシエン》に歌ってくれたあの曲だ。

そして魏無羨《ウェイウーシエン》が復活したあと、不思議な力に導かれたかのように大梵山《だいぼんざん》で吹き奏で、藍忘機《ランワンジー》が彼の正体を確信できたあの曲でもある。

曲を吹き終わり、魏無羨《ウェイウーシエン》は藍忘機《ランワンジー》に向かって左目を瞬いて言った。

「どうだ、なかなかいい感じに吹けただろう？」

藍忘機《ランワンジー》はゆっくりと頷く。

「珍しく」

魏無羨《ウェイウーシエン》にはわかっている。「珍しく」の意味は、珍しく上手に吹けたということではなく、珍しくきちんと覚えているということを言っているのだ。彼は笑いを堪えきれず、思わず吹き出した。

「いつもそうやって蒸し返すなよ。前は俺が悪かったって。もういいだろう？　それに俺の記憶力が悪いのは、俺の母さんを責めないといけないんだ」

「どうして」

藍忘機《ランワンジー》に問われ、魏無羨《ウェイウーシエン》は林檎ちゃんの頭に肘をつくと、陳情《チェンチン》を手の中で素早く回しながら答える。

「母さんが言ったんだ。他人が良くしてくれたことだけを覚えておいて、自分が他人に良くしたことは覚えておかなくていい。人の心の中にはあんまり多くのものを入れない方がいい、そうした方が楽しく自由に生きられるんだって」

これも彼の記憶の中にある、両親についての数少ない思い出だ。

しばし思いを馳せてから魏無羨《ウェイウーシエン》はまた現実に引き戻され、真剣に見つめてくる藍忘機《ランワンジー》を見ながら言った。

「母さんはこうも言ってた……」

彼がなかなか言葉の続きを言わないのを怪訝に思い、藍忘機《ランワンジー》は尋ねた。

「何を言ったんだ」

魏無羨《ウェイウーシエン》は彼に向かって指をくいくいと二回曲げる。

それが粛然とした表情だったため、彼は少し魏無《ウェイウー》羨《シエン》の方に近寄った。魏無羨《ウェイウーシエン》は身を屈めて彼に顔を寄せ、その耳元で囁く。

「……お前はもう俺のものだって」

藍忘機《ランワンジー》の眉がぴくりと動き、その唇を開く前に魏《ウェイ》無羨《ウーシエン》が先回りして言った。

「恥知らず、不真面目、くだらない、軽薄、またでたらめなことを、で合ってる？　はいはい、わかったよ、俺が代わりに言ってやったから。結局こういうお決まりの言葉ばっかりで、本当に昔からちっとも変わらないな。俺もお前のものだからおあいこだよ、それでいいだろう？」

口先の言葉遊びで人を言い負かすことに関しては、藍忘機《ランワンジー》は永遠に魏無羨《ウェイウーシエン》に勝てない。彼は淡々と答えた。

「君がいいと言うならそれでいい」

魏無羨《ウェイウーシエン》はロバの手綱を少し引っ張りながら尋ねた。

「でも本当のことを言うとさ、この曲、俺は八十以上も名前を考えたっていうのに、お前は本当に一つも気に入るのがなかったのか？」

藍忘機《ランワンジー》は断固とした調子で答える。

「ない」

「なんでだよ？　俺は『藍湛《ランジャン》　魏嬰《ウェイイン》誓いの曲』なんて、なかなか良かったと思うけどな」

何も言わない藍忘機《ランワンジー》をよそに、魏無羨《ウェイウーシエン》はまたでたらめを言い始める。

「あるいは、『含光夷陵毎日曲』もすごくいいよな。聞けば何やら非常に謂《いわ》れがありそうな……」

藍忘機《ランワンジー》はどうやらこれ以上新しい曲名を一つも聞きたくないようで、突然口を開いた。

「ある」

「ん？　何が？」

「名前だ」

魏無羨《ウェイウーシエン》は驚き、不思議に思いながらまくし立てた。

「ある？　あるんだったら早く言えよ、いったいなんだって今まで隠してたんだ。ずっと教えてくれなかったせいで、お前のためにこんな長いこと名前を考える羽目になったじゃないか。もう、俺の優れた才知を無駄にしやがって」

しばし沈黙したあとで、藍忘機《ランワンジー》は言った。

「『忘羨《ワンシエン》』」

「え？」

「曲名は『忘羨《ワンシエン》』」

魏無羨《ウェイウーシエン》は目を大きく見開く。

少しして、彼は腹を抱えて笑いだした。

「ハハハハハハハハハハッ、どうりでずっと俺に教えたくなかったわけだ。こっそりそんな名前をつけてたなんて。お前の気持ちが全部バレバレじゃないか。やるな藍湛《ランジャン》、いつ考えたんだよ、ハハハハハハハハハハッ……」

藍忘機《ランワンジー》は魏無羨《ウェイウーシエン》がこのような反応をすることをとうに予想していたらしく、彼が林檎ちゃんの背中で笑い転げているのを眺めながら、ただ微かに首を横に振るだけだった。表情は致し方ないという様子に見えるが、口角はひっそりとわずかに弧を描き、瞳の中にもおぼろげなさざ波が広がった。

彼は手を上げて魏無羨《ウェイウーシエン》の腰をしっかり支えてやり、

ロバの背中から落下し頭から地面に落ちないように気遣った。満足するまで笑い、やっとのことで笑いを収めてから魏無羨《ウェイウーシエン》は真面目な顔で言った。

「『忘羨《ワンシエン》』、すごくいいな、最高だ！　俺気に入ったよ。そうだよな、この名前しかない」

藍忘機《ランワンジー》は無表情のまま答える。

「私も気に入っている」

「すごく雅正に聞こえるし、かなり姑蘇藍《ラン》氏っぽくもあるから、このままお前らん家の曲譜集《きょくふしゅう》に収録して、姑蘇藍《ラン》氏の門弟には必ずこの曲を習得させよう。あいつらがもし『含光君、曲名はどのように解釈しますか？』って質問してきたら、お前はこの曲がどうやって作られたかを教えてやれるしな」

魏無羨《ウェイウーシエン》がまたふざけたことを言い始めるのを聞いて、藍忘機《ランワンジー》は彼を乗せた林檎ちゃんの手綱を手に取り、細い縄を手のひらできつく握りしめて歩きだした。魏無羨《ウェイウーシエン》はまだ話し続けている。

「なあ、俺たちこれからどこに行こうか？　しばらく天子笑を飲んでないから、久しぶりに姑蘇に戻って、とりあえず一回彩衣鎮に遊びに行くっていうのはどうだ？」

「わかった」

「もうこんなに長いこと経ったし、あそこの水行淵も綺麗に取り除けた頃じゃないかな？　お前の叔父貴がもし俺に会ってもどうにか大丈夫そうなら、お前は部屋の中に俺とあのいくつかの酒を一緒に隠して……もし、叔父貴が俺に会いたくないようなら、別のところに行ってみよう。聞けば、思追《スージュイ》たちと温《ウェン》寧《ニン》が夜狩でかなり楽しくやってるみたいだしさ」

「うん」

「だけど、姑蘇藍《ラン》氏の家規《かき》はまた改訂新版が出たって聞いたぞ？　あのさ、お前らん家の入り口の、あの山の前にある規訓石ってまだ書き込めるのか……」

すがすがしい風が緩やかに吹いてきて、二人が身に纏った服はまるで春水の如く穏やかな波を寄せた。

魏無羨《ウェイウーシエン》は風を迎えて藍忘機《ランワンジー》の後ろ姿を見ながら目を細め、あぐらをかき始める。すると驚いたことに、自分がこんな斬新な姿勢で林檎ちゃんの背中に倒れず座り続けられることに気づいた。

些細でくだらないことにすぎないけれど、彼は何か新鮮で珍しいことでも発見したかのように、急いで藍忘機《ランワンジー》と共有しようと呼びかけた。

「藍湛《ランジャン》、こっち見て、早く早く！」

かつてのあの頃のように、魏無羨《ウェイウーシエン》が笑って彼を呼ぶと、彼もこちらを見つめ返す。

それから、もう二度と目が離せなくなった。


——完——

番外編

番外編　家宴

「君は待っていて」

「一緒に行かなくて平気か？」

魏無羨《ウェイウーシエン》がそう聞くと、藍忘機《ランワンジー》は首を横に振った。

「君が来ると、叔父上はさらに怒る」

魏無羨《ウェイウーシエン》は少し考えてみた。確かにその通りだ。藍《ラン》啓仁《チーレン》は魏無羨《ウェイウーシエン》を見ると心臓発作でも起こしそうになり、もはや風前の灯火かというほどぜいぜいと息が荒くなってしまうのだ。ここはやはり善行を積んで彼の前に顔は出さず、なるべく心を煩わせないようにしようと思った。

藍忘機《ランワンジー》がこちらに目を向けて何か話そうとしているようだったので、魏無羨《ウェイウーシエン》はそれより前に急いで口を開いた。

「はいはい、わかったよ。走るの禁止、騒ぐの禁止、とにかくいろいろ禁止、だろう？　安心しろって。今回、俺はお前について帰ってきたんだから、絶対に用心に用心にさらに用心を重ねて、お前らんとこの規訓石に刻まれてる家規を一条も破らないようにするから。できる限りな」

藍忘機《ランワンジー》は深く考えるまでもなく、即座に答える。

「大丈夫。破っても……」

「うん？」

魏無羨《ウェイウーシエン》の素早い反応に、藍忘機《ランワンジー》はどうやら今思わず口に出そうとした言葉がかなり不適切だったことに気づいたらしい。しばし顔を背けてから、やっとまた彼の方に視線を戻すと、粛然とした様子で告げた。

「……なんでもない」

「お前、さっき破っても何って言おうとしたんだ？」

魏無羨《ウェイウーシエン》がさっぱり見当がつかないという様子で尋ねる。

藍忘機《ランワンジー》は、彼がその答えを知りながらわざと聞いているとわかっていたので、仏頂面《ぶっちょうづら》で繰り返した。

「君は外で待っていなさい」

魏無羨《ウェイウーシエン》はひらひらと手を振った。

「わかったってば、待ってればいいんだろ。そんなに強く言わなくたっていいのに。じゃあ俺、お前のウサギと遊んでくるから」

そうして藍忘機《ランワンジー》は唾を飛ばしながら熱弁を振るう藍啓仁《ランチーレン》の説教を一人で聞きに行き、魏無羨《ウェイウーシエン》の方は、林檎ちゃんに引きずられるまま猛然と走り続けた。雲深不知処に入ってからというもの、林檎ちゃんは殊の外興奮しているようで、全身に力が漲っている。魏無羨《ウェイウーシエン》がいくら引っ張っても止められず、あの香《かぐわ》しい草が青々と茂った草地まで無理やり連れていかれてしまった。

草地では、百羽以上もの丸々とした雪だるまが静かに寄り添い合っていた。薄紅色の口をすぼめて、同じく薄紅色が透ける長い耳を時折ふるふると震わせている。林檎ちゃんは我がもの顔でウサギたちの中に分け入って、自分の居場所を見つけた。魏無《ウェイウー》羨《シエン》は地面にしゃがみ込んで適当にウサギを一羽捕まえ、ふわふわの腹をかいてやりながら考える。

（前に来た時も、こんなにたくさんいたっけ？　こいつは雄《おす》か、それとも雌《めす》かな？　あ……雄だ）

そこまで考えたところで、魏無羨《ウェイウーシエン》はようやく気づいた。彼はなんと今まで林檎ちゃんが淑女《しゅくじょ》なのか紳士なのかをまったく気に留めたことがなかったのだ。思わずロバに目を向けたが、彼がじっくりと見定める前に、急に物音が聞こえてきて、そちらの方を振り返った。

そこには、小さな籠を一つ手に提げた小柄な少女がいて、彼らに近づくべきかどうか悩んでいたらしい。そんな時に、魏無羨《ウェイウーシエン》がいきなり彼女の方を振り返ったせいで、とっさにどうしたらいいかわからず、恥ずかしさで顔を真っ赤にした。

その少女は姑蘇藍《ラン》氏の校服を身に纏い、額には巻雲紋《けんうんもん》が刺繍《ししゅう》されていない素朴な白い抹額をつけている。

（大変だ！　出くわしちゃったよ、生きて存在してたのか！）

この少女は姑蘇藍《ラン》氏の女修だ。

姑蘇藍《ラン》氏のように堅苦しいことで有名な世家には、男女に明確な区別がある。言うまでもなく、直接会話をすることも触れることも禁止などの決まりがあり、弟子や門弟たちは子供の頃から念仏のように耳元でくどくどと一万回は言い聞かされてきたはずだ。男修と女修の学習区域と休息区域は厳格に分けられ、定められたその境界線を一歩たりとも越えてはならず、自分たちの境域から出ることは極めてまれだ。夜狩で外出する時でさえも基本的には男女に分かれ、全員男か全員女かのどちらかで、男女混合で行動するようなことは普通あり得ない。恐ろしいほど融通が利かないのだ。

かつて魏無羨《ウェイウーシエン》が雲深不知処に学びに来た際も、ほとんど女の子には会ったことがなく、雲深不知処内には本当に女修が存在しているのだろうか、と甚だ疑問に思っていた。何度か女修たちが書物を読み上げているらしき声を聞きつけ、気になって声のする方を見てみようとしたこともあったが、すぐさま目ざとい見回りの門弟に見つかり、藍忘機《ランワンジー》を呼ばれてしまった。そんなことを幾度か重ねるうち、魏無《ウェイウー》羨《シエン》は情熱を使い果たし、探求心もなくなっていた。

しかし今、思いがけないことに、彼は初めて雲深不知処内で生きている女修に出会ったのだ。生きている！　女修に！

さっと背筋を伸ばして立ち上がり、魏無羨《ウェイウーシエン》は目をキラキラと輝かせる。無意識のうちにそちらへ歩いていこうとした時、林檎ちゃんがぱっと起き上がり、ほとんど彼を押しのけるようにしてその少女の方へ駆けていった。

「？」

訳がわからずに眺めていると、少女のそばに近づいたロバは従順な仕草で頭を下げ、自ら頭と耳を彼女の手の下に潜り込ませている。

「？」

魏無羨《ウェイウーシエン》はまだ状況が呑み込めない。

顔を赤くした彼女は、ロバの行動にやや呆気に取られた様子で、何を言えばいいかわからないという表情で魏無羨《ウェイウーシエン》の方を見ている。魏無羨《ウェイウーシエン》は、微かに彼女の顔に見覚えがあるような気がして目を細めたが、少しして唐突に思い出した。まさに、彼が莫《モー》家荘から出て間もない頃に道端で出会い、その後大梵山でも慌ただしくはあったが何度か顔を合わせたあの丸顔の少女ではないか？

たとえ相手がまったく見知らぬ女の子であっても、彼はすぐさま笑いかけて二言三言雑談し、親しくなることができる。ましてや面識があり気立ても悪くない女の子ならなおさらだ。魏無羨《ウェイウーシエン》はすぐさま彼女にひらひらと手を振りながら声をかけた。

「君だったんだ！」

少女の方も、彼のことが強烈な印象として残っていたらしい。たとえ今は顔を綺麗に洗っていて、あの時は奇怪な化粧をしていたとしても、同じ人物だとわかったようだ。彼女はひとしきりもじもじしていたが、籠を提げた両手を絡ませながら、くぐもった声で答えた。

「はい、私です……」

魏無羨《ウェイウーシエン》は、触って性別を判別したウサギをぽいと放り投げると、手を後ろで組み、彼女に二歩近づく。手提げ籠の中にある人参と青菜がちらりと見えて、微笑みながら尋ねた。

「ウサギに餌をやりに来たのか？」

少女は小さく頷く。ちょうど今は藍忘機《ランワンジー》がいないため、暇な魏無羨《ウェイウーシエン》は餌やりに興味を抱いて言った。

「俺も手伝おうか？」

少女はどうすればいいかわからずに悩んだようだが、結局また小さく頷いた。魏無羨《ウェイウーシエン》はすぐさま籠の中から人参を一本取り出し、二人は一緒に草地にしゃがみ込む。林檎ちゃんは手提げ籠の中に頭を突っ込んでごそごそとかき回していたが、林檎は見つからず、仕方なく人参を一本咥えると我慢してそれをかじり始めた。

人参はとても新鮮で、魏無羨《ウェイウーシエン》は自分でまず一口かじってから、ようやくウサギの口元に差し出して、少女に尋ねた。

「このウサギたちはずっと君が餌をやってるの？」

「いいえ……私は最近餌をやりに来るようになったんです……含光君がいらっしゃる時は、あの方が世話をなさっています。いらっしゃらない時は、藍思追《ランスージュイ》公子たちが世話をして、彼らも留守にしている時だけ、私たちが代わりに見に来ていて……」

少女の答えを聞いて、魏無羨《ウェイウーシエン》は思った。

（藍湛《ランジャン》って、どんなふうにウサギに餌をやるんだろう？　あいつは何歳からこいつらを飼い始めたんだ？　この子みたいに、小さな籠を提げてくるのかな？）

あまりにも可愛すぎるその絵面《えづら》を脳裏から追い払うと、魏無羨《ウェイウーシエン》はまた尋ねた。

「君は今、姑蘇藍《ラン》氏の門弟なのか？」

少女は恥ずかしそうに頷く。

「はい」

「姑蘇藍《ラン》氏はなかなかいいよな。いつ門弟になったんだ？」

少女は白くてふわふわしたウサギを撫でながら答えた。

「大梵山のあの出来事の少しあとからです……」

ちょうどその時、二人の耳に青い草を踏んで歩く微かな靴音が聞こえてきた。魏無羨《ウェイウーシエン》が振り向くと、やはり藍忘機《ランワンジー》がこちらに向かって歩いてきているのが目に入った。

少女は慌てふためいた様子ですぐさま立ち上がると、恭しく挨拶をする。

「含光君」

藍忘機《ランワンジー》は微かに頷き、魏無羨《ウェイウーシエン》はというとまだ草地に座ったまま、にこにこと笑って彼を見た。この少女はどうやらかなり藍忘機《ランワンジー》を怖がっているらしい──だがそれは実に正常なことで、この年頃の年少者で藍忘機《ランワンジー》が怖くない者など一人もいないだろう。彼女はおたおたと裾を上げ、すぐさま逃げるように去っていく。魏無羨《ウェイウーシエン》はその背中に何度も呼びかけた。

「ねぇ、お嬢さん！　籠を忘れてるよ！　おい、林檎ちゃん！　林檎ちゃん戻れ！　お前がついていってどうするんだ！　林檎ちゃーん！」

人もロバも、彼の声で止まる者はいなかった。魏《ウェイ》無羨《ウーシエン》は仕方なく手提げ籠の中に残った数本の人参を手で探り、藍忘機《ランワンジー》に向かって言った。

「藍湛《ランジャン》、お前が驚かせたせいで、あの子逃げちゃったじゃないか」

藍忘機《ランワンジー》がもし足音を隠そうと思えば、二人に聞こえないようにできたはずだ。

魏無羨《ウェイウーシエン》はにこにこしながら彼に向かって人参を一本差し出す。

「食うか？　お前がウサギに餌をやって、俺はお前に餌をやる」

「……」

藍忘機《ランワンジー》は上から彼を見下ろすと、口を開いた。

「立って」

魏無羨《ウェイウーシエン》は人参をぽいと後ろに放り投げ、気怠げに片手を伸ばす。

「じゃあお前が引っ張ってよ」

しばしの間のあと、藍忘機《ランワンジー》も手を伸ばして彼の手を取った。ところが魏無羨《ウェイウーシエン》は突然手に力を込め、逆に彼を下に向かって引っ張った。

自分たちの縄張りが妙な人間に占拠され、ウサギの群れはまるで大敵に臨むかのように、なんの目的もなく地面に重なっている二人の人間の周りをぴょんぴょんと駆け回った。藍忘機《ランワンジー》に特に懐いているあの数羽は、なんと二本脚で立ち上がって彼の体にくっついている。まるで、主人がなぜ急に倒れ込んだのか心配しているみたいだ。藍忘機《ランワンジー》はそっとウサギたちを追い払うと、落ち着いた様子で告げる。

「雲深不知処、規訓石家規第七条、女修を騒がすことを禁ずる」

「破っても大丈夫だって言っただろ」

「言っていない」

「なんでだよ。最後まで言い終わらなかったら、全部言わなかったことになるのか？　一言九鼎《いちげんきゅうてい》、有言実行の含光君は？」

「『毎日』」

それを聞いて、魏無羨《ウェイウーシエン》は藍忘機《ランワンジー》の顔をそっと撫で、哀れみ労わるような口調で彼に言う。

「さっき叔父貴に叱られたのか？　早く言え、兄ちゃんがよしよししてやるから」

ここまで不自然にわざとらしく話題を変えても、藍忘機《ランワンジー》はそれを追及せず質問に応じた。

「叱られてはいない」

「本当に？　じゃあ何を話したんだ？」

そう尋ねると、藍忘機《ランワンジー》は落ち着き払った様子で魏《ウェイ》無羨《ウーシエン》を抱きしめる。

「大したことではない。皆を集めるのは容易でないため、明日、家宴《かえん》を開く」

「家宴？　いいねいいいね。俺、絶対にきちんと振舞うよ。お前に恥をかかせたりしないから」

魏無羨《ウェイウーシエン》は笑って言ったが、ふいに藍曦臣《ランシーチェン》のことが頭をよぎった。

「お前の兄貴は？」

しばし沈黙してから、藍忘機《ランワンジー》が答える。

「のちほど会いに行ってくる」

沢蕪君《たくぶくん》は近頃朝から晩まで閉関していて、藍忘機《ランワンジー》はきっと、彼と膝を交えてじっくり話をしに行くつもりだろう。魏無羨《ウェイウーシエン》は藍忘機《ランワンジー》の背中に腕を回して抱きしめ返し、そっとその背中を叩く。しばらくしてから、またふと思い立って問いかけた。

「そういえば、なんで今回は帰ってきてから一度も思追《スージュイ》たちを見かけないんだ？」

普段通りであれば、帰ってくるなり山門の入り口のところでガヤガヤとあの少年たちに取り囲まれるはずだ。彼の口から思追《スージュイ》たちの話が出ると、藍忘機《ランワンジー》は微かに眉宇を緩ませた。

「ついてきて。彼らに会わせよう」

そう言うと、魏無羨《ウェイウーシエン》を藍思追《ランスージュイ》や藍景儀《ランジンイー》らのところへ連れていった。現れた二人に少年たちは喜んで何度か声を上げたものの、反応はそれだけだ。けれど皆、別に彼らを歓迎したくないわけではなく、したくてもできない状態だったのだ。

十数人の弟子たちが整然と並び、渡り廊下で逆立ちをしている。全員が外袍を脱ぎ、真っ白な薄衣《うすぎぬ》だけの姿で、頭は下向き、足は上向きだ。彼らの目の前の床には数枚の白い紙と硯《すずり》が置いてある。そして左手だけを地面につけて体を支え、右手には筆を握って、難儀しながら隙間なくその紙にびっしりと黒い字を書いていた。

抹額を地面につけてはならないため、彼らは皆顔中に汗をかきながら抹額の尻尾を噛んでいる。そのせいで、まともに話すことすらできない。「何度か声を上げた」というのも、ただ目を輝かせながらひとしきりう――う――と唸っただけだった。ふらふら、ぐらぐらして今にも倒れそうな彼らを見ながら、魏《ウェイ》無羨《ウーシエン》は口を開いた。

「なんで逆立ちさせるんだ？」

「罰を受けている」

「罰を受けてるってのは俺にもわかるよ。今見たけど、こいつらが書き写してるのって藍《ラン》氏の家訓だろう？〈礼則編《れいそく》〉なら俺はもう暗唱できるからな。そもそも、こいつらは何をやらかして罰されてるんだ？」

藍忘機《ランワンジー》は淡々とした声音で答える。

「門限を過ぎても雲深不知処に戻らなかった」

「おお」

「それから、鬼将軍に同行して夜狩をした」

「うわっ！ お前ら本当に度胸あるな」

「これで三度目だ」

藍忘機《ランワンジー》の言葉を聞き、魏無羨《ウェイウーシエン》は顎を指先で撫でる。

（そういうことなら、邪を仇のように憎む藍啓仁《ランチーレン》がここまで罰するのも無理はない。逆立ちして書き写しをさせるだけなら、むしろかなり軽い方だろう）

彼は藍思追《ランスージュイ》の前でしゃがみ込んで尋ねた。

「なぁ思追《スージュイ》、お前の前にあるこの束《たば》、なんかやたら分厚くないか？ 俺の目の錯覚かな？」

「違います……」

藍思追《ランスージュイ》が答えると、藍忘機《ランワンジー》が続けた。

「彼が率先してやった」

魏無羨《ウェイウーシエン》は藍思追《ランスージュイ》の肩を軽く叩こうとしたが、叩ける場所がなく、少々動きを止めてから手を下げて、彼の肩を下から上に向かってぽんと叩き、はっきりと理解した様子で言った。

「そうだろうと思ったよ」

藍忘機《ランワンジー》は少年たちの前を一通り歩き、さっと何度か見渡して書き写しを調べると、藍景儀《ランジンイー》に向かって告げた。

「字が不整」

藍景儀《ランジンイー》は抹額を噛み、口ごもりつつも涙ながらに答える。

「はい、含光君。もう一度書き直します」

呼ばれなかった者たちは、つまり調べに合格したということなので、皆ほっと息をついた。二人で渡り廊下を離れ、魏無羨《ウェイウーシエン》はかつて罰として書き写しを命じられた苦難の日々を振り返り、心から同病相憐《どうびょうあいあわ》れむ気持ちが湧いた。

「あんな格好を維持するだけでも難しいだろうに。もしお前に逆立ちしろって言われても、俺は字を書けるかどうかすらわからないな。まぁ、座ってたって綺麗に書けるかわからないけど」

藍忘機《ランワンジー》は彼をちらりと見て言った。

「確かにそうだ」

魏無羨《ウェイウーシエン》は、彼もまた罰を受ける魏無羨《ウェイウーシエン》を見張っていたあの日々を思い出したのだとわかって、彼に聞いた。

「子供の頃、お前が書き写しをさせられた時もああだったのか？」

「一度もない」

考えてみれば当然だ。藍忘機《ランワンジー》は子供の頃から既に世家公子の手本であり、一言一行すべてが物差しで測ったようにこの上なく模範的だったというのに、そんな彼が過ちを犯すことがあろうか？　そもそも過ちを犯しさえしなければ、罰を受ける必要もないのだ。

魏無羨《ウェイウーシエン》は笑いながら言う。

「俺はてっきり、お前のあの恐ろしい腕力はああやって鍛《きた》えられたのかと思ったよ」

「罰ではない。しかし、同じようにああして鍛えた」

藍忘機《ランワンジー》の言葉を怪訝に思い、魏無羨《ウェイウーシエン》は尋ねた。

「罰でもないのに訳もなく逆立ちするなんて、いったいなんでだ？」

藍忘機《ランワンジー》は彼の方を見ずに答える。

「心を静めることができる」

魏無羨《ウェイウーシェン》は彼の耳元に近づき、語尾を上げながら問いかけた。

「ならいったい何が、氷みたいに冷淡な含光君の心を乱したのかな?」

藍忘機《ランワンジー》は彼を少し見てから黙り込む。魏無羨《ウェイウーシェン》は得意げな気持ちになって言葉を続けた。

「お前の言う通り、子供の頃からそんなに腕力を鍛えてきたなら、逆立ちしながらなんでもできるのか?」

「うん」

彼が視線を伏せ、少々恥じらうように返事をするのを見て、魏無羨《ウェイウーシェン》はますます口に鍵をかけられなくなり、なんら憚ることなく尋ねた。

「じゃあ、逆立ちしながら俺を犯せるか?」

「試してみる」

「ハハハハハハッ……今なんて言った?」

「今夜試してみる」

「……」

そうは言ったものの、その日の夜、二人は「試してみる」機会をすぐには見つけられなかった。なぜなら、藍忘機《ランワンジー》はまず閉関して久しい藍曦臣《ランシーチェン》に会いに行き、じっくりと話し合いをする必要があったからだ。

魏無羨《ウェイウーシェン》には最近、あるおかしな習慣ができていた。藍忘機《ランワンジー》の体の上で寝るのが好きになり、仰向けで藍《ラン》忘機《ワンジー》の体の上に重なって寝てみたり、向き合って藍《ラン》忘機《ワンジー》の胸元で腹ばいになって寝てみたり、とにかくあの大きく温かい体を下に敷かないと眠れなくなったのだ。そのおかげでひどく退屈して、静室《せいしつ》の中をあちこちひっくり返して何かないかと探し回ると、予想外にも様々な物を見つけることができた。

藍忘機《ランワンジー》は子供の頃から物事を適切に型通りにこなしてきた。習字、描いた絵、書いた文章のすべてが整然と種類分けされた上で、年別に並べてある。魏《ウェイ》無羨《ウーシェン》は彼が一番小さい頃の習字帳から見始め、笑いながら頁をめくり興味津々に眺めていたが、朱色の筆で書かれた藍啓仁《ランチーレン》の評語《ひょうご》が目に入る度に、面倒くさそうな顔になる。しかし、続けざまに何千枚めくってみても、なんとたった一枚の紙に書かれた一文字の誤字しか見つけられなかった。そして、藍忘機《ランワンジー》は後ろのもう一枚に、その誤字を大真面目に百回も書き写していたのだ。それを見て、魏無羨《ウェイウーシエン》は驚きのあまり唖然としてしまった。

「かわいそうに。きっと書き写しすぎて、この字がどんな字だったかもわからなくなっちゃったんだろう」

彼は長い年月を経て微かに黄ばんだこの古い紙をさらにめくって見ようとしたが、その時ふと、静室の外の暗闇に微かな灯火が浮かんでいることに気づいた。

足音は聞こえなかったが、魏無羨《ウェイウーシエン》はこの上なく手慣れた様子で藍忘機《ランワンジー》の寝床に素早く転がると、一気に足元から頭まで布団を引っ張って中に潜り込んだ。藍忘機《ランワンジー》がそっと扉を押して入ってきた時、目に映ったのは室内にいる者が安眠している偽りの絵面《えづら》だった。

藍忘機《ランワンジー》は一切物音を立てずに動き、彼が既に「眠っている」のを見て、さらに気配を殺してゆっくりと静室の扉を閉めてから、しばし静止したあと、ようやく寝床の方へと向かってくる。

だが、彼が近づくよりも前に、勢い良くがばっと布団がめくられ、それを頭から上半身にすっぽりと被せられてしまった。

「……」

藍忘機《ランワンジー》は無言だった。

魏無羨《ウェイウーシエン》は跳び上がると、頭も顔もすべてを布団で覆われた藍忘機《ランワンジー》をぎゅっと抱きしめ、彼を寝床に押し倒す。

「強姦するぞ！」

「……」

藍忘機《ランワンジー》はやはり無言のままだ。

魏無羨《ウェイウーシエン》は両手を使って乱暴な手つきで彼の体をみだりに触ったり引っ張ったりしたが、藍忘機《ランワンジー》の方は、まるで死人かと思うほど静かに横たわったまま、彼にやりたい放題させている。あっという間に面白くなくなって、魏無羨《ウェイウーシェン》は文句を言った。

「含光君、なんでちっとも抵抗しないんだ？　そんなふうに全然動かないお前を辱《はずか》しめたって、いったい何が面白いんだよ？」

　すると、布団の中から藍忘機《ランワンジー》のくぐもった声が聞こえてきた。

「君は私にどうしてほしいんだ」

　魏無羨《ウェイウーシェン》は順を追ってよくわかるように彼に説明した。

「俺がお前を押さえつけたらな、お前は俺を押し返すんだ。押さえ込まれないように脚をぴったり閉じて全力であがいて、同時に声を振り絞って助けを呼ん……」

「雲深不知処で騒ぐことを禁ずる」

「だったら小さな声で助けを呼べばいいだろ。それとな、俺がお前の服を引き裂こうとしたら、お前は全力で抵抗して、必死に胸を庇って俺に引き裂かせないようにしなきゃいけない」

　魏無羨《ウェイウーシェン》の言い分を聞き、布団の中はしばしの間静かになる。

　しばらくしてから、再び藍忘機《ランワンジー》は口を開いた。

「かなり難しそうに聞こえる」

「難しい!?」

「うん」

「じゃあしょうがないな。だったらやっぱり交換しようか、お前が俺を……」

　魏無羨《ウェイウーシェン》が言い終わる前にぐるりと視界が回転し、布団が宙を舞うと、それまでとは反対に彼は藍忘機《ランワンジー》によって素早く寝床に押さえつけられていた。

　先ほど魏無羨《ウェイウーシェン》に布団を被せられ、その中にしばらく閉じ込められたせいで、平素からきちんと結われている藍忘機《ランワンジー》の髪紐と抹額はどちらも少し歪み、青糸《せいし》の髪はやや乱れ、幾筋か垂れ下がってきてしまっている。もともと玉のような白皙《はくせき》の頬はほんのりと赤みが透けて淡紅色《たんこうしょく》に染まり、灯火の下で見ると、なんとも恥じらいを帯びた慎ましやかな美人だ。しかし残念なことに、この美人の手の力は強すぎて、本当にいささか常軌を逸《いっ》している。まるで精錬された鋼でできた箍《たが》の如くその手に拘束され、魏無羨《ウェイウーシエン》は許しを請うた。

「含光君、含光君、お前ほどの人間は度量も大きいよな？　許してよ」

藍忘機《ランワンジー》の目は一切動かなかったが、瞳の中にある焼けるように熱く煌めく灯火はなぜか微かに揺れ動いている。彼は淡然とした表情で答えた。

「いいだろう」

「何がいいんだ？　逆立ち？　強姦？　おい、俺の服！」

「すべて君が言ったことだ」

そう言いながら、藍忘機《ランワンジー》はすぐ魏無羨《ウェイウーシエン》の両脚の間に自らの体を割り入れ、しばらくの間押さえ込んだ。

しかし、いくら待っても動かない彼に焦れて魏無《ウェイウー》羨《シエン》が口を開いた。

「どうしたんだよ！」

わずかに体を起こすと、藍忘機《ランワンジー》は逆に問い返す。

「なぜ抵抗しない？」

魏無羨《ウェイウーシエン》は両脚を彼の腰に絡ませてゆっくりと擦り、彼が離れないようにしながら、にこにこと笑って答えた。

「はぁ、だってしょうがないだろ。お前に押さえつけられると、俺の両脚は我慢できなくなって自分から開いちゃうのに、どこに抵抗できるような力があるんだよ。お前に難しいことは俺にだって難しいよ……ちょっと一旦止めて。あのさ、先にお前に見せたいものがあるんだ」

彼は懐から紙を一枚取り出した。

「藍湛《ランジャン》、聞きたいんだけど、なんでこんな簡単な文字を書き間違えたんだ。ちゃんと身を入れて勉強してたのか？　毎日頭の中でいったい何を考えてたんだ？」

藍忘機《ランワンジー》はその紙をちらりと見て、何も言葉にはしなかったが、その眼差しはこれ以上ないほど雄弁だった——魏無羨《ウェイウーシエン》のように、書き写す時は極端に崩した草書《そうしょ》を使い、どれだけ手を抜いて誤魔化したかわからない誤字脱字大王が、よくも図々しくたった一文字の書き間違いを指摘できたものだ。

　魏無羨《ウェイウーシエン》は彼の眼差しに含まれた意味など読めないふりをして話し続けた。

「お前、自分が落款《らっかん》した年月日を見てみろ。計算すると……この時、お前はもう十五、六歳になってただろう？　その年でまだこんな間違いをするなんて、お前……」

　しかし、その落款のところに書かれた日付をよくよく考えてみると、ちょうど魏無羨《ウェイウーシエン》が雲深不知処で座学していた三か月間とぴったり重なるではないか。

　魏無羨《ウェイウーシエン》はたちまち嬉しくてたまらなくなり、わざと尋ねた。

「まさか、藍《ラン》兄ちゃんは年少にして勉強と読み書きに身を入れないで、俺のことばっかり想ってたのかな？」

　当時、魏無羨《ウェイウーシエン》が蔵書閣で罰として書き写しをさせられていた時、彼は毎日藍忘機《ランワンジー》の向かい側で暴れてのたうち回ったり、体を真っすぐに伸ばして死んだふりをしたり、あれこれと邪魔ばかりしていた。かき乱された藍忘機《ランワンジー》の心は、落ち着くことなどできるわけもなかった。そういった意味で「想」っていたのではないが、彼のことを「思」わないことの方が難しかったのだ。そのような状況下でも、藍忘機《ランワンジー》は強い精神力でずっと耐え忍び、彼が家訓を書き写すのを監督しながら自分のすべきことをして、しかもたった一文字しか書き間違えていなかったのだから、実に感服に値する。

「はぁ、なんでまた俺のせいなんだ。また俺が悪いのかよ」

「……」

　藍忘機《ランワンジー》は一瞬黙り込んだあと、むっとした声で言った。

「君のせいだ！」

　彼は息遣いをわずかに乱し、その人生の汚点とも言えるような紙を奪おうとした。魏無羨《ウェイウーシエン》は彼が追い込まれた時のこの表情を見るのが好きで、すぐさま紙を自分の懐に押し込み、肌にくっつけて隠すと挑発するように言った。

「手練《てだ》れなら取ってみろよ」

藍忘機《ランワンジー》は一切ためらうことなく彼の懐へと手を伸ばす。そして差し込んだその手を抜き出すことはなかった。

「お前は手練れすぎるだろ！」

二人は夜半までそうしてじゃれ続け、それからようやく真面目にぽつぽつと話をすることができた。

魏無羨《ウェイウーシエン》は相変わらず藍忘機《ランワンジー》の体の上で腹ばいになり、彼の首のところに顔を埋めている。そうしていると藍忘機《ランワンジー》の体から漂うあの檀香がますます馥郁《ふくいく》として感じられ、全身に気怠げな空気を纏って目を細めながら尋ねた。

「お前の兄貴は大丈夫か？」

藍忘機《ランワンジー》は彼のすべすべとした滑らかな裸の背中を抱き、何度もそこを撫でながら、ひとしきり沈黙したあとで答えた。

「あまり良くない」

二人の体はどちらもじっとりと汗ばんでいる。魏《ウェイ》無羨《ウーシエン》は彼に触れられると、皮膚から心の奥底までもがくすぐったくなり、少々疎《うと》ましげに体を捩って身の内にいる藍忘機《ランワンジー》をさらに深く含んだ。

藍忘機《ランワンジー》は囁くように言う。

「私が閉関していた数年の間、いつも兄上が来てくれて、私と腹蔵《ふくぞう》なく話してくれた」

しかし、今はそれが逆になってしまった。

藍忘機《ランワンジー》が閉関していた数年間に何をしていたか、魏無羨《ウェイウーシエン》にはもう聞く必要がなかった。

彼は藍忘機《ランワンジー》の玉のように潔白な耳たぶにちゅっと口づけをすると、傍らから布団を引っ張り上げて自分たちに被せた。

次の日の早朝、藍忘機《ランワンジー》はいつも通り卯《う》の刻ちょうどに起床した。

彼は魏無羨《ウェイウーシエン》とともに生活してきたこの数か月もの間、ずっと魏無羨《ウェイウーシエン》の寝起きの時間を正常に戻すことに力を注いできたが、いつも徒労に終わり一切効果がなかった。門弟が沐浴のための湯を届けてきたあと、既に身なりをきちんと整え終わった藍忘機《ランワンジー》は、丸裸の魏無羨《ウェイウーシエン》から薄い布団を剥ぎ、抱きかかえて桶の中に入れる。魏無羨《ウェイウーシエン》はなんと湯の中に浸かりながらでも眠り続けられるのだ。藍忘機《ランワンジー》がそっと彼を揺すって起こそうとすると、彼はその手を掴まえて、手のひらと手の甲のどちらにも数回口づけしてから頬擦《ほおず》りして、また眠ってしまう。あまりにも揺すられすぎて鬱陶しくなると、今度は小さな唸り声を上げ、目を閉じたまま藍忘機《ランワンジー》を自分の方に引き寄せ、その頬を両手で挟んでまた数回口づけし、もごもごと曖昧に呟いた。

「よしよし、いたずらしないで。お願いだから、あと少ししたら起きるよ。うん」

　そして、ふあーっと欠伸《あくび》をして、風呂桶の縁に伏せるようにもたれかかってさらに眠り続ける。

　たとえ部屋が燃え上がったところで、魏無羨《ウェイウーシエン》はきっと場所を変えてまた眠るだけとわかっていても、藍忘機《ランワンジー》は依然諦めずに根気良く毎朝卯の刻から彼を起こし始める。そして、六十回以上もみだりに口づけをされ、顔色一つ変えずに啄まれるのが日課だった。

　朝餉《あさげ》を持って静室に戻ると、これまでは筆、墨《すみ》、紙、硯しか置いてこなかった文机《ふづくえ》の上にそれを置いた。未だに熟睡している魏無羨《ウェイウーシエン》を木の桶の中から掬い上げて綺麗に拭き、服を着せ、帯をきちんと締めてやる。そして藍忘機《ランワンジー》は本棚の中から無造作に本を一冊取って乾いた花の栞《しおり》が挟まれている頁までめくり、文机のそばに座っておもむろに読み始めた。

　案の定、巳《み》の刻もそろそろ終わろうかという頃、魏無羨《ウェイウーシエン》は時間ぴったりに寝床から真っすぐに身を起こした。まだ夢の中にいるように手探りで寝床から下りると、まず藍忘機《ランワンジー》に触れ、彼の頭をぐいっと胸に引き寄せて揉みくちゃにしてから、いつもの習慣で彼の太ももを少しつねった。素早く顔を洗ってうがいを済ませると、ようやく徐々に目が覚めてきて、ゆっくりと文机のそばに近づく。シャリッと数口で林檎を一個かじり終えた魏無羨《ウェイウーシエン》は、朝餉を入れた箱の中に食べ物がいっぱいに詰められているのを見て、少々口元を引きつらせながら尋ねた。

「今日は家宴があるんだろ。先にこんなに食べて大丈夫か？」

藍忘機《ランワンジー》は静かに、先ほど魏無羨《ウェイウーシエン》に揉まれて乱れた髪紐と抹額をきちんと整えてから答えた。

「先に腹を満たす」

雲深不知処の食事がどんなものかは、魏無羨《ウェイウーシエン》も身を以て知っている。淡泊で味気ない精進《しょうじん》料理が幅を利かせ、見渡す限りすべてが青々とした緑ばかりで、木の皮や草の根などあらゆる生薬が、どの料理からも人を追い詰める苦そうな匂いを発しているのだ。しかも苦味の中には怪しげな甘さも混ざっている。もしそうでなければ、魏無羨《ウェイウーシエン》も当時、あの二羽のウサギを焼いて食べようなどとは考えなかったはずだ。きっと家宴の料理も、おおかた腹いっぱいに美味しく食べられるようなものではないだろう。

だが、魏無羨《ウェイウーシエン》は姑蘇藍《ラン》氏がこのようなことを極めて重要視していると知っている。家宴に彼を出席させるかどうかは、ほとんど彼の道侶《どうりょ》としての身分を認めるかどうかに等しい。藍忘機《ランワンジー》はきっと藍啓仁《ランチーレン》にかなり長いことと頼み込んで、ようやく魏無羨《ウェイウーシエン》が出席する資格を手に入れたに違いない。彼はため息を一つつくと、笑って藍忘機《ランワンジー》に言った。

「安心しろ。俺はきっと上手いこと振る舞って、お前に恥をかかせたりしないから」

家宴と言っても、雲深不知処の家宴はこれまでの魏無羨《ウェイウーシエン》の家宴に対する認識とは完全に異なるものだった。

雲夢江《ジャン》氏の家宴は、蓮花塢の露天の修練場に十数脚の大きな四角い卓を設置し、老若男女が交ざって適当に座り、宴席では好き勝手に呼び合う。炊事場も外に移し、一並びのかまどからは勢い良く炎が上がり香りも立ち上っていて、食べたいものがあれば自分で取りに行き、足りなければその場で作るのだ。蘭陵金《ジン》氏の家宴にはきちんと参加したことがなかったが、彼らは惜しみなく大々的に、自分たちの家宴がどれほど贅《ぜい》を極めたものか子細《しさい》に広めてきた。名家の剣舞で興を添え、珊瑚《さんご》と玉で酒の池を作り、赤い錦の絹織物を百里にわたって敷くなど、それは訪れた者が目を見張るほどだという。

それらと比べてみると、雲深不知処の家宴には、賑やかさも華麗さもない。

姑蘇藍《ラン》氏の教えはかねてから恐ろしいほど厳しく、食うに語らず、寝《い》ぬるに言わず、まだ宴が始まっていなくとも、宴席では誰一人言葉を発しなかった。大広間に入ってきた者が小声で先輩に声をかけて挨拶するのを除いて誰も話さず、ましてや談笑などしない。同じ白い服、同じ巻雲紋の白い抹額、同じように粛然としていて呆然としてさえ見える表情は、まるで全員同じ型から作られたみたいだ。

その大広間中の「万年喪主」を眺めながら、魏無《ウェイウー》羨《シエン》は周りの者からの怪訝そうな、あるいは友好的ではない視線に気づかないふりをして、口には出さずに心の中で非難した。

（こんなの家宴って言えるか。なんで葬式よりも重苦しいんだ）

ちょうどその時、藍曦臣《ランシーチェン》と藍啓仁《ランチーレン》が宴の大広間に入ってきた。じっと静かに魏無羨《ウェイウーシエン》のそばに座っていた藍忘機《ランワンジー》は、それでようやく微かに身じろぐ。

藍啓仁《ランチーレン》は魏無羨《ウェイウーシエン》を見るとすぐに発作を起こしてしまうため、いっそのこと彼を見ないと決めたようで、真っすぐ前方に目を向けていた。藍曦臣《ランシーチェン》はというと相変わらず優しく穏やかな雰囲気で、口元に淡い笑みを浮かべ、人をまるで春の風に吹かれたような気持ちにさせる。しかし、閉関したことが理由かどうかわからないが、魏無羨《ウェイウーシエン》には沢蕪君《たくぶくん》がかなり痩せたように思えた。

家主《かしゅ》が席に着き、藍曦臣《ランシーチェン》が簡単に二言三言挨拶の言葉を述べて宴が始まる。

最初に出されたのは汁物だ。

食事の前に汁物を飲むのは姑蘇藍《ラン》氏の習慣だ。器は素朴な円形の黒い陶器で、手のひらにのせられるほどの大きさのその器は滑らかな手触りをしている。小さくて精巧な陶器の蓋を開けて見ると、やはり中身は緑と黄色の野菜の葉や木の皮、それから草の根ばかりだった。

それを見ただけで魏無羨《ウェイウーシエン》の眉根はぴくぴくした。

一口掬って口の中に入れたあと、あらかじめ心の準備をしていたにもかかわらず、思わず目を閉じて額に手を当てる。

かなりの時間が過ぎてから、味覚に甚大な打撃を被《こうむ》って朦朧としていた彼はやっとのことで我に返り、肘で辛うじて体を支えた。

（……藍《ラン》家のご先祖様が僧侶なんだったら、きっと苦行僧《くぎょうそう》に違いない）

魏無羨《ウェイウーシエン》は、蓮花塢で家宴を開いた時、修練場にあったあの蓮根《れんこん》と骨つき肉の汁物を満杯に入れた大きな鍋を懐かしく思った。肉と蓮根の香りは辺り十里まで漂い、近所の子供たち皆が引き寄せられて、蓮花塢を取り囲む塀に登って中を覗き込むほどだった。子供たちは涎をだらだらと垂らし、家に帰ると雲夢江《ジャン》氏の門弟になりたいと泣き叫んだものだ。それと比べてみると、今この瞬間、口いっぱいに苦くて甘い味が広がっている自分にもっと同情すべきなのか、それとも子供の頃からこれを食べて育った藍忘機《ランワンジー》にもっと同情してやるべきなのかわからなかった。

しかし、大広間にいる藍《ラン》家の者たちは皆、顔色一つ変えずにこの薬膳《やくぜん》汁を飲み干しており、その極めて優雅で自然な所作と一切動じない様子を見て、魏《ウェイ》無羨《ウーシエン》も一人だけ大半を残すのはさすがに決まりが悪かった。それに藍《ラン》家のあの四千、いや、今は既に何千条になっているのか知らない家規の中には、飲食の礼儀に関するものがあったことを覚えている。例えば偏食して残すの禁止、ご飯は三杯以上禁止などだ。たとえこういった家規がまったくもって常軌を逸していると思っていても、彼はこんなにも早く藍《ラン》啓仁《チーレン》に唾棄《だき》されたくはなかった。

ところが、彼がえいっと顔を上げて思いきってその奇怪な薬膳汁を一気に飲み干そうとすると、予想外なことに、目の前にある汁物が入っていたはずの陶器が既に空になっていることに気づいた。

「？」

魏無羨《ウェイウーシエン》は思わず、この手が込んだ作りの小ぶりな黒い陶器を持ち上げて見る。

（俺はどう考えても一口しか飲んでなかったよな？まさか底に穴でも開いて全部漏れたのか？）

しかし、脚つき膳の上は明らかに綺麗でぴかぴかのまま、汁などこぼれてはいない。

魏無羨《ウェイウーシェン》が横目で隣を見ると、ちょうど藍忘機《ランワンジー》が何事もなかったように汁物の最後の一口を飲み干すところだった。彼は陶器の蓋を被せて視線を伏せ、真っ白な手ぬぐいで軽く口元を拭いている。

しかし、魏無羨《ウェイウーシェン》ははっきりと覚えていた。藍忘機《ランワンジー》の汁物は、絶対にとっくに飲み終わっていたはずだ。他にも気づいたことがある。藍忘機《ランワンジー》の前にある脚つき膳は、宴が始まる前よりずいぶんと自分の近くまで寄ってきていた。どうやら彼がこっそり動かしたようだ。

「……」

魏無羨《ウェイウーシェン》は眉を跳ね上げ、藍忘機《ランワンジー》の方に向かって声を出さずに口で形を作った――含光君、手が早いね？

藍忘機《ランワンジー》は方形《ほうけい》の手ぬぐいを置くとちらりとこちらに目を向けて、また落ち着いた様子で視線を元に戻した。

彼がそんなふうに大真面目であればあるほど、魏《ウェイ》無羨《ウーシエン》は心の中にある、さらにいたずらをしたいと騒ぎ立てる欲を抑えきれなくなる。

魏無羨《ウェイウーシェン》は指で黒い陶器をそっと叩き、彼ら二人にしか聞こえない澄んだ微かな音を立てた。その音を聞くと、藍忘機《ランワンジー》の視線は他の人々は気づかないくらいごくわずかに、彼の方へと寄せられた。

魏無羨《ウェイウーシェン》はとっくにわかっていた。藍忘機《ランワンジー》の視線を横に向ける角度がどれほど自然なものであっても、視界の隅ではきっと自分の一挙一動を見逃さないはずだと。魏無羨《ウェイウーシェン》はその小ぶりな器を持ち上げ、飲もうとするふりをして手の中でくるくると回し、藍忘《ランワン》機《ジー》が先ほど飲んだ場所で止めると、唇を陶器の縁にそっと覆い被せた。

すると、藍忘機《ランワンジー》の姿勢に変わりはなかったが、白い袖に覆われきちんと脚の上に置かれていた両手の指は、ぴくりとして微かに曲げられた。

それを見て、魏無羨《ウェイウーシェン》は有頂天になって気が緩み、普段のように彼の体に身を寄せかけたが、突然藍啓《ランチー》仁《レン》の方から大きく厳しげな咳払いが響いてきた。魏《ウェイ》無羨《ウーシエン》は傾きそうで傾いていない体を慌てて真っすぐに伸ばし、恭しく端座する元の姿勢に戻した。

汁物を飲み終わり、しばし静かに待っていると、ようやく正式な料理が運ばれてくる。どの脚つき膳にもおかずが三品小さな皿に盛りつけられていて、緑でないものは白色をしており、かつて魏無羨《ウェイウーシエン》が座学していた頃の食事と寸分違《すんぶんたが》わない。こんなに年月が経ったというのに、苦味がさらに増しただけで味は大して変わらなかった。

魏無羨《ウェイウーシエン》が味つけの濃いものや辛いものを好むのは、半分は土地柄のためで、もう半分は生まれつきの嗜好だ。しかも肉がないと喜ばないため、こういった素朴な料理を前にするとまったく食欲が湧かない。ぱぱっといい加減に腹に収めたが、自分が何を食べたのかさっぱり覚えていなかった。その間、藍啓仁《ランチーレン》の視線は時折さっとこちらに向けられて憎々しげに彼を睨みつけ、まるであの授業の時のように、いつでも彼を名指ししてとっとと出ていってもらおうというような態勢を取っていた。だが、あいにく魏無《ウェイウー》羨《シエン》は普段とは打って変わって礼儀正しく大人しくしていたため、藍啓仁《ランチーレン》は為《な》す術《すべ》もなく、仕方なく彼を追い出すことを諦めるしかなかったのだった。

蝋《ろう》を咀嚼するような味わいの食事を終え、家僕たちが皿と脚つき膳を下げると、慣例に従い、藍曦《ランシー》臣《チェン》が近頃の一族の動向を総括し始める。しかし彼が話すのを少し聞いただけでも、魏無羨《ウェイウーシエン》はすぐさま彼が心ここにあらずだと感じた。果ては二度の夜狩の場所さえ記憶違いをしており、言い終わったあとになっても誤りに気づいてすらいないようだった。その様子に藍啓仁《ランチーレン》までもが彼を横目に見て、山羊髭《やぎひげ》を何度も吹き上げながらしばらくは聞いていたが、ついに我慢できずに遮った。そうして今回の家宴は、気を揉む場面はあったものの、結果的には何事もなく慌ただしく幕を閉じたのだった。

重苦しい宴の始まりから、重苦しい過程を経て、重苦しい終わりを迎えるまで、魏無羨《ウェイウーシエン》は重苦しい一時辰を過ごすことを余儀なくされた。美味しい料理もなければ、歌と踊りで興を添えることもなく、息が詰まりすぎて全身がまるで半年間も蚤《のみ》に寄生されたような気分だ。宴が終わったあと、藍啓仁《ランチーレン》は厳しい表情で藍曦臣《ランシーチェン》と藍忘機《ランワンジー》を呼び出していて、おそらくまた彼らに説教をするつもりなのだろう。しかも二人まとめて諭すようだ。そのせいで魏無羨《ウェイウーシエン》は憂さ晴らしをする相手がおらず、ぶらぶらとあちこちを歩き回っていると、数人の少年たちが三々五々《さんさんごご》と歩いてくるのが見えた。彼らに声をかけ、捕まえて少し遊ぼうとしたが、思いがけないことに藍思追《ランスージュイ》と藍《ラン》景儀《ジンイー》らは彼を見るなりさっと顔色を変え、振り返ってすぐに立ち去ってしまった。

　魏無羨《ウェイウーシエン》は状況を悟り、ひっそりとした林の中にふらりと入る。そこでしばらく待っていると、先ほどのあの数人の子供たちがようやくまたこそこそと姿を現し、藍景儀《ランジンイー》が小声で打ち明けた。

「魏《ウェイ》先輩、俺たち別にわざと無視したわけじゃなくて、先生がおっしゃったんです。あんたと話した者は、藍《ラン》氏家訓を最初から最後まですべて書き写せって……」

「先生」は姑蘇藍《ラン》氏すべての弟子が藍啓仁《ランチーレン》を呼ぶ時の尊称で、「先生」の二文字は彼一人だけを指す。

魏無羨《ウェイウーシエン》は得意げな様子で言った。

「大丈夫、とっくにそうだろうと思ってたよ。お前らんとこの先生が防火、防犯、防魏嬰《ウェイイン》するのなんて今に始まったことじゃないし。でもさ、お前らにはあの人が無事防げたように見えるか？　まぁ、自分ちで育てた立派な白菜が豚にほじくり返されちゃったら〔良い女が冴えない男とつき合うことのたとえ〕、多少頭にくるのもしょうがないか、ハハハハッ……」

「……」

「……ハハハッ」

言葉が出てこない藍景儀《ランジンイー》の横で、藍思追《ランスージュイ》が乾いた笑い声を出す。

　魏無羨《ウェイウーシエン》は笑い終えると、ふと口を開いた。

「そうだ、お前らがこの前罰として書き写しをさせられたのは、温寧《ウェンニン》と一緒に夜狩に行ったからだって聞いたけど」

彼は藍思追《ランスージュイ》に向かって尋ねる。

「あいつは今どうしてるんだ？」

「今は、おそらく山の下のどこか片隅に隠れていると思います。次の夜狩の時に会いに行きましょう」

そう言ってから、藍思追《ランスージュイ》は少し考え、また心配そうに続けた。

「ですが、私たちと別れた時、江《ジャン》宗主はまだかなりお怒りの様子だったので、彼が困らされていないといいのですが」

「なに？　江澄《ジャンチョン》？　夜狩の時になんであいつに出くわしたんだ？」

「私たちは前回、金《ジン》公子を誘って一緒に夜狩に行ったんです。それで……」

藍思追《ランスージュイ》の話を聞いて、魏無羨《ウェイウーシエン》はすぐさま理解した。

推測してみればすぐわかることだ。藍思追《ランスージュイ》が皆と一緒に夜狩に行けば、温寧《ウェンニン》が当然大人しく待っているわけがない。きっと彼らの後ろについて陰で守り、夜狩で危険な目に遭った時に助けようとしたはずだ。

そして、江澄《ジャンチョン》の方も同じように、金凌《ジンリン》の身に何かあったらと心配してこっそりついていったに違いない。その結果、二人は緊迫した場面でばったり出くわしてしまったのだろう。そう考えて問い質してみると、やはり事実はその通りだったため、魏無羨《ウェイウーシエン》は苦笑いするしかなかった。

少し間を置いてから、彼はまた尋ねた。

「江《ジャン》宗主と金凌《ジンリン》は近頃どうだ？」

金光瑶《ジングアンヤオ》亡きあと、蘭陵金《ジン》氏の純粋な血を引く直系の後継者は、もう金凌《ジンリン》ただ一人しか残っていない。しかし、まだ一族の傍系《ぼうけい》の年寄りたちが大勢、傍らで虎視眈々としていて、この機に乗じて動きだそうとしている。蘭陵金《ジン》氏は外では多くの世家から嘲笑われ蔑《さげす》まれ、内部では今もなお、一族同士がそれぞれ腹に一物を抱えている。そんな中で、まだ十代の金凌《ジンリン》がどうやって場を静められるというのだろう。

結局は、江澄《ジャンチョン》が紫電《ズデン》を手に金鱗台に上って一族の者たちを牽制したことで、ようやく金凌《ジンリン》をしばらくの間、宗主の座にしっかりと座らせることができた。

とはいえ、今後どうなるかは誰にも明言などできない。

藍景儀《ランジンイー》は口をへの字に曲げる。

「見た感じ、かなり元気そうでしたよ。江《ジャン》宗主は相変わらずで、鞭を持って至るところで人を打つのがお好きだし。お嬢様はますます性格がよろしくなってきて、昔は叔父さんに一言叱られたら、あいつは三言言い返してたけど、今じゃ十言くらい言い返せますよ」

「景儀《ジンイー》、本人がいないところでそんなふうに呼んじゃ駄目だよ」

藍思追《ランスージュイ》がとがめるように言うと、藍景儀《ランジンイー》は弁解した。

「俺はあいつの前でも堂々とそう呼んでやったよ」

それを聞いて、魏無羨《ウェイウーシエン》は少しほっとして息をついた。

実際のところ、彼が本当に聞きたかったのはそんな話ではなかった。しかし、江澄《ジャンチョン》と金凌《ジンリン》がどちらもまあまあ元気で暮らしているようならば、他に言うこともない。

彼は立ち上がって服の裾をはたきながら言った。

「そうだな、それは確かに元気そうだ。あいつらはそんな感じでやっていけばいいと思う。じゃあ、お前らはまたその辺で遊んでな。俺はやることがあるから先に行くよ」

「雲深不知処ではいっつも暇そうにしてるくせに、どうせやることなんてないんでしょう！」

見下げたような口調で藍景儀《ランジンイー》に言われ、魏無羨《ウェイウーシエン》は振り返りもせずに答えた。

「白菜をかじるんだよ！」

珍しく今朝はかなり早起きしたため、静室に戻ると、とりあえず布団を被って眠ることにした。そうして昼夜逆転した結果、目覚めた頃には既に夕暮れ時で、夕餉を逃してしまったせいで食べ物は何もなかった。その時は特に空腹を感じず、魏無羨《ウェイウーシエン》はまた部屋のあちこちをひっくり返して回り、藍忘機《ランワンジー》が昔書いた習字帳と文章を読みながら、今か今かと彼の帰りを待った。しかし、夜の帳《とばり》が下りるまで待っても、魏無羨《ウェイウーシェン》のあの大きな白菜は帰ってこなかった。

この時になって、魏無羨《ウェイウーシェン》はようやく自分がとても空腹なことに気がついた。今が何時辰か数えてみると、既に雲深不知処は宵禁《しょうきん》の時間帯だったため、家規に従い、定められた役割のない者は外を出歩くことはもちろん、塀を越えて外出してはならない――もしかつての自分だったら、何を「してはならない」か、何が「禁止」かなど一切構わず、ただ腹が減れば食べるし、眠ければ寝るし、つまらなければからかうし、問題を起こせば逃げることとしか頭になかった。

しかし、今は状況が違う。魏無羨《ウェイウーシェン》が規則を守らなければ、その責任は直接藍忘機《ランワンジー》が負うことになるため、いくら腹が減ってもつまらなくても、深くため息をつくだけで我慢することしかできなかった。

ちょうどその時、静室の外からわずかな物音が聞こえてくると、そっと扉が押され一本の糸のような隙間が開いた。

藍忘機《ランワンジー》が帰ってきたのだ。

魏無羨《ウェイウーシェン》は床に寝転がって死んだふりをした。

入ってきた藍忘機《ランワンジー》は微かな足音を立てながら文机のそばへ近づく。何かをその上に置いたように聞こえたが、彼はずっと黙ったままだった。魏無羨《ウェイウーシェン》は死んだふりを続けるつもりでいたが、藍忘機《ランワンジー》がどうやら何かの蓋を開けたらしく、ふわりと辛そうな香りが漂ってきて、それは静室の中に立ちこめていたひんやりとした檀香を一瞬で圧倒した。

魏無羨《ウェイウーシェン》はがばりと床から起き上がって声を上げた。

「兄ちゃん！　俺は一生、牛や馬みたいに一生懸命働いて恩返ししてやるから！」

藍忘機《ランワンジー》は顔色一つ変えずに文机の上に置いた重箱の中から料理を一品ずつ取り出す。魏無羨《ウェイウーシェン》が彼のそばまでさっと飛んでいくと、五、六枚の真っ白い皿の上は、どれも一面火のように真っ赤な色をしている。それを見て喜びで胸がいっぱいになり、魏無《ウェイウー》羨《シェン》は目を輝かせながら歓喜した。

「含光君、何もここまでしなくていいのに。こんなに優しくして、わざわざ俺のために食事を持ってきてくれるなんて。これからは俺が必要な時は構わず呼んで」

藍忘機《ランワンジー》は最後に象牙《ぞうげ》色の箸を一膳取り出すと、碗の上に横に置き、淡々とした声で言った。

「食うに語らず」

「お前、寝《い》ぬるに言わずとも言うけどさ、毎晩俺があんなにたくさん話して、あんなに大声で叫んでるのはなんで止めないんだよ」

魏無羨《ウェイウーシエン》が尋ねると、藍忘機《ランワンジー》は彼をちらりと見る。

「はいはい、もう言わないから。俺たちもうこういう関係なのに、お前の面《つら》の皮はまだすごく薄いままですぐ恥ずかしがってさ。俺はお前のそういうところが本当に好きだよ。これ、彩衣鎮にあるあの湘菜《しょうさい》館《かん》〔中国で辛いと定評のある湖南省料理の専門店〕から持ってきてくれたのか？」

その質問に、藍忘機《ランワンジー》は肯定も否定もしなかったため、魏無羨《ウェイウーシエン》は彼が認めたと取ることにして、文机のそばに座る。

「あの湘菜館、潰れてなかったのか。昔、俺たちはよくあの店で食べてたんだ。お前ん家の料理だけじゃ、おそらくあの数か月を持ち堪えられなかっただろうな。はぁ、この料理を見てよ。これこそが家宴だよ」

「俺たち？」

「俺と江澄《ジャンチョン》ね。たまに聶懐桑《ニエホワイサン》とか、他にも何人かいたな」

そう言って流し目で藍忘機《ランワンジー》を見ると、魏無羨《ウェイウーシエン》は笑って言った。

「なんでそんな目で俺を見るんだ？　含光君、忘れるなよな。あの時俺は一緒に外食しようってちゃんとお前を誘ったぞ。あんなに熱を込めて精一杯誘ったのに、お前が行きたがらなかったんじゃないか。お前に一言話しかけるだけでも俺は睨まれるし、毎回『ない』で会話を終わらせるし。俺がどれほど断られたか、そのことはまだお前と方をつけてないのに、なんで断ったお前の方が不機嫌になるんだよ。そもそもな……」

彼は藍忘機《ランワンジー》に近づいて寄り添うと言葉を続けた。

「俺はもともと禁を破っちゃいけないと思って、それでどうにかこっそり出ていきたいのを我慢して大人しく部屋の中でお前を待ってたっていうのに、含光君、逆にお前自身が禁を破って、俺のために食べ物を用意してくれるなんて。お前がこんなに規則を守らないようじゃ、もしお前の叔父貴に知られたらまた発作を起こしちゃうぞ」

藍忘機《ランワンジー》は俯いて彼の腰に手を回す。静かで動きなどないように見えるが、魏無羨《ウェイウーシエン》には彼の指が自分の腰の辺りを故意にか知らずにかそっとさすっているのが感じられた。指は焼けるように熱く、その熱は衣服を通して皮膚までも真っすぐに届き、触れられる感触がこの上なくはっきりとわかるのだ。魏無《ウェイウー》羨《シエン》も彼の背中に手を回して抱きしめ、声を潜めて囁いた。

「含光君……俺はお前ん家の薬膳汁を飲んだせいで口の中がすごく苦くて、何も食べられないよ。どうしたらいい?」

「一口だけだろう」

「そうだな、確かに俺はほんの一口しか飲まなかったよ。でもお前ん家のあの汁物って、誰が調合してるのか知らないけど、後味があまりにも強烈すぎて、苦味が舌先からつけ根まで滑って喉に入ったんだ。なぁ、早く教えてよ、どうすべきだと思う?」

魏無羨《ウェイウーシエン》がせっつくと、ひとしきり静かに黙り込んでから、藍忘機《ランワンジー》は答えた。

「中和する」

「どうやって中和するんだ?」

魏無羨《ウェイウーシエン》が謙虚に教えを請うと、藍忘機《ランワンジー》は顔を上げる。

二人の唇の間にはどちらも淡い生薬の香りが漂い、微かな苦味は、その口づけをいつまでも長く続かせた。

やっとのことで離れたあと、魏無羨《ウェイウーシエン》は小さな声で言った。

「含光君、今思い出したけど、お前はあの汁物を二杯も飲んだんだから、俺より苦いはずだよな」

「うん」

「でもお前の味はすごく甘かったよ、本当に不思議だな」

「……」

しばし黙ってから藍忘機《ランワンジー》が告げた。

「君は先に食事をしなさい」

そして少し間を置いてから、「食べ終わってからにする」とつけ加える。

「先に白菜を食べようか」

眉間に微かにしわを寄せた藍忘機《ランワンジー》は、なぜ急に魏《ウェイ》無羨《ウーシエン》が白菜の話をし始めたのか訳がわからなかったようだ。魏無羨《ウェイウーシエン》は大笑いしながら彼の首に手を回す。

家宴とは、やはり扉を閉ざして開くのがふさわしい。

番外編　香炉

雲深不知処の蔵宝閣《ぞうほうかく》は「古室《こしつ》」という。その中から、魏無羨《ウェイウーシエン》は古い香炉《こうろ》を一つ引っ張り出してきた。

その香炉の形は、体は熊に似ていて、鼻は象に、目は犀《さい》に、尾は牛に、そして脚は虎に似ている。炉となっているその腹で香を焚《た》くと、口から軽い煙を吐く。

静室の中で、魏無羨《ウェイウーシエン》が興味深そうに口を開いた。

「これはかなり面白いな。殺気も凶悪な気も感じないから、きっと人を害する物じゃないだろうけど。藍湛《ランジャン》、これがどういう物か知ってるか？」

藍忘機《ランワンジー》は首を横に振る。その香炉から立ち上る香りを嗅いでみた魏無羨《ウェイウーシエン》にも、これといって不審なところはないように思えた。二人とも糸口を掴めず、とりあえずその香炉を片づけて、また日を改めて一通り調べるつもりだった。

ところがその日の夜、二人が寝床で横になって間もなく、どちらもすぐに強い疲労感を覚え深い眠りに落ちた。どれくらい経っただろうか、魏無羨《ウェイウーシエン》が目覚めると、彼と藍忘機《ランワンジー》はなんと雲深不知処の静室ではなく野外にいて、周囲は一面山林であることに気づいた。

魏無羨《ウェイウーシエン》は地面から起き上がる。

「ここはどこだ？」

「現世の地ではない」

「現世じゃない？　まさか……」

藍忘機《ランワンジー》の答えに、自分の服の袖を揺らしてみたが、そのひらひらとした感覚は極めて現実的に感じられる。

「これが現世じゃなかったらいったいなんだっていうんだ？」

藍忘機《ランワンジー》は何も言わず黙々と小川のそばまで歩いていくと、彼に水面《みなも》を見るように示す。魏無羨《ウェイウーシエン》も近づいて小川のほとりから覗き込み、そこに映ったものを見てぎょっとした。

水面に映し出されたのは、前世の彼の姿だったのだ！

魏無羨《ウェイウーシエン》はすぐさま顔を上げて尋ねる。

「あの香炉のせいなのか？」

藍忘機《ランワンジー》は頷いて「おそらくそうだ」と答えた。

水の中に映る、久しぶりに目にしたその顔をかなり長い間じっと見つめてから、魏無羨《ウェイウーシエン》はやっと視線を逸らす。

「大丈夫。あの香炉は俺が検分済みだ。怨念は感じなかったし、絶対に妖邪が宿る物じゃないはずだ。おそらくどこかの仙師《せんし》か傑人が、修練のためか、あるいは暇潰し用に作り出した物だろう。とりあえずあちこち歩いてみて、状況を確認しよう」

二人はこの幻覚なのかなんなのかもわからない山林の中を、のんびりと歩き始める。そう経たないうちに、一軒の木の小屋が目に入った。

魏無羨《ウェイウーシエン》はそれを見ると、「あれ」と呟く。

「どうした？」

藍忘機《ランワンジー》に尋ねられ、魏無羨《ウェイウーシエン》はしげしげと目の前の小屋を眺めながら答えた。

「ちょっと見覚えがある気がして」

その小屋は、どこにでもあるようなごく普通の農家だ。魏無羨《ウェイウーシエン》は疑問に思いながらも、はっきりと見たことがあると言えるほど確信が持てなかった。ちょうどその時、小屋の中からギシギシという織機《おりき》の音が聞こえてきた。

二人は互いに顔を見合わせ、言葉を交わす必要もなく黙ったまま、揃ってその小屋に近づく。

しかし、扉から中を窺った瞬間、二人は呆気に取られてしまった。

小屋の中にいたのは、当初彼らの頭にあった最悪の想像とは遥かにかけ離れたものだった。危険極まりない悪党などではなく、妖獣や凶屍などでもなく、そこには一人の人間がいた。しかもそれは、彼ら二人ともが極めてよく知っている人物だった。

小屋の中には、なんともう一人の「藍忘機《ランワンジー》」が座っていたのだ！

その「藍忘機《ランワンジー》」は、魏無羨《ウェイウーシエン》の隣にいるこちらの彼とまったく同じ秀麗な容貌をしていて、まったく同じように、すらりとして上背《うわぜい》があった。あちらの彼は素朴だが粗末ではない青と白の綿の単衣《ひとえ》を着ているが、彼が身に纏うと、どうしても俗世を離れた仙人のような清らかな風格が漂ってしまう。織機はどうやら術で動かされているようで、ひとりでに動き、ギシギシと音を立てながら布を織っている。彼自身はというと、一冊の書物を手に織機の傍らに座り、集中してじっくりとその書物を読んでいた。

二人は既に扉の前にいて、しかも小さいとは言えない物音を立てたりもしたが、小屋の中にいる「藍《ラン》忘機《ワンジー》」はまったく気づいていないようだ。彼は淡然とした表情を浮かべ、透き通るように白く細長い指で書物の頁を一枚めくる。

魏無羨《ウェイウーシエン》はまず隣にいる藍忘機《ランワンジー》を見て、次に小屋の中の「藍忘機《ランワンジー》」を見るとはっと悟った。

「なるほど、わかった！」

藍忘機《ランワンジー》が眉宇を微かに上げた。このごくわずかな動きは、彼が今怪訝に思っているということを表している。

「何が？」

「こここ、これは、俺の夢なんだ！」

魏無羨《ウェイウーシエン》が言い終わる前に、小屋の外から細身で黒ずくめの人影がやってきて、ふらりと中に入っていく。その人影は、間延びした調子で叫んだ。

「兄ちゃーん、ただいまー！」

肩に鍬《くわ》を担ぎ、手には魚籠《びく》を提げ、口には草を一本咥えて意気揚々とした「魏無羨《ウェイウーシエン》」を見ながら、藍《ラン》忘機《ワンジー》はますます言葉を失ってしまった。

もしこれが魏無羨《ウェイウーシエン》の夢の世界だというのならば、夢の世界の者たちが彼らを認識できないのは、まあ当たり前のことだろう。

布を織っていた「藍忘機《ランワンジー》」はようやく顔を上げて「魏無羨《ウェイウーシエン》」を見ると、なんと微かに口角を上げた。だが、すぐにまた元通りの表情になり、立ち上がって出迎え水を一杯注いでやる。

「魏無羨《ウェイウーシエン》」は口に咥えていた草を吐き捨てると、小さな木の卓のそばに座り、「藍忘機《ランワンジー》」が注いでくれた杯を持ち上げてごくごくと一気に飲み干した。

「今日は日差しが強すぎて死ぬほど暑かったよ。畑仕事はやめにして、そのまま放っておいた。また暇があったらやろう」

「藍忘機《ランワンジー》」は「うん」と答え、今度は真っ白い手ぬぐいを取り出して彼に渡す。

すると「魏無羨《ウェイウーシエン》」はにこにこしながら顔を差し出した。その意味はこの上なく明らかで、彼に拭いてもらおうとしているのだ。

「藍忘機《ランワンジー》」の方も嫌な顔一つせずに、真剣な素振りで本当に彼の顔を拭き始める。「魏無羨《ウェイウーシエン》」は嬉々としてそれを受け入れながら、口も大人しくはしていなかった。

「さっき川辺に遊びに行って、魚を二匹取ってきたからさ。兄ちゃん、夕餉に魚の汁物を作ってよ！」

「うん」

「姑蘇では鮒《ふな》はどうやって食べるんだ？　藍湛《ランジャン》、お前、酸菜魚《さんさいぎょ》〔白菜の漬物と魚を一緒に煮たもの〕作れるか？　俺あれが好きなんだ。でも絶対に甘い味つけで作るなよ。一回甘いのを食べたことがあるけど、吐きそうになったんだ」

「うん。作れる」

「近頃ますます暑くなってきたな。今日の風呂はそこまで熱く沸かさなくて良さそうだから、薪《まき》は半分しか割らなかったよ」

「うん。大丈夫」

藍忘機《ランワンジー》は黙ったまま、だらだらと他愛ない会話を続ける二人をじっと見つめてから、魏無羨《ウェイウーシエン》に尋ねた。

「これが君の夢か？」

魏無羨《ウェイウーシエン》は笑いすぎて腹が痛くなりそうだった。

「プッハハハハハハハッ、えっと、そうだよ。なぜかはわからないんだけど、俺は一時いつもこういう夢を見てたんだ。その夢では、俺たちは隠居して野山に移り住んでて、俺が外に狩りに行って畑を耕して、お前は家の中で布を織って留守番しながら、俺のために食事を作る。あ、そうだ、お前は帳簿をつけて俺の金も管理してて、夜は俺の服も繕ってくれるんだ。俺はいつもその夢の中で、夜になったら風呂を沸かして一緒に入ろうとしたんだけど、毎回そろそろ服を脱ごうっていう時に目が覚めるんだよな。本当に残念だったよ。ハハハハハハハハハハッ……」

彼はこういった夢を藍忘機《ランワンジー》に見られても、一切恥ずかしいとは思わず、むしろ一人で楽しくて仕方がなくなっているようだ。藍忘機《ランワンジー》は彼のその嬉しくてたまらないという様子を見て、柔らかい眼差しになる。

「それもいいだろう」

魏無羨《ウェイウーシエン》の夢の中は、取るに足らない些細な出来事ばかりだった。食事を作って食べ、鶏に餌をやり、薪を割り、そして風呂が沸く頃になると、やはり夢の世界は突然止まった。

二人が小屋を離れると、数歩歩いただけで、風雅で清らかに静まりかえり世俗《せぞく》から隔絶《かくぜつ》された楼閣《ろうかく》に行き着いた。楼閣の外では一本の白木蓮《はくもくれん》の木が枝を広げていて、その花のほのかな香りは夜色《やしょく》の中で体に染み渡り、人を心地よくさせる。

夢の世界の舞台が変わり、その場所は明らかに二人とも知らないはずがないところだった。ここはまさしく、姑蘇の雲深不知処にある蔵書閣だ。

二階の木の窓の一つからは、まだ灯火の明かりがこぼれていて、そこから微かに人の声が聞こえてくる。魏無羨《ウェイウーシエン》はそちらを仰ぎ見た。

「入って見てみるか?」

なぜかはわからないが、藍忘機《ランワンジー》は態度を急変させ、立ち止まったまま進もうとしない。窓をじっと見つめている彼は、どうやら何か気がかりがあって、進むことにわずかなためらいを感じているようだ。魏《ウェイ》無羨《ウーシエン》は不思議に思ったが、藍忘機《ランワンジー》が中に入りたくないと思うような理由を思いつかず、再び尋ねる。

「どうした?」

藍忘機《ランワンジー》は小さく首を横に振った。しかし、少し考え込んでいた彼が口を開こうとしたその時、蔵書閣の中から突然無遠慮な大笑いが響き渡る。

魏無羨《ウェイウーシエン》はそれを聞いてぱっと目を輝かせ、急いで蔵書閣に入ると、三歩で階段を駆け上がった。

彼が入ってしまえば、藍忘機《ランワンジー》も当然一人で外に留まるわけにいかず、あとに続く。灯盞《とうさん》に明かりが灯った蔵書室の中へ二人が一緒に入ると、やはり非常に面白い光景が見えた。

一枚の淡い色の敷物の上、文机のそばに十五、六歳の魏嬰《ウェイイン》が座っている。罰として書き写しをさせられているはずの彼は、文机をバンバン叩きながら激しく笑っていた。

「アハハハハハハハハハハハハハハハハッ！」

床には頁が黄ばんだ一冊の図会《ずえ》が落ちている。彼と同じ年頃の藍湛《ランジャン》は、まるで非常に危険なものを避けるように蔵書室の隅にまで下がると、ひどく怒って吠えるように言った。

「魏嬰《ウェイイン》――！」

少年魏嬰《ウェイイン》は笑いすぎて崩れ落ち、文机の下で転がりながら、やっとのことで片腕を上げた。

「はーい！　ここにいるよ！」

その光景を見ていたこちらの魏無羨《ウェイウーシエン》もまた、彼と同じように笑いすぎて仰向けに倒れそうになりながら、隣の藍忘機《ランワンジー》を引っ張った。

「この夢いいね！　もう笑いすぎてダメだ。藍湛《ランジャン》、お前自分を見てみろよ。ほら、当時のお前のあの顔、ハハハハハハッ……」

魏無羨《ウェイウーシエン》とは対照的に、なぜか藍忘機《ランワンジー》の顔色はますますおかしくなっている。魏無羨《ウェイウーシエン》は彼を引っ張って傍らの敷物の上に一緒に座り込むと、頬杖をつき、年少の頃の自分たちが意固地になって喧嘩をしたり、言い争ったりしているところをにこにこしながら眺めた。あちらでは、少年藍湛《ランジャン》が避塵《ビチェン》を抜き、魏嬰《ウェイイン》は慌てて自分の剣を取って鞘から少し剣身を見せ、彼に忠告していた。

「落ち着け！　藍《ラン》公子殿！　藍《ラン》家の公子としての振る舞いを忘れるな！　それに、ほら、今日は俺も剣を持ってるんだ。本気で戦ったらこの蔵書閣が大変なことになるぞ！」

藍湛《ランジャン》は怒って感情をあらわにする。

「魏嬰《ウェイイン》！　君……君という人はいったいなんなん

だ！」

　魏嬰《ウェイイン》は眉を跳ね上げておどけて見せた。

「俺という人が何って？　男の人だけど！」

「……」

　一瞬黙り込んだあと、藍湛《ランジャン》は「この恥知らず！」と彼を痛烈に非難した。

「これくらいで恥ずかしがるなよ。えっ？　まさかお前、こういうの見るの初めてとか？　そんなわけないよな」

　反論の言葉が出てこず、藍湛《ランジャン》は怒りのあまり青褪め、剣をすっと上げて前に出た。魏嬰《ウェイイン》は驚いて「なに、お前本当にやるのか！」と言うと、同じように剣で迎え撃ち、二人はなんと本当にそのまま蔵書閣の中で手合わせを始めた。そこまで見たところで、魏無羨《ウェイウーシエン》は「あれっ」と声を出し、隣にいる藍忘機《ランワンジー》に顔を向けて不思議そうに言った。

「なぁ、この時ってこんなふうだったっけ？　俺の記憶だと、あの時俺たちは結局やり合わなかったような気がするんだけど」

　藍忘機《ランワンジー》は黙ったまま答えず、魏無羨《ウェイウーシエン》が彼を見ると、彼はなぜか気づかれないように魏無羨《ウェイウーシエン》の視線をそっと避けた。魏無羨《ウェイウーシエン》がますます今夜の彼はおかしいと感じて問い質そうとした時、急にあちらの小魏嬰《ウェイイン》が喧嘩をしながら小藍湛《ランジャン》をからかう声が聞こえてきた。

「いいねいいね、防御も攻撃もできて、力強さと柔軟さがある。いい剣捌《けんさば》きだ！　でも藍湛《ランジャン》、自分を見てみろよ。そんなに赤くなっちゃって、それは俺とやり合ってるせいか、それともさっきのあの『いいもの』を見たせいかな？」

　小藍湛《ランジャン》の顔はわずかも赤らんではおらず、彼は剣を横に払う。

「でたらめだ！」

　魏嬰《ウェイイン》は上体を後ろに大きく反らし、極めて柔軟な動きでその一振りを避けた。再び身を起こすと、この上なく素早く手を伸ばして、藍湛《ランジャン》の滑らかで透き通るように白い頬をきゅっとつねった。

「でたらめなんて言ってないぞ。だったらお前、自分で触ってみろよ。絶対顔が熱くなってるから、ハハッ！」

藍湛《ランジャン》は顔色を赤くしたり白くしたりしながら、その手を叩き落とそうとしたが、魏嬰《ウェイイン》がそれより先に手を引っ込めたせいで空振りになり、すんでのところで自分自身を叩きそうになってしまう。魏嬰《ウェイイン》はくるりと身を翻すと、余裕綽綽《しゃくしゃく》と言った。

「ねぇ藍湛《ランジャン》、お前を非難するわけじゃないけどさ、自分と同じ年頃の奴らを見てみろよ。お前みたいにすぐ大騒ぎして、そんなに顔を真っ赤にする奴っているか？　ほんのちょっと刺激されただけで我慢できないなんて、いくらなんでも初心《うぶ》すぎるだろ」

この場面が実際に起きたことではなく、魏無羨《ウェイウーシエン》が見た夢でもないなら、それはつまり藍忘機《ランワンジー》が見た夢に他ならない。魏無羨《ウェイウーシエン》は興味津々で二人を眺めた。

「藍湛《ランジャン》、本当に俺のことをよくわかってるな。確かに俺が言いそうな台詞だ」

しかし、魏無羨《ウェイウーシエン》は気づいていなかった。今の藍忘《ランワン》機《ジー》が、居ても立ってもいられず落ち着きを失っているということに。

あちらの魏嬰《ウェイイン》はさらに藍湛《ランジャン》をからかい続ける。

「書き写すの本当につまんないからさ、やりながら俺がお前にああいうことを教えてやろうか？　ここで監督してくれた恩返しだと思って……」

でたらめな話に長いこと耐え続けて、藍湛《ランジャン》はとうとうこれ以上我慢できなくなった。彼が避塵《ビチェン》を飛ばすと、二本の剣はぶつかり合い、ともに勢い良く窓の外に撥ね飛ばされる。魏嬰《ウェイイン》は随便《スイビエン》が衝撃で手から離れるのを見て、微かに驚いた顔で声を上げた。

「ああっ、俺の剣！」

そう叫びながら、彼はすぐさま窓から飛び出して剣を取りに行こうとする。しかし、藍湛《ランジャン》がその後ろから思いきり飛びかかってきて、彼を床に押し倒した。魏嬰《ウェイイン》は頭を床にぶつけ、慌てふためいて起き上がろうともがいている。互いに何度か手を出し合ううちに、あっという間に二人は一塊になってめちゃくちゃに取っ組み合いを始めた。魏嬰《ウェイイン》は懸命に脚をバタつかせ、肘をあちこちにぶつけたものの、どうやっても藍湛《ランジャン》の四肢に包囲されて逃げられない。まるで堅固な鉄の網《あみ》に覆われているかのようだ。

「藍湛《ランジャン》！　藍湛《ランジャン》、何やってるんだ！　冗談だよ、冗談だってば！　真に受けるなって！」

藍湛《ランジャン》は片手で魏嬰《ウェイイン》の両手首を掴むと、腹ばいになった彼の背中を押さえつけ、低く沈んだ声を出した。

「君は先ほど、私に何を教えると言った？」

彼の口調は冷淡に聞こえるが、その目の中には今にも噴火しそうな火山があるかのようだ。

もともと二人の実力は互角だったが、一瞬油断したことで、彼に背後を取られきつく床に押さえつけられてしまった魏嬰《ウェイイン》は、仕方なくとぼけるしかなかった。

「言ってないよ？　俺、さっきなんか言ったか？」

「言っていない？」

藍湛《ランジャン》に問い返されても、魏嬰《ウェイイン》は「言ってない！」と堂々と答える。

「藍湛《ランジャン》、お前って奴は融通が利かなすぎる。俺の言葉を全部真に受けたりするなよ。でたらめに言ったことまで信じたりして、そんなの怒るような価値もないって。もう言わないからいいだろう？　ほら、早く放せよ。俺は今日の分をまだ書き写し終わってないんだ。もう遊ぶのはやめやめ」

それを聞くと、藍湛《ランジャン》の表情はわずかに緩み、拘束している腕の力も少し弱まる。その隙を突いて唐突に手首を抜き出すや否や、魏嬰《ウェイイン》の眉と目が弧を描き、目玉をぐるりと回してすぐさま掌底《しょうてい》を繰り出した。

しかし、藍湛《ランジャン》の方はとっくに想定済みで、魏嬰《ウェイイン》が手首を抜いた瞬間、素早く動いて彼を再び取り押さえた。今度はさらに強く力を込めて、先ほどより無理な角度で手首を捻られた魏嬰《ウェイイン》は、痛みで「あっあっ」としきりに叫ぶ。

「もう、冗談だって言っただろ！　藍湛《ランジャン》！　お前、ちょっとからかったくらいでむきになりすぎだぞ！」

藍湛《ランジャン》の目の中には微かに光る炎が躍動し、一切ためらわずにぱっと額から抹額を外すと、体の下にいる魏嬰《ウェイイン》の両手に三周回してきつく縛りつけ、さらにこま結びにした。

まさかこんな展開になるとは思いもよらず、傍らで見ていた魏無羨《ウェイウーシェン》は、思わず目を見開き言葉を失った！

かなり経ってから、ようやく彼は顔を横に向けて隣にいる藍忘機《ランワンジー》を見やった。すると、彼の顔はいつもと変わらずに雪のように白く、わずかな赤みさえ透け出てはいなかったが、その耳たぶがいつの間にか薄紅色に変わっていることに気づく。

魏無羨《ウェイウーシェン》は意地悪してやりたい気持ちが湧いて、敢えてそこに近づき問いかける。

「藍《ラン》兄ちゃん……お前のこの夢、なんかちょっと変じゃないか？」

「……」

藍忘機《ランワンジー》は少し黙り込んでから、突然すっくと立ち上がった。

「もう見るな！」

魏無羨《ウェイウーシェン》はすぐさまどこかに行こうとする彼を引っ張って引き留める。

「待てよ！　このあとお前の夢の中では何が起きるのか見てみたいし、ここからがいいところだろ！」

蔵書閣の文机のそばで藍湛《ランジャン》に縛られた魏嬰《ウェイイン》は、ひとしきり大声を上げて喚いていたが、そのうち静かになると、今度は理詰めを試みている。

「藍湛《ランジャン》、君子は口は出しても手は出さないものだぞ。ちょっと心が狭いんじゃないか？　よく考えてみろよ、俺がさっき何を言ったっていうんだ？」

藍湛《ランジャン》は声を出さずに息を一つ吐くと、冷然として言い返す。

「自分で考えなさい。自分が先ほど何を言ったか」

魏嬰《ウェイイン》はどうにか言い逃れようとした。

「俺はただ、お前が初心でわからないこともあるって言っただけだよ。まさか、事実じゃないっていうのか？　だって、お前には大人のあれこれなんかわからないだろう。本当のことを言われたからって俺にこんなことするなんて、これでも心が狭くないって？」

すると、藍湛《ランジャン》は冷ややかに答えた。

「誰が私にはわからないと言った」

魏嬰《ウェイイン》は片方の眉を跳ね上げ、笑って挑発する。

「へぇ――そうか？　もう強情張るなよ、お前にわかる方がおかしいって。ハハハハハハッ……ああ！」

突然、魏嬰《ウェイイン》が悲鳴を上げた。なぜなら藍湛《ランジャン》が急に彼の下半身のある部位を握ったからだ。

藍湛《ランジャン》は美しさの中にまだ幼さが残る容貌に、冷え冷えとした表情を浮かべながら、もう一度繰り返した。

「誰が私にはわからないと言った」

魏無羨《ウェイウーシエン》は藍忘機《ランワンジー》の体に縋りつき、彼の耳たぶを噛みそうなほど唇を寄せて囁く。

「そうだな、誰がそんなこと言ったんだ？　夜に夢を見るのは、昼に考えたからだ。藍湛《ランジャン》、正直に言えよ。お前はあの頃の俺に、あんなふうにしたくてたまらなかったんだろう？　思いもしなかったよ……お前があんな含光君だったとはな」

藍忘機《ランワンジー》は相変わらず無表情のままだ。しかし、もはや染まっているのは耳たぶだけではなく、透き通るように白い首にまで密かな薄紅色は広がっていた。膝に置いた指も、気づかれないほどわずかに曲げられている。

一方、あちらの小魏嬰《ウェイイン》は他人に急所を握られて力なく床に倒れ込み、冷たい空気を何度も吸い込むと声を上げた。

「藍湛《ランジャン》、どういうつもりだ！　おかしくなったのか！」

藍湛《ランジャン》は体を魏嬰《ウェイイン》の両脚の間に割り入れた。その姿勢に明らかな威圧感を覚えた魏嬰《ウェイイン》は、形勢不利と見て慌てて言い直した。

「……いやいやいや！　誰もお前がわからないなんて言ってないだろ！　おおお前、とりあえず放せ、言いたいことがあるならちゃんと話そう！」

拘束された手を激しく振ってみても、いかんせん姑蘇藍《ラン》氏の抹額の材質はこの上なく上等で、いくらあがいたところで解くことも抜け出すこともできない。その手をぶんぶんと振った時、急に傍らに一冊の本が落ちているのが目に入った。魏嬰《ウェイイン》はそれを慌てて掴み上げると藍湛《ランジャン》の体に投げつけ、聖人に賢人《けんじん》の本をぶつければ冷静になってくれるのではないかと期待した。

「早く正気に戻れ！」

その本はまず藍湛《ランジャン》の胸元に当たり、そして魏嬰《ウェイイン》の大きく開かされた両脚の真ん中に落ちると、自然とパラパラと頁が開いた。藍湛《ランジャン》は俯いてそれを見るなり、視線が動かなくなる。

不思議な力に導かれたかのように、それはちょうど一枚の、明らかに奔放《ほんぽう》な作画の春宮図の頁で止まった。しかも、露骨な姿勢で描かれたその絵の中の二人は、どちらも男だったのだ！

魏無羨《ウェイウーシエン》の記憶では、当時彼が藍忘機《ランワンジー》に見せたあの春宮図は龍陽とはまったく無関係のもので、このような頁などなかったはずだ。彼は再び驚嘆した。藍《ラン》忘機《ワンジー》が夢の中に凝らした細部にわたる加工は……あまりにも豊かで、感服せざるを得ない！

藍湛《ランジャン》は俯いてその頁を凝視している。魏嬰《ウェイイン》も絵が目に入ると、たちまち少しの気まずさを感じて口を開いた。

「……えっと……」

魏嬰《ウェイイン》は心の中ではしきりに文句を言っていたが、やはり口を出すより手を出した方がいいと考え、押さえ込まれている片方の脚を抜き出し、彼を全力で蹴ろうとする。しかし、藍湛《ランジャン》は片手で彼の膝裏を掴むと、その両脚をぐいっとさらに大きく開かせた。それと同時に魏嬰《ウェイイン》の帯と下衣《したごろも》までも素早く剥ぎ取ってしまう。

魏嬰《ウェイイン》は下半身のひやりとした感覚に気づき、そこへ視線を向けると、心臓まで一緒に冷えたように驚愕した。

「藍湛《ランジャン》、何やってるんだ!?」

魏無羨《ウェイウーシエン》は傍らでその様子をそわそわと眺め、興奮を覚えながら思わず心の中で叫んだ。

（そんなのわかりきってるだろ！　お前を犯すんだよ！）

下衣を脱がされた魏嬰《ウェイイン》のむき出しの下半身は真っ

白だった。二本の細くて長い脚はまだあちこちを蹴っていて、藍湛《ランジャン》はそんな彼の両脚を押さえつける。そしてあの春宮図に描かれていた図解通りに、丸くて白い尻の間にあるきつく閉じた薄紅色の蕾《つぼみ》に向かって、真っすぐに指を伸ばした。

魏嬰《ウェイイン》は下半身全体をしっかり押さえつけられているせいで、強引に秘部に触れられても逃げることもできない。藍湛《ランジャン》が二本の指であの薄紅色の一点をやんわり揉むと、魏嬰《ウェイイン》は全身をぶるりと震わせ、微かによぎった羞恥の色を無理やり堪えて、気が触れたかのようにあがいて身を捩るしかなかった。

魏嬰《ウェイイン》の体の上で彼を押さえ込んでいる少年の方は、逆に落ち着いた瞳をしてきつく口を引き結び、その右手はうろたえることもなく続けざまに彼の秘部を押したり揉んだりしている。次第にその指に力が込められると、あの一点がゆっくりと柔らかくなり、微かに薄紅色の小さな蕾が開いていく。恥じらってやや怯えているようなそこが、自分の真っ白い指を一節呑み込むまで彼は揉み続けた。

魏無羨《ウェイウーシエン》は、笑いながら横目で藍忘機《ランワンジー》をちらりと睨む。

「どうりで含光君がここに入りたがらなかったわけだ。夢の中で俺にこんなことをして、それを俺自身に見られちゃうなんて、そんなのすごくすごく、穴があったら入りたいくらい恥ずかしいもんなぁ……」

彼の隣で端座している藍忘機《ランワンジー》は目を伏せていて、まつ毛が微かに震えているようだ。

魏無羨《ウェイウーシエン》は頬杖をつきながら、またあちらに目を向ける。少年の自分が少年の藍湛《ランジャン》の体の下に押さえつけられ、強引に開拓されているところをにこにこと満面の笑みで眺めながら言った。

「含光君、あとになって夢に見るくらいなら、あの頃あんなふうに俺を犯せば良かったのに。俺は……」

まだ言い終わらないうちに、藍忘機《ランワンジー》は彼の両手を掴んで床に押しつけると、その口を自らの唇で塞いだ。魏無羨《ウェイウーシエン》は彼の頬が焼けるように熱く、胸の内で脈打つ鼓動も尋常でないほど激しいことに気づき、愉快な気持ちになった。しっとりと濡れた唇が離れてから、魏無羨《ウェイウーシエン》は囁く。

「なんだよ、また恥ずかしくなっちゃったのか？」

藍忘機《ランワンジー》の乱調子な息遣いは荒々しく重く、その問いには答えない。

「それとも……あれを見て、勃《た》ったのか？」

魏無羨《ウェイウーシエン》が尋ねると同時に、文机のそばにいる魏嬰《ウェイイン》の喉から、泣き声交じりの長い呻き声が漏れるのが聞こえてくる。

藍湛《ランジャン》は既に全身で彼の体の上に覆い被さっていて、二人の下半身はしっかりと繫がっており、それは明らかに奥を目指して侵入する最中だった。自分の体ではない硬いものが、少しずつ中へと入り込んでくる感覚のあまりの苦しさに、魏嬰《ウェイイン》は両脚をぎゅっと丸めている。しかも、よりにもよって両手首を抹額できつく縛られているため動けず、つらさから逃れるように床に何度も後頭部をぶつけているせいで、ドンドンと音が響いた。藍湛《ランジャン》は手を彼の頭の下に当てながら、同時に下半身のものをすべて魏嬰《ウェイイン》の体内に埋め込んだ。

もともと指一本を呑み込むことですら難しかったあの薄紅色の蕾は、今はぎちりと開いて焼けるように熱く硬い大きなものを根元まで呑み込まされ、細かく柔らかなしわはすべていっぱいにまで広げられている。魏嬰《ウェイイン》はまだ少し恍惚《こうこつ》としていて、どうやら自分が何をされているのか理解しきれてはいないようだ。しかし、藍湛《ランジャン》が図解通りにゆっくりと腰を動かして抽挿《ちゅうそう》を始めると、彼は無意識のうちに小さな嗚咽を漏らし始めた。

その様子を眺め、魏無羨《ウェイウーシエン》は藍忘機《ランワンジー》に感想を述べる。

「藍湛《ランジャン》、あの時はまだ子供だったのに、お前のあれはもう小さくなかったんだな。でも『俺』は初物だぞ。この一戦はかなり手強《てごわ》いだろうな」

話しながら、彼は藍忘機《ランワンジー》の両脚の間を膝頭で擦ったり押したりして弄った。自分の目で、自らを主役とした生春宮を見たおかげで気分が乗ってきて、また彼のもののすごさを身を以て味わいたくなったらしい。

そう何度も擦らないうちに、藍忘機《ランワンジー》は無言で彼の服の裾と下衣をまとめて引き裂いた。魏無羨《ウェイウーシエン》は自然と両脚を開いて藍忘機《ランワンジー》の腰の辺りに絡める。藍忘機《ランワンジー》は自分の一物を手で支え、恐ろしく硬く張り詰めたその切っ先を、魏無羨《ウェイウーシエン》の脚の間の入り口にそっと擦りつけた。

二人はほぼ毎日のように情熱的な夜を過ごし、一通りしたい放題しているため、魏無羨《ウェイウーシエン》は身も心もとっくに彼とこれ以上ないほどに契合《けいごう》している。藍忘《ランワン》機《ジー》のうなじに腕を回して抱きしめ、息を深く吸うと、彼の下半身はすぐ鋭い刃に破られ、一気に中に押し込まれた。

入り口は柔らかく、すんなりと彼を受け入れた。内壁は湿って熱く、侵入してきた巨大なものに極めて従順にぴったりと吸いついて包み込み、まるで体の上にいる者を身の内に収めるために生まれてきたかのようだ。そう経たないうちに、繋がったところから粘り気のある水音と肌がぶつかる音が聞こえてきた。

藍忘機《ランワンジー》の下半身のものはずっしりとした極上の形をしている。しかも、その柱は生まれつきやや上に反り、律動する度に正確無比な動きで魏無羨《ウェイウーシエン》の内壁の中でも最も敏感で脆いあの一点を強く擦ってくる。そして、その一点が擦られる度に魏無羨《ウェイウーシエン》も彼を締めつけ、二人ともに天と海がひっくり返るくらいの快感の潮が激しく押し寄せてくるのだ。

魏無羨《ウェイウーシエン》は藍忘機《ランワンジー》に突き上げられ、朦朧として意識を飛ばしてしまいそうになった。内壁は呑み込んでいる彼のものをしきりに不規則に締めつけ、全身に力が入らず快感のあまり首を反らせる。この角度からは、ちょうど夢の中の少年の魏嬰《ウェイイン》もまた、同じように極楽と苦痛を味わっているのが見えた。

魏嬰《ウェイイン》は一面に散乱した書物の中に横たわり、力なく頭上に上げられた両の手首はきつく縛られて固定されている。髪を結っていた赤い紐はとっくにどこかへ行ってしまい、黒い髪は乱れ、涙に霞《かす》む目を軽く伏せて泣きそうになるのを堪えていた。

藍湛《ランジャン》は彼を押さえつけて、ひとしきり突き上げかき乱していたが、魏嬰《ウェイイン》の脚の開きが不十分だと思ったのか、彼の片方の脛を掴んで自らの肩に乗せた。そうしてまたしばらくの間激しく突くと、魏嬰《ウェイイン》の脛はその荒々しい動きに耐えられず、また藍湛《ランジャン》の肘の裏まで滑り落ちてきてしまう。滑らかで美しい脛の輪郭と太ももの内側の筋肉はどちらもひくひくと小さく震えている。おそらく魏嬰《ウェイイン》も絶え間なく自分の中を出入りする、あのそそり立って焼けるように熱い巨大なものに追い詰められて、おかしくなりそうなのだろう。

初めての情事を経験して慌てふためき、ただ溺れる者のように縛られた手で藍湛《ランジャン》の肩に縋ることしかできない魏嬰《ウェイイン》は、自分が今どこにいるのかさえもわからなくなっているはずだ。さらには、こんな耐え難い苦痛を与えたのが、彼の体内で猛威を振るうものであることすらも思い出せないに違いない。

自分の目で、十五、六歳の自分が同じ年頃の藍《ラン》湛《ジャン》に犯され、顔中を真っ赤にしながらぶるぶる震えているところを見ても、魏無羨《ウェイウーシエン》は満足できなかった。小藍湛《ランジャン》がさらに乱暴に、一層猛々しく、小魏嬰《ウェイイン》を死ぬほど責め立てて大声を上げて泣くくらいいじめてほしい。今のままでは、まだまだもの足りない。

蔵書閣内の狭い空間の中で、二つの春色《しゅんしょく》が果てしなく広がる。先ほどまで頭が朦朧としていた小魏《ウェイ》嬰《イン》は、淫靡《いんび》で羞恥を誘うぴちゃぴちゃという水音でわずかに意識を呼び覚まされた。蔵書閣の天井に向けて目を見開き身震いをすると、瞳だけを下に向け、自分の下半身がどうなってしまっているのかを確認したいと思いながらも、その勇気が出ないようだ。その時、しばらく夢中で魏嬰《ウェイイン》に快感を植えつけた藍《ラン》湛《ジャン》は、ふいに彼の両脚の太ももを持ち上げて自らの肩先に担いだ。彼が再び体を屈めて前に突き上げると、魏嬰《ウェイイン》の腰は深く折り曲げられ、ちょうど涙目でぼやけた視線の先に、自分の両脚の間の状況が映る。

清らかだった彼の薄紅色の小さな蕾は、既に藍《ラン》湛《ジャン》の性器によって擦られ続けて熟《う》れた深紅色《しんこうしょく》になり、縁は痛ましいほど腫れていた。しかもまだ、あの長くて硬く、焼けるように熱い凶器は、依然として彼の中を繰り返し擦り立てている。乳色の白濁と、細く滲んだ暗紅色《あんこうしょく》の血、そしてわずかに溢れた透明の液体が混ざり合い、二人の繋がっているところはもうどろどろだ。その上、彼自身の性器までもがわずかに頭をもたげ、その先端からとろりと少しの白濁を垂らしているのが見える。

この惨状を目の当たりにして、魏嬰《ウェイイン》は驚いて呆然とした。ずいぶんと経ってから、彼はどこから力が湧いたのか突然全力で暴れ始め、なんとか藍湛《ランジャン》を振りきると、身を翻し這って逃げようとする。

だが魏嬰《ウェイイン》は、藍湛《ランジャン》に床に押さえつけられたまま、乱暴に長い時間犯されていたせいで、とっくに全身に力が入らなくなっていた。太ももや膝ががくがくしてしきりに震えが走り、ジタバタと少しだけ進んだところでそれ以上這う力を失って、そのままぺたりとうつ伏せになってしまう。

その体勢により、彼の真っ白く豊満な左右の尻は高く上げられ、腫れ上がった孔《あな》から溢れ出た白濁と血は、太ももの隆起に沿って蛇行《だこう》しながら流れ落ちていった。太ももの内側は藍湛《ランジャン》に掴まれた指の痕でいっぱいで、青と赤が交錯するあまりに衝撃的なその光景は、一目見るだけで強烈な凌虐《りょうぎゃく》欲を引き起こしてしまう。

そして、その様子はすべて魏嬰《ウェイイン》の真後ろにいる藍《ラン》湛《ジャン》の目に入っていた。彼は両目を血走らせ、無言で魏嬰《ウェイイン》を追いかけていく。魏嬰《ウェイイン》は腰の辺りをきつく両手で挟まれるのを感じると、わずかの間空虚になっていたその場所は、またすぐさましっかりと最奥《さいおう》まで隙間なく埋め尽くされた。

魏嬰《ウェイイン》は呻き声を一つ上げると、小さな声を漏らした。

「やめて……」

かなり長い間蹂躙《じゅうりん》に耐えたせいで、後ろの孔は既に濡れて柔らかく、とろとろになっている。そのせいで、先ほどまで自分を犯していた陽物《ようぶつ》を再び銜え込むと、一気に奥まで呑み込んでしまった。魏嬰《ウェイイン》は敷物の上に四つん這いになり上体を伏せた体勢で背後から突かれ、次第に前へと体を揺り動かされながら、その衝撃に強張った表情を浮かべた。昔、山林に遊びに行って野獣が交尾しているところに出くわした時、まさにこの体勢だったのを思い出す。それを思うと、藍湛《ランジャン》に後ろから入れられたことで一層羞恥心が高まり、魏嬰《ウェイイン》の後ろの孔はいきなりきつく締まった。すると藍湛《ランジャン》は彼の腰を掴みながら、手順も段取りもなく、さらに凄まじく突いて中をかき回した。そんなふうに容赦なく責められ続け、魏嬰《ウェイイン》はついにこれ以上耐えられなくなってしまう。

顔と体のどちらも、半ば形が変わるほど床に強く押しつけられ、魏嬰《ウェイイン》は訳がわからないまま救いを求めた。

「……ゆ、許して、許して……藍湛《ランジャン》、藍《ラン》公子、もう許してよ……」

しかしその懇願と引き換えに、むしろさらに深く激しく犯されただけで、許しを請うことは一切意味を成さなかった。

魏無羨《ウェイウーシエン》はハハッと大きく笑い声を上げる。

「嘘だろう。あんなの聞いたら俺まで勃ちそうだ。お前、絶対にあいつを許すなよ。死ぬほど犯すのが正解なんだから……あっ……」

藍忘機《ランワンジー》は魏無羨《ウェイウーシエン》を抱き上げると、自分の体の上に座らせた。体の重みによって魏無羨《ウェイウーシエン》は彼の陽物をさらに奥深くまで呑み込んでしまい、あまりの深さに眉間にしわを寄せて微かに顔を歪める。慌てて姿勢を整えて藍忘機《ランワンジー》の上に跨《またが》り、彼に意識を集中させると、それ以上無駄口を叩く余裕もなくなった。

肌がぶつかる音と水音がさらに大きくはっきりと響くにつれ、あちらの魏嬰《ウェイイン》が藍湛《ランジャン》を呼ぶ声もますます悲痛なものになる。

「……藍湛《ランジャン》……藍湛《ランジャン》……お前……聞こえないのか……ああ……深すぎる……全部入れるな……腹が……痛いよ……」

藍湛《ランジャン》は中に入れる度、まるで彼の腹を突き破ってしまいたいとでも言うかのように、猛々しく強引に突き上げてくる。その勢いは冷淡な顔とは完全に正反対だ。魏嬰《ウェイイン》の尻は既に彼に肌をぶつけられすぎてじんじんと痺れて赤くなり、下半身にはほとんど感覚がなくなっていた。魏嬰《ウェイイン》は必死に前へと這って逃れようとするが、その度強引に引きずり戻され、無理やりまた藍湛《ランジャン》の陽物を体の奥深くまで呑み込まされてしまう。そんなことを何度か繰り返すうちに、魏嬰《ウェイイン》はそろそろ息絶えそうになって、途切れ途切れに訴えた。

「お前……話を聞け、外、外……外で俺を待ってる奴らがいるんだ、江澄《ジャンチョン》たち……まだ、外で俺を待ってるから……ああっ！」

それを聞くなり、藍湛《ランジャン》はいきなり体内に埋めていた自らを抜き出し、魏嬰《ウェイイン》の体をひっくり返す。

仰向けにされた魏嬰《ウェイイン》は一回ひっくとしゃくり上げると、すぐさま身を縮めて赤ん坊のように丸まり、自分の体を隠そうとした。だが、彼のものは半勃ちのまま、熱を放つこともできずにいる。脚のつけ根から液体がたらりと流れ出しているさまは絶景だった。そして強引に長い時間使われた秘部はひどく赤く腫れ上がりつつも、不規則にひくひくと動き、少しずつ白濁と暗紅色の滴りを垂らしている。そこはまるでこの上なく飢えていて、先ほど彼を拓《ひら》いたばかりの藍湛《ランジャン》の陽物が出ていってしまったことを惜しんでいるかのように見えた。

そして魏無羨《ウェイウーシエン》の方は、藍忘機《ランワンジー》に腰を抱きかかえられ、尻を支えられながら、彼の体の上で思うままに身を上下させていた。こんな時までも、藍忘機《ランワンジー》の表情は清らかで冷たく美しいままだ。その顔だけを見たとすれば、息遣いが微かに乱れていること以外変わったところはなく、彼が今何をしているのかなどさっぱりわからないだろう。さらには今、彼の両手が魏無羨《ウェイウーシエン》の尻を支えながら、同時に力強く揉んだり握ったりしていることなど想像もできないに違いない。

彼は一切力を加減せずに、魏無羨《ウェイウーシエン》の丸く豊満な尻を強く掴み、青紫の手の痕を残した。そして俯くと、魏無羨《ウェイウーシエン》の左胸にある鮮やかな赤色を口に含み、そっと甘噛みする。魏無羨《ウェイウーシエン》の秘部に彼の陰茎《いんけい》が深く出入りする度、そこは濡れそぼり、紫がかった紅色の逞しいものが尻の谷間から見え隠れする。快感のあまり、頭皮にぞわりと痺れが走った。

　あちらの藍湛《ランジャン》は今にも死にそうな魏嬰《ウェイイン》を少しの間じっと見つめたあと、突然彼の胸元から衣服を引き裂いた。あらわになった彼の左胸の薄紅色の乳首をぎゅっと強くつねり、それと同時に、再び自らを思いきり彼の体内に埋め込む。

　魏嬰《ウェイイン》はやっとのことでほっと一息ついたばかりで、加えて全身上から下までこれ以上ないほど敏感な状態だというのに、こんな手ひどい扱いをされて耐えられるわけがなかった。「うっ！」と声を上げ、秘部の孔と内壁で突き入れられた彼のものをきつく締めつけながら、ぱたぱたと涙を溢れさせた。

　藍湛《ランジャン》が意地を張り合うかのように、魏嬰《ウェイイン》の胸の二つの尖りをつねったり揉んだりするせいで、彼の乳首はひどく腫れ上がり、ぷくりと立ち上がって血のような暗紅色に染まった。そこを弄られる度に、魏《ウェイ》嬰《イン》の柔らかく湿った熱い内壁は、激しく収縮して体内の凶器に死ぬほど絡みつき、彼の中は藍湛《ランジャン》の性器の輪郭をくっきりと描き出す。

　魏嬰《ウェイイン》は泣きながら哀願した。

「藍湛《ランジャン》、悪かった、俺が悪かったよ。お前が初心で、わかってないなんて、間違ってた。俺がお前に教えるなんてとんでもない。藍湛《ランジャン》、藍湛《ランジャン》、聞こえてるの、藍《ラン》公子、藍《ラン》兄ちゃん……」

　最後のあの鼻にかかった呼び名を聞いて、藍湛《ランジャン》はやっと少し手加減をして動きを緩やかにした。藍《ラン》湛《ジャン》は恍惚とした眼差しで魏嬰《ウェイイン》に顔を寄せると、おいおい泣きながら許しを請うている彼の薄い唇をそっと食《は》んだ。魏嬰《ウェイイン》の下半身はまるで巨石に轢《ひ》かれたように力が入らず、内壁はひりひりして痛いくらい熱を持ち、腰と腹は張っていて怠《だる》かった。さらに乳首まで繰り返し痛めつけられたせいで、疲れきってしばしぼうっとしてしまう。

　そんな時、急に彼を責め続けていた凶器の勢いが緩んだのを感じて、二人の額がこつんと軽く当たったかと思うと、ひんやりとした唇がそっと押しつけられる。味わったその唇は、微かに甘く感じられた。

魏嬰《ウェイイン》が目を開けてみると、藍湛《ランジャン》の細く長い漆黒のまつ毛がすぐそこにあり、彼が夢中で自分に口づけしているのを見て、わずかな安堵が込み上げる。

魏嬰《ウェイイン》も口を開けてそっと藍湛《ランジャン》の唇を吸い返し、口ごもりながら言う。

「……もっと、ほしい……」

魏嬰《ウェイイン》が言いたかったのは、もっと口づけをしてほしいという願いだったが、藍湛《ランジャン》はその意味を勘違いし、下半身の抽挿を速める。魏嬰《ウェイイン》はすうすうと息を吸って衝撃に耐えながら、慌てて腕を彼の首に回すと、自ら口づけしにいく。

もともと、魏嬰《ウェイイン》は極太の長くて硬いもので腹の中をかき回されることに強い恐怖を覚えていた。だが意外なことに、ここまで長く中を突かれていると、足腰が張る痛みと、怠さと疲れ以外の感覚が少しずつ湧いてきて、次第にそれを楽しむことができるようになった。特に、藍湛《ランジャン》のあのわずかに反った陽物が容赦なく彼の内壁のある一点を擦る時、まるで全身が感電したようになって、快感でびくびくと体が震えてしまう。そうされると、魏嬰《ウェイイン》の前のものもますます反り上がり、先端から溢れ出る白い液体も増えて、彼はもう我慢できずに自ら腰を揺らし始めた。たまに藍湛《ランジャン》が正しい場所を突いていない時は、下半身を差し出して一生懸命そこに合わせ、啼《な》き声も許しを請うものから違う声音のものへと変わっていく。

「……兄……兄ちゃん……藍《ラン》兄ちゃん……ねぇ……お願い……」

藍湛《ランジャン》は一つ呼吸をしてから、落ち着いた声で尋ねる。

「なに？」

魏嬰《ウェイイン》は彼の頬を両手で包み、ひとしきり激しく口づけしてから囁いた。

「……下を突いて、さっきみたいに、俺のいいとこを弄って……」

「……」

藍湛《ランジャン》は一瞬黙り込み、願い通りにその場所に腰を沈ませて何度か擦り立てる。殊の外強く突かれて、魏嬰《ウェイイン》は驚きに大きく息を吸うと、四肢全部で彼にぎゅっと縋りついて声を上げた。

「なにっ……」

藍湛《ランジャン》はその唇を塞ぎ、無我夢中で彼に口づけし始める。

魏無羨《ウェイウーシェン》と藍忘機《ランワンジー》の方も、唇が絡みついて離れないような濃密な口づけをしながら、舌先で互いの薄い唇の形をなぞり合っている。魏無羨《ウェイウーシェン》はあちらの様子を聞きながら、藍忘機《ランワンジー》に知らせた。

「含光君、あっちのお前は出したみたいだぞ」

汗でしとどに濡れた藍湛《ランジャン》は、同じように体中をびっしょりと濡らした魏嬰《ウェイイン》を抱きしめながら、しわだらけになった敷物の上で静かに横たわった。まだ呼吸が静まらない魏嬰《ウェイイン》は胸をしきりに起伏させていて、目も少し虚ろだ。二人はまだ繋がったままで、魏嬰《ウェイイン》の下半身はしっかりと藍湛《ランジャン》の性器を銜え込んでおり、先ほど体内に吐き出された精液も一滴も漏れていない。

魏無羨《ウェイウーシェン》は笑いながら藍忘機《ランワンジー》をそそのかす。

「なぁ、こっちもそろそろ……」


藍忘機《ランワンジー》は小さく頷くと、彼を敷物の上に仰向けに寝かせ、落ち着いて腰を数回突き入れると、魏無《ウェイウー》羨《シェン》の体内に熱を放った。

魏無羨《ウェイウーシェン》はほっと息をつく。気持ちがいいのは確かだが、彼の腰と尻は鉄板で作られているわけではないので、子供たち二人を眺めながらこんなにも長くしたい放題すれば、体力もそろそろ限界だった。ところが、藍忘機《ランワンジー》は自らを抜き出すことなく、そのまま彼の体内に挿入した状態で、魏無羨《ウェイウーシェン》を違う体勢にさせた。

「含光……君?」

魏無羨《ウェイウーシェン》が戸惑って尋ねると、藍忘機《ランワンジー》は微笑み、彼の耳元に唇を寄せてそっと何か囁いた。

「……え、待って？　さっきの『死ぬほど犯せ』は、夢の中の小さい藍湛《ランジャン》に、夢の中の俺を死ぬほど犯せって言ったんだぞ？　俺たちのことじゃ……藍《ラン》湛《ジャン》？　兄……ちゃん？　ああっ、許して！」

次の日の早朝、魏無羨《ウェイウーシェン》はなんと珍しく藍忘機《ランワンジー》より早く目覚めた。だが、彼の脚は一日中ずっと震えっぱなしだった。

彼らに不思議な夢を見せたあの貘《ばく》のような香炉は、再び二人に取り出され、何度もひっくり返されてはしばらく弄られた。魏無羨《ウェイウーシエン》がそれを一旦ばらして、また元通りに組み立てても、結局その中に秘められた謎を発見することはできなかった。

魏無羨《ウェイウーシエン》は文机のそばに座り、考えを集中させながら分析する。

「香《こう》の問題じゃないなら、きっとこの香炉自体に原因があるはずだ。これは本当に大したものだよ。本当にその場にいるかのようなあの感覚、共情とほとんど同じ効果だ。蔵書閣には、こいつについて記載されてるものはなかったのか？」

藍忘機《ランワンジー》は首を横に振る。

彼が首を横に振ったなら、それはつまり記述を残した先人《せんじん》は確実にいないということだ。

「まぁ仕方ない。香炉の効力も切れたようだし、とりあえずちゃんとしまい込んで、誰かが間違って触らないようにしておこう。今後もし法器造りの大家《たいか》でも訪れたら、またその時に取り出して聞いてみよう」

彼らは二人とも、既に香炉の効力はなくなったものだと思っていた。ところが、それからまた思いがけないことが起きた。

深夜、魏無羨《ウェイウーシエン》と藍忘機《ランワンジー》はいつも通り静室で一通り体を重ねたあと、ともに深い眠りについた。

だが、そう経たないうちに魏無羨《ウェイウーシエン》が目を開けると、なんと自分がまた蔵書閣の外にある、あの白木蓮の木の下で寝ていることに気づいたのだ。

陽光が花と枝を透かして彼の顔に降り注ぐ。魏無《ウェイウー》羨《シエン》は眩しさに目を細め、手を上げて木漏れ日を遮ると、ゆっくりと起き上がった。

今度は藍忘機《ランワンジー》はそばにいなかった。

魏無羨《ウェイウーシエン》は右手を口元に近づけると、大声で呼びかけてみる。

「藍湛《ランジャン》！」

返事をする者はいない。魏無羨《ウェイウーシエン》は不思議に思って呟いた。

「どうやら、あの香炉の効力はまだ切れてなかったみたいだな。でも、藍湛《ランジャン》はどこに行ったんだ？　まさか俺一人だけが香炉に残った法力《ほうりき》の影響を受けたのかな？」

白木蓮の木の前は、白い石が敷かれた小道になっている。その道を、額に抹額を巻いて白い服を身に纏った姑蘇藍氏《ラン》の弟子たちが三々五々と書を携えて通り過ぎていく。彼らは早朝の勉強をしに行くところらしく、誰一人として魏無羨《ウェイウーシエン》に目もくれない。この夢の中でも彼の存在は見えないようだ。魏無羨《ウェイウーシエン》は蔵書閣に上がってざっと辺りを見渡してみたが、藍《ラン》忘機《ワンジー》は見当たらなかった。大きいのも小さいのもどちらもいない。仕方なくまた階段を降り、なんの目的もなく雲深不知処内をぶらぶらと歩き始める。

少し歩いたところで、ふいに二人の少年が小声で何かを話し合っている声が微かに聞こえてきた。近寄ってみると、片方の少年の声にとても聞き覚えがあることに気づく。

「……これまで、雲深不知処内で生き物を飼った者は一人もいない。こんなことをしたら規則に反する」

しばし沈黙があったのち、もう一人の少年の思い悩むような声が聞こえてきた。

「知っています。しかし……私は既に約束をしたのです。違《たが》えるわけにはいきません」

魏無羨《ウェイウーシエン》の心の中で何かが閃き、こっそりとそちらを眺める。やはり、一面の青々とした草地に立って会話をしているのは、まさしく藍曦臣《ランシーチェン》と藍忘機《ランワンジー》だった。

春の日差しが降り注ぎ、そよ風が吹く中、少年姿の藍氏《ラン》双璧はまるで鏡に映し出された完全無欠な美《び》玉《ぎょく》のようだ。どちらも全身雪を思わせる白い軽装で、広い袖口と抹額を風になびかせ、絵巻でも眺めているような光景だった。藍忘機《ランワンジー》はまた十五、六歳の姿で、微かに眉間にしわを寄せて何やら悩み事がある様子だ。彼がその手に抱えているのは、薄紅色の鼻をひくひくさせている一羽の白ウサギだった。足元にはもう一羽白ウサギがおり、長い耳を立て、二本脚で立ち上がって彼の靴に縋りつき、上に登りたそうにしている。

「少年同士の口約束を、どうしてそこまでして守りたいんだ？　本当にそれが理由なのか？」

問われても、藍忘機《ランワンジー》は視線を伏せて答えない。

藍曦臣《ランシーチェン》は苦笑して続けた。

「いいだろう。もし万が一、叔父上から尋ねられたらきちんと説明しなさい。近頃、お前はその子たちに時間を取られているようだし」

藍忘機《ランワンジー》は粛然と頷いた。

「兄上、ありがとうございます」

そして、やや間をおいてから彼はつけ加えた。

「……課業《かぎょう》には影響を及ぼしません」

「忘機《ワンジー》、そうならないことはわかっている。ただ、叔父上には決してお前にその子たちを贈ったのが誰かを伝えてはいけないよ。さもないと叔父上は激怒して、その子たちをよそにやってしまうだろうから」

それを聞いて、藍忘機《ランワンジー》は胸のところでウサギを抱く腕に心なしか力を込めた。藍曦臣《ランシーチェン》は少し笑って、指先で白ウサギの薄紅色の鼻先をちょんちょんと触ってから、ゆっくりとその場を立ち去った。

彼が離れたあと、藍忘機《ランワンジー》は何か思うところがあるのか、束の間立ち尽くしていた。白ウサギは腕の中で時折耳をふるふると振っては、非常に心地よさそうにしている。足元にいるもう一羽はますます忙しなく縋りつき、藍忘機《ランワンジー》は俯いてそのウサギを見ると腰を屈めて抱きかかえ、二羽の白ウサギをどちらも腕の中に包んでそっと撫でた。その手の動きは表情とはまったく異なり、優しさに満ちている。

魏無羨《ウェイウーシエン》はその様子を見ているうち、次第にうずうずしてきて我慢できなくなり、立っていた木の陰から出ると、小藍忘機《ランワンジー》にもっと近づこうとした。ところが、藍忘機《ランワンジー》は胸に抱いていた白ウサギたちを放すなり、全身に纏う空気を突然一変させ、ぱっと振り向いた。やって来た者をはっきりと確認すると、一瞬だけ凍てついたその目つきは、たちまち呆気に取られたものに変わる。

「……君!?」

藍忘機《ランワンジー》が驚くと、魏無羨《ウェイウーシエン》は彼よりさらに驚いた顔になった。

「俺が見えるのか？」

　これは実に不思議だ。本来ならば、夢の世界の者には、夢を見ている彼のことが見えないはずだ。しかし、藍忘機《ランワンジー》は依然としてじっと彼を見つめている。

「もちろん見えている。君は……魏嬰《ウェイイン》？」

　藍忘機《ランワンジー》の目の前にいるこの青年は、見たところ二十歳あまりで、決して十五歳の魏無羨《ウェイウーシエン》ではない。だが、確実に彼と同じ顔立ちをしている。藍忘機《ランワンジー》は訪れた者の正体を安易に断定し難く、警戒を緩めずにいた。もし彼が今剣を持っていたら、避塵《ビチェン》はおそらくとっくに鞘から出ていただろう。魏無羨《ウェイウーシエン》は極めて素早く反応し、真面目な表情で答える。

「うん、俺だよ！」

　彼がそう言うと、藍忘機《ランワンジー》はむしろ一層警戒を強めた顔つきになって、後ろに二歩下がった。魏無羨《ウェイウーシエン》は傷ついた表情を浮かべ、悲しげな口調で訴える。

「藍湛《ランジャン》、俺はあらゆる苦労をしてやっとのことでお前を捜しに戻ってきたっていうのに、お前、その態度はあんまりじゃないのか？」

「君……本当に魏嬰《ウェイイン》か？」

「もちろん」

「ならば、なぜ外見が変わったんだ？」

「それは話せば長くなるよ。実は、俺は確かに魏無《ウェイウー》羨《シエン》だけど、七年後の魏無羨《ウェイウーシエン》なんだ。七年後に俺はあるとんでもない法器を見つけてさ、時空を超えて過去に戻れるようになったんだ。それをじっくり研究してるうちに、うっかり触っちゃって、それでここへ戻ってきたってわけだ！」

　その言い逃れは荒唐《こうとう》無稽《むけい》すぎて、ほとんど子供騙しと言える。藍忘機《ランワンジー》は冷ややかな声で尋ねた。

「どう証明できる？」

「むしろお前はどう証明してほしい？　お前のことなら、俺は全部知ってるよ。さっきお前が抱いてた二羽のウサギ、あれは俺があげた奴らじゃないか？

あの時はあんなに渋々受け取ってたのに、今はお前の兄貴に飼うことを反対されるのが嫌なんてさ。そんなにあいつらを好きになっちゃったのか？」

それを聞いて藍忘機《ランワンジー》は微かに表情を変え、何かを言おうとしてためらいつつ、やっと口を開く。

「私は……」

魏無羨《ウェイウーシエン》はまた彼に向かって二歩近づき、両腕を広げてにこにこしながら言った。

「どうした？　また恥ずかしくなっちゃったのか？」

彼の行動がいかにも怪しく見え、藍忘機《ランワンジー》は大敵に臨むかのように警戒しきった表情を浮かべ、続けざまに後ずさった。魏無羨《ウェイウーシエン》はこんな態度をとる藍忘機《ランワンジー》を見るのは久しぶりで、内心腹を抱えて笑いながら、怒った顔を作る。

「お前、それどういう意味だ？　なんで避けるんだよ？　藍湛《ランジャン》お前な、俺と十年もの間夫婦として過ごしてきたのに、急にそっぽを向いて相手にしないなんて！」

その言葉を聞いて、藍忘機《ランワンジー》の氷のように冷たく雪のように白い玲瓏な顔は一瞬で崩れた。

「君と……私が？」

「……十年？」

「……夫婦!?」

藍忘機《ランワンジー》はやっとのことで、途切れ途切れにすべてを言葉にする。魏無羨《ウェイウーシエン》は、はっと悟ったかのようなふりをして、その事実を誇張した話をさらにつけ加えた。

「ああ、忘れてたよ、今のお前はまだ知らないんだよな。時系列で言うと、今って俺たちがまだ出会ってそう経ってない頃？　それか、俺が雲深不知処から離れたばかりかな？　大丈夫だ。先にこっそり教えてやるよ。あと数年も経てば、俺たちはすぐに道侶になるんだ」

「……道侶？」

魏無羨《ウェイウーシエン》はいかにも得意げに答える。

「そうだよ！　毎日一緒に修練する、あの道侶。三《さん》媒六聘《ばいろくへい》〔中国古代で正式に結婚するために必要な段取り」、仲人《なこうど》を立てて正式に結婚して、俺たち天地にも誓ったんだ」

藍忘機《ランワンジー》は怒りのあまり微かに胸を起伏させ、ずいぶんと経ったあと、ようやくその口から一言投げつけた。

「……でたらめだ！」

「俺の話をもう少し聞けば、でたらめかどうかわかるよ。お前は寝る時、俺をきつく抱きしめるのが好きで、しかも絶対に俺を体の上に乗せて抱きながらじゃないと眠れないんだ……それから、お前はいつも俺にすごく長く口づけする。それで、終わる時は俺を軽く噛んでから離れるのが好きなんだ……あ、そうだ。お前、ヤる時も俺を噛むのが大好きで、犯しながら噛むから俺の体の……」

「俺をきつく抱きしめる」のところから、既に藍忘《ランワン》機《ジー》の表情は見るに忍びないものになっていた。魏無《ウェイウー》羨《シエン》が話せば話すほど表情は険しくなり、両耳を塞いで下品な言葉を遮断したくてたまらないとでもいう様子だ。彼は魏無羨《ウェイウーシエン》に向けて掌底を打ちつけると、もう一度鋭く言い捨てた。

「でたらめだ！」

魏無羨《ウェイウーシエン》は身をかわしてそれを避け、さらにからかった。

「またでたらめって、他の言葉はないのか？　それに、なんで俺がでたらめを言ってるってわかるんだよ？　まさか、お前が俺に口づけする時はそうじゃなかったのか？」

藍忘機《ランワンジー》は一言一言絞り出すように答える。

「私は……口づけなどしたことがないのに……どうしたら私が……その時どうするのが好きかなどわかるんだ！」

魏無羨《ウェイウーシエン》は少し考えてから言った。

「それもそうだな。その年頃のお前は、まだ俺に口づけしたことがないんだから、そりゃ自分がどうするのが好きかなんてわからないよな。だったら、今試してみるか？」

「……」

藍忘機《ランワンジー》は怒りのあまり、門弟を呼び集めてこの怪しい者を捕らえさせることすら忘れて続けざまに手を出し、真っすぐに経穴を狙った。しかし、彼はこの時まだ年若く、魏無羨《ウェイウーシェン》の身のこなしは彼より遥かに速いため、あっさりとそれをかわされてしまう。さらに魏無羨《ウェイウーシェン》にはまだ余裕があり、隙を突いて彼の腕の一か所を握って、藍忘機《ランワンジー》の動きを鈍らせた。それに乗じ、魏無羨《ウェイウーシェン》は彼の頬にちゅっと口づけをする。

「……」

唇を離すと、魏無羨《ウェイウーシェン》はすぐに藍忘機《ランワンジー》の腕を放して拘束を解いた。

しかし、藍忘機《ランワンジー》はぽかんとして固まり、長い間我に返れず呆然とその場に立ち尽くしている。

「ハハハハハハハハハハハハハハハッ……」

魏無羨《ウェイウーシェン》は大笑いしながら夢の中から目覚めた。

あまりにも力一杯笑いすぎて危うく寝床から転がり落ちそうになったが、幸いにも眠っている間中、藍忘機《ランワンジー》が彼の腰に腕を回して抱え込んでいたようだ。笑ったせいで起きたあともまだ体中が震えていて、その震えで藍忘機《ランワンジー》も深い眠りから目覚め、二人は同時に起き上がった。

藍忘機《ランワンジー》は俯くと、片手でこめかみを軽く押さえながら呟く。

「先ほど、私は……」

魏無羨《ウェイウーシェン》はその続きを引き継いで話した。

「さっきお前はある夢を見て、その夢の中では十五歳に戻ってて、二十歳くらいの俺に出会ったんじゃないか？」

「……」

藍忘機《ランワンジー》は一瞬言葉を失い、凝然《ぎょうぜん》として彼を見つめて口を開いた。

「あの香炉」

魏無羨《ウェイウーシェン》は頷く。

「あの香炉から受けた影響が、お前より俺の方が強かったから、効果が残存してててまた夢の中に入っちゃったんだと思ってたけど、もしかすると、実はお前が受けた影響の方が強かったのかもな」

今夜の状況は、前回とは違っていた。先ほど会った夢の中の少年藍湛《ランジャン》は、今の藍忘機《ランワンジー》本人が姿を変えたものだったのだ。

夢を見ている者は、往々にしてそれが夢だと気づかない。そのため、夢の中の藍忘機《ランワンジー》は本当に自分が今十五歳だと思い込んでいたのだろう。もともとそれは、早朝の勉強、散歩、ウサギを飼うという、彼の大真面目な夢だった。しかし彼は、その夢の世界に乱入してきた魏無羨《ウェイウーシエン》に出くわしてしまい、捕まえられた上に思いきりからかわれてしまったのだ。

「ああ、俺はもうダメだ。藍湛《ランジャン》、お前がウサギを抱いたまま手放さずに、お前の兄貴と叔父貴が飼わせてくれなかったらどうしようってひどく心配していたあの姿、本当に死ぬほど可愛かったんだから。ハハハハハッ……」

藍忘機《ランワンジー》はもうお手上げといった様子で苦言を呈《てい》す。

「……深夜だ。笑い声で他の者を驚かせて、眠りを妨げてはならない」

「俺たちが毎晩出してる音だって小さくないだろう？　お前はなんでこんなに早く目が覚めたんだ？　もう少しゆっくり起きてくれれば、お前ん家の裏山までお前を引きずって行って悪いことをしたのにな。十五歳の小さい藍《ラン》兄ちゃんに初体験をさせてさ。ハハハハッ……」

藍忘機《ランワンジー》は彼がそばで笑いながらごろごろと転がっているのを眺めるだけで、結局何も言わなかった。そしてしばらくの間じっと端座したあと、突然手を伸ばしてぱっと魏無羨《ウェイウーシエン》を掴み、彼を押し倒した。


二人は当初、さすがに二日目の夜が過ぎれば香炉の法力も消えるだろうと思っていた。ところが三日目の夜、魏無羨《ウェイウーシエン》はまた藍忘機《ランワンジー》の夢の中で目覚めたのだ。

彼は全身に黒い服を纏い、雲深不知処の白い石が敷かれた小道の上をのんびりと歩いていた。腰に差した陳情《チェンチン》の赤い房は歩く度に揺れ、そう経たずして、朗々とした書を読み上げる声が風に乗って聞こえてくる。

声がする方は蘭室《らんしつ》だ。魏無羨《ウェイウーシエン》が大手を振って部屋の外まで行くと、やはりその中では数名の藍《ラン》氏門弟が夜の勉強をしていた。藍啓仁《ランチーレン》の姿はなく、監督を任されているのは藍忘機《ランワンジー》だった。

　今夜の夢の中の藍忘機《ランワンジー》も、依然として少年の姿だ。ただ、魏無羨《ウェイウーシエン》が屠戮玄武の洞窟でともに戦ったあの時と同じくらいの年頃で、およそ十七、八歳だろう。眉目秀麗で雅《みやび》やか、既に名士の風格があるが、やはりまだ年少者の未熟さを帯びている。彼は部屋の前方に端座して精神を集中させていた。書を読んで聞きたいことがある者が前に出て質問すると、彼は淡々とした様子でさっと一目見るだけで、すぐさま答えを返す。粛然としたその表情は、身に帯びた未熟さとは強烈な対比を成していた。

　魏無羨《ウェイウーシエン》は蘭室の外の柱に寄りかかり、ほんの少しの間その様子を眺めてから、音を立てずにひっそりと屋根の上に飛び上がると、陳情《チェンチン》を口元に運んだ。

　蘭室内の藍忘機《ランワンジー》はわずかに驚き、それに気づいた一人の少年が尋ねる。

「公子、どうされましたか？」

「誰がこんな時間に笛を吹いている？」

少年たちは互いに顔を見合わせ、一人が答えた。

「笛の音など聞こえませんが？」

　それを聞き、藍忘機《ランワンジー》は表情を微かに引き締めて立ち上がると、剣を持って扉から出ていく。ちょうどその時、魏無羨《ウェイウーシエン》は笛をしまってまた飛び上がり、ふわりと別の屋根の上に降り立った。

　藍忘機《ランワンジー》は怪しい人影に気づき、低い声で叫んだ。

「何者だ！」

　魏無羨《ウェイウーシエン》は舌の底から清らかな舌笛を二回吹く。その音は藍忘機《ランワンジー》から十丈も離れたところから響き、魏《ウェイ》無羨《ウーシエン》は笑って答えた。

「お前の夫だよ！」

　その声を聞くなり藍忘機《ランワンジー》の表情が変わり、確信を持てないまま尋ねる。

「魏嬰《ウェイイン》？」

　魏無羨《ウェイウーシエン》は返事をせず、藍忘機《ランワンジー》は背負った避塵《ビチェン》を抜き出して彼を追いかけた。数回飛び移ったり飛び上がったりして、魏無羨《ウェイウーシエン》は雲深不知処の高い塀の上で足を止めると、黒い屋根瓦を踏んで立ち上がった。

藍忘機《ランワンジー》もまた彼の真正面、二十丈ほどのところに降り立つ。避塵《ビチェン》を斜めに持った彼の抹額、衣服の袖や裾は、夜風の中でひらひらとなびき、俗世を超越し凛とした孤高の雰囲気を漂わせている。

魏無羨《ウェイウーシエン》は手を後ろで組むと、にっこりと笑った。

「なんと美しい身のこなし、なんと美しい人だろう！　このような美しい情景、さらに美味な天子笑が一かめあれば、もう完璧だな」

藍忘機《ランワンジー》はじっと彼を見つめ、しばらくしてから口を開いた。

「魏嬰《ウェイイン》、招かれてもいないのに押しかけ、夜間に雲深不知処を訪ねてきて、なんの用だ」

「当ててみて？」

「……」

しばしの間黙ったあと、藍忘機《ランワンジー》は言った。

「くだらない！」

避塵《ビチェン》の剣先が突き出されたが、魏無羨《ウェイウーシエン》は軽々とそれを避けた。たとえ十七、八歳の藍忘機《ランワンジー》の身のこなしが既にずば抜けていても、現在の魏無羨《ウェイウーシエン》にとっては大きな脅威ではない。何度かやり合っただけで、すぐに魏無羨《ウェイウーシエン》は隙を突き、彼の胸元に呪符を一枚叩きつけた。藍忘機《ランワンジー》の体は硬直し、身動き一つできなくなる。魏無羨《ウェイウーシエン》はそんな彼に腕を回してぐっと抱きかかえ、真っすぐに雲深不知処の裏山に向かって走った。

魏無羨《ウェイウーシエン》は裏山に密生する蘭草《ふじばかま》の茂みを見つけると、藍忘機《ランワンジー》をそこに下ろす。そばにある白い岩に背を預けて立たされ、藍忘機《ランワンジー》は問い質した。

「何をするつもりだ？」

魏無羨《ウェイウーシエン》は彼の頬をきゅっとつねり、真面目な様子で答える。

「強姦」

藍忘機《ランワンジー》にはこれが冗談なのかどうかが判別できず、微かに青褪めて低い声で魏無羨《ウェイウーシエン》をとがめた。

「魏嬰《ウェイイン》、君……無茶なことをするな」

「お前は俺がどういう人間かよく知ってるだろう。俺は無茶なことをするのが好きなんだ」

魏無羨《ウェイウーシエン》は笑って答えながら、藍忘機《ランワンジー》の幾重にも重なっている白い服の中に手を伸ばし、彼の大事な部位をぐっと握る。

その手の力は弱くも強くもなく、極めて巧みな手つきで、藍忘機《ランワンジー》はたちまち顔を強張らせた。

彼は口角をやや引きつらせ唇をきつく閉ざすことで、どうにか表情を変えずにやせ我慢をしている。

ところが調子に乗った魏無羨《ウェイウーシェン》は、すっすっと彼の帯を解き素早く下衣を脱がせ、藍忘機《ランワンジー》の秀麗な顔からは想像できない、ずっしりと重い陽物を手で量って、心の底から褒め称えた。

「含光君、お前は子供の頃からこんな天賦の才を持ってたんだなぁ」

そう言うと、その柱をそっと指で弾いた。他人に秘部をここまで弄ばれ、藍忘機《ランワンジー》はもはや怒りで血を吐いて死にそうな様相だ。もう含光君とはいったい誰のことなのか考える余裕もなくなり、厳しい声で一喝した。

「魏嬰《ウェイイン》！」

魏無羨《ウェイウーシェン》はにこにこしながら答える。

「もっと叫べば？　喉を潰すほど叫んだって誰も助けに来ないよ」

藍忘機《ランワンジー》はまた何か言おうとしたが、魏無羨《ウェイウーシェン》は彼の目の前でなぜか笑みを浮かべてから、耳元に垂れた一筋の髪を耳の後ろにかけ、あろうことか顔を埋めて彼の下半身のものを口に含んだのだ。

信じ難い事態に、藍忘機《ランワンジー》の目には驚愕の色が浮かび全身を強張らせた。
十七、八歳の藍忘機《ランワンジー》は、全身にまだ未熟さを漂わせているものの、この陽物は相変わらず軽視できないほどの大きさだ。魏無羨《ウェイウーシェン》がゆっくりと長い柱を口に含むと、まだすべてを呑み込んでいないというのに、滑らかな先端が喉の奥に当たるのを感じた。柱は太くて逞しく、しかも焼けるように熱い。口腔の内壁にはその筋が力強く脈打っていることまでもが感じられ、異物でいっぱいになった魏無羨《ウェイウーシェン》の頬は膨れ上がった。ひどく苦労して呑み込んだにもかかわらず、彼はさらに辛抱強く先端を喉の奥深いところに送り込み、すべてを口内に収める。

藍忘機《ランワンジー》のものの愛で方に関しては、魏無羨《ウェイウーシェン》は手慣れていると言える。あらゆる技を惜しみなく使い、吸ったり舐めたり、ちゅぽちゅぽと音を立て、まるで美味しいものを味わっているみたいに一心不乱にしゃぶった。藍忘機《ランワンジー》は生まれつき肌が白く、顔にはほんのりとした赤みすら差さないが、この時は既に首と耳が赤く染まり、息遣いも荒くなっていた。

魏無羨《ウェイウーシェン》はかなり長い間せっせと彼のものを口に含んで出し入れし、広げられた頬までもが筋肉痛になりそうなのに、依然として放出は訪れず納得がいかなかった。よもや彼の口技が十七歳の藍忘機《ランワンジー》を満足させられないわけはなかろう。視線を上げると、満面に耐え忍ぶ表情を浮かべた藍忘機《ランワンジー》の様子が目に入った。陽物は既に鉄のようにガチガチに硬くなっているのに、決して出さないよう堪えているそのさまは、まるで自分の中の何か譲れない一線を守ろうとしているみたいだ。

魏無羨《ウェイウーシェン》は愉快な気持ちになり、いたずらをしたい欲がまたむくむくと湧いてきた。濡れた舌先で大きな亀頭《きとう》の先端にある狭い鈴口《すずぐち》を繰り返し舐めてから、何度かそこを喉深くまで呑み込むと、藍忘機《ランワンジー》はついに堪えきれなくなって彼の口の中に放った。

この精水は極めて濃厚で、麝香《じゃこう》は喉いっぱいに溢れた。魏無羨《ウェイウーシェン》は背筋を伸ばすと軽く二回咳き込み、手の甲で口元を拭って、いつものようにそれをすべて飲み込んだ。そして藍忘機《ランワンジー》は果てたあと、絶頂が過ぎた体の反応なのか、それとも耐えられないほど恥じて憤慨しているからかはわからないが、目の周りを赤く染めて魏無羨《ウェイウーシェン》をきつく睨んだまま、一言も話さなかった。

辱めに耐えられない彼の姿に、魏無羨《ウェイウーシェン》は心まで溶けそうになり、彼の頬に優しくちゅっと口づけしてから言った。

「わかったから、俺が悪かった。お前をいじめるべきじゃなかったよ」

そう言いながら、二本の指で藍忘機《ランワンジー》の放ったばかりの陽物を少し拭って手を引っ込め、自分の服の帯を解いて下半身の衣服を脱ぐ。

魏無羨《ウェイウーシェン》の両脚は細長く、太ももは玉の如く白く透き通り、その脚線は美しくて力強い。対して尻の膨らみは丸く引き締まっていて、実に絶景だ。そして白い岩に寄りかかっている藍忘機《ランワンジー》の角度からは、ちょうど魏無羨《ウェイウーシェン》の下半身の秘部までもがはっきりと見えた。

魏無羨《ウェイウーシェン》は蘭草の茂みの中に跪き、体の向きを変えて藍忘機《ランワンジー》に背を向けると、地面に手を突いて先ほどの白濁をつけた指を自らの下半身に持っていく。秘められた孔は尻の狭間《はざま》に奥深くひっそりと隠れ、魏《ウェイ》無羨《ウーシェン》がわずかに片方の尻を広げると、ようやくその奥にある小さな薄紅色の蕾を窺うことができた。入り口は非常に柔らかく従順で、もともとはきつく閉じていたのに、魏無羨《ウェイウーシェン》が二本の細長い指を使って藍《ラン》忘機《ワンジー》の白濁を塗り込みしばし弄るとすぐに開き始め、恥じらってどこか怯えているかのように彼の指先を呑み込んだ。魏無羨《ウェイウーシェン》は指をじわじわとつけ根まで中に送り込み、それからすぐに抽挿を始める。ひとしきり弄るうち、抜き挿しする速度も少しずつ速くなり、同時に彼の前のものも微かに持ち上がり始めた。濡れた水音が聞こえるのを待ってから、魏無羨《ウェイウーシェン》は三本目の指を加え小さく息を吐く。どうやらわずかに苦しくなったようで、力加減を緩め抽挿もゆっくりになった。

夜の暗闇の中、魏無羨《ウェイウーシェン》の痴態の些細な部分までは本来ほとんど見えないはずだが、藍忘機《ランワンジー》は五感が鋭く視力はずば抜けて優れている。ただぽかんとしたまま、この淫乱極まりない場面を至近距離で見せつけられ、視線を外すことができずにいた。

情事の最中、魏無羨《ウェイウーシェン》は藍忘機《ランワンジー》と一緒に絶頂に達するのが好きだ。そのため、普段はあまりにも早く果ててしまわないように、中を押し広げる時、わざと体内の大事な場所を避けていた。しかし、彼の体はずっと藍忘機《ランワンジー》に敏感なところの面倒を見てもらってきたおかげで今の刺激では満足感が得られず、内壁は自分の指に強く絡みついて締めつけ、不満げに何度も収縮した。時折、指がその一点に触れそうになると、尻は知らず知らず下へと沈み指を導こうとする。そんなふうに掠めるように数回擦ってしまうと、魏無羨《ウェイウーシエン》の脚のつけ根はだんだんと力が入らずに震え、跪くのがつらくなってきて慌てて指を引っ込めた。

しばし気持ちを落ち着けてから、振り向いて背後に目を向ける。すると、藍忘機《ランワンジー》は突然のことに防ぎようもなく魏無羨《ウェイウーシエン》と視線を合わせてしまい、すぐさまぎゅっと両目を瞑《つぶ》った。

魏無羨《ウェイウーシエン》は笑いながら話しかける。

「あれ、藍湛《ランジャン》、何やってるんだ？　もしや藍《ラン》氏家訓を心の中で暗唱してるのか？」

彼に言い当てられ、藍忘機《ランワンジー》のまつ毛はぴくりと震えた。目を開けたそうにしたが、結局堪えたらしい。

魏無羨《ウェイウーシエン》は気怠げな声音で彼を誘った。

「こっち見て。何を怖がってるんだ？　別にお前に悪いことをしたりなんかしないよ」

彼の声はもともと耳に心地よいものだが、話す時の口調は怠惰で、まるで一本垂れ下がった軽薄で小さな鉤《かぎ》みたいに人を誘う。藍忘機《ランワンジー》は、どうやら見ない、聞かない、言わないと心に決めて、決して彼を相手にせず、終始心を動かさず無視を決め込んだようだ。

「本当に鉄の意志で俺を見ないつもりか？」

また二言三言からかったが、藍忘機《ランワンジー》が何がなんでも目を開けないのを見て、魏無羨《ウェイウーシエン》は眉を跳ね上げた。

「じゃあ、そういうことなら、お前の避塵《ビチエン》をちょっとばかり借りても気にするなよ？」

そう言いながら、彼は本当に傍らに落ちていた避《ビ》塵《チエン》を持っていく。

藍忘機《ランワンジー》はとっさにぱっと目を開け、厳しい声で問い質した。

「何をするつもりだ！」

「何をするつもりだと思う？」

「……知らない！」

「知らないんだったら、なんでそんなに緊張してるんだ？」

「私は！　私は……」

魏無羨《ウェイウーシエン》はにこにこしながら彼を見つめ、手に持った避塵《ビチェン》を少し揺らす。それから視線を伏せ、避塵《ビチェン》の柄にそっと一回口づけすると、すぐさま真っ赤な舌先をちろりと出し、なんと剣の柄を丁寧に舐め始めた。

　避塵《ビチェン》の剣身は氷雪《ひょうせつ》のように冷たく、澄んで透き通っているが、柄の方は秘法で製錬された純銀で鋳造《ちゅうぞう》されていて、ずっしりと重い。彫刻された紋様《もんよう》は端正で上品なもので、古風で飾り気がない。その絵面《えづら》は、実になまめかしくて淫らだった。藍忘機《ランワンジー》はそれに大きな衝撃を受けたらしく、声を上げた。

「避塵《ビチェン》を放せ！」

「なんで？」

「それは私の剣だ！　君はそれを使って……それを使って……」

　魏無羨《ウェイウーシエン》は不思議そうに言った。

「これがお前の剣だっていうのは知ってるよ。俺はただ、これが気に入ったからちょっと遊んでみただけなのに、いったい何に使うと思ったんだ？」

「……」

　藍忘機《ランワンジー》は言葉に詰まってしまった。

　魏無羨《ウェイウーシエン》は腹を抱えて笑いだす。

「ハハハハハハハハッ、藍湛《ランジャン》、お前何を考えてるんだ。いやらしすぎる！」

　魏無羨《ウェイウーシエン》が言い逃れするだけでなく逆に噛みついてくるのを見て、藍忘機《ランワンジー》の顔色はこの上なくひどいものになった。魏無羨《ウェイウーシエン》は彼をひとしきりからかってすっかり満足した。

「俺に剣を触らせたくないなら、剣とお前を交換するのはどうだ？　いいだろう？」

　藍忘機《ランワンジー》は「いい」と言うこともできず、かといって彼に自分の剣を好き勝手弄ぶような真似を許すわけにもいかず答えに窮した。魏無羨《ウェイウーシエン》は地面に跪くと、背筋を真っすぐ伸ばしたまま膝立ちで近づき、彼の体に縋りついて機嫌を取るように言った。

「お前が『いい』って一言言えば、俺は剣を返してお前と一緒に楽しむから。な、いいだろう？」

　長いこと黙り込んだあと、藍忘機《ランワンジー》の口から一言が飛び出した。

「……駄目だ！」

魏無羨《ウェイウーシエン》は眉を少し上げる。

「うん。じゃあ、お前がそう言ったんだからな？」

彼は藍忘機《ランワンジー》の体から離れて距離を取り、正面に座ってにっこりと笑みを浮かべながら両脚を広げた。

「だったらお前は、俺と避塵《ビチエン》が遊んでるところを見てればいい」

両脚を大きく広げた恥知らずなその姿勢は、彼の下半身の秘部を藍忘機《ランワンジー》の目の前で余すところなくあらわにしている。

透き通るように白い尻は、左右に大きく広げられる動きによって微かに開かれ、尻の狭間にある薄紅色の蕾が現れた。先ほど指で慣らしたため入り口は既にわずかに赤く腫れている。しかしそこは濡れ光り、さらに瑞々しく柔らかそうにも見えた。魏無《ウェイウー》羨《シエン》は避塵《ビチエン》を構え、剣の柄の方を入り口に向けた。軽く息を吸い込み、剣を持った手に微かに力を入れると、きめ細かいしわは一瞬で広げられて避塵《ビチエン》の柄の先端を呑み込み、一気に半分まで押し込んでしまった。

冷え冷えとした避塵《ビチエン》の柄は、まるで氷の剣か硬い鉄のようで、それを体内に受け入れた魏無羨《ウェイウーシエン》は凍えてぶるりと身震いした。内壁がひんやりとしてさらにきつく中のものを締めつけたため、無意識のうちに剣の柄がわずかに吐き出されてしまう。魏無羨《ウェイウーシエン》はすぐに避塵《ビチエン》をしっかり握り直し、さらに力を込めてそれを体内に押し戻すと、ゆっくりと自ら抽挿を始めた。

内壁の何層にも重なっている肉は、最初から極めてきつく避塵《ビチエン》に絡みついている。剣の柄には趣向を凝らした古風な模様がでこぼことびっしり彫刻されているため、それで中を擦られる感覚におかしくなりそうだった。体内のある一点を擦ると、魏無羨《ウェイウーシエン》は小さく喘ぎを漏らし、ほんの少し両脚を閉じる。眩暈《めまい》を感じると同時にぞくっとするような痺れが走り、前の方もまたかなり熱くなって、既に高く持ち上がっていた。

藍忘機《ランワンジー》の方から見ると、これは実にあり得ないほど淫靡な絵図だった。魏無羨《ウェイウーシエン》が目の前で仰向けになり自ら両脚を広げ、下半身の秘められた孔で彼の避《ビ》塵《チェン》を呑み込んでいるのだ。剣の柄が硬くて冷たいのに反し、入り口は瑞々しく柔らかで、剣の柄を突き入れられて赤くぷっくりと腫れ上がったさまは非常に哀れを誘う。それにもかかわらず、魏無羨《ウェイウーシエン》は懸命にまたその柄を体内に押し入れては抜き出し、ますます速く動かして、抽挿も次第に滑らかになっていく。彼は軽く息を喘がせながら、潤んだ瞳で藍忘機《ランワンジー》を見つめて「藍湛《ランジャン》……」と呼んだ。

「藍湛《ランジャン》……」

鼻にかかったその呼びかけは、まるで彼に懇願しているか、または混濁《こんだく》する意識の中で思わず口から漏れた囁きのようだ。どちらにしても人の心を大いに乱し夢中にさせるには十分すぎる。藍忘機《ランワンジー》はもう目を閉じたり視線を逸らしたりすることなど一切できなくなった。魅入《みい》られたように魏無羨《ウェイウーシエン》の顔を凝視して、彼が避塵《ビチェン》に弄ばれ、もがいて身を捩りながら自分で自分の体が震えるほど弄るところをひたすら見つめる。その光景に、手をきつく握り込むあまり指の関節がコキッと音を響かせた。

魏無羨《ウェイウーシエン》は、彼の異変にはまったく気づいていなかった。避塵《ビチェン》に苦しいくらいに貫かれ、両脚は無意識のうちにだんだんと閉じていき、しっかり閉じてしまうと左右の尻もぴったりとくっついて、剣の柄は一層きつく銜え込まれた。魏無羨《ウェイウーシエン》が吐息を漏らすと、腕と両脚のどちらからもぐったりと力が抜ける。地面で体を横向きにして、少し休憩しようと思った時だ。突然、両方の膝裏がまるで鉄の箍《たが》のような両手にきつく握られ、思いきり両脚を広げられた。

驚いて魏無羨《ウェイウーシエン》が目を開けると、藍忘機《ランワンジー》の恐ろしいほど血走った両目と視線が合い、その瞳の中には得体の知れない炎が燃え上がっているのが見えた。避《ビ》塵《チェン》は彼に握られて抜き出され、遠くへ放り投げられる。剣の柄が体内から離れた時、魏無羨《ウェイウーシエン》は不満そうにも聞こえる声で一回喘いだ。

藍忘機《ランワンジー》は怒った声で一喝した。

「この恥知らず！」

彼は魏無羨《ウェイウーシエン》を地面に押さえつけ、怒張《どちょう》し紫がかった赤色の凶悪なものを、凄まじい勢いでそのまま突き入れた。中に押し込んだ途端、即座に一刻も間を空けず容赦なく腰を打ちつけ始める。

藍忘機《ランワンジー》が侵入してくると、魏無羨《ウェイウーシエン》の両脚は意識的に彼の腰に絡みつき、首に抱きついて極めて従順な姿勢をとる。しかし数回突かれたあと、すぐにこれは耐えられないと感じた。彼の動きはあまりにも乱暴で、一回一回が魏無羨《ウェイウーシエン》を丸ごと突き飛ばすような勢いだ。尻と尾骨《びこつ》はどちらもやや痛みを覚え、魏無《ウェイウー》羨《シエン》は思わず叫んだ。

「優しく！　兄ちゃん、優しくして……」

だが、よりによって魏無羨《ウェイウーシエン》は忘れてしまっていた。彼の今の年齢は夢の中の藍忘機《ランワンジー》より上だというのに、思わず「兄ちゃん」と呼んでしまい、藍忘機《ランワンジー》に手加減させることができなかったのみならず、逆に彼を苛立たせ、さらに激しく突かれる結果に陥った。彼はまるで一心に魏無羨《ウェイウーシエン》の尻を割り、懲罰を与えたがっているかのようだ。魏無羨《ウェイウーシエン》は首を反らせ、激しく降り注ぐ暴雨のような抽挿の最中に、難儀しながら息を吸うと声を上げた。

「すごく……熱い！」

避塵《ビチェン》は全体から冷えた気を発するため、先ほど剣の柄を体内に呑み込ませた時、魏無羨《ウェイウーシエン》は内壁を柔らかくなるまでかき回したが、微かに冷たくもなった。藍忘機《ランワンジー》の陽物は避塵《ビチェン》の柄よりさらに太く、ずっと熱い。そのため、藍忘機《ランワンジー》が突き入れる度、一塊の炎で腹の中まで焼かれるようで、その熱さのあまり魏無《ウェイウー》羨《シエン》は地面でのたうち回りたくなった。

しかし、自らを長いこと弄んだあとで藍忘機《ランワンジー》に乱暴に責め立てられ、彼は既にふわふわとした心地で拒む力を失い、ただ藍忘機《ランワンジー》の下でぶるぶると身を震わせることしかできなかった。彼の修為が夢の中の藍忘機《ランワンジー》よりどれほど高くても、どうしても抵抗できない。熱く焼かれすぎて我慢できなくなると、ただ続けざまに腰を捩らせて逃げようとするが、藍忘機《ランワンジー》に腰をしっかり掴まれ、さらに深く数回打ちつけられて、もう声すら上げられなくなった。

藍忘機《ランワンジー》は彼の耳元で低い声で怒鳴りつけながら問い質す。

「誰が夫だ！」

　まだくらくらして魏無羨《ウェイウーシェン》が反応できずにいると、藍忘機《ランワンジー》はさらにもう一度繰り返す。魂と体の両方が危うく遥か彼方まで飛んでいきそうなくらい強く突き上げられ、魏無羨《ウェイウーシェン》は慌てて答えた。

「お前！　お前！　お前だ、お前が夫だよ……」

　すべて彼の自業自得だ。

　魏無羨《ウェイウーシェン》は大人しく歯を食いしばり、しばらくの間犯されることを従順に受け入れると、冷えていた腹の中は摩擦でじんわりと温かくなり、少しずつ楽になってきた。硬く張り詰めて輪郭がくっきりした陽物の頭部が、体内で理性を失ったかのように突いて擦ってくる。内壁はぬめぬめと湿って柔らかく、きゅうきゅうと絶え間なく不規則に藍忘機《ランワンジー》のものを締めつけて、きつくまとわりつく。体内のあの一点が、彼のわずかに反った長い柱に繰り返し突いて刺激されると、魏無羨《ウェイウーシェン》は快感のあまりおかしくなりそうだった。しかし、敢えて犯されることに耐えられない虚弱な者のふりをして、藍忘機《ランワンジー》の力強い律動で上下に揺さぶられながら、彼の腕を掴み切なげな声で懇願した。

「……兄ちゃん……藍湛《ランジャン》……もっと優しくして、痛いよ……血が出たかも……」

　二人が繋がっているところは確かにぬるぬるして、じゅぽじゅぽという水音もますます大きくなっている。それを聞いて、藍忘機《ランワンジー》はとっさに俯いて結合部を見ると、たちまち微かに呆然とした表情になった。

魏無羨《ウェイウーシェン》は鼻にかかった声で尋ねる。

「血が出てるんじゃないか？」

　藍忘機《ランワンジー》は一つ荒い呼吸をしてから答えた。

「出ていないが？」

「出てないのか？　だったらなんだ？」

魏無羨《ウェイウーシェン》が問いかけると、藍忘機《ランワンジー》はぽそりと呟いた。

「水が出た」

　いつの間にか、魏無羨《ウェイウーシェン》の太ももの内側は一面びっしょりと濡れ、それはあちこちへと流れていた。そして藍忘機《ランワンジー》の怒張して紫がかった赤色の陽物も同じように濡れそぼり、水明かりが見える。こうなると、もうその滴りは魏無羨《ウェイウーシエン》の体内から溢れ出たものでしかない。それでも魏無羨《ウェイウーシエン》は信じられない素振りでまた問いかけた。

「本当に？　本当に？」

　彼は藍忘機《ランワンジー》の手を掴んで二人の繋がっているところに導いた。太く逞しい陽物は血管が盛り上がり、それによって小さな孔は極限まで広げられている。藍忘機《ランワンジー》はぬるぬるした液体を触り、二人がぴったり繋がっているところに触れると、針に刺されたかのように思いきり手を引っ込める。そこを見ると滴りは透明で、やはり血ではなかった。

　今、魏無羨《ウェイウーシエン》と藍忘機《ランワンジー》の体は隙間なく契合している。愉悦が高まった時、彼の体は自然と反応を示して中から潤うため、魏無羨《ウェイウーシエン》は何も知らない藍忘機《ランワンジー》をわざとからかったのだ。藍忘機《ランワンジー》は彼の口角が上がっているのを見て騙されたと悟ると、再び荒々しく突き上げることに没頭した。魏無羨《ウェイウーシエン》は彼に一気に穿《うが》たれて数回意識を飛ばしかけ、慌てて口を開いた。

「……藍湛《ランジャン》、藍湛《ランジャン》、俺を上にさせて。なあ、俺が上になってもいい？」

　藍忘機《ランワンジー》は、どうやら彼が言った「上になる」というのがどういう意味かわからないようで、ほんの少しためらった様子を見せる。魏無羨《ウェイウーシエン》は彼を抱きしめ、どうにか身を翻し体位をひっくり返した。

　藍忘機《ランワンジー》が地面に仰向けになり、その体に跨った魏《ウェイ》無羨《ウーシエン》の尻と彼の股間はぴったりと繋がっている。体位を変える最中でも、あの太くて逞しく火のように熱い陽物は、依然深々と魏無羨《ウェイウーシエン》の後ろの孔に埋め込まれたまま一時も抜かれず、彼の腹の中全体を微妙にかき回した。その気持ち良さに目を細め、魏無《ウェイウー》羨《シエン》はしばしの間軽い眩暈を覚えた。

　錯覚かどうかわからないが、彼は自分の平らな下腹部が藍忘機《ランワンジー》の陽物に突かれて微かに盛り上がっているような気がして、俯くと思わず手を伸ばして自分の腹を撫でた。少し撫でているとすぐに藍忘機《ランワンジー》は彼の尻を持ち上げ、自ら動くように強《し》いてくる。

魏無羨《ウェイウーシエン》は彼に体を上下させられ、張り詰めた硬い先端だけが体内に残るくらい高く持ち上げられ、下がる時には魏無羨《ウェイウーシエン》が思わず眉間にしわを寄せるほど最奥深くまで呑み込まされる。しかも揺さぶる速度は極めて速く、ほとんど息をする隙すらも与えられなかった。

今まで、二人の情事では毎回必ず一度は騎乗してきた。最も深くまで藍忘機《ランワンジー》のものが入るため、魏無《ウェイウー》羨《シエン》はこの姿勢が一番好きなのだ。しかし、今はあまりにも深く貫かれすぎたことが裏目に出た。なにせ夢の中の十七歳の藍忘機《ランワンジー》は、彼に挑発されて完全に理性を失ってしまい、力加減を一切制御できなくなっているのだ。あいにく魏無羨《ウェイウーシエン》は犯され続けて両脚が震えっぱなしで立ち上がれず、逃げ出す力ももうない。追い詰められた状況で、ただ両手を藍忘機《ランワンジー》の頑丈な下腹部につき、すうすうと息を吸って堪えることしかできなかった。

魏無羨《ウェイウーシエン》の腰は細くて尻は小さいものの、尻の肉は少なくはない。藍忘機《ランワンジー》は十本の指を尻の肉に深く沈ませ、しかも力強く揉んだり握ったりするので、わずかな間にすぐに一面青紫の痕だらけになってしまった。魏無羨《ウェイウーシエン》は彼に揉まれくすぐったさを感じたが、ぎゅっと握られると尻に痛みを覚え、耐えきれなくなって彼の片手をどかそうとした。ところが、手を払われた藍忘機《ランワンジー》は、どうやらそれが極めて不満だったようで、きつく眉間にしわを寄せて暗い表情を浮かべると、「パシッ」という音とともに魏無羨《ウェイウーシエン》の尻を思いきり手のひらで叩く。その音は極めて大きくはっきりと響いた。

叩かれた魏無羨《ウェイウーシエン》は、驚いて一瞬呆然とした。

彼は生まれてこの方、誰かにその場所を叩かれたことなどなかった。子供の頃に言うことを聞かず、虞《ユー》夫人が彼を何回か鞭で打った時でも、打ったのは背中と手のひらだけだ。さらに江楓眠《ジャンフォンミエン》と江厭離《ジャンイエンリー》は彼を可愛がっていたので、一度たりとも手を上げたことなどなかった。他家の子供が言うことを聞かずに下衣を剥がされ、尻を叩かれるところを見かけても、彼はただ恥をかかされてみっともないと思い、自分は一度もそんなふうにされたことなどないと脂下《やにさ》がっていた。しかし今、思いもかけず藍忘機《ランワンジー》に……しかも十七歳の藍忘機《ランワンジー》に叩かれてしまったなんて。

たちまち魏無羨《ウェイウーシエン》の顔色は赤くなったり白くなったりして、初めて情事の最中にどうにも抑えられない羞恥と腹立たしさが湧いてきた。

彼は考えれば考えるほど、そのことを考えたくなくなった。尻の半分はまだひりひりしていて、慌てて「もうおしまい！」と叫ぶと傍らに転がる。藍忘機《ランワンジー》の体の上から転がり落ち、二本の力の入らない脚を引きずり懸命に這って彼から離れ、自分の下衣を探しに行こうとした。だが、今の藍忘機《ランワンジー》は非常に興奮している状態の上、魏無羨《ウェイウーシエン》に握られたりつねられたり弾かれたり、また口づけされたり触られたり脅されたりと、散々弄ばれ続けたため、言葉にできない怒りの炎を胸いっぱいに抱えているのだ。そんな時、唐突に魏無羨《ウェイウーシエン》が尻を叩かれるのが怖いということに気づいて、まさか容易く彼を見逃すわけがなかった。

藍忘機《ランワンジー》が無造作に腕を振ると、魏無羨《ウェイウーシエン》がちょうど膝まで穿いていた下衣はたちまちバラバラに裂かれてしまった。藍忘機《ランワンジー》は彼の体をひっくり返してうつ伏せにすると、片手で両手首をその背中で拘束し、もう片方の手で真っ白い尻の肉をもう一度強く叩いた。

「パシッ」という音とともに、魏無羨《ウェイウーシエン》は全身をぶるりと震わせて掠れた声で悲鳴を上げた。

「痛い！」

本当に痛かったわけではなく、あまりの恥ずかしさに我慢できなかった。魏無羨《ウェイウーシエン》は愛の交歓の最中には一度も自ら喘ぎ声を抑えたりしないため、毎回途中から声が掠れ気味になってしまう。だが、今の一声は、藍忘機《ランワンジー》にも本当に痛がって叫んだというより、逆に幾分甘い響きが含まれているように聞こえ、彼は少し動きを止めて視線を下に移す。

手のひらの下にあるのは、あの丸くて豊満な尻だ。先ほどのあの二回の平手打ちによって、透き通るような白い肌に微かに薄紅色が差し、しかもあちこちに乱暴な指の痕が残ってしまっている。強引に広げられて長いこと抽挿されたせいで尻の隙間はわずかに広がり、その中には怯えながら収縮している赤く腫れ上がった孔が見える。充血したそこはさらに瑞々しく柔らかそうに見え、いったいどうやって避塵《ビチェン》の柄と、彼の恐ろしい大きさの陽物を根元まで呑み込んだのかと疑問を抱かずにはいられなかった。尻の隙間と太もものつけ根辺りには、まだ細い水の跡が縦横に交錯しながら流れている。

藍忘機《ランワンジー》は、それを見れば見るほど目つきが暗くなった。

そして彼にしっかりと捕らえられた魏無羨《ウェイウーシエン》は、藍忘機《ランワンジー》がまた尻を叩く気かとひどく心配になり、慌てて蕾をひくひくと収縮させ、その小さな入り口を必死に開け閉めして藍忘機《ランワンジー》の注意を逸らそうとする。こちらに集中して、これ以上尻に意地悪をしないでほしかった。するとやはり、後ろにいる藍忘機《ランワンジー》の息遣いは荒くなり、魏無羨《ウェイウーシエン》の体をひっくり返して下半身を抱え上げて再び挿入してきた。この上なく滑らかに入ったものに体内を埋め尽くされ、魏無羨《ウェイウーシエン》はようやくほっと息をついた。

ところが、その息をまだ最後までつかないうちに、藍忘機《ランワンジー》はまた彼の尻を平手打ちした。魏無羨《ウェイウーシエン》は叩かれてぶるりと身震いし、秘められた孔を思わずぎゅっときつく締めつける。ちょうど亀頭に敏感なところを擦られ、彼のものもますます反って硬くなり、じわっと白濁が溢れ出てきた。

それから、藍忘機《ランワンジー》は突き上げる度に彼の尻を一回叩いた。魏無羨《ウェイウーシエン》の中は、藍忘機《ランワンジー》の陽物の先端があの致命的な一点を突く度に最もきつく締めつけ、前のものもますます上を向いてくる。三種類の刺激が繰り返し重なり合い、彼はまるで猛《たけ》り狂う荒波の中に身を置いているかのように、小声で嗚咽しながら懇願した。

「それ、やめて……藍湛《ランジャン》……やめて……もう叩くな……落ち着けって！　藍湛《ランジャン》、お願いだから……」

彼は藍忘機《ランワンジー》が情事の最中はずっと凶暴だというこ

とを知っている。これまではその凶暴さが好きだったけれど、ここまで追い込まれるなんて未だかつてなかったことだ。

数十回も続けざまに叩かれ、魏無羨《ウェイウーシエン》の真っ白だった尻は赤く熱くなり、微かに腫れてひりひりしていて、少し触るだけでも我慢できないほどだった。藍《ラン》忘機《ワンジー》が再び奥深く突き入れる時、俯いて彼の唇に口づけをしたが、全身が一層敏感になっている魏無《ウェイウー》羨《シエン》は、息をするのみでぐったりと彼の肩を抱きしめる。口づけが深くなり、下半身は疲れ果てながらどうにか白濁を吐き出した。

一筋の乳色の白濁が二人の下腹部に飛び散る。そして藍忘機《ランワンジー》も彼のすぐあとに、思う存分すべてを彼の体内に放った。

大人しくしばらくの間抱き合ったあとで、魏無《ウェイウー》羨《シエン》は掠れた声で呟いた。

「……痛い……」

二度目の熱を放ったあと、藍忘機《ランワンジー》はどうやらやっと少しばかり理性を取り戻し落ち着いてきたようで、彼の体の上で、やや慌てた様子で尋ねた。

「……どこが痛い？」

「……」

魏無羨《ウェイウーシエン》はまさか尻が痛いとも言えず、ただ小さな声で「藍湛《ランジャン》、早くいっぱい口づけして……」とせがんだ。

彼が目を伏せ、態度をがらりと変えて従順なさまを見せると、藍忘機《ランワンジー》の透き通るような白い耳たぶに意外にも薄紅色が差す。藍忘機《ランワンジー》は言われた通りに力を込めて魏無羨《ウェイウーシエン》をぎゅっと抱きしめ、彼の唇を口に含み、細やかに口づけし始めた。

唇が離れる時、藍忘機《ランワンジー》はやはり魏無羨《ウェイウーシエン》の下唇をそっと甘噛みした。

それからすぐに、二人は揃って目覚めた。

静室の寝床の上に横たわったまま、目を開けてしばし互いに見つめ合っていると、藍忘機《ランワンジー》はまた魏無《ウェイウー》羨《シエン》をぱっと抱き寄せてきた。

魏無羨《ウェイウーシエン》は彼の胸に抱きしめられながらずいぶん長い間口づけをされ、非常に満たされ目を細める。

「藍湛《ランジャン》……一つ聞きたいんだけど、お前が毎回中に出すのは、俺にちび藍《ラン》公子を産んでほしいからなのか？」

魏無羨《ウェイウーシエン》は夢の中でのからかいに失敗した上、逆に年下の藍忘機《ランワンジー》に犯されてしまったため、目覚めて藍《ラン》忘機《ワンジー》を見ると、我慢できなくなってすぐにでたらめな冗談を言い始めた。藍忘機《ランワンジー》もかつてのように容易く怒らなくなり、ただ「君がどうやって産むんだ」とだけ言った。

魏無羨《ウェイウーシエン》はぐったりした両腕を動かし、枕にしてその上に頭をのせる。

「はぁ、俺がもし産めたなら、こんなふうに夜となく昼となく死ぬ気で犯されてちゃ、とっくにお前の子をいっぱい産んで、そこら中走り回ってたよ」

藍忘機《ランワンジー》はそんな淫らで適当な言葉を聞いてはいられずに遮った。

「……もういい」

魏無羨《ウェイウーシエン》は足を組み、にこにこ笑いながら続ける。

「また恥ずかしくなっちゃったのか？　俺は……」

すべて言い終わらないうちに、突然藍忘機《ランワンジー》が彼の尻を軽く叩いた感覚があり、魏無羨《ウェイウーシエン》は驚いて危うく寝床から転がり落ちそうになった。

「何やってるんだよ！」

「確認」

藍忘機《ランワンジー》の答えを聞くと、魏無羨《ウェイウーシエン》は両脚が震えているのにも構わず、ぱっと床に飛び降りた。

「結構だ。藍湛《ランジャン》、お前が夢の中で何をしたか、ちゃんと覚えてるからな。生まれてこの方、俺にこんなことをした奴は一人もいなかったんだぞ！　もう絶対にこんなことするなよ。ヤりたいなら脚を広げてやるから、人を叩くな！」

藍忘機《ランワンジー》は魏無羨《ウェイウーシエン》を引っ張って寝床に戻してから言う。

「叩かない」

彼が約束すると、魏無羨《ウェイウーシエン》はほっとして口を開いた。

「含光君、約束だぞ」

「うん」

三晩も繰り返し夢を見たため、強い眠気が押し寄せてきて、魏無羨《ウェイウーシェン》もさすがにこれ以上暴れなくなった。彼は再び藍忘機《ランワンジー》の胸元に潜り込むと、ぶつぶつと呟く。

「俺にこんなことをした奴は、生まれて初めてだったんだから……」

藍忘機《ランワンジー》は彼の髪を撫で、額にそっと口づけると、首を横に振って微笑んだ。

番外編　悪友

薛洋《シュエヤン》は、道端にある屋台の小さな木の卓のそばで横長の腰掛けに片方の膝を立てて座り、米酒湯円《べいしゅとうえん》〔米を原料とした蒸留酒（米酒）で団子（湯円）を茹でたもの〕を食べていた。

彼は碗の中でカチャカチャと音を立てて匙を動かし、とても満足げに食べていたが、食べ終わる寸前になって唐突に気づいた。湯円は非常にもちもちしているが、米酒には甘さが足りない。

薛洋《シュエヤン》は立ち上がり、屋台を一蹴りしてひっくり返した。

忙しく仕事をしていた屋台の主人は、彼のその一蹴に愕然とした。ぽかんとしたまま、突然粗暴な行動に出たその少年が、屋台を蹴ったあと何も言わずににこにこと笑いながら身を翻し、すぐにその場を立ち去るのを見送る。かなり経ってから、主人ははっとして我に返ると、ようやくその少年を追いかけてかんかんになって怒鳴りつけた。

「お前、何するんだ！」

「屋台を壊したんだよ」

薛洋《シュエヤン》の答えに、主人は死にそうなほど激怒して声を上げる。

「お前、おかしいんじゃないか？　気が触れてるのか！」

薛洋《シュエヤン》が少しも気にせずに平然としていると、主人はさらに続けて彼の鼻先を指さして罵った。

「この野郎！　食べといて金も払わないし、しかも屋台を壊しやがったな!?　俺が……」

その時、薛洋《シュエヤン》が右手の親指を微かに動かすと、腰に佩いた剣が「チャン」と音を立てて鞘から出てきた。

薛洋《シュエヤン》は不気味に冷えた光を放つ降災《ジャンザイ》の剣先で、屋台の主人の顔をぴたぴたと叩く。その動きは軽くしなやかなものだった。そして甘ったるい口調で言う。

「湯円は美味しかったよ。でも、次は砂糖をもっと入れてね」

そう言うと薛洋《シュエヤン》は振り返り、大手を振ってまた通りを歩き始めた。

屋台の主人は驚愕のあまり、激しい憤りを感じていても言葉は出てこなかった。呆然としたまま、彼が遠くまで離れていくのをただ眺めているうち、突然、心を埋め尽くすほど猛烈な理不尽さを覚えてやりきれない気持ちになり、怒りの炎が燃え上がる。

少ししてから、彼は爆発するような怒号を発した。

「……真っ昼間に訳もなく、なんでこんなことを！お前、なんでなんだよ！」

薛洋《シュエヤン》は振り返りもせずにひらひらと手を振って答える。

「別になんでもない。世の中、大抵のことにはもともと理由なんてないんだ。こういうのをとんだ災難っていうんだよ。じゃあな！」

彼は軽快な足取りで何本もの通りを過ぎていく。しばらくして、後ろから誰かがついてきた。その誰かは手を後ろに組みながら、彼の隣に並ぶとぴったり歩調を合わせる。

追いついてきた金光瑶《ジングアンヤオ》は、ため息をついて口を開いた。

「ほんの少し離れただけで、あっという間にこんなことをしでかしてくれるなんて。本来は湯円一杯の代金で済んだものを、私はあの屋台の主人の家具やら炊事道具まですべてを弁償しなくてはならなくなったんだよ」

「お前、それくらいの金はあるだろ？」

「まぁあるけど」

「だったらなんでため息をつくんだ？」

「君にも金はあるはずだと思ってね。一度くらいは普通の客になってみたらどうだ？」

「夔州《きしゅう》じゃ欲しいものを金で買ったことなんて一度もないんだ。ほら、こんなふうにね」

そう言いながら、彼は道端で行商人が持っていた棒から、売り物の山査子飴《さんざしあめ》〔串に刺した山査子に飴をかけたもの。冬の風物詩〕を一本ひょいと無造作に抜き取った。その行商人は、どうやらこんな厚かましく恥知らずな者を初めて見たらしく、目を見張って呆然としている。薛洋《シュエヤン》はそれをかじりながら続けた。

「それに、ちんけな屋台をひっくり返した程度のことが、お前に収められないはずないだろ？」

金光瑶《ジングアンヤオ》は笑って言う。

「このごろつきめ。屋台をひっくり返そうが君の勝手だし、君がたとえ通り中を燃やしたとしても私は何も言わないよ。ただ、一つだけ守ってくれればいい。金星雪浪袍は着ずに、顔をちゃんと覆って誰がやったのかわからないようにして、私を困らせるな」

そう言いながら、彼は先ほどの行商人に山査子飴の代金を放り投げる。薛洋《シュエヤン》は山査子の種を吐き出すと目だけ動かして金光瑶《ジングアンヤオ》を眺め、彼の額の端に隠しきれない青紫色のあざの一部を見つけ、ハハッと笑って尋ねた。

「お前、それどうしたんだ？」

金光瑶《ジングアンヤオ》はとがめる目つきでじろりと彼を横目で睨むと、帽子に少し手を添えて青あざをしっかり隠してから答えた。

「一言では説明できない」

「聶明玦《ニエミンジュエ》に殴られたのか？」

「もし彼が手を出してきたんだとしたら、私が今ここに立って、君と話せていると思うか？」

薛洋《シュエヤン》はまったくその通りだと深く納得した。

二人は蘭陵の町から出て、人気《ひとけ》のない荒野に建物がずらりと並ぶ一風変わった場所に辿り着いた。

そこは決して煌びやかとは言えず、かなり高い塀の中に入るとすぐに暗くて気味の悪い長屋が並んでいる。長屋の前は広場になっており、人間の胸元までの高さの鉄の柵《さく》で囲われ、柵には赤と黄色の呪符がびっしりと張られていた。広場の中には、鉄の檻《おり》、押し切り、針が剣山のようにびっしりついている板などの見たこともないような奇妙な器具があれこれと置かれて、ボロボロの服を纏った「人」の群れが、その中をゆっくりと行き交っているのが見えた。

その「人」は皆、青黒い肌をしていて目は虚ろで、なんの目的もない様子で広場をのろのろと歩いている。彼らは時折互いにぶつかっては、口の中から風が漏れ出すようなヒューヒューという奇怪な声を発していた。

ここは煉屍場《れんしじょう》だ。

当時、金光善《ジングアンシャン》は陰虎符欲しさに苛立ち、何度も遠回しにほのめかしたりとあらゆる手段を使い果たしたが、いかんせん魏無羨《ウェイウーシエン》という人は煮ても焼いても食えない人間で、何度も肘鉄砲を食わされて手に入れることができなかった。金光善《ジングアンシャン》は内心こう思っていた。――貴様に作れて、他の者に作れないというのか？　世の中で貴様、魏嬰《ウェイイン》ただ一人だけがその腕前を持っているなんて、絶対に信じない。いつか他の者に追い抜かれ、後人《こうじん》に踏みつけられて嘲笑われるその時が来ても、貴様がまだ思い上がっていられるか見てみようじゃないか？

それから、金光善《ジングアンシャン》は魏無羨《ウェイウーシエン》を真似て鬼道を修練する異端の者たちを躍起になって取り込み、自分のために働かせた。大量の金と物資を彼らに注ぎ込み、秘密裏に陰虎符の構造を研究して分析させて、複製と復元に着手するよう命じた。だが、その中から成果を出した者はごくわずかで、そして最も目的に近づいたのは、なんと金光瑤《ジングアンヤオ》が自ら推薦した、最年少の薛洋《シュエヤン》だったのだ。

金光善《ジングアンシャン》は期待していた以上の成果に歓喜し、彼に客卿の座を与え、極めて大きな権力と自由をも与えた。この煉屍場は、まさに金光瑤《ジングアンヤオ》がわざわざ薛《シュエ》洋《ヤン》のために願い出て用意された、薛洋《シュエヤン》一人が秘密裏に陰虎符の研究をするための土地だ。つまり、誰になんら憚ることなく、好き勝手にやりたい放題するための場所なのだった。

二人が煉屍場に着くと、ちょうど二体の凶屍が場内の中央で激しく戦っているところだった。

その二体は他の彷屍《ほうし》とはまったく様子が異なっており、整った身なりをしつつも白目をむき、手には武器を持っている。二本の剣がぶつかり合い、火花が四方に散る。彼らを囲う鉄の柵の前には椅子が二脚据えられていて、二人はそこに揃って腰を下ろす。

金光瑶《ジングアンヤオ》が服の襟元を少し整えていると、すぐに一体の彷屍がよろよろしながら近づいてきて、盆を一つ置いた。

「茶だ」

薛洋《シュエヤン》にそう言われ、金光瑶《ジングアンヤオ》はちらりと目を向ける。湯呑の底にはいかにも怪しげで不気味な、紫がかった赤色をした塊が沈んでいる。茶に浸って膨らんでいるせいで、それがなんなのかはわからなかった。

彼は微笑みながら湯呑をそっと押し出す。

「ありがとう」

薛洋《シュエヤン》はその湯呑をまたずいと押し返し、親しげな様子で言った。

「これは俺が自ら秘密の製法で入れた茶だぞ。なんで飲まないいんだ？」

金光瑶《ジングアンヤオ》は再び湯呑を押し戻してから、丁寧に答える。

「君が自ら秘密の製法で入れた茶だからこそ、怖くて飲めないいんだよ」

薛洋《シュエヤン》は片方の眉を跳ね上げ、顔を前に向けて再び凶屍同士の戦いを眺めた。

二体の凶屍の勢いはますます激しさを増し、剣と手をどちらも使って、血肉を飛び散らせながら戦っている。しかしそれを見ると、薛洋《シュエヤン》の顔に浮かんでいたつまらないという感情は、一層色を濃くしていった。

しばらくしてから、彼は突然パチンと指を鳴らし、一つ手ぶりをして見せる。すると、その二体の凶屍はたちまち全身を痙攣させせながら剣先を反転させ、自らの首をはね落としてしまった。残った首なしの胴体は遅れてバタンと地面に倒れ、まだぶるぶると身を震わせている。

「いい具合に戦っていたじゃないか？」

怪訝に思って金光瑶《ジングアンヤオ》が尋ねると、薛洋《シュエヤン》が答えた。

「遅すぎる」

「前回見た、あの二体よりはずいぶん速かったと思うけど」

薛洋《シュエヤン》は黒い手袋をはめた手を伸ばし指を一本立て

ると、それをさっと横に振る。

「それは何と比べるかによるさ。こんなの、温寧《ウェンニン》どころか魏無羨《ウェイウーシエン》が笛で呼んできたその辺の凶屍と戦わせたって長くは持たないよ」

「そんなに急ぐ必要はないだろう？　私だって急いでいないのに。ゆっくりでいい、必要なものがあれば言ってくれ。ああ、そうだ」

金光瑶《ジングアンヤオ》は笑って言うと、袖の中からあるものを取り出して薛洋《シュエヤン》に渡した。

「もしかしたら、君にはこれが必要かな？」

薛洋《シュエヤン》はそれを受け取ってぱらぱらとめくると、突然、もたれていた椅子の背からがばりと身を跳ね起こした。

「魏無羨《ウェイウーシエン》の手稿か？」

「その通り」

薛洋《シュエヤン》は目を輝かせ、俯いてその手稿をめくって読み耽ったが、ほどなく顔を上げて尋ねた。

「これ、本当にあいつの直筆の手稿なのか？　十九歳の時に書いた？」

「もちろん。誰もが喉から手が出るほど欲しがって奪い合うから、すべて集めるのにかなりの手間がかかったんだ」

金光瑶《ジングアンヤオ》の答えを聞いて薛洋《シュエヤン》は小さく一言感嘆の声を上げ、彼の目の中に浮かぶ興奮の色はますます濃くなる。すべてめくり終えると、彼は口を開いた。

「不完全だ」

「乱葬崗でかなりの規模の烈火と殺し合いを経たものなんだ。不完全であっても、見つかっただけましだよ。ゆっくり大事に読んでくれ」

「あいつのあの笛は？　お前、陳情《チェンチン》をなんとか手に入れられないか？」

金光瑶《ジングアンヤオ》は両の手のひらを上に向けると、肩をすくめた。

「陳情《チェンチン》は駄目だ。江晩吟《ジャンワンイン》が持っていった」

「あいつは魏無羨《ウェイウーシエン》のことが誰よりも憎いんじゃなかったのか？　陳情《チェンチン》をもらってどうするんだ。お前は魏無羨《ウェイウーシエン》のあの剣を奪い取ったんだろう？　だったらその剣をあいつにやって、笛と交換してこい。魏《ウェイ》無羨《ウーシエン》はとっくに剣を捨てて使わなくなってたし、随《スイ》便《ビエン》も封剣して誰にも抜けないんなら、取っておいたところでお前に綺麗に飾られる以外クソの役にも立たないだろ」

「薛《シュエ》公子は本当に無理難題を押しつけてくるね。私がそれを試さなかったとでも思っているのか？ そんなに簡単にいくわけがないだろう。江晩吟《ジャンワンイン》はもうおかしくなっているんだ。まだ魏無羨《ウェイウーシエン》が死んでいないと思っていて、もし彼が戻ったとしたら、剣は取りに来なくとも必ず陳情《チェンチン》だけは取りに来るはずだと信じ込んでいる。だから、絶対に誰にも陳情《チェンチン》を渡さないはずだ。もし私が少しでも余計なことを言えば怒りだすだろうな」

薛洋《シュエヤン》はふんと鼻で笑った。

「狂犬め」

その時、蘭陵金《ジン》氏の門弟二人が、長い髪を乱した一人の修士を引きずってきた。

「そうそう、新しく凶屍を煉製《れんせい》したいって言っていただろう？ ちょうどいい、そのための材料が届いたよ」

連れてこられた修士の目は真っ赤に充血していて、怒りで目の周りが裂けそうなほど目を見開き、必死にあがいている。金光瑶《ジングアンヤオ》を睨みつけるその視線はほとんど火でも噴き出しそうだ。

「こいつ何者だ？」

薛洋《シュエヤン》に問われ、金光瑶《ジングアンヤオ》は顔色一つ変えずに答える。

「私が君のところに届けるんだから、もちろん罪人だ」

それを聞くなり、その修士はありったけの力で金《ジン》光瑶《グアンヤオ》に飛びかかろうとし、口を塞いでいた布の塊を血とともに吐き出して怒鳴った。

「金光瑶《ジングアンヤオ》！ 貴様、この極悪非道で犬畜生《いぬちくしょう》以下の陰険野郎が、よくも図々しく私が罪人だなどと言えたな？ 私がいったいなんの罪を犯したというんだ!?」

彼が発する一字一句は、まるで口から鋭利な釘でも吐き出し、一文字ごとに金光瑶《ジングアンヤオ》を穿とうとするかのように刺々《とげとげ》しい。薛洋《シュエヤン》はふんと鼻を鳴らすと、再び金光瑶《ジングアンヤオ》に尋ねた。

「どういうことだ？」

その修士は彼を連れてきた者に、鎖で繋いだ犬のように背後から引っ張られている。金光瑶《ジングアンヤオ》は手を振って門弟たちに命じた。

「口を塞いでおいてくれ」

「なんで塞ぐんだ？　俺に聞かせてくれない？　お前はなんで極悪非道で犬畜生以下なんだ？　こいつ犬みたいに吠えてて、何言ってるのかわかんなかったよ」

金光瑶《ジングアンヤオ》はわずかに非難を込めた口調で薛洋《シュエヤン》を窘める。

「何素《ホースー》公子も名士の一人だというのに、なんて失礼な呼び方をするんだ」

捕らえられた修士はせせら笑って言った。

「私は既に貴様の手中に落ちて、煮るも焼くも貴様次第だというのに、なぜまだ心にもない態度をとる？」

金光瑶《ジングアンヤオ》は穏やかな笑みを浮かべた。

「そんな目で私を見ても無駄ですよ。私にもどうすることもできませんから。仙督を推挙《すいきょ》することは大勢の意に沿った流れなのに、なぜわざわざ人々を扇動して、あちこちで騒ぎを起こさせるようなことをしたんですか？　私は再三忠告したのに、頑なに聞き入れなかったのはあなたです。今となってはもう取り返しがつきません。私も残念に思っているんです……」

「何が大勢の意だ？　何が扇動だ？　金光善《ジングアンシャン》が仙督の座を設けたいのは、どうせ岐山温《ウェン》氏を真似して一家で独裁したいからだろう。貴様は世の中の人々が皆無知で何もわからないとでも思っているのか？　貴様がここまで私を陥れたのも、私が事実を言ったからだろうが！」

金光瑶《ジングアンヤオ》は何も答えずにっこりと微笑むだけだ。何素《ホースー》はさらに続けた。

「本当に貴様らの思いのままになる時が来たら、玄門百家は皆、蘭陵金《ジン》氏の本性にはっきりと気づくだろう。貴様は私一人を殺しさえすれば、この先枕を高くして寝られるとでも思っているのか？　大間違いだ！　我々亭山何氏《ていざんホー》は有能な者を多く輩出《はいしゅつ》している。これからも一致団結し、決して貴様らのような人間の皮を被った第二の温狗《ウェンく》に屈することはない！」

それを聞いて、金光瑶《ジングアンヤオ》は微かに目を細めると口角を上げた。それはまさに、普段の彼のあの優しくて親しみやすい表情だ。何素《ホースー》はそれを見て、なぜか心臓がドクンと大きく跳ねるのを感じた。

ちょうどその時、煉屍場の外から騒がしい音が聞こえてきた。その中には女や子供の泣き叫ぶ声も交ざっている。

何素《ホースー》がぱっと振り向くと、大勢の蘭陵金氏《ジン》の修士たちが六、七十名ほどの同じ色の服を纏った者たちを引きずり込んでくるのが見えた。老若男女、年も性別も様々で、幼い子供までいる。誰も彼もが驚きうろたえ、既に泣き喚いている者の姿もあった。そんな中、少女と少年の二人が、がんじがらめに縛り上げられたまま地面に跪くと、何素《ホースー》に向かって悲痛な声で叫んだ。

「兄さん！」

何素《ホースー》はあまりの驚きに愕然とした。一瞬で紙のように真っ白な顔色になって、彼は声を上げた。

「金光瑶《ジングアンヤオ》！　貴様いったいどういうつもりだ!?　私一人を殺せば十分だろう、なぜ一族まで巻き添えにする必要があるんだ!?」

金光瑶《ジングアンヤオ》は俯いて袖口を少し整えながら、にこにこと笑って答えた。

「だって、先ほどあなたがご自分で私に注意してくださったじゃないですか？　あなた一人を殺したとしても、この先枕を高くして寝られることなどなく、亭山何氏《ホー》は有能な者を輩出し、これからも一致団結して決して屈することはない、と――私は大変恐れおののき、いろいろと思案した上で、こうするしかなかったんです」

何素《ホースー》はまるで喉に拳を突き入れられたかのように言葉を失う。しばらくしてから、彼は荒々しく怒鳴った。

「訳もなく我々一族を滅ぼしたりして、衆人から攻撃の的《まと》にされるのが本当に怖くないのか⁉　赤鋒尊《せきほうそん》が知ったらどうなる⁉」

聶明玦《ニエミンジュエ》の名前を聞いて、金光瑶《ジングアンヤオ》の眉根がぴくりと動いた。薛洋《シュエヤン》は笑いすぎて危うく椅子の上でひっくり返って倒れそうになっている。金光瑶《ジングアンヤオ》は彼をちらりと見ると、また顔を前に向け、落ち着いた様子で穏やかに答えた。

「あなたはそんなふうに言える立場にはないはずですよ。あなたたち亭山何《ホー》氏が反乱を起こして逆らい、一族の総力を挙げて金《ジン》宗主を暗殺しようと企てて、その場で取り押さえられたというのに、これを訳もなくなどと言えるでしょうか？」

「兄さん！　そいつは嘘をついてる！　俺たちはやってない、何もやってないんだ！」

捕らえられた人々の中の何人かが泣き叫んだ。何《ホー》素《スー》も再び声を荒らげる。

「まったくのでたらめだ！　貴様のその腐った目を大きく開けてしっかりと見ろ！　この中にはまだ九歳の子供もいるんだぞ！　歩くことすらままならない年寄りもいるんだ！　どうやって反乱を起こす⁉　どんな訳があって彼らが貴様の父を暗殺するというんだ⁉」

「その訳はもちろん、何素《ホースー》公子、あなたがまず最初に間違いを犯して人を殺《あや》め、金鱗台で断罪されて処罰されたから、彼らはそれが不服だったんでしょう」

何素《ホースー》はそれでようやく、自分がどんな罪名によって、この陰気が漂う不気味な場所まで連れてこられたかを思い出した。

「すべて濡れ衣だ！　私は貴様ら蘭陵金《ジン》氏の修士など殺していない！　死んだ者には一度も会ったことすらないんだ！　そもそもあの者が、貴様の家の修士かどうかすら怪しい！　私……私は……」

彼はかなり長いこと言葉に詰まってから崩れ落ちた。

「私は……どういうことなのかまったく知らない、

何も知らないんだ！」

しかし、この場所に彼の弁明に耳を貸す者など誰もいない。彼の目の前に座っているのは、既に彼を死人と見なす二人の凶悪残虐な輩で、まさに彼が死に際にあがく姿を楽しんでいる。金光瑶《ジングアンヤオ》は笑いながら椅子の背にもたれかかり、手で合図をして門弟たちに命じた。

「もういい、早く口を塞ぐんだ」

もはや死は免れないと悟った何素《ホースー》は、顔中に絶望の表情を浮かべ、ぎりぎりと歯を食いしばりながら吠えた。

「金光瑶《ジングアンヤオ》！　貴様はいずれ必ず報いを受けるぞ！　貴様の父はそのうち娼妓に囲まれて腐って死ぬ。貴様のような娼妓の子が、それよりましな最期を迎えられるとは思うな！」

薛洋《シュエヤン》はけらけらと興味津々にそれを聞いていたが、一瞬でその顔に黒い影がよぎり、一筋の銀色の光がさっと掠める。すると、何素《ホースー》は口を押さえて大きな悲鳴を上げ始めた。

真っ赤な血が一面に噴き出し、捕らえられた何素《ホースー》の一族の者たちは泣き声を上げ罵声を浴びせ、辺りは恐慌状態に陥っている。しかし、どれほど混乱し暴れようと、彼らはしっかりと制圧されたままだ。

薛洋《シュエヤン》は地面に倒れて起き上がれない何素《ホースー》の前に立ち、血がたらたらと流れる一欠片の何かを手の中で放《ほう》っては受け止め、傍らの二体の彷屍に向かってパチンと指を鳴らして命じた。

「檻に閉じ込めておけ」

「生きたまま閉じ込めるのか？」

金光瑶《ジングアンヤオ》が尋ねると、薛洋《シュエヤン》は彼の方を振り向き、ニッと口角を上げて答える。

「魏無羨《ウェイウーシエン》は一度も生きた人間を使って煉製したことがなかったけど、俺はそれを試してみようと思ってね」

二体の彷屍は彼の命令に従い、まだ悲鳴を上げ続けている何素《ホースー》の両脚を引きずり、煉屍場の中にある鉄の檻の中へ放り込んだ。自分たちの家の兄分《あにぶん》が檻の中に投げ込まれ、頭を鉄の柵に激しくぶつけるところを見て、何人かの少年少女たちはその檻に飛びついて、大声で泣き叫んだ。

　その声は甲高く耳障りなもので、金光瑤《ジングアンヤオ》は片肘をついてこめかみを少し揉んだ。無意識に湯呑を持ち上げ、茶を一口飲んで気持ちを落ち着かせようとしたが、俯くと湯呑の底に沈んでいるあの紫がかった赤色の浮腫《むく》んだ塊が目に入る。彼は顔を上げ、薛《シュエ》洋《ヤン》が手の中で放《ほう》って遊んでいる何素《ホースー》の舌を見て、しばし考え込んだあと、突然理解して問いかけた。

「君は茶を入れる時、まさかそれを使っているのか？」

「ああ、大きな缶いっぱいに持ってるんだ。お前もいる？」

「……」

　一瞬黙り込んだあと、金光瑤《ジングアンヤオ》は再び口を開いた。

「結構だ。ここを片づけたら一緒に人を迎えに行くよ。茶はまた他のところで飲もう」

　金光瑤《ジングアンヤオ》は何かを思い出したようで、帽子を少し整えると、無意識にあの隠された額の青紫色に触れた。薛洋《シュエヤン》は人の不幸を喜ぶ様子で楽しそうに尋ねる。

「お前の頭、なんでそんなにこぶだらけなんだ？」

「言ったじゃないか、一言では説明できないんだ」

　金光善《ジングアンシャン》は毎日、大小様々な仕事を金光瑤《ジングアンヤオ》に丸投げし、自分は至るところで酒と女に溺れては一晩中帰らないため、金《ジン》夫人は金鱗台でかんかんになって怒っていた。これまで金子軒《ジンズーシュエン》がいた頃は、まだ彼が両親の仲を取り持つ役割を果たしていたが、今となっては二人の間に和解できる余地など一切なくなっている。

　女と遊ぶために出かける際に、金光善《ジングアンシャン》は毎回外出の口実を金光瑤《ジングアンヤオ》に探させた。金《ジン》夫人は夫を捕まえられないとなると、代わりに金光瑤《ジングアンヤオ》を捕まえては燃え上がる怒りの炎を放ち、ある日は香炉をぶつけられ、またある日は茶をかけられたりするのだ。金鱗台で自分が少しでも平穏無事に、一日でも長く生き延びるため、金光瑤《ジングアンヤオ》はあらゆる妓楼や遊郭を捜し回り、時間通りに金光善《ジングアンシャン》を見つけて家に連れ帰らなければならなかった。

そんなことを繰り返しているうち、金光瑶《ジングアンヤオ》はどこに行けば一番早く金光善《ジングアンシャン》を見つけられるかがわかるようになった。その日も、とある場所の煌びやかで小さな建物まで捜しに行くと、金光瑶《ジングアンヤオ》は手を後ろに組んで中へと足を踏み入れた。大広間にいた主管が機嫌を取るような笑顔で彼を迎え入れ挨拶をしようとしたが、金光瑶《ジングアンヤオ》は手を上げて必要ないと示した。薛洋《シュエヤン》は無造作に一人の客の卓から林檎を一つ取り、金光瑶《ジングアンヤオ》のあとについてのんびりとした足取りで階段を上がりながら、胸元で林檎を少し拭くなりシャリシャリとかじり始める。

それほども経たないうちに、階上から金光善《ジングアンシャン》と可愛らしく甘える女の笑い声が聞こえてきた。しかも女は一人だけではなく、彼女たちは小鳥のさえずりのように話している。

「宗主、私が描いたこの絵、綺麗ですか？　この花を私の体に描くと、まるで本物みたいでしょう？」

「絵を描けるくらい何よ？　宗主、私のこの字、どう思いますか？」

金光瑶《ジングアンヤオ》はとっくにこのような状況には慣れっこで、いつ出ていくべきかを把握しているため、薛洋《シュエヤン》に手ぶりで合図するとその場で足を止めてしばし様子を窺った。薛洋《シュエヤン》はチッと舌打ちをして、ひどく我慢ならないという表情を浮かべている。金光瑶《ジングアンヤオ》がちょうど階段を下りて下で待とうとしたその時、急に金光善《ジングアンシャン》が大声を張り上げて、無遠慮な物言いをするのが聞こえてきた。

「女はな、草花なんかを弄って、粉白粉でも塗って、自分を綺麗に着飾れば十分だろう？　何を字なんか書いてるんだ？　興ざめだろうが」

女たちは皆、金光善《ジングアンシャン》の歓心を買うつもりだったが、突然そんな言葉をかけられ、階上には一瞬気まずい空気が流れた。階段で聞いていた金光瑶《ジングアンヤオ》の体もまた、微かに強張る。

しばらくすると、誰かが笑いながら言った。

「でも聞いた話によれば、かつて雲夢には花柳の才女がいて、詩詞歌賦《ししかふ》、琴棋書画《きんきしょが》で有名になって皆を魅了していたんですってよ！」

金光善《ジングアンシャン》は明らかにぐでんぐでんに酩酊《めいてい》していて、言葉の端々からふらふらと酒気を帯びているのがわかる。

彼は呂律《ろれつ》が回らない様子で言った。

「その話は——そんなふうに言っちゃあダメだ。私は今になって気づいたよ。女は、やはりああいった身の丈にそぐわないことをしない方がいい。ちょっとばかり本を読んだことがあるくらいで、大抵自分は他の女より上だと思い込んで要求は多いし、あれこれ空想するし、一番面倒だからな」

薛洋《シュエヤン》は窓を背にして立って壁に寄りかかると、窓枠に肘をつき、林檎を食べながら顔を横に向けて外の景色を眺めた。金光瑶《ジングアンヤオ》の笑顔はまるで張りついたように固まり、眉と目は弧を描いたままぴくりともしなかった。

階上で、女たちは笑いながら金光善《ジングアンシャン》に調子を合わせている。金光善《ジングアンシャン》は何か昔のことでも思い出したのか、独り言のように呟いた。

「もし彼女を身請けしてやって蘭陵まで捜しに来られたりしたら、どんなにしつこくつきまとわれるかわかったもんじゃない。このまま大人しく元の場所にいてくれれば、彼女ならおそらくまだ数年は人気を保てるだろうから、一生衣食住には困らないはずだ。なぜかどうしても息子を産みたがって、娼妓の子のくせに、あんなことを望むなんて……」

「金《ジン》宗主、誰のことをおっしゃってるんです？　誰の息子ですか？」

一人の女が不思議そうに尋ねると、金光善《ジングアンシャン》は地に足がつかない様子で答える。

「息子？　はぁ、もうやめよう」

「そうですよ、やめましょうやめましょう！」

「金《ジン》宗主が、私たちが字を書いたり絵を描いたりするのがお好きじゃないなら、もうどちらもやめます。他のことで遊ぶのはいかがですか？」

金光瑶《ジングアンヤオ》は階段のところで一炷香《いっちゅうこう》立ち尽くし、薛《シュエ》洋《ヤン》も同じだけ外の景色を眺めた。階上の楽しげな笑い声はだんだんと静かになってくる。

しばしのあと、金光瑶《ジングアンヤオ》は穏やかな表情で身を翻し、ゆっくりと階段を下り始めた。それを見て、薛《シュエ》洋《ヤン》は無造作に林檎の芯を窓の外に投げ捨てると、ぶらぶらと彼のあとについて下りていく。

二人は町中を歩き、しばらくすると薛洋《シュエヤン》は唐突に一切遠慮せず声を上げて笑いだした。

「ハハハハハハッ、クソったれ、ハハハハハハッ……」

金光瑶《ジングアンヤオ》は少し足を止め、大笑いしている彼に冷たく尋ねる。

「何を笑っている？」

薛洋《シュエヤン》は腹を抱えながら答えた。

「さっきのお前の顔、絶対に鏡で見るべきだったよ。あまりにも不細工な顔で笑ってて、本当にクソな偽物みたいで気持ち悪かったぜ」

金光瑶《ジングアンヤオ》はふんと鼻を鳴らす。

「君みたいなごろつきに何がわかる。いくら偽物で、いくら気持ちが悪くても、私は笑わなければならないんだ」

「それは自業自得だろう。もし誰かが俺のことを売《ばい》女《た》に育てられたって言いやがったら、俺はそいつのおふくろのところに行って、とりあえず俺様が何百回か犯してから、また引きずり出して色宿《いろやど》に放り込んで、他の奴らにまた何百回も犯させて、いったいどっちが売女に育てられたのか見せつけてやるよ。すごく簡単なことじゃないか」

面倒くさそうに言う薛洋《シュエヤン》に、金光瑶《ジングアンヤオ》も笑って答える。

「私は君みたいにのんきに暇を潰して楽しむ気はないよ」

「お前になくても俺にはある。お前の代わりに俺がしてやってもいいぜ。お前が一言言えば、俺が代わりに犯してきてやるよ、ハハハハハハッ……」

「結構だ。薛《シュエ》公子、少し精力を温存しておいてくれ。数日後に時間はあるか？」

「時間があってもなくても、やらなくちゃダメなんだろう？」

「私の代わりに雲夢へ行って、ある場所を片づけてほしい。綺麗にやってくれ」

「ことわざに、『薛洋《シュエヤン》が手を出せば、鶏や犬さえ残らない』っていうのがあるだろ。お前は俺の手際《てぎわ》にまだ何か不安でもあるのか?」

金光瑶《ジングアンヤオ》は彼をちらりと見て答える。

「そんなことわざ、聞いたことがないような気がするけど?」

この時には既に夜の帳が下り、辺りはひっそりとしていて通行人もまばらになっていた。歩きながら話し、二人が道端にある小さな屋台の前を通りかかると、屋台の主人がちょうど疲れた様子で小さな卓を片づけているところだった。彼は何気なく視線を上げてこちらを見るなり、急に大声を上げとっさに後ろに飛びのいた。

彼があまりにも怯えて、叫び声を上げながら跳び上がったため、金光瑶《ジングアンヤオ》までもが微かに驚いて素早く腰の辺りにある恨生《ヘンシァン》の柄に手を置く。だが、相手がただの行商人だとわかるとすぐに興味を失った。

薛洋《シュエヤン》は逆に屋台に近づくと、少しもためらわず即座に屋台を蹴り上げてひっくり返してしまった。

一日に二度も彼に店をめちゃくちゃにされた屋台の主人は、愕然として声を上げた。

「またお前か!? なんでだ!?」

「言っただろう? 別になんでもないって」

笑いながらそう言って、薛洋《シュエヤン》が屋台をもう一度蹴ろうとしたその時、突然手の甲に激痛が走った。彼の瞳孔はすっと収縮し、素早く数歩後ずさってから手を上げて見ると、打たれた手の甲には真っ赤な痕が数本現れている。視線を上げた先には黒ずくめの道士が一人いて、払子《ほっす》を引いて冷たい目で彼を見ていた。

その道士はすらりとして背が高く、顔立ちは気品と冷淡さを漂わせている。手には払子を持ち、背中に長剣を背負って、その剣の房は夜風の中で微かに舞いゆらゆらと揺れていた。薛洋《シュエヤン》の目に一瞬殺意がよぎり、彼はその黒ずくめの道士に向かって掌底を打ち出す。道士は払子を振って薛洋《シュエヤン》を下がらせるつもりでいたが、彼の攻撃は怪しげで予測ができない上、薛洋《シュエヤン》は手のひらの勢いを急に変え、今度は道士の心臓を叩きにいった。

　黒ずくめの道士は微かに眉間にしわを寄せ、身をかわしてその攻撃を避けたが、それでも左腕を掠った。皮膚に傷はついていなかったものの、彼の眉宇はにわかに凍てつき厳粛な面持ちになる。まるで今の攻撃が極めて不快で耐えられないとでも言うかのようだ。

　薛洋《シュエヤン》はこのごくわずかな表情の変化に目を留め、せせら笑って再び手を出そうとした。だが次の瞬間、真っ白い人影が戦局に切り込んでくる。その時、金《ジン》光瑶《グアンヤオ》が薛洋《シュエヤン》の前に立ちはだかって声を上げた。

「私めに免じて、宋子琛《ソンズーチェン》道長、どうかひとまず手を引いてください」

　あの小さな屋台の主人はとっくに這《ほ》う這《ほ》うの体《てい》で逃げだし、姿を消している。黒ずくめの道士――宋《ソン》子琛《ズーチェン》が尋ねた。

「斂芳尊《れんほうそん》？」

「はい。不肖《ふしょう》、私です」

「斂芳尊《れんほうそん》、なぜその横暴な輩を庇うのですか？」

金光瑶《ジングアンヤオ》は苦笑いして、仕方ないといった様子で答える。

「宋《ソン》道長、こちらは我々蘭陵金《ジン》氏の客卿の一人でございます」

「客卿だというのなら、なぜこのような不劣な振る舞いをするのですか」

　金光瑶《ジングアンヤオ》は咳払いをしてまた続けた。

「宋《ソン》道長、ご存じないかと思いますが、彼は……風変わりで年もまだ若く……どうか大目に見てやってください」

　その時、よく通る澄んだ穏やかな声が響いてきた。

「確かに、意外にもまだお若いようですね」

　まるで夜色の中に差し込む一筋の月光のように、腕に払子を乗せ、背中に長剣を背負った白ずくめの道士が一人、音も立てずにそっと三人の近くに姿を現した。

　その道士も背が高く背筋をすっと伸ばしている。服の袖と剣の房をひらりと揺らしながら、ゆっくりとした足取りで歩いてくるその様子は、浮雲《うきぐも》を踏んでいるかのようだ。金光瑶《ジングアンヤオ》は彼に一礼して挨拶をした。

「暁星塵《シャオシンチェン》道長」

暁星塵《シャオシンチェン》も礼を返すと、にっこりと笑った。

「数か月前に一度お会いしたきりなのに、斂芳尊《れんほうそん》はまだ私めを覚えていてくださったとは」

「霜華《シャンホワ》一本で天下に名を轟かせた暁星塵《シャオシンチェン》道長のことを、もし私が覚えていなかったとしたら、それこそおかしなことでしょうね」

暁星塵《シャオシンチェン》は微かに笑みを浮かべた。どうやら金光《ジングアン》瑶《ヤオ》が、話す言葉にいつも世辞を三割含ませる性格だということをよくわかっているようで、「斂芳尊《れんほうそん》は褒めすぎです」と答えると、すぐさま薛洋《シュエヤン》の方に目を向けて続けた。

「しかし、たとえまだ年若いとはいえ、既に金鱗台の客卿の座についた身ならば、やはり自らを律し、欲を抑える必要があります。なんと言っても蘭陵金《ジン》氏は他ならぬ名門世家ですから、あらゆる面で手本を示すべきです」

彼の二つの黒い瞳はキラキラと明るく輝き、その柔らかい視線は薛洋《シュエヤン》に向けられる時も非難の色を含んではいなかった。そのため、たとえ諫める言葉であっても人を不快にさせることはない。金光瑶《ジングアンヤオ》は冷静な態度で、これでやっと窮状を脱する機会を掴めたとばかりに即座に答えた。

「それはもちろんです」

薛洋《シュエヤン》はハッと一声笑った。暁星塵《シャオシンチェン》は彼が冷笑するのを聞いても腹を立てることなく、彼をひとしきり観察してから、ためらいつつ呟くように言った。

「それと、私が見たところ、そちらの少年は動きと技がかなり……」

「悪辣《あくらつ》だ」

宋子琛《ソンズーチェン》が冷たい声で口を挟んだ。

それを聞いて、薛洋《シュエヤン》はハハッと笑う。

「俺の年が若いって言うけど、お前は俺より何歳上なんだ？　俺の動きが悪辣とか言っといて、どっちが先に払子を振り回したんだっけ？　お二方とも、人を説教するには自分のことを棚に上げすぎじゃないか？」

彼はそう言いながら、打たれて血の跡が滲んでいる手の甲を上げてこれ見よがしにひらひらと揺らした。明らかに、その原因は最初に彼が屋台をひっくり返して悪さをしたせいだというのに、白黒を逆に入れ替えて堂々と勢い良く相手を責めている。金《ジン》光瑶《グアンヤオ》はなんとも複雑な表情を浮かべ、二人の道士に向かって釈明しようとした。

「道長お二方、これは……」

すると、暁星塵《シャオシンチェン》が笑いを堪えきれずに何か言いかける。

「ええ、実に……」

薛洋《シュエヤン》は目を細めて尋ねた。

「実に、なんだよ？　ちゃんと言えば？」

すると、金光瑶《ジングアンヤオ》が温和な口ぶりで彼を窘めた。

「薛成美《シュエチョンメイ》、君はちょっと黙っていなさい」

その呼び名を聞くと、薛洋《シュエヤン》の顔がたちまち翳《かげ》る。

金光瑶《ジングアンヤオ》は先ほど言いかけた言葉を続けた。

「道長お二方、今日は本当に申し訳ありません。私に免じ、どうか悪《あ》しからず」

宋子琛《ソンズーチェン》は首を横に振り、暁星塵《シャオシンチェン》はそんな彼の肩を軽く叩いた。

「子琛《ズーチェン》、行きましょう」

宋子琛《ソンズーチェン》は彼をちらりと見て微かに頷くと、二人は同時に金光瑶《ジングアンヤオ》に別れを告げ、肩を並べてその場を立ち去った。

薛洋《シュエヤン》は凶悪な目つきでその二人の後ろ姿を睨みつけ、笑いながら歯ぎしりした。

「……クソ道士めが」

「彼らが君に何をしたというわけでもないのに、そこまで腹を立てて恨むことはないだろう？」

金光瑶《ジングアンヤオ》に怪訝そうに尋ねられ、薛洋《シュエヤン》はぺっと道端に唾を吐く。

「俺はああやって孤高ぶって、あまつさえ自分が正しいと思い上がってる奴が何よりむかつくんだ。あの暁星塵《シャオシンチェン》って奴、どう見ても俺より大して年上じゃないくせに、余計なお世話なんだよ。ああいうお節介な面《つら》が視界に入るだけでも嫌なのに、説教まで始めやがって。あの宋《ソン》の野郎もだ」

　彼はせせら笑うと、さらに続けた。

「手のひらがほんのちょっと掠っただけだっていうのに、あいつ、なんて目つきで人を見やがるんだ？　いつか必ず、俺があいつの両目をくり抜いて心臓をぶち抜いてやる。そしたらあいつにいったい何ができるか見物《みもの》じゃないか？」

「それは君の誤解だよ。宋《ソン》道長は少々潔癖《けっぺき》で、他人に触れられるのが好きじゃないんだ。彼は決して君にだけああいう態度をとったわけじゃない」

「あのクソ道士二人はどういう奴らなんだ？」

「まさかそれも知らなかったのか？　彼らは今脚光を浴びているお二方で、『明月清風《めいげつせいふう》の暁星塵《シャオシンチェン》、傲雪《ごうせつ》凌霜《りょうそう》の宋子琛《ソンズーチェン》』だよ。聞いたことがないか？」

「聞いたことない。知らない。なんだそれ」

「聞いたことがなくてもいいし、知らなくてもいい。とにかく、あのお二方は君子だから、君が彼らを怒らせなければそれでいい」

「なんでだ？」

「ことわざで、『卑しい者から恨みを買ってでも、君子からは決して恨みを買うな』と言うだろう」

　金光瑶《ジングアンヤオ》が言うと、薛洋《シュエヤン》は彼を見て訝しげに尋ねる。

「そんなことわざあったっけ？」

「もちろん。卑しい者から恨みを買っても、そのまま殺して後患《こうかん》の根を断ってしまえばいいし、しかも周りの者は拍手喝采だ——だが、君子から恨みを買うと非常に厄介なことになる。そういう人は最も手強い。ぴったり君を追いかけて、噛みついたら決して放さないし、しかも君が彼らに手を出そうものなら衆人から非難を受ける。だから敬遠しましょうね、という意味だ。今日は幸いにも、彼らは君が若気《わかげ》の至《いた》りで少しばかり調子に乗って好き勝手やっていると思ってくれたから、君が朝から晩まで何をやっているのか知られなくて良かった。じゃなかったら、きっとこんなに簡単には済まなかっただろうから」

　薛洋《シュエヤン》は嘲笑う。

「お前は心配性だな。俺はあんな奴ら怖くないね」

「君が怖くなくても私は怖いよ。何事もほどほどが肝心だ。さあ、行こうか」

金光瑤《ジングアンヤオ》が彼を促したものの、そう何歩も歩く間もなく二人は別れ道に行き着いた。右に行けば金鱗台、左に行けば煉屍場だ。

目と目を見交わして笑うと、二人はそれぞれの道へと進んだ。

番外編　朝暮

亥《い》の刻を過ぎてかなり経つが、待ち人はまだ戻ってこない。

卓の上の行灯《あんどん》を消さないまま、藍忘機《ランワンジー》はそのおぼろげな淡い光の輪を瞬き一つせずじっと見つめていた。

しばらくしてから、彼は立ち上がって静室の扉の前まで歩いていき、木の扉を開ける。

少しの間その場に佇み、ちょうど扉から足を踏み出そうとしたその時、後ろからゴトンと怪しげな物音が響いてきた。

藍忘機《ランワンジー》がぱっと振り返ると、いつの間にか窓が開いているのが目に入った。その窓はまだ夜風に揺られて微かに開いたり閉じたりしていて、寝床の上の薄い布団にはやけに大きな膨らみができている。どうやら何かが窓から押し入って部屋の中に転がり込み、布団の中で丸くなってごそごそと動いているようだ。

しばし押し黙ったあと、藍忘機《ランワンジー》はそっと扉を閉めて部屋の中に戻る。途中で行灯の火を吹き消し、窓を閉めてから寝床に上がった。

彼はその巨大な布団の膨らみのそばで横になり、黙々ともう一枚の布団を引っ張ってくると、目を閉じる。

すると、それほども経たないうちに、急に冷え冷えとした大きなものが彼の布団の中に潜り込んできた。

その冷たくて大きな何かは、くねくねしながら彼の体の上に乗ると、胸元にくっついて陽気に言った。

「藍湛《ランジャン》！　ただいま、早く俺を歓迎しろ」

藍忘機《ランワンジー》は彼の背中に手を回して抱きしめながら答える。

「君はなぜこんなに冷えているんだ」

「だって、今まで半日も風に吹かれてたんだぞ。温めてよ」

どうりで全身が草と埃だらけなはずだ。きっとまた雲深不知処の少年たちを連れて人里離れた野山に赴き、山の中の鳥や獣、妖魔鬼怪《きかい》たちをいじめに行ったに違いない。

こんな汚れた姿で彼の寝床に転がり布団に潜り込んでも、潔癖な性分の藍忘機《ランワンジー》は少しも嫌がることなく黙って腕に力を込め、魏無羨《ウェイウーシエン》をさらにきつくぎゅっと抱きしめた。

自らの体温で彼をひとしきり温めると、藍忘機《ランワンジー》は口を開いた。

「せめて靴を脱ぎなさい」

「いいよ」

魏無羨《ウェイウーシエン》は両足それぞれでもう一方の踵《かかと》を蹴って靴を脱ぐと、再び布団の中で身を縮めて藍忘機《ランワンジー》の熱を奪う。

「勝手に触れるな」

藍忘機《ランワンジー》は淡々とそれを窘めた。

「俺はもうお前の寝床にいるっていうのに、勝手に触るなって？」

「叔父上が帰ってきた」

藍啓仁《ランチーレン》の居所と藍忘機《ランワンジー》の静室はそれほど離れてはいない。藍啓仁《ランチーレン》は元来魏無羨《ウェイウーシエン》を嫌っているため、もし暴れて何か体裁の悪い物音でも立てたら、おそらく明日はまた怒りで胸を叩いて地団駄を踏み、魏《ウェイ》無羨《ウーシエン》に向かってかんかんになって怒るだろう。

しかし、魏無羨《ウェイウーシエン》は藍忘機《ランワンジー》の両脚の間に膝を差し込むと、意地悪な動きでそこをぐりぐりと二回押し、率直に行動で意思を示す。

しばし沈黙した藍忘機《ランワンジー》はいきなり身を翻し、魏無《ウェイウー》羨《シエン》を体の下に押さえ込んだ。

彼の動きは大胆で力も強すぎて、二人は寝床の上に「ドン」とぶつかって音を立てた。

「ゆっくりゆっくり……ゆっ……くり！」

藍忘機《ランワンジー》は必死で訴える魏無羨《ウェイウーシエン》をきつく押さえつけ、破竹《はちく》の勢いで彼の内部に入り込む。一気に奥まで突き入れ、自らの下腹部が魏無羨《ウェイウーシエン》のむき出しの尻にぴったりと触れてそれ以上奥に進めなくなるまで押し込むと、ようやく動きを止めた。

魏無羨《ウェイウーシエン》ははあはあと息をつき、ふるふると頭を振った。みだりに動くのは怖くて、ただ瞳を動かしてつらそうに腰をくねらせ、下半身にはめ込まれたものを少し抜こうとしている。しかし、藍忘機《ランワンジー》は彼の意図に気づくと、その腰を両手で掴んですぐさま元通りに埋め込んだ。

魏無羨《ウェイウーシエン》は「ああ！」と叫んでから、「含光君！」ととがめるように彼を呼んだ。

藍忘機《ランワンジー》はひとしきり耐え忍んだあと、「君のせいだ」と答え、しばし間を置いて少しずつ抽挿を始める。

両脚を曲げた魏無羨《ウェイウーシエン》はしっかりと彼の体の下に押さえつけられ、黒い髪は乱れ、顔には赤みが差している。藍忘機《ランワンジー》の動きに従って、突き上げられた体は少しずつ上に動く。彼が一度突く度に、魏無羨《ウェイウーシエン》もそれに合わせて一度喘ぐ――二度突かれると、二度喘ぎ声を上げる。しばらくの間一心不乱に貪り合ったが、藍忘機《ランワンジー》はとうとう彼に好き放題喘がせてはいけないと思い、胸が爆発しそうな荒い息を無理に堪え、声を低めて言った。

「君は……少し声を抑えて」

魏無羨《ウェイウーシエン》は手を上げて彼の顔を撫でながら考えた。

（藍湛《ランジャン》のこの面《つら》の皮の薄さは本当に不思議だな。触ると怖いくらい熱いのに、なぜか顔は赤くならないし）

藍忘機《ランワンジー》の肌は依然として霜《しも》が降りたようで、雪にも勝るほど白く、その美しさは彼を蕩《とろ》かせ夢中にさせて自制心を奪ってしまう。ただ耳たぶだけが微かに薄紅色に染まっていた。

魏無羨《ウェイウーシエン》は荒い息のまま聞いた。

「兄ちゃん、俺の声聞きたくないの？」

「……」

何も言わない藍忘機《ランワンジー》の、本心は口にしづらく、だが嘘をついたり心を偽ったりはしたくないという正直な反応を見ていると、魏無羨《ウェイウーシエン》の体は言葉にならない快感でいっぱいに満たされ、藍忘機《ランワンジー》を一口で呑み込みたくてたまらなくなった。

「俺の声が大きすぎて人に聞かれるのが心配なら、そんなの簡単だ。禁言をかければいいじゃないか」

そう言うと、藍忘機《ランワンジー》の胸は激しく起伏し、目が微かに血走った。魏無羨《ウェイウーシエン》はさらに彼をそそのかす。

「やれよ！　禁言すれば、お前の好きなように犯せるし、死ぬほど犯したって俺は声を上げられないんだから……」

言葉の途中で、藍忘機《ランワンジー》は身を屈めて彼の唇を封じ込めた。

唇を塞がれた魏無羨《ウェイウーシエン》は彼の体に四肢を絡みつかせ、二人は寝床の上でひっくり返って転がり、一塊になってもつれ合う。布団はとっくに床に落ちてしまった。いつも情事の最中、藍忘機《ランワンジー》は頻繁に体位を変えたりはしない。彼に押さえつけられ、半時辰もの間入れられたまま中を擦られ続けている魏無羨《ウェイウーシエン》は、次第に背中から尻と脚までもが痺れてきた。もしやこんなふうに同じ体位のまま一晩中突かれるのではないかと訝しく思い始める。藍忘機《ランワンジー》の様子を見ると、一切止まるつもりがないようで、もしかしたら本当にそうする気なのかもしれない。それなら、と魏無《ウェイウー》羨《シエン》は身を翻して藍忘機《ランワンジー》の上に跨った。彼の首に抱きついて、自ら体を上下させながら藍忘機《ランワンジー》の耳たぶを噛んで尋ねる。

「深いか？」

耳元で囁くその声は潤いを含み、吐息は熱を帯びている。藍忘機《ランワンジー》は手を伸ばすと、彼の肩を掴んで思いきりぐいと下に押さえつけた。

この一回は実にすごかった。魏無羨《ウェイウーシエン》は驚いて叫び声を上げ、彼にぎゅっと抱きつく。藍忘機《ランワンジー》は彼の腰の後ろ辺りを揉みながら、同じ言葉を問いかけた。

「深いか」

魏無羨《ウェイウーシエン》は衝撃からまだ戻ってこられず、唇を何度かもごもごと動かす。まだその問いに答えていないうちに、突然また顔を顰《しか》めて叫んだ。

「ああっ！　待って！　きゅ、きゅ、九浅一深《きゅうせんいっしん》〔性交技巧の一つ。九回浅く突き、一回深く突く〕！」

彼は片手で意味もなく腹部を守りながら、もう一方の手の五指《ごし》は爪を立て、藍忘機《ランワンジー》の肩の無駄なくついた頑丈な筋肉に深く沈め、ほとんど魂がどこかへ飛んでいってしまいそうなほどの声を上げる。

「藍湛《ランジャン》！　お前、九浅一深ってわかんないのか！　毎、回、そん、なに……しなく、ても……」

言いかけた言葉の続きは、突かれるあまり支離滅裂で途切れ途切れになってしまった。

「わからない！」

藍忘機《ランワンジー》がきっぱりと答えた。

最初は魏無羨《ウェイウーシエン》も悲しげに叫び、許しを請うために どんなことも言ったが、夜もずいぶんと更けて二回目が終わっても、その両脚は離れないようにしっかりと藍忘機《ランワンジー》の腰に絡みついたままだった。

藍忘機《ランワンジー》は魏無羨《ウェイウーシエン》の体に覆い被さりながらも、彼に体重をかけてしまわないよう気遣っている。二人の体のくっついて繋がっている部分はどちらもしとどに濡れ、ぬるぬるになっていた。藍忘機《ランワンジー》は身を起こそうとしたが、まだ微かに動くだけで魏無羨《ウェイウーシエン》の両脚が彼の腰を締めつけ、わずかに抜き出したものはまたすぐさまぴったりと元通りに奥まで埋め込まれてしまった。

魏無羨《ウェイウーシエン》は気怠そうに口を開く。

「動かないで。風があるから、このまま少し横になろう」

藍忘機《ランワンジー》は言われた通りに動きを止めたが、わずかな間のあと、魏無羨《ウェイウーシエン》に尋ねた。

「君は奥まで入れたままで苦しくはないのか」

魏無羨《ウェイウーシエン》は哀れな声音で答える。

「苦しいよ、はちきれて死んじゃいそうなくらいだ。お前、さっき俺があんなに惨めな声で叫んでたのが聞こえなかったのか」

「……」

一瞬黙り込んでから、藍忘機《ランワンジー》が告げた。

「抜く」

すると魏無羨《ウェイウーシエン》はたちまち表情を変え、正直にありのままの気持ちを伝えた。

「俺はこんなふうにお前でいっぱいにされるの好きだよ。すごく気持ちいいから」

そう言い終えるなり、中の彼をぎゅっと強く締めつける。藍忘機《ランワンジー》は顔色を一変させ、つられて呼吸までもがしばし乱れた。かなり長いこと堪えたあと、ようやく彼は掠れた声で言った。

「……恥知らず！」

追い詰められた彼がそろそろ昇りつめそうなところを見て、魏無羨《ウェイウーシエン》は大笑いしながら彼の唇にちゅっと口づけする。

「兄ちゃん、俺たちもう何もかも済ませた間柄なんだし、恥なんていらないだろう？」

藍忘機《ランワンジー》は仕方なさそうに微かに首を横に振って囁いた。

「放して、君は沐浴しないと」

魏無羨《ウェイウーシエン》は既に眠気を覚えて、ぼんやりしながら答える。

「風呂はいい、また明日にする。今日はもう疲れすぎて死にそうだよ」

藍忘機《ランワンジー》は彼の額にそっと口づけして窘めた。

「沐浴して。体調を悪くしないために」

魏無羨《ウェイウーシエン》は眠すぎてもう締めつけていられなくなり、ようやく藍忘機《ランワンジー》を引き留めていた四肢をへなへなと下ろした。藍忘機《ランワンジー》は彼の中から自らを抜き去って寝床を下りると、まず先ほどめくられて床に落ちた布団を拾い、魏無羨《ウェイウーシエン》の滑らかな体をしっかりと覆う。そして彼がぐちゃぐちゃに脱ぎ捨てた服を一枚ずつ屏風にかけてから、自分の服を羽織り素早く身なりを整えて、部屋を出て沐浴のための湯を取りに行った。

一炷香後、そろそろ眠りに落ちそうだった魏無《ウェイウー》羨《シエン》は彼に抱き上げられ、風呂桶の中に入れられた。風呂桶は藍忘機《ランワンジー》の文机のそばに置かれている。湯に浸かってちゃぷちゃぷとしばらく泳ぐと、魏無羨《ウェイウーシエン》はまたすぐに元気を取り戻し、木の桶の縁を軽く叩いて言った。

「一緒に入らないのか、含光君！」

「私はあとにする」

「なんであとなんだ？　今すぐ来いよ」

藍忘機《ランワンジー》は彼をちらりと見て、どうやら何か考え込んでいるようだ。少ししてから、彼は答えた。

「帰ってきて四日間で、静室の風呂桶は四つ壊れた」

その眼差しに、魏無羨《ウェイウーシエン》はここはどうしても自らのために弁明する必要があると思った。

「前回のあれが壊れたのは、別に俺のせいじゃないだろ」

藍忘機《ランワンジー》は皂莢《さいかち》が入った箱を魏無羨《ウェイウーシエン》の手が届く場所に置いて、淡々と言う。

「私のせいだ」

魏無羨《ウェイウーシエン》は両手で湯を掬ってパシャンと自分の首にかけた。点々と一面に広がる赤い口づけの痕は洗えば洗うほど鮮やかさを増し、彼の肌から滴り落ちそうだ。

「そうだよ。前々回だって俺のせいじゃないし。実のところ、毎回全部お前が叩き壊してるんだぞ。お前のその悪い癖は最初の時から直ってないじゃないか」

藍忘機《ランワンジー》は立ち上がり、戻ってくると魏無羨《ウェイウーシエン》の手の近くに天子笑を一かめ置いた。それから文机のそばに座ってようやく答える。

「うん」

魏無羨《ウェイウーシエン》は、少し手を伸ばせば藍忘機《ランワンジー》に触れることができる位置にいて、やはり彼の顎をそっとくすぐった。藍忘機《ランワンジー》はびっしりと文字が書かれた紙を数枚手に取り、それらを読みながら簡略的に評語や注釈を加えたりしているようだ。魏無羨《ウェイウーシエン》は湯の中に浸かったまま天子笑を開けると、顔を上げて一口飲み、何気なく尋ねた。

「何を見てるんだ？」

「夜狩の記録だ」

「子供たちが書いたやつか？　記録の類はお前が添《てん》削《さく》するはずじゃなかったよな？　確かお前の叔父貴が管理してた覚えがあるけど」

「叔父上の手が空かない時、時折代わりにやっている」

藍啓仁《ランチーレン》がより急を要する仕事に追われているため、この作業はしばらく藍忘機《ランワンジー》が代わりに引き受けているということなのだろう。魏無羨《ウェイウーシエン》は手を伸ばすとその中から紙を二枚取り、めくりながら言った。

「昔、お前の叔父貴は二段ごとに数百字も評語を書き入れてきて、最後のところにはさらにまた千字近く総評が書いてあってさ。いったいどこにそんな時間があって、それだけ大量に書き入れられたのかわからなかったよ。しかし、お前の評語は本当に少ないんだな」

「少ないと良くないのか」

「いいに決まってる！　簡潔明瞭だ」

藍忘機《ランワンジー》の評語が少ないのは決して手を抜いているわけではない。たとえどんなに簡単な仕事であっても彼は決して怠《おこた》ることはしない。ただ習慣として、言葉であれ、あるいは文字を書くことであれ、一言も、一筆すらも疎《おろそ》かにせず余計なことは述べないのだ。

魏無羨《ウェイウーシエン》は湯の中に頭まで潜ると、しばらくしてからようやくびしょびしょになって湯から出てきて、片手で皂莢《さいかち》をさっと掴んで髪に擦りつける。同時に、もう片方の手で文机の上にある一枚の記録を掴むと、少し読んだだけで、ぷっと思わず吹き出してしまった。

「これ、誰が書いたんだ？　誤字が多すぎるだろ。ハハハハハハハッ、ああ、やっぱり景儀《ジンイー》か。お前はあいつに乙《おつ》をつけたのか？」

「そうだ」

「こんなにたくさん記録があるっていうのに、乙をもらったのはあいつ一人しか見かけなかったぞ。なんかかわいそうだな」

「誤字が多すぎる。論述もくどい」

「乙をもらうとどうなるんだ？」

「どうもならない。書き直し」

「まあ、あいつは乙で満足すべきだよな。逆立ちして書き写しをさせられるよりはましだ」

藍忘機《ランワンジー》は魏無羨《ウェイウーシエン》がごちゃごちゃにした紙を黙々とすべて集め、それらを手の中で揃え、整然と一束にまとめてから傍らに置いた。彼のそんな仕草を眺めながら、魏無羨《ウェイウーシエン》の口角は自然と上がっていく。彼はまた藍忘機《ランワンジー》に尋ねた。

「思追《スージュイ》にはなんて評価したんだ？」

藍忘機《ランワンジー》は紙の束から二枚の記録を抜き出して彼に渡す。

「甲《こう》だ」

魏無羨《ウェイウーシエン》はそれを受け取り、俯いて見てみる。

「すごく字が綺麗だな」

「論旨《ろんし》明快、実のある内容で的を射ていて正確だ」

魏無羨《ウェイウーシエン》は手に持った束をめくり終え、卓の上にあるまだ添削していない紙の束を見ながら尋ねた。

「それを全部見ないといけないのか？　俺が少し手伝おうか？」

「うん」

「間違ったところを見つけたら印をつけて、評語や注釈を加えればいいんだよな？」

　そう言いながら、魏無羨《ウェイウーシエン》が手を伸ばして紙の大半を持っていくと、藍忘機《ランワンジー》はなぜかそれを取り戻そうとする。魏無羨《ウェイウーシエン》は避けるように自分の方へ手を引いた。

「なんだよ」

「多すぎる。君は沐浴しなさい」

魏無羨《ウェイウーシエン》はまた天子笑を手に取って一口飲んでから、筆を掴んで答えた。

「今湯に入ってるじゃないか。どうせ暇なんだし、子供たちが書いた記録を読むのもなかなか面白そうだ」

「沐浴をしたら休まなければ」

藍忘機《ランワンジー》に言われ、魏無羨《ウェイウーシエン》はぬけぬけと大口を叩いた。

「俺が今寝られるように見えるか？　これからもう二回だってやれると思うぞ」

　彼が風呂桶の縁にへばりつきながら入念にその記録を見て、時折腕を文机について何か書き込んでいる様子を眺め、灯火を映した藍忘機《ランワンジー》の目の中には、温かい気持ちが揺らめいていた。

　豪快にまだ二回やれる云々とは言い放ったものの、大勢の少年たちを連れて一日中深山の中で蜂の巣をつついたような大騒ぎを経たあとで、帰ってきてからも藍忘機《ランワンジー》と夜半まで絡み合い、さらに記録を一通り添削などしては、眠くならない方が難しい。それでも、魏無羨《ウェイウーシェン》はどうにか頑張って持ち堪え、真面目に自分の分を添削し終えたあと、その一束の記録を文机の上に放るなり湯の中に潜り込んでしまった。藍忘機《ランワンジー》は目ざとくそれに気づくと、手早く、かつ優しい手つきで彼を抱き上げ、濡れた体を綺麗に拭いてやってから寝床まで抱えていった。

藍忘機《ランワンジー》が自らも素早く沐浴を済ませ、寝床に上がって魏無羨《ウェイウーシェン》を胸に抱きしめると、彼はまたぼんやりと目を覚まし、藍忘機《ランワンジー》の鎖骨の辺りでうとうとしながら口を開いた。

「……お前らんところの子供たちは、文章を書くのは本当に上手だな。ただ、夜狩ではまだほんの少し足りないものがある」

「うん」

「でも大丈夫……そのほんの少しは、俺が雲深不知処にいる間にあいつらに叩き込んでやるから。明日……俺はまたあいつらを連れて、山魈《さんしょう》の巣を攻めてくるよ」

山に生息する一本脚の山魈は、全身黒い毛に覆われた巨大な猿の妖怪だ。この上なく力持ちで、果物や野菜を食べるかの如く人間を食べる。もし他の誰かが今の話を聞いたら、まるで彼が鼻水を垂らした幼児たちを連れて、屋根裏にある鳥の巣から卵を盗みにでも行くみたいに聞こえるだろう。

藍忘機《ランワンジー》の口角がわずかに動き、上向きそうになっていた。

「今日も山魈を捕まえに行ったのか？」

「そうだよ。だから俺は、あいつらはまだ鍛える必要があるって言ったんだ。山魈は一本脚だぞ、一本脚なのに危うく捕まりかけたなんて、いつか四本脚の蜥蜴《とかげ》、八本脚の蜘蛛《くも》、何百本脚の蜈蚣《むかで》に出くわしたら、その場で横になって死ぬのを待つだけになっちゃうだろうが……あ、そうだ。含光君、金がなくなっちゃったからもっとちょうだい」

「玉令《ぎょくれい》を持って取りに行けばいい」

藍忘機《ランワンジー》の言葉を聞いて、魏無羨《ウェイウーシェン》はくぐもった声で笑ってから尋ねた。

「お前がくれたあの玉令、結界を出入りできること以外に……金も受け取れるのか？」

「そうだ」

　そう言ってから、藍忘機《ランワンジー》はまた口を開く。

「君たちは見知らぬ人の屋台や家屋を壊したのか？」

「違う……そんなまさか……金を使いきったのは……夜狩が終わったあと、あいつらを彩衣鎮にあるあの湘菜館に連れていってやったからだ……俺が昔、いくらお前を引っ張っていこうとしてもお前は頑として行かなかったあの店……ああ、もう死ぬほど眠いよ……藍湛《ランジャン》、もう俺に話しかけないで……」

「わかった」

「……ダメだって言ったのに……お前がちょっとでも話したら、我慢できなくて続きを話したくなっちゃうんだよ……もういいだろ藍湛《ランジャン》、早く寝よう、俺……もう起きてられない……本当に寝るから……藍《ラン》湛《ジャン》、また明日……」

　魏無羨《ウェイウーシエン》は藍忘機《ランワンジー》の喉仏にちゅっと口づけると、すぐに深い眠りに落ちた。

　静室の中は真っ暗で静まりかえっている。

　しばらくしてから、藍忘機《ランワンジー》は魏無羨《ウェイウーシエン》の額の真ん中にそっと口づけをして、小さな声で囁いた。

「魏嬰《ウェイイン》、また明日」


——完——

Daria Series uni

魔道祖師 4

2021年 7月30日　第一刷発行
2024年 5月20日　第五刷発行

著　者 ── 墨香銅臭

翻　訳 ── 鄭穎馨（デジタル職人株式会社）

制作協力 ── 動物
釘宮つかさ

発行者 ── 辻 政英

発行所 ── 株式会社フロンティアワークス
〒170-0013 東京都豊島区東池袋3-22-17
東池袋セントラルプレイス5F
[営業] TEL 03-5957-1030
https://www.fwinc.jp/daria/

印刷所 ── 図書印刷株式会社

装　丁 ── nob

魔道祖師

番外集

墨香銅臭

装画
千二百

目次

番外編　奪門

話は三日前の夜にさかのぼる。

その夜、接待の会食を終えて帰宅した秦《チン》公子は、疲れきった体に酔いも回り、ちょうど休もうとしていたところだった。だがその時、突然門を叩く音が聞こえてきた。

誰かがドンドンと力強く秦《チン》家の正門を叩いている。

庭番の家僕はうとうとしつつも「誰だ」と問いかけ、起き上がって提灯を手に門のところまで確認しに行った。家僕がもう一度問いかけようとすると、門を叩く者はなぜか突然おかしくなったかのように、凄まじい勢いで門にぶつかり始めた。

言葉通り、まさにぶつかっているのだ。門に差し込まれた閂はギシギシと音を立て、さらには門扉を十本の鋼の爪で絶え間なく引っかいているように聞こえる。

その物音はあまりにも大きかったため、ほどなく驚いて目を覚ました家僕たちが庭いっぱいに集まってきた。彼らは紙燭《ししょく》を掲げたり、棍棒《こんぼう》を立てて寄りかかったり、もしくは提灯を提げたりしながら、皆ただ顔を見合わせてうろたえるばかりだ。そんな中、ようやく外衣《がいい》を羽織り、剣を手にした主人が庭までやってきた。

秦《チン》公子は「チャン」と音を立てて剣を抜くと、怒鳴り声を上げる。

「何者だ！」

すると、鋭い爪で門を引っかく音はさらに大きくなった。

箒《ほうき》を持ち上げながら隅の方で縮こまっている家僕を指さして、秦《チン》公子が命じた。

「お前、門の上に登って外を見てみろ」

命じられた家僕は恐ろしくて逆らえず、青褪めた顔でぐずぐずと門に登り始める。ひどく気が進まなそうに秦《チン》公子の方を振り向いたが、ただイライラした主人に一層急《せ》かされるだけだった。

結局、家僕は戦々恐々としながら仕方なく両手を瓦の上にかけて向こう側に頭を覗かせたが、一目そちらを見るなり、すぐに「ドン」と頭から落ちてきたのだった。

「――その者が言うには、外で門を叩いていたのは死装束《しにしょうぞく》を身に纏った化け物だったそうです。乱れた髪で体中が血で汚れていて、生きている人間ではなかったと」

秦《チン》公子の話をここまで聞いたところで、魏無羨《ウェイウーシエン》と藍忘機《ランワンジー》は互いに目を一瞬見合わせた。

藍思追《ランスージュイ》が尋ねる。

「秦《チン》公子、さらに詳しく状況をお聞かせ願えませんか？」

秦《チン》公子は玄門に属する者ではなかったが、なんと偶然にもこの件に適切に対処できる者を見つけ出した。とはいえ、目の前の三人がその道の者だということ以外、身分も号も知らない。しかし、藍忘機《ランワンジー》の氷雪のような冴え冴えとした姿からは並々ならぬ気品が漂い、そして魏無羨《ウェイウーシエン》の機敏そうな顔つきは、事態を解決に導く成算があるように見えた。もう一人の藍思追《ランスージュイ》はまだ年若いが、その一挙一動は非常に風格があり、秦《チン》公子はなおざりにせず真摯に答える。

「これで全部です。あのバカな家僕は臆病者で、一目それを見た途端に恐怖で気絶してしまったもので、私がかなり長いこと人中《じんちゅう》のつぼを押してやってようやく目を覚ましたほどです。そんな者が、化け物を詳しく見られるはずもない」

「一つ質問させてもらえるか」

魏無羨《ウェイウーシエン》の問いかけに、秦《チン》公子が「どうぞ」と応じた。

「秦《チン》公子、あんたはその時、ただ他の奴に覗かせるだけで自分では化け物を確認しなかったのか？」

「していません」

「そりゃ残念だ」

「何が残念なんです？」

「今の話を聞いた限り、あんたの家の正門に来たのは凶屍だろう。凶屍が家まで来たっていうことは、十中八九、誰か目当ての人間を捜していたはずだ。あんたが確認していれば、もしかしたらそいつが昔の知り合いだって気づいたかもしれないのに」

「私は残り一、二の方かもしれませんよ。それに、たとえあの化け物が誰かを捜しに来たんだとしても、その相手が私だと決まっているわけではないでしょう」

秦《チン》公子の言葉に、魏無羨《ウェイウーシエン》は頷いて笑みを浮かべる。

「まあな」

秦《チン》公子はさらに続けた。

「あれは夜が明けるまでずっと正門を引っかいていて、早朝になって私が外に出てみると、門はすっかり変わり果ててしまっていました」

魏無羨《ウェイウーシエン》と藍忘機《ランワンジー》は秦《チン》家の入り口の辺りをぐるりと一周歩いた。

藍思追《ランスージュイ》は彼らの後ろについて、真剣に状況を観察する。秦《チン》家の正門には、至るところに何百本もの凄まじい爪跡が残っていた。その不気味な跡は五本で一組、長いものは数尺、短いものは何寸かで、門は本当にひどい有様だった。

人の手の痕跡であることは間違いなかったが、どう見ても生きた人間の指の爪でできる所業とは思えない。

「本題に戻りましょう。公子のお二方は玄門の出だと伺いましたが、この邪のモノを追い払う方法はありますでしょうか？」

「必要ない」

秦《チン》公子の問いかけに、魏無羨《ウェイウーシエン》はなぜかそう答えた。

藍思追《ランスージュイ》はかなり怪訝に思ったものの、余計なことは言わず口を噤む。しかし、秦《チン》公子も同じように疑問を覚えて魏無羨《ウェイウーシエン》に尋ねた。

「必要ない、ですか？」

「ああ、必要ない」

魏無羨《ウェイウーシエン》はもう一度はっきりと言って彼に説明した。

「いわゆる『屋敷』っていうのは、それが落成《らくせい》して人に所有された瞬間から、雨風を凌ぎ外界の物事を防ぐ使命を帯びるんだ。屋敷の正門は天然の防護壁《ぼうごへき》であり、訪れる人間だけじゃなく、人ならざるモノも遮ることができる。あんたがこの屋敷の正式な主である以上、あんたが何か招く言葉を言うか、あるいは行動で自ら招き入れない限り邪祟は侵入できない。この正門に残った邪気を見たところ、公子、あんたの屋敷まで捜しに来たモノは、別に百年に一度っていうほどの凶屍や悪霊でもなさそうだから、この門だけで十分防げる」

秦《チン》公子は半信半疑で再び問う。

「本当に、この門はそんなにすごいんですか？」

「本当です」

藍忘機《ランワンジー》が答えると、魏無羨《ウェイウーシエン》は敷居を片足で踏みながら続けた。

「本当だって。それに、この敷居も防護壁の一つなんだ。屍変者《しへんしゃ》は経穴が塞がって血が巡らないから、体が硬直していて跳んで進むことしかできない。だから、その凶屍が実は生前驚異的な脚力を持っていて、一回で三尺も跳べるとかじゃない限り、たとえ門戸《もんこ》を大きく開けていたところで中には入れやしないよ」

秦《チン》公子はまだ安心できず、さらに確認する。

「何か、他に買っておくべき物などはないんですか？　例えば屋敷を守る呪符だとか、邪を祓《はら》う宝剣とか。謝礼は弾みます。金に糸目はつけません」

「門の門を新しいものに換えてください」

「……」

藍忘機《ランワンジー》の助言を聞いた秦《チン》公子は、信じられないという表情を満面に浮かべている。いい加減にあしらわれているのではないかと疑っているような彼の顔を見て、魏無羨《ウェイウーシエン》が最後に告げた。

「換えるかどうかはあんた次第だ、秦《チン》公子。もしまた何か起きたら相談に来ればいいさ」

秦《チン》家を離れたあと、魏無羨《ウェイウーシエン》と藍忘機《ランワンジー》は肩を並べてしばらくの間歩いた。足任せにぶらぶらと歩きながら、互いに取り留めのない話をする。

現在の彼ら二人は半隠居と言える暮らしを送っていた。特に急を要することがなければ、長い場合は半月から一か月、短い時は二、三日ほど、気ままに当てもなくあちらこちらを放浪する。魏無羨《ウェイウーシエン》は昔、藍忘機《ランワンジー》につけられた「逢乱必出」の名を聞いた時、その行動がそれほど難しいことだとは思っていなかった。しかし今、こうして藍忘機《ランワンジー》について自らそれを実践してみると、想像以上に根気がいることだと気づいた。難しいからではなく、逆にあまりにも簡単すぎるからだ。

魏無羨《ウェイウーシエン》は前世で夜狩する時、危険で怪しげなモノのいる場所ばかりを選んで、様々な冒険を経験してきた。当然その中で幾多の紆余曲折《うよきょくせつ》を乗り越え、次々と起こる問題を解決してきたものだ。だが、藍《ラン》忘機《ワンジー》は決して選り好《え》みせず、やるべきことをやる。そのため、時折魏無羨《ウェイウーシエン》にとってはありふれた、いかにも容易く解決できるような夜狩の対象に出会ってしまうのもやむを得なかった。例えば今回のこの凶屍訪問事件がまさにそうで、彼が過去に狩ってきたモノと比べると、まったく面白みがない。もし秦《チン》公子が誰か他の玄門の者に見てもらったとしても、おおかた同じように、自分たちが出向くに値しないと判断するだろう。

それでも、たとえ事件自体にそれほど魅力を感じなくとも、藍忘機《ランワンジー》と一緒ならば気楽で居心地がよく感じられた。

藍思追《ランスージュイ》は林檎ちゃんの手綱を引きながら、黙って二人の後ろについて歩いていたが、考えに考えた末、やはり我慢できずに口を開いた。

「含光君、魏《ウェイ》先輩、秦《チン》公子のお宅はこのまま放っておいて大丈夫なのでしょうか？」

「大丈夫だ」

藍忘機《ランワンジー》が答える横で、魏無羨《ウェイウーシエン》は笑いながら言った。

「まさか思追《スージュイ》は、俺がさっきでたらめを言って人を騙したと思ってるのか？」

「そ、そんな、まさか！　ゴホン、思追《スージュイ》が言ったのはそういう意味ではありません。確かに屋敷の門には自ずと邪祟を防ぐ効果がありますが、あの門は今にもバラバラになってしまいそうな状態でした。それなのに、呪符の一枚も差し上げずにいて、本当に何も起きないのでしょうか？」

藍思追《ランスージュイ》が慌ててそう言うと、魏無羨《ウェイウーシエン》は不思議そうにする。

「そんなの当たり前だろ？」

「はい……」

「起きるに決まってる」

「ええっ？　でしたら、なぜ助けないのですか？」

「なぜって、秦《チン》公子は嘘をついてるからだ」

その言葉に藍忘機《ランワンジー》が浅く頷く。藍思追《ランスージュイ》はわずかに驚いて尋ねた。

「魏《ウェイ》先輩はどうやってそれを見抜かれたのですか？」

「秦《チン》公子とは一度しか会ったことがないから、断言できるわけじゃないけど、彼は……」

「性格は頑固、しかも冷酷だ」

魏無羨《ウェイウーシエン》の言葉を、藍忘機《ランワンジー》が引き継ぐ。

魏無羨《ウェイウーシエン》は「うん」と答えて続けた。

「まぁそんな感じで、とにかく尻込みするような臆病者じゃないはずだ。その夜の状況は確かに怪しいけど、彼が言ってたように恐怖で取り乱すほどのことじゃない。だとしたら、屋根の上に登って外を見るのが、彼にとってそんなに難しいことか？」

藍思追《ランスージュイ》は、その言葉の真意を悟った。

「ですが、秦《チン》公子は断固として自分は一目たりとも見ていないと言い張っていました……」

「そうだな。でも、もし家の正門が深夜に激しく叩かれたりしたら誰だって好奇心を抱くし、ちょっとばかり度胸があればこっそり見るもんだろ？　それが普通なのに、絶対に見てないって言いきるなんて、むしろ変じゃないか？」

「全面的に同意だ」

藍忘機《ランワンジー》の意見を聞いて、魏無羨《ウェイウーシエン》が嬉しそうに言う。

「さすが俺たち、通じ合ってたな！」

それから笑って顎を撫でながら、彼は藍思追《ランスージュイ》に説明した。

「しかも、あの凶屍が正門に残した爪跡は一見恐ろしくは見えるけど、邪気と血気《けっき》は強くなかった。そいつが家まで捜しに来たのは、決して人を殺して仇を討つためじゃない。そこについては確信できる。だから、いったいどういうことなのかは、もう少し様子を見る必要があるんだ」

「でしたら、魏《ウェイ》先輩が直接その凶屍を召喚して問い質せば、すぐにわかるのではないでしょうか？」

「召喚はしない」

「え？」

提案をあっさりと却下《きゃっか》されて藍思追《ランスージュイ》が目を丸くすると、魏無羨《ウェイウーシエン》は堂々と答えた。

「召陰旗《しょういんき》を描くのには血が必要だろ？　俺は体が弱いんだ」

藍思追《ランスージュイ》は、彼が血を流したくない本当の理由は面倒くさいからだと思い、慌てて申し出る。

「魏《ウェイ》先輩、私の血を使っていただいて構いません」

ところが、魏無羨《ウェイウーシエン》は「ぷっ」と吹き出した。

「思追《スージュイ》、問題はそこじゃないよ。俺たちが今回お前を連れてきたのは、経験を積ませるためだ。そうだろ？」

まだ状況が呑み込めずにいる藍思追《ランスージュイ》に、魏無羨《ウェイウーシエン》はさらに言った。

「もちろん俺は凶屍を召喚して、直接そいつを追っ払うことができる。でも、お前に同じことができるのか？」

それを聞いて、藍思追《ランスージュイ》は即座に理解した。

一連の出来事を経てからというもの、彼を含めた姑蘇藍《ラン》氏の多くの年少者たちは皆、少しばかり魏無《ウェイウー》羨《シエン》に頼りすぎているのだ。即召喚して即問いかけ、あっという間に屍を自分の兵にする。確かに最も早い方法だが、決して誰もが使えるものではなく、藍《ラン》思追《スージュイ》も鬼道を修練してはいない。だから彼のためには、そういった方法を学ばせない方が良かった。もし、今回も魏無羨《ウェイウーシエン》がいつものお得意の方法でぱぱっと解決してしまったら、藍思追《ランスージュイ》の経験にはならないだろう。

今回、魏無羨《ウェイウーシエン》と藍忘機《ランワンジー》は、まさに普通の方法を彼に教えるつもりだった。一般的な手順に従った時、これをどう解決するか彼に見せようとしているのだ。

「つまり、含光君と魏《ウェイ》先輩のお考えは、秦《チン》公子は事実を言わなかったため、とりあえず彼を放っておいて脅かすつもり、ということでしょうか？」

「そういうこと。見とけよ、あの門の閂は持ってせいぜいあと二日ってところだろう。お前ん家の含光君が新しいのに換えろって言ったのは、非常に堅実で良心的な提案だっていうのに、秦《チン》公子は不満そうに見えたよな。でも、彼がもし本当に何か大事な事を隠してるとしたら、閂を十本新しいのに換えたところで意味がない。いずれ、凶屍はまた来る」

　ところが、門の閂はなんと一晩すら持ち堪えられなかった。次の日、秦《チン》公子はすぐにまた暗い顔をして魏無羨《ウェイウーシエン》と藍忘機《ランワンジー》のもとを訪れた。

　玄門世家はそれぞれが各地に多くの資産を所有している。三人はこの辺りに来てすぐ、姑蘇藍《ラン》氏が所有する小竹軒《しょうちくけん》という名前の清雅《せいが》で小ぢんまりとした建物に向かい、そこを宿とした。秦《チン》公子が夜も明けやらぬうちに彼らを訪ねると、ちょうど藍思追《ランスージュイ》が手綱を引っ張り、ロバを引きずっているところだった。かわいそうな藍思追《ランスージュイ》は、竹を噛んで歯を平らに削っている林檎ちゃんを懸命に外へ引っ張り出そうとしている。しかし、振り向いたところに口角を引きつらせた秦《チン》公子がいるのに気づくと、微かに顔を赤らめながら手綱をさっと捨てて中へと案内した。

　藍思追《ランスージュイ》は極めて慎重に、先輩二人の寝室の戸を叩いて来客を知らせる。しかし、既に身なりをきちんと整えた藍忘機《ランワンジー》が音を立てずに扉を開け、首を横に振るのを見て、魏無羨《ウェイウーシエン》がすぐに起きられないのだとわかった。藍思追《ランスージュイ》は困り果てた挙句、「虚言《きょげん》を弄《ろう》さない」という家規を破り、先輩は体調が悪くてまだ休んでいる、とやむを得ず秦《チン》公子に嘘をついた。よもやまさか「魏《ウェイ》先輩はまだ寝ていたいようなので、お待ちくださいと含光君が言っています」などと真実を伝えるわけにはいかないだろう……。

　魏無羨《ウェイウーシエン》はずいぶんと日が高くなるまで眠り続け、また藍忘機《ランワンジー》に数えきれないほど揉まれたり抱きしめられたりしてから、ようやくどうにか起き上がった。目は閉じたまま、顔を洗ってうがいをしながら服を着たせいで、うっかり藍忘機《ランワンジー》の中衣を着てしまう。

中衣の袖は外衣の下から何寸もはみ出してしまっていて、何回もまくらなくてはならず、かなり不格好だ。だが幸い、秦《チン》公子は彼の中衣が今どんな状態であろうとまったく気に留める余裕などないようで、三人を引きずるようにしてすぐに自分の屋敷へと向かった。

秦《チン》家の正門は固く閉ざされていた。前に進み出た秦《チン》公子が門についている円状の金具で門を叩く。中に入る前に、彼は挨拶もそこそこに昨夜のことを話し始めた。

「昨日は仙士《せんし》のお二方から教えを受けて少し安心できたのですが、やはり寝る気にはなれなかったもので、扉を閉めた大広間で夜の読書をして、外の様子に気をつけながら警戒していたんです」

すぐに家僕が一人やってきて正門を開け、三人を庭の中へと迎え入れる。入り口の階段を下りた途端、魏無羨《ウェイウーシエン》はやや呆気に取られてしまった。

広い庭の中には、一面に真っ赤な足跡が散らばっている。それは思わず目をむいて愕然とするくらいの恐ろしい光景だった。

秦《チン》公子は陰鬱な面持ちで口を開く。

「昨日の夜、やはりあのモノがまた来ました。そいつは正門を外から引っかいたりぶつかってきたりして半時辰ほど騒いでいたのですが、やかましくて私がイライラしていたところに、突然バキッという音が聞こえてきて、何度もぶつかられた正門の閂が折れてしまったんです」

その音が聞こえてきた瞬間、秦《チン》公子はぞっとして背中の産毛《うぶげ》が一本一本逆立つのを感じた。

彼は素早く大広間の木の扉へと近づき、扉の隙間から外を覗き見た。

ほの暗い月明かりの中、大広間からは距離のある正門の扉が両側に開き、そこに一つの人影が立っているのが見えた。その人影は、まるで足の底にばねをつけた木の杭《くい》のように、正門の前で跳ね回っている。

しばらくそうして跳ね続けていたが、どうやら中までは入れないようだ。秦《チン》公子は微かにほっと息をつくと、やはり昼間に魏無羨《ウェイウーシエン》が言っていた通り、こいつは経穴が塞がって全身が硬直しており両脚を曲げられず、この屋敷の高い敷居を跳び越えられないらしい、と考えた。

しかし、彼がそのわずかな安堵の息を最後まで吐ききる前に、正門前で跳ね回っていたあの人影は、突然さっと一際高く跳び上がり——一瞬で正門の中まで跳び込んできた！

秦《チン》公子はぱっと身を翻すと、背中で扉をきつく押さえた。

あの邪のモノは正門を越えて庭に入り、真っすぐ前方に向かって跳んでくる。ドスンドスン、ドスンドスン、足音が何回も聞こえないうちに、たちまち大広間の扉に飛びかかってきた。

秦《チン》公子は背中に触れている木の扉が内側に向かってたわむ感覚で、あのモノと自分との間を隔てるのは扉一枚だけだと気づいて息を呑み、大慌てでその場から逃げだしたのだった。

「邪のモノは月光に照らされて、紙窓《しそう》には影が映し出されていました。大広間の中までは入ってこずに周りを縦横無尽に跳び回っていて、庭中にあるこの足跡は全部そいつが残したものです！　公子方、お二人の言葉を信じないわけじゃないですが、中には跳んで入れないとはっきりおっしゃいましたよね？」

問い質してくる秦《チン》公子に、魏無羨《ウェイウーシエン》は敷居を軽く踏みながら答えた。

「秦《チン》公子、本来なら硬直した屍は、まず跳んで入ったりはできないんだ。死人は筋肉が強張っていて血が巡らないから、当然膝を曲げることもできない。これに疑問があるなら、どこの地域を管轄する仙門世家でも、話を持っていって聞いてみたらいい。誰に聞いても、同じように説明するはずだ」

秦《チン》公子は両手を広げ、庭中に残された真っ赤な足跡を示しながら言った。

「だったら、これをどう説明するんですか？」

「あんたの家の正門から入ったモノは、ちょっと普通じゃない、と説明するしかないな。秦《チン》公子、考えてみてくれ。昨晩、あんたがその凶屍を覗き見た時、どこかおかしいところはなかったか？」

ひどい顔色をした秦《チン》公子は、しばらくの間考え込んでから、やっと切り出した。

「言われてみれば、あれが跳び上がる時の姿勢は少しおかしかったかもしれません」

「どんなふうにおかしかったんだ？」

「なんだか……」

すると、庭の中を一周歩いてきた藍忘機《ランワンジー》が魏無《ウェイウー》羨《シェン》のそばに戻ってきて、傍らで淡々と口を開いた。

「脚を引きずっていた」

秦《チン》公子は「その通りです！」と即答し、またすぐに不思議そうな顔になる。

「こちらの公子は、どうしてそれがわかったんですか？」

藍思追《ランスージュイ》の心の中にも同じ問いが浮かんでいた。しかし、藍思追《ランスージュイ》の根底には、含光君はなんでも知っているという認識があるので、ただ好奇心が湧いただけで決して訝ったわけではなく、静かに説明を待った。

「地面の足跡です」

藍忘機《ランワンジー》の答えを聞いて魏無羨《ウェイウーシエン》が腰を屈めると、藍《ラン》思追《スージュイ》も一緒にしゃがみ込み、真剣に庭の足跡を調べ始めた。魏無羨《ウェイウーシエン》はいくつかを確認するとすぐに顔を上げ、藍忘機《ランワンジー》に向かって尋ねる。

「一本脚の屍か？」

藍忘機《ランワンジー》が頷き、魏無羨《ウェイウーシエン》は納得したのか立ち上がる。

「どうりで跳んでこられたわけだ。ここにある足跡はすべて、片方が深く、もう一方は浅い。この凶屍は片方の脚が折れてるんだ」

魏無羨《ウェイウーシエン》は少し考えてから藍忘機《ランワンジー》にまた投げかけた。

「お前はこれが折れたのが、生前と死後のどっちだと思う？」

「生前だ」

「うん。死後なら、体のどこが折れても何も影響はないしな」

彼らはまるで以心伝心《いしんでんしん》というように淀みなく話を進めていく。だが、藍思追《ランスージュイ》はそれに追いつけず、慌てて仕方なく話を遮った。

「待ってください。含光君、魏《ウェイ》先輩、私に整理させてください。お二方がおっしゃっているのは、この凶屍の脚は一本折れていて、脚を引きずっていたこと。そしてそれが原因で、むしろ二本脚の……えっと、五体満足な凶屍よりもっと簡単に、この高い敷居を跳び越えられたということですか？」

秦《チン》公子もまさにその質問を考えていたところだった。

「やっぱり、私の聞き間違いじゃないですよね？」

「聞き間違いではありません」

藍忘機《ランワンジー》が答えると、秦《チン》公子はいかにも馬鹿馬鹿しいといった表情で言う。

「それはつまり、一本脚の者が二本脚の者より速く走れるって言うのと同じじゃないですか？」

藍忘機《ランワンジー》と真剣に討論していた魏無羨《ウェイウーシエン》は、合間に秦《チン》公子へ視線を向けると、笑って答えた。

「なんか勘違いしてるな。でも、こう説明したらわかるんじゃないか。ある人が片方の目を失明したとする。そうすると残った唯一の目をより一層大事に守るから、たとえ片目しか見えなくても、その視力は両目が見える人に劣るとは限らないし、場合によってはもっとよく見える可能性だってある。同じように、もし左手を失った人がいたとしたら、何をするにも右手を使うしかなくなる。それが長く続けば、右手はどんどん強くなっていって、片手だけで普通の倍もの力を出せるようになるかも……」

藍思追《ランスージュイ》は、その説明でしっかりと理解した。

「そしてこの凶屍は生前に片方の脚が折れていたため、死後は常にもう一方の脚だけで跳んでいて、そのおかげで二本脚の凶屍よりも跳躍力が高くなったということでしょうか？」

魏無羨《ウェイウーシエン》は嬉しそうに答えた。

「その通り」

藍思追《ランスージュイ》は非常に興味深いと思い、密かにそれを脳裏に刻む。一方、秦《チン》公子は苛立った様子だ。

「昨日は家内と喧嘩したせいで、家のことを片づけるだけで遅くなってしまって、正門の修理が間に合わなかったんです。今すぐにでも修理させて、今度こそこの門を鉄壁のように頑丈に補強します！」

しかし、藍忘機《ランワンジー》は首を横に振って言った。

「無駄です。『先例を作るべからず』」

否定されるとは思っていなかった秦《チン》公子は全身に驚きが満ち、あまりいい意味の言葉ではないだろうと感じて尋ねる。

「その『先例を作るべからず』っていうのは、どういう意味なんですか？」

「俺たち仙門の人間が使う隠語だよ。邪祟に対して、同じ防御手段は一回しか使えず、二回目はもう効き目がないってこと。もし昨日あんたが急いで補強していれば、まだしばらくの間は持ち堪えられただろう。だがな、そいつに一回でも正門から入られたら、もう次からは防ぐことはできない。自由に出入りできるようになってしまうんだ」

魏無羨《ウェイウーシエン》の説明を聞くと、秦《チン》公子は衝撃を受けて悔やむように言った。

「そんな！　だったら、私はどうしたらいいんですか？」

「座していればいいのです」

藍忘機《ランワンジー》が淡々と告げ、さらにつけ加えるように魏《ウェイ》無羨《ウーシエン》が続ける。

「慌てる必要はない。正門は入れたとしても、二つ目の門はくぐれない。あんたのこの屋敷は言わば城のようなものだ。目下はただ第一の門を破られただけで、そのあとがまだ二つもある」

「二つもあるんですか？　その二つってなんです？」

秦《チン》公子の問いに、二人が答えた。

「客が集まる門と、私的な門です」

「つまり大広間の扉と、寝室の扉だ」

話している間に一行は庭を通り過ぎ、大広間に足を踏み入れて、そこで腰を下ろした。しかし、家僕たちはどこへ行ったのか、少し経っても茶を出す者はおらず、秦《チン》公子が厳しい声で呼んでやっと一人の家僕がやって来た。その家僕を腹立ち紛れに蹴って下がらせると、秦《チン》公子の顔からは微かに怒気が消えたものの、再び悔しさを滲ませる。

「呪符を何枚か用意していただいて、あれを鎮圧できないでしょうか？　公子方、どうぞご安心ください。謝礼は本当にいくらでも払います」

しかし、秦《チン》公子は知らなかった。彼らは夜狩に出かける際、端《はな》から謝礼など眼中にないのだ。

「それは、あんたがどう鎮圧したいかによるな」

「どういうことですか？」

「鎮圧っていうのは、表面上の話であって根本的な解決にはならないんだ。あんたがもし、ただ邪祟が門から入ってこなければいいって言うなら、まだなんとでもなる。半月ごとに呪符を一枚換えれば済むからな。でも、そいつは相変わらず、あんたの家の門を叩いたり引っかいたりしに来る。その場合、呪符を換えるよりもこまめに正門自体を換えざるを得ないだろうな。もしくは、あんたがもし邪祟を怖がらせて尻込みさせたいって言うなら、呪符は七日に一度換える必要がある。だが、そういう呪符は描き方が複雑で値も張るんだ。その上、鎮圧にかかる時間が長ければ長いほど、相手の怨念もますます強くなっていく……」

藍忘機《ランワンジー》は、傍らで魏無羨《ウェイウーシエン》がでたらめを言っているのを聞きながら、ただ何も言わず静かに座っていた。

鎮圧は結局のところ良策ではない、というのは嘘ではない。しかし、鎮圧符《ちんあつふ》と駆逐符《くじょふ》の製作と使用は、別段魏無羨《ウェイウーシエン》が言ったほど手がかかったり、煩雑《はんざつ》だったりするわけでもない。とはいえ、こういった件について話をさせたら魏無羨《ウェイウーシエン》より達者な口ぶりで話せる者など誰一人としておらず、成績優秀な藍思《ランスー》追《ジュイ》も聞いているとぽかんとするばかりで、うっかり信じそうになる。

秦《チン》公子は彼があまりにも厄介そうに話すので、もし鎮圧を選んだら後顧《こうこ》の憂《うれ》いが絶えなくなると思い、どうしたものかとためらって迷い始めていた。ちらちらと、魏無羨《ウェイウーシエン》の隣に座り俯いて茶を飲んでいる藍《ラン》忘機《ワンジー》の方を見る。けれど、藍忘機《ランワンジー》の顔には「彼はわざと大げさなことを言ってあなたを脅かしているのです」という表情はどこにも見受けられず、結局信じざるを得なくなり、切羽詰まって懇願した。

「だったら、あとで苦労しないように、最初から徹底的に解決できるような方法はないんですか!?」

魏無羨《ウェイウーシエン》はすぐさま話の向きを変える。

「できるかどうか、それはあんた次第だな、秦《チン》公子」

「なぜ私次第なんです?」

「俺ならあんたのために特別な呪符を一枚作ってやることはできる。でもそれは、あんたが俺の質問に正直に答えてくれるかどうかにかかってるってことだ」

「いったいどんな質問ですか?」

「この凶屍の生前について、あんたは知ってるんじゃないのか?」

秦《チン》公子はずいぶん長い間沈黙し、ついにやっとのことで重い口を開く。

「知っています」

それを聞くと忘羨《ワンシエン》二人は一瞬視線を交わし、藍《ラン》思追《スージュイ》はにわかに気を取り直した。

「詳しく聞こう」

魏無羨《ウェイウーシエン》が促すと、しばし考えてから秦《チン》公子はゆっくりと話し始めた。

「詳しくと言っても、私もその者については、それほどよく知っているわけじゃないんです。私は年少の頃、遠方にある山間《やまあい》の村で暮らす祖母の家で育ちました。そして、件《くだん》の者はまさに祖母の家の家僕の一人で、私と年が近かったので子供の頃はともに遊び育ちました」

「それなら幼馴染の間柄だろう。なのに、どうしてよく知らないんだ?」

「年を重ねるうちに疎遠《そえん》になったんです」

「少し思い出してみてくれ。あんたは何かその家僕から恨みを買うようなことをしたのか?」

「一つだけ心当たりがあります。ただ、それがどれほどの恨みかはわかりませんが」

迷うように言った秦《チン》公子を、藍忘機《ランワンジー》が促す。

「話してください」

「その家僕はいつも祖母に仕え、そばにつき従っていました。てきぱきと働くし年も孫の私と近いから、祖母は非常に彼を気に入っていて、しょっちゅう賢いと褒めていたんです。そのせいで彼もだんだんと傲慢になっていって、いつも私たち一族の子弟の一員のように後ろについてきて、主僕《しゅぼく》の別がわかっていませんでした。その後、祖母は彼も私たちと一緒に授業を受けに行かせるようになりました。

ある日、先生が課題を与えてくれたんですが、それが非常に難解なもので、討論しているうちに一人が答えを導き出しました。けれど、同窓たち全員が口々に称賛したのに対し、その家僕は突然、間違っていると言いだしたんです。

その時、彼はまだ授業に行き始めて一、二か月でしたが、私たちは既に二、三年も学びに行っていました。誰が間違っているかなんて当然論じる必要もなく、その場ですぐさま誰かが反論したんです。でも彼は非常に強情で、ひたすら先ほどの回答は間違いだと言い張り、私たちに解き方を見せようとしました。ですが、とうとう教室にいた全員がうんざりして、それで皆で彼を外に追い払ったんです」

そこまで聞いたところで、藍思追《ランスージュイ》は我慢できずに口を挟んだ。

「秦《チン》公子、たとえ彼があなたたちを煩わせたのだとしても、度を越えたことはしていないのに……何も追い出すなんて」

「秦《チン》公子、今の話だと、あんたたち一族の公子全員が彼から怒りを買ったように聞こえるが、あんたはその中で何か特別な立ち位置にいたのか？　そうじゃなければ、彼はきっとあんた一人だけじゃなく全員を捜すはずだ」

魏無羨《ウェイウーシエン》の追及に、秦《チン》公子は事実を述べる。

「その時、最初に彼に出ていくように言ったのは私だったんです。ただ口先だけのつもりでしたが、思いがけず皆が彼を快く思っていなかったようで、もう引っ込みがつかなくなってしまいました。そして、その家僕は意外にも短気で、家に帰ると祖母にもう行かないと言って、それで二度と授業には来なくなりました」

「二つ質問をしたいんだが、秦公子《チン》、必ず正直に答えてくれ」

「ええ、どうぞ」

「一つ目の質問だ」

魏無羨《ウェイウーシエン》は目をきらりと光らせながら尋ねる。

「あんたはさっき『一人が答えを導き出した』と言った。この『一人』っていうのは、あんたなのか？」

少し言葉に詰まり、秦公子《チン》が問い返す。

「それは、そんなに重要なことですか？」

「じゃあ、二つ目の質問だ——その課題の解き方は、いったい誰が正しくて、誰が間違っていたんだ？」

秦公子《チン》の顔は青褪め、服の袖をさっと振ると淡々と答えた。

「大昔の話で、もう何年も経ちますので、すべてをはっきりとは覚えていないことをお許しください。でも、誰だって年少の頃は意地を張って不可解なことを少しばかりやったり、そういう者に出会ったりしたことがあるはずです。どうかこのことにこだわらないでください。私は一刻も早く、確実にこの問題を解決したいんです」

魏無羨《ウェイウーシエン》はにこにこと笑った。

「そうだよな。わかるわかる」

ふいに、藍忘機《ランワンジー》が秦公子《チン》に向かって確認する。

「その方はいつ逝去されましたか」

「おおよそ二年前のことです」

「二年？　それならまだ大丈夫だ。新鮮とは言えないけど、古い屍ってわけじゃない。どうやって死んだんだ？　自害したのか？」

魏無羨《ウェイウーシエン》の質問に、秦公子《チン》が答えた。

「違います。夜中に酒を飲んで走り回って、不注意から転落死したと聞いています」

「自害じゃないのか、だったら状況はまだほんの少しましだな。秦公子《チン》、他にはもう覚えてることはないか？」

「ありません」

「それじゃあ俺たちは帰るな。ああもちろん、呪符はのちほどここに届けさせるから。もし他に何か思い出したら、またいつでも知らせてくれ」

それから三人は小竹軒に戻った。扉を閉めた藍思追《ランスージュイ》は、振り返るとため息をつく。

「秦《チン》公子は……本当に……本当に……」

すると、藍忘機《ランワンジー》が突然口を開く。

「二年」

「そうだな、二年はちょっとおかしい」

魏無羨《ウェイウーシエン》がそう言うと、藍思追《ランスージュイ》が尋ねた。

「おかしいですか？」

袖の中から白紙の符を一枚取り出しながら、魏無羨《ウェイウーシエン》は話し始める。

「もし深い恨みを抱いてる邪祟がその恨みを晴らすとなると、普通なら、死んでから七日目の夜までには祟りを起こしに行くはずだ。時間がかかったとしても、一年以内だったら祟りを起こすことはよくある。だけど、既に凶屍になっていたっていうのに、なんでまた二年も経ってから家まで捜しに来たんだ？」

「もしかしたら、秦《チン》公子の引っ越し先の住所を二年間も探し続けていたのかも？」

そう言いながら、藍思追《ランスージュイ》はあの死体が毎晩一軒ずつ人の家の門を叩いて、中に秦《チン》公子がいるかどうかを覗き見る絵面《えづら》を想像してしまい、背中が薄っすらひやりと冷たくなった。

しかし、魏無羨《ウェイウーシエン》はその考えを否定する。

「それはないな。この凶屍は秦《チン》公子と旧知の間柄なわけだから、気配を辿って彼の新居を見つけるのはそう難しいことじゃない。それにお前が言ったように、確かにそいつが秦《チン》公子を捜す途中で何軒か違う家の門を叩いてしまう可能性はあるけど、もしそうなら似たような事件はこの一件だけじゃないはずだ。藍湛《ランジャン》、お前は俺より多くの案件記録に目を通してるし、俺より詳しく覚えてるだろ。ここ二年の間に似たような記載《きさい》を読んだことあるか？」

そう言うと魏無羨《ウェイウーシエン》は書斎に入っていき、藍忘機《ランワンジー》はその背中に答える。

「関連する記載はなかった」

「ってことだ……藍湛《ランジャン》、丹砂が見つからないんだけど」

魏無羨《ウェイウーシェン》が筆を手に書斎から出てくる。

「昨日の夜も使ってたのに！　お前ら見なかったか？」

藍忘機《ランワンジー》も書斎に入っていき、彼があっさり丹砂を見つけると、魏無羨《ウェイウーシェン》は精巧な作りをしたその小さな杯の中に筆先をちょんちょんとつけ、茶を一杯注いでから卓のそばに腰を下ろす。左手で茶を飲みながら右手で筆を持ち、一切そちらを見ないまま符の紙に勢い良くめちゃくちゃに何かを描きつつ、藍忘機《ランワンジー》に向かって言った。

「お前が覚えてないなら、絶対にないってことだろう。だから、そいつが二年もの間秦《チン》公子に手を出さなかったのには他に原因があるはずだ。よし、描き終わったぞ」

彼は卓の上にある丹砂の跡がまだ乾いていない呪符を、藍思追《ランスージュイ》に渡す。

「秦《チン》公子に届けてきな」

その呪符を受け取ってまじまじと見ても、藍思《ランスー》追《ジュイ》には何が描かれているのかまったくわからなかった。彼が今までに読んだどの本の中にも、ここまで異常なほど乱れ、形式にこだわらない符の紋はなかったのだ。

「魏《ウェイ》先輩、これは……決して適当に描いたものではないですよね？」

「もちろん」

「……」

「俺は手元を見なくても呪符を描けるんだ」

「……」

無言になった藍思追《ランスージュイ》に、魏無羨《ウェイウーシェン》は笑う。

「安心しろ、これは絶対に効き目があるから。そういえば思追《スージュイ》、お前、あの秦《チン》公子のことがあんまり好きじゃないよな？」

藍思追《ランスージュイ》は少し考えてから答えた。

「よくわからないんです」

彼は正直に気持ちを話す。

「秦《チン》公子は、決して何か極悪なことをしたわけではありませんが、ただ、私はあのような気立ての方と上手くやるのは難しいかもしれません。彼が『家僕』という言葉を使う時の口調が、あまり好きにはなれないので……」

そこまで言うと、藍思追《ランスージュイ》はなぜか言葉を切った。

だが、魏無羨《ウェイウーシエン》はその理由にはまったく気づかない。

「あんなのよくあることだって。世の中のほとんどの奴らは、もともと家僕を見下してるんだ。家僕自身だって自分を卑下してたりするし……ん？　二人ともなんでそんなふうに俺を見るんだよ？」

半分まで話したところで、彼は二人の視線の意味にやっと気づき、苦笑して続けた。

「待てよ、お前ら何か誤解してるだろ？　そんなの家によって違うんだって、蓮花塢は普通の家じゃないんだから。俺が子供の頃、江澄《ジャンチョン》を殴った数はあいつに殴られた数より遥かに多いんだぞ！」

藍忘機《ランワンジー》は何も言わず、黙ったまま彼をぎゅっと抱きしめた。魏無羨《ウェイウーシエン》は思わず笑いだしながら抱き返すと、その背中に沿って何度か撫でた。藍思追《ランスージュイ》はコホンと咳払いをしたが、魏無羨《ウェイウーシエン》の表情と態度が落ち着いていて、「家僕」の二文字を本当に少しも気にしてはいない様子なのを見てほっとした。

「でも、あの凶屍はおそらくまた来るはずだ」

藍思追《ランスージュイ》は魏無羨《ウェイウーシエン》の言葉に驚いて尋ねた。

「今日もまだ解決できないのですか？」

「彼はすべてを話していない」

藍忘機《ランワンジー》が答え、魏無羨《ウェイウーシエン》が続ける。

「そう。これが初めてじゃないし、ああいう奴はしょうがないんだ。話は少しずつ引き出すしかないだろう。とりあえず、今夜を過ごした彼が明日になったらすべてを話してくれるかどうか、見てみようじゃないか」


思った通り、次の日の早朝、藍思追《ランスージュイ》が小竹軒の庭で剣の修練をしていると、再び秦公子がやって来た。

彼は来てすぐに真っ向から「私の知ったことか！」と荒々しく言い放つ。

藍思追《ランスージュイ》は慌てて彼を引き留めた。

「秦《チン》公子、お待ちください！　うちの先輩二人は今寝て……今、修練しているんです！　まさに、大事な瀬戸際まで修練を極めているところなので、決して邪魔してはなりません！」

それを聞いて、秦《チン》公子は強引に庭の中まで突き進もうとしていた足を止めた。その代わり、溜め込んだ鬱憤を藍思追《ランスージュイ》に向かってすべてぶちまける。

「私は、表面上を解決するとか根本を解決するとか、そんなのはもう聞きたくない！　ただあのモノに、二度と私を捜しに来ないでほしいだけなんだ！」

この二度目の夜、秦《チン》公子はまた眠れないまま、大広間の明々《めいめい》とさせた灯火の下で読書をしていた。すると、そう長く経たないうちに、あの凶屍――あの家僕が例の如くやって来た。

それは相変わらず部屋の中までは入れず、扉の外を跳び回っては時折扉にぶつかっている。だが、紙窓の木枠と張られた紙は、意外にも破壊されずに耐え、ほどなくして物音は遠のいていった。連日目を閉じてゆっくり眠ることができなかった秦《チン》公子は、とうとう眠気に勝てなくなった。つい気が緩んで睡魔と疲れがどっと押し寄せ、がくりと頭を傾けると、座ったまま深い眠りに落ちた。

うとうとしてどれくらい経っただろうか。突然、大広間の扉が叩かれる軽快な音が三回響いた。彼は驚いてびくりと身を強張らせ、背筋をぴんと張って目を覚ます。

扉の外からは、女の声が聞こえてきた。

「あなた」

その直前までぐっすりと眠っており、たとえ目の前に父親がいてもそれが誰だかわからないほどに寝ぼけていた秦《チン》公子は、秦《チン》夫人の声を聞いた途端に立ち上がってとっさに扉を開けようとした。しかし、何歩も歩かないうちに急に思い出す。秦《チン》夫人は凶屍が現れてから数日ずっと泣き叫んでいて、こんな生活はもう無理だと彼に喚き散らし、つい昨日、荷物をまとめて実家に帰ったはずなのだ。恐怖に駆られてそうしたというのに、真夜中に一人きりで戻る度胸など、どこにあるというのか？

改めて確認すると、紙窓に映し出された女の華奢《きゃしゃ》な姿は、確かに彼の夫人の体型に似ている。しかし、秦《チン》公子は油断せずにそっと剣を抜き、女に問い質した。

「なぜ戻ってきたんだ？　もう怒っていないのか？」

扉の外の女は単調な口ぶりで答える。

「ええ、戻ってきたの。もう怒っていないから、扉を開けてちょうだい」

秦《チン》公子は迂闊に扉を開けられず、剣を扉に向けたまま言った。

「お前はやはり義父上《ちちうえ》のところに帰った方が安全だろう。万が一あれがまだ離れずに、この屋敷の近くを徘徊《はいかい》していたらどうするんだ？」

扉の外にわずかな沈黙が落ちた。

剣を握っている秦《チン》公子の手から、冷や汗が滲み出る。

ふいに、その女は声を張り上げて甲高く叫んだ。

「あなた、扉を開けて！　鬼が来てるの！　早く中に入れて！」

扉の外にいる本物か偽物かわからない秦《チン》夫人は、紙窓にへばりついて叫んでいる。秦《チン》公子は次第にぞわぞわと頭皮が痺れてきて、いきなり頭に血が上り、魏無羨《ウェイウーシエン》が届けさせたあの呪符を手に掴んだまま剣を持って扉の外のモノに飛びかかった――。

「そうしたら、何か大量の物が真正面からぶつかってきて、私は気絶してしまったんです」

秦《チン》公子の説明を聞き、魏無羨《ウェイウーシエン》が尋ねた。

「どんな物があんたを気絶させたんだ？」

秦《チン》公子は卓の上にある物を指さす。魏無羨《ウェイウーシエン》はそれを見るなり、可笑しくてたまらなくなった。

「なんで果物なんだ？」

「私にわかるわけないじゃないですか！」

「いや、あんたにはわかるはずだし、あんた以外誰にもわからない。邪祟ってのは皆、非常に根に持つものだ。あんたは過去に、同じようにそいつに果物をぶつけたことがあったんじゃないのか？」

秦《チン》公子は暗く沈んだ表情になって答えなかった。

彼の顔色を見れば十中八九それが当たりだとわかっていたが、秦《チン》公子自身は決して認めようとしないため、魏無羨《ウェイウーシエン》も問い詰めることはしなかった。そして秦《チン》公子は再び口を開くと、やはり話を逸らした。

「朝、義父《ちち》のところに人を遣《や》って聞いてこさせましたが、妻は昨晩家から一歩も出ていませんでした」

「それは、人が住む屋敷の防護壁を破る、ある種専門のモノだ。先人の記録と古書でまれに見かけるくらいだけどな。別に人に害を与えるわけじゃないが、屋敷の主の親しい者の声色と影かたちを真似することができる。そいつは扉の中に入れない邪祟と互いに協力し合い、邪祟を手伝って、あんたを欺いて自分から扉を開けさせようとしたんだ。あの凶屍、意外といい助っ人を見つけてきたな」

「そいつがなんであろうと、私が知ったところで意味がありません。公子、二つ目の門はもう破られてしまったんです。あのモノは、既に大広間まで入ってきているのに、まさかあなたはまた私に、何もしなくていいなんて言わないですよね？」

「秦《チン》公子」

魏無羨《ウェイウーシエン》が呼びかける。

「言わせてもらうが、二つ目の門はあんたが自分で開けたんだぞ。もし俺の呪符がなかったら、あんたが今どんな姿になってたか、とても口に出しては言えないな」

秦《チン》公子は言葉に詰まり、それから激昂した。

「このままだと、次に私が目覚めた時は、あのモノが寝床のそばに立っているんじゃないですか！」

「本当に安心して寝たいなら、秦《チン》公子、まだ何か言い忘れていないかを早く考えた方がいい。今度こそ絶対に言い漏らさないようにな。今晩は必ず心得ておいてくれ。ハハハッ、脅かすわけじゃないけど、そいつはもうあんたの寝室の前まで来てるんだからら」

それを聞いた秦《チン》公子は、さすがにやむを得ず、隠していたもう一つの出来事を話すしかなかった。

「私があの者と最後に会ったのは、二年前、私が故郷に帰って両親と先祖を供養した時のことです。一族の旧宅で祭祀《さいし》を行ったんですが、その時、私は一枚の玉佩《ぎょくはい》を身につけていました」

秦《チン》公子は語る。

「彼はそれが生前の祖母のものだと気づき、少し貸して見せてほしいと。私はきっとそれを見て祖母を偲《しの》びたいんだろうと思って、彼に渡しました。ところが、彼はそれほど長く眺めることなく、その玉佩をすぐになくしてしまったんです」

「なくした？　彼が紛失したのか、それとも売ったっていうことか？」

魏無羨《ウェイウーシエン》の問いかけに、しばしためらってから秦《チン》公子は答えた。

「わかりません。ただ私は、本当は彼が売ってしまって、なくしたと嘘をついているんだと思いました。でも……」

口ごもって続きを話さない彼に、魏無羨《ウェイウーシエン》は非常に根気よく尋ねる。

「でも、なんだ？」

「気兼ねなく話してください」

藍忘機《ランワンジー》が終始冷淡な表情のまま促すと、秦《チン》公子はようやく口を開いた。

「でも、今になって思えば、彼は祖母のものを売ったりはしなかったはずです。あとになって、彼が酒好きだとも聞いたので、おおかた夜に飲みすぎてなくしたか、あるいは盗まれたかしたんでしょう。とにかく、当時の私は頭に血が上ってすぐに彼を咎《とが》めました」

「待ってくれ。秦《チン》公子、命にかかわることだから言葉を濁《にご》すな。『咎め』って言葉は軽くも重くも取れるが、その違いはかなり大きいんだ。いったいどう『咎め』たんだ？」

秦《チン》公子は眉を一回ぴくりとさせ、補足した。

「ほんの少し、殴った記憶があります」

魏無羨《ウェイウーシエン》は目を瞬かせ、また尋ねた。

「それは……彼のあの脚は、もしかしてあんたが折ったんじゃないだろうな」

「……」

秦《チン》公子は一瞬押し黙ってから、何食わぬ顔で答えた。

「よくわかりません。手を上げた家僕がどれほど強く彼を殴ったかは覚えていませんが、家の旧僕《きゅうぼく》ですから、私も本当にどうにかしたいなんて思ってはいなかったんです。もし彼が心の中では怒っていたのに言う勇気がなくて、密かに私を恨んでいたとしても、私にはどうすることもできません」

傍らで聞いているうちに我慢できなくなり、藍思追《ランスージュイ》は秦《チン》公子に問う。

「秦《チン》公子、それは……それはあなたが最初に話したことと……あまりにも違いすぎます。最初に先輩方は、あなたにすべてを話してくださいと伝えたはずなのに、なぜこんなにも多くのことを隠していたんですか？」

「私はただ、呪符と宝剣があれば我が家は再び安泰《あんたい》を取り戻せると思い込んでいて、まさかこんな古臭くてつまらない些細な出来事を話さなければならないなんて知らなかったんです」

秦《チン》公子の言い訳を聞き、魏無羨《ウェイウーシエン》はわざとらしく抑揚《よくよう》をつけて言った。

「いやいやいや、これは決して古臭くてつまらなくなんかないし、状況は相当に深刻だろう、秦《チン》公子！　考えてもみろ、あんたは生前のそいつを罵った上に殴って、もしかしたら脚まで折ったかもしれないんだぞ。万が一、彼が本当に玉佩を売ってなかったとしたら、そいつは無実の罪を着せられたまま死んだってことになる。それで、あんたを捜さずにいったい誰を捜すんだ？」

秦《チン》公子はすぐさま反論した。

「私が殺したわけじゃない！　自害したのでもありません！　なのになぜ私を捜すんですか？」

「あれ？　なんで自害したんじゃないってわかるんだ？　もしかしたら、思わずカッとなってとっさに命を絶って、それをただ周りに事故だと思われただけかもしれないじゃないか。もしそうならもっとまずいな」

「大の男が、こんなちっぽけなことで自害するほど怒るはずないでしょう？」

「秦《チン》公子、俺たちの仕事で、勝手に決めてかかることは何より禁物だ。誰もが考え方も性格も違うんだから、大の男が『こんなちっぽけなこと』で自害するほど怒るかどうかなんて断言できない。屍変の理由は、妻を奪われた恨みとか、子を殺された仇かもしれないし、もしくは子供の頃、誰かが誰かを泥遊びに入れてやらなかった、みたいな取るに足らないことかもしれないんだぞ」

魏無羨《ウェイウーシエン》の説明を聞いても、秦《チン》公子は頑なだった。

「絶対に自害ではありません！　もし彼が死のうと決めたなら、首を吊るでも毒を飲むでもいいのに、なんでまた山の斜面から転がり落ちるようなやり方を選ぶんですか？　それじゃ死ねるかどうかもわからないんだから、絶対にあれは自害じゃないです」

「あんたの言ってることも一理ある。ただ秦《チン》公子、考えたことはあるか。ひょっとしたら、あんたに脚を折られたせいで彼は歩くのすら難儀になって、それで山から転がり落ちて死んだかもしれないんだぞ？　もしそうだとしたら、四捨五入するとあんたが彼を殺したも同然なんだから、もっとまずいことにならないか？」

秦《チン》公子は腹を立て食ってかかる。

「なぜそうなるんですか？　もしそうだとしても、それは事故でしょう！」

「あんたは本気でそんなふうに惨めな死を遂げた奴に、お前が死んだのは『事故』だって言う気か？　相手が戻ってきたってことは、つまり誰かがその『事故』に対する責任を取らなければならないっていうことを意味するんだ」

秦《チン》公子は何か言う度に魏無羨《ウェイウーシエン》からきっちりと反論され、逃げ道を完全に封じられて冷や汗をかき、顔は青褪めている。魏無羨《ウェイウーシエン》はさらに続けた。

「でもこのまま絶望する必要もないさ。俺が命を守るための最後の方法を教えてやるから、ひとまずそうするといい」

「どんな方法ですか!?」

藍忘機《ランワンジー》は、魏無羨《ウェイウーシエン》をちらりと見ただけで彼がまたでたらめを言いだすとすぐにわかり、首を横に振った。

「よく聞けよ。破られた屋敷の門と大広間の扉を大きく開けて、自由に出入りできるようにしておくんだ。どうせあんたが開けなくても、もうあれは止められないから」

「わかりました！」

「それから、家にいる無関係の人たちを全員外に出して、罪のない人に危害が及ばないように気をつけること」

「既にほとんど去りました！」

「いいだろう。そしたら、陽の気が旺盛な童子《どうじ》〔男の子。童貞を指す場合がある〕を一人探してきて、子《ね》の刻になったらあんたの寝室の前に長椅子を横向きに据えて、そこに座って番をしてもらう。あとは状況によって柔軟に対応してもらおう」

「それだけですか？」

「それだけ。しかも、童子は既にここにいる。その他のことに関しては、秦《チン》公子は一切気にせず安心して夜が明けるまで待てばいいだけだ」

魏無羨《ウェイウーシエン》が指したのは藍思追《ランスージュイ》だった。魏無羨《ウェイウーシエン》の言葉を聞くなり、秦《チン》公子の口元は引きつり、もう一人の優雅で上品に見える少年をちらりと見て尋ねる。

「彼が寝室の扉の外で守ってくれるとすると、あなた方お二人は？」

「俺たちはもちろん扉の中を守るから、秦《チン》公子、あんたと一緒にいるよ。万が一、扉の外で防ぎきれなくなってあの凶屍が攻め込んできた時は、また別の方法を考えよう」

魏無羨《ウェイウーシエン》の話に、秦《チン》公子は耐えきれなくなって提案した。

「こちらの公子にも、直接扉の外で守ってもらえないでしょうか？」

彼が指さしているのは藍忘機《ランワンジー》だ。

すると魏無羨《ウェイウーシエン》は驚き、呆気に取られたような顔で言った。

「誰のことを言ってる？　こいつ？」

魏無羨《ウェイウーシエン》は笑いすぎて危うく床にひっくり返りそうになる。

「ハハハハハハハハハハハハハハッ！」

藍忘機《ランワンジー》は魏無羨《ウェイウーシエン》の肩を抱いてやり、彼が床に倒れないように支えてから告げた。

「できません」

秦《チン》公子はきっぱりと断られ、ひどく不快に思った。

「なぜです？」

笑いを引っ込めた魏無羨《ウェイウーシェン》が、粛然として答えた。

「あんた、さっき俺がなんて言ったか忘れたのか？　童子じゃないといけないいんだって」

「……」

一瞬押し黙り、秦《チン》公子は信じられずに声を上げた。

「なに、では彼は違うんですか!?」

それから、藍思追《ランスージュイ》が秦《チン》公子を小竹軒から送り出してずいぶん経つまで、魏無羨《ウェイウーシェン》は堪えきれずに腹を抱えて大笑いしっぱなしだった。

藍忘機《ランワンジー》はそんな彼を一瞬見て、唐突にさっと抱き上げて自分の脚の上に乗せると、淡々とした声で言った。

「もう十分笑っただろう」

「いいや！」

魏無羨《ウェイウーシェン》は藍忘機《ランワンジー》の太ももの上に座ったまま続けた。

「含光君、お前のこの顔には本当に誰もが騙されるよな。皆、お前のことを寡欲で純潔無垢な玉のように玲瓏な人だって言うけどさ、俺はすごく理不尽だと思う」

藍忘機《ランワンジー》は彼を支えると、魏無羨《ウェイウーシェン》をぐっと自分の方に引き寄せて座らせる。二人が一層近づいてから、藍忘機《ランワンジー》は尋ねた。

「理不尽？」

「まったく、冗談じゃない。どういうことだよ、お前は明らかにもう童子じゃないっていうのに、他の奴らはこの顔を見ると有無を言わせずにそうだって決めつける。逆に俺は前世でも人助け以外で女の子の手を触ったことすらなかったのに、誰一人として俺がまだ童子だって信じてくれなかったんだぞ」

魏無羨《ウェイウーシェン》は不満げに一つ一つ説明していった。

「座学も夜狩も！　皆が俺は女の子たちに囲まれて遊んでたって噂して……乱葬崗に登ったあともだ！　俺を好色な淫魔《いんま》だって言ってさ。本当に嫌だったけど誰にも言えないし、濡れ衣だって訴えたくてもできなかったんだからな」

顔色一つ変えずに魏無羨《ウェイウーシエン》の手の上に自分の手をしっかりと重ねた藍忘機《ランワンジー》の目の奥には、気づかれないほどごくわずかな笑いのさざ波が広がっていく。

「こら、笑いやがって。お前は本当に同情心ってものがない冷酷非情な男だな。俺は仮にも世家公子の風格容貌格づけで四位だったっていうのに、結局、前世では口づけを一度しただけだったんだ。俺はてっきりどこかの美しい仙子《せんし》が俺に惚《ほ》れて、あれで密かに嫁いだつもりになってるんだと思って、魏嬰《ウェイイン》の一生も捨てたもんじゃなかったなってずっと思ってたんだぞ。それなのに、あれがお前だったなんて……」

ここまで聞いたところで、藍忘機《ランワンジー》はついに座っていられなくなった。

彼はぐっと魏無羨《ウェイウーシエン》を寝台に押し倒す。

「私では嫌なのか！」

「お前なに緊張してるんだよ、ハハハハハハハハハッ……」

約束の時間が近づいてきて、藍思追《ランスージュイ》は林檎ちゃんを繋いで庭に立っていた。かなり長いこと待ってから、魏無羨《ウェイウーシエン》と藍忘機《ランワンジー》がようやくゆったりと部屋の中から出てくる。

藍思追《ランスージュイ》は「魏《ウェイ》先輩、また間違えて含光君の服を着ていますよ」と知らせようとしたが、少し考えてその言葉を呑み込んだ。

なんと言っても二、三日に一度は間違えて着ているのだから、それを毎回指摘していたのでは疲れすぎて死んでしまう。

それに伝えたところで、毎回魏無羨《ウェイウーシエン》は面倒だからといつも適当に着たままでいるのだから、指摘しても意味がないと感じ、藍思追《ランスージュイ》はやはり見なかったことにしようと決めた。

魏無羨《ウェイウーシエン》は林檎ちゃんに跨ると、荷物入れの鞍の中から林檎を一つ取り出してシャリッと一口かじる。

藍思追《ランスージュイ》はその林檎にやけに見覚えがある気がして、ややためらいながら尋ねた。

「魏《ウェイ》先輩、それは秦《チン》公子が持ってきた果物ではありませんか？」

「うん、悪くないよ」

「……凶屍が持ってきた果物ですよ？」

「そうだけど？」

「食べても大丈夫なのですか？」

「別に大丈夫だ。ただ地面に落ちただけなんだから、洗えば食べられる」

「凶屍の林檎には毒があるのではないでしょうか……」

「その質問には断言できる……毒はないよ」

「どうしてわかるんですか？」

「だってもう林檎ちゃんに五、六個食べさせたから……林檎ちゃん、やめろ！　蹴るなって！　藍湛《ランジャン》、助けて！」

藍忘機《ランワンジー》は憤怒している林檎ちゃんの手綱を片手でしっかりと掴み、もう一方の手で魏無羨《ウェイウーシエン》の口元から林檎を取り上げて窘めた。

「これはもう食べないで。明日買うから」

魏無羨《ウェイウーシエン》は彼の肩に掴まり、やっとのことでまた安定して座る。

「含光君のために金を節約してやってるんじゃないか」

「永遠に必要ない」

魏無羨《ウェイウーシエン》は彼の顎を指先で少し撫でて、にこにこと笑った。その時、急に何かを思い出したのか何気なく尋ねる。

「あ、そうだ。思追《スージュイ》、お前って童子なのか？」

魏無羨《ウェイウーシエン》はこの上なく自然に尋ねたものの、藍思《ランスー》追《ジュイ》は思わず「ぶっ」と吹き出してしまった。

その振る舞いは明らかに姑蘇藍《ラン》氏には相応しくないものだったため、藍思追《ランスージュイ》は藍忘機《ランワンジー》がちらりとこちらに視線を向けたことに気づくと、慌てて姿勢を正す。

「緊張することないって。さっき俺が秦《チン》公子に言ったのは全部でたらめだけど、確かに術によっては童子じゃないとダメなこともたまにあるんだ。でもまあ、お前は剣で凶屍を斬るからな。童子かどうかは本当にどうでもいいんだけど。ただ、もしお前がそうじゃなかったら、俺はかなりびっくり……」

魏無羨《ウェイウーシエン》の言葉を遮って、藍思追《ランスージュイ》は耳まで真っ赤にして答えた。

「わわわ、私はもちろんそうです！」

真夜中、がらんとして人気《ひとけ》のない秦《チン》家の門戸を大きく開け、秦《チン》公子はずいぶんと長い間待ち続けていた。

秦《チン》公子の寝室の扉の前に立つ藍思追《ランスージュイ》は兜《かぶと》も鎧《よろい》もつけてはいないが、非常に落ち着いていて頼もしく見える。彼からはさらに怖いもの知らずな気勢も感じ取れたおかげで、秦《チン》公子はきつく寄せていた眉間のしわをやや緩めつつあった。とはいえ安心はできず、寝室に入って扉を閉めると振り返り、不安げに口を開いた。

「あの若公子に扉を任せて本当に大丈夫なんですか？　万が一邪祟を祓えず、それどころか私の家にもう一人死人が増えたりしたら……」

扉から離れたところにいる魏無羨《ウェイウーシエン》と藍忘機《ランワンジー》の二人は、のんびりと卓のそばに座っている。

「死んだりしないって。秦《チン》公子、あの凶屍がもう何日騒いでるか数えてみな。この屋敷で本当に誰か一人でも死んだか？」

秦《チン》公子も卓のそばに腰を下ろすと、魏無羨《ウェイウーシエン》は凶屍が持ってきた梨を一つ卓の上に置いて続けた。

「果物でも食べて心を落ち着かせなよ」

連日緊張状態が続いているせいで、秦《チン》公子は少々ぼんやりしてきて、梨を手に取るとすぐ口元に運ぶ。

だが、彼が何か話そうとしたその時、「トントン」、「トントン」という怪しい音が聞こえてきた。

その刹那に、まるで陰気を含んだ冷たい空気が部屋の中に流れ込んできたみたいに、卓の上の蝋燭の火がちらちらと揺れ動く。

秦《チン》公子が持っていた梨は手から落ちてごろごろと床を転がり、彼は右手を腰の辺りに差した剣の柄に置いた。

「トン」、「トン」、「トン」。

怪しい音は響くごとに、さらにこちらへと近づいてくる。その音とともに蝋燭の火までもが怯えているかのように震える。

扉の外からは、長剣が鞘から出る清らかでよく通る音が響き、紙窓を淡く黒い影が掠めていくと、怪しい音はたちまち消えた。その代わりに、宙に跳び上がる音と、飛びかかったり避けたりする音、そして木の家具が割れる大きな音が響いてきた。

秦《チン》公子は青褪めた顔で二人に尋ねる。

「外はどうなっているんですか!?」

「戦い始めただけだ。気にしなくていい」

魏無羨《ウェイウーシエン》が答え、藍忘機《ランワンジー》はしばしその音を聞いてから口を開く。

「やりすぎだ」

魏無羨《ウェイウーシエン》には彼が言っている意味がわかっていた。

剣と足取りによる風の音を聞くと、藍思追《ランスージュイ》の剣捌きは速く勢いがあるが、端正さと集中力に欠け、落ち着きが足りない。決して威力が強くないわけではないが、姑蘇藍《ラン》氏の剣術の流儀とは一致しないのだ。もし精神統一できず、あるいは剣術が粗削《あらけず》りなままでいれば、修練が高い境地に至った時におそらく岐路に立たされ、それ以上精進することは難しくなる。

「でもまあ悪くない方だよ。思追《スージュイ》はまだ若いから、攻撃を制御できないんだろ。もう少し成長して、もっと他の人とたくさん手合わせすればわかるようになるさ」

藍忘機《ランワンジー》は小さく首を横に振り、またほんのしばらく外の音を聞いたところで、急に魏無羨《ウェイウーシエン》に目を向けた。

魏無羨《ウェイウーシエン》も同じようにやや驚き、不思議に思った。

魏無羨《ウェイウーシエン》にも聞き分けられたのだ——先ほど藍思追《ランスージュイ》が数回繰り出した剣は姑蘇藍《ラン》氏の剣術ではなく、雲夢江《ジャン》氏の剣術だ。

しかし、彼は決して姑蘇藍《ラン》氏の少年たちにそれを教えたことはなかったため、当たりをつけて言った。

「思追《スージュイ》たちはよく金凌《ジンリン》と一緒に夜狩に出かけてるから、おそらく、あいつと手合わせした時に無意識に覚えたんだろ」

「不適切だ」

「じゃあお前は帰ったらあいつを罰するのか？」

「罰する」

ふいに、秦《チン》公子が声をかけてきた。

「あなたたちは何を話しているんですか？」

魏無羨《ウェイウーシエン》は床に落ちた梨を拾い上げると、再び彼の手の近くに置いてから答えた。

「なんでもない。あんたはちょっと何か食べて落ち着きなって。そんなに固くなる必要ないからさ」

そう言うと、すぐさま藍忘機《ランワンジー》に向かって笑いかけながら魏無羨《ウェイウーシエン》はまた会話を続ける。

「でも含光君、お前本当にすごいな。俺が雲夢江《ジャン》氏の剣術を聞き分けられるのは当然として、なんでお前までわかるんだ？」

藍忘機《ランワンジー》は少し言葉に詰まり、黙り込んでからようやく口を開いた。

「君と数回手合わせして、覚えただけだ」

「だからすごいって言ったんだよ。俺が雲夢江《ジャン》氏の剣術でお前と手合わせしたのは、全部合わせても十数年前の何回かだけだろ。そんなことまで覚えてて、しかも耳にすればすぐ聞き分けられるなんて、相当すごいことじゃないか？」

話しながら、魏無羨《ウェイウーシエン》は蝋燭の火を藍忘機《ランワンジー》の方に押し出して、彼の耳たぶが赤くなったかどうか見てやろうと考えた。しかし、藍忘機《ランワンジー》はその前に彼のいたずらな下心を見破った。魏無羨《ウェイウーシエン》が燭台を握っているその手に五本の指をしっかりと覆い被せると、すっと彼の方に押し戻す。二人の間を蝋燭の火が行ったり来たりする中、その明かりはまるで酔っているかのようにゆらゆらしながら、魏無羨《ウェイウーシエン》の嬉しそうに笑みを含んだ双眸と上向きに弧を描いた口元を照らし出した。それを見た藍忘機《ランワンジー》の喉仏が微かに動く。

だがちょうどその時、二人ともが呆気に取られて、魏無羨《ウェイウーシエン》が「あれっ」と声を上げた。秦《チン》公子はひどく緊張した様子で尋ねる。

「どうしたんですか？　まさか、その蝋燭に何か問題でもあるんですか？」

しばし言葉を失ってから、魏無羨《ウェイウーシエン》は否定した。

「いや、この蝋燭はすごくいいよ。もっと明るかったらさらに良かったな」

そして藍忘機《ランワンジー》に向かって言う。

「さっきの何回かの剣は、思追《スージュイ》にしては意外なくらい見事だったな。でも、お前ん家の剣術じゃなかったし、俺のとこのでもないように聞こえたけど」

少しの間、藍忘機《ランワンジー》は眉根を寄せてから答えた。

「おそらく、温《ウェン》氏のものだ」

魏無羨《ウェイウーシエン》はやはりと納得する。

「おおかた温寧《ウェンニン》があいつに教えたんだろ。まあいいさ」

そうして話している間も、屋外では絶えず大きな音がガチャンガチャンと響き、物音が大きくなるにつれて秦《チン》公子の顔もますます青くなっていった。魏《ウェイ》無羨《ウーシエン》もこの騒ぎようは少々やりすぎだと思い、外に向かって声をかけた。

「おい思追《スージュイ》、もう俺たちは中で結構いろいろ話したぞ。もしお前が家を取り壊すつもりなら、そろそろ壊し終わってもいい頃なんじゃないか？」

外から藍思追《ランスージュイ》の答える声がする。

「魏《ウェイ》先輩、この凶屍は動きが極めて素早くて、しかも、ずっと私を避けています！」

「そいつはお前を怖がってるか？」

「怖がってはいません。強いのですが、どうやら私とは戦いたくないみたいなんです！」

「関係ない奴を傷つけたくないってことか？」

魏無羨《ウェイウーシエン》は怪訝に思って呟くと、藍忘機《ランワンジー》に話しかけた。

「意外と面白いことになってきたな。こんな道理をわきまえた凶屍に出会うのはかなり久しぶりだ」

秦《チン》公子はというと、また苛立った様子で聞いてくる。

「彼は大丈夫なんですか？　なぜまだ捕まえられないんでしょう？」

魏無羨《ウェイウーシエン》が答える前に、藍思追《ランスージュイ》がさらに声を上げた。

「含光君、魏《ウェイ》先輩！　この凶屍、左手は爪を立てていますが右手は拳を握っていて、どうやら何か持っているみたいです！」

それを聞いた瞬間、屋内にいる魏無羨《ウェイウーシエン》と藍忘機《ランワンジー》は一瞬視線を交わす。魏無羨《ウェイウーシエン》が小さく頷くと、藍忘機《ランワンジー》が口を開いた。

「思追《スージュイ》、剣を収めなさい」

藍思追《ランスージュイ》は愕然として尋ねた。

「含光君？　ですが、このモノの手の中にある物を私はまだ……」

魏無羨《ウェイウーシエン》は背筋を伸ばして藍思追《ランスージュイ》に声をかけた。

「大丈夫だ！　剣を収めろ、もう戦う必要はないよ」

「戦う必要はない？」

怪訝そうな秦《チン》公子をよそに、扉の外から藍思追《ランスージュイ》が返事をする。

「はい！」

剣を収める「チャン」という音が聞こえ、藍思《ランスー》追《ジュイ》が跳び上がって凶屍から離れた。

扉の中で秦《チン》公子は訴える。

「これはいったいどういうことですか？　あれはまだ外にいて、去ってはいないんですよ！」

魏無羨《ウェイウーシエン》は立ち上がって告げる。

「戦う必要がないっていうのは、今回の事はもうほとんど解決していて、残るは最後の一歩だけだからだ」

「最後の一歩とは？」

その問いに、魏無羨《ウェイウーシエン》は扉を一蹴りで蹴破って答えた。

「俺のこの一歩だ！」

左右の木の扉が「バン」という音とともに弾かれて大きく開くと、黒い人影が一つ、扉の前で真っすぐに立っていた。乱れた髪と汚れた顔をしていて、白目をむいた瞳のない双眸だけが異常に凶悪に見える。

その顔を見た途端、秦《チン》公子は顔色を変え、剣を抜きながら素早く後ずさった。しかし、その凶屍は一筋の黒い風のように素早く部屋の中に入ってくると、左手で彼の首を絞めつけた。

扉の中に足を踏み入れた藍思追《ランスージュイ》は、その様子を見て驚愕する。だが、秦《チン》公子を助けようとしたところで、なぜか魏無羨《ウェイウーシエン》に止められてしまった。藍思追《ランスージュイ》は心の中で、秦《チン》公子は強引な性格で好ましくない人物だけれど、決して死んで償《つぐな》わねばならないほどの罪ではないはずだと思った。それなら先輩二人が、この凶屍が秦《チン》公子を殺すのを何もせずに傍観《ぼうかん》するわけはないと考え、少し気を落ち着かせる。

死んだ家僕の五本の指はまるで鉄の箍のようで、彼に首を絞められた秦《チン》公子の顔は紫色に膨れ上がり、青筋が浮き出ている。先ほどまでに、剣を繰り出し凶屍の体にどれほどの穴を開けたかわからないが、紙を突き刺しているみたいに相手は一切無反応だった。

凶屍はゆっくりと右手の拳を掲げ、秦《チン》公子の顔に向かって近づけていく。それはまるで拳の一撃で彼の脳みそを爆発させて、鮮やかに飛び散らせようとするかに思えた。大広間にいる他の三人は、皆しっかりとその場面を見つめ、藍思追《ランスージュイ》は剣を握ったままの手を戻せずにいる。

秦《チン》公子が死を覚悟したその時、予想外なことに凶屍は右手の五本の指を緩め、その指の隙間から平たく丸い物が滑るように出てきた。

その丸い物の端には黒い紐が結ばれていて、凶屍はそれを秦《チン》公子の首にかけようとしているのだ。

「……」

「……」

秦《チン》公子も、そして藍思追《ランスージュイ》も言葉が出てこなかった。

三回もやり直して、凶屍はようやくそれをなんとか秦《チン》公子の頭にかけることができた。この一連のぎこちない動きは、あまりにも不器用な上にガチガチに強張っていて……到底人に恐怖心を抱かせるようなものではなかった。

しかも、殺すつもりで手を出しているのではなく、その細い紐を使って秦《チン》公子を絞め殺す気はないらしいとわかり、二人は期せずして同時にほっと息をつく。

ところが、その息を最後まで吐ききる前に、防ぎようもないほどあまりにも突然、凶屍は拳で重く容赦のない一発を打った。殴られた秦《チン》公子は大声で叫ぶと、口と鼻から真っ赤な血をどっと溢れさせ、床にばたりと倒れて気絶してしまった。

その凶屍は彼を殴り終えると身を翻し、そのまま立ち去ろうとする。藍思追《ランスージュイ》はまだ目を瞠ったまま愕然としていたが、その様子を見て再び手を剣の柄に置いた。しかし、この不可解な状況はどうにも滑稽で、彼が真面目すぎるせいか、より一層馬鹿げているように思えてしまい、手を出すべきなのかどうかわからなくなる。魏無羨《ウェイウーシエン》は既に死にそうなくらい大笑いしていて、藍思追《ランスージュイ》に向かってひらひらと手を振った。

「もう放っておけ、好きに行かせな」

凶屍は振り向き、彼をちらりと見て微かに頷くと、折れた一本の脚を引きずりながら、よろよろと飛んだり跳ねたりして扉から出ていった。

逃げていく後ろ姿を眺めながら、藍思追《ランスージュイ》はほんのわずかの間呆然とし、ようやく口を開いた。

「魏《ウェイ》先輩、これは……このまま逃がして、問題ないのですか？」

身を屈めた藍忘機《ランワンジー》は、殴られて顔が血まみれで真っ赤になった秦《チン》公子の容態を確認しつつ答える。

「ない」

藍思追《ランスージュイ》は視線を秦《チン》公子に戻し、彼の首にかけられた何かをじっくりと見た。すると、なんとそれは一枚の玉佩だった。

玉佩に結ばれた赤い紐は、土の中で長年埋もれていたかのようにかなり汚れていて、そのせいで黒く見えるが、白い玉の色はまだ光沢があって綺麗だった。

「これは……」

「持ち主に返しに来たんだ」

呟いた藍思追《ランスージュイ》に、魏無羨《ウェイウーシエン》が言う。

秦《チン》公子はただ意識を失っているだけで、命に別状がないことを藍忘機《ランワンジー》が確かめたあと、ほどなくして二人は藍思追《ランスージュイ》を連れて秦《チン》家から立ち去った。

出てくる時に、魏無羨《ウェイウーシエン》は親切にも秦《チン》公子のために三つの門をすべて閉めてやった。

「容易ではなかったでしょうね」

ふいに、藍思追《ランスージュイ》が言った言葉を聞きつけ、ちょうど林檎ちゃんに跨ったところだった魏無羨《ウェイウーシエン》はロバの上から問いかけた。

「何がだ？　まさか秦《チン》公子のことを言ってるのか？　凶屍に一発殴られただけでこの件が完全に片付いたなら、かなり容易だろうが！」

「秦《チン》公子のことではなく、あの凶屍のことです。過去に私が読んできた案件記録に記された悪鬼凶屍は、どれも些細な事で生前互いに恨み合い、死後相手の命を取り、しかも祟りを起こす時にはもはや狂ったような状態です。しかし、あの凶屍は……」

ずたずたに引っかかれた爪跡の残る正門の前に立つと、藍思追《ランスージュイ》は振り向いて最後にそれを一目見て、やはり少し不思議なものを感じた。

「屍変後の二年間は、山の中で生前になくした玉佩をずっと捜し続けていたのですね。私は凶屍が屍変したのが、誰かを殺して復讐するためではなく、このようなことをするためだったなど初めて見ました」

魏無羨《ウェイウーシエン》はまた林檎を一つ探り出して言う。

「言っただろ。こんな道理をわきまえた凶屍に出会うのはかなり久しぶりだって。もし少しでも根に持つようだったら、大した恨みじゃなくても秦《チン》公子の脚を一本斬り落とすだろうし、恨みが強かったら鶏や飼い犬一匹すら残さずに一族皆殺しにしたって別に珍しいことじゃないんだからな」

藍思追《ランスージュイ》は少し考えてから疑問を投げかけた。

「先輩、思追《スージュイ》にはまだ解けない疑問があります。あのモノの脚は、本当に秦《チン》公子が折ったのでしょうか？　そのせいで足を滑らせて転落死したんですよね？」

「たとえ真実がどうであっても、本人がその責任を秦《チン》公子に取ってもらうつもりはなかったんだ。それでいいんだよ」

「はい。じゃあ、あのモノは本当に拳一発で満足したんでしょうか？」

「あの様子を見ると、そうだろう」

藍忘機《ランワンジー》の答えに、魏無羨《ウェイウーシエン》は「シャリッ」と鮮明な音を立てて林檎を一口かじってから言った。

「だろうな。人間の尊厳を傷つけてはならないってことだ。安らかに死ねないのも、そういう鬱憤が胸のところをふさいでしまうせいだ。彼は果物をぶつけて、玉佩を返して、あいつを殴って、その鬱憤を晴らしたから、もう胸をふさぐものもなくなったんだろう」

「どの邪祟もこのように道理をわきまえていたらいいですね」

藍思追《ランスージュイ》が言うのを聞いて魏無羨《ウェイウーシエン》が笑う。

「お前って子は、何バカなことを言ってるんだ。人間だって、一度恨み始めたら皆道理なんてわきまえないっていうのに、お前はさらに邪祟にまで道理をわきまえることを期待してるのか？　あのな、世の中の人間ってのは皆自分こそが誰よりつらい思いをしてるって思ってるんだぞ」

藍忘機《ランワンジー》は林檎ちゃんの手綱を少し短く持つと、淡々と言った。

「とても運が良かった」

魏無羨《ウェイウーシエン》もそれに同意する。

「それは確かだ。あの秦《チン》公子は、ずいぶんと運が良かったな」

かなり長い間我慢していたものの、藍思追《ランスージュイ》はやはり抑えきれず誠実な気持ちを口にした。

「ですが私は、なんだか、拳一発では少なすぎるのではないかと思います……」

「ハハハハハハハハッ……」

あの凶屍に殴られてまだ回復していないのか、それとも魏無羨《ウェイウーシエン》に完全に失望したのかはわからないが、その後数日経っても、秦《チン》公子は二度と訪ねてくることはなかった。

しかしその七日後、町中から彼に関する噂が耳に届いた。

聞くところによると、ある日の早朝、大通りの道端でボロボロの死装束を身に纏った青年の死体が見つかり、半ば腐乱したその亡骸《なきがら》は耐えられないほどの悪臭を放っていたらしい。ちょうど皆がござを一枚巻いて、どこかに穴を掘って埋めてやろうと話し合っていた時、あの秦《チン》公子が大いに慈悲をかけて金を出し、死体を納棺《のうかん》してきちんと埋葬してやったという。そのために、しばらく誰も彼もが口々に彼を称賛したそうだ。

藍忘機《ランワンジー》と魏無羨《ウェイウーシエン》が町から離れる際、秦《チン》家の前を通りかかると、ボロボロになっていた正門はとっくに黒光りする立派な新しい門に換えられていた。そこを人々がしきりに出入りするさまは、先日の騒がしく混沌《こんとん》とし、人気《ひとけ》もなく閑散《かんさん》としていた空気を消し去り、活気に満ちた光景だった。

番外編　鉄鈎

白家《バイ》の屋敷がこの付近一帯で広くその名を知られている理由の半分以上は、「白い離れ」にあるだろう。

その建物が白い離れと呼ばれている訳の一つは、当然のことながら白い色をしているからだ。建て始めの頃、主人は真っ白い石灰を壁全体に塗りつけ、色とりどりの装飾を施そうと考えていた。しかし、他の建物は非常に順調に装飾できたものの、西側にあるこの離れの番になると、立て続けに怪事件が起こり、やむを得ず放置するしかなかったのだ。そのため今日《こんにち》までの間ずっと、この離れは白家《バイ》にある彩《さい》色《しき》を施した華やかな他の建物とは不揃いのまま、ぞっとするほどの白さを保っていた。

「一軒の離れに三つも大きな錠《じょう》をかけて、さらに三本の門がつけられてる。どんなに暑い夏日でも、その周りはずっと冷え冷えとして、まるで氷室《ひむろ》の中にいるみたいだそうだ。白家《バイ》の主人の話によれば、彼の父親が子供の頃蹴鞠《しゅうきく》をして遊んでいたら、鞠《まり》がころころと離れの扉の前まで転がって、拾いに行く時に好奇心を我慢できずに扉の隙間を一目覗いたら……」

硬い顔で話していた金凌《ジンリン》は、傍らにいる魏無羨《ウェイウーシエン》が棺の中に手を伸ばし死体の瞼をめくっているのを見て、たちまち言葉に詰まった。

急に話が止まったのに気づき、魏無羨《ウェイウーシエン》は金凌《ジンリン》の方を振り向く。

「扉の隙間を一目覗いたら？」

彼の後ろにいた藍家《ラン》の少年たちも一斉に視線をこちらに移した。金凌《ジンリン》は少し間を置いて、話を続ける。

「……扉の隙間を一目覗いたら、そのまま呆然と立ち尽くしてずいぶんと長い間動けずにいたらしい。見つけた家族が彼を引っ張って離れから遠ざけると、気絶してかなりの高熱を出してしまって、その時のことはぼんやりとして何も覚えていなかったけど、それからは怖くて二度と近づかなくなったんだと。

真夜中を過ぎたら、誰も部屋の外を出歩いてはならない。特に、白い離れには近づいてはならない。これは彼らの家の決して破ってはいけない決まりだ。それなのに、夜半過ぎのある時辰になると、明らかに離れの中には誰もいないはずなのに、古い床板が踏まれるギシッギシッという音がやたらと響いてくるそうだ。それと、これ」

金凌《ジンリン》は軽く両手の拳を握り、殺気漲る様子で手振りを示した。

「まるで麻縄《あさなわ》でゆっくり絞めつけて、何かを絞め殺そうとしているかのような音も」

数日前、白《バイ》家の家僕が早朝に掃除をしていた時、白い離れの前を通りかかると、離れの木の扉にある薄い紙窓に指先ほどの大きさの小さな穴が一つ開いていることに気づいた。そして、扉の前には男が一人うつ伏せに倒れていた。

それは白《バイ》家の者が誰も面識のない見知らぬ男だった。四十代くらいで顔中が青黒く、肌には青筋が盛り上がっていて、胸元を五本の指でぎゅっと掴んだまま既に息絶えていた。

家僕は愕然として、報告を受けた主人もまた大変な衝撃を受けた。一通りあれこれと調べた上で、衛兵は卓を叩いて結論づけた――これは運の悪い盗人《ぬすっと》がよりによって白《バイ》家の立入禁止区域に押し入り、何かを見て心臓発作を起こし、その場で恐怖のあまり死んだのだ、と。だが、その「何か」がいったいなんなのかについては、彼らが白い離れの封印紙と錠をすべて外して捜索してみても、さっぱりわからないままだった。

しかし、既に死者が出てしまったため、白《バイ》家の主人はこれ以上耐え凌ぎ、あの離れの中には何もないというふりをすることはできないと観念した。

害を取り除かないことには後顧の憂いが絶えないと考え決断した主人は、勇気を出して金鱗台に上り、大金を払って蘭陵金《ジン》氏に家まで来て夜狩をしてくれるよう頼んだ。

ここまでが、そもそもの経緯《いきさつ》だ。

藍景儀《ランジンイー》は棺の蓋を支えながら、耐えきれなくなって口を開いた。

「魏《ウェイ》先輩、もう終わりましたか……この人、死んで何日経つんですか……彷屍の臭いでもここまでは……」

彼を手伝って一緒に蓋を支えていた藍思追《ランスージュイ》が、複雑な表情で言う。

「棺は粗末なものだし、この義荘《ぎそう》は老朽化して管理する人もいないから、何日か置いておいたらこうなるのも仕方ないよ。もう少し頑張って、私たちは記録を書かないといけないんだから」

金凌《ジンリン》がふんと鼻を鳴らして言った。

「盗人に棺を用意して死体を納めてやっただけでも十分だっていうのに、まさか仏として供養するのか」

魏無羨《ウェイウーシエン》はかなり長いこと死体をつつき回したあと、ようやく棺から顔を上げ、手袋を捨てて少年たちに目をやる。

「皆よーく見たか？」

「見ました！」

「よし、よく見たなら言ってみろ。次の一手はどうすればいいか」

「招魂《しょうこん》！」

藍景儀《ランジンイー》が声を上げると、金凌《ジンリン》がせせら笑った。

「そんなの、お前に言われなくてもとっくに試してる」

「どうだった？」

魏無羨《ウェイウーシエン》に問われ、金凌《ジンリン》は説明する。

「こいつは執念深くない上に魂魄《こんぱく》も弱すぎて、しかも死んでからもう七日も過ぎてたから、完全に魂が散ってしまって召喚できなかったんだ」

「なんだ、じゃあ結果的には試さなかったのと大差ないじゃないか……」

藍景儀《ランジンイー》がぼやくのを聞き、慌てて藍思追《ランスージュイ》が提案する。

「でしたら、その白い離れに行って見てみましょうか。行きましょう行きましょう。金《ジン》公子、すみませんが道案内をお願いします」

藍思追《ランスージュイ》は話しながら藍景儀《ランジンイー》をぐいぐいと押して扉から出ていき、彼らがまた無意味な言い争いを始めるのを事前に阻止することに成功した。大勢の少年たちの中には敷居を身軽に跳び越えていく者もいて、皆足取りが軽やかだ。だが、道案内をしている金凌《ジンリン》は、なぜか彼らの後ろに取り残されて歩いていた。

藍思追《ランスージュイ》が金凌《ジンリン》に向かって尋ねる。

「白《バイ》家には過去にどなたか非業《ひごう》の死を遂げた方がいたり、あるいは何か、昔に起きた秘密の事件などはあったんでしょうか？」

「この家の主人は絶対にないって言いきっていて、年寄りたちは皆、天寿を全うして死んだと言ってる。屋敷内での揉め事もこれといってなかったそうだ」

金凌《ジンリン》の答えを聞き、藍景儀《ランジンイー》がはっとして言った。

「やばい、なんか嫌な予感がするぞ。普通こういう時は何かしら揉め事があるもんなのに、絶対に隠してるだけだろ」

「どのみち俺は何度も確認したけど何も聞き出せなかったし、調べがついたことに関しても特に異常は見つからなかったんだ。お前らでもう一度試してみればいい」

そう言った金凌《ジンリン》は、事前に調べられるところはすべて調べ尽くし、白い離れも何度も確認していたため、今回は白《バイ》家には入らず、外で適当に茶屋《ちゃや》を見つけて腰を下ろした。すると、そう経たないうちに一つの黒い人影がゆらゆらと彼の方に近づいてきた。

魏無羨《ウェイウーシエン》は彼の向かい側に座って話しかける。

「金凌《ジンリン》」

小さな茶屋に整った美しい顔立ちの人物が二人も座ると実に人目を引くため、胸を躍《おど》らせた茶女《ちゃじょ》〔茶屋の給仕の女〕は、忙しい中でもちらちらと彼らの方を振り向いた。

観音廟で別れて以来、魏無羨《ウェイウーシエン》が金凌《ジンリン》と顔を合わせるのはこれが初めてで、この時になってようやく二人きりで話ができた。金凌《ジンリン》は少し間を置くと、複雑な表情で答える。

「なんか用？」

「今、金鱗台の方はどうだ？」

「別に変わらないよ」

けれど、そもそも白家《バイ》の主人が今回金鱗台に上って夜狩を頼もうとした時も、紆余曲折があったのだ。

もし何年か前の、蘭陵金氏《ジン》が隆盛《りゅうせい》を極めていた頃であれば、たとえ謝礼金を十倍に増やしたところで蘭陵金氏《ジン》が直々《じきじき》に育てた公子に来てもらうことは難しかっただろう。実のところ、白家《バイ》のような金はあっても権力も世評もないありふれた商人の家など、夜狩を頼むどころか金鱗台に挨拶に上がることすら考えられなかった。しかし、現在の玄門の情勢はもはや昔とは様変わりし、その辺りの農家でも、目まぐるしい変遷《へんせん》の詳細は知らなくともぼんやりと多少の噂くらいは耳にしているほどだ。白家《バイ》の主人もそれが理由で、「万に一つでも可能性があるなら」という希望を抱いて行くだけ行ってみることにしたのだった。

彼はおどおどしながら正門のところで名刺を渡し、来訪の目的を説明した。守衛は袖の下を受け取り、自分の力の及ばないことだが仕方なく引き受ける、という様子で取り次ぎに行った。しかし守衛は戻るなり急に怒りだし、宗主が断ったと言って彼を追い払おうとした。白家《バイ》の主人は、初めから本当に来てもらえるとは思っていなかったため、立ち去ることは構わなかったが、ただこの守衛が取り次ぐための金を受け取ったにもかかわらず、あまりにも下劣な態度をとったことに腹を立て金一封《きんいっぷう》を返すよう要求した。そうこうして小競り合いになったその時、金星雪浪袍を身に纏った美しい少年が弓を手に朱門《しゅもん》の中から出てきた。現れた金凌《ジンリン》は、二人の様子を見るなりすぐさま眉根を寄せて守衛に問い質した。

すると守衛が口ごもり始めたため、この少年はまだ半ば子供に見えるが身分は低くないようだと当たりをつけ、白家《バイ》の主人は慌てて経緯を打ち明けた。すると、少年は話を聞いた途端に激怒して、手のひらで守衛を金鱗台から打ち落として怒鳴った。

「宗主が追い返せと言っただと？　なんで俺がそれを知らないんだ！」

少年はすぐさま彼を振り向き、話しかけた。

「お前の家は二十里先の町の西側にある白家《バイ》だな？　もう覚えたから今日のところは帰れ。数日後、訪ねていく者がいるはずだ！」

白家《バイ》の主人は訳がわからないまま家に帰ったが、数日後、本当に大勢の世家の弟子たちが家まで訪ねてきた。しかし彼は、その中に蘭陵金氏《ジン》の宗主本人がいるとは知らなかった。

もちろん蘭陵金氏《ジン》が今、極めてごたごたしていることも知らないはずだ。

あの守衛は本当の宗主である金凌《ジンリン》には一切取り次がず、別の蘭陵金氏《ジン》の年長者に話を取り次いだのだ。その年長者は、よくもそのような商人風情が蘭陵金氏《ジン》の金階段を踏もうとしたものだ、とその場で烈火の如く憤怒し、白家《バイ》の主人を追い払うよう命じた。ところが、追い払おうとしたところへ、ちょうど夜狩に出かけようとしていた金凌《ジンリン》が現れたというわけだ。

金凌《ジンリン》は普段から年長者たちが皆傲慢で尊大ぶっていることを知っている。百年も続く世家だと自慢し、何がなんでも金氏《ジン》の地位を下げるような真似をしてはならないと、名声も権力もある者以外には決して会おうとはしない。金凌《ジンリン》は考えれば考えるほど腹が立ってきた。一つには、彼がかねてからそのような振る舞いを極めて嫌悪していたから。二つには、あの守衛が彼を通り越して他の者に訪問者を取り次ぎ、彼を無視したから。三つには、金光瑶《ジングアンヤオ》が生きていた頃は、門弟や客卿が勝手に賄賂《わいろ》を受け取るなど、誰一人怖くてできなかったはずだからだ。それで、ちょうど今月は藍思追《ランスージュイ》、藍景儀《ランジンイー》らを誘って一緒に夜狩をすることになっていたため、皆で白家《バイ》に来ることにしたのだ。

胸に手を当てて自問してみると、金凌《ジンリン》は魏無羨《ウェイウーシェン》も来ることをまったく予想していなかったとは言えなかった。

込み入った事情について、金凌《ジンリン》は他の者には何も言わずにいた。しかし、どれほど多くの目が金鱗台に向けられ、またどれほど多くの口が噂しているのかわからないが、その状況は既に魏無羨《ウェイウーシエン》と藍忘機《ランワンジー》のところまで伝わっていた。魏無羨《ウェイウーシエン》は彼が弱音を吐かないことを承知の上で言った。

「何かあったら、お前の叔父貴にいろいろ聞きな」

金凌《ジンリン》は冷ややかに答える。

「叔父上は別に金《ジン》姓じゃないし」

その一言を聞いて魏無羨《ウェイウーシエン》は一瞬呆気に取られた。だが、すぐさまその意味を理解すると複雑な気持ちになり、苦笑いを浮かべて手のひらで彼の後頭部を叩いた。

「素直に言えないのかよ！」

金凌《ジンリン》は「うわっ」と声を上げ、ずっと無理に強張らせていた仮面がついに壊れた。

叩かれても少しも痛くはなかったけれど、金凌《ジンリン》はまるでこの上ない屈辱を受けたかのように感じた。近くから茶女の甘ったるいくすくす笑いが聞こえてくると、さらにひどく屈辱的に感じ、彼は頭を覆って吠えるように声を上げた。

「なんでぶつんだよ！」

「お前に叔父貴のことを考えてほしいからだ。あいつみたいにお節介を嫌う奴が、お前のためにわざわざ人ん家に行って手ひどく威張り散らした上、そのことで周りからどんなに後ろ指を指されたことか。それなのに、今お前に金《ジン》姓じゃないって言われたなんてもしあいつが聞いたら、きっとがっかりして傷つくぞ」

金凌《ジンリン》はわずかにぽかんとした顔になり、それから怒鳴った。

「別にそういう意味で言ったんじゃない！　俺は……」

「じゃあどういう意味で言ったんだ？」

「俺は！　俺は……」

一つ目の「俺は」は腹から思いきり声を出したが、二つ目の「俺は」は後ろめたくて力が入らなかった。

「俺俺俺って、その続きはなんだよ。俺が代わりに言ってやろうか。こういう意味で言ったんだろ――江澄《ジャンチョン》はお前の叔父ではあるけど、蘭陵金《ジン》氏にとっては結局のところ部外者で、それなのにこれまでお前のためにもう何回も金氏《ジン》のごたごたに関わってくれた。でも、人ん家の縄張りにまでうるさく口出しして首を突っ込みすぎると、周りから恨みを買って、今後陥れられる口実になりかねず、あいつに迷惑をかけてしまうことは避けられない——だろ？」

魏無羨《ウェイウーシエン》が言い終えるなり金凌《ジンリン》は激怒した。

「当たり前だろ！　わかってるんじゃないか！　なのに俺をぶったな！」

魏無羨《ウェイウーシエン》は手をさっと金凌《ジンリン》の後ろに回すと、またぱちんと後頭部を叩いた。

「ぶつに決まってるだろ！　なんでお前はもっと素直に話せないんだ？　すごくいいこと考えてるのに、なんでこんなに言葉選びが下手なんだよ！」

金凌《ジンリン》は頭を抱えながら怒鳴る。

「ここに藍忘機《ランワンジー》がいないからって、何回もぶちやがって！」

「信じないかもしれないけど、あいつがもしここにいても、俺が一言言いさえすれば一緒にお前をぶつと思うぞ」

魏無羨《ウェイウーシエン》の言い分などまったく信用ならないという様子で金凌《ジンリン》は言い返す。

「俺は宗主なんだぞ！」

魏無羨《ウェイウーシエン》は軽蔑するようにハッと笑った。

「これまでに俺が殴った宗主は、百はなくとも八十はいたね」

金凌《ジンリン》は弾かれたように茶屋から出ようとする。

「またぶつなら、俺はもう行くからな！」

「戻れ！」

魏無羨《ウェイウーシエン》はぐっと彼の後ろ襟を掴むと、まるで雛《ひな》を掴み上げるみたいに易々《やすやす》と連れ戻し、腰掛けに押さえつけるようにドンと座らせて言った。

「もうぶたないから、ちゃんと座れ」

金凌《ジンリン》はまだ警戒していたが、本当にもう叩くつもりはないようだと見て取り、どうにかきちんと座り直した。茶女はこちらの騒ぎがやっと収まったのを見て、声を出さずに笑いながらやって来ると茶を注いでくれる。魏無羨《ウェイウーシエン》は湯呑を持ち上げて一口飲んでから、突然呼びかけた。

「阿凌《アーリン》」

金凌《ジンリン》は横目でじろりと彼を睨む。

「なんだよ」

しかし魏無羨《ウェイウーシエン》はただ小さく笑って答えた。

「久しぶりに会ったけど、お前はずいぶん成長したな」

そう言われて、金凌《ジンリン》は呆気に取られてしまった。

魏無羨《ウェイウーシエン》は自分の顎を少し撫でながら続ける。

「お前は今……うん、かなり頼もしくなったように見えて、俺はすごく嬉しいんだ。でも……なんて言うか、前までのあのバカみたいだったお前も、実は結構可愛かったんだけどな」

金凌《ジンリン》はまた居ても立ってもいられないような気持ちになる。

魏無羨《ウェイウーシエン》はふいに手を伸ばすと力一杯に彼の肩を抱き寄せ、その髪をくしゃくしゃと撫で回した。

「でも、どっちにしろこのクソガキに会えただけで俺はすごく嬉しかったんだ、ハハッ！」

金凌《ジンリン》は揉まれてめちゃくちゃになった髪を気にすることもなく、長い腰掛けから跳ねるように立ち上がる。すぐに外へ飛び出そうとしたが、魏無羨《ウェイウーシエン》は再び彼を掴んで元の席に連れ戻した。

「お前はどこに行くつもりだ？」

金凌《ジンリン》は首筋まで赤くしながら、大声を張り上げて無遠慮に答える。

「白い離れを見に行く！」

「もう見たんじゃないのか？」

「俺は！　もう一度！　調べに！　行く！」

「お前はもう何回も見たんだから、これ以上見たって何も進展なんかないだろ。むしろ俺を手伝って他を調べた方がいい」

金凌《ジンリン》は、魏無羨《ウェイウーシエン》がまた何か自分をぞわぞわさせる歯の浮くような言葉を口にするのを恐れていた。彼は大きな平手打ちを食らうより、誰かに頭を撫でられて肩を抱き寄せられ、優しく話をされるのに慣れていないのだ。しかもこの人は、「含光君とヤりたい」みたいなとんでもない言葉も皆の前で堂々と叫べるのだから、何を言いだすかまったく予測がつかず、慌てて尋ねた。

「わかったよ！　お前は何を調べたいんだ？」

「地元にこんな変人がいるかどうかを調べてくれ。顔を数十回切りつけられて、瞼と唇がすべて切り取られた人だ」

彼が適当なでたらめを言っているようには聞こえず、金凌《ジンリン》は答える。

「調べることはできるけど、でもなんでそんな人を調べるんだ……」

ふいに、茶女が彼らに茶を注ぎながら話しかけてきた。

「あなたたちが言っているのって、鉤手《かぎて》のことですよね」

魏無羨《ウェイウーシエン》は顔をそちらに向けて聞き返す。

「鉤手？」

「ええ、そうです」

この茶女は面白がってずっとこちらの会話に聞き耳を立てていたようで、隙を見つけてすぐさま話に割り込んできた。

「唇も瞼もないなんて、彼しかいないじゃないですか。公子、あなたの口ぶりだと地元の方じゃなさそうなのに、その人を知っているなんて不思議ですね」

「俺は地元の者だけど、そんな人の話は聞いたことがないぞ」

金凌《ジンリン》が言うと茶女は頷いた。

「あなたはまだお若いですからね。聞いたことがなくても不思議じゃありません。その人は、昔すごく有名だったんですよ」

「有名？　どんなふうに有名だったんだ？」

「いい意味での有名じゃないんです。私が子供の頃、祖父の叔母から聞いた話だって言えば、どれくらい昔の人かわかりますよね。鉤手の本当の名前はわからないですけど、彼は若い鍛冶屋《かじ》でした。貧乏だけど腕が良くて、容姿もかなり良く真面目で勤勉でした。彼には妻がいて、それはそれは綺麗な人だったそうで、彼は妻をとっても大事にしていました。でも妻は彼にあまり尽くさなかったんです。外で間男《まおとこ》を作って旦那がいらなくなったから、それで……彼を殺してしまったんですよ！」

彼女が子供の頃からこの噂を何度も聞かされて育ったのは明らかだった。生き生きした口ぶりも表情も雰囲気を盛り上げてこれ以上ないほど生々しく、聞いていた金凌《ジンリン》は驚き興奮して心の中で『やはり婦人の心より悪辣なものはない！』とぼやいた。しかし魏無羨《ウェイウーシエン》の方はと言えば、年中凶屍悪霊と接しているため、似たような話は千を超えなくとも優に八百は聞いている。冒頭だけでもう飽きてしまって、無表情のまま頬杖をついて聞くだけだった。

「その女は、それが自分の夫だと人に気づかれないように、彼の瞼を切り取り、顔を数十回も切りつけたんです。しかも彼が死後、黄泉の国の冥府《めいふ》に行って判官《はんがん》の前で訴えるのを恐れて、打ち台の上に打ち終わったばかりの鉄鉤《てつかぎ》が一本あるのが見えたので、それで彼の舌を引っかけて引き抜いたんです……」

突然、誰かが声を上げた。

「どうしてそんなことができるんだ？　そんな残虐非道な手口で自分の夫を惨殺《ざんさつ》するなんて！」

金凌《ジンリン》は話に夢中になっていたせいで、その声に驚いてぞわっと頭皮が痺れる。振り向くと、既に白《バイ》家から出てきたらしい藍思追《ランスージュイ》と藍景儀《ランジンイー》たちが彼の後ろに集まり、皆一心不乱に聞き入っていた。先ほどのあの一言は、藍景儀《ランジンイー》が思わず声を出したのだ。

茶女は話を続ける。

「はぁ、男女間のあれこれなんて、結局ちっぽけなことが理由なんですよ。貧乏人より金持ちが好きとか、移り気な性格だとか、他人にはっきり説明できるものじゃないんです。とにかく鍛冶屋は、そんな人間でも鬼でもない姿に変えられてしまって、その悪辣な女はすぐに虫の息になった彼を町の西側にある無縁塚にこっそり捨てました。鴉《からす》は死人の腐った肉を食べるのが大好きだっていうのに、彼のその顔を見たら、肉を啄むことすらしなかったそうです……」

藍景儀《ランジンイー》はどんな物語にもあっさりと感情移入できるため、まさに絶好の聞き手となって尋ねた。

「……ひどい……あまりにもひどすぎる！　まさか、彼を殺した奴は報いを受けなかったんですか？」

「受けました！　受けなかったはずないですよ。この若い鍛冶屋はそこまで痛めつけられたのに、なんとそんな大怪我をしながら生き延びたんです。ある日の夜、無縁塚から這い出してきて家に戻り、何事もなかったように寝ていた彼の妻の喉を、『ガリッ』って」

　茶女は手ぶりを交えて続ける。

「鉤で一回引っかいて、ぐちゃぐちゃにしたんです」

　複雑な表情を浮かべた年少者たちは恐怖で身をすくめ、一息つきたかったが、茶女はお構いなしに話し続けた。

「彼は妻を殺したあと、彼女の顔も自分と同じようにぐちゃぐちゃに切りつけ、舌も鉤で引き抜きました。それでも彼の怒りは消えることなく、それからというもの、綺麗な女を見かける度に殺すようになったんです！」

　藍景儀《ランジンイー》はぎょっとして、大きな衝撃を受けて言った。

「それはダメだろ！　復讐ならまだいいとしても、他の女の人は彼に何をしたっていうんだ？」

「そうですよ。でも彼はもうそんなこと構っていられなくなっていたんです。自分の顔をあんなひどい状態にされてしまって、綺麗な女を見ればすぐに妻を思い出す。心に抱えた恨みが強すぎて、どうしようもなかったんでしょう。とにかく、その後かなり長い間、若い女の子は日がほんの少し陰っただけで怖くて一人では出歩けませんでした。たとえ出かけなくても、父兄《ふけい》や夫が家にいなかったら眠るのすら怖がって。なぜならそれからも時々、鉤で舌を引き抜かれた女の人の死体が道端に捨てられていたからです……」

　金凌《ジンリン》が茶女に尋ねた。

「彼を捕まえられる者はいなかったのか？」

「捕まえられませんよ。この鍛冶屋は、妻を殺したあとは誰とも会わずに、住んでいた家からも姿を消したんです。悪霊に取り憑《つ》かれたみたいに神出鬼没で身のこなしも手口も尋常じゃないっていうのに、一般人がどうやって捕まえられるっていうんですか。それでも、私が聞いた話によると、何年か経ってからやっと取り押さえられたんですって。事件が解決して、皆ようやく安心して寝られるようになったんです！　阿弥陀仏《あみだぶつ》、天地神明《てんちしんめい》に感謝ですよ」

　茶女の話を聞き終えると、一行は茶屋を出て義荘に戻った。

「魏《ウェイ》先輩、突然この鉤手を調べようと思いついたのは、つまり白《バイ》家の邪祟と関係があるということですよね？」

　藍思追《ランスージュイ》の問いかけに魏無羨《ウェイウーシエン》が頷く。

「それはもちろんだ」

　金凌《ジンリン》にもおおよそ推測はついていたが、やはり聞かなければならないと思い問いかける。

「どこに関係があるんだ？」

　魏無羨《ウェイウーシエン》は再び棺の蓋を開けた。

「それはこの盗人の死体の中にある」

　少年たちは、また続々と鼻を塞ぐ。

「この死体なら、もう何回も見たぞ」

　金凌《ジンリン》が言うと、魏無羨《ウェイウーシエン》はさっと彼を掴んだ。

「お前はまだ細部までじっくり見てなかったらしいな」

　魏無羨《ウェイウーシエン》は金凌《ジンリン》の肩を軽く叩いてから突然ぱっと押さえつける。そのせいで、金凌《ジンリン》は棺の中にいる、あの青黒い顔をして両目を丸く見開いた盗人の死体と顔をつき合わせてしまった。

「こいつの目を見ろ」

　悪臭が押し寄せてくる中、金凌《ジンリン》は目を細めて光のない暗闇のような目玉を見つめる。一目見ただけでぞっとして、足の踵からつむじまで半ば冷えたような気がした。藍思追《ランスージュイ》もそこに何かがあると感じ、すぐさま同じように身を屈めて棺を覗き込んだ。

　すると、死体の黒い瞳の中に逆さまに映し出されていたのは、なんと覗き込んだ自分自身の姿ではなかった。

見知らぬ顔が瞳のほぼすべてを占めている。その顔は肌がでこぼこしていて、切りつけられた痕が至るところにあり、しかも瞼と唇がなかった。

藍景儀《ランジンイー》は彼らの後ろでぴょんぴょんと飛び跳ね、気になるけれど前に出て見るのが怖いらしく、藍思追《ランスージュイ》に尋ねた。

「思追《スージュイ》、なぁ……何が見えたんだ？」

藍思追《ランスージュイ》は手を後ろに回し、ぱたぱたと振って答える。

「君は来ない方がいい」

慌てて「おお！」と声を上げ、藍景儀《ランジンイー》は大股で後ろに数歩下がる。

棺から顔を上げた藍思追《ランスージュイ》が言った。

「そういえば、確かこのような民間伝承を耳にしたことがあります。時に眼球は、人が死に際に見たものを『記録』すると。でもまさか真実だったとは思いもしませんでした」

「今回はたまたまこうなっただけだ。この盗人は死ぬほどの恐怖を味わったんだな。こいつが見たのがなんであれ、おそらくあまりに印象が強すぎて拭うことができなかったから、こうして俺たちの役に立ったわけだ。もし状況が違えば残らなかったかもしれないし、あと何日か経って死体が完全に腐ったら、もう同じものは見られないだろう」

金凌《ジンリン》は、まだ疑いを抱いたまま問い質す。

「そんなに不安定で、しかも由来が民間の噂だっていうのに、本当に信じて大丈夫なのか？」

「信じられるかどうかは、ひとまず試しに調べてみてからまた話そう。ここでじっとしてるよりはましだ」

ともかく状況は進展した。藍思追《ランスージュイ》が町の西側にある無縁塚に行って調べることを決めると、魏無羨《ウェイウーシエン》は彼と一緒に行くと言い、残りの者は鈎手について調べることになった。なんと言っても噂には証拠などなく確実とは言えないため、調べるものは多ければ多いほどいいのだ。

金凌《ジンリン》は藍景儀《ランジンイー》を毛嫌いしている上、魏無羨《ウェイウーシエン》が行こうとしている場所の方がきっと経験を積めるはずだと思った。しかし、蘭陵一帯のことに詳しい者が他におらず、彼が先頭に立たないと支障を来《きた》す恐れがあることを考え、即座に二手に分かれることを承諾し、一行は夜に白《バイ》家で合流する約束を交わした。一通り聞き込み調査をして得た情報は、昼間に茶女が話した内容と大同小異《だいどうしょうい》で、おそらく世間に流布している噂はどれも基本的には同じだろうと考え、金《ジン》凌《リン》らは一足先に白《バイ》家に戻ることにした。

　夕暮れ時まで待って、金凌《ジンリン》が白《バイ》家の大広間を何往復もうろうろと歩き、藍景儀《ランジンイー》と何回戦も減らず口を叩き合っても、まだ魏無羨《ウェイウーシエン》と藍思追《ランスージュイ》は戻る様子がなかった。ちょうど町の西側へ捜しに行こうとした時、突然正門が「バン」と音を立てて誰かに乱暴に開けられた。

　最初に扉から飛び込んできたのは藍思追《ランスージュイ》で、手の中に何やら熱い物を握っていたらしく、中に入った途端それを床に投げた。

　手のひらほどの大きさのそれは、黄色の呪符で何重にも包まれている。包んでいる呪符の紙は、中からじっとりと滲み出る湿った猩々《しょうじょう》緋色《ひいろ》に染められ、血痕があちこちについていた。魏無羨《ウェイウーシエン》は彼の後ろから泰然と敷居を跨いで入ってきたが、少年たちがさーっとその何かに近づいて周りを取り囲むのを見て、慌てて追い払った。

「散れ散れ！　危険だから気をつけろ！」

　その声に、皆はまたさーっと離れていく。それにはどうやら腐食性があるようで、一番外側を包む呪符までだんだんと浸食《しんしょく》されていくと、ゆっくりと中の物が現れた。

　それは、あちこち錆《さ》びついた一本の鉄鉤だった！　単に錆びついているだけでなく、血の色が鮮やかで、まるで今まさに人間の肉の中から血をたらたらと垂らしながら抜かれたばかりのように見える。

「これは鉤手の鉄鉤なのか？」

　現れた物を見ながら金凌《ジンリン》が尋ねた。

　校服に焼け焦げと血痕がついている藍思追《ランスージュイ》は、わずかに息を切らし顔を紅潮させて答えた。

「はい！　表面についているものは、決して触ってはいけません！」

その時、鉄鉤は唐突に激しく震えだした。

「扉を閉めてください！　逃げられないように！　もう一度逃げられたらまた捕まえられるかわかりません！」

藍思追《ランスージュイ》が声を上げると、藍景儀《ランジンイー》は急いで我先にと走っていき、「パン」と音を立てて扉を閉め、背中でしっかりと扉を押さえつけて大声で叫んだ。

「呪符だ！　皆、早く呪符をそれに叩きつけろ！」

たちまち何百枚もの呪符が打ちつけられる。もし白《バイ》家の者が、既に金凌《ジンリン》から全員東側に隠れるよう言われていなかったら、炎が天を衝き、白い稲妻が激しく閃くようなこの物音にひどく怯えたことだろう。間もなく呪符をすべて使いきったが、皆がほっと息をつく暇もなく、あの鉄鉤からまた血が溢れ出してきた。

なんということか、一刻も手を止めることはできない！

藍思追《ランスージュイ》の手持ちの呪符も底をついてしまった時、急に藍景儀《ランジンイー》の叫び声が聞こえてきた。

「台所だ！　台所に行け！　塩だよ、塩！　塩を持ってこい！」

彼に気づかされ、何人かの少年が台所に駆け込み塩の壺《つぼ》を手に入れて戻ると、一掴みの真っ白い塩の粒を鉄鉤に向かって撒く。すると、大変なことが起きた。まるで油を入れた鍋の中に放り込んだように、あちこち錆びついた鉄鉤からジュウジュウと白い泡と熱気が噴き出してきたのだ。

少しの間、腐った肉が焼け焦げたような臭いが大広間に溢れ、鉄鉤の表面の真っ赤な血がだんだんと白い塩の粒に吸われて乾いていく。一人の少年が声を上げた。

「塩もそろそろ撒き終わるよ！　次はどうすればいいんだ？」

鉄鉤が今にもまた真っ赤な血を流しそうなところを見て、このままではまずいと藍景儀《ランジンイー》が叫ぶ。

「だったらこれを熔《と》かすまでだ！」

「だから熔かせないんだって！」

金凌《ジンリン》は反論したが、藍思追《ランスージュイ》がはっとして声を上げた。

「そうだ。熔かそう！」

彼はすぐさま校服の外袍を脱いで鉄鉤に飛びかかると、それを包んで台所まで走り、いきなりかまどの中に投げ入れた。その様子を見て、怒りを滲ませた目で金凌《ジンリン》が怒鳴りつける。

「藍思追《ランスージュイ》！　藍景儀《ランジンイー》がバカなのはいいとして、なんでお前まで一緒にバカなことをやるんだ！　こんなちっぽけな火で熔かすつもりか⁉」

彼の言葉を聞いて、藍景儀《ランジンイー》がかんかんになって怒った。

「誰がバカだって？　何が俺がバカなのはいいとしてだ⁉」

「火が足りないならもっと追加すればいいんです！」

そう言ってから藍思追《ランスージュイ》が手で印《いん》を結ぶと、炎はたちまち爆発し、焼けるように熱い暴風がその場に吹き荒れた！

他の者たちもすぐさま悟り、一斉に真似をする。金凌《ジンリン》と藍景儀《ランジンイー》も言い争うのをやめ、一心不乱に印を結び続けた。かまどの底の火は一気に勢いを増して真っ赤に燃え上がり、照らされた彼らの顔も真っ赤に染める。

まるで強大な敵に臨むかのように長い時間をかけて、鉄鉤はようやく灼熱《しゃくねつ》の火の中で次第に消えていった。いつまで経ってもなんの異変も起こらないのを見て、藍景儀《ランジンイー》は緊張した様子で口を開く。

「解決した？　なぁ、これで解決？」

藍思追《ランスージュイ》は一つ息を吐いた。しばらくしてから前に出て調べると、振り向いて言った。

「鉄鉤が消えています」

取り憑かれた物が消えたなら、つまり怨念も当然消えたはずだ。

全員がほっと息をつき、中でも藍景儀《ランジンイー》は誰より嬉しそうだ。

「ほら、俺が言った通り熔かせただろ。やっぱりだよな、ハハハハッ……」

彼は大喜びだったが、それとは反対に金凌《ジンリン》の方は気分が沈んでイライラしていた。今回の夜狩で自分は思っていたほど役に立てず、当然経験も積めていない。彼は、やはり昼間は自分の希望を抑えずに魏《ウェイ》無羨《ウーシエン》たちと一緒に鉄鉤を探しに行くべきだったと密かに悔やんだ。次は、後方で立ち回る役目など絶対にしない。

ところが、魏無羨《ウェイウーシエン》が彼らに問いかけてきた。

「お前ら、その締め括りは適当すぎるだろ。解決できたかどうか、この段階で決めつけてどうするんだ？　もう一度、じっくり検証すべきじゃないのか？」

それを聞いて、金凌《ジンリン》は気を取り直して尋ねた。

「どう検証するんだ？」

「誰か白い離れの中に入って一晩過ごせ」

「……」

魏無羨《ウェイウーシエン》の言葉に、皆が無言になった。

「中で一晩過ごしてみて、本当に何事も起きなければ、その時にやっと完全に解決したと胸を張って言いきれるんじゃないか？」

「そんなことをあんたは誰にやらせるつもりですか……」

藍景儀《ランジンイー》が恨めしそうに言うと、金凌《ジンリン》はすぐさま申し出た。

「俺がやる！」

魏無羨《ウェイウーシエン》は聞かなくとも金凌《ジンリン》が何を考えているかがわかり、彼の頭をぽんぽんと優しく叩くと笑って言った。

「機会があれば、逃さずいいところを見せないとな」

金凌《ジンリン》は不満を漏らす。

「頭を触るな。男の頭は触っちゃダメだって聞いたことないのか」

「どうせお前の叔父貴が言ったことだろ、そんなの聞き流しとけ」

「おい！」

金凌《ジンリン》は仰天して突っ込んだ。

「さっき俺に、何かあれば叔父上にいろいろ聞けって言ったのは誰だよ！」

◆

白《バイ》家が皆の食事と部屋を用意してくれたため、夜になると一同は東側に泊まり、金凌《ジンリン》は一人で西側に向かった。

姑蘇藍《ラン》氏は依然厳格に寝起きの規律を遵守《じゅんしゅ》していて、藍《ラン》氏の少年たちは次の日の早朝に起床した。中でも藍思追《ランスージュイ》は、出かける前に藍忘機《ランワンジー》に言いつけられていたことがあった。必ず魏無羨《ウェイウーシエン》を引きずり起こして朝餉を食べさせるようにと。そのため、ほぼ半時辰ほどかかってあらゆる技を出し尽くし、ようやく魏無羨《ウェイウーシエン》を下の階まで引っ張って行った。大広間に着いた時、藍景儀《ランジンイー》はちょうど白《バイ》家の家僕を手伝っておかゆを取り分けていたため、藍思追《ランスージュイ》もそちらに行って一緒に手伝おうとした。するとその時、目の下に隈《くま》を作った金凌《ジンリン》が中に入ってきた。

卓を囲んでいる者たち全員が無言で彼を見つめる。魏無羨《ウェイウーシエン》は左隣に座った金凌《ジンリン》に声をかけた。

「おはよう」

金凌《ジンリン》は無理に落ち着いた表情を作って頷いた。

「おはよう」

少年たちも頷いて声をかける。

「おはよう」

ずいぶんと待ってみても金凌《ジンリン》が話しだす様子がないので、魏無羨《ウェイウーシエン》は自分の目を指さした。

「お前のそれ……」

金凌《ジンリン》はどうにか何事もなかったかのような顔を作れていることを確認してから、ようやく口を開いた。

「やっぱり、完全に消えてはいなかったんだ」

彼が言うと、少年たちの間に緊張が走った。

昨晩、金凌《ジンリン》は白い離れに入ったあと、まず周囲を見回した。

離れの中は極めて質素な設《しつら》えで、そもそもほとんど家具がなく、ただ寝台が一つ置かれているのみだ。しかも、壁際にあるその寝台は埃だらけだった。

金凌《ジンリン》は埃を手で一度触ってみただけで、もう我慢できなくなった。ここに近づく度胸のある家僕などおらず、かと言って絶対にこのまま寝られるはずもない。他にどうすることもできず、自分で水を汲《く》んできて一通り片づけてからなんとか横になることができた。

顔を壁側に向け、背中を部屋の内側に向ける。

そして、手のひらには一枚の鏡を隠し持っていた。鏡をぐるりと回転させると、背後にある部屋の中の状況をおおよそ確認できる。

しかし、真夜中過ぎまで待ってみても、鏡に映し出されるのは一面の真っ暗闇だけだった。金凌《ジンリン》は鏡をあちこちに向けて回転させ、ちょうど楽しくなり始めたその時、突然さっと何か眩しい白色《はくしょく》が鏡の表面を掠めていった。

一瞬ひやりとしたが、気持ちを落ち着かせ、ゆっくりと鏡を回転させて元に戻す。

すると、ようやく鏡の中に映し出されたものが見えた。

そこまで聞いて、藍景儀《ランジンイー》は震える声で尋ねた。

「鏡の中に、何が映ってたんだよ。鉤手……なのか？」

「違う。椅子だった」

金凌《ジンリン》の答えに藍景儀《ランジンイー》はほっと息をつきかけたが、改めて考えると、瞬く間に身の毛がよだってきた。

どこにほっと息をつけるところがあるのか。先ほど、金凌《ジンリン》ははっきりとこう言ったではないか。

「離れの中は極めて質素な設えで、そもそもほとんど家具がなく、ただ寝台が一つ置かれているのみだ」と……。

ならば、その椅子はいったいどこから現れたのか！

「その椅子は、寝台の頭の方のすぐそばに置いてあった。最初は誰もいなかったけど、少し経つと突然黒ずくめの人が座っているのが見えた」

金凌《ジンリン》は顔をしっかり見ようとしたが、その人物は項垂れていたせいで垂れ下がった長い髪が顔を覆っており、ただ真っ白い両手だけが服から覗き、肘掛けに乗せられていた。

彼はこっそりと鏡の位置を少し調整した。しかし手首を動かした途端、どうやら何かに気づいたようで、女がゆっくりと顔を上げた。

その顔には、至るところに何十本もの切り傷があり、真っ赤な血がたらたらと流れていた。

魏無羨《ウェイウーシエン》はそれを聞いても特に意外には思わなかったが、少年たちの方は皆呆然としている。

「ちょっと待てよ？」

藍景儀《ランジンイー》は一杯のおかゆを金凌《ジンリン》の前に置いてから続けた。

「女の霊？　なんで女の霊なんだ？　お前、びっくりしてバカになって見間違えたんじゃ……」

金凌《ジンリン》は手のひらで彼をぱちんと叩いた。

「お前にだけはバカとか言われたくない。血と髪でほとんど見えなくて、どんな顔かはっきりとは確認できなかったけど、でも結い上げた髪型と服はどっちも若い女のものだった。絶対に間違いない。俺たちが進む方向を間違えてたんだ」

さらに彼は続けた。

「鉄鉤に取り憑いてた怨念は確かに消えてなかったけど、そもそもあの白い離れの中で祟りを起こしていたのは、おそらく鉤手じゃなかったんだ」

「だったらもっと時間をかけてよくよく眺めて、どんな顔かちゃんと見ろよ……もしかしたらほくろとかあざみたいな特徴で、身元を調べられたかもしれないのに」

藍景儀《ランジンイー》に言われ、金凌《ジンリン》は不満げに答える。

「俺がそうしたくなかったとでも思うのか。そのつもりでいたけど、あの女の邪祟が鏡に反射した月光に気づいてさっとこっちを見たんだ。ちょうど彼女の目が鏡に映って、ついうっかり目を合わせちゃったんだよ」

邪祟を覗き見る時、相手に気づかれてしまったら絶対に見続けてはならない。必ずすぐさま鏡を置いて両目を閉じ、熟睡しているふりをしなければならないのだ。もしそうしなければ、邪のモノの凶暴性を刺激し、殺意を大幅に増幅させてしまう恐れがある。

「うわ、危な……」

藍景儀《ランジンイー》がそう呟くと、卓の周りの少年たちが口々にやかましく話し始めた。

「でもあの盗人の目の中には女の人の姿は見えなかったけどな」

「見えなかったからって、いないとは言えないだろう。もしかしたら、あの盗人が見ていた位置がたまたまずれていたのかもしれないし……」

「いや、そもそもなんで女の霊なんだ？　その人は誰だよ！」

するとと、藍思追《ランスージュイ》が口を開いた。

「その女性の顔が数十回切りつけられていたなら、鉤手の数多くの犠牲者のうちの一人である可能性が高いですね。金凌《ジンリン》が見たのはきっと、彼女の怨念の残像だったんでしょう」

怨念の残像、つまり邪祟の持つ怨念が非常に強い時、その場面が絶え間なく再現されることがある。通常は死に際の一瞬、あるいはその恨みが最も深い出来事が繰り返される。

「うん。昨日の夜、俺が鏡越しに離れを見た時、調度品は今のものとはまったく違っていて、まるで宿みたいだった。おそらくだけど、この白家《バイ》が建てられる前、ここには宿があったのかもしれない。あの女は、きっとその宿の中で殺されたんだ」

「おお、言われてみれば、確かに調べてる途中で誰かがそんなことを言ってたよ。鉤手は簡単に宿の錠をこじ開けることができて、いつも夜に侵入して一人で泊まっている女性ばかりを選んで手にかけていたって！」

藍景儀《ランジンイー》が言うと、藍思追《ランスージュイ》も続ける。

「そして、その女の子、あるいは夫人が命を奪われた部屋が、ちょうど白家《バイ》が建てた白い離れと同じ位置にあったたってことですね！」

どうりで白家《バイ》の主人は、白家《バイ》には昔起きた秘密の事件もなければ、非業の死を遂げた者もいないと言いきっていたわけだ。決して故意にごまかしたり隠し立てしたりしたのではない。なぜなら彼らには本当に何の非もなく、一切関係がなかったのだ！

金凌《ジンリン》はおかゆの碗を持ち上げて一口食べてから、平静を装って言った。

「そんなに単純なはずないって俺にはとっくにわかってたけどな。まあいいさ、どうせ全部解決しなきゃならないんだから」

「金凌《ジンリン》、お前はあとで一眠りしてこい。夜はまた働いてもらうぞ」

魏無羨《ウェイウーシエン》が言うと、藍景儀《ランジンイー》は彼の碗をちらりと見て言った。

「魏《ウェイ》先輩、あんた食べ終わってませんよ。残さないでくださいね」

「もういらない。景儀《ジンイー》、お前はたくさん食べるんだぞ。今晩はお前が先陣を切るんだからな」

藍景儀《ランジンイー》は驚いて、危うく持っていた碗を取り落としそうになる。

「えっ？　俺？　な、なんの先陣⁉」

「金凌《ジンリン》は昨日の夜、何もかもを見たわけじゃないだろう。だから今日は、俺たちが一緒にそれを見届けて見聞《けんぶん》を広めようじゃないか。まずはお前が先頭に立て」

魏無羨《ウェイウーシエン》に指示されると、藍景儀《ランジンイー》の顔は真っ青になった。

「魏《ウェイ》先輩、何かの間違いですよね。なんで俺なんですか？」

「何も間違ってないよ。経験を積む時は全員に出番があって、全員に機会が与えられ、全員がやるべきなんだ。思追《スージュイ》も金凌《ジンリン》もやったからな、次はお前の番に決めた」

「なんで俺に決めちゃうんですか……」

魏無羨《ウェイウーシエン》は、まさか藍思追《ランスージュイ》と金凌《ジンリン》以外に、この少年たちの中であとは藍景儀《ランジンイー》の名前しか覚えていないなど当然口にできるはずもなく、ただ彼の肩をぽんと軽く叩いて励ました。

「これは幸運なことだぞ！　他の奴らを見てみろ、皆すごくやりたがってるじゃないか」

「どこに他の奴らがいるんですか。ほら、全員とっくに逃げていなくなってる！」

藍景儀《ランジンイー》がどう抗議しようとも、真夜中になると彼は白い離れに一番近い位置へと押し出されてしまった。

離れの外には長い腰掛けが何列も横に並べられていて、そこに少年たちがずらりと座っている。その一人ずつが穴を開けたため瞬く間に紙窓は千瘡百孔のようになり、そのさまは目も当てられないほどだった。

藍思追《ランスージュイ》もまた、指で目の前の窓に穴を作ると心の中で呟く。

（なんだか……これはもう『覗き見る』とはまったく言えない気がする。ここまで突き破るなら、いっそのことこの窓を取り外した方が良かったかもしれない……）

藍景儀《ランジンイー》はやはり、魏無羨《ウェイウーシエン》に掴み上げられて一番前に座らされている。この位置からなら、彼の目には最も明確にはっきりとすべてが見えることだろう。もし芝居を見るなら千金でも手に入らないような一等席だ。ただ残念なことに、藍景儀《ランジンイー》は少しもこの一等席が嬉しくなかった。

彼は金凌《ジンリン》と藍思追《ランスージュイ》の間に挟まれ、戦々恐々としながら口を開く。

「俺、違うところに座ってもいいですか……」

魏無羨《ウェイウーシエン》は傍らに立って、行ったり来たりしながら答える。

「却下」

他の者の耳には、魏無羨《ウェイウーシエン》のたった二文字の簡潔な口ぶりが藍忘機《ランワンジー》によく似て聞こえ、くすくすとこっそり笑う者までいた。

「皆落ち着いてるみたいだな。そんなに気楽でいられるなんて、いいことじゃないか」

魏無羨《ウェイウーシエン》が言うと、先ほど笑いを堪えられなかった藍思追《ランスージュイ》は慌てて表情を引き締める。魏無羨《ウェイウーシエン》はまた藍《ラン》景儀《ジンイー》に声をかけた。

「見てみろよ、俺は座る場所すらないんだぞ。お前は自分が恵まれてるってことに気づけよな」

「先輩、俺の席を譲ってもよろしいですか……」

「却下」

「それなら、なんだったらしてもいいんですか？」

「質問なら許可しよう」

藍景儀《ランジンイー》はどうすることもできず、藍思追《ランスージュイ》に向かって「思追《スージュイ》、あとで俺がもし気絶したら、お、お前の記録を写させてくれよな」と頼むしかなかった。

藍思追《ランスージュイ》はぎこちない笑みを浮かべて「いいよ」と答える。

「なら安心だ」

ほっと息をついた彼を、藍思追《ランスージュイ》が励ました。

「安心して景儀《ジンイー》、君ならきっと持ち堪えられるはずだよ」

藍景儀《ランジンイー》が感激の表情を浮かべた途端、金凌《ジンリン》は彼の肩を軽く叩いて非常に頼もしげな様子で話しかける。

「そうだぞ、安心しろ。お前が気絶したら、絶対すぐに起こしてやるからな」

藍景儀《ランジンイー》は仰天して、ぱっと彼の手を払いのけた。

「離れろ離れろ、お前はどんな手を使って俺を起こすかわかったもんじゃない」


彼らがこそこそと話していたその時、紙窓から血の色をした微かな光の輪が透け出してきた。それはまるで、突然誰かが漆黒の部屋の中で赤い灯火をつけたかのようだ。

少年たちはすぐさま口を噤み、息を凝らして部屋の中を見つめた。

赤い灯火は一つ一つの小さな窓の穴から漏れ、覗き見ている一つ一つの目を充血したように赤く照らした。

藍景儀《ランジンイー》はふらふらと手を挙げて尋ねる。

「先輩……なんで、なんでこの離れは、こんなに真っ赤に見えるんですか？　俺、俺はこれまで、こんな、血の色をした残像は見たことがないです。まさか当時は、部屋の中に赤い灯火をつけていたんですか？」

藍思追《ランスージュイ》が声を潜めて答えた。

「血の色の灯火じゃない。この人……」

言い淀んだ藍思追《ランスージュイ》の言葉を、金凌《ジンリン》が引き継いだ。

「この人の目の中には、血が滲んでいるんだ」

赤い明かりのもと、離れの中にふっと別の何かが現れた。

一脚の椅子と、その椅子に座っている一人の「人間」だ。

「金凌《ジンリン》、お前が昨日の夜見たのはこれだったのか？」

魏無羨《ウェイウーシェン》が尋ねると、金凌《ジンリン》は頷いた。

「でも、昨日はよく見えなかったけど、彼女は椅子に座ってたんじゃなくて……椅子に縛られてたのか」

確かに彼の言う通り、その女が肘掛けに置いた両手は麻縄できつく縛られていた。

少年たちがじっくり見ようとしたその時、急に一筋の黒い影がさっとよぎり、離れの中にもう一つの人影が現れた。

驚いたことに、そこにはもう一人の「人間」がいた。

そしてこの二人目の人物は、瞼と唇をすべて切り取られている。瞬きも、口をしっかり閉じることすらもできず、ひどく充血した眼球と真っ赤な歯茎《はぐき》がむき出しになり、噂よりも千倍万倍も恐ろしい形相だ！

藍景儀《ランジンイー》は思わず声を上げた。

「鉤手だ！」

「どういうことだ。鉄鉤はもう熔かされたよな？　鉤手はなんでまだいるんだ？」

「この離れの中には、まさか邪祟が二匹もいたのか？」

そこまで聞いたところで、魏無羨《ウェイウーシェン》が口を開いた。

「二匹か？　この離れの中の邪祟は一匹なのか、それとも二匹なのか？　誰かはっきり説明できる奴はいるか？」

「一匹です」

藍思追《ランスージュイ》が答えると、金凌《ジンリン》も続けて話す。

「一匹だ。この白い離れの中の鉤手は本当の凶霊じゃなくて、この女の怨念が再現した死ぬ間際の場面の残像にすぎない」

二人の意見を聞いて藍景儀《ランジンイー》が言う。

「残像って言うけどさ、恐ろしさはちっとも減ってないぞ！」

彼らが話しているうちに、鉤手はゆっくりと扉の方へ移動してきた。あの顔がますます近づいてはっきり見えるようになると、一層凶悪さが際立つ。たとえこれがただの残像で、本物の鉤手の怨念が付着していた鉄鉤は既に熔けて消え、この残像が扉をすり抜けて出てくることは絶対にないとわかっていても、少年たちの頭の中にはぞっとする考えが浮かんでいた。

――奴に気づかれてしまった！

もしあの運の悪い盗人が夜中に白い離れを覗き見た時、目に映ったのがちょうどこの場面だったとしたら、恐怖で心臓発作を起こすのも道理だった。

その顔は紙窓から一尺足らずのところまで真っすぐに迫ってきて、長い間そこで動きを止めたあと、ようやく身を翻して椅子の方に向かって大股で歩いていく。

少年たちは、そこでやっと再び息を吸うことができた。

室内にいる鉤手は部屋の中を行ったり来たりして、その度に古い床板は彼の足の下でギシッギシッと音を立てる。部屋の外にいる金凌《ジンリン》は、突然怪訝に思い始めた。

「さっきから、すごく引っかかってることがあるんだけど」

「どんなことですか？」

藍思追《ランスージュイ》が尋ねると、金凌《ジンリン》が話し始めた。

「怨念の残像が、この女が死ぬ直前の場面であることは間違いない。でも、一般人が殺人鬼と向き合う時に、こんなに冷静に少しも声を上げないなんてことがあるか？　つまり……」

一旦言葉を切り、彼はまた続ける。

「この女は明らかに意識があるのに、なんで大声で助けを呼ばないんだ？」

「怖すぎてぼけちゃったのかな？」

藍景儀《ランジンイー》が言うと、金凌《ジンリン》が反論する。

「でも、一言も発さないなんておかしいだろ。泣くことすらできないのか。普通の女ならものすごい恐怖を感じた時は、皆泣くはずじゃないか？」

　ふいに藍思追《ランスージュイ》が尋ねた。

「彼女にはまだ舌がありますか？」

「口元に血は流れてないから、まだあるはずだ。それに、たとえ舌がなくて言葉をはっきり言えなかったとしても、一切声を出せないわけじゃないだろ」

　金凌《ジンリン》の言葉に、二人の間に挟まれた藍景儀《ランジンイー》は今すぐにでも死にそうな気分になった。

「お前ら人の耳元で、そんな冷静に恐ろしい議論をするのはやめてもらっていいか……」

　一人の少年が口を開いた。

「もしかしたらこの宿はもう廃墟になっていて、あるいは他に誰もいなくて、大声で叫んだり呼んだりしてもまったく意味がないってわかっているから、それで諦めたんじゃないのか？」

　この中で、最も部屋の中がはっきり見えている藍《ラン》景儀《ジンイー》にも言いたいことがあった。

「それは違うと思うぞ。この残像を見る限り、部屋の中の物はどれも埃を被ってないし、明らかに使われてる感じがあるから、他に人がいないなんてことはあり得ない。じゃなかったら、彼女もここに泊まったりしないだろ」

　それを聞くと、金凌《ジンリン》が言った。

「お前が救いようもないほどのバカじゃないってことは認めるよ。だけど、他に人がいるかってことと、叫ぶかどうかはまた別の話だ。例えば、人気《ひとけ》のない荒野で誰かに追いかけられて殺されそうな時、たとえ誰も助けに来ないとわかっていても、それでも恐怖が湧いて無意識のうちに助けて助けてって叫ぶものだろ」

　魏無羨《ウェイウーシエン》は傍らで小さく拍手して、小声で彼を褒めた。

「すごい、さすがは金《ジン》宗主だ」

　金凌《ジンリン》は顔を赤らめて怒る。

「何をしてるんだ！　そういうのはやめろよ、気が散るだろ！」

「こんなんで気が散るなら、まだまだ集中力を鍛える必要があるってことだな。ほら、早く見ろ、鉤手が手を出そうとしてるみたいだぞ！」

魏無羨《ウェイウーシェン》に促され、少年たちは急いで顔を前に戻す。すると鉤手は麻縄でできた輪を一つ取り出し、あの女の首にかけてゆっくりと絞めつけていく。

麻縄で絞めつける音！

これが白《バイ》家の主人が言っていた、白い離れで毎晩「ギギッ」と鳴るおかしな音の正体だったのだ。

女の顔にある数十本もの傷痕からは絞めつけられる圧力で血がだらだらと流れ出しているが、やはり彼女は一切声を出さないままだ。少年たちは、その様子を見ているうちにしきりに胸が締めつけられ、誰かが我慢できずに小声で訴えた。

「叫べ、助けを呼ぶんだ！」

しかし彼らの期待とは反対に、被害者は動かず下手人の方が動いた。麻縄をいきなり緩めると、鉤手は背中から光るほど磨いた鉄鉤を一本探り出す。

扉の外で見ている少年たちは、身の毛がよだつほど焦り、自ら中に飛び込んであの女の代わりに激しく叫び、町中の者たちを大声で起こしたくてたまらなくなった。後ろ姿で彼らの視線を遮ったまま、鉤手は片手を前へと伸ばす。彼らのいる場所からは、肘掛けに置かれた女の片方の手の甲しか見えず、そしてその手の甲に、ふいにぐっと青筋が浮かんだ。

こんな状況になってもなお、女はなんと声を一切漏らさない！

金凌《ジンリン》は疑いを抱き始めた。

「もしかして、彼女はもう気が触れてるんじゃないか？」

「お前が言う気が触れてるってどういう意味だよ？」

「多分……バカになったってことだ」

「……」

かなり無遠慮な言い方だったが、この状況からするとそれが事実である可能性が最も高かった。もし正常な精神を保った人間だったなら、今この瞬間でも一切反応しないなどということはないだろう。

藍景儀《ランジンイー》は見ているうちに頭の芯が痛くなって、思わず顔を背ける。しかし、魏無羨《ウェイウーシエン》は彼に囁いた。

「しっかり見るんだ」

藍景儀《ランジンイー》はもう耐え難いという表情で答える。

「先輩、俺……俺は、本当にこれ以上見ていられないんです」

「世の中にはこれより何百倍何千倍も悲惨な出来事があるのに、向き合う勇気すらないなんて話にならないぞ」

魏無羨《ウェイウーシエン》の言葉を聞いて藍景儀《ランジンイー》は気持ちを落ち着かせ、顔を前に戻して歯を食いしばると、暗い表情で再び目を向けた。ところがちょうどその時、突然異変が起きた。

――唐突に口を開けたあの女が、なんと鉄鉤に噛みついたのだ!

その一噛みに驚き、扉の外に並んだ少年たちは跳び上がった。

そして室内にいる鉤手もどうやら同じように驚愕したらしく、すぐさま手を引っ込める。しかし、どうやっても女の歯の間から鉄鉤を引っ張り出せず、それどころか、逆に女が椅子ごと彼に飛びついた。すると、もともと他人の舌を引き抜くためのものだった鉄鉤は、どういうわけか、思いがけず彼自身の下腹部を切り裂いてしまったのだ!

少年たちはばらばらに「あああっ!」と叫び声を上げ、ほとんど全員が扉にへばりついた。何も見逃すまいと、誰もが窓の穴から白い離れの中に目玉を押し込む。負傷した鉤手は痛みを感じたようだが、なぜか急に驚いて、何かに気づいたように真っすぐに右手で女の胸元に掴みかかる。まるで、彼女の心臓を生きながらくり抜こうとしているようだ。女は椅子と一緒に床に転がり、その心臓を奪おうとする一撃を避けたが、「ビリッ」という音とともに服の胸元を破られてしまった。

今の少年たちには、礼儀に反するものを見てはならないと気遣う余裕などまったくない。

しかし、彼らは目を瞠り言葉を詰まらせた。その「女」の胸元は、あろうことか見渡す限り平坦な原野の如く広々と平らだったのだ。

これのどこが「女」だ――この人物は、なんと女装した男だったのだ！

鉤手は飛びかかり、素手で彼の首を絞めようとしたが、鉤がまだ相手の口の中にあったことを忘れていたらしい。彼が思いきり首を横に振ると、鉄鉤は一瞬で鉤手の手首に刺さる。一人は必死に相手の首を絞めて折ろうとし、もう一人は必死に相手の血を噴き出させようとし、一時の間、二人は膠着《こうちゃく》状態に陥った……。

夜が明けて鶏が鳴き続ける頃、部屋の中の赤い明かりが消えていくと、二人の残像もだんだんと薄れていき、そして完全に消えてしまった。

白い離れの入り口を取り囲んでいた少年たちは、呆然として固まっている。

かなり長い時間が過ぎてから、藍景儀《ランジンイー》はようやくつかえながら話しだした。

「こここ、この二人……」

全員が心の中で、同じことを考えていた。

この二人は、最後にはどちらも生き残れなかっただろう……。

まったく想像もつかなかった。白家《バイ》を数十年もの間苦しめ続けて平穏を奪ってきた邪祟が、実は鉤手ではなく、なんと鉤手を消したあの英雄だったとは。

少年たちの議論は白熱した。

「予想外、予想外だよ。鉤手がこんなふうに取り押さえられたなんて……」

「だけど、考えてみたらもうこの方法しかないよな？　なんと言っても鉤手は神出鬼没だから、奴がいったいどこにいるかなんて誰も知らないし。若い女を装って奴を誘《おび》き出さないと、絶対に捕まえられなかっただろう」

「でもすごく危険だよ！」

「確かに非常に危険だ。実際、あの義士も奴の術中にはまって縛られてしまったんだろう。だから最初から不利な局面にあったんだ。もし二人が真っ向から対決してたらあんなに劣勢なはずない！」

「そうだよ、それに彼は助けを呼ぶことができなかったんだ。鉤手は数えきれないほどの人を殺してきて凶暴残忍だったんだから、一般人を呼んだところで死にに来させるようなものだし……」

「だから、彼は決して助けを呼ぼうとしなかったんだ！」

「相手を殺して、自分も死んで……」

「噂の中で、この義挙《ぎきょ》が語られていなかったなんて！　本当に理解できない」

「そんなの普通だよ。英雄よりも、皆やっぱり殺人鬼の噂の方が面白いと思っているんだ」

皆が口々に話していると、金凌《ジンリン》が状況を分析した。

「死者が成仏《じょうぶつ》を拒むのは、叶えられなかった願いがあるからだ。そして、死体が不完全な亡者《もうじゃ》が成仏しないのは、往々にして自分の体のなくした一部を見つけられずにいるからだ。彼がなんで祟りを起こしたのか、根本的な原因はそこだろう」

たとえ不要な物だったとしても、何十年も持ち歩けば愛着が湧くものなのに、ましてや口の中の一欠片の肉ならなおさらのことだ。

藍景儀《ランジンイー》は金凌《ジンリン》の分析を聞いている間に、とっくに例の義士に対して尊敬の念を抱き、粛然とした表情になっていた。

「だったら、俺たちでできるだけ早く舌を見つけ出して、彼が成仏できるように燃やしてあげよう！」

皆の中に続々とやる気が湧いてきて、少年たちはすっくと立ち上がった。

「その通りだ。こんな英雄を不完全な体で死なせるわけにはいかない！」

「捜そう捜そう、まずは町の西側の無縁塚からだな。墓地、白《バイ》家全体、それから以前鉤手が住んでた古い家、一つも漏れのないように」

少年たちは皆やる気満々で正門からどっと飛び出していく。出ていく前、なぜか金凌《ジンリン》は振り向いて魏《ウェイ》無羨《ウーシエン》を少し見た。それに気づき魏無羨《ウェイウーシエン》が声をかける。

「どうした？」

先ほど皆が議論している間、魏無羨《ウェイウーシエン》はずっと良いとも悪いとも言わず、一言も口を挟むことはなかった。そのせいで、金凌《ジンリン》はなんとなく不安を覚え、どこかの段階で間違っていたのではないかと疑ってしまったのだ。しかしよくよく一から考え直してみても、決して何か大事なことを見落としているとは思えず、それで「なんでもない」と答えた。

魏無羨《ウェイウーシエン》は笑って言う。

「なんでもないなら捜しに行きな。根気よくやるんだぞ」

そう言われて、金凌《ジンリン》はすぐに雄々《おお》しく意気揚々と門から出ていった。

数日後、彼はようやく魏無羨《ウェイウーシエン》がその時に言った「根気よく」がどういう意味だったかを理解した。

先日鉄鉤を見つけた時は、魏無羨《ウェイウーシエン》が藍思追《ランスージュイ》を連れて捜しに行き、全部で半時辰しかかからなかった。しかし、今回舌を捜す際には魏無羨《ウェイウーシエン》は手を出さず、彼らが自分たちで自由に動き回るのを放ったらかしたため、たっぷり五日間も捜す羽目に陥ったのだった。

藍景儀《ランジンイー》が一欠片の何かを掲げて跳び上がった時には、他の者は皆、もはや疲れすぎて虚脱《きょだつ》しそうだった。無縁塚を捜し回って身なりはめちゃくちゃに乱れ、体からは異臭もしていたが、皆非常に喜んだ。なぜなら、舌を見つけてきた彼らの話を聞いたあと、魏《ウェイ》無羨《ウーシエン》がとても真剣な顔で少年たちに事実を告げたからだ——彼らだけの力で五日間で見つけられたのは、かなり大したものだ。十日、半月かけても見つけられずに諦めてしまう修士など大勢いるのだと。

少年たちはしきりに興奮して、あの死人の舌を囲んでぐるぐると回った。凶悪な気を纏ったモノは青黒くなるものだが、その一欠片のモノは青黒いを通り越して既にどす黒くなっていた。すっかり硬くなったそれは手で持つとごつごつして殺気が漏れ出し、かつては人間の体にあった肉だとはまったく思えない。本来なら、とっくに腐っていたはずだ。

一通り法術を行ってその舌を燃やすと、皆まるで大仕事をようやく終えたような気持ちになった。

ここまでやれば、いくらなんでも片づいたはずだ。

今回の夜狩には、金凌《ジンリン》もどちらかと言えば満足していた。

ところが、それから数日も経たないうちに白家《バイ》の主人がまたしても金鱗台に上ってきた。

実は、あの義士の舌を燃やしたあと、確かに二日間は静まっていた。しかし、それは二日だけだったと言うのだ。

三日目の夜、白い離れの中からあろうことか再び妙な音が漏れてきて、しかも日に日にその音は大きくなり、五日目の夜になると白家《バイ》全体が騒がしくなって、まったく眠れなくなってしまった。

今回はより勢いが凄まじく、これまでのどの夜よりも強い恐怖を感じさせた。なぜならその音は、麻縄で絞めつける音でも肉を切り裂く音でもなく――人の声に変わったからだ！

白家《バイ》の主人の説明によると、その声は非常にしわがれているそうだ。まるで長年使わなかった舌を無理に動かしているようで、語句ははっきり聞き取れないが、それは紛れもなく一人の男の悲鳴だと言う。

叫び終えると今度は悲痛な声で泣き始め、初めは弱々しかったその声は次第に大きくなり、最後はほとんど泣き叫ぶように激しくなった。非常に哀れではあるものの、とてつもなく恐ろしくもある。その声は白家《バイ》どころか、白家《バイ》の外の通り三本離れた先まで響き渡り、通行人までもがぞっとして魂が飛び散りそうなほどだった。

その頃、金凌《ジンリン》はやることが山積みで非常に頭を痛めていた。年の瀬が迫ってきて忙しくなったために、抜け出して自ら出向く暇がなく、それで数名の門弟を遣って調べさせた。彼らが戻ったあと報告を聞くと、確かに叫び声は非常に悲痛なものだが、それ以外には何も害はなかったという。

騒音などの被害が住民に及ぶことを除けば。

夜狩の記録を提出する時、藍思追《ランスージュイ》は藍忘機《ランワンジー》と魏無羨《ウェイウーシェン》にこのことを伝えた。話を聞き終えると、魏無羨《ウェイウーシェン》は藍忘機《ランワンジー》の文机の上から菓子を一つ摘まんで言った。

「そうか、じゃあ何も心配する必要はないよ」

「それほどまで叫んでも、心配の必要はない……ですか？　本来ならば、執念をなくした死者の魂は済《さい》度《ど》されるはずですが」

「執念をなくせば魂を済度できる、それは嘘じゃない。でも、お前らは考えたことあるか。もしあの義士の本当の執念が、舌を見つけて生まれ変わることじゃなかったとしたら？」

藍景儀《ランジンイー》は今回ついに甲の評価を得て、もう罰として書き写しをしなくても済むことを思い嬉しさのあまりこっそり涙を流していたが、それを聞いて思わず問いかけた。

「そうだとしたら、いったい望みはなんなんですか？　まさか、毎晩他の人が眠れないように泣き叫ぶこととか？」

思いがけず、「その通り」と魏無羨《ウェイウーシエン》はそれに頷く。

藍思追《ランスージュイ》は愕然とした。

「魏《ウェイ》先輩、それはどういうことでしょうか？」

「この前のお前らの推論によれば、この義士は罪のない人たちに危害を及ぼさないため、鉤手に痛めつけられた時、必死に声を我慢して叫ぼうとしなかったって言っただろ？」

藍思追《ランスージュイ》は厳粛な態度で端座して尋ねる。

「その通りです。どこか間違っていたでしょうか？」

「間違いってわけじゃない。でも、一つ聞くけど――もし殺人鬼が刀を持ってお前の目の前を行ったり来たりして、お前の顔を切りつけて血が流れ、さらに首を絞めて舌を鉤で引き抜かれると思ったら、そりゃ恐ろしいだろ？　お前は怖くないか？　泣きたくならないか？」

魏無羨《ウェイウーシエン》がそう問いかけると、藍景儀《ランジンイー》は少し考え、真っ青な顔で声を上げた。

「助けて！」

藍思追《ランスージュイ》の方は厳しい表情で言う。

「ですが、家訓ではたとえ危険と災難に直面しても……」

「思追《スージュイ》、余計なことは言うな。俺が聞いてるのは、お前が怖いか怖くないかだけだ。素直に言えよ」

魏無羨《ウェイウーシエン》に窘められ、藍思追《ランスージュイ》の顔が赤くなる。彼は背筋をさらに真っすぐ伸ばして答えた。

「思追《スージュイ》は怖く――」

「怖く？」

藍思追《ランスージュイ》は誠実な表情になって続けた。

「怖くないとは言えません。ゴホン」

言い終えると、彼はびくびくしながら藍忘機《ランワンジー》をちらりと見た。

魏無羨《ウェイウーシエン》は嬉しくてたまらなくなった。

「何を恥ずかしがってるんだ？　苦しくて恐ろしい時は怖くなるし、誰かに自分を助けてほしくて大声で喚いたり叫んだり、泣いたり暴れたりするのが人ってもんだろ？　そうだよな、含光君。見てみろよ、お前ん家の思追《スージュイ》は罰されるのが怖くて、こっそりお前を見てるぞ。ほら、早く『そうだ』って言えよ。そしたらお前も俺の意見に賛成して、こいつを罰さないってことになるから」

魏無羨《ウェイウーシエン》が、姿勢正しく正座して記録を添削している藍忘機《ランワンジー》の下腹部辺りを軽くつんつんと数回肘でつつくと、藍忘機《ランワンジー》は顔色一つ変えずに口を開いた。

「そうだ」

言い終えるなり、さっと魏無羨《ウェイウーシエン》の腰を抱き寄せてしっかりと固定し、動き回れないようにしてから提出された記録の添削を続ける。

その様子を見て、藍思追《ランスージュイ》はさらに顔を赤らめた。

魏無羨《ウェイウーシエン》は二回ほど抜け出そうと試みたができそうもなかったため、そのままの姿勢で真剣に藍思追《ランスージュイ》に向かって話しかけた。

「だから、無理やり我慢して叫ばずにいたのは、確かに英雄としての根性はあるけど、人間としての本性と人情の常に背いたってこと。これもまた事実だ」

藍思追《ランスージュイ》は彼の姿勢には注意を払わないようにしながらしばし考え、あの義士に少し同情心が湧いた。

「金凌《ジンリン》はまだこのことで煩わされてるのか？」

「そうですよ。お嬢……えっと、金公子《ジン》も、いったいどこに問題があるのかわからなかったんです」

藍景儀《ランジンイー》が答え、さらに藍思追《ランスージュイ》が質問をする。

「そういうことでしたら、このような邪祟にはいったいどう対処すべきでしょうか？」

「叫ばせろ」

「……」

魏無羨《ウェイウーシエン》がそう言うと、一瞬二人は無言になった。

「叫ばせる、だけですか?」

藍思追《ランスージュイ》が尋ねると、魏無羨《ウェイウーシエン》が頷く。

「そうだ。十分に叫んで満足したら、自ずと立ち去るさ」

藍思追《ランスージュイ》は、義士に向けていた同情心をすぐさま白《バイ》家の者たちに半分分けた。

幸い、あの義士は不満を押し殺してつらい思いをしてきたけれど、人に害を与えようとする気持ちはなかった。離れの中から漏れる怪しい響きは、数か月も続いたあと、ようやく次第に静かになっていった。おそらく、生前叫べなかった分を死後になってついに元が取れるほど叫んで、すっかり満足して生まれ変わりに行ったのだろう。

ただ、白《バイ》家の人々はずいぶんと長い間、何度も寝返りを打ち眠れない夜の苦しみを味わわされた。

そして、白い離れはよりその名を広めたのだった。

番外編　蓮蓬

雲夢蓮花塢。

試剣堂の外では蝉時雨《せみしぐれ》が降り注いでいる――一方、その中は一面に肉体が横たわり、見るに堪えない有様だ。

十数名の少年たちは皆上半身裸で、それぞれ試剣堂の木の床にぐったりと張りついている。時々寝返りを打ちながら、まるでジュウジュウと音を立てて焼かれる煎餅《せんべい》〔小麦粉などを練って平たくし、鉄板で焼いたもの〕のように、今にも死にそうな様子で呟いた。

「暑すぎて……」

「死ぬ……」

魏無羨《ウェイウーシエン》は目を細めてぼんやりと思った。

（雲深不知処みたいに涼しかったらいいのに）

体の下の床板がまた体温と同じくらい熱くなってしまったため、彼はごろんと寝返りを打つ。ちょうど江澄《ジャンチョン》も寝返りを打ったところで、二人の体はわずかに掠め合い、彼の腕が脚にかかって魏無羨《ウェイウーシエン》はすぐさま文句を言った。

「江澄《ジャンチョン》、腕をどかせよ。炭みたいに熱いぞ」

「お前が脚をどかせ」

「腕は脚より軽いんだから、脚をどかす方が大変だろうが。お前が腕をどかせ」

すると江澄《ジャンチョン》が怒鳴った。

「魏無羨《ウェイウーシエン》、警告だ。いい加減にしろ。口を閉じて喋るな、喋れば喋るほど暑くなるだろうが！」

六師弟《ろくしてい》が口を挟む。

「二人とも喧嘩はやめてくれませんか。聞いているだけで暑苦しくて、余計汗をかきますよ」

二人は既に手のひらで打ち合ったり、蹴り合ったりし始めていた。

「さっさと失せろ！」

「お前こそ失せろ！」

蓮蓬……蓮の花托。

「いやいやいや、どうぞお前が失せやがれ！」

「遠慮するな、お前が先に失せやがれ！」

大勢の弟弟子たちの恨み節が堂内に満ちる。

「喧嘩なら外に出てやってください！」

「お二人とも一緒に失せていただいていいんですよ、お願いですから！」

「聞いたか、皆お前に出ていけってさ。お前……俺の脚を放せ、折れるだろ兄貴！」

魏無羨《ウェイウーシェン》が声を上げると、江澄《ジャンチョン》は額に青筋を立てながら答えた。

「明らかにお前に出ていってもらいたがってるだろうが……お前が先に俺の腕を放せ！」

その時、外の廊下から長い服の裾が床を滑る微かな音が聞こえてきて、二人はすぐさま稲妻のように離れた。間もなく、竹のすだれをめくって江厭離《ジャンイエンリー》が顔を覗かせ、中を見て声をかける。

「あら、皆ここに隠れていたのね」

弟弟子たちは口々に挨拶をした。

「師姉！」

「師姉こんにちは」

照れ屋な者は思わず両手を交差させて裸の胸元を覆い、隅の方に隠れてしまう。

「今日はどうして剣の修練をさぼったの？」

江厭離《ジャンイエンリー》に聞かれ、魏無羨《ウェイウーシェン》は泣き言を訴えた。

「こんなに日が照ってるんじゃ、修練場なんか行って剣の修練してたら、死ぬほど日に焼けて皮がむけちゃうよ。師姉、他の人には言わないで」

江厭離《ジャンイエンリー》は、彼と江澄《ジャンチョン》をまじまじと観察して尋ねる。

「あなたたち、また喧嘩してたでしょう？」

「してないよ！」

魏無羨《ウェイウーシェン》が否定したが、江厭離《ジャンイエンリー》は何かをのせた皿を手に持って中に入ってきた。

「じゃあ、阿澄《アーチョン》の胸元にあるのは誰の足跡なの？」

証拠が残っていると言われ魏無羨《ウェイウーシェン》が急いで見に行くと、確かに足跡があった。しかし、もう誰も彼らが喧嘩したかどうかなど気にする者はいなかった。

なぜなら、江厭離《ジャンイエンリー》が持ってきたのは切り分けて大きな皿にのせられた西瓜《すいか》だったからだ。少年たちはわっと押し寄せてきぱきとそれを分けると、向かい合って床に腰を下ろして西瓜にかじりつく。あっという間に、西瓜の皮が元の皿に積まれて小さな山になった。

魏無羨《ウェイウーシェン》と江澄《ジャンチョン》はどんな些細なことであっても必ず張り合い、西瓜を食べることでさえも例外ではなかった。強硬手段で奪ったり、えげつないやり方で争い続けるさまは周りの者が煙たがるほどで、慌てて彼らから距離を取る。魏無羨《ウェイウーシェン》は最初は夢中で食べていたが、そのうち急に「ぷっ」と吹き出して笑った。

江澄《ジャンチョン》は警戒しながら尋ねる。

「今度は何をするつもりだ」

魏無羨《ウェイウーシェン》は新たな一切れを手に取った。

「いや！　誤解するなよ、何もしないって。ちょっとある奴を思い出しただけだ」

「誰だ？」

「藍湛《ランジャン》」

「なんで急にあいつを思い出すんだ。まさか、罰として書き写しさせられたことが懐かしくなったんじゃないだろうな？」

魏無羨《ウェイウーシェン》は種を吐いてから答える。

「あいつを思い出すとおかしくなるんだ。お前は知らないだろうけどさ、すっごく面白い奴なんだよ。俺、あいつに言ったんだ。お前ん家の飯はまずすぎるから、西瓜の皮炒めでも食べてた方がましだって。暇があったら俺らの蓮花塢に遊びに……」

話の途中なのに、江澄《ジャンチョン》は手のひらで彼が持っている西瓜を叩いた。

「お前おかしいんじゃないか。蓮花塢に呼んだりして、敢えて痛めつけられたいのかよ？」

「何焦ってるんだよ。俺の西瓜が危うく飛んでくところだったぞ！　別に言ってみただけだ、あいつが本当に来るわけないだろ。そもそも、これまであいつが外に遊びに出かけたなんて話、聞いたことあるか？」

江澄《ジャンチョン》は容赦なく言う。

「先に言っておくぞ、どのみち俺はあいつが来るのは反対だから勝手に誘うな」

「お前ってそんなにあいつが嫌いなんだ？　そうは見えなかったけど」

「藍忘機《ランワンジー》に文句はないが、万が一あいつが本当に来て、俺の母さんが人ん家の子供を見て何か言いたくなったら、その時はお前も無事でいられると思うな」

「大丈夫、怖くないって。もし本当に来たら、お前は江《ジャン》おじさんに、あいつを俺と一緒に寝させるように言えばいい。保証する、一か月も経たないうちに追い詰めて錯乱させてやるから」

魏無羨《ウェイウーシエン》がそう言うと、江澄《ジャンチョン》はふんと鼻先で笑った。

「お前はあいつと一か月も一緒に寝たいのか？　俺が思うに、七日以内にお前は刺し殺されるだろうな」

魏無羨《ウェイウーシエン》はそれには同意できずに言い返す。

「俺があいつを怖がるとでも？　本気で戦ったら俺の相手になるかよ」

皆はしきりに同調して騒ぎ立てる。江澄《ジャンチョン》は口先では彼のことを厚かましいと嘲笑ったが、心の中では魏無羨《ウェイウーシエン》の言葉が嘘ではなく、決して自らを過信して言っているだけの戯言ではないとわかっていた。

二人の間に座っていた江厭離《ジャンイエンリー》が口を挟む。

「あなたたちは誰のことを言っているの？　姑蘇でできたお友達？」

魏無羨《ウェイウーシエン》は嬉々として答える。

「そうだよ！」

「『友達』って言うのは図々しすぎるだろ。藍忘機《ランワンジー》に聞いてみろよ、あいつがどう思ってるか」

「うるさい、失せろ。友達だって認めてくれなかったら、俺はあいつに死ぬほどつきまとってやる。それでどう出るか見てみようじゃないか」

そして江厭離《ジャンイエンリー》の方に顔を向けて、彼女に尋ねる。

「師姉、師姉は藍忘機《ランワンジー》を知ってる？」

「知っているわよ。皆が言っているあのすごく格好良くてとっても強い藍《ラン》家の第二公子でしょう？　本当にすごく格好いいの？」

「うん、すっごく格好いい奴だよ！」

「あなたよりも？」

江厭離《ジャンイエンリー》に聞かれて、魏無羨《ウェイウーシエン》は少し考えてから答えた。

「俺よりほんのちょっとだけ格好いいかな」

彼は二本の指の間にごくわずかな隙間を作って見せる。江厭離《ジャンイエンリー》は皿を片づけながら、にっこりと微笑んだ。

「じゃあきっと本当にすごく格好いいのね。新しいお友達ができたのはいいことよ。これから暇な時はお互いの家に遊びに行けるわね」

それを聞いて、江澄《ジャンチョン》は思わず西瓜を噴き出し、魏《ウェイ》無羨《ウーシエン》はしきりにひらひらと手を振った。

「もういいもういい。あいつの家は飯はまずいし規則は多いし、俺はもう行かないよ」

「それなら、彼を連れてきてここで遊べばいいじゃないの。今回はちょうどいい機会だったのに、なんで蓮花塢に誘わなかったの？」

「姉さん、こいつのでたらめな話を聞くなよ。こいつは姑蘇で相当藍忘機《ランワンジー》に嫌われてたのに、あいつが誘いに頷くはずがない」

「なんだと！　あいつなら来るさ」

「目を覚ませ。藍忘機《ランワンジー》はお前に失せろって言ってなかったか？　忘れたのかよ？」

「お前に何がわかる！　あいつは口先では失せろって言ったけどな、でも心の中ではきっと俺と一緒に雲夢に遊びに来たくてたまらなかったはずだ。俺にはわかる」

「俺は毎日同じことを疑問に思うんだが、お前のその過剰な自信はいったいどこから湧いてくるんだ？」

「もう考えるのはやめとけ。同じことを長年考えてもまだ答えが出ないなら、俺だったらとっくの昔に諦めてるぞ」

首を横に振った江澄《ジャンチョン》が彼に西瓜を投げつけようとした時、突然猛烈に荒々しい足音が聞こえ、冷ややかで厳しい女の声が遠くから響いてきた。

「全員どこに隠れたかと思ったら、思った通り……」

血相を変えた少年たちは、皆続々と慌ててすだれの中から出ていき、ちょうど虞《ユー》夫人が長い廊下の向こう側から曲がってくるところに出くわしてしまった。紫色の服は優雅にひらめいているが、その顔は凄まじい剣幕で、美しい目には殺気が滲み、ぞっとするほどの恐ろしさだった。大勢の少年たちが皆、上半身裸で裸足《はだし》という無作法で見苦しい格好をしているのを見た途端、虞《ユー》夫人の顔は激しく歪められ、細い眉は飛んでいきそうなくらいにキッと一層吊り上げられた。

皆は心の中で「まずい！」と叫び、魂が飛び散らんばかりの恐怖が湧いてさっと駆けだす。それを見て、虞《ユー》夫人はようやく反応して激怒した。

「江澄《ジャンチョン》！　ちゃんと服を着なさい！　野人みたいに裸になって、なんという姿なの！　人に見られたら私の面目《めんぼく》丸潰れじゃない!?」

服を腰に巻いたままだった江澄《ジャンチョン》は、母親に叱られた途端に慌ててそれを頭から被った。虞《ユー》夫人はなおも叱りつける。

「あなたたち！　阿離《アーリー》がここにいるのが見えないの？　このクソガキどもが、女の子の前でそんな格好をするなんて、いったい誰があなたたちに教えたのよ！」

考えるまでもなく、誰が率先してやったかなどわかりきっている。そのため、虞《ユー》夫人の次の言葉はいつも通り「魏嬰《ウェイイン》！　死にたいのね！」だった。

「ごめんなさい！　師姉が来るなんて知りませんでした！　今すぐ服を捜してきます！」

魏無羨《ウェイウーシエン》が大声で言うと、虞《ユー》夫人はさらに怒った。

「よくも逃げたわね、さっさと戻って跪きなさい！」

そう言いながら彼女が鞭を打つと、魏無羨《ウェイウーシエン》は背中にひりひりとした痛みを感じ、「ああ！」と叫び声を上げて、危うくのたうち回りそうになった。その時ふいに、虞《ユー》夫人の耳元で誰かが弱々しく声をかけた。

「お母さん、西瓜を食べませんか……」

急に隣に現れた江厭離《ジャンイエンリー》に驚き、虞《ユー》夫人が一瞬立ち止まると、悪賢《わるがしこ》い少年たちは全員跡形もなく姿を消してしまった。彼女はカッとなって振り向き、江《ジャン》厭離《イエンリー》の頬をつねる。

「食べる食べるって、あなたはそれしか知らないの!?」

江厭離《ジャンイエンリー》は母親につねられて涙ぐみ、口ごもりながら言った。

「お母さん、ここに隠れて暑さを凌いでいた阿羨《アーシエン》たちのところに、私が自分から捜しに来たんです。だから彼らを責めないでください……お母さん……西瓜を食べませんか……どなたが届けてくれたのかわかりませんけど、すごく甘いんですよ。夏は西瓜を食べたら、体の熱を取り除いて怒りを鎮めてくれますし、甘くて水分も多いから、お母さんにも切ってあげますね……」

虞《ユー》夫人は考えれば考えるほど頭にきて、その上暑くて喉も渇いていた。そのせいか、彼女にそう言われ、意外にも本当に西瓜が食べたくなってきた。しかしそれによって……より一層怒りが込み上げるのだった。

一方、少年たち数人はやっとのことで蓮花塢から逃げ出し波止場まで突き進むと、小舟に飛び乗った。そのままかなり長いこと経っても誰も追いかけてこなかったため、魏無羨《ウェイウーシエン》はようやく安堵する。力一杯に櫓《ろ》を二回漕いだが、背中にまだ痛みを感じたため、櫓を他の者に放って腰を下ろし、そのひりひりと熱い皮膚の辺りを少し触って言った。

「こんな青天白日《せいてんはくじつ》にあんまりだ。理不尽じゃないか？　明らかに全員服を着てないのに、なんで罵られるのは俺だけで、打たれるのも俺だけなんだ？」

「きっと、お前の裸が一番見るに堪えなかったんだろうよ」

魏無羨《ウェイウーシエン》は悪態をついた江澄《ジャンチョン》をちらりと見て、急に勢い良く跳び上がると水の中に飛び込んだ。他の者たちもまるで呼応《こおう》するかのように続々と水の中に入り、瞬く間に江澄《ジャンチョン》一人だけが舟に取り残されてしまう。

江澄《ジャンチョン》はこの状況に不穏な空気を感じ取った。

「お前は何を企んでるんだ!?」

魏無羨《ウェイウーシエン》は舟の側面まで泳ぎ、手のひらでいきなりそこを強く叩いた。すると舟は丸ごとひっくり返り、舟底が上向きになった状態で水の中でかなり重そうに浮き沈みしている。魏無羨《ウェイウーシエン》はげらげらと大笑いして舟底に跳び上がると、あぐらをかいて座り江澄《ジャンチョン》が落ちた辺りの水面に向かって叫んだ。

「これでもまだ見るに堪えないって言えるのか、江《ジャン》澄《チョン》？　返事をしろよ、おい、おーい！」

二回呼んでも返事はなく、ただブクブクと泡が立ち上ってくるだけだ。魏無羨《ウェイウーシエン》は濡れた顔を拭うと、不思議そうな様子で言った。

「なんでこんなに経っても上がってこないんだ？」

泳いできた六師弟が驚いた顔になる。

「まさか溺れて死んじゃったんじゃないですか！」

「あり得ない！」

そう言いながらも、ちょうど魏無羨《ウェイウーシエン》が水に入って江澄《ジャンチョン》を引っ張り上げようとしたその時、急に背後から大きな怒鳴り声が聞こえてきた。彼は「うわっ」と声を上げ、誰かにどんと背中を押されるまま水の中に落ちる。舟は再びびしょびしょになってひっくり返ってしまった。江澄《ジャンチョン》は水の中に落とされたあと、水底に潜ってぐるりと迂回し、密かに魏無《ウェイウー》羨《シエン》の背後に回り込んでいたのだ。

それぞれ一回ずつ不意打ちに成功した二人は水の中に入ったまま、警戒しながら一艘の舟を中心にして回っている。他の者たちはというと、バシャバシャと水しぶきを上げて散っていき、距離を取って湖の中から高みの見物をすることに決めたようだ。魏《ウェイ》無羨《ウーシエン》は櫓を持っている江澄《ジャンチョン》に舟を挟んで喚き立てた。

「凶器なんか持ちやがって。その櫓を放して素手で勝負しようぜ、できるもんならな」

江澄《ジャンチョン》は凶悪な笑みを浮かべて答える。

「お前は俺をバカだと思ってるのか。俺が手放したらすぐ奪うつもりだろうが！」

彼は手に持っている櫓を風のように素早く操って

打ち込み、打たれた魏無羨《ウェイウーシエン》はそれを度々後退して避ける。弟弟子たちはわーわーと手を叩いて喝采した。魏無羨《ウェイウーシエン》は次々と襲い来る攻撃を忙しくかわしながら、隙を見つけて弁明する。

「俺がそんな卑劣な真似するわけないだろ！」

しかし、周りからは煽るように非難する声が上がってくる。

「無羨《ウーシエン》師兄《しけい》、そんなこと言って恥ずかしくないいんですか！」

それからは皆が入り乱れて水中戦になり、大慈《だいじ》の杵《きね》、百毒《ひゃくどく》蛇蝎《だかつ》草《そう》、奪命《だつめい》水吹矢《みずふきや》と、あらゆる創作技を繰り出し――魏無羨《ウェイウーシエン》は江澄《ジャンチョン》を一蹴してやっとのことで舟にへばりつくと、「ぺっ」と湖の水を吐き手を上げて叫んだ。

「もうやめやめ、休戦だ！」

つやつやと輝く濃い緑色の水草を頭に乗せ、思いきり戦いを楽しんでいた少年たちは慌てて尋ねる。

「なんでやめるんですか、もっともっとやりましょうよ！　まさか、劣勢になったからって許しを請うんですか？」

「誰が許しを請うって？　続きはまたあとでやればいいだろ。俺は腹が減ってもう戦えないから、とりあえず何か食い物を見つけなきゃな」

魏無羨《ウェイウーシエン》の言葉に、六師弟が言った。

「じゃあ皆で帰りますか？　夕餉の前に、まだ西瓜も何切れか食べられますし」

「今戻ったって、鞭以外お前に食わせるものなんてないぞ」

からかうように言う江澄《ジャンチョン》に、魏無羨《ウェイウーシエン》は考えていたことを提案した。

「帰らない。蓮の花托を摘み取りに行こう！」

「『盗む』の間違いだろうが」

「いつもあとから金を払ってるじゃないか！」

江澄《ジャンチョン》に嘲笑われ、魏無羨《ウェイウーシエン》は反論した。

雲夢江《ジャン》氏は時折、この辺り一帯の住民の面倒を見て厄介事を処理してやっていたが、水鬼《すいき》を駆除しても報酬を受け取ることはなかった。そのため、周辺の数十里ではいくつかの蓮の花托どころか、たとえ湖の一角すべてを彼らに食べ尽くされたとしても、喜んでまた植えてやるほどなのだ。

毎回、江《ジャン》家の少年たちが出かけて人の家の西瓜を食べたり、人の家の鶏を捕まえたり、薬で人の家の犬を気絶させたりする度に、あとから江楓眠《ジャンフォンミエン》が使いを遣ってそのすべてを補償している。それでもなぜわざわざ盗んで食べるのをやめないかといえば、別に金持ちの家の弟子がごろつきぶりたいわけではなく、少年たちは楽しいことが大好きで、笑われて叱られて追われて叩かれるのが、面白くてたまらないだけなのだった。

皆で舟に乗りずいぶんと漕いだあと、一面に広がる蓮の湖の近くに辿り着いた。

広大な蓮の湖は青々とした鮮やかな色をしている。濃緑の葉は幾重にも重なり合っていて、皿くらいの小さなものから、傘ほどの大きさのものまであった。蓮が群生している辺りの端の方には、まばらに伸びた背の低い葉が水面に広がっており、奥の方はもう少し高く育った葉がやや密集して、人が乗った舟を覆い隠すのには十分だった。しかし、もしどこかの蓮の葉の群れが互いに触れ合い乱れるように揺らめき始めれば、たちまち中に隠れた誰かがこそこそと動いていることがわかってしまう。

蓮花塢の小舟がこの緑滴るような空間に入っていくと、ぱんぱんに膨らんだ大きな花托が四方を埋め尽くすようにぶら下がっていた。舟を操る一人を除き、皆すぐそれらに手を伸ばし始める。花托は細長い茎《くき》の先端に生えており、滑らかな緑の竿の表面には小さな棘《とげ》が全体にあるが、手に刺さるほどではない。軽く傾けるだけでぽきっと簡単に折れるため、彼らは長い茎ごと一緒に折ってきて、家に戻ったあとは瓶に溜めた水の中に挿して育てたりもしていた。そうすれば、何日かは新鮮なまま保てると聞いたからだ。魏無羨《ウェイウーシェン》もただ小耳に挟んだだけで、本当かどうかはわからなかったが、ともかくそうだという確信を持って他の者にも伝えていた。

魏無羨《ウェイウーシェン》は茎ごと数本折ると、無造作にその中の一つをむいた。一粒一粒実が詰まっていて、口の中に放り込むと瑞々しい。彼は食べながら口任せに「俺がお前に花托を食べさせたら、お前は俺に何を食べさせてくれるかな〜」と適当な歌を口ずさむ。それを聞きつけた江澄《ジャンチョン》が尋ねた。

「いったい誰に食べさせるんだ？」

魏無羨《ウェイウーシエン》は「ハハッ、お前じゃないことは確かだな！」と言って、ちょうど一つ摘み取った花托で彼の顔を叩こうとしたが、突然「しっ」と真剣な声を出す。

「まずい、今日はジジイがいる！」

ジジイとは、つまりこの湖一面に蓮を植えている農家の年寄りだ。実際に何歳くらいなのかはわからないが、いずれにせよ魏無羨《ウェイウーシエン》からすれば、江楓眠《ジャンフォンミエン》はおじさんで、江楓眠《ジャンフォンミエン》より年上であれば全員ジジイと呼んでもいいと思っている。魏無羨《ウェイウーシエン》が物心ついた頃から彼は既にこの湖にいて、夏に花托を盗みに来て捕まる度に叩かれてきた。魏無羨《ウェイウーシエン》はいつもこのジジイのことを花托精怪《せいかい》の生まれ変わりなのではないかと疑っていた。なぜなら彼は、自分の湖の中にある花托の数をすべて把握しているかのように知り尽くしているからだ。そのため、減った数と同じだけ叩かれることになる。蓮の湖の中で舟を漕ぐ時には櫓より竹竿の方が使いやすいが、それで「パンパンパン！」と体を叩かれるとかなり痛い。

少年たちは皆、老人の竹竿を何度か食らったことがあるため、すぐさま声を潜めて「逃げよう、早く早く！」と慌てて櫓を漕いでこっそり逃げだした。皆一斉に慌ただしく動いて蓮の湖から出ると、やましいことをしたため内心びくびくしながら振り向いた。すると、老人の舟は既に幾重にも重なった蓮の葉の間を通って湖へと出てきて、広々とした水面を滑るように進んでいる。魏無羨《ウェイウーシエン》は首を傾げ、ほんの少しの間それを眺めてから急に言った。

「おかしい！」

江澄《ジャンチョン》も立ち上がって口を開く。

「あの舟はなんであんなに早く走ってるんだ？」

そう言われて皆も見ると、老人は彼らに背を向けて、ちょうど舟に積んだ花托を一つずつ数えているところだった。竹竿は傍らに置いたまま触ってもいないのに舟は安定した速さで進んでいて、その速度はあろうことか魏無羨《ウェイウーシエン》たちの舟よりも速い。

全員が警戒し始め、魏無羨《ウェイウーシエン》は近くに行くよう皆を促した。

「漕げ、漕げ」

舟がそちらに近づくと、皆の目にも異変がはっきりと見えてきた。老人の舟の周りでは、一筋のぼんやりとした白い影が水面下でゆらゆらと泳いでいる！

魏無羨《ウェイウーシエン》は皆を振り向き人さし指を唇に当てて、老人と水の中にいるあの水鬼を驚かさないように気をつけろと示す。江澄《ジャンチョン》は頷いて物音をほとんど立てずに舟を漕ぎ、辺りには静かなさざ波だけが立った。

二艘の舟が三丈ほどまで距離を詰めた時、ふいにびしょ濡れの青白い手が舟底からぬうっと伸びて、老人の舟いっぱいに積まれた花托の中から一つをこっそり掴み取り、音もなく水底に潜っていった。

しばしのあと、蓮の実の殻だけが水面に浮き上がってくる。

それを見て、少年たちは驚きのあまり呆然とした。

「おいおい、水鬼も花托を盗むのか！」

老人はようやく後ろから誰かが近づいてきたのに気づき、片手で大きな花托を掴みながら、もう一方の手で竹竿を持ち上げて振り返る。すると、その動きは水鬼を驚かせてしまい、あっという間に白い影がするりと消えた。皆は慌てて声を上げる。

「逃がすか！」

魏無羨《ウェイウーシエン》はドボンと水に飛び込んで湖の底まで潜り、それほども経たずに何かを引っ張りながら出てきて叫んだ。

「捕まえた！」

見ると、彼が手で掴み上げているのは小さな水鬼だった。青白い肌をしたまだ十二、三歳くらいの子供の姿で、怯えきって動揺し、大勢の少年たちに見つめられて小さく縮こまっている。

すると老人は、魏無羨《ウェイウーシエン》を竹竿でさっと叩いて叱りつけた。

「またいたずらしに来やがって！」

魏無羨《ウェイウーシエン》はついさっき鞭で打たれた背中を今度は竹竿で叩かれ、「ああっ」と声を上げて危うく水鬼から手を離してしまうところだった。江澄《ジャンチョン》が老人に怒鳴る。

「口で言えないのか！　なんでいきなり叩くんだ、人の好意を無下《むげ》にしやがって！」

魏無羨《ウェイウーシエン》が慌てて口を開いた。

「大丈夫大丈夫。ジ……爺《じい》さん、ちゃんと見てよ。俺たちは鬼じゃなくて、こっちが鬼なんだ」

「くだらんことを。老いたって別に目が見えないわけじゃない。さっさとそいつを放さんか！」

吐き捨てるような老人の言葉に魏無羨《ウェイウーシエン》は少し呆気に取られたが、彼に捕まえられている小さな水鬼はしきりに拱手《きょうしゅ》の礼をしている。哀れな様子で黒い瞳を潤ませ、先ほど盗んだあの大きな花托を手放すのが惜しいというようにぎゅっと掴んでいる。その花托は既に割られているが、どうやらまだ何粒かしか食べていなかったらしい。全部食べる前に、すぐに魏無羨《ウェイウーシエン》に捕まえられて引っ張り上げられてしまったのだろう。

江澄《ジャンチョン》は、この老人には道理を説《と》いてもまったくもって理解してもらえないと思い、魏無羨《ウェイウーシエン》に向かって声をかけた。

「お前、それを放すなよ。水鬼は俺たちが連れて帰る」

それを聞いて老人がまた竹竿を持ち上げたため、魏無羨《ウェイウーシエン》はまた慌てて言う。

「叩くな叩くな、俺がこいつを放せばいいんだろ」

「放すな、万が一その水鬼が誰かを殺したらどうするんだ！」

声を荒らげる江澄《ジャンチョン》に、魏無羨《ウェイウーシエン》が説明した。

「この水鬼の体からは血生臭い気配はしない。こいつはまだ幼いから、ここからは泳いで出られないはずだし、最近この辺りの水域で誰か死んだって話は聞いてないから、おそらくまだ人を害したことはないはずだ」

「たとえ今まで害したことがなくても、これからもそうだとは限らない……」

江澄《ジャンチョン》が言い終わらないうちに、老人の竹竿がヒュンヒュンと音を立てて飛んでくる。一発食らった江《ジャン》澄《チョン》は激怒した。

「このジジイ、人の好意がわからないのか!? 鬼だとわかってるのに害されるのが怖くないのか！」

「もう棺に片足を突っ込んどる者が鬼など怖いもんか」

老人はさも正論を振りかざすように堂々と答える。

魏無羨《ウェイウーシェン》はこの水鬼を逃がしたところでそう遠くへは行けないと予想し、すぐに声を上げた。

「もう叩くなって、放すから！」

彼が本当に手を離すと水鬼はバシャッと水に潜り、すぐに老人の舟の後ろまで慌てて泳いで逃げ、怯えて出てこなくなった。

魏無羨《ウェイウーシェン》はびしょびしょのまま舟によじ登った。老人は舟に積んだ花托から一つを選ぶと水の中に落としたが、水鬼は反応せず、また大きいものを選んで水の中に落とす。花托が水面をぷかぷかと何度か浮き沈みすると、突然白い頭が水面から半分ほど出てきて、大きな白い魚のように緑の花托を二つぱくんと咥え、水底に潜っていった。少し経つと、またその頭が水面に浮かび上がってきて、肩と手まで水から出した水鬼は舟の後ろで縮こまりながら「ガシガシ」と夢中で蓮の実を食べ始めた。

水鬼が美味しそうに食べている姿に、皆は正直納得がいかなかった。

目の前で老人がまた花托を水に落とすのを見て、魏無羨《ウェイウーシェン》は顎を指でそっと撫で、内心で少々不愉快さを感じて尋ねる。

「爺さん、なんでそいつがあんたの花托を盗んでも怒らないどころか、わざわざそうやって食わせてやってるのに、俺たちが盗んだら叩くんだ？」

「こいつはわしのために舟を押してくれとるんだから、花托をいくつか食べさせてやるくらい別に構わんだろう？ それに比べてお前らガキどもはなんだ？ 今日はいくつ盗んだ？」

老人に問い質され、少年たちは皆ばつが悪そうな顔になる。魏無羨《ウェイウーシェン》が横目でちらりと自分たちの舟を見ると、舟の中央には数十個以上もの花托が積まれていて、心の中で「まずい」と言って慌てて声を上げた。

「逃げろ！」

少年たちはすぐさま櫓を手に持ったが、老人の舟は風のような速さで進み、竹竿を振り回す彼を乗せて真正面から突き進んでくる。あの竹竿にもうすぐ叩かれることを想像すると恐怖でぞわっと頭皮が痺れ、慌てて手を水面に突っ込み、気が触れたみたいに必死になって漕いだ。二艘の舟が大きな蓮の湖をぐるぐると二周する間に、老人の舟はみるみるうちに近づいてきて、魏無羨《ウェイウーシェン》は何回も竹竿で叩かれた。しかも、竹竿が自分にしか向かってこないことに気づき、頭を抱えて叫んだ。

「不公平だろ！　なんで俺しか叩かないんだ！　なんでまた俺ばっかり！」

すると、弟弟子たちが答える。

「無羨《ウーシェン》師兄、持ち堪えてください！　すべてはあなたにかかっています！」

「そうだ、しっかり持ち堪えろよ」

江澄《ジャンチョン》にまで言われ、魏無羨《ウェイウーシェン》は激怒した。

「ぺっ！　もう無理だよ！」

彼はそう吐き捨てると、舟から花托を一つ掴んで放り投げた。

「受け取れ！」

その非常に大きな花托は水の中に落ち、「バシャン」と辺りに水しぶきが飛び散った。老人の舟はやはり一旦止まり、あの水鬼は舟から離れ嬉しそうに泳いでいくと、水に落ちた花托を掬い上げて食べ始める。

その隙を突いて、蓮花塢の舟はようやく逃げることができた。

帰る途中で弟弟子の一人が尋ねる。

「無羨《ウーシェン》師兄、鬼には味がわかるんですか？」

「普通はわからないだろうな。でも俺が思うに、あの小鬼は、おそら……く……は……はくしょん！」

日が落ちた中で微かに風が吹き、だんだんと気温が下がって冷えてきた。魏無羨《ウェイウーシエン》はくしゃみをしてから顔をこすると、また話を続ける。

「おそらく、生前は花托を食べたくても食べられなくて、こっそり摘み取りに来た時に湖に落ちて溺れ死んだんだろう。だから……は……は……」

「だから、花托を食べることで執念を晴らしてるようなものだから、味がわからなくても満足感があるんだ」

「うっ……そうだ」

言葉の続きを引き取って答えた江澄《ジャンチョン》の説明に、また出そうなくしゃみを堪えながら魏無羨《ウェイウーシエン》が頷く。

彼は今日打たれた新旧の傷が交錯する背中を擦り、やはり我慢できずに心に浮かんだ疑問を口にした。

「これは本当に史上まれに見る謂れのない不当な扱いだぞ。なんで毎回何かある度、永遠に俺ばっかり叩かれるんだ？」

「あなたが一番美男子だから」

「あなたの修為が一番高いから」

「あなたは服を着ていなくても一番格好いいから」

弟弟子たちが口々に答え、皆が続々と頷く。

「皆、褒めてくれてありがとな。聞いてたらちょっと鳥肌が立ってきちゃったよ」

「遠慮しないでください、無羨《ウーシエン》師兄。いつも前に出て庇ってくれるんですから、あなたはもっとたくさん褒められるべきです！」

魏無羨《ウェイウーシエン》は驚いて尋ねた。

「そうか？　もっとたくさんあるなら、ちょっと聞かせてもらおうかな」

江澄《ジャンチョン》はこれ以上聞いていられずに口を挟んだ。

「皆黙れ！　これ以上馬鹿げたことを言うつもりなら覚悟しろよ。俺が舟底を突き破って、全員綺麗さっぱり死なせてやる」

その時、小舟は両岸を農地に挟まれた水域を通りかかった。田畑では何人かの小柄で華奢な農家の女の子たちが畑仕事をしていて、彼らの小舟に気づくと水辺まで走ってきて遠くから声をかけた。

「ねえ――」

少年たちは皆「やあ」と答え、一斉に慌ただしく魏無羨《ウェイウーシエン》を肘でつついた。

「無羨《ウーシエン》師兄、あなたですよ！　あの子たちはあなたを呼んでる！」

魏無羨《ウェイウーシエン》が目を凝らして見ると、確かにその女の子たちは彼が皆を引き連れて話したことのある子たちだ。心の中から一瞬で暗雲が消え去り、見渡す限り晴れた空のように清々しくなる。彼も立ち上がって手を振り、挨拶をしながら笑いかけた。

「なんだよ！」

小舟は水の流れに沿って進み、女の子たちも岸辺を歩いてついてくる。

「あんたたち、また蓮の花托を盗みに行ったんでしょう？」

「何回叩かれたか、早く言ってみて！」

「それとも誰かの家の犬に薬でも盛ったの？」

江澄《ジャンチョン》は彼女たちの話を少し聞いただけで、魏無《ウェイウー》羨《シエン》を舟から蹴落としたくてたまらなくなり、忸怩《じくじ》たる思いで吐き捨てた。

「お前の悪名はどこまで轟いてるんだ。うちに恥ばかりかかせやがって」

「彼女たちが言ったのは『あんたたち』だぞ。俺たちは仲間だろうが。恥をかくのも一緒だからな」

二人が言い争っていると、女の子の一人がまた声をかけてきた。

「美味しかった？」

魏無羨《ウェイウーシエン》は忙しなく江澄《ジャンチョン》と言い合いながら、隙を見つけて聞き返す。

「何？」

「あたしたちが届けた西瓜、美味しかった？」

もう一度言われて、魏無羨《ウェイウーシエン》ははっと理解した。

「あの西瓜、君たちが届けてくれたんだ。すっごく美味しかったよ！　なんで中に入って休んでいかなかったんだ、茶くらい出したのに！」

女の子はにっこりと笑って答える。

「中で休むなんてとんでもない。届けに行った時にあんたたちはいなかったから、置いたらすぐ帰ったよ。美味しかったなら良かった！」

「ありがと！」

魏無羨《ウェイウーシエン》は礼を言いながら、舟底から大きな花托をいくつか掬い上げる。

「お返しに蓮の花托をあげるよ。それで、今度は中に入って俺が剣を修練してるところを見ていってくれよな！」

それを聞いて、江澄《ジャンチョン》が冷ややかに笑って言った。

「お前の修練がそんなに見物なのか？」

魏無羨《ウェイウーシエン》が岸辺に投げた花托は、ずいぶん遠くまで放ったのに彼女たちの手元に落ちる時はふわりととても軽かった。彼はさらにいくつかの花托を掴み江《ジャン》澄《チョン》の懐に突っ込んで、ぐいっと彼を押した。

「何ぼうっとしてるんだ。ほら、さっさと」

江澄《ジャンチョン》はぐいっともう一度押され、仕方なくそれを受け取り尋ねる。

「さっさとなんだ？」

「お前も西瓜を食べたんだから、お返ししなきゃいけないだろ？　ほらほら照れるな、全部投げて投げて」

魏無羨《ウェイウーシエン》が急かすと、江澄《ジャンチョン》がまた冷笑する。

「バカ言うな、照れるわけないだろ」

そうは言ったものの、舟にいる弟弟子たちが皆大変楽しそうに投げ始めても、江澄《ジャンチョン》はまだ手を動かさずにいる。魏無羨《ウェイウーシエン》はまた彼を急かした。

「だったらさっさと投げろよ。今ここで投げておけば、次は花托は美味しかったかって聞けるから、またあの子たちに話しかけられるぞ！」

弟弟子たちは皆はっとして悟った。

「なるほど、勉強になります。無羨《ウーシエン》師兄は本当に経験豊富ですね！」

「いつもこんなことばかりやってるってすぐわかります！」

「いやいや、ハハハハッ……」

江澄《ジャンチョン》も本当は投げるつもりだったが、その話を聞いてたちまち目が覚め、ひどく面目を潰されたと思い花托を割って自ら食べ始めた。

岸にいる女の子たちは、水の中を進む舟を小走りで追いかけ、少年たちが投げた瑞々しくて青い蓮の花托を受け取りながら笑った。右手を庇《ひさし》のように眉間に当てた魏無羨《ウェイウーシエン》は、道中の風景を眺めながら笑い、それからなぜかため息をつく。皆が口々に彼に尋ねた。

「無羨《ウーシエン》師兄、どうしたんですか？」

「女の子たちがあなたを追いかけて走ってるのに、なんでため息をつくんです？」

魏無羨《ウェイウーシエン》は櫓を肩に乗せ、怪訝そうな様子でぼやいた。

「なんでもない。ただ俺が誠心誠意、藍湛《ランジャン》を雲夢に遊びに誘ったっていうのに、あいつはよくも俺を拒絶しやがったなって思ってただけだ」

弟弟子たちは皆、親指を立てる。

「うわっ、さすが藍忘機《ランワンジー》だ！」

魏無羨《ウェイウーシエン》は意気込んで言った。

「黙れ！　俺はいつか絶対あいつをここへ引きずってくる。そして舟から蹴落として、騙して花托を盗ませてジジイに竹竿で叩かせてやって、あいつに俺の後ろを追わせて走らせてやるんだからな、ハハハハッ……」

ひとしきり笑ってから振り向き、船首で一人、むすっとして蓮の実を食べている江澄《ジャンチョン》に目を向ける。だんだんと笑顔が消えていき、魏無羨《ウェイウーシエン》は真顔になって思わず嘆いた。

「はぁ。まったく、教えてやってもなんの意味もないな」

江澄《ジャンチョン》がムッとして言う。

「俺は一人で食いたかっただけだ、文句あるのか？」

「お前な、江澄《ジャンチョン》。ああもういい、救いようがないよ。お前は一生一人で食ってろ！」

とにかく、蓮の花托を盗みにいった小舟は、それを山盛りに積んで帰っていった。

◆

雲深不知処。

深山の外では六月のかんかん照りの日差しが降り注いでいる。しかし山中はなんとも静かな世界で、ひんやりとした清々しい空気に包まれていた。

蘭室の外では、白衣を纏った二つの人影が長い廊下に真っすぐに伸びている。風が通ると彼らの白い服が軽く揺れるが、二人は微動だにしなかった。

藍曦臣《ランシーチェン》と藍忘機《ランワンジー》は今、真っすぐに立っている。逆立ちで。

一言も話さない二人は、どうやら既に瞑想《めいそう》の境地に入っているようだ。泉の水はさらさらと流れ、鳥は囀《さえず》りながら羽ばたく。この場所で耳に届く音はそれだけで、逆に辺りの静寂をより引き立たせていた。

かなり経ってから、藍忘機《ランワンジー》が突然口を開いた。

「兄上」

藍曦臣《ランシーチェン》は瞑想の中から悠然と抜け出ると、真っすぐ前に目を向けたまま答えた。

「どうした？」

しばし沈黙してから、藍忘機《ランワンジー》が尋ねる。

「兄上は蓮の花托を摘み取ったことがありますか？」

藍曦臣《ランシーチェン》は顔を横に向ける。

「……ない」

姑蘇藍《ラン》氏の公子がもし蓮の花托を食べたいと思ったなら、当然自分で摘み取りに行く必要などない。

藍忘機《ランワンジー》は頷いて言葉を続けた。

「兄上、ご存じですか」

「何を？」

「茎つきの花托は、茎がついていない花托より美味なのです」

「そうなのか？　それは初めて聞いたよ。なんだ、どうして急にそんな話をするんだ？」

「なんでもありません。時間なので手を換えます」

二人は逆立ちをしていた手を、右手から左手に換える。その動きは一様に揃っていて、音も立てず完璧に安定していた。

また問いかけようとした時、藍曦臣《ランシーチェン》はふと目を凝らし、思いがけず笑顔になった。

「忘機《ワンジー》、お客さんだ」

木の廊下の端から、ふわふわの白ウサギが一羽ゆっくり這ってくると、藍忘機《ランワンジー》が逆立ちをしている左手のそばまで近づき、薄紅色の鼻をヒクヒクさせる。

「どうやってここまで捜しに来たんだい？」

藍曦臣《ランシーチェン》が尋ねると、藍忘機《ランワンジー》はウサギに「戻りなさい」と言った。

しかし、その白ウサギは言うことを聞かず、藍忘機《ランワンジー》の抹額の端を噛むと力一杯に引っ張る。どうやらそのまま咥えて、彼をどこかへ引きずっていきたいようだ。

藍曦臣《ランシーチェン》はゆったりとした様子で言った。

「その子はお前にそばにいてほしいんじゃないか」

びくともしない藍忘機《ランワンジー》にウサギは慌てふためき、逆立ちしている二人の周りを一周ぴょんぴょんと跳ねて回る。藍曦臣《ランシーチェン》は面白そうにそれを眺めてから聞く。

「これは、あの元気がいい方の子なのか？」

「元気すぎます」

「いいじゃないか、可愛いものだ。確か、二羽いたと思ったが、その子たちはいつも一緒にいるんじゃないのか。なんで一羽だけ来たんだろう？　もう一羽は静かなのが好きで出てきたくないのか？」

藍曦臣《ランシーチェン》の言葉に、藍忘機《ランワンジー》が一言だけ返す。

「来ます」

すると案の定、それほど経たないうちに、廊下の端にまた一羽、真っ白い小さな頭がぴょこんと現れた。もう一羽の白ウサギが仲間を捜しに来たのだ。

二つの雪だるまはほんの少しの間追いかけっこをしたあと、最終的に一つの場所を選んで動きを止めた。それはまさに藍忘機《ランワンジー》の左手のそばで、安心した様子で寄り添っている。

一対の白ウサギは、互いにくっついて寄りかかったり擦り合ったりしている。たとえ逆さまで見ていても、その様子は極めて可愛らしいものだった。

「名前はなんというんだ？」

藍曦臣《ランシーチェン》が聞くと、藍忘機《ランワンジー》は首を横に振る。名前がないと言っているのか、それとも答えたくないのかはわからない。

「この前、お前がこの子たちを呼んでいるのを聞いたよ」

「……」

藍曦臣《ランシーチェン》が「とてもいい名前だった」と本心から言うと、藍忘機《ランワンジー》は無言で逆立ちしている手を換える。

「まだ時間ではないよ」

藍曦臣《ランシーチェン》に言われ、藍忘機《ランワンジー》はまた黙々と元の手に戻した。

一炷香後、時間が来て逆立ちをやめると、二人は雅室に戻って瞑想した。

そこへ、家僕の一人が暑気《しょき》を払うため氷で冷やした西瓜や果物を運んできてくれた。西瓜は皮を取り除いて整然と一切れずつ玉の皿に並べられている。赤く透き通った果肉は非常に美しかった。兄弟二人はござに跪いて座り、小声で二言三言話し、昨日座学で会得《えとく》したことについて意見を交わしてから、それを食べ始める。

西瓜を一切れ取った藍曦臣《ランシーチェン》は、藍忘機《ランワンジー》が玉の皿をじっと見つめているのを見て、その意図が掴めず無意識のうちに動きを止めた。

するとやはり、藍忘機《ランワンジー》が口を開いた。

「兄上」

「どうした?」

「兄上は西瓜の皮を食べたことがありますか?」

「……」

一瞬の沈黙のあと、藍曦臣《ランシーチェン》は問い返す。

「西瓜の皮は食べられるのか?」

しばし押し黙ってから、藍忘機《ランワンジー》が答えた。

「炒めることができると聞きました」

「できるかもしれないね」

「味も非常に良いそうです」

「私は試したことがないな」

「私もありません」

「おや……試しに炒めてもらおうか?」

藍曦臣《ランシーチェン》はそう言ってはみたが、少し考えてから藍《ラン》忘機《ワンジー》が粛然とした表情で首を横に振ったのを見てほっと息をついた。

なぜかはわからないが、彼は「誰から聞いたんだ」という質問をする必要はないと思った……。

次の日、藍忘機《ランワンジー》は一人で下山した。

彼が下山する機会は少ないわけではないが、一人で賑わっている市場に行くことはあまりない。

市場は人でごった返し、往来が激しかった。仙門世家であれ野山の狩場であれ、どちらもここまで多くの人はいない。たとえ盛大な清談会であっても、集まる人々は整然としていて、このように肩が触れ合い踵を接するような混雑ではなかった。歩いている時に足を踏んだり踏まれたり、荷車にぶつかったりぶつかられたりするのも、ここでは少しも珍しくないようだ。藍忘機《ランワンジー》は普段から他人と体が触れることを好まず、この状況を見て一瞬固まったが、引き下がることはせず誰かに道を尋ねようとした。ところが、かなり長い時間が過ぎても尋ねられる者は一人も見つからない。

藍忘機《ランワンジー》はそれでようやく気づいた。彼が周りの者に近づきたくないだけでなく、周りの者も彼に近づきたくないのだと。

この騒々しい市場の中で埃一つない服を纏い、しかも剣を背負っている彼の姿はあまりにも場違いだった。行き交う行商人、農家の者、ぶらぶらしている暇人などは、彼のような世家公子をあまり見かけたことがなく、皆慌てて避けていくばかりだ。厄介な金持ちの家の子息だと怖がって、うっかり彼から恨みを買いたくないか、そうでなければ彼の厳しく冷淡な表情が怖いかのどちらかだ。なんと言っても兄の藍曦臣《ランシーチェン》ですら、藍忘機《ランワンジー》の周囲六尺以内はすべて天地が凍てつくように寒く、草一本生えないと冗談を言うくらいだ。ただ、市場に来ている女たちだけは少し違っていて、歩いてきた藍忘機《ランワンジー》を見たいのに何度も見る勇気はなく、やることがあるふりをして下を向いては、またちらちらと視線を上げている。そして彼が通り過ぎると、そのすぐ後ろで一塊に集まってくすくすと笑った。

藍忘機《ランワンジー》は長いこと歩いてから、ようやくとある一軒家の正門の前で埃を掃《は》いている一人の老婦人を見つけ、声をかけた。

「お尋ねしますが、ここから一番近い蓮池はどの方角に向かえばいいですか？」

その老婦人は目が悪く、しかも埃が視界を覆っていてぜいぜい言いながら、彼がよく見えないまま答える。

「そっちに八、九里歩くと、数十畝《ほ》〔十五畝は一ヘクタール〕の蓮を植えた家がありますよ」

藍忘機《ランワンジー》は会釈して言った。

「ありがとうございます」

「そちらの若公子、あの蓮池は夜になると中に入れてくれないから、遊びに行きたいなら必ず昼のうちに、早めに行きなさいな」

老婦人の言葉に藍忘機《ランワンジー》はまた「ありがとうございます」と礼を告げた。

彼が立ち去ろうとしたところ、ふとその老婦人が細長い竹竿を使って軒下に挟まった枯れ枝を取ろうとして苦戦しているのに気づいた。藍忘機《ランワンジー》は指を少し動かして剣気を飛ばし、その枯れ枝を打ち落としてから身を翻してその場をあとにした。
八、九里は彼の脚力ならば決して遠くはなく、藍《ラン》忘機《ワンジー》はあの老婦人が指さした方角に向かい、真っすぐに進んだ。
歩いて一里を過ぎた頃には市場から離れ、二里過ぎた頃になると人家《じんか》が次第にまばらになり、四里まで歩くと両側に見えるのは既に青々とした山と緑の田んぼばかりで、そこを畔道《あぜみち》が縦横に走っている。時折、歪んで不格好な小屋がぽつぽつと現れ、炊事の煙をくゆらせている。畔道には頭の上で髪を結んだ泥まみれの幼子が何人かおり、しゃがみ込んで泥遊びに夢中になっていて、笑いながら皆泥を塗ったり塗られたりしている。その光景は野趣に富み、藍《ラン》忘機《ワンジー》がふと立ち止まって眺めていると、ほんの少し見ていただけですぐに気づかれてしまい、子供たちは人見知りなのか一目散に逃げていなくなってしまった。それでようやく足を踏み出し再び歩き続け、五里まで歩いた時、藍忘機《ランワンジー》は顔に冷たい感触を覚えて、微かな風の中に霧雨《きりさめ》がちらつき始めたことに気づいた。

空を見上げると、やはり灰色の厚い雲が空を覆いかけていて、すぐさま歩みを速めたが雨はすぐに追いついてきた。

その時、ふいに前方の畔道のそばに五、六人が立っているのが見えた。

霧雨は既に雫になっていたが、その数人は傘を差すことも、雨に濡れないよう体を覆うこともせず、何かを囲んでまったく他のことを気にする余裕がないようだ。藍忘機《ランワンジー》が近づいて目を向けると、一人の農家の者が地面に倒れたまま、痛みで呻き声を上げているのが見えた。

静かに傍らで少し話を聞き、藍忘機《ランワンジー》はすぐに事の経緯を知った。この人は野良仕事の最中、別の農家で飼っている牛に突かれてしまい、腰を怪我したのかそれとも脚が折れたのかもわからず、まだ起き上がれずにいると言う。突いたその牛は、遠い田んぼの果てまで追い立てられ、悪さをしてしまったと項垂れて尻尾を振りながらこちらには近づかずにいるらしい。牛の飼い主は走って医者を呼びに行き、残りの人々は勝手に怪我人を動かし骨や筋肉を傷つけてしまうのを恐れて、仕方なくこうしてただ見守っていたのだ。しかし生憎《あいにく》の空模様で、あろうことか雨が降りだした。初めはまだぱらぱらとした霧雨だったので我慢できたが、あっという間に本降りになってしまった。

雨はどんどん激しく降ってきて、農民の一人が家まで傘を取りに走ったが、家は遠くすぐには戻れない。残りの人々は皆やきもきするばかりで何もできずに、この怪我人のために少しでも雨を遮れるならと思って手を上げた。しかし、これはどう考えてもいい方法とは言えなかった。たとえ傘を持ってきたとしても、何本もないだろうし、一人か二人だけそれを差して、他の者は皆濡れたままというわけにはいかない。

一人がぶつぶつと罵るように言った。

「くそっ、運が悪いな。あっという間に大雨になりやがって」

その時、別の一人が口を開いた。

「あの上屋《うわや》を起こそうか。少しでも凌げるならそれでいい」

彼らのいる場所からそう遠くないところに、廃れた古い上屋が一つあった。四本の木の柱のうち一本は曲がり、別の一本は風雨や日光にさらされたせいで腐って屋根が落ちてしまっている。

一人がためらいながら言う。

「こいつを動かしちゃダメじゃなかったのか？」

「な……何歩かくらいなら、大丈夫だろう」

皆は一斉にその怪我人を支え慎重に運んでいき、残りの二人の者が上屋を支えに行った。ところが、二人がかりでもボロボロの屋根一つすら持ち上げられない。他の者に急かされ、彼らが精一杯力を込めて顔を真っ赤に膨らませてみても微動だにしないのだ。さらに二人追加しても、依然として屋根は動かなかった！

この上屋の屋根は、木で作った枠の上を瓦、茅葺《かやぶき》、そして何層もある埃と土で覆っていて、決して軽いものではない。しかし、年中耕作していて力仕事に慣れた農家の者が四人がかりで持ち上げられないことはないはずだ。

近づかなくても、その様子を見て藍忘機《ランワンジー》にはすぐどういうことかわかった。彼は上屋の方へ歩いていくとすっと身を屈め、なんと屋根の一角を片手で持ち上げた。

数人の農民は驚きぽかんとした顔になる。

四人がかりでも持ち上げられなかった屋根を、この少年はあろうことか一人で、しかも片手で持ち上げている！

少しの間呆然としてから、一人が小声で他の者たちに何かを話す。しばしためらったあと、彼らはすぐに力を合わせて怪我人を運んできた。上屋の下に入る時、皆が藍忘機《ランワンジー》をちらりと見たが、彼は真っすぐに前を見たままだった。

怪我人を下ろし、二人の者が近づいてきて彼に声をかけた。

「そちらの……公子、どうか下ろしてください。俺たちがやります」

藍忘機《ランワンジー》は小さく首を横に振る。その二人は引き下がらずに続けた。

「あんたは若すぎるから、持ち堪えられませんよ」

そう言いながら手を上げて、彼の代わりにこの雨除けの屋根を支えようとした。藍忘機《ランワンジー》が彼らに目をやり、余計なことは言わずただわずかに力を緩めると、その二人はたちまち顔色を変えた。

藍忘機《ランワンジー》はまた視線を戻して元通りに力を入れる。二人はばつの悪そうな顔をして上屋の下に戻ってしゃがみ込んだ。

この木の屋根は彼らが想像していたよりもさらに重く、少年が手を離すとまったくもって支えることができなかった。

一人がぶるっと身震いしてぼやいた。

「変だな、なんでこの下に入ったら余計寒くなったんだ?」

彼らには見えなかったのだ。今この瞬間、木の上屋の中央に、枯れた髪に長い舌のボロボロの身なりをした人影が吊るされていることが。

上屋の外は雨に打たれ風が吹きすさび、さらに上屋の下ではゆらゆらと揺れているその人影が、そこに一陣の冷たい風を起こしている。

まさにこの一匹の邪祟が屋根を異常に重くしていて、どうしても一般人には持ち上げられないほどになっていたのだ。

藍忘機《ランワンジー》は出かける時、済度の法器を持ってきていなかった。この邪祟に人を害する気持ちがない以上、当然有無を言わせずにこのモノの魂魄を打ち砕いてはならない。見たところ説得して吊るされている自分自身の死体を下ろさせることもできそうにないため、仕方なく、とりあえずはこの屋根を彼が支えるしかなかった。あとで家に報告して、人を向かわせて処理させることにする。

藍忘機《ランワンジー》の後ろで吊るされているその邪祟は、ぶらぶらとひとしきり揺れ、風に吹かれていろいろな方向に傾いては文句を漏らした。

「寒いよ……」

「……」

邪祟はあちらこちらを見ては、農民の誰かに近寄ってどうやら温まりたいようで、近づかれた者は突然がたがたと震えだす。藍忘機《ランワンジー》は微かに顔をそちらに向け、直視はしないまま非常に冷たく厳しい視線の端でそれを見据えた。

その邪祟はぶるりと震え上がって残念そうに元の場所に戻っていく。しかし、やはり長い舌を伸ばしてまた文句を言っていた。

「こんな、こんな大雨、こんなに開け放して……本当に寒いよ……」

「……」

医者が来るまでの間、農家の人々は誰一人として藍忘機《ランワンジー》に話しかける勇気がなかった。雨がやむまで待って、彼らが怪我人を木の上屋から運び出すと、藍忘機《ランワンジー》は屋根を下ろし一言も話さずにすぐさまその場を立ち去った。

彼がようやく蓮池に辿り着いた時には、既に日が沈んでいた。舟に乗ってちょうど湖に入ろうとしたところへ、向かい側から一艘の小舟が近づいてきて、一人の中年の女が声をかけてくる。

「ちょっとちょっと！　あんた何しに来たの？」

「蓮の花托を摘み取りに」

藍忘機《ランワンジー》が答えると、花托を摘み取る仕事をしているらしいその女が言った。

「もう日が落ちてるのよ。暗くなったら誰も中には入っちゃいけないの。今日はもうダメだから、また今度ね！」

「長くは留まりません。すぐ帰りますので」

「ダメと言ったらダメ。これは決まりだよ。決まりは私が作ったんじゃないから、ここの主に聞いて」

「蓮池の主はどちらに」

「とっくに帰ったよ。だから私に聞いても無駄なの。もし私があんたを中に入れたりしたら、ここの主は絶対私にきついことを言うんだから、困らせないで」

そこまで聞くと藍忘機《ランワンジー》はもう無理強いをせず、会釈して言った。

「お邪魔しました」

落ち着いた表情をしているが、しかしどうしても微かに落胆の色が見て取れる。

採蓮女《さいれんじょ》は、体の片側が雨に濡れた白い服と泥の跡がついている白い靴を見てから、口調を和らげて言った。

「今日は来るのが遅かったから、明日はもっと早く来てね。あんたはどこから来たの？　さっきはすごい大雨だったけど、こんな子供がまさか雨に濡れながら走ってきたんじゃないわよね？　なんで傘も差さなかったの？　あんたの家はここからどれくらい離れてるの？」

藍忘機《ランワンジー》は正直に答える。

「三十四里です」

採蓮女はそれを聞いて一瞬言葉に詰まった。

「そんなに遠いの！　じゃあきっとだいぶ時間をかけてここまで来たんでしょう。そんなに蓮の実が食べたかったなら、町に行って買えばいいのに。いっぱい売ってるわよ」

藍忘機《ランワンジー》がちょうど振り返ろうとした時、その言葉を聞いて立ち止まる。

「道端で売っている花托には、茎がついていません」

採蓮女は不思議そうに尋ねる。

「どうしても茎つきが欲しいの？　食べたら別に違いなんてないのに」

「あります」

「ないわよ！」

藍忘機《ランワンジー》は執拗《しつよう》に「あります。ある人が教えてくれました」と答えた。

採蓮女はくすっと笑うと言った。

「いったい誰がそんなこと教えたの？　意地っ張りな若公子ね、いったい誰に惑わされたのやら！」

藍忘機《ランワンジー》はそれには返さず、俯いたまま身を翻して帰ろうとした。すると、なぜか彼女はまた声をかけてくる。

「あんたの家は、本当にそんなに遠いの？」

「うん」

「だったら……今日帰るのはやめたらどう？　近くで泊まれるところを探して、今夜はそこに泊まって明日また来たら？」

「家に宵禁《しょうきん》があります。明日は座学があります」

藍忘機《ランワンジー》の返事に採蓮女は頭をかいて、非常に困った様子でわずかに考えてから、最後に言った。

「……わかった、中に入れてあげる。でも少しだけ、ほんの少しの間だけだからね。摘み取りたかったら早くやって。万が一誰かに見られて告げ口でもされたら、私はこの歳でまた人に叱られるんだから。そんなのはごめんだわ」


雨上がりの人気《ひとけ》のない深山、雲深不知処。

雨後の白木蓮は、格別に生き生きとして艶やかで美しい。藍曦臣《ランシーチェン》は見ているうちに興味を惹《ひ》かれ、卓に紙を敷いて窓際で絵を描いていた。

透かし彫りが施された窓枠越しに、一人の白衣の人影がゆっくりと近づいてくるのが見える。筆を置かないまま、彼は口を開いた。

「忘機《ワンジー》」

歩いてきた藍忘機《ランワンジー》は、窓越しに答える。

「兄上」

「昨日、蓮の花托の話をしていただろう。ちょうど今日叔父上が人に頼んで花托を買ってきてもらっていたから、食べるか？」

すると、藍忘機《ランワンジー》は窓の外で言う。

「食べました」

藍曦臣《ランシーチェン》は少し不思議に思って尋ねる。

「食べた？」

「うん」

兄弟二人はまた簡単に二言三言話し、藍忘機《ランワンジー》は静室に戻っていった。

絵を描き終え、藍曦臣《ランシーチェン》はひとしきりそれを眺めてから無造作にしまう。それから絵のことをすっかり忘れ去ると、今度は裂氷《リエビン》を取り出し普段から清心音を練習する場所に向かった。

竜胆《りんどう》の花が咲く趣《おもむき》のある小さな建物の前、一面の淡い紫色の中にちらほらと露《つゆ》が星のようにちりばめられている。小道に沿って歩いて行った藍曦臣《ランシーチェン》は、視線を上げて、微かに呆然とした。

小さな建物の前にある木の縁側には、一本の白《はく》玉《ぎょく》の瓶が置かれている。その瓶の中には、高さが不揃いの数本の蓮の花托が挿してあった。

すらりとした玉の瓶に挿された蓮の茎は細長く、非常に美しい光景だ。

藍曦臣《ランシーチェン》は裂氷《リエビン》を収め、縁側に置かれたその瓶のそばに腰を下ろす。顔を横に向けてしばらくの間眺め、心の中で小さく葛藤《かっとう》していた。

結局、こっそり一つむいて食べてみたい気持ちを抑え、茎つきの花托の味がいったいどう違うのかを確かめることはしなかった。

——忘機《ワンジー》があんなに嬉しそうだったから、さぞかし本当にとても美味だったのだろう。

番外編　雲夢

藍忘機《ランワンジー》が戻ってきた時、魏無羨《ウェイウーシエン》が数えている数は既に千三百を超えていた。

「千三百六十九、千三百七十、千三百七十一……」

一回一回と数えながら彼が交互に足を上げる度、色鮮やかな蹴羽根《けばね》〔穴明き銭を数枚重ねて布などで包み、穴に羽根を差したもの。足で蹴って遊ぶ〕はその足の間で素早く上下し、天高く蹴り上げられては定位置に落ちてきて、またさらに高く蹴り上げられては悠々と落ちてくる。まるで、目に見えない一本の糸で魏無羨《ウェイウーシエン》の体のどこかと結びつけられているかのようだ。

それと同時に、もう一本の目に見えない糸が、傍らにいる大勢の幼子たちの視線としっかり繋がっていた。

藍忘機《ランワンジー》の耳に、魏無羨《ウェイウーシエン》が「千三百七十二、千三百八十一……」と言っているのが聞こえてくる。

「……」

全員が憧れの目を向ける中、魏無羨《ウェイウーシエン》はそんなふうに露骨に彼らを騙しているのだ。しかし、そのあまりにも大きな数字は鼻水を垂らした幼子たちに判断力を失わせ、なんと誰一人として間違っていることに気づいていない。藍忘機《ランワンジー》はそのまま無言で、魏無《ウェイウー》羨《シエン》が七十二から八十一まで飛ばして数え、さらに八十一から九十まで飛ばすのをただ眺めていた。

魏無羨《ウェイウーシエン》がもう一蹴りしようとしたところで、藍忘《ランワン》機《ジー》の姿がちらりと視界に入ったのだろう。目を輝かせて彼を呼ぼうとしたその時、力加減を誤って、目を奪うほど鮮やかな色をした蹴羽根は魏無羨《ウェイウーシエン》の頭上を飛び越え、背後へと飛んでいってしまう。

蹴羽根を落としそうになり、慌てて後ろに向かって足を蹴り上げた彼は、踵でそれを掬い上げた。この最後の一蹴で、蹴羽根は今までで一番空高く飛び上がる。「千六百！」というよく通る大きな声に続いて、傍らの幼子たちはしきりに驚きの声を上げ、力一杯に拍手した。

勝負が決まると、一人の女の子が甲高い声で叫んだ。

「千六百！　この人の勝ち、あんたたちの負けよ！」

魏無羨《ウェイウーシエン》は一切恥じることなく平然とそれを受け入れ、得意げにしている。藍忘機《ランワンジー》も「パチ、パチ、パチ」と何度か手を叩いた。

その時、一人の男の子が爪を噛みながら、眉間にこぶができるほどしわを寄せて言いだした。

「おれは……間違ってると思う」

「どこが間違ってるんだ？」

魏無羨《ウェイウーシエン》が尋ねる。

「九十のあとは、なんで急に百になったの？　絶対間違ってるよ」

幼子たちはどうやら二組に分かれていて、そのうちの一組はすっかり魏無羨《ウェイウーシエン》に言いくるめられた様子で、騒がしくまくし立てる。

「何言ってるんだ。お前、負けたからってごねるなよ」

魏無羨《ウェイウーシエン》も是非をはっきりさせようと逆に物言いをつける。

「九十のあとはなんで百じゃないんだ？　自分で数えてみてよ、九のあとはなんだ？」

男の子は一生懸命に自分の指を折りながら、時間をかけて数える。

「……七、八、九、十……」

魏無羨《ウェイウーシエン》はすぐさま突っ込んだ。

「ほら、九のあとは十だろ。だったら九十のあとは百に決まってるよ」

男の子は半信半疑の様子だ。

「……そうなの？　違うんじゃない？」

「なんで違うんだ？　信じられないなら適当にその辺の人を捕まえて聞けばいい」

そう言うと、魏無羨《ウェイウーシエン》は辺りをぐるりと見渡してから、太ももをパンと叩いた。

「ああ、いたいた。そちらの非常に堅実そうな公子、少しお時間よろしいでしょうか！」

「……」

一瞬返事に詰まった藍忘機《ランワンジー》は、彼の遊びにつき合うことにする。

「なんでしょうか」

「一つ質問してもよろしいですか？」

「どうぞ」

それから、魏無羨《ウェイウーシエン》は彼に尋ねた。

「ではお尋ねします。九十のあとはいくつでしょうか？」

「百です」

「ありがとうございます」

拱手の礼をした魏無羨《ウェイウーシエン》に、藍忘機《ランワンジー》は会釈して返す。

「どういたしまして」

魏無羨《ウェイウーシエン》はにこにこして頷き、くるりと振り返ると、先ほどの男の子に向かって言った。

「ほらな？」

男の子は、満面ににやにや笑いを浮かべている魏《ウェイ》無羨《ウーシエン》のことは信用ならないと思っていた。しかし、藍忘機《ランワンジー》はまるで雪のように真っ白な服を着ていて、佩いた剣には玉がぶら下がっており、その美しすぎる容貌は人間とは思えず、さながら仙人か神かといった雰囲気だ。この公子には思わず畏敬《いけい》の念が生まれ、揺らいでいた心をたちまち説得されて、口ごもりながら独《ひと》り言《ご》つ。

「そんなふうに数えるのか……」

「千六百対三百、お前の負けだ！」

幼子たちから口々に言われ、男の子は不服そうにしつつもそれを受け入れた。

「負けは負けだ」

そう言いながら、手に持っていた一本の山査子飴を魏無羨《ウェイウーシエン》にずいと差し出し、大声で言う。

「お前の勝ちだ！　ほら、あげる！」

子供たちが立ち去ると、魏無羨《ウェイウーシエン》は戦利品の山査子飴を咥えながら話しだす。

「含光君、お前ずいぶん俺の顔を立ててくれたな」

藍忘機《ランワンジー》はようやく魏無羨《ウェイウーシエン》のそばへと近づいてくると、一言詫びた。

「ずいぶん長く待たせた」

魏無羨《ウェイウーシェン》は首を横に振る。

「長くない長くない。お前が離れてからそんなに経ってないよ。あの蹴羽根だって、俺はせいぜい三百回くらいしか蹴ってないし」

「千六百」

藍忘機《ランワンジー》がそう言うと魏無羨《ウェイウーシェン》はハハッと声に出して笑い、山査子を一粒かじって串から外す。藍忘機《ランワンジー》が再び口を開きかけた時、突然唇がひんやりとして舌に甘さを感じた。魏無羨《ウェイウーシェン》が山査子飴を串のまま彼の口の中に唐突に押し込んだのだ。

藍忘機《ランワンジー》がおかしな表情をしているのを見て、魏無《ウェイウー》羨《シェン》が尋ねる。

「お前って甘い物食べるのか?」

藍忘機《ランワンジー》はその山査子飴を咥えたまま、呑み込むことも吐き出すこともせずにいるので、返事ができないでいた。

「お前が食べないなら、俺が食べるよ」

魏無羨《ウェイウーシェン》は山査子飴の細い串を掴んで取り戻そうとしたが、何度か試みても抜き出せない。どうやら藍《ラン》忘機《ワンジー》が歯でそれをしっかりと噛んでいるようだ。魏《ウェイ》無羨《ウーシェン》はにっこりと笑って尋ねる。

「食べるのか、それとも食べないのか、いったいどっちだ?」

藍忘機《ランワンジー》は山査子を一粒かじってから答えた。

「食べる」

「よし。食べたいならそう言えばいいのに。お前って奴は本当に子供の頃からそうだよな。欲しいものがあっても心の中に閉じ込めて、意地でも言わない」

そうしてひとしきり笑ってから、二人は足の向くまま町に入った。

魏無羨《ウェイウーシェン》という人は、子供の頃から町に出ると満足することを知らないほどの遊びたがりで、走るのも速く、なんでも欲しがった。何か小物を見かければ必ず手で触り、道端から香ばしい匂いが漂ってくれば必ず買って食べてみるのだ。藍忘機《ランワンジー》は彼にそそのかされて、これまでなら絶対に手を出さなかったおやつを一緒に少し試した。魏無羨《ウェイウーシエン》は彼が食べ終わる度に「どうだ？　どうだ？」と必ず聞いてくる。藍忘機《ランワンジー》は時には「まずまず」、時には「なかなか」と答えるが、ほとんどの場合は「奇妙」と答える。そういう時はいつも魏無羨《ウェイウーシエン》が大笑いしながらそれを奪い返して、彼に食べさせないようにするのだった。

　もともとどこかで昼餉《ひるげ》を食べるつもりでいたが、魏無羨《ウェイウーシエン》は通りの西から東まで腹いっぱいになるまで食べ続け、最後は歩くのも怠そうになったので、二人は小綺麗で見栄えのいい汁物の店を見つけ、座って汁物を飲むことにした。

　魏無羨《ウェイウーシエン》は大根の薄切りを食べながら箸で遊び、自分が注文した蓮根と骨つき肉の汁物が来るのを待っていたが、ふいに藍忘機《ランワンジー》が立ち上がるのを見て不思議そうに声をかける。

「何しに行くんだ？」

　藍忘機《ランワンジー》は「少し待っていて。すぐ戻る」と言って、ほんのわずかの間離れると、すぐに戻ってきた。ちょうど蓮根と骨つき肉の汁物も運ばれてきて、魏無羨《ウェイウーシエン》はそれを一口飲み、雇人が下がるのを待ってからこっそり藍忘機《ランワンジー》に囁く。

「不味《まず》い」

　藍忘機《ランワンジー》は小さく一口掬って味見をしてから尋ねた。

「どこが不味いんだ？」

　魏無羨《ウェイウーシエン》は、匙で碗の中を少しかき混ぜながら不満を口にする。

「蓮根は硬いのを選んじゃダメなんだよ。少し柔らかくてほくほくの方がいい。この店は材料をもっと大胆に使うべきだ。煮込みも浅くて味が染み込んでないし。どのみち俺の師姉が作ったのには敵わないけどな」

　魏無羨《ウェイウーシエン》はただ何気なく言ってみただけで、藍忘機《ランワンジー》がせいぜい「うん」と言って真剣に聞いてくれればいいと思っていたが、彼は真剣に聞くだけでなく、質問をしてきた。

「いかに正しく材料を選び、いかにすれば味が染み込む？」

　魏無羨《ウェイウーシエン》はようやく何かに気づいて、怪訝そうに尋ねた。

「含光君、お前まさか俺のために蓮根と骨つき肉の汁物を作りたいのか？　実はさっきその作り方を見学しに行ったとか？」

藍忘機《ランワンジー》がまだ答えないうちから、魏無羨《ウェイウーシエン》はからかって笑い飛ばす。

「ハハッ、含光君、別にお前のことを見くびってるわけじゃないけどさ。お前ん家の箸より重い物は持たなくていいような生活と、子供の頃からあんなものを食べて育った舌じゃ、お前が作ったものなんてお目にかかることすらできないんじゃないか」

藍忘機《ランワンジー》はまた汁を一口飲み、うんともすんとも言わなかった。魏無羨《ウェイウーシエン》は彼の返事を待っているのに、彼は山のように泰然と構えたまま、なかなか何も言ってはくれない。

ついに待ちきれなくなって、魏無羨《ウェイウーシエン》は図々しく尋ねた。

「藍湛《ランジャン》、お前がさっき聞いたのは、つまり俺に飯を作ってくれるって意味だよな？」

藍忘機《ランワンジー》はなぜかやけに落ち着き払った様子で、「そうだ」とも「違う」とも言わない。

魏無羨《ウェイウーシエン》は小さな焦りを感じてぱっと立ち上がると、両手を卓の角について彼を急かす。

「なぁ、『うん』でもいいからなんか言って」

「うん」

「それで、いったいどっちなんだ？　優しい藍湛《ランジャン》、さっきのは全部からかっただけだよ。お前が本当に飯を作ってくれるなら、たとえ鍋底に穴が開くほど焦がしてかまどしか残らなくたって、俺はその鍋を食べるから」

「……そこまでではない」

魏無羨《ウェイウーシエン》は彼の体に跳び乗ると、ほとんど懇願するように言った。

「それでお前は作るのか、それとも作らないのか？　作って作って、含光君、俺食べるから！」

藍忘機《ランワンジー》は顔色一つ変えずに彼の腰をしっかり支えて注意する。

「行儀」

「兄ちゃん、俺にそんな態度をとっていいと思ってるのか」

魏無羨《ウェイウーシエン》にしつこくねだられた上に警告され、藍忘《ランワン》機《ジー》はとうとう気持ちが揺らぎ、彼の手を握ると白状した。

「もう作った」

「えっ？」

魏無羨《ウェイウーシエン》はぽかんとした顔になる。

「もう作った？　いつ？　何を作った？　なんで俺は覚えてないんだ？」

「家宴」

「……」

一瞬考えたあと、魏無羨《ウェイウーシエン》ははっとして思い出した。

「あの日の夜、俺はお前が彩衣鎮のあの湘菜館で卓いっぱいの料理を買ってきてくれたんだとばかり思ってたけど、あれは手作りだったのか？」

「うん」

魏無羨《ウェイウーシエン》は驚愕した。

「あれをお前が作ったってこと？　雲深不知処に台所みたいなものがあるのか？」

「……もちろんある」

「お前が野菜を洗って切って？　お前が鍋に油を入れて？　お前が調味料を合わせたのか？」

「うん」

「お前……お前……」

魏無羨《ウェイウーシエン》はあまりの驚きに、しまいには片手で藍忘《ランワン》機《ジー》の襟をぐっと掴み、もう一方の手を彼の首に回して引き寄せると、突然口づけをした。

幸い、二人はいつも最も奥まったところにある静かな場所を選ぶため、今も壁際の席に座っている。藍忘機《ランワンジー》は魏無羨《ウェイウーシエン》を抱いたまま、勢いに任せてぐるりと体の向きを変えた。そのおかげで、外からは彼の後ろ姿と、魏無羨《ウェイウーシエン》が彼の首に回している腕しか見えなくなった。

口づけを解いたあと、藍忘機《ランワンジー》の顔にも呼吸にも変化がないのを見て、魏無羨《ウェイウーシエン》が手を伸ばして頬に触れると、やはりそこは燃えるように熱い。藍忘機《ランワンジー》は彼のその落ち着きのない手を握りしめ、窘めるように言った。

「魏嬰《ウェイイン》」

「お前の膝の上にいるのに、なんで呼ぶの？」

「……」

魏無羨《ウェイウーシェン》は真剣に今の気持ちを伝える。

「ごめん、さっきはあんまり嬉しすぎてさ。藍湛《ランジャン》、お前はなんで何をやってもそんなにすごいんだ？　まさか、飯を作らせてもすごいなんて！」

この上ないほどの真心を込めて魏無羨《ウェイウーシェン》は褒めた。

藍忘機《ランワンジー》は子供の頃から今まで、無数の称賛や数えきれない溢美《いつび》の言葉を聞いてきた。だがその中に、今のようにこんなにも口角が上がってしまいそうになるのを必死に抑えなくてはならない言葉は一つもなかった。けれど、彼はただ淡々とした顔を装い「難しいというほどではない」と答える。

「いや、すごく難しいんだって。お前は知らないだろうけど、俺は子供の頃から台所に入る度、いったい何回追い出されたことか」

「……鍋底に穴が開くほど鍋を焼いたのか」

「一回だけな。水を入れ忘れてさ、そしたら鍋が燃えちゃって。おい、そんな目で見るなって。本当に一回だけだよ」

「君は鍋の中に何を入れたんだ」

魏無羨《ウェイウーシェン》は少し考えてから、微笑んで言った。

「そんなに何年も前の話、俺がはっきり覚えてるわけないだろ。これ以上は聞かないでくれよな」

藍忘機《ランワンジー》はそれに対して何も述べなかったが、ぴくりと小さく眉を跳ねさせた。魏無羨《ウェイウーシェン》は彼のそのごくわずかな表情の変化に気づかないふりをする。そして急にあることを思い出して、悔しそうに腕をぱたぱたと振った。

「でも、なんでお前が作ったって早く俺に教えてくれなかったんだ？　バカだな俺、あの時の料理は、ほんの少ししか食べられなかったのに」

「大丈夫。帰ったらまた作る」

魏無羨《ウェイウーシェン》がここまでしつこく粘ったのは、まさに藍《ラン》忘機《ワンジー》にこの一言を言わせるためだった。大喜びでぱっと顔をほころばせ、先ほどの汁物すら不味いとは思わなくなった。

店から出て、二人がしばらく辺りをぶらぶらと歩いていると、前方から騒々しい声が響いてくる。そこでは、たくさんの人が地面いっぱいに小物が置かれた場所を囲み、一人ずつ、小物に向かって小さな輪を投げているのが見えた。

魏無羨《ウェイウーシエン》は「あれいいね」と言って藍忘機《ランワンジー》を引っ張ると、傍らの露店主の手から輪を三つ受け取ってから、彼に問いかける。

「藍湛《ランジャン》、輪投げで遊んだことあるか？」

藍忘機《ランワンジー》は首を横に振る。

「こんな遊びすらしたことないのか。じゃあ俺が教えてやるよ、すごく簡単だから。この輪を持って、少し後ろに下がって距離を取ってから、輪を投げて地面の物にかけるんだ。かかったらそれはお前のものだ」

「かかったら私のもの」

魏無羨《ウェイウーシエン》の説明を聞き、藍忘機《ランワンジー》は同じ言葉を繰り返した。

「そうだよ。どれが欲しい？　お前が欲しいのを取ってやる」

「どれでも」

魏無羨《ウェイウーシエン》は藍忘機《ランワンジー》の肩先に肘を乗せ、彼の抹額の尻尾をくいと引っ張る。

「含光君、そんなふうに俺を適当にあしらってさ。ちょっとは俺の顔を立ててくれてもいいんじゃないのか」

「君が取った物なら、どれでも欲しい」

真剣な顔で言う藍忘機《ランワンジー》に、魏無羨《ウェイウーシエン》は呆気に取られてしまった。

「お前って奴は、こんな大勢の人の前でなんてことを言うんだ？」

藍忘機《ランワンジー》にはその意味がわからず、問い返す。

「どんなことだ」

「俺を口説いただろ」

藍忘機《ランワンジー》は落ち着いた表情で答える。

「そうはしていない」

「口説いたって！　ああもうわかったよ。じゃあお前に……あれを取ってやる。あれにしよう！」

　彼はそう言いながら、遠くに置かれている大きな白磁《はくじ》の亀を指さすと、後ろへ数歩後ずさる。一丈以上も下がったところで、露店主が手を振りながら声をかけてきた。

「もういいですよ、十分です！」

　しかし、魏無羨《ウェイウーシエン》は足を止めなかった。

「まだまだ」

　露店主が大声で叫ぶ。

「公子、離れすぎです。それじゃ欲しい物にはかかりませんよ。だからって、金を騙し取られたなんて責めないでくださいね！」

「遠くまで離れなきゃ、あんたの元手が無に帰《き》すかもしれないから気をつけた方がいいぞ！」

　周りの人々からどっと笑いが溢れ、皆「この公子は大した自信だな！」と口々に言う。

　ごく単純な遊びで簡単そうに見えるが、地面に置かれたどの物の間にも一定の距離があり、一般人には力加減が難しい。しかし修行をする者には造作もないため、遠くまで下がらないとなんの面白味もないのだ。魏無羨《ウェイウーシエン》がかなり離れた上に、わざわざ身を翻して露店に背を向けると、周りの者たちの笑い声はさらに大きくなった。ところが次の瞬間、彼はその輪を上に放ったりして重さを量るなり、そのままさっと投げてしまった。それにもかかわらず、輪はあの白磁の亀の甲羅の上に軽々と落ち、ちょうどその頭にかかったのだ。

　露店主と周りで見物していた大勢の人々は皆驚きのあまり言葉が出ず、振り向いて亀を見た魏無羨《ウェイウーシエン》は嬉しそうに破顔した。持っていた残りの二つの輪をぷらぷらと振って、藍忘機《ランワンジー》に尋ねる。

「やってみるか？」

「やる」

　藍忘機《ランワンジー》は答えると、魏無羨《ウェイウーシエン》のそばまで歩いてきて言った。

「君はどれが欲しい」

　道端のケチな露店に上等な品物などあるはずもなく、どれもそれなりの作りで、遠くから見ればまあ悪くないという程度の小物ばかりだ。魏無羨《ウェイウーシェン》が輪をかけたあの大きな白磁の亀は、その中で最も見た目がいいと言える品だった。魏無羨《ウェイウーシェン》はぐるりと見渡したが、見れば見るほどどれも不細工に見えて欲しい物が見つからず、決めるのが難しい。だがふいに、やたらと不細工なロバの小さなぬいぐるみがちらりと目に留まった。さっと見渡す時にも無視できないくらいの不細工さに、魏無羨《ウェイウーシェン》は嬉しそうにねだる。

「あれがいい、林檎ちゃんに似てる。ほらほら、あれだよ」

藍忘機《ランワンジー》は頷くと、魏無羨《ウェイウーシェン》よりさらに一丈下がってから、同じように背を向けた。彼が後ろ向きのまま投げた輪は、正確無比に狙った物にかかる。

周りの大勢の者たちはわっと声を上げて喝采し、全力で拍手した。藍忘機《ランワンジー》が振り向いて魏無羨《ウェイウーシェン》を見ると、彼はげらげら笑いながら露店に飛び込み、地面に置かれた小さなロバをさっと拾い上げて脇に挟むと、誰よりも力一杯に拍手しながら声を上げた。

「もう一回、もう一回!」

藍忘機《ランワンジー》の手にはまだ輪が一つあり、彼は落ち着いてそれを軽く二度ほど上に放ってみて、重さを確かめる。そして、今度はかなり経ってからようやく後ろに投げ、さらにすぐさま振り返って輪の行方《ゆくえ》を確認した。

彼が投げるや否や、周囲からは「ああ」と声が上がる。その輪はとんでもなく逸れて、あろうことか露店の端すらも掠められなかったのだ。しかし、それは左右に曲がることなく一直線に、ちょうどそこに立っていた魏無羨《ウェイウーシェン》の首にかかった。

魏無羨《ウェイウーシェン》はまず呆然として、それからすぐに吹き出してしまった。周りの者は惜しいと思い、続々と彼らを慰め始める。

「十分だよ!」

「そうだよ、何個も取ったし」

「かなりすごかったぞ!」

露店主はこれ幸いと喜んで目を見開くと、ほっと息をつき、跳び上がって親指を立てた。

「そうですよ、本当に大したものです。公子が言った通りですね。これ以上いくつもあなたに取られたら、私の元手は無に帰してしまいますよ！」

魏無羨《ウェイウーシエン》は笑って答える。

「わかったよ、もう俺たちに遊ばせるのは怖いんだろ。俺らも十分遊んだしな、そうだろ？　藍湛《ランジャン》、行こう行こう」

露店主は嬉しそうに彼らを送り出す。

「お気をつけてお帰りくださいね」

肩を並べて歩く二人の背中が賑わう人込みの中に消えてから、露店主はようやく思い出した。

「三つ目の輪！　あいつら返さないで持ってったな！」


左腕に亀を抱え、右腕にロバを挟んだ魏無羨《ウェイウーシエン》は、しばらく歩いたところで口を開いた。

「藍湛《ランジャン》、俺はなんで今まで気づかなかったんだろう。お前がこんな愛情表現ができる奴だったなんてな？」

藍忘機《ランワンジー》は彼の手から重そうな白磁の亀を受け取る。

魏無羨《ウェイウーシエン》は自分の首から輪を外すと、それを彼の首にかけて言った。

「わからないふりするなよ。わざとだって知ってるんだからな」

すると、藍忘機《ランワンジー》は片手に大きな白磁の亀をのせて尋ねる。

「帰ったらどこに置こうか」

魏無羨《ウェイウーシエン》にとってそれは予想外の質問で、答えが思い浮かばなかった。

この亀は大きくて重く、本当に大したことはない作りで、間抜けそうな顔は辛うじて無邪気と言えなくもない程度だ。しかもよく見ると、作り手の職人は非常に大雑把なようで、一対の緑豆《りょくとう》みたいな目を、どうやら両方とも中心に寄せて描いてしまったらしい。要するに、どこをどう見ても雲深不知処には相応しくないのだ。どこに置けばいいかという問いは、思いのほか難問だった。

魏無羨《ウェイウーシエン》は少し考えてから案を口にする。

「静室？」

そう言った途端、すぐさまぶるぶると首を横に振って、自らそれを否定した。

「静室は、琴を弾いたり香を焚いたりすること以外は相応しくない。あんなふうに檀香の煙がゆらゆらして心を清める場所に、こんなでっかい亀を置くなんて不格好すぎる」

藍忘機《ランワンジー》は、彼が静室のことを「琴を弾いたり香を焚いたりすること以外は相応しくない、心を清める場所」だと言っているのを聞いて、彼をじっと見た。どうやら何か言いたげだったが、やめたようだ。

魏無羨《ウェイウーシエン》は気にせず話し続ける。

「でも、もし雲深不知処の他の場所に置いたら、きっとすぐに捨てられちゃうだろうな」

藍忘機《ランワンジー》は黙ったまま頷く。

魏無羨《ウェイウーシエン》はずいぶん長く我慢して、結局「こっそりお前の叔父貴の部屋の中に置いてこようか。俺たちがやったってことは内緒でさ」とはさすがに言わないでおこうと思い、名案を思いついて太ももを叩いた。

「そうだ。蘭室に置こう」

藍忘機《ランワンジー》は少し考えてから尋ねた。

「なぜ蘭室なんだ」

「わかってないな。蘭室に置いて、お前が思追《スージュイ》や景儀《ジンイー》たちに講義をする時、もし聞かれたらこう教えてやればいい。このでっかい亀は、かつてお前が屠戮玄武を倒したことを記念して、わざわざ滅多に姿を見せない不羈《ふき》の職人の手で作られた特注品だって。これにはとてつもなく奥深い意義が暗に含まれていて、その目的はお前たち姑蘇藍《ラン》氏の弟子に先輩の勇姿を仰ぎ見させて、奮起して向上に努めるように激励することだ。屠戮玄武がいなくなっても、きっとまだこれから殺戮朱雀《さつりくすざく》、暴戮白虎《ぼうりくびゃっこ》、血戮青龍《けつりくせいりゅう》みたいなのがあいつらを待ってる。だから、必ず前人を超えるような、世を震撼《しんかん》させる偉業を成し遂げるんだってね」

「……」

「どうだ?」

しばらくしてから、藍忘機《ランワンジー》が頷いた。

「とてもいい」

それから数日後、藍思追《ランスージュイ》、藍景儀《ランジンイー》らが含光君の指導を受けていた時のことだ。彼らが顔を上げると、粗末な作りをした大きくて目が虚ろな白磁の亀が一匹、藍忘機《ランワンジー》の後ろの文机の上に置かれているのが目に入った。

彼らは漠然としたある種の戦慄を覚え、なぜそれがあそこに現れたのかについて、誰一人として聞く勇気はなかった。

これはまた後日の話なので、ここまでにしておこう……。

いくつかの戦利品を乾坤袖にしまうと、二人は満足してその場をあとにした。

この町に来る前、魏無羨《ウェイウーシエン》は藍忘機《ランワンジー》に雲夢の百里にわたる蓮の湖と、濃緑が空と繋がった美しい景色についていろいろと大げさに話したため、当然彼を引きずって湖を遊覧しに行くことにした。魏無羨《ウェイウーシエン》は画《が》舫《ぼう》〔装飾された遊覧船〕を一隻《せき》用意してぱっと贅沢に遊興に耽りたかったが、ずいぶん探してみても、湖のほとりに繋ぎ止められているのは一艘の極めて小さな木の舟だけだった。水面に漂うその舟は、誰かが軽く足で踏んだだけですぐ水の中に沈んでいきそうで、か弱い柳が風の中で揺れているような頼りなさだ。大の男二人が乗り込むのには少々無理がありそうだが、他に選択肢はない。

「お前はこっちに座って、俺はそっちに座る。しっかり座ったらむやみに動くなよ。うっかりするとすぐ舟がひっくり返るから」

「大丈夫。落ちたら私が君を助ける」

「その言い方、まるで俺が泳げないみたいじゃないか」

二人が乗った小舟は、どれも豊満な薄紅色に染まって非常に大きく育った蓮の花を掠めて進んでいった。魏無羨《ウェイウーシエン》は腕を枕にして小舟の上で横たわっている。小舟があまりにも小さすぎるせいで、彼の両脚はほとんど藍忘機《ランワンジー》の脚の上に乗っているようなものだ。このような、なんら憚らない好き勝手で無作法な振る舞いに対しても、藍忘機《ランワンジー》は何も言わなかった。

湖を渡る風はそよそよと吹き、水は静かに流れている。

「今は蓮の花が咲く季節だから、花托がまだ熟してないのが残念だな。そうじゃなければ、お前を連れて花托を摘み取りにも行けたのに」

「また来ればいい」

「だな！　また来ればいいか」

無造作に何度か櫓を漕ぐと、魏無羨《ウェイウーシエン》は辺りを眺めながらしばしの間ぼんやりとする。

「昔、この一帯に蓮を植えてたジジイがいたんだけど、もういなくなったみたいだ」

「うん」

「俺が子供の頃にはもうかなり年だったし、あれから十数年は経ったからな。もしまだ生きてたとしても、きっと今じゃ年を取りすぎて、歩くことも舟に乗ることもできなくなったんだろう」

そう言うと、魏無羨《ウェイウーシエン》は藍忘機《ランワンジー》の方に顔を向けた。

「あの頃、雲深不知処で俺がお前をそそのかして蓮花塢に遊びに来させようとしてたのは、お前と一緒にあのジジイのところへ花托を盗みに行きたかったからなんだ。どうしてかわかるか？」

藍忘機《ランワンジー》は魏無羨《ウェイウーシエン》の質問には必ず答え、その頼みを必ず聞き入れてくれるため、真剣に尋ねてきた。

「わからない。なぜだ？」

魏無羨《ウェイウーシエン》は彼に向かって左目をぱちんと一回瞬かせると、にこにこと笑いながら答えた。

「あのジジイは竹竿で人を叩くんだけど、それがめちゃくちゃに強くて、お前ん家の戒尺《かいしゃく》よりずっと痛いんだ。だから、俺はあの頃思ってたんだよ。俺は絶対に藍湛《ランジャン》を騙してここに連れてきて、お前にも何回かこれを食らわせてやるんだって」

それを聞いて、藍忘機《ランワンジー》は小さく微笑んだ。湖一面に降り注ぐ冴え冴えとした月の美しく清廉《せいれん》な光は、すべて彼のその笑顔の中に溶けていく。

一瞬、魏無羨《ウェイウーシエン》は目が眩み、心が浮き立つのを感じた。いつの間にか、魏無羨《ウェイウーシエン》の顔にも笑みがこぼれていた。

「わかった、認めるよ……」

そう言いかけた時、ぐらりと視界が回り、バシャンという大きな音とともに水しぶきが数尺も高く上がって、二人が乗った小舟はひっくり返ってしまった。

魏無羨《ウェイウーシェン》は水面から顔を出すと、その顔を手で拭って声を上げる。

「座ったらむやみに動くな、うっかりしたらすぐ舟がひっくり返るからって言っただろ！」

藍忘機《ランワンジー》がこちらへ泳いでくるが、魏無羨《ウェイウーシェン》は落水しても彼が落ち着いたまま表情を変えないのを見て、危うく笑いすぎてがぶがぶと水を飲んでしまいそうになった。

「いったいどっちが先に近寄ったんだ？　こんなことになって！」

「わからない。私かもしれない」

「まあいいや、実は俺かもな！」

二人は水の中で笑いながら互いを掴むと、思いきり自分の方に抱き寄せて口づけをした。

唇と唇が離れたあと、魏無羨《ウェイウーシェン》は降参するように手を上げて真実を告げる。

「認めるよ、俺はさっき嘘をついたんだ。あの頃、俺はただ単純にお前と一緒に遊びたかっただけ」

腰の後ろを藍忘機《ランワンジー》に支えてもらいながら、魏無《ウェイウー》羨《シェン》は再び舟に乗った。振り向いて片手を差し出し、藍忘機《ランワンジー》を掴まえる。

「だからお前も正直に白状しろよ、藍湛《ランジャン》」

藍忘機《ランワンジー》も舟に乗り、一本の赤い紐を彼に渡しながら答える。

「何を白状するんだ」

魏無羨《ウェイウーシェン》はその赤い紐を噛んで、水の中で解けてしまった黒い髪を再び結い直してから言った。

「お前も俺と同じ気持ちだったってことをだよ」

魏無羨《ウェイウーシェン》は真面目な顔で話し続ける。

「わかってるのか。お前はあの頃いっつも俺をこの上なく冷たく拒絶して、本当に俺に恥をかかせてたんだぞ」

「ならば、今試してみればいい。私が君を拒絶したりするかどうか」

いきなりのその一言は、心の中に真っすぐ刺さり、魏無羨《ウェイウーシエン》は一瞬言葉に詰まった。しかし藍忘機《ランワンジー》は相変わらず泰然自若として、自分が何を言ったのかなどちっとも理解していないようだ。魏無羨《ウェイウーシエン》は自らの額に手を当てる。

「なあ……含光君、ちょっと相談があるんだけど。愛の言葉を言うなら、お願いだから先に断《ことわ》ってよ。でないと俺の身が持たない」

藍忘機《ランワンジー》はこくりと頷いて答えた。

「わかった」

「藍湛《ランジャン》、お前って奴はな！」

溢れる言葉は胸に秘め、そこには笑顔と抱擁だけがあった。


――完――